D0808612

Là où les tigres sont chez eux

Jean-Marie
BLAS DE ROBLÈS

Là où les tigres sont chez eux

ROMAN

ÉDITIONS ZULMA

*Pour Laurence,
Virgile, Félix et Hippolyte*

À la mémoire de Philippe Hédan

Ce n'est pas impunément qu'on erre sous les palmiers, et les idées changent nécessairement dans un pays où les éléphants et les tigres sont chez eux.

Johann Wolfgang von GOETHE,
Les Affinités électives

Prologue

ALCÂNTARA | *Place du Pilori*.

— L'homme a la bite en pointe ! Haarrk ! L'homme a la bite en pointe ! fit la voix aiguë, nasillarde et comme avinée de Heidegger.

Brusquement excédé, Eléazard von Wogau leva les yeux de sa lecture ; pivotant à demi sur sa chaise, il se saisit du premier livre qui lui tomba sous la main et le lança de toutes ses forces vers l'animal. À l'autre bout de la pièce, dans un puissant et multicolore ébouriffement, le perroquet se souleva au-dessus de son perchoir, juste assez pour éviter le projectile. Les *Studia Kircheriana* du père Reilly allèrent s'écraser un peu plus loin sur une table, renversant la bouteille de *cachaça* à demi pleine qui s'y trouvait. Elle se brisa sur place, inondant aussitôt le livre démantelé.

— Et merde !... grogna Eléazard.

Il hésita un court instant à se lever pour tenter de sauver son livre du désastre, croisa le regard sartrien du grand ara qui feignait de chercher quelque chose dans son plumage, la tête absurdement renversée, l'œil fou, puis choisit de revenir au texte de Caspar Schott.

C'était assez extraordinaire, si l'on y songeait, de pouvoir faire encore de pareilles trouvailles : un manuscrit totalement inédit, exhumé lors d'un récent récolement à la Bibliothèque nationale de Palerme. Le conservateur actuel n'avait pas jugé le contenu de cet ouvrage assez intéressant pour mériter autre chose qu'un bref article dans le bulletin trimestriel de sa bibliothèque, assorti d'une note au directeur de l'Institut Goethe local. Il avait donc fallu un prodigieux concours de circonstances pour qu'une photocopie de cet autographe – écrit en français par un obscur jésuite allemand pour relater la biographie d'un autre jésuite non moins oublié – parvînt au Brésil, sur le bureau d'Eléazard. Dans un soudain accès de zèle, le directeur de l'Institut Goethe avait pris sur lui de communiquer la chose à Werner Küntzel, ce Berlinois qui travaillait depuis plusieurs années à élaborer une théorie de l'informatique, s'appliquant à montrer comment le langage binaire des ordinateurs s'enracinait dans la scolastique lullienne et ses variantes postérieures, celles, notamment, d'Athanase Kircher. Toujours enclin à s'enthousiasmer, Werner Küntzel avait aussitôt proposé la publication du manuscrit aux éditions Thomas Sessler. Rechignant devant les frais d'une traduction, l'éditeur avait accepté le principe d'un tirage confidentiel de l'original, et sur les conseils de Werner lui-même, s'était adressé à Eléazard pour lui confier l'établissement du texte et de son commentaire.

« Sacré Werner ! songea Eléazard en souriant malgré lui, il ne se rend vraiment pas compte… »

Il ne l'avait pas revu depuis l'époque déjà si embrumée de leur lointaine rencontre à Heidelberg, mais se souvenait parfaitement de son visage de fouine et du tic nerveux qui faisait saillir sur sa joue le tremblement obscène d'un petit muscle maxillaire. Ce phénomène révélait une tension contenue, prête semblait-il à s'extérioriser avec violence, si bien qu'Eléazard en oubliait parfois ce qu'il était en train de dire ; résultat qui était peut-être l'objectif poursuivi plus ou moins consciemment par son interlocuteur. Ils avaient correspondu de loin en loin, quoique de façon assez formelle pour sa part, et Werner n'avait jamais reçu qu'une carte postale, parfois deux, en réponse aux longues lettres où il racontait sa vie et ses succès par le détail. Non, vraiment, il ne se rendait pas compte à quel point sa propre vie avait changé, ni quelles ressources il lui avait fallu trouver pour revenir à ses anciennes amours. Il connaissait sans doute l'œuvre de Kircher mieux que personne – quinze ans de familiarité avec un illustre inconnu procurent généralement cet inutile privilège –, mais Werner ne se doutait pas combien il s'était éloigné, au fil du temps, des ambitions de sa jeunesse. Cette thèse sur laquelle il travaillait à Heidelberg, Eléazard l'avait depuis longtemps jetée aux oubliettes, quand bien même il continuait à invoquer son ombre comme seul mobile d'une obsession qui finissait toujours par étonner un peu. Il fallait bien, toutefois, se rendre à l'évidence : certains collectionnaient les bouteilles de whisky ou les emballages de cigarettes alors qu'ils avaient cessé de boire ou de fumer, et lui se contentait maintenant d'accumuler avec une identique manie ce qui touchait de près ou de loin à ce jésuite saugrenu. Éditions originales, gravures, études ou articles, citations éparses, tout lui était bon pour combler le vide occasionné par son lointain renoncement à l'université. Sa façon à lui de rester fidèle, d'honorer encore, ne fût-ce qu'avec dérision, un appétit de connaissance dont il n'avait pas su, naguère, se montrer digne.

— Soledade ! cria-t-il sans se retourner.

La jeune mulâtre ne fut pas longue à montrer son curieux visage de clown épanoui.

13

— Oui, *senhor* ? dit-elle de sa voix moelleuse, et avec l'intonation de quelqu'un qui se demande bien ce qu'on peut lui vouloir si soudainement.

— Tu peux me préparer une *caipirinha*, s'il te plaît ?

— *Pode preparar me uma caipirinha, por favor ?* répéta Soledade en imitant son accent et ses fautes de syntaxe.

Eléazard l'interrogea de nouveau d'un haussement de sourcils, mais elle le menaça du doigt, d'une façon qui voulait dire : « Tu es incorrigible ! »

— Oui, *senhor*... répondit-elle avant de disparaître, non sans lui avoir adressé une grimace où perçait un petit bout de langue rose.

Métissée de Noir et d'Indien, *cabocla* comme on disait ici, Soledade était née dans un village du Sertão. Elle n'avait que dix-huit ans, mais dès son adolescence, il lui avait fallu s'expatrier à la ville pour contribuer à nourrir ses trop nombreux frères et sœurs. Depuis cinq ans, la sécheresse sévissait partout dans l'intérieur des terres ; les paysans en étaient réduits à manger les cactus et les serpents, mais avant de se résoudre à quitter leur lopin de terre, ils préféraient envoyer leurs enfants sur la côte, dans les grandes cités où il était au moins possible de quémander un peu. Soledade avait eu plus de chance que la plupart : épaulée par un cousin de son père, elle s'était employée comme domestique chez une famille brésilienne. Exploitée honteusement, rouée de coups pour le moindre manquement aux ordres de ses maîtres, elle avait accepté avec joie de travailler pour un Français qui l'avait remarquée au cours d'une *feijoada* chez ses collègues de travail. Denis Raffenel avait été séduit par son sourire, sa peau soyeuse de négresse et son superbe corps de jeune fille, plus que par ses qualités ménagères ; mais il l'avait traitée avec gentillesse, sinon respectée, si bien qu'elle s'était

14

estimée parfaitement heureuse du double salaire qu'il lui versait et du travail minimum qu'on la priait quand même d'assurer. Trois mois auparavant, le divorce d'Eléazard avait coïncidé de manière fortuite avec le départ de ce Français providentiel. Un peu pour faire plaisir à Raffenel, et beaucoup parce qu'il se retrouvait seul, il avait demandé à Soledade de travailler pour lui. Parce qu'elle le connaissait pour l'avoir vu à plusieurs reprises chez Raffenel, qu'il était français lui-même et qu'elle serait morte plutôt que de travailler à nouveau pour des Brésiliens, Soledade avait accepté aussitôt, tout en exigeant le même salaire – une misère, à vrai dire – et une télévision couleur. Eléazard s'était plié à ce désir, et elle avait emménagé chez lui un beau matin.

Soledade s'occupait du linge, des courses et de la cuisine, elle nettoyait la maison quand cela lui chantait, c'est-à-dire rarement, et passait le plus clair de son temps devant les feuilletons insipides de TV Globo, la chaîne nationale. Quant aux services « spéciaux » qu'elle rendait en plus à son ancien patron, Eléazard ne les avait jamais sollicités. Il ne s'était même jamais rendu dans la petite chambre où elle avait choisi de s'installer ; indifférence, plutôt qu'attention, dont Soledade semblait lui savoir gré.

Il la vit revenir, appréciant une fois de plus sa démarche nonchalante, cette façon tout africaine de glisser au-dessus du sol dans l'irritant clappement de ses nu-pieds. Elle posa le verre sur son bureau, gratifia Eléazard d'une nouvelle grimace et repartit.

Tout en sirotant une gorgée de son breuvage – Soledade dosait *cachaça* et citron vert à la perfection –, Eléazard laissa errer son regard à travers la grande fenêtre qui lui faisait face. Elle s'ouvrait directement sur la jungle, ou plus exactement sur la *mata,* cette luxuriance de grands arbres, de lianes torses et de feuillages qui avait repris possession de la ville sans que nul y trouve à redire. De son premier étage, Eléazard avait le sentiment de plonger au cœur même de l'organique, un peu comme un chirurgien surplombe un ventre offert à sa seule curiosité. Lorsqu'il s'était décidé à quitter São Luís pour acheter une maison à Alcântara, il n'avait eu que l'embarras du choix. Cette ancienne ville baroque, le fleuron de l'architecture du XVIIIe siècle au Brésil, tombait en ruine. Abandonnée par l'histoire depuis la chute du marquis de Pombal, phagocytée par la forêt, les insectes et l'humidité, elle n'était plus habitée que par une infime population de pêcheurs, trop pauvres pour vivre ailleurs que dans des cabanes de tôles, d'argile et de bidons, ou des taudis à moitié écroulés. On y voyait paraître de temps à autre quelque cultivateur, hagard d'avoir si brusquement quitté l'obscurité de la grande forêt pour vendre sa production de mangues ou de papayes aux courtiers faisant la navette avec São Luís. C'était là qu'Eléazard avait acheté cette maison immense et délabrée, l'un de ces *sobrados* qui avaient contribué autrefois à la beauté de la ville. Il l'avait acquise pour ce qui lui semblait une bouchée de pain, mais constituait une forte somme pour la plupart des Brésiliens. Sa façade donnait en plein sur la place du Pelourinho, avec l'église abandonnée de São Matias à gauche, et sur la droite, ouverte elle aussi aux quatre vents, la Casa de Câmara e Cadeia, c'est-à-dire l'hôtel de ville et la prison. Au milieu de la place, entre ces deux ruines dont il ne subsistait plus que les murs et la toiture, se dressait toujours le *pelourinho*, cette colonnette de pierre tarabiscotée où l'on fouettait jadis les esclaves récalcitrants. Tragique emblème de l'oppression civile et religieuse, de cet aveuglement qui avait conduit certains hommes à massacrer

avec bonne conscience des milliers de leurs semblables, seul de tous les monuments de la ville le pilori
était resté intact. Et si on laissait les porcs vaquer
en toute liberté à l'intérieur de l'église et de l'hôtel
de ville, nul d'entre les *caboclos* qui vivaient là
n'aurait supporté le moindre affront à ce témoignage d'une souffrance, d'une injustice et d'une
bêtise millénaires. Parce que rien n'avait changé,
parce que rien n'atteindrait jamais ces trois piliers
confondus de la nature humaine, et qu'ils reconnaissaient dans cette colonne qui avait défié le
temps le symbole de leur pauvreté et de leur
déchéance.

Elaine – il n'y avait que le Brésil pour donner
jour à de pareils prénoms – sa femme, Elaine
n'avait jamais supporté cet endroit où toute chose
portait, comme un stigmate, les moisissures du
déclin, et ce rejet épidermique n'était sans doute
pas étranger à leur séparation. Un élément de plus
dans la multitude des fautes qu'il s'était vu reprocher tout à trac, un soir de septembre dernier.
Durant tout le temps qu'elle parlait, il n'avait eu en
tête que l'image convenue de cette maison que ron-
gent les termites et qui s'écroule brusquement, sans
qu'on ait pu détecter le moindre signe annonciateur
de la catastrophe. L'idée même de chercher à se
disculper ne lui était pas venue, comme elle ne
vient sans doute jamais à tous ceux que surprend
un jour la gifle du malheur : peut-on imaginer de se
justifier face à un tremblement de terre ou à
l'explosion d'un obus de mortier ? Lorsque sa
femme, cette soudaine inconnue, avait demandé le
divorce, Eléazard s'était soumis, signant tout ce
qu'on lui demandait, acquiesçant à toutes les
requêtes des avocats, comme on se laisse transporter d'un camp de réfugiés à l'autre. Leur fille,
Moéma, n'avait posé aucun problème, puisqu'elle
était majeure et menait déjà sa propre vie ; si l'on

pouvait appeler « mener une vie » sa manière d'en esquiver jour après jour les exigences.

Eléazard avait choisi de rester à Alcântara, et ce n'était que depuis peu, six mois après le départ d'Elaine pour Brasilia, qu'il commençait à parcourir les décombres de son amour, cherchant moins ce qui pouvait encore être sauvé que l'origine d'un pareil gâchis.

En y réfléchissant mieux, la proposition de Werner était tombée à pic. Ce travail sur le manuscrit de Caspar Schott lui servait en quelque sorte de garde-fou, l'obligeant à une concentration et une persévérance thérapeutiques. Et s'il n'était ni ne serait jamais question d'oublier, du moins cela permettait-il d'espacer quelque peu les résurgences du souvenir.

Eléazard feuilleta une nouvelle fois le premier chapitre de cette *Vie d'Athanase Kircher*, relisant ses notes et certains passages à la volée. Dieu ! que ça commençait mal… Rien n'était plus horripilant que ce ton compassé, celui en somme de toutes les hagiographies, mais qui atteignait ici des sommets de platitude. Toutes ces pages sentaient trop fort le cierge et la soutane. Et cette odieuse façon de lire dans l'enfance les signes avant-coureurs du « destin » ! Après coup, cela fonctionnait toujours, bien entendu. Chiant, chiant, trois fois chiant ! comme disait Moéma de tout ce qui entravait un tant soit peu ce qu'elle appelait sa liberté, mais n'était au fond qu'un égoïsme irrationnel et maladif. Le seul Friedrich von Spee lui semblait sympathique, malgré l'inanité de ses poèmes.

— L'homme a la bite en pointe ! Haaark, haaaaarrk ! hurla de nouveau le perroquet, comme s'il avait attendu l'instant où son intervention produirait le plus d'effet.

Aussi chatoyant qu'il était sot, songea Eléazard en regardant l'animal avec dédain. Un paradoxe assez commun, hélas, et pas seulement chez le grand ara d'Amazonie.

Sa *caipirinha* était terminée. Une seconde – une troisième ? – aurait été la bienvenue, mais la pensée d'importuner encore Soledade le fit hésiter. Après tout, *Soledade*, en portugais, ça voulait dire « solitude ». « Je vis seul avec Solitude... » prononça-t-il en lui-même. Il y a de ces pléonasmes qui portent en eux comme un surcroît de vérité. On aurait dit une citation du *Roman de la Rose* : « Quand Raison m'entendit, elle s'en retourna et me laissa pensif et morne. »

Chapitre I

*Qui traite de la naissance & des jeunes années
d'Athanase Kircher, le héros de cette histoire.*

En ce jour dédié à sainte Geneviève, le troisième
de l'année 1690, moi, Caspar Schott, assis comme un
écolier quelconque à l'une des tables de la bibliothèque dont j'ai la charge, j'entreprends de relater la vie en
tout point exemplaire du Révérend Père Athanase
Kircher. Cet homme, dont les œuvres édifiantes ont
marqué notre histoire au sceau de l'intelligence, s'est
effacé modestement derrière ses livres : on me saura
gré, j'y aspire en mon âme, de soulever légèrement
ce voile & d'éclairer avec pudeur une destinée que la
gloire a d'ores & déjà rendue immortelle.

À l'orée d'une tâche si ardue, c'est en confiant mon
sort à Marie, Notre Mère, celle qu'Athanase n'invo-
qua jamais en vain, que je prends la plume pour
redonner vie à cet homme qui fut mon maître durant
cinquante ans & me fit la faveur, j'ose m'en prévaloir, d'une amitié véritable.

Athanase Kircher naquit à trois heures du matin,
le deuxième jour du mois de mai, fête de saint
Athanase, en 1602. Ses parents, Jean Kircher & Anna
Gansekin, étaient des catholiques fervents & généreux. À l'époque de sa naissance, ils vivaient à Geisa,
un petit bourg situé à trois heures de route de Fulda.

Athanase Kircher vit le jour au début d'une époque de relative concorde, au sein d'une famille pieuse & unie, & dans une ambiance d'étude & de recueillement qui ne fut sans doute pas étrangère à sa vocation future. D'autant que Jean Kircher possédait une bibliothèque très fournie, & qu'enfant Athanase fut sans cesse environné de livres. Ce fut toujours avec émotion & reconnaissance qu'il me cita plus tard certains titres qu'il avait eus en main à Geisa, & en particulier le *De Laudibus Sanctæ Crucis* de Raban Maur dans lequel il avait pratiquement appris à lire.

Favorisé par la nature, l'écolier apprenait comme en se jouant les matières les plus ardues, & mettait néanmoins une telle application à étudier qu'il surpassait partout ses camarades. Il n'était pas un jour sans qu'il revînt de l'école avec quelque nouvelle décoration accrochée à son habit, récompenses dont son père se montrait à bon droit fort satisfait. Régent de sa classe, il secondait le maître en expliquant le catéchisme de Canisius aux commençants & faisait réciter leurs leçons aux officiers subalternes. À onze ans, il lisait déjà son Évangile & son Plutarque dans le texte. À douze, il gagnait haut la main toutes les disputes publiques en latin, déclamait comme nul autre & composait en prose ou en vers d'une manière étonnante.

Athanase prisait fort la tragédie, & à l'âge de treize ans, pour une traduction de l'hébreu particulièrement brillante, il obtint de son père la permission de gagner Aschaffenburg afin d'assister avec ses camarades à une pièce de théâtre : une troupe itinérante y donnait *Flavius Mauricius, Empereur d'Orient*. Jean Kircher confia le petit groupe à un paysan qui se rendait en charrette dans cette bourgade – à deux jours de marche de Geisa – & devait les ramener une fois la représentation terminée.

Athanase fut enthousiasmé par le talent de ces acteurs & leur faculté proprement magique de rappeler à la vie un personnage qu'il admirait depuis toujours. Sur les tréteaux, devant ses yeux éblouis, le valeureux successeur de Tibère défaisait à nouveau les Perses dans le bruit & la fureur ; il haranguait ses troupes, chassait les Slaves & les Avares au-delà du Danube, rétablissant enfin la grandeur de l'Empire. Et au dernier acte, quand le traître Phocas faisait mourir affreusement ce chrétien exemplaire sans épargner ni son épouse ni ses fils, peu s'en fallut que la foule n'écharpât le pauvre acteur qui tenait le rôle du vil centurion.

Avec la fougue de sa jeunesse, Athanase prit fait & cause pour Mauricius, & lorsqu'il fut question de retourner à Geisa, notre écervelé refusa de suivre ses compagnons dans la charrette. Le paysan qui avait les enfants à charge tenta en vain de le rattraper : ambitieux d'une belle mort & enflammé du désir d'égaler la vertu de son modèle, Athanase Kircher avait décidé d'affronter seul, en héros antique, la forêt du Spessart, laquelle était tristement fameuse pour les voleurs de grand chemin, mais aussi pour les bêtes féroces qu'on y pouvait trouver.

Une fois dans la forêt, il ne fut pas deux heures sans perdre son chemin. Il erra tout le jour, essayant de reconnaître la route qu'il avait prise à l'aller, mais la sylve s'épaississait de plus en plus, & ce fut avec terreur qu'il vit la nuit approcher. Épouvanté par les chimères que son imagination faisait surgir de l'obscurité, maudissant le stupide orgueil qui l'avait jeté dans cette aventure, Athanase grimpa au sommet d'un arbre pour se protéger au moins des bêtes féroces. Il y passa la nuit, agriffé à une branche, priant Dieu de toute son âme, tremblant de peur & de remords. Au matin, affamé, plus mort que vif de fatigue & d'angoisse, il continua de s'enfoncer dans la forêt. Il errait ainsi depuis neuf heures, se traînant d'arbre en arbre, quand les bois commencèrent de s'éclaircir pour laisser apparaître une grande prairie. Rempli de joie, Kircher alla se renseigner auprès des moissonneurs qui travaillaient là pour savoir où il se trouvait : l'endroit qu'il cherchait était encore à deux journées de marche ! On le mit sur la bonne route en lui fournissant quelques provisions de bouche, & ce ne fut que cinq jours après son départ d'Aschaffenburg qu'il rejoignit Geisa, au grand soulagement de ses parents qui le croyaient perdu à jamais.

Athanase ayant lassé la patience de son père, ce dernier décida de l'envoyer continuer ses études comme pensionnaire au collège jésuite de Fulda.

La discipline y était certes plus stricte qu'à la petite école de Geisa, mais les magisters y montraient plus de compétence & parvenaient à satisfaire l'insatiable curiosité du jeune Kircher. Il y avait aussi la ville elle-même, si riche d'histoire & d'architecture, l'église Saint-Michel, avec ses deux clochers dissymétriques & surtout la bibliothèque, celle que Raban Maur avait jadis fondée à partir de ses propres livres, & où Athanase passait le plus clair de ses loisirs. Outre les propres œuvres de Maur, & en particulier les exemplaires originaux du *De Universo* & des *Louanges de la Sainte Croix*, elle contenait toutes sortes de rares manuscrits, tels que le *Chant de Hildebrand*, le *Codex Ragyndrudis*, le *Panarion* d'Épiphane, la *Somme* de Guillaume d'Ockham & jusqu'à un exemplaire de ce *Marteau des Sorcières* qu'Athanase n'ouvrit jamais sans un frisson.

Il me parla souvent de ce dernier livre, chaque fois qu'il lui arriva d'évoquer son ami d'enfance, Friedrich von Spee Langenfeld. Ce jeune professeur enseignait au séminaire de Fulda ; reconnaissant en Kircher les qualités qui le différencièrent toujours de ses compagnons, il ne fut pas longtemps sans le prendre en affection. Ce fut par lui qu'Athanase découvrit l'enfer de la bibliothèque : Martial, Térence, Pétrone... Von

Spee lui présenta tous ces auteurs dont la décence interdit la lecture aux âmes innocentes ; & si l'écolier ne sortit de cette douteuse épreuve que fortifié dans ses aspirations à la vertu, son magister n'en reste pas moins coupable sur ce point, car « le vice est comme la poix, dès qu'on y touche, elle s'attache aux doigts ». Nous lui pardonnerons d'autant mieux cette légère entorse à la morale, qu'il n'exerça sur Kircher qu'une influence bénéfique : ne partait-il point avec lui chaque dimanche sur le Frauenberg – la montagne de la Sainte Vierge – pour se recueillir dans le cloître abandonné & deviser sur le monde en contemplant les montagnes & la ville en contrebas ?

Quant au *Marteau des Sorcières*, Athanase se souvenait parfaitement de la colère de son jeune mentor devant la cruauté & l'arbitraire des traitements infligés aux prétendus possédés que l'Inquisition prenait dans ses filets.

— Comment ne pas avouer avoir tué père & mère ou forniqué avec le Démon, disait-il, lorsqu'on vous broie les pieds dans des brodequins d'acier ou qu'on vous enfonce par tout le corps de longues aiguilles pour trouver ce point indolore qui atteste, selon les sots, votre accointance avec le Diable ?

Et c'était l'étudiant qui se trouvait contraint à calmer les ardeurs de son maître, l'engageant à plus de prudence dans ses propos. Von Spee se mettait alors à chuchoter en pleine montagne, citant Ponzibinio, Weier ou Cornelius Loos en appui à sa démonstration. Il n'était pas le premier, insistait-il, à critiquer les procédés inhumains des inquisiteurs, Johann Ervich avait déjà dénoncé en 1584 l'épreuve de l'eau, Jordaneus celle de la tache insensible, & ce disant, von Spee s'enflammait à nouveau, haussait le ton, terrorisant le jeune Athanase qui l'admirait d'autant plus pour ce courage déraisonnable.

— Tu comprends, mon ami, s'exclamait von Spee, les yeux brillants, pour une véritable sorcière – & je vais jusqu'à mettre en doute qu'il y en eût jamais –, il y a trois mille esprits faibles, trois mille furieux dont les troubles sont plus du ressort des médecins que des inquisiteurs. Ce qui fait triompher ces cruels savantasses, c'est le prétexte de l'intérêt de Dieu & de la religion. Mais ils n'y avouent que leur terrible ignorance, & s'ils attribuent tous ces événements à des causes surnaturelles, c'est parce qu'ils ignorent les raisons naturelles qui gouvernent les choses !

Toute sa vie Kircher me redira sa fascination pour cet homme & l'influence que ce dernier avait exercée sur sa formation intellectuelle. Le jeune magister lui lisait parfois certains des poèmes magnifiques qu'il écrivait à l'époque, ceux-là mêmes qui furent rassemblés après sa mort sous les titres du *Rossignol obstiné* & du *Livre d'or de la Vertu*. Athanase connaissait plusieurs d'entre eux sur le bout des doigts, & certains soirs de détresse, à Rome, il se laissait aller à en réciter quelques-uns à voix basse, comme on dit une oraison. Il avait une préférence marquée pour *l'Idolâtre*, poème dont la teinture égyptienne le ravissait particulièrement. Il me semble encore entendre sa voix en prononcer les mots, d'une façon grave & retenue :

Songe, penniforme Isthar, à veiller !
Étoile ténébreuse, Bienfaitrice lunaire
Brillant fiévreusement par-dessus l'alizier !

Sage licorne venue de sept chimères,
Hyène & salamandre, glyphe sacrifié,
Dansons la chaconne, tenace commère :

Un coupable taurobole s'immobilise
Dans le beuglant repaire où Jésus le baptise...
Mortifie, Sauveur, qui désire goulûment
                                           L'innominé !

Il terminait les yeux fermés & restait silencieux, pris tout entier par la beauté des vers ou je ne sais quel souvenir attaché à cette lecture. J'en profitais alors pour m'éclipser, sûr que j'étais de lui voir retrouver dès le lendemain sa belle humeur coutumière.

En l'an 1616, von Spee fut transféré au collège jésuite de Paderborn pour y terminer son noviciat, & Athanase, soudain lassé de Fulda, décida de se rendre à Mayence pour y étudier la philosophie.

L'hiver 1617 fut particulièrement rigoureux. Mayence croulait sous la neige ; toutes les rivières alentour étaient gelées. Athanase s'était lancé à corps perdu dans l'étude de la philosophie, celle d'Aristote, surtout, qu'il aimait & assimilait avec une prestesse étonnante. Mais échaudé à Fulda par les réactions parfois brutales de ses camarades d'études devant la finesse de son esprit, Athanase travaillait en secret & se refusait à faire état de ses connaissances. Feignant l'humilité & même la stupidité, il passait donc pour un élève besogneux & limité par son peu d'entendement.

Quelques mois après son arrivée à Mayence, Kircher manifesta son désir d'entrer dans la Compagnie de Jésus. Comme il n'était pas doué, du moins en apparence, il fallut l'intervention de son père auprès de Johann Copper, supérieur jésuite de la Province Rhénane, pour que ce dernier acceptât sa candidature. Le jour de son départ pour le noviciat de Paderborn fut différé à l'automne 1618, après ses derniers examens de philosophie. Athanase accueillit la nouvelle avec joie ; la perspective de retrouver son ami von Spee n'y était sans doute pas étrangère.

Cet hiver-là, le patinage était de convenance ; un art dans lequel Athanase montrait une telle habileté qu'il éprouvait une satisfaction coupable à en déployer les ressources devant ses compagnons. Plein de vanité, il aimait les devancer par son agilité

& la longueur de ses glissades. Un jour qu'il essayait de battre de vitesse l'un de ses camarades, il constata qu'il n'arrivait plus à s'arrêter sur la glace : ses jambes partirent dans des directions différentes, & il tomba très violemment sur le sol durci. De cette chute sévère, qui venait en juste punition de sa suffisance, Kircher garda une méchante hernie &, aux jambes, diverses écorchures que ce même orgueil lui fit tenir secrètes.

Au mois de février, lesdites blessures commencèrent à s'infecter. Privées de soins, elles se mirent à suppurer vilainement, & en quelques jours, les jambes du malheureux enflèrent au point qu'il ne marchait plus qu'avec une extrême difficulté. L'hiver redoublant, ce fut dans les pires conditions de froid & d'inconfort qu'Athanase continua d'étudier. Par crainte d'être refusé par le collège jésuite où il avait été si difficilement admis, il taisait ses maux, si bien que l'état de ses jambes empira progressivement jusqu'au jour de son départ pour Paderborn.

Son voyage à pied dans la campagne de la Hesse fut un véritable supplice. Tout au long de ces jours & de ces nuits de marche, Athanase se souvint de ses conversations avec Friedrich von Spee sur les tortures infligées aux sorcières par les inquisiteurs : c'était cela qu'il endurait, & seules sa foi en Jésus & la proximité de ses retrouvailles avec son ami lui permirent de résister tant bien que mal aux souffrances de la chair. Le 2 octobre 1618, boitant affreusement, Athanase parvint au collège jésuite de Paderborn. Aussitôt après les premières effusions, von Spee, qui était là pour l'accueillir, le pressa de révéler son secret. Appelé d'urgence, un chirurgien fut horrifié par l'état de ses jambes, il y découvrit de la gangrène & déclara Kircher condamné. Songeant qu'une maladie incurable se suffisait bien assez à elle-même, Athanase garda le silence sur sa hernie. Johann Copper, le supérieur du collège, vint l'avertir avec douceur qu'il devrait retourner chez lui s'il n'allait pas mieux d'ici un mois. À son instigation, cependant, l'ensemble des novices entra en prière pour demander à Dieu de soulager ce pitoyable néophyte.

Après quelques jours durant lesquels le martyre d'Athanase n'avait fait qu'augmenter, von Spee conseilla à son protégé d'en appeler à celle qui veillait sur lui depuis toujours. Dans l'église de Paderborn se trouvait une très ancienne statue de la Vierge Marie dont on disait qu'elle possédait un pouvoir miraculeux. Sa renommée était grande parmi le petit peuple de la région. Kircher se fit donc emmener dans l'église, & durant toute une nuit il supplia Notre Mère de prendre en grâce l'affliction de son enfant malade. Vers la douzième heure, il expérimenta dans sa chair l'exaucement de ses suppliques & en fut rempli d'une merveilleuse satisfaction. Ne doutant plus qu'il guérirait, il continua ses oraisons jusqu'au matin.

S'éveillant quelques heures plus tard d'un sommeil sans rêves, il vérifia que ses deux jambes étaient guéries & que sa hernie avait disparu !

Le chirurgien eut beau chausser des bésicles, force lui fut de constater le miracle : à son grand étonnement, il ne trouva que des cicatrices & aucune trace de l'infection qui aurait dû à coup sûr anéantir son patient... On comprendra par conséquent la dévotion toute particulière qu'Athanase entretint tout au long de sa vie pour Notre Sainte Mère qui l'avait su aider en de pareilles épreuves, démontrant combien Kircher était prédestiné à servir Dieu au sein de la Compagnie.

Mal assise sur la dure banquette de son compartiment, Elaine regardait défiler le paysage par sa fenêtre. C'était une belle femme de trente-cinq ans, avec de longs cheveux bruns et bouclés qu'elle portait en un chignon lâche et artistement négligé. Vêtue d'une légère saharienne de toile beige et d'une jupe assortie, elle avait croisé ses jambes assez haut, sans s'apercevoir, ou peut-être sans y attacher d'importance, qu'elle découvrait ainsi un peu plus qu'il ne l'aurait fallu la peau bronzée de sa cuisse gauche. Elle fumait une longue cigarette mentholée, avec ce brin d'affectation qui révélait son manque d'expérience en la matière. Sur l'autre banquette, presque en face d'elle, Mauro avait pris ses aises : les jambes étendues jusque sous le siège opposé, mains derrière la nuque, casque sur les oreilles, il écoutait sa cassette de Caetano Veloso en oscillant de la tête au rythme de la musique. Profitant de ce qu'Elaine était tournée vers la fenêtre, il regardait ses cuisses avec délectation. Ce n'était pas tous les jours qu'on pouvait admirer ainsi l'anatomie intime de la *professora* von Wogau, et bien des étudiants de l'université de Brasilia auraient aimé être à sa place ! Mais voilà, c'était lui qu'elle avait choisi pour l'accompagner dans le Pantanal, parce qu'il avait soutenu sa thèse de géologie avec brio – mention *ótimo*, s'il vous plaît ! –, parce qu'il avait une belle gueule de séducteur impénitent, et peut-être aussi, mais cela n'entrait pas vraiment en ligne de compte dans son esprit, parce que son père était gouverneur de l'État du Maranhão. « *Cavaleiro de Jorge, seu chapéu azul, cruzeiro do sul no peito…* » Mauro haussa le volume, comme il le faisait chaque fois que revenait son air préféré. Pris par le tempo de la chanson, il se mit à en fredonner les paroles, prolongeant les finales en

« ou », comme le faisait lui-même Caetano. Les cuisses d'Elaine vibraient un peu à chaque soubresaut du train ; il exultait.

Dérangée dans sa rêverie par les couinements intempestifs de son compagnon, Elaine tourna brusquement la tête et surprit le regard qui détaillait ses cuisses.

— Vous feriez mieux de vous intéresser au paysage que nous traversons, dit-elle en décroisant ses jambes et en réajustant sa jupe.

Mauro éteignit aussitôt son walkman et enleva ses écouteurs.

— Excusez-moi, je n'ai pas entendu. Vous avez dit ?

— Ce n'est pas important… répondit-elle en souriant, attendrie tout à coup par la mine anxieuse de Mauro. Il était mignon avec ses cheveux ébouriffés et son embarras d'enfant coupable : Regardez, ajouta-t-elle en désignant la fenêtre, il y a des géologues qui viennent du monde entier pour voir ça.

Mauro jeta un coup d'œil sur la plaine lunaire qui se déplaçait insensiblement dans le cadre de la fenêtre ; de curieux trognons de grès rouge semblaient avoir été jetés là, au hasard, par quelque créature gigantesque.

— Reliefs ruiniformes précambriens, fortement érodés, récita le jeune homme avec un léger froncement de sourcils.

— Pas mal… Mais vous auriez pu ajouter : « Superbes perspectives dont la beauté sauvage donne à l'être humain le sentiment de sa fragilité sur cette Terre. » Malheureusement, cela n'est jamais écrit dans les manuels de géologie, même sous une autre forme.

— Vous vous moquez de moi, comme d'habitude, soupira Mauro. Vous savez bien que j'y suis sensible, sinon j'aurais choisi l'histoire ou les mathématiques. La vérité, c'est que je commence à être fatigué.

— Moi aussi, je l'avoue. Ce voyage est interminable. Mais dites-vous que nous reviendrons en avion à Brasilia. Le département n'est pas très riche, il a bien fallu transiger. Cela dit, je ne suis pas mécontente d'avoir pris ce train, j'en rêvais depuis longtemps. Un peu comme je rêve encore de prendre un jour le Transsibérien.

— Le train de la mort ! prononça Mauro en prenant une voix lugubre. Le seul train au monde dont on ne sache pas s'il arrivera jamais...

— Ah ! ne commencez pas, Mauro ! dit Elaine en riant, vous allez nous porter malheur...

Le train de la mort, ainsi nommé parce qu'il s'y produisait régulièrement quelque accident ou attaque à main armée, reliait Campo Grande à Santa Cruz, en Bolivie. Juste avant la frontière, il s'arrêtait à Corumbá, la petite ville où les deux voyageurs devaient rejoindre le reste de l'équipe, les professeurs Dietlev H. G. Walde, spécialiste de paléozoologie à l'université de Brasilia, et Milton Tavares Junior, titulaire de chaire et directeur du département de géologie. Pour économiser sur le coût de l'expédition, Elaine et Mauro étaient venus en fourgonnette jusqu'à Campo Grande, la dernière ville accessible par la route avant de pénétrer dans le Mato Grosso. Ils avaient confié le véhicule à un garagiste – Dietlev et Milton, qui avaient pris l'avion pour cette première partie du voyage, le récupéreraient au retour –, et attendu à la gare jusqu'à l'aube. Ce train était une véritable antiquité roulante, avec une locomotive à vapeur digne du Far West, des wagons lattés de bois aux couleurs éteintes et des fenêtres en ogive. Les compartiments tenaient de la cabine de bateau, à cause de leurs plaquages d'acajou verni et de la présence d'un cabinet de toilette pourvu d'un petit lavabo de marbre rose. Dans un des coins, il y avait même un ventilateur d'acier nickelé monté sur cardan, ce qui avait dû être un jour le comble du luxe. Pour l'heure, le robinet ne suggérait qu'avec peine l'élément liquide tant la rouille avait altéré ses formes, la manivelle à crémaillère de la fenêtre tournait à vide, les fils gommés du ventilateur semblaient arrachés depuis des lustres, et il y avait tant de crasse partout, tant d'accrocs à la feutrine des banquettes, qu'il était impossible d'imaginer à quelle époque reculée tout cet équipement avait pu signifier confort et modernisme.

La chaleur commençait à être pénible ; Elaine s'essuya le front et déboucha sa gourde. Sous le regard débonnaire de Mauro, elle essayait de compenser les soubresauts du train, lorsqu'on entendit des vociférations dans le couloir. Dominant le vacarme des essieux, la voix d'une femme semblait vouloir ameuter l'univers tout entier. Ils virent plusieurs personnes se précipiter vers l'arrière de la voiture, suivies d'un contrôleur obèse et débraillé, casquette de travers, qui haleta un court instant devant la porte ouverte du compartiment. Les cris continuèrent de plus belle, jusqu'à ce que deux coups sourds, qui ébranlèrent la cloison, faisant vibrer la vitre et cliqueter le ventilateur, les enrayent de façon instantanée.

— Je vais voir, dit Mauro en se levant.

Il se fraya un chemin parmi les bagages encombrant le corridor et parvint jusqu'à un petit groupe de gens qui faisaient cercle autour du contrôleur. Armé d'une hache d'incendie, ce dernier avait entrepris de détruire le wagon en commençant par la porte des toilettes !

— Que se passe-t-il ? demanda Mauro à l'un des paysans flegmatiques qui observaient la scène.

— Rien. C'est un *desgraçado* qui a dévalisé une dame. Il s'est enfermé là-dedans et ne veut plus sortir.

Dix minutes durant, le contrôleur s'acharna sur cette porte close. Il prenait son élan, assénait un puissant coup de hache que répercutait la graisse de son double menton, soufflait une seconde, puis recommençait. Mauro fut ébahi par la profonde sérénité de cette violence et, plus encore, par les hochements de tête appréciatifs qui l'accompagnaient.

Lorsque la porte fut enfin défoncée, on trouva un malheureux ivrogne endormi sur la cuvette, un portefeuille sur ses genoux. Après avoir vérifié, puis empoché l'objet du larcin, le contrôleur prit à tâche de sortir le dormeur du réduit. Avec l'aide d'un passager, il le transporta jusque sur la plate-forme, attendit quelques secondes et le fit basculer hors du train par la portière. La respiration coupée, Mauro vit le corps tomber comme un sac de sable sur le talus. L'homme se tourna sur le côté, comme s'il cherchait une meilleure position, mit la main sur son visage et continua à dormir.

— Si je tenais l'enfant de salaud qui m'a volé mon passe ! grommela le contrôleur en remettant la hache dans son emplacement. Puis, se tournant vers Mauro pour le prendre à témoin : C'était une bonne porte, solide... On n'en fait plus des comme ça.

FORTALEZA | *Avenida Tibúrcio Cavalcante.*

« *Querido* papa !

« Rassure-toi, rien de grave. Au contraire. Mais j'aurais besoin d'une petite rallonge de deux mille dollars pour ce mois-ci... (Fais-moi un chèque, tu sais que je change tout ça au noir grâce à mon Grec de Rio...) Je t'explique : ma copine et moi, nous avons eu l'idée d'ouvrir un petit bar sympa dans la vieille ville, pas très loin du bord de mer. Un endroit jeune, avec de la musique *ao vivo* tous les soirs (Thaïs connaît tous les musiciens de la ville !) et une ambiance qui permette de rassembler un peu les étudiants et les artistes. On a même pensé, si ça marche comme prévu, à des soirées poésie et à des expos de peinture. Génial, non ? !

« Pour s'installer dans le local que j'ai trouvé, il faut juste la somme que je t'ai demandée. La moitié pour le premier mois de loyer, le reste pour les tables, les chaises, les boissons, etc. Vu l'enthousiasme de tous ceux à qui nous avons annoncé la chose, le bar fonctionnera ensuite sans problème. En plus, je me suis tiré le tarot trois fois, et trois fois de suite le Chariot est venu en solution. C'est dire !

« Mais je te vois déjà ronchonner à cause de mes études... Ne t'inquiète pas, je passe en deuxième année d'ethnologie, et comme nous nous relayerons au bar avec Thaïs, j'aurai tout le temps nécessaire pour suivre les cours à la rentrée.

« Maman m'écrit qu'elle part dans le Pantanal pour aller rechercher je ne sais plus quel fossile. Je l'envie sacrément !

« J'espère que tu vas mieux et que tu tiens le coup ; enfin, tu me comprends... J'essayerai de passer te voir un de ces jours, promis.

« Comment va Heidegger ?

« Je t'embrasse, *beijo, beijo, beijo !*

Moéma »

La nuit bleu roi emplissait l'espace visible, derrière la porte-fenêtre du salon ; elle sentait fortement l'iode et le jasmin. Assise, nue, sur la grande natte en paille qui recouvrait le sol de la pièce, Moéma relut sa lettre en claquant des dents. De brusques frissons lui parcouraient l'échine, elle transpirait abondamment. Il allait falloir remédier à ça en vitesse. Elle mit la lettre dans une enveloppe, colla un timbre, puis écrivit l'adresse de son père en s'efforçant de ne pas trembler. Revenue dans sa chambre, elle s'arrêta un instant sur le seuil pour regarder Thaïs, étendue nue, elle aussi, sur les draps blancs. Elle avait les yeux fermés ; ses formes lourdes, émouvantes, étaient la proie de ces mêmes houles glacées qui rétractaient par moments sa propre chair. La lune, à travers les persiennes, striait son corps de zébrures apaisantes.

Moéma s'assit au bord du lit ; elle passa ses doigts dans l'épaisse chevelure de la jeune fille.

— Tu as fini ? demanda Thaïs en ouvrant les yeux.

— Oui, ça y est. Je suis sûre qu'il va m'envoyer le fric. De toute façon, il ne me refuse jamais rien.

— Je *speede* un peu, tu sais.

— Moi aussi, mais je vais arranger ça.

Moéma se tourna vers la table de nuit et ouvrit la petite boîte d'ébène qui contenait la coke. Avec une languette de carton, elle y préleva une pincée de poudre qu'elle versa dans une cuiller à soupe ; *la* cuiller, celle que son manche tordu maintenait parfaitement à l'horizontale. Jugeant la quantité trop importante, elle en remit une partie dans la boîte avant de délayer le reste dans un peu d'eau à l'aide d'un compte-gouttes.

— Tu fais attention, hein ? chuchota Thaïs qui la regardait faire.

— N'aie pas peur. Je n'ai pas envie de mourir, encore moins de te tuer, répondit Moéma en faisant chauffer sur un briquet le contenu de la cuiller. Je suis moins folle que j'en ai l'air.

Après avoir aspiré le mélange, Moéma donna quelques chiquenaudes sur la fine seringue qui avait servi quatre heures plus tôt ; tout en appuyant légèrement sur le piston, elle vérifia qu'il ne subsistait plus la moindre bulle d'air, puis ramassa la délicate ceinture de peignoir qui traînait sur le sol.

— En avant, ma belle !

Thaïs se redressa et tendit son bras potelé à Moéma. Celle-ci lui passa deux fois la ceinture autour du biceps, puis serra jusqu'à ce qu'une veine grossisse dans la saignée.

— Ferme le poing, dit-elle en laissant le soin à Thaïs de maintenir elle-même son garrot.

Elle imbiba un morceau de coton avec du parfum et lui en frotta le creux du bras. Retenant sa respiration pour tenter de refréner son tremblement, elle approcha l'aiguille avec précaution vers la veine choisie.

— Quelle chance tu as d'avoir de si grosses veines. Moi, c'est chaque fois toute une histoire...

Thaïs ferma les yeux. Elle ne supportait pas la vue du dernier acte de ces préparatifs, l'instant où Moéma tirait légèrement sur le piston : un filet de sang noir jaillissait dans la seringue, comme si la vie elle-même, s'échappant de son corps, s'y répandait en minces volutes mortifères. La première fois, deux mois plus tôt, elle avait bien failli s'évanouir.

— Allez, desserre lentement, dit Moéma en commençant l'injection.

Lorsqu'elle eut vidé la moitié de la seringue, elle retira l'aiguille et plia le bras de Thaïs sur un tampon d'ouate.

— Oh, mon Dieu ! Quelle merde, mais quelle merde, mon Dieu ! répéta la jeune fille en se laissant tomber comme une masse sur le dos.

— Thaïs, ça va ? Réponds-moi ! Thaïs ? !

— OK, ça va... Pas de bile... Viens vite me rejoindre, articula péniblement la jeune fille.

Rassurée, Moéma mit en place la ceinture sur son bras gauche et la retint avec les dents. Sa main tremblait désormais de façon irrépressible. Serrant le poing de toutes ses forces, elle se piqua plusieurs fois sans parvenir à trouver une veine dans le réseau bleuté, à peine visible sous la peau. À bout de ressources, elle piqua pour finir un renflement sanguin sur son poignet.

Avant même d'avoir injecté le reste de la seringue, il lui vint à la bouche un goût puissant d'éther et de parfum ; et tandis que se fermait progressivement le diaphragme du monde, elle se sentit coupée des vivants, rejetée dans les ténèbres de sa propre essence. Une rumeur aux sonorités métalliques enfla brusquement dans sa tête, une sorte de résonance continue, étouffée, comparable à celle que l'on perçoit en plongée sous-marine, lorsqu'on heurte avec sa bouteille la ferraille rouillée d'un vieux navire. Et en même temps que ce vagissement d'épave, la peur. Une peur atroce de mourir, de ne plus être capable de rebrousser chemin. Mais au fin fond de cette panique, il y avait une désinvolture absolue face à la mort, une sorte de défi presque lucide et désespéré.

Avec le sentiment de toucher au plus près le mystère de l'existence, elle assista ensuite à la disparition progressive de tout ce qui n'était pas le corps, son corps et sa volonté propre de se fondre avec un autre corps avide de volupté, avec tous les corps présents dans l'univers.

Moéma sentit sur sa poitrine la main de Thaïs qui l'attirait en arrière. Elle s'allongea, concentrée tout à coup sur l'exquise jouissance de ce contact.

Thaïs lui mordit la lèvre, tout en lui caressant le sexe et en frottant le sien contre sa cuisse. La vie explosait de toute sa beauté réapparue ; elle sentait bon le Givenchy.

FAVELA DE PIRAMBÚ | *L'aleijadinho*.

Par un méchant jeu de mots entre *aleijado* (handicapé) et *alijado* (allégé), on l'appelait « Nelson l'allégé », ou plus souvent « l'allégé » tout court. C'était un jeune garçon d'une quinzaine d'années, peut-être plus, qui semblait doué du don d'ubiquité. Où qu'on aille dans les rues de Fortaleza, on finissait toujours par l'apercevoir entre les voitures, au milieu de la chaussée, en train de mendier quelques cruzeiros. Entier jusqu'au bas-ventre, et même plutôt joli garçon avec sa coupe de cheveux mi-longue, ses grands yeux noirs et sa petite moustache naissante, il n'était « allégé » que des membres inférieurs : né à genoux, avec les os de chaque jambe soudés ensemble et terminés par des moignons de pieds, il se déplaçait comme un animal, en s'aidant avec les bras. Toujours vêtu de la même guenille, linge informe de crucifié plutôt que short, et d'un maillot de corps à rayures qu'il relevait jusqu'au-dessus des seins, à la mode du Nordeste, il caracolait partout en se traînant assez habilement dans la poussière des rues. Contraint par son handicap à des acrobaties disgracieuses, il ressemblait de loin à une étrille, ou plus exactement, à un crabe de cocotier.

Comme la chaleur de la ville obligeait les citadins à rouler fenêtres ouvertes, il se postait aux carrefours principaux et attendait que le feu passe au rouge pour se lancer à l'assaut des véhicules. Deux mains calleuses s'agrippaient soudain au rebord de la portière, puis surgissait une tête au regard effrayant, tandis qu'une abomination de membres tors venait cogner sur le pare-brise ou menaçait de s'infiltrer à l'intérieur de la voiture. « Pitié, pour l'amour de Dieu, pitié ! » suppliait alors l'*aleijadinho* sur un ton de menace qui faisait froid dans le dos. Jaillie des profondeurs de la terre, cette apparition produisait presque toujours l'effet escompté : les conducteurs s'affairaient illico sur leur porte-monnaie ou fouillaient nerveusement le désordre des vide-poches pour se débarrasser au plus vite de ce cauchemar. Et comme il avait les mains prises, Nelson ordonnait qu'on lui mette dans la bouche le billet crasseux qu'on venait à grand-peine de dénicher. Il se laissait glisser ensuite sur la route et transférait l'argent dans sa culotte après y avoir jeté un rapide coup d'œil.

— Soyez bénis ! disait-il entre ses dents, tandis que la voiture se préparait à démarrer ; et l'on entendait « Allez au diable ! », tant il mettait de mépris dans ces paroles.

Il était la terreur des conductrices. Mais quand on le connaissait un peu et qu'on lui tendait son aumône avant même qu'il ait eu à quémander, lui évitant ainsi de devoir escalader la voiture, il vous remerciait d'un sourire qui valait toutes les bénédictions.

Les mauvais jours, il chapardait plutôt que de retourner à la décharge municipale pour y disputer aux urubus un fruit pourri ou un os à ronger. Il ne volait habituellement que de quoi manger, et cela lui était un calvaire tant il craignait la violence féroce des policiers. La dernière fois qu'il s'était fait prendre, pour le vol de trois bananes, ces porcs l'avaient humilié jusqu'à plus soif en le traitant de demi-portion ; ils l'avaient forcé à se mettre nu, soi-disant pour le fouiller, en réalité pour se moquer plus cruellement encore de ses organes atrophiés et lui répéter à l'envi qu'il fallait nettoyer le Brésil de pareilles horreurs contre nature. Puis on l'avait enfermé toute une nuit dans une cellule avec un *cascavel*, l'un des serpents les plus venimeux de la région, afin de provoquer « un regrettable accident »... Par miracle, le serpent l'avait laissé tranquille, mais Nelson en avait pleuré d'angoisse et vomi durant des heures jusqu'à s'évanouir. Aujourd'hui encore, ce *cascavel* hantait ses nuits. Heureusement, Zé « le camionneur » était venu au matin pour payer sa caution, et il avait ainsi échappé au pire.

Nelson vouait une admiration et une reconnaissance sans bornes à ce drôle d'homme, toujours jovial, qui s'était pris d'amitié pour lui et venait le visiter de temps à autre jusque dans la *favela*. Il avait toujours une nouvelle histoire à raconter et faisait même monter l'*aleijadinho* dans son camion pour l'emmener faire un tour au bord de mer. Non content d'être grand et fort, de parcourir le monde avec son immense camion bariolé, le Zé, l'oncle Zé, comme il l'avait baptisé par affection, possédait aussi un véritable trésor aux yeux de Nelson : la voiture du neveu de Lampião ! C'était une Willis blanche dont Zé lui avait fait un jour les honneurs. Elle ne roulait plus, mais il la conservait précieusement, comme une relique ; Nelson ne s'était jamais senti aussi heureux que ce jour où il lui avait été permis de s'asseoir à l'intérieur. Une fameuse prise de guerre ! Virgulino Ferreira da Silva, alias Lampião, ce bandit d'honneur qui avait ridiculisé la police jusqu'en 1938, l'avait confisquée à Antônio Gurgel, un riche propriétaire qui s'était aventuré dans le Sertão. Il l'avait attaquée à cheval avec sa bande comme une vulgaire diligence, et il n'avait eu la vie sauve qu'en paiement d'une rançon importante. Nelson connaissait tout de l'histoire du *cangaço* et de ces hommes qu'on appelait *cangaceiros*, parce qu'ils portaient leur fusil sur l'échine comme les bœufs attelés portent le joug, le *cangalho*. Ceux-là s'étaient refusés à subir la cangue des opprimés pour vivre la vie libre du Sertão, et si leur winchester pesait sur leurs épaules, du moins était-ce pour la bonne cause, celle de la justice. Passionné par la figure de Lampião, comme tous les gosses du Nordeste, Nelson s'était efforcé de rassembler quelques documents relatifs à ce Robin des bois des latifundia. Dans sa tanière, à la favela de Pirambú, nombre de photos découpées dans *Manchete* ou dans *Veja* tapissaient les murs de tôle et de contreplaqué. On y voyait Lampião sous toutes les coutures et à tous les âges de sa carrière, mais aussi Maria Bonita, sa compagne d'aventures, et ses principaux lieutenants : Chico Pereira, Antônio Porcino, José Saturnino, Jararaca... autant de personnages dont Nelson savait par cœur les exploits, de saints martyrs dont il invoquait souvent la protection.

Zé lui ayant promis qu'il passerait ce soir-là, Nelson était rentré un peu plus tôt à la favela. Il avait acheté un litre de *cachaça* au Terra e mar, et rempli de pétrole les deux petites lampes qu'il s'était fabriquées avec de vieilles boîtes de conserve. À force de contorsions, il avait même réussi à égaliser au mieux le sable de sa chambre, après l'avoir nettoyé de ses mégots. Maintenant, il attendait l'oncle Zé en regardant son père luire dans la pénombre. Ah, on ne pouvait pas dire qu'il le négligeait : la barre d'acier était astiquée comme un chandelier d'argent ; huilée, frottée jour après jour, elle reflétait la flamme d'une veilleuse qu'il maintenait allumée sur elle en permanence.

Comme beaucoup de Nordestins, son père avait travaillé jadis pour une aciérie du Minas Geraís. Tous les soirs, il lui racontait l'enfer des hauts fourneaux, le danger auquel étaient exposés les ouvriers à cause de la rapacité du colonel José Moreira da Rocha, le propriétaire de l'usine. Et puis un jour il n'était pas rentré. Un gros lourdaud en costume et deux contremaîtres étaient venus chez eux, à la nuit tombée, dans la cahute insalubre que le patron accordait, dans sa magnificence, à chacun de ses employés. Ils avaient parlé d'un accident, décrit par le détail comment son père, son père à lui, était tombé dans une cuve de métal en fusion. Et qu'il ne restait rien de lui, sinon ce bout de rail symbolique qu'on avait tenu à lui rapporter. Quelques atomes de son père, avaient-ils dit, s'y trouvaient sans doute dispersés ; il y en avait soixante-cinq kilos, le poids exact du défunt : on pouvait donc le faire enterrer religieusement. Comme il n'avait plus droit à cette maison à aucun titre, pour faire bonne mesure, on le pria de vider les lieux.

Nelson avait dix ans. Sa mère étant morte à sa naissance, sa famille éteinte depuis longtemps, il s'était retrouvé à la rue du jour au lendemain. Au travers de ses tribulations, il avait toujours conservé ce bout de rail et le bichonnait comme son bien le plus précieux.

Ce colonel était un pourri, un fils de pute mangé par la vérole.

— Ne t'en fais pas, petit père, murmura Nelson en s'adressant à la barre d'acier, j'aurai sa peau, tu peux en être sûr ; tôt ou tard, ce chien connaîtra la vengeance du *cangaço*.

Chapitre II

*De cette affreuse guerre qui dura trente ans
& bouleversa les royaumes d'Europe. Où Athanase
fait montre d'un rare courage lors d'une mésaventure
qui aurait pu fort mal se terminer...*

Athanase venait juste de commencer ses études de physique, lorsque la guerre parvint à Paderborn. Le 6 janvier 1622, lorsque Johann Copper donna l'ordre à ses ouailles de s'enfuir, il était déjà presque trop tard : la canaille entourait les bâtiments. N'écoutant que son courage & sa foi en Notre Seigneur, le provincial du collège sortit seul pour aller au-devant des mercenaires & les engager à la clémence. On lui lança une torche enflammée au visage, il réussit à l'éviter, mais les démons de Luther s'étant jetés sur le saint homme, il fut rossé copieusement, insulté & humilié avant d'être lié comme un animal & traîné en prison. En cette aventure, il fut heureux de ne pas finir ses jours au même instant sur l'échafaud, comme ce malheur arrivait à tant d'autres catholiques aussi peu coupables que lui.

Pendant ce temps, & pour obéir aux ordres de leur supérieur, les quatre-vingts élèves jésuites – moins cinq prêtres qui décidèrent de rester – s'enfuirent du collège par petits groupes, déguisés en hommes de la rue. Quinze d'entre eux furent capturés & rejoignirent leur provincial en prison.

En compagnie d'un troisième étudiant, Athanase & Friedrich réussirent à quitter la ville sans ennui.

Le 7 février 1622, ils arrivèrent au bord du Rhin, près de Düsseldorf. Le fleuve n'était gelé que depuis peu, mais les paysans de l'endroit indiquèrent aux trois voyageurs un certain passage par où, la glace étant plus épaisse, il serait possible de traverser : ce qui était un mensonge éhonté, dicté uniquement par l'appât du gain ! L'usage était en effet de payer quelque pauvre diable chaque année à fin de traverser le fleuve & de tester ainsi la glace. Les trois étrangers constituaient pour les paysans une bonne aubaine, & ce fut seulement pour économiser un peu d'argent que ces ladres les trompèrent sans pitié. En ces temps de misère & de disgrâce, la vie des hommes, & *a fortiori* d'inconnus qui semblaient de vils déserteurs, valait moins que trognon de chou. Les fieffés avares leur montrèrent donc un chemin par lequel, disaient-ils, tout le monde traversait sans encombre. Dans leur simplicité, les trois jésuites crurent ces boniments & commencèrent la traversée.

Avec la fougue de sa jeunesse & son habitude du patinage, Kircher prit la tête du petit groupe, précédant ses compagnons d'une vingtaine de pas afin d'assurer, du moins, leur sécurité. Le temps se gâtait rapidement. De larges bancs de brouillard, venus du nord, menaçaient de masquer la rive, Athanase pressa le pas. Arrivé à peu près au milieu du fleuve, il s'aperçut avec horreur que la surface y était fondante. Il fit demi-tour aussitôt dans le but de rejoindre ses compagnons & de les avertir du danger, mais dans un sinistre craquement, la glace se rompit entre lui & ses amis, tant & si bien que la partie sur laquelle il se trouvait se mit à dériver en eau libre. Emporté par le flux, s'égosillant sur son glaçon, Athanase disparut dans les brumes.

Craignant pour sa vie, le jeune homme s'efforça de tout son cœur à la prière. Après une périlleuse descente, le radeau de glace se rapprocha par bonheur de la partie gelée du fleuve & Kircher sauta dessus avec agilité. Sans plus attendre, il se mit à marcher pour rejoindre la terre ferme & terminer sa traversée. Toutefois, à une vingtaine de coudées du bord, alors même qu'il remerciait Notre Seigneur de lui avoir permis de sortir, somme toute assez commodément, d'un si mauvais pas, la glace se rompit à nouveau devant lui. Bleu de froid, meurtri par ses chutes répétées, Athanase n'hésita pas une seconde : il se jeta dans l'eau glacée, & après quelques brasses où toute son expérience de nageur fut mise à contribution, parvint à se hausser sur la rive, plus mort que vif.

Trempé, battant le tambour avec les dents, il marcha vers la ville de Neuss où se trouvait un collège jésuite. Après trois heures d'un véritable calvaire, il sonna la cloche du collège & s'évanouit dans les bras du portier. Lorsqu'il revint à lui, il eut la joie de retrouver ses compagnons de route qui avaient réussi à traverser le fleuve par un autre endroit et, l'ayant tenu pour mort, pleuraient de ravissement à le voir sain & sauf.

Trois jours d'un repos bien mérité leur permirent ensuite d'arriver d'une seule traite jusqu'à Cologne.

C'est dans cette ville que von Spee fut ordonné prêtre. Sur ses conseils avisés, Athanase choisit d'abandonner son humilité de façade : quand bien même elles vexeraient la susceptibilité de quelques-uns, ses connaissances & son habileté à la réflexion étaient trop importantes pour être dissimulées. En peu de mois, Athanase termina donc sa philosophie avec éclat, tout en continuant ses études personnelles de physique, de langues & de mathématiques. Impressionnés par des qualités hors du commun, ses professeurs décidèrent de l'envoyer en Bavière, au collège d'Ingolstadt, pour se perfectionner dans l'étude des humanités & y enseigner le grec ancien. Obéissant aux ordres de ses supérieurs, Athanase quitta Cologne vers la fin de l'année 1622, mais ce fut la mort dans l'âme : il laissait Friedrich von Spee derrière lui, & avec ce dernier la joie de vivre & d'apprendre de sa jeunesse. Ils ne devaient plus jamais se revoir.

Durant trois années, Kircher se perfectionna en d'innombrables disciplines. Sous la direction de Christophe Scheiner, dont la réputation n'est plus à faire, il pratiqua l'astronomie et les mathématiques sans relâche &, bientôt, y excella autant que son maître. Il fit de même en physiologie, en alchimie & en bien d'autres matières, tout en approfondissant encore sa connaissance des langues. À l'âge de vingt-trois ans, Kircher éclipsait sans peine ses collègues, lesquels s'accordaient à lui reconnaître d'incroyables dons de mémoire en sus d'un génie inventif & d'une habileté mécanique hors du commun.

Ingolstadt était alors sous la juridiction de Johann Schweickhart, archevêque de Mayence & Électeur du Saint Empire romain germanique. Or, il advint qu'une délégation mandée par ce haut personnage fut annoncée pour le début du mois de mars. De pareilles visites n'étant point si fréquentes, la ville reçut cette ambassade en grande pompe.

Les jésuites, & Kircher en particulier, furent mis à contribution pour l'arrangement des festivités. Athanase combina plusieurs féeries de son cru : il y montra quelques nouveautés qui furent jugées admirables par les envoyés de l'archevêque. Devant une assemblée stupéfaite, il créa des illusions d'optique en plein air, projetant sur les arbres du parc & sur les nuages des formes fantastiques, telles que chimères, sphinges & dragons ; il exhiba des miroirs déformants qui vous montraient à l'envers, vieilli ou rajeuni de plusieurs années, & termina par un somptueux feu d'artifice où les fusées, en éclatant, prenaient la forme de l'aigle impériale & autres animaux emblématiques. Accusé de magie noire par quelques âmes simples ou envieuses, Kircher dut montrer les instruments mésoptiques, catoptriques & parastatiques qui lui avaient servi pour ce spectacle & dévoiler aux légats comment ils fonctionnaient. Tous instruments de son invention qu'il décrivit ensuite par le détail dans son *Mundus Subterraneus,* & son *Ars Magna Lucis & Umbræ.* Les ambassadeurs se montrèrent si enchantés de ce spectacle que jusqu'à leur départ il ne fut point permis au jeune prodige de s'éloigner d'eux.

Charmé par le récit de ses envoyés, Johann Schweickhart exhorta Kircher à se présenter sans tarder devant lui.

Athanase rejoignit donc le vieil homme à Aschaffenburg & fit sur lui un excellent effet. Aussitôt attaché à son service, il consacra une grande partie de son temps à inventer & préparer quantité de curieuses machines pour amuser l'archevêque durant ses instants de loisir. Il fabriqua ainsi une statue animée & parlante, laquelle semblait douée de vie, & entre autres merveilles, expliqua les propriétés miraculeuses de la pierre d'aimant, montrant par le détail comment on pouvait s'en servir pour guérir les maladies nerveuses ou transmettre ses pensées à distance. Sur la prière de Johann Schweickhart, il commença d'ailleurs à mettre par écrit ses réflexions concernant le magnétisme, lesquelles firent quelques années plus tard la matière de son premier ouvrage : l'*Ars Magnesia.*

Kircher fut aussi chargé par l'archevêque d'établir un relevé topographique de certaines parties de la principauté. Il s'en acquitta en trois mois seulement & se préparait à étendre son travail lorsque son protecteur fut soudainement rappelé à Dieu.

À la fin de l'année 1625, Kircher retourna à Mayence pour son Scolasticat de Théologie. Il y étudia les textes sacrés avec rigueur & assiduité, non sans continuer ses travaux scientifiques. Ayant acheté l'une des premières lunettes à voir à l'air qui furent mises en circulation, il passait une grande partie de ses nuits à contempler les astres. Un beau matin, il s'enferma dans sa cellule pour observer le Soleil. Suivant les indications de Scheiner & de Galilée, il avait appliqué sa lunette à un trou pratiqué dans le volet de sa fenêtre, & placé une feuille de vélin blanc sous le verre concave, de manière à ce que l'on voie distinctement l'image du Soleil sur ladite charte. Comme il regardait la houleuse mer de flammes sur le papier, il aperçut de nombreuses macules qui la contrariaient, se formant puis disparaissant. Cette vue le remplit d'étonnement, & de ce jour l'astronomie devint l'un de ses principaux sujets d'étude.

Un matin de mai 1628, alors qu'il parcourait les rayons de la bibliothèque du collège, il découvrit l'ouvrage de Mercati consacré aux obélisques érigés à Rome par le pape Sixte V. La curiosité d'Athanase fut immédiatement aiguillonnée, & il commença de spéculer sur la signification des nombreux hiéroglyphes reproduits dans les illustrations de ce volume. Il les prit tout d'abord pour des ornementations récentes, mais la lecture du livre lui apprit bientôt que ces figures ou inscriptions étaient gravées sur les obélisques égyptiens depuis des temps immémoriaux & que personne n'avait jamais été capable de les déchiffrer. Proposée à lui par la Divine Providence, cette énigme demanderait à Kircher vingt ans de travaux ininterrompus avant de connaître enfin une heureuse résolution.

À la fin de sa dernière année d'étude, en décembre 1629, Kircher fut envoyé à Würzburg pour enseigner les mathématiques, la morale & les langues bibliques. C'est dans ce collège, où je commençais alors mon noviciat, que je le rencontrai pour la première fois.

Réunis dans une salle de classe, mes camarades et moi-même attendions notre nouveau professeur de mathématiques, un certain père Kircher dont on nous avait dit le plus grand bien, mais que nous moquions déjà, prévenus contre lui à cause de sa trop bonne réputation. Je me souviens n'avoir pas été l'un des derniers à ricaner sur son compte, renchérissant d'ironie sur ce « Père l'église » qui nous arrivait des cieux avec ses féeries. Pourtant, lorsqu'il parut & monta en chaire, le silence se fit sans qu'il lui fût besoin de prononcer un seul mot. Le père Athanase avait vingt-sept ans, & jamais visage ne montra cette harmonie qui provoque l'adhésion comme par sympathie ou attirance magnétique : un large front intelligent & noble, un nez droit, comme on le voit au David de Michel-Ange Buonarroti, une bouche bien dessinée aux lèvres fines & rouges, à peine ombrées par le duvet d'une barbe naissante – qu'il tailla très court toute sa vie – & sous d'épais sourcils presque horizontaux, de grands yeux noirs & profonds où luisait en permanence le reflet fascinant d'un esprit curieux, toujours prêt à la repartie ou à la joute.

Il se présenta à nous dans un latin digne de Cicéron & initia une leçon dont les moindres mots sont restés gravés dans ma mémoire. La question traitée ce jour-là consistait à savoir combien la Terre contenait de grains de sable, à supposer qu'elle en fût constituée. Kircher passa dans nos rangs, nous distribuant à chacun une pincée de sable qu'il extrayait d'une poche de sa soutane, & cela fait nous ordonna de tracer sur nos cahiers un trait de la grandeur d'une ligne. Puis il nous enjoignit d'arranger côte à côte sur cette droite autant de grains de sable qu'elle en pouvait tenir : nous fûmes stupéfaits de voir qu'une ligne contenait à chaque fois 30 grains de sable exactement ! Fort de cette expérience, qu'il nous assura pouvoir répéter avec tous les grains de sable qui se pouvaient trouver de par le monde, il commença la démonstration. Si nous imaginions une sphère dont le diamètre était d'une ligne, elle contiendrait 27 000 grains de sable. Une sphère d'un pouce de diamètre en contiendrait 46 656 000, celle d'un pied 80 621 568 000, celle d'une lieue 272 097 792 000 000 000 000 000, & partant, si toute la Terre était composée de grains de sable, elle en contiendrait 3 271 512 503 499 876 784 372 652 141 247 182 & 0,56 car elle a 2 290 lieues en son diamètre & contient 12 023 296 769 & 0,3 sphères d'une lieue de diamètre...

On imagine sans peine notre stupéfaction devant tant de science, & surtout tant de facilité à la dispenser. De ce jour, je vouai au père Kircher une admiration & un respect que rien n'a réussi à ternir jusqu'à présent. Je n'eus de cesse de rechercher sa compagnie & obtins la grâce, sinon de son amitié, du moins de sa bienveillante protection. Faveur qui me coûta la jalousie de mes camarades & diverses vexations dont il n'est pas de mise de parler en ce lieu, mais que je pardonnai bien volontiers, eu égard à l'immense honneur qui m'était accordé.

Deux années bienheureuses s'écoulèrent de la sorte. Kircher se plaisait à Würzburg & continuait d'arrache-pied ses propres travaux, en marge de son service magistral. Par sa correspondance avec les plus grands noms du siècle & les missionnaires de la Compagnie épars sur la surface du globe, il se tenait informé de toutes les nouveautés regardant les sciences. Et protégés que nous étions au sein d'un royaume profondément catholique, l'horrible guerre qui sévissait entre réformistes & partisans de la Contre-Réforme nous paraissait bien loin, quand bien même nous en recevions régulièrement les pires échos.

Tout semblait devoir continuer dans l'étude & la tranquillité, lorsque Athanase Kircher fit une étrange expérience : une nuit d'orage, éveillé en sursaut par un bruit insolite, il vit apparaître une lueur pourpre dans sa fenêtre. Sautant du lit, il ouvrit la lucarne pour voir de quoi il retournait. À sa grande surprise, il constata que la cour du collège était pleine d'hommes armés, placés en ordre militaire ! Horrifié, il courut vers la cellule de son voisin, mais le trouva plongé dans un si profond sommeil qu'il lui fut impossible de le réveiller, & ainsi fut-il des autres jésuites qu'il essaya de prévenir. Craignant de souffrir d'hallucinations, il vint me trouver, puis m'entraîna jusqu'à un endroit où l'on pouvait apercevoir la cour. Les hommes en armes avaient disparu.

Pendant les deux semaines qui suivirent, Gustave Adolphe, roi de Suède, entra en guerre au côté des réformistes. Les malheurs de la cause catholique se précipitèrent, & après la bataille de Breitenfeld & sa victoire sur le comte de Tilly, l'armée suédoise pénétra en Franconie : la nouvelle nous parvint que ces démons marchaient sur Würzburg ! Les pires craintes de Kircher s'étaient réalisées… Nous n'avions désormais le temps que de rassembler quelques affaires & de prendre la fuite. Würzburg étant sans garnison, sans réserves, sans assistance d'aucune sorte, le collège se désorganisa en vingt-quatre heures. L'ennemi approchait de la ville, & l'on disait que les Suédois ne montraient aucune pitié envers les jésuites. Nous fûmes pris dans ce chaos sans nom : il fallait fuir vers Mayence, & en ce 14 octobre 1631, nous nous sauvâmes comme des miséreux. Mon maître laissait derrière lui le manuscrit de ses *Institutiones Mathematicæ*, fruit de nombreuses années d'études, & ce lui fut une perte dont il mit plusieurs mois à se consoler.

Toutes les fois qu'Eléazard se sentait abruti par
une trop longue station devant l'ordinateur, il mettait la machine en veille, observait un instant les
centaines d'étoiles qui défilaient sur la nuit sidérale
de l'écran et venait s'asseoir devant le grand miroir
du séjour. Avec les balles de ping-pong dont il remplissait désormais ses poches, il s'exerçait alors à la
manipulation. Rien ne lui vidait l'esprit comme de
répéter les gestes précis qui régissent l'apparition ou
la disparition de ces objets. Il regardait naître les
balles entre ses doigts, ou se multiplier, corrigeant
la position de ses mains, s'évertuant à toujours plus
d'automatisme dans leur agilité. Cette lubie ne
datait que de quelques mois, depuis le jour où il
avait admiré l'adresse étonnante d'un bateleur dans
une ruelle de São Luís : un petit *matuto* crasseux et
décharné, avec une bouche privée de dents, mais
qui s'enfonçait tranquillement dans le nez un nombre invraisemblable de très longs clous de charpentier. Plus que l'exploit lui-même, Eléazard avait
apprécié la parfaite maîtrise corporelle de cet
homme et l'élégance quasi mathématique qu'il donnait à ses mouvements. Talonné par un sentiment
d'urgence, il avait écumé toutes les librairies de la
ville pour acheter une méthode d'initiation à ces
pratiques. La pauvreté des ouvrages en cette
matière l'avait déçu. La plupart des livres consacrés
à la prestidigitation se contentaient de dévoiler
quelques astuces tout juste bonnes à abuser les
enfants. Ce qu'il désirait, lui, c'était faire apparaître
des colombes ou sortir d'une oreille anonyme des
kilomètres de foulards, des tours confinant au miracle pur et simple. À bout de ressources, il avait écrit
en France pour se faire envoyer un livre qui pût correspondre à ses exigences.

En réponse à son courrier, Malbois lui avait fait parvenir un bel exemplaire du seul ouvrage jamais écrit par Robert Houdin, et un *Techniques de base pour les prestidigitateurs* qui ressemblait à un manuel dédié au langage des sourds-muets tant il comportait d'illustrations de mains et d'empaumements. Les deux auteurs étaient formels : il n'y avait qu'une longue pratique d'assouplissement des doigts et une domestication parfaite de ses gestes pour conduire un jour à une réelle maîtrise. Eléazard s'entraînait donc selon ces principes, réitérant avec conscience les moindres exercices d'une gymnastique assez proche, selon lui, des arts martiaux.

Là lettre de Moéma l'avait contrarié. Non que l'argent qu'elle demandait lui fût un problème – il ne dépensait guère pour ses propres besoins –, mais il réprouvait l'attitude insouciante de sa fille. Qu'elle lui écrivît de manière intéressée, passe encore, même s'il en était peiné ; après tout, c'était le rôle des pères que d'assister l'enfant qu'ils avaient eu l'égoïsme de mettre au monde. Mais pour un bar ! Elle qui n'était pas capable de gérer un simple budget d'étudiante ! Il aurait préféré que Moéma lui soutirât de quoi voyager ou s'acheter de nouvelles robes, pourquoi pas, c'était dans la nature des choses et de son âge, mais elle inventait chaque fois quelque nouveau projet plus déraisonnable que le précédent. Le pire, c'était qu'elle semblait croire à son idée de bar aussi fermement qu'elle s'était enthousiasmée, deux mois auparavant, pour cette carrière de mannequin qui lui « tendait les bras » et dont il n'avait plus entendu parler. Trois mille dollars pour le press-book et les faux frais… « Une vraie gosse ! songea-t-il en souriant, attendri tout à coup par la candeur de Moéma. Ou peut-être est-ce moi qui suis en train de franchir le pas : quand on commence à remarquer les frasques de la jeunesse, pour s'en offusquer ou seulement les pardonner, c'est qu'on est soi-même devenu vieux. Patience, donc. » Il avait envoyé un chèque ce matin, et continuerait à céder aux caprices de sa fille jusqu'à ce qu'elle parvienne à prendre son essor. C'était la seule solution pour qu'elle n'ait jamais le sentiment d'avoir raté quoi que ce fût à cause des autres ou de l'argent, pour qu'elle conçoive un jour sa propre responsabilité dans le cours de son existence. N'était-ce pas ainsi qu'on *devenait* ?

La faim le surprit sur cette réflexion désabusée. Désireux de voir des gens, de leur parler, il décida de sortir pour aller dîner.

Soledade accueillit cette nouvelle avec irritation ; elle avait déjà préparé le repas du soir et se renfrogna aussitôt. Eléazard eut beau essayer de la dérider, elle ne lui accorda qu'une moue de mépris avant de s'enfuir de la cuisine. Jetant un coup d'œil sur les fourneaux, il vit une omelette baignant dans l'huile : elle s'était fait une joie de lui accommoder l'un des plats que Raffenel s'ingéniait à lui apprendre. Un bien mauvais professeur, songea-t-il en regardant le contenu de la poêle, à moins qu'elle ne soit pas douée, tout simplement. Il haussa les épaules, découragé.

Le soir tombait sur Alcântara, une sorte de grisaille inquiétante, plus épaisse et plus noire que le ciel couvert qui avait assombri l'après-midi. La pluie menaçait pour cette nuit. Eléazard pressa le pas, attentif à éviter les excréments de zébu qui piégeaient par endroits les ruelles mal pavées. Il prit à gauche, derrière l'église São Matías, et se trouva bientôt dans la *rua da Amargura*, la rue de l'Amertume, ainsi nommée parce que le vicomte Antônio de Albuquerque, l'ancien propriétaire du palais qu'il longeait maintenant, avait coutume de faire étendre ses esclaves dans la boue afin que son épouse et ses filles puissent traverser à pied sec en se rendant à l'office du dimanche. Du linge mité pendait aux larges fenêtres qu'une herbe malfaisante s'ingéniait à disjoindre pierre à pierre ; il ne restait plus que des fragments épars et fissurés de ces gracieux *azulejos* à décor bleu et blanc qui avaient embelli autrefois l'une des plus belles demeures de la ville. Que la lèpre du temps achève son travail, songea Eléazard, qu'elle écaille jusqu'au bout ce témoignage obscène de la barbarie des hommes.

En arrivant *rua Silva Maia*, il eut un regard pour l'église du Rosário. Elle se détachait, blanche et verte, sur le ciel plombé. Posée là, au beau milieu d'un terre-plein gagné sur la forêt – mais envahi par l'herbe folle faute d'avoir été pavé –, elle semblait vouloir s'imbiber de toute l'humidité du sol, comme en témoignaient les larges taches ocre rouge salissant la façade jusqu'à mi-hauteur. Volets clos, fronton aveugle, elle suintait l'angoisse et l'abandon. Derrière elle, toute une fourrure de manguiers s'agitait lourdement, prise de sonores frissons qui secouaient d'un bout à l'autre les frondaisons.

Eléazard poussa la porte de l'hôtel Caravela – *Hygiène et confort. Sept chambres bien meublées* – faisant s'entrechoquer les tubes de bambou qui pendaient du plafond. Un jeune créole vint aussitôt à sa rencontre, les bras tendus vers lui, visage éclairé par un large sourire de contentement.

— Lazardinho ! Quelle bonne surprise... *Tudo bem ?*

— *Tudo bom.*

Eléazard éprouvait une véritable jouissance à proférer ces mots rituels de bienvenue ; après eux, et comme apaisée par leur magie, la vie semblait tout à coup plus avenante.

— Alors, qu'est-ce que tu racontes ? reprit Alfredo après l'avoir gratifié d'une sincère étreinte. Si tu veux rester manger, il y a des gambas toutes fraîches. Je suis allé les acheter moi-même au bateau.

— Va pour les gambas...

— Installe-toi, je vais prévenir Socorró.

Eléazard pénétra dans la cour intérieure de l'hôtel. Quelques tables dispersées sous la vaste toiture de la véranda constituaient le restaurant. Dans le patio, trois immenses bananiers et un arbuste inconnu cachaient à demi l'escalier menant aux chambres de l'étage. Une ampoule nue jaunissait déjà l'espace dénudé.

Une fois assis, Eléazard vérifia le court menu dactylographié qui traînait sur la table ; inchangé depuis des mois, il annonçait fort simplement :

Filé de pescada, Camarão empanado,
Peixadas, Tortas, Saladas.
Preço p/pessoa : O melhor possível...
FAVOR FAZER RESERVA

Tout le charme d'Alfredo tenait dans ce degré zéro de la restauration. Trois plats de poisson et de crevettes, des tartes et des salades. Encore le pluriel n'était-il qu'une bénigne exagération, puisque sauf cas exceptionnel – *On est prié de réserver !* – il n'y avait en tout et pour tout que le plat du jour, c'est-à-dire l'ordinaire d'Alfredo lui-même et de sa jeune épouse. Quant au prix – *Le meilleur,* le moins cher *possible* – il n'était fonction que des caprices de l'inflation (300 % par an) et de la tête du client.

Après le maigre héritage qui les avait dotés de cette maison vétuste, Alfredo et Eunice s'étaient résolus à la transformer en hôtel. Moins dans l'idée de faire fortune – ils en avaient quand même bercé l'illusion, durant les premiers jours d'euphorie –, que par amour d'une existence simple et avec le désir de redonner vie à Alcântara. Partisans d'une solution *alternative,* un mot qui revenait souvent dans leur bouche comme une panacée à *l'enfermement bourgeois* et à *l'emprise sur la planète de l'impérialisme américain,* ils survivaient tant bien que mal dans leur havre de paix et d'humanisme. À la bonne saison,

quelques touristes amoureux de l'architecture coloniale au point d'oublier l'heure du dernier bateau
échouaient dans leur hôtel, le seul d'Alcântara, ce
qui permettait à Eunice et Alfredo de vivoter avec le
restaurant pendant le reste de l'année. Par bonté
d'âme plutôt que par nécessité, ce couple sympathique employait la vieille Socorró comme cuisinière et
pour aider à l'entretien des chambres.

Alfredo réapparut, deux verres et deux grandes
bouteilles de bière à la main.

— Stupidement gelées ! Comme tu les aimes, dit-il
en s'asseyant à la table d'Eléazard.

Il remplit les verres avec précaution et trinqua :

— *Saúde !*

— Santé ! répéta Eléazard en choquant son verre
contre celui d'Alfredo.

— À propos, tu ne sais pas la nouvelle ? Nous
avons loué une chambre !

C'était assez extraordinaire, en pleine saison des
pluies, pour qu'Eléazard manifestât son étonnement.

— C'est vrai, je te le jure ! insista Alfredo. Une Italienne. Elle est journaliste, comme toi, et...

— Je ne suis pas journaliste ! corrigea Eléazard.
Correspondant de presse, ce n'est pas la même
chose. Dans son esprit, en tout cas, c'était différent,
mais il s'en voulut de cette coquetterie instinctive et
rectifia une seconde fois : Bien que ce soit une race
comparable de vautours...

— Tu es trop dur avec toi-même, continua
Alfredo, l'air navré, et avec la profession. Sans toi,
sans les journalistes, qui saurait jamais ce qui se
passe ici ? Mais bon. Elle s'appelle Loredana, et c'est
un sacré morceau de fille, je te l'assure ! Si je n'étais
pas marié... Aïe, aïe, aïe !

Il accompagna ce sous-entendu d'un clin d'œil et
d'une rafale de claquements de doigts.

— Un jour, il faudra que tu m'apprennes comment
tu fais.

— C'est juste un coup à prendre, expliqua Alfredo. Regarde : tu laisses ta main bien molle – c'est le secret – et tu la secoues comme si tu voulais t'en débarrasser. Les doigts se tapent les uns contre les autres, et c'est ça qui fait le bruit de castagnettes.

Sous le regard amusé d'Alfredo, Eléazard essaya sans succès de l'imiter. Il avouait son échec, lorsque Eunice parut avec un plateau.

— Bonsoir, Lazardinho ! dit-elle en déposant sur la table une assiette de crevettes panées. Elle se pencha vers lui et l'embrassa familièrement sur les deux joues : Ça fait une éternité qu'on ne t'avait pas vu, brigand !

— Deux semaines, se défendit Eléazard, même pas, douze jours exactement.

— On ne compte pas, quand on aime. Mais tu es pardonné. Goûte-moi ces merveilles ! dit-elle en désignant les crevettes.

— Succulent, comme d'habitude ! fit Eléazard, la bouche pleine.

— Bien. Je te laisse manger.

— Moi aussi, dit Alfredo en se levant, sur un léger signe de sa femme.

— Non, non, tu peux rester. Allez, fais-moi plaisir. Eunice, apporte-nous une autre assiette de gambas, s'il te plaît, et une bouteille de vin blanc.

Alfredo se rassit avec un air évident de satisfaction, il ne se fit pas prier lorsque son hôte lui offrit de partager son plat. Décortiquées et panées de manière à laisser dépasser l'extrémité de la nageoire caudale, ces crevettes se mangeaient à la main, après qu'on les eut trempées dans une sorte de mayonnaise rouge très épicée. Elles étaient délicieuses.

Entraînée par Alfredo, la conversation roula bientôt sur le projet gouvernemental d'installer une base de lancement dans la forêt environnante. On ne disposait encore que d'informations fragmentaires, glanées avec difficulté par une feuille communiste de

São Luís, *La Défense du Maranhão*, mais il semblait certain que le Brésil s'apprêtait à sacrifier la presqu'île d'Alcântara aux *intérêts supérieurs de la nation*, comme l'avait écrit l'éditorialiste du journal avec une foule de guillemets ironiques.

— Tu te rends compte, disait Alfredo avec dégoût, des fusées ! Les gens meurent de faim dans les rues, la dette étrangle le pays au point que nous travaillons uniquement pour les usuriers du FMI, et on va se mêler d'envoyer des fusées dans l'espace ! Ça, c'est encore un coup des Américains. Mais on va se battre, tu peux en être sûr ! Sinon, c'est la fin d'Alcântara...

Eléazard aimait cette aptitude d'Alfredo à la révolte. Il l'appréciait de même chez sa fille, quoique en secret et de façon plus subtile, sans parvenir à retrouver le noyau d'innocence qui lui aurait permis d'épouser leur optimisme. Il partageait, certes, le sentiment d'absurdité qui faisait frémir en ce moment la voix du Brésilien, il approuvait sa colère et sa résolution, mais il se sentait incapable de croire un seul instant à la possibilité d'endiguer, d'une manière ou d'une autre, le cours des événements. Non qu'il fût devenu fataliste, du moins à ses propres yeux, ni réactionnaire ou conservateur : il avait simplement perdu cette espérance qui permet seule de mouvoir les montagnes, ou en tout cas d'y aspirer. Même s'il ne l'éprouvait pas comme telle, son apparente résignation le chagrinait. Mais le moyen de révoquer la sensation d'être lucide quand, par malheur, elle nous enjôle ! Les hommes, estimait-il, sont médiocres de nature ; l'infortuné qui a ressenti pareille évidence ne peut rien ensuite contre la masse innombrable de ceux qui la nourrissent. Alfredo n'était pas un ami, il ne le deviendrait probablement jamais ; si bien qu'Eléazard gardait pour lui cette sorte de désespoir extrême et contagieux qui ne doit, ni ne peut s'avouer que dans l'enceinte protégée de l'amitié.

Pour en revenir aux « fusées », Alfredo ne savait pas si l'on parlait d'engins stratégiques ou s'il n'était question que d'une base civile destinée au lancement de satellites. Peu importait, puisque dans les deux cas la forêt serait détruite, les habitants chassés de chez eux, l'écosystème mis en péril : ce vague projet avait réussi à concentrer toute sa réprobation comme s'il menaçait le monde d'une façon imminente, et cela, dans son outrance même, était admirable.

L'ampoule de la véranda se mit soudain à clignoter en grésillant.

— L'orage ne va plus tarder, dit Alfredo. Il faut que j'aille chercher des bougies.

Allongée sur son lit, en culotte et soutien-gorge, Loredana observait les variations inquiétantes de la lumière électrique sur les rosaces en relief du plafond. Cette agonie lente et sans cesse reportée la fascinait. Dans l'atmosphère humide, étouffante, de la chambre, ses cheveux rendaient l'eau de son corps goutte à goutte. Elle se demanda combien de temps cela prendrait pour qu'elle se liquéfie complètement et qu'il ne reste plus, sous les râles de l'ampoule, qu'une large tache sombre sur les draps.

Tourmentée par une irritation croissante à l'entre-jambe, elle quitta le lit et se déshabilla. En tombant sur le sol, ses sous-vêtements trempés faillirent capturer un gros cafard couleur miel qui se réfugia derrière une plinthe. Les plis de l'aine lui cuisaient maintenant de façon fort désagréable. Un pied sur le lavabo, elle se rinça au gant de toilette, avec précaution et en grimaçant de douleur, avant d'enduire de crème sa peau à vif. Debout devant le miroir, elle se palpa les seins longuement, attendant que s'apaise la sensation de brûlure qui l'obligeait à garder cette position inconfortable. Dieu sait combien de temps il lui faudrait moisir ici... Moisir, c'était bien le mot, rumina-t-elle en songeant à cet odieux commencement de mycose. Pouvait-elle seulement faire confiance à son intermédiaire ? Rien n'était moins sûr. Ce type lui avait paru bizarre, avec sa façon de la regarder en biais durant tout le temps qu'elle traitait avec lui. Qu'il ait voulu être payé d'avance, on pouvait le comprendre ; mais qu'il lui ait divulgué si peu de détails sur le processus en cours, et se soit contenté de la faire attendre dans cet hôtel, c'est ce qu'elle parvenait difficilement à accepter. Deux à trois semaines, avait-il dit, peut-être un peu plus, mais tout serait terminé à la fin du mois. Bon, il fallait arrêter de penser à cette histoire. Autant aller manger un peu, pour se changer les idées. Ayant cherché en vain des dessous propres dans sa valise, elle soupira d'énervement, puis enfila une jupe et un T-shirt à même la peau.

Lorsqu'elle parut sous la véranda, comme née de la pénombre, Alfredo s'interrompit.

— La voilà, c'est elle, dit-il en chuchotant. À tout à l'heure...

Eléazard le regarda se précipiter vers l'Italienne qui avait su produire sur lui un tel effet. Elle devait avoir trente-cinq, quarante ans, à en juger par certains signes qui interdisaient de lui donner moins, mais sans paraître atteinte par le début d'affaissement biologique propre à cet âge. D'un œil exercé, Eléazard nota une poitrine ferme, libre sous l'étoffe, de longues jambes fuselées, et une silhouette toute de minceur et de distinction. Cela dit, elle était loin d'être aussi belle que ce diable d'Alfredo l'avait laissé entendre. Autant qu'Eléazard pût s'en rendre compte, ses yeux en amande et sa bouche étaient un peu trop grands pour son visage émacié ; exagérément long et pointu, son nez ajoutait encore à cette disproportion.

Lorsqu'elle passa devant lui, guidée par Alfredo vers une table voisine, Eléazard lui adressa un sourire de bienvenue ; elle n'y répondit que par un léger hochement de tête. Sans y prêter attention, il ajouta à son actif une paire de fesses délicieusement rebondies. « Un cul intelligent, formula-t-il par-devers lui, un peu vexé par l'indifférence de la jeune femme. Un cul *très* intelligent... »

Loredana n'avait pas été aussi insensible qu'il le croyait à sa personne. À vrai dire, elle n'avait pu faire autrement que de remarquer la présence d'un inconnu dans cet endroit désert. Avant même qu'il la remarque, elle l'avait observé quelques secondes et jugé attirant, c'est-à-dire dangereux. D'où cette méfiance à son égard, et sa retenue, lorsqu'il avait souri pour la saluer. Non qu'il fût séduisant par son physique – sur ce plan, Alfredo l'emportait haut la main –, mais elle avait perçu en lui, dans son regard et sa manière de bouger, une « profondeur de champ » inhabituelle ; une expression définissant dans son esprit l'ensemble des critères qui rendaient un être humain plus ou moins digne d'intérêt. S'il l'émoustillait toujours, le charme physique d'une personne, homme ou femme, venait très loin derrière une qualité d'être, ou en tout cas sa probabilité, qu'elle s'estimait capable de reconnaître au premier regard.

Assise à deux tables d'Eléazard et placée de manière à l'apercevoir de profil, elle le détaillait maintenant tout à loisir : la quarantaine triomphante, cheveux noirs à peine argentés sur les tempes, mais dont l'implantation, haut sur le front, lui promettait de bien mauvaises surprises dans le futur, ce qui frappait surtout, c'était son nez : un bec d'aigle, pas vraiment laid au demeurant, mais qu'elle n'avait jamais vu qu'au condottiere de Verrocchio, à

Venise. Sans être délicat, l'inconnu ne présentait toutefois aucun autre de ses aspects guerriers. Il semblait simplement sûr de lui-même et affligé d'une sévère et redoutable intelligence. Dante vu par Doré, s'il fallait choisir encore une ressemblance artistique. Pas impossible, d'ailleurs, qu'il fût italien : Loredana parlait mal le portugais, mais suffisamment pour avoir perçu un fort accent étranger en l'entendant parler avec Alfredo.

Titillé soudain par le regard persistant dont il était l'objet, Eléazard se tourna vers elle. Il lui porta un toast silencieux, avant d'amener à ses lèvres son verre de vin blanc. Loredana ne put s'empêcher, cette fois, de lui sourire, mais c'était pour se faire pardonner son entêtement à le dévisager.

Alfredo venait de servir, lorsque la lumière s'éteignit. Après avoir allumé plusieurs bougies, l'hôtelier revint s'asseoir auprès d'Eléazard pour déboucher une seconde bouteille. Ce fut le moment choisi par les moustiques pour se manifester : comme s'il y avait eu un lien entre leur apparition et la coupure d'électricité, ils envahirent la véranda par nuées invisibles et s'attaquèrent aux convives. Eléazard, qui était très sensible à leurs piqûres, en fut indisposé.

— *Pernilongos*, dit Alfredo en le voyant écraser l'un des insectes sur son cou. Je ne les crains pas, mais je vais quand même aller chercher un serpentin. Il paraît que ça les éloigne.

Eléazard le remercia de son attention. Tandis qu'Alfredo repartait vers l'intérieur de l'hôtel, il jeta un coup d'œil à la table voisine. Plus prévoyante que lui, Loredana avait sorti d'on ne sait où une petite fiole de répulsif et s'en frictionnait avec soin les bras et les chevilles. Croisant le regard d'Eléazard, elle proposa son flacon avant de venir elle-même le lui remettre.

— Je l'ai acheté en Italie, dit-elle, c'est un produit efficace, mais qui sent vraiment très, très mauvais.

— Vous pouvez parler italien, dit Eléazard avec son plus bel accent, je maîtrise mieux cette langue que le portugais. Et merci encore, je suis en train de me faire dévorer.

— Vous parlez italien ? ! s'étonna la jeune femme. Je ne m'attendais pas à ça. Et en plus, vous êtes français...

— Comment le savez-vous ?

— Lorsqu'un étranger parle italien, même aussi bien que vous, j'arrive assez à m'y reconnaître. Où avez-vous appris ?

— À Rome. J'ai habité là-bas un certain temps. Mais asseyez-vous, je vous en prie, dit-il en se levant pour approcher une chaise. Ce sera plus commode pour bavarder.

— Pourquoi pas, répondit-elle après un semblant d'hésitation. Deux secondes, je vais chercher mon verre et mon assiette.

Loredana ne s'était pas assise, qu'Alfredo revenait déjà avec son serpentin. Il l'alluma au-dessus d'une coupelle et s'empressa de s'asseoir à leur côté. Eléazard nota son plaisir à constater la présence de l'Italienne à sa table. Cette dernière, en revanche, parut agacée de le voir se mêler aux préambules de leur rencontre. Durant un bref instant, il partagea ce malaise inopiné : Alfredo était devenu importun. Rien de plus humain, songea-t-il, que ce reniement ; il avait suffi de trois mots échangés avec une femme qu'il ne connaissait pas, pour transformer en gêneur quelqu'un dont il était venu tout exprès rechercher la compagnie. Se sentant coupable vis-à-vis d'Alfredo, il décida de faire contre mauvaise fortune bon cœur.

— Je me présente : Eléazard von Wogau, dit-il à Loredana en brésilien. Il est préférable, je crois, de parler la seule langue qui nous réunisse tous les trois.

— C'est tout à fait naturel, répondit Loredana. Mais il faudra faire preuve d'indulgence. Moi, c'est

Loredana. Loredana… Rizzuto, ajouta-t-elle avec une grimace de dégoût. J'ai toujours un peu honte de prononcer mon nom, il est si ridicule…

— Mais au contraire ! intervint Alfredo avec flamme. Je le trouve très beau, très… italien ! Je préférerais m'appeler comme ça, plutôt que « Portela ». Alfredo Rizzuto ! Mon Dieu que ça sonne bien…

— Alfredo Rizzuto ? ! fit soudain la voix moqueuse d'Eunice. Qu'est-ce que tu as encore inventé pour te rendre intéressant ? Elle était apparue derrière son mari avec un plateau contenant une part de tarte et quelques mangues : Excuse-le, continua-t-elle en s'adressant à Loredana, mais dès qu'il voit une jolie fille, il ne sait plus se tenir. Et maintenant, *senhor* Rizzuto, arrête de boire et viens m'aider : il n'y a plus d'eau, la pompe doit être encore détraquée.

— Et voilà, dit Alfredo sur un ton résigné, ce ne sera pas long, rassurez-vous.

Dès qu'Alfredo fut parti, Eléazard et Loredana éclatèrent de rire : sa mine, lorsqu'il avait entendu sa femme l'apostropher, avait été franchement comique.

— Drôle de garçon, dit Loredana en revenant à sa langue natale. Sympathique, mais un peu… collant, non ?

— Ça dépend des jours. Il n'a pas souvent l'occasion de parler avec des étrangers, alors il en profite chaque fois que c'est possible. Et puis, je crois que vous l'avez intimidé. Cela dit, il est loin d'être bête, vous savez. Ce n'est pas un ami, mais je l'aime beaucoup. Vous m'accompagnez ? dit-il encore en saisissant la bouteille. Il est un peu pétillant, on jurerait du chianti…

— Volontiers, répondit Loredana en tendant son verre. Ah, le chianti… Vous allez réussir à me rendre nostalgique. Mais, attendez, reprenons depuis le début, parce que je commence à tout mélanger : comment se fait-il que vous soyez français avec un nom pareil ?

— Parce que mon père était allemand et ma mère française. En fait, j'ai la double nationalité, mais comme je suis né à Paris et que j'y ai fait une bonne partie de mes études, mes racines allemandes ne veulent plus dire grand-chose.

— Et on peut savoir ce que vous faites dans ce trou ? Vous êtes en vacances ?

— Pas exactement, répondit Eléazard en souriant, encore que mon travail me laisse beaucoup de loisirs. Je suis correspondant de presse, il me suffit d'envoyer de temps à autre un papier à mon agence. Comme le Brésil n'intéresse personne, tout ça va à la poubelle et je suis payé quand même. J'habite Alcântara depuis deux ans. Vous êtes aussi journaliste, à ce que m'a dit Alfredo…

Loredana se troubla et rougit jusqu'aux oreilles.

— Oui… Enfin, non. Je lui ai menti. Disons que je suis ici pour affaires. Mais n'allez pas le crier sur les toits, je vous en prie ; si on l'apprenait, je veux dire si des Brésiliens l'apprenaient, cela pourrait m'être préjudiciable.

Loredana était furieuse contre elle-même. Quelle mouche la piquait ? ! L'avocat *véreux* de São Luís (elle n'appelait qu'ainsi ce personnage aux allures d'escroc) lui avait fait promettre un secret absolu, et pour un peu, voilà qu'elle se confiait au premier venu ! Elle s'était rattrapée *in extremis*, mais s'il se mêlait de la questionner, elle n'irait pas bien loin dans ce nouveau mensonge. « Quelle conne, bon Dieu, quelle conne je suis ! » s'insultait-elle en rougissant de plus belle.

Ces couleurs lui donnaient l'air d'une petite fille. Eléazard faillit même lui tourner un compliment dans ce sens ; il se ravisa, rien n'était aussi désagréable lorsqu'on se trouvait dans pareille situation.

— Et quelles affaires ? demanda-t-il avec un brin d'ironie. Si ce n'est pas indiscret, bien entendu.

— Or, pierres précieuses... (« Arrête, Loredana, tu es folle ! Tu ne vas plus pouvoir t'en sortir ! » hurlait une voix dans sa tête.) Mais je préférerais ne pas en parler. C'est une opération, comment dirais-je, à la limite de la légalité... Vous comprenez, j'espère.

— N'ayez crainte, je ne vous embêterai plus avec ça. Mais faites attention à vous, les policiers brésiliens ne sont pas des enfants de chœur, et je serais désolé de vous savoir entre leurs mains.

Il la servit une nouvelle fois avant de remplir son propre verre. Sans savoir pourquoi, il crut bon d'ajouter :

— Ne vous inquiétez pas. J'ai tort, mais c'est ainsi : à choisir, je serai toujours avec les contrebandiers, plutôt qu'avec la police.

— Allons bon ! Me voilà *contrabbandiere*, à présent... fit Loredana en riant. Puis changeant de ton, et sans qu'on pût établir si elle mettait cette remarque en relation avec ce qui précédait : Vous buvez pas mal, on dirait...

Eléazard fit une moue dubitative.

— Un peu trop, peut-être. C'est ce que vous voulez dire ? Au Brésil l'eau est plus dangereuse que le vin, vous savez, et comme j'ai horreur de boire du Coca... Blague à part, évitez absolument l'eau du robinet ; même filtrée, elle reste dangereuse. Il y a des cas d'hépatite tous les jours.

— Je sais, on m'a déjà prévenue.

Un éclair suivi d'un roulement de tonnerre particulièrement bruyant la fit sursauter. Son écho se perdait encore dans les lointains, lorsque l'averse dégringola dans le patio. C'était une pluie lourde, violente, qui crépitait avec force sur les feuilles vernies des bananiers. Ce déluge inattendu créa entre Eléazard et Loredana une sorte d'intimité, un préau de quiétude et de camaraderie où ils eurent plaisir à se réfugier. La bougie coulait en petites perles transparentes, les moustiques grésillaient sur sa flamme, ravivant par instants les tons chauds de la lumière. À la forte odeur qui montait de la terre, le serpentin mêlait d'insolites parfums d'église et de santal.

— On pourrait peut-être se tutoyer ? proposa Loredana, après quelques minutes à jouir en silence de la pluie. J'en ai marre de me forcer.

— J'allais te proposer la même chose, acquiesça Eléazard avec un sourire. Il avait goûté presque charnellement cet abandon du « vous » qui soudain les rapprochait : Ton produit est vraiment efficace, dit-il en enlevant un moustique de son verre, je n'ai plus été piqué depuis tout à l'heure. Mais c'est vrai qu'il empeste un maximum ! Je suis sûr qu'il réussirait à faire fuir aussi les policiers…

Loredana se mit à rire, mais de manière un peu forcée. Elle se sentait fautive d'avoir réussi à tromper Eléazard avec sa stupide histoire de contrebande. Le vin commençait à lui monter à la tête.

— Et à part ces dépêches qui n'ont pas l'air de t'occuper beaucoup, qu'est-ce que tu fais de tes journées ?

— Je vis, je rêve… j'écris. Ces derniers temps, je passe pas mal de temps devant mon ordinateur.

— Tu écris quel genre de choses ?

— Oh, rien de passionnant. On m'a chargé de préparer la publication d'un manuscrit du XVIIe. La biographie d'un père jésuite sur lequel je planche depuis plusieurs années. C'est un travail de recherche, plus que d'écriture.

— Tu es croyant ? s'étonna la jeune femme.

— Pas du tout, la rassura Eléazard, mais ce type que plus personne ne connaît est un très curieux bonhomme. Une espèce de polygraphe qui a écrit absolument sur tout, et en prétendant à chaque fois et sur chaque sujet au summum de la connaissance. C'était assez courant à son époque, mais ce qui me fascine chez lui – je veux dire chez un homme qui côtoyait des Leibniz, des Galilée, des Huygens, et qui était bien plus célèbre qu'eux –, c'est qu'il se soit trompé résolument sur tout. Il s'est même imaginé qu'il avait réussi à déchiffrer les hiéroglyphes égyptiens, et tout le monde l'a cru jusqu'à Champollion !

— Tu ne parles quand même pas d'Athanasius Kircher ? l'interrompit Loredana, visiblement très intéressée.

Eléazard sentit tous les poils de son corps se hérisser :

— Ce n'est pas possible… Ce n'est *pas* possible… répétait-il en la regardant, éberlué. Mais comment peux-tu savoir ça ?

— C'est que je ne t'ai pas tout raconté, loin de là, dit Loredana sur le ton du mystère et en profitant de son avantage. J'ai plus d'une corde à mon arc.

— S'il te plaît… insista Eléazard en prenant une mine de chien battu.

— Tout simplement parce que je suis sinologue. Enfin, non ; disons que j'ai étudié le chinois, il y a longtemps, et que j'ai lu un ou deux bouquins où l'on parlait de Kircher à cause de ses travaux sur la Chine. *Cazzo !* s'exclama-t-elle soudainement. *Puta merda !*

— Qu'y a-t-il ? s'enquit Eléazard, interloqué par ces jurons.

— Rien, dit-elle en rougissant de nouveau. Un moustique qui m'a piquée…

SÃO LUÍS | *Lèvres renflées, fruit souple du manguier…*

— Oui… Bien… Je les veux toutes, absolument toutes… C'est d'une importance capitale, vous me comprenez, j'espère ? Qui ça ?… Une seconde, je vérifie…

Téléphone coincé entre l'épaule et l'oreille droite, dans une posture qui boursouflait sa joue autour du combiné, le colonel José Moreira da Rocha déroula un peu plus le large plan de cadastre étalé sur son bureau.

— Vous disiez ? 367... N. P... B ? N. B... 40... Voilà, je l'ai... Pourquoi est-ce qu'il refuse de vendre ? Il n'y a que de la forêt et des marécages ! Quelle bande de tarés, mon Dieu ! Offrez-lui le double, et qu'il aille se faire pendre ailleurs. Tout doit être réglé dans les quinze jours... Non... J'ai dit non, Wagner ! Pas de vagues, surtout en ce moment. Et puis vous savez que je n'aime pas beaucoup ces méthodes... De quoi vit-il ?... Bon, je m'en occupe. Vous verrez, ça ira encore plus vite que prévu. Au fait, ils ont avancé le rendez-vous : demain, à trois heures... Je ne veux pas savoir ! Soyez là sans faute, je compte sur vous... C'est ça... C'est ça... OK, rappelez-moi s'il y avait le moindre problème.

Tout de suite après avoir raccroché, le colonel se pencha sur l'interphone :

— Anita, passez-moi la *Frutas do Maranhão*, s'il vous plaît. Et puis je boirais bien un petit café.

— Bien, monsieur... À qui voulez-vous parler ?

— Bernardo Carvalho, le PDG...

Le colonel se renversa dans son fauteuil pour allumer un long cigarillo. Il en savoura les premières bouffées avec une évidente délectation. Derrière lui, une fenêtre de style colonial, ornée jusqu'à mi-hauteur de petits vitraux jaunes et verts, filtrait sur son complet coquille d'œuf une douce lumière acidulée. Front large et dégagé, cheveux noirs à la Franz Liszt ondulants par-dessus les oreilles, le visage du gouverneur Moreira da Rocha semblait une vignette d'homme politique du siècle passé. Impression que venait confirmer – mais peut-être ne tenait-elle qu'à ce détail – la présence des deux énormes favoris blancs qui lui mangeaient les joues jusqu'aux commissures des lèvres et mettaient en relief, d'une façon obscène, un lourd menton qu'une fossette dédoublait. Ainsi encadrée, sa bouche concentrait sur elle les regards ; à ne voir que sa pulpe et la moue de dédain sensuelle qui la déviait un peu, on l'aurait dite juvénile. En croisant ensuite les yeux du colonel, logés comme des billes de plomb entre les plis reptiliens de ses paupières, on discernait leurs cernes profonds, granuleux, noirâtres de cynisme accumulé, et il devenait impossible de savoir si l'on avait affaire à un vieillard plutôt bien conservé ou à un homme prématurément flétri par son intempérance. Moreira connaissait le trouble engendré par ce masque de théâtre ; il en jouait toujours avec finesse, quelquefois même avec cruauté.

L'interphone crachota une seconde :

— Excusez-moi, vous avez monsieur Bernardo Carvalho en ligne, poste trois.

Le colonel poussa un bouton et s'enfonça de nouveau dans son fauteuil.

— Allô, Nando ?... Ça va, et toi ? Qu'est-ce que tu racontes, mon vieux ?... Oui... Ha ! Ha ! Ha ! Tu devrais faire attention, à ton âge ce genre de bêtises risque de te coûter cher. Il faudra me la présenter, que je lui apprenne la vraie vie ! Mais passons aux choses sérieuses : il y a un petit propriétaire de merde, un certain Nicanor Carneiro, qui me pose des problèmes. Tu vois qui c'est ?... Non, rien de grave, mais je voudrais lui donner une leçon, histoire de lui apprendre les bonnes manières. Tu vas l'oublier un peu dans tes achats... Le temps nécessaire pour que ses foutues mangues soient complètement pourries. C'est ça, oui... Et fais en sorte qu'il ne puisse pas les refiler à quelqu'un d'autre, hein !... OK, *amigo*, je te revaudrai ça, sois-en sûr. Et je compte sur toi à ma petite fête, n'oublie pas ! Allez, à bientôt... Oui, c'est ça... C'est ça... *Ciao*, Nando, il faut que je te laisse, on m'appelle sur une autre ligne... *Ciao*...

Il rallumait son cigare, lorsque la secrétaire entra dans la pièce, les bras chargés d'un plateau d'argent.

Elle ferma la porte en s'aidant de la hanche et s'avança vers lui avec précaution, attentive à ne rien renverser sur la moquette cramoisie.

Tailleur de linon translucide, perles de buis sur sa peau basanée, chignon strict et talons aiguilles. Une fille à damner tous les saints de Bahia ! C'était quand même autre chose que ces boudins de Nordestines...

— Votre café, monsieur, dit-elle d'une voix mal assurée, confuse tout à coup de se trouver dévêtue sous le regard du gouverneur.

Moreira déplaça quelques papiers, juste devant lui :

— Posez ça là, s'il vous plaît.

Anita fut obligée de contourner la table pour venir sur sa droite et déposer le plateau à l'endroit indiqué. Le colonel sentit le frôlement de son corps sur son épaule. Au moment où elle s'apprêtait à le servir, il glissa une main sous sa jupe.

— Non... Pas ça, monsieur... dit-elle en esquissant un mouvement pour se dégager. Je vous en prie... Non...

La main soudée à la chair de sa cuisse, immobile comme un maître-chien subjuguant son animal, il maintint sa prise, jouissant du raidissement de la jeune femme et des ondes d'affolement qui parcouraient sa peau.

La sonnerie du téléphone les surprit dans cette lutte pétrifiée. Sans desserrer son étreinte, le colonel décrocha de sa main libre.

— Oui ? Non, ma chérie... Je ne sais pas encore à quel moment je pourrai me libérer. Mais je t'envoie le chauffeur, si tu veux... *Capture soudaine de l'entre-jambe, lèvres renflées, fruit souple du manguier...* Allons, ne sois pas bête... Bien sûr que je t'aime, qu'est-ce que tu vas chercher... *Moiteur d'humus, jungle du sexe, spongieuse sous les doigts qui la pétrissent...* Mais oui, mon amour, je te le promets... Fais-toi belle, il y aura du monde... Vas-y, je t'écoute.

Puisque je te dis que je t'écoute, sois raisonnable, s'il te plaît !

Les larmes aux yeux, penchée en avant comme pour une fouille policière, Anita scrutait désespérément le buste qui lui faisait face. *Antônio Francisco Lisboa... Antônio Francisco Lisboa...* Avec une absurde sensation d'urgence, elle lisait et relisait l'inscription gravée sur le plâtre, s'en soûlait comme d'un exorcisme capable de la purifier.

Chapitre III

*Par quel heureux hasard Kircher se retrouve en
Provence ; quels personnages il y rencontre & comment
il remporte ses premiers succès.*

À peine fûmes-nous en lieu sûr dans le collège
jésuite de Mayence que les supérieurs de notre ordre
décidèrent d'envoyer Athanase Kircher loin de la
guerre & des États germaniques. Il ne devait cette
faveur qu'à sa renommée, déjà fort considérable
aussi bien à l'intérieur de la Compagnie que parmi
les sociétés savantes du monde entier. On lui donna
des lettres de recommandation pour le Collège
d'Avignon, & il me fut accordé de le suivre à titre de
secrétaire particulier.

À Paris, où nous arrivâmes sans encombre, nous
fûmes accueillis à bras ouverts par les jésuites du
collège de la place Royale. Kircher y devait rencontrer quelques-uns des savants personnages avec lesquels il correspondait depuis plusieurs années :
Henry Oldenburg, premier secrétaire de la Royal
Society de Londres, qui était de passage à Paris, le
sieur La Mothe Le Vayer & le père franciscain Marin
Mersenne. Avec ce dernier, il eut de longues disputes
sur toutes sortes de questions qui dépassaient alors
mon entendement. Il aperçut aussi monsieur Pascal,
qui lui parut un mathématicien hors pair mais un

bien triste sire, & dont la foi sentait le soufre. De même que monsieur Descartes, apôtre de la Nouvelle Philosophie, lequel lui laissa une impression mitigée.

Il rencontra également monsieur Thévenot de Melquisedeq, lequel avait voyagé à la Chine & en avait ramené un goût immodéré pour les philosophies orientales. Fasciné par le savoir de Kircher sur ces matières difficiles, il l'invita quelques jours dans le Désert de Retz, une propriété qu'il possédait aux environs de Paris. Je ne fus pas admis à l'accompagner & ne suis donc pas autorisé à en parler, d'autant qu'Athanase resta toujours très discret sur cette matière. Mais, sous prétexte de religion ou de je ne sais quelles chinoiseries, mon maître dut assister là-bas à des spectacles que la décence ne permet point de rapporter, car chaque fois qu'il mentionnait un exemple de la lubricité humaine ou des excès auxquels peuvent conduire l'idolâtrie ou l'ignorance, il citait le Désert de Retz comme source principale de son expérience.

Après quelques semaines seulement de cette vie parisienne, nous gagnâmes enfin le Collège d'Avignon où le père Kircher devait enseigner les mathématiques & les langues bibliques.

Homme du Nord & des brumes germaniques, Athanase fut séduit d'emblée par la lumière du Sud. C'était comme si le monde s'ouvrait de nouveau à lui, comme s'il en percevait tout à coup la divine clarté. Bien plus qu'une simple étoile à observer au télescope, l'astre solaire s'affirmait comme le luminaire de Dieu, sa présence & son aura parmi les hommes.

Découvrant, dans la plaine d'Arles, la merveilleuse disposition de la fleur de tournesol à suivre la course du Soleil, mon maître conçut & réalisa immédiatement une horloge actionnée par ce principe singulier. Sur l'eau d'un petit bassin circulaire, il fit flotter un plateau de même forme, quoique plus petit, lequel supportait l'une de ces fleurs plantée dans un pot de terre. N'étant plus entravé par la fixité de ses racines, le tournesol avait ainsi tout le loisir de se mouvoir vers l'astre du jour. Fixée au centre de sa corolle, une aiguille indiquait les heures sur l'anneau immobile couronnant ce curieux dispositif.

— Mais cette machine, souligna Kircher en la présentant aux autorités du Collège, ou pour mieux dire, ce *moteur biologique* où l'art & la nature se trouvent combinés si parfaitement, nous enseigne surtout comment notre âme se tourne vers la lumière divine, attirée vers elle par une sympathie ou un magnétisme analogue dans l'ordre de l'esprit, lorsque nous parvenons à l'affranchir des vaines passions qui contrarient cette inclination naturelle.

L'horloge héliotropique du père Kircher fut bientôt connue dans toute la Provence & contribua grandement à étendre sa renommée.

Mon maître trouva par ailleurs un avantage précieux à résider dans la proximité du port de Marseille.

Il eut ainsi la fortune de rencontrer David Magy, négociant à Marseille, Michel Bégon, trésorier de la Marine du Levant à Toulon, & Nicolas Arnoul, intendant des galères, qui avait été chargé d'aller à l'Égypte pour en rapporter divers objets destinés aux collections du roi de France. Chez ces personnes, qui achetaient tout ce que les Juifs & les Arabes pouvaient leur apporter de curiosités, Kircher vit quantité de petits crocodiles & de lézards, de vipères & serpents, de scorpions & caméléons desséchés, de pierres aux rares couleurs marquées de figures antiques & d'hiéroglyphes, ainsi que toutes sortes de simulacres égyptiens faits de terre cuite vernissée. Il vit aussi des sarcophages & quelques momies chez monsieur de Fouquet, des idoles, des stèles & des inscriptions dont il suppliait chaque fois qu'on le laissât prendre l'empreinte. Athanase ne se lassait pas de parcourir la contrée pour visiter tous ces gens & admirer leurs collections. Il achetait, troquait ou copiait tout ce qui intéressait directement ses recherches, & particulièrement les livres ou manuscrits orientaux qui échouaient en terre de Provence. C'est ainsi qu'il eut le grand bonheur d'échanger un jour une vieille lunette astronomique contre une rarissime transcription persane de l'Évangile de saint Matthieu.

Conjecturant que le copte parlé encore en Égypte était comme la langue lapidifiée des anciens Égyptiens, & qu'elle lui serait utile pour pénétrer le secret des hiéroglyphes, Kircher se mit aussitôt à l'étudier & y devint très savant en peu de mois.

Mon maître semblait avoir oublié l'Allemagne & tout ce qui le rattachait à Fulda ; il ne cessait d'apprendre ni de mettre en œuvre son étonnante ingéniosité. C'est ainsi que, peu de temps après notre arrivée en Avignon, il se piqua d'illustrer ses connaissances catoptriques en construisant une machine extraordinaire. Travaillant jour & nuit de ses propres mains, il assembla dans la tour du Collège de La Motte un dispositif capable de représenter la totalité du ciel. Au jour prévu, il stupéfia son monde en projetant sur la voûte de l'escalier d'honneur la mécanique céleste tout entière. La Lune, le Soleil & les constellations s'y mouvaient selon les lois établies par Tycho Brahé, comme entraînées par leur propre mouvement, & par un simple & rapide artifice, il lui était possible de reproduire précisément l'état du ciel à n'importe quelle date du passé. À la demande des professeurs & des étudiants, Kircher présenta ainsi les horoscopes de Notre Seigneur Jésus, de Pyrrhus, d'Aristote & d'Alexandre.

C'est à cette occasion, comme Pierre Gassendi le raconta par la suite dans ses Mémoires, que Nicolas Fabri de Peiresc, conseiller au parlement d'Aix & natif de Beaugensier, fut avisé des recherches de Kircher. Quand il sut que mon maître était déjà renommé pour sa connaissance des hiéroglyphes, il insista pour le rencontrer.

Étrange homme que ce hobereau provençal : épris de sciences & ami des savants les plus distingués, il s'était passionné pour les antiquités égyptiennes & leur énigmatique écriture. Il dépensait des fortunes pour acquérir tout objet d'une certaine importance dans ce domaine. Récemment, le père Minutius, missionnaire en Égypte & au Levant, lui avait offert un rouleau de papyrus couvert de hiéroglyphes, lequel avait été trouvé dans un sarcophage, au pied d'une momie. Peiresc espérait beaucoup dans les capacités de Kircher pour traduire ces pages, il lui écrivit donc en l'invitant à venir le visiter à Aix, tout en lui faisant parvenir, à titre gracieux, plusieurs livres rares & une copie de la *Table d'Isis*, dite aussi *Table Bembine*. En post-scriptum, il le priait d'apporter avec lui le fameux manuscrit de Barachias Abenephius, dont on savait qu'Athanase était devenu l'heureux propriétaire.

Kircher fut flatté par tant d'empressement, & un jour de septembre 1633, nous fîmes ensemble le voyage jusqu'à Aix, avec dans nos bagages ledit manuscrit, ainsi que divers spécimens de langue hébraïque, chaldéenne, arabe & samaritaine.

Monsieur de Peiresc nous reçut avec une grâce & un plaisir rarement observés. Il était en son lustre de rencontrer mon maître & n'eut de cesse de lui être agréable. Kircher, de son côté, fut très impressionné par les collections que son hôte nous fit découvrir progressivement, ménageant ses effets & jouissant de notre sincère fascination. Sa maison était remplie d'animaux empaillés ou séchés de toutes sortes, mais également d'une multitude d'objets & de livres égyptiens. Nous y vîmes pour la première fois le phœnicoptère, l'aspic, le serpent cornu, le lotus, & quantité de chattes séchées & emmaillotées. Dans son jardin, il nous montra plusieurs arbres de laurier rose qu'il avait réussi à faire croître à partir d'une pousse reçue du cardinal Barberini, ainsi qu'un bassin entouré de gracieux papyrus dont il s'amusait à faire du papier, à la manière des anciens Égyptiens. Nous admirâmes également une espèce de petit lapin, gros comme une souris, qui marchait sur les pieds de derrière & dont ceux de devant, plus courts, lui servaient à prendre, tout comme les singes, ce qu'on lui donnait à manger ; un chat angora, baptisé Osiris, que le père Gilles de Loche lui avait ramené du Caire, ainsi que divers manuscrits puisés à grands frais dans les monastères coptes du Ouadi-el-Natroun.

Définitivement conquis par Athanase, le sieur de Peiresc nous découvrit enfin ses deux momies humaines, dont l'une, remarquable par sa grandeur & sa conservation, était le cadavre d'un prince, autant qu'en prouvait la richesse de ses ornements. C'est aux pieds de cette momie que se trouvait le petit livre en hiéroglyphes égyptiens dont Peiresc avait parlé dans sa lettre à Athanase. Ce livre était de feuillets d'anciens papyrus, écrit de caractères hiéroglyphiques tout pareils à ceux des obélisques. Il s'y voyait des taureaux & autres animaux, & même des figures humaines avec d'autres plus menus caractères, comme ceux de la *Table Bembine*, mais point de lettres grecques.

Les yeux de Kircher brillaient d'émotion. Il n'avait encore jamais tenu entre ses mains un exemplaire véritable de cette écriture mystérieuse & ne put s'empêcher de l'étudier sur-le-champ. Peiresc lui demanda comme une faveur de penser à haute voix, & Kircher s'exécuta sans sourciller. C'est ainsi que je pus constater une fois de plus le génie singulier & l'ampleur des connaissances de mon maître vénéré.

Sur ces entrefaites, en septembre 1633, nous apprîmes la nouvelle de la condamnation de Galileo Galilée par le Saint-Office. Peiresc, ami intime de l'astronome, & qui avait des informations certaines de par ses accointances à Rome, pria Kircher de venir le rejoindre à Aix pour y discuter de l'affaire. Nous nous y rendîmes aussitôt, sans qu'il me fût possible de savoir ce que mon maître pensait de tout cela, tant il gardait le silence & paraissait renfrogné.

Peiresc était consterné ; il écumait de rage & pestait contre l'ignorance monstrueuse des inquisiteurs. Dans la controverse qui s'engagea, Athanase usa de toute sa rhétorique pour défendre le jugement du Saint-Office & prôner une obéissance aveugle à son autorité, surtout en cette douloureuse période de schisme & de trouble spirituel.

Toutefois, devant la déception manifeste de Peiresc & les preuves alléguées pour soutenir le mouvement de la Terre, Kircher finit par avouer qu'il tenait pour vrai l'avis de Copernic & de Galilée, comme le faisaient d'ailleurs les pères Malapertius, Clavius & Scheiner, les accusateurs mêmes de Galilée, encore qu'on les eût pressés & obligés d'écrire pour les communes suppositions d'Aristote, & qu'ils ne suivaient les prescriptions de l'Église que par force & obédience.

En l'entendant s'exprimer ainsi, Peiresc embrassa mon maître, tout à la joie de le savoir rallié au droit chemin de la Raison. Quant à moi, éduqué jusque-là dans le respect absolu d'Aristote, je ne cachai point mon désaveu, si bien qu'ils s'attachèrent tous deux à me démontrer en quoi l'infaillible philosophe s'était trompé. Je fus aisément convaincu – la jeunesse est malléable – mais gardai de cette abjuration le sentiment fâcheux d'appartenir désormais à une confrérie secrète, amie de l'hérésie. Sur le chemin du retour, on m'eût bouché le derrière d'un grain de millet, tant j'étais persuadé qu'on allait reconnaître mes opinions séditieuses & me livrer aux inquisiteurs. Kircher s'amusa de mon agitation, mais l'apaisa quelque peu en me suggérant d'adopter ouvertement, comme il le faisait lui-même, le système de Tycho Brahé, lequel était reconnu par l'Église, & satisfaisant pour l'esprit dans la mesure où il constituait un adroit compromis entre le *paradis immobile* d'Aristote & le mouvement universel de l'Italien.

Quelques jours plus tard, l'ordre exprès de nous rendre immédiatement à Vienne parvint au Collège d'Avignon & nous dûmes accélérer nos préparatifs.

CORUMBÁ | *Un petit poisson, un tout petit poisson.*

À l'arrivée du train en gare de Corumbá, Dietlev et Milton étaient là pour les accueillir. Elaine fut contente de retrouver la bonne bouille de son collègue allemand. Petit, rondouillard, il entretenait une barbe drue, couleur poivre et sel, comme pour compenser la maigre couronne de cheveux qui résistait encore aux assauts de la calvitie. Connu pour son caractère débonnaire, son coup de fourchette et son goût des calembours, il ne se départait presque jamais d'une bonne humeur communicative. Il riait si facilement, qu'Elaine ne pouvait l'imaginer sans voir ses dents briller derrière les poils en broussaille de sa moustache. Son crâne rouge brique, brûlé sévèrement par le soleil, démontrait qu'il n'était pas resté inactif en les attendant. Beaucoup plus réservé que Dietlev, et par là même moins accessible, Milton en imposait par une légendaire sévérité. Malgré son manque d'expérience du terrain, ou plus probablement à cause de cela, il prenait à cœur de montrer en tout une réserve et un formalisme pointilleux. Ses appuis politiques, et la faveur dont il jouissait au sein même des plus hautes instances de l'université, lui laissaient espérer le poste de recteur pour l'année suivante. Soucieux de montrer à quel point il méritait cette fonction, il s'en composait d'ores et déjà le faciès froid et prétentieux. Pour tout dire, il était plutôt crispant, et Dietlev se serait bien passé de sa présence s'il n'avait été tenu de transiger avec ses prérogatives de directeur du département et son pouvoir au sein de la commission chargée d'attribuer les budgets de recherche.

Durant le trajet en taxi, Mauro fut l'objet d'une sollicitude toute paternelle de la part de Milton. Questionné avec plus d'empressement qu'Elaine sur les circonstances de leur voyage, il fut contraint de raconter par le détail l'épisode du voleur de portefeuille, tâche dont il s'acquitta avec humour et légèreté.

Une fois à l'hôtel Beira Rio, Dietlev engagea les nouveaux venus à s'installer, non sans leur avoir donné rendez-vous sur la terrasse pour l'heure du déjeuner.

Le premier soin d'Elaine fut de prendre une douche. Le voyage en train l'avait épuisée, elle se sentait sale des pieds à la tête. Jamais elle n'aurait pensé que des locomotives à vapeur pussent encore rouler dans son pays, encore moins que la fumée fût quelque chose d'aussi crasseux ! Flambant neufs au départ de Campo Grande, huit heures plus tôt, ses vêtements étaient bons pour un nettoyage en règle.

Elle sortait de la douche, lorsqu'on frappa à la porte de sa chambre. C'était Dietlev. Habituée à une certaine familiarité avec lui, elle se contenta de se draper dans sa serviette de bain avant d'aller ouvrir. Il avait l'air préoccupé.

— Tu n'as pas honte de faire entrer quelqu'un chez toi, alors que tu es à moitié nue ? ! trouva-t-il le moyen de plaisanter.

— Pas quand c'est un vieil ami, répondit-elle en riant, et qui m'a vue à poil un peu plus d'une fois, si je me souviens bien.

— Tu as tort, ma petite. Un jour, le diable qui sommeille en moi pourrait bien se réveiller ! Surtout devant de pareils *appas*...

— Qu'est-ce qui t'amène, andouille ?

— Je voulais te voir seule. Sans Milton, je veux dire. Tu sais qu'il est mort de trouille chaque fois qu'il se sent obligé de quitter son bureau. Il n'est venu avec nous que pour recueillir les lauriers de ma découverte, et flatter le père de Mauro en s'occupant personnellement de son fils. S'il apprend ce que j'ai à te dire, il serait bien capable de tout annuler sur-le-champ.

— Il y a un problème ?

— Oh, c'est tout simple. Le type avec qui je m'étais mis d'accord pour remonter le fleuve, eh bien, il a changé d'avis. Il ne veut plus entendre parler de nous louer son bateau. Et tu sais pourquoi ? Je te le donne en mille ! Il y aurait des tordus qui bloquent le passage, au-dessus de Cuiabá. Même la police ne s'y aventure plus : ils tirent à la mitrailleuse sur tout ce qui bouge...

— Mais c'est de la folie !

— Trafic de peaux de crocodiles, à ce qu'il paraît. Toute une bande qui vient du Paraguay. Ils ont même une petite piste d'atterrissage dans la forêt ! Et comme c'est un commerce plutôt lucratif, ils n'hésitent pas à employer tous les moyens pour qu'on les laisse tranquilles.

— Tu y crois, toi, à cette histoire ?

— Je ne sais pas. Tout est possible dans ce coin.

— Mais la police, merde ? !

— Elle doit avoir sa part du gâteau, tout simplement.

— Et il n'y a pas moyen de contourner la zone ? C'est quand même incroyable !

— Aucun. J'ai étudié les cartes avec Ayrton, le pêcheur qui m'a porté ce fameux fossile, l'année dernière : le bras du fleuve où se trouve le gisement commence vingt kilomètres plus haut, il ne communique avec rien qui soit praticable. La seule façon d'y accéder consisterait à débarquer en aval et à marcher dans la jungle pendant soixante ou soixante-dix kilomètres... C'est hors de question.

Elaine était atterrée. Connaissant Milton, c'était le retour assuré à Brasilia par le prochain avion.

— Qu'est-ce qu'on fait, alors ? demanda-t-elle, catastrophée.

— Pour l'instant, rien. Mais on se la ferme. Pas un mot à Milton ; ni à Mauro, d'ailleurs. On ne sait jamais. J'ai pris d'autres contacts, j'aurai une réponse dans l'après-midi. OK ?

— OK, fit la jeune femme avec une grimace de déception.

— Allez, habille-toi. On se rejoint sur la terrasse dans dix minutes.

Accoudé à la fenêtre de sa chambre, Mauro regardait de tous ses yeux le paysage insolite qui s'offrait à lui pour la première fois. Le Beira Rio était situé au bord du fleuve, sur la courte écharpe de constructions anciennes longeant la rive à cet endroit. De son poste de vigie, l'étudiant pouvait voir les marais du Pantanal s'élargir vers l'est à l'infini. Des bandes d'oiseaux insolites traversaient en piaillant un ciel sans nuages, mais au bleu estompé. Les eaux limoneuses et parfaitement lisses du Rio Paraguay semblaient un miroir jauni, teinté par endroits de rouille ou de moisissures suspectes. On avait peine à croire que cette anse d'eau dormante puisse appartenir au grand fleuve par lequel les bûcherons convoyaient leurs immenses radeaux de bois jusqu'à Buenos Aires ou Montevideo. Amarrées aux arbres ou aux pieux vermoulus plantés sur la berge, quelques embarcations de bric et de broc, une antique canonnière à deux ponts et la vedette de la police fluviale flottaient miraculeusement. De longues barges en aluminium, retournées sur l'herbe au milieu des pirogues et des cordages, éblouissaient l'espace.

Comme tout étudiant de géologie, Mauro avait effectué de nombreuses études sur le terrain durant son cursus, mais c'était la première fois qu'il participait à une véritable mission de recherche, qui plus est, avec le gratin de l'université. Dietlev Walde s'était illustré deux ans plus tôt, avec le professeur Leonardos et d'autres géologues allemands, en découvrant dans une carrière de Corumbá un fossile inattendu : un polype comparable au Stephanoscyphus déjà identifié dans certaines régions du monde, mais qui s'en démarquait par d'importantes différences de structure, notamment par la présence de polypes secondaires. Après des analyses effectuées par divers spécialistes – dont Elaine von Wogau – sur les échantillons rapportés à Brasilia, on était parvenu à établir une datation de 600 millions d'années et à démontrer que ce fossile appartenait à une branche primitive dans l'évolution des Scyphozoaires : il était non seulement le premier fossile précambrien jamais découvert en Amérique du Sud, mais également l'un des plus archaïques. Baptisé *Corumbella Wernerii, Hahn, Hahn, Leonardos & Walde*, il assura immédiatement à Dietlev et à son équipe une renommée internationale.

L'année dernière, Dietlev était retourné dans le Mato Grosso afin de prélever de nouveaux échantillons. La rumeur ayant colporté qu'un Allemand un peu cinglé cherchait des empreintes sur les pierres et en offrait un bon prix, un pêcheur lui avait amené l'un de ces cailloux trouvés par hasard, très haut dans le nord du Pantanal. Après vérification, il s'avéra qu'on était en présence d'un fossile précambrien antérieur à la Corumbella, et mieux encore, d'un représentant d'échinoderme, organisme qui n'avait jamais encore été repéré, même dans les gisements richissimes d'Ediacara, en Australie ! D'où l'idée de cette expédition aux résultats très prometteurs.

Si la perspective d'associer son nom à une espèce animale échauffe la plupart des scientifiques, elle avait métamorphosé Milton en véritable bête féroce : obnubilé par son avancement, c'était à force d'intrigues qu'il avait pris la place d'Othon Leonardos dans cette mission. Mauro, tout comme Dietlev et Elaine, le méprisait pour cette attitude indigne d'un vrai chercheur. Son influence était telle, qu'il fallait s'en accommoder ou abandonner jusqu'à l'idée de travailler au sein de l'université.

Après tout, la seule chose qui importât vraiment, c'était d'améliorer la connaissance de notre monde. Ce fossile issu en droite ligne de la « faune primordiale » promettait une avancée fantastique dans la compréhension des origines, et Mauro bouillait lui aussi d'impatience, pourquoi en avoir honte, de participer à ce coup d'éclat.

Sans compter qu'il clouerait le bec à son père. Qu'il le lui clouerait, du moins l'espérait-il, définitivement.

À l'heure dite, ils se retrouvèrent tous les quatre sur la terrasse, au dernier étage de l'hôtel. Dietlev récapitula leurs objectifs et le rôle de chacun dans l'expédition. D'un point de vue logistique, tout fonctionnait comme prévu, mis à part la difficulté de s'approvisionner en essence pour le bateau. Il n'avait réussi à trouver que la moitié du carburant nécessaire, mais ce problème était en passe d'être réglé, moyennant un léger surcoût. Milton ayant rappelé qu'ils disposaient d'une somme suffisante pour acheter tous les stocks de Corumbá, ils déjeunèrent ensuite en toute tranquillité.

Vers trois heures de l'après-midi, Dietlev les conduisit à la carrière afin qu'ils puissent se familiariser avec les couches géologiques associées à la *Corumbella Wernerii* et recueillir, éventuellement, de nouveaux échantillons. Après leur avoir indiqué la fine couche d'argile gris-vert où ils devaient cantonner leurs investigations, il les laissa en disant qu'il les attendrait à l'Ester en fin d'après-midi.

Avant de pénétrer dans le taxi, il se retourna et aperçut Elaine et Mauro, à genoux sur le flanc de la colline, qui s'affairaient avec leur marteau. Mains dans les poches, panama sur l'oreille, Milton les regardait travailler dans la poussière blanche.

Lorsque Dietlev arriva à l'Ester, le café-restaurant où il avait rendez-vous avec sa dernière chance de trouver une embarcation, le patron lâcha son pinceau pour l'accueillir avec force démonstrations d'amitié :

— Holà, *amigo* ! dit-il en serrant Dietlev entre ses bras. Ça fait plaisir de te revoir. Qu'est-ce que tu deviens depuis tout ce temps ?

— Salut, Herman ! fit Dietlev, sans donner de réponse à une question qui n'en attendait pas. Alors, toujours à la peinture ?

— Eh oui ! Je décore un peu ces vieux murs. Mais cette fois, ce sera un portrait. Regarde ce que j'ai déniché, dit-il en prenant une vieille carte postale qui traînait sur une table : Otto Eduard Leopold von Bismarck ! Pas mal, non ? Je suis en train de le reproduire. Ça va être géant !

— En effet... dit le géologue, après s'être tourné vers la grande niche où Herman avait commencé à mettre en couleur une naïve ébauche de la photo.

Et il se sentit mal à l'aise : comme toujours à un moment donné, ce personnage l'écœurait tout à coup avec violence. Herman Petersen parlait allemand, se comportait comme un Allemand, mais il était... bolivien. Si l'on s'en étonnait, l'individu produisait volontiers les miettes d'un passeport qui attestait ses dires. Pour s'être marié avec une mulâtre obèse et affreusement marquée par la variole (il fallait ne pas être dégoûté pour lui avoir fait trois gosses !), il se targuait de posséder aussi la nationalité brésilienne. Quand il était ivre, ce qui lui arrivait chaque jour à partir d'une certaine heure de la soirée, il devenait volubile et se laissait aller à exprimer sa nostalgie de l'ordre, et même sa sympathie pour le Grand Reich. « D'accord, il a exagéré vers la fin, disait-il sans jamais prononcer le nom d'Hitler, mais quand même ! Les idées restent, et elles n'étaient pas toutes mauvaises, loin de là, vous pouvez me croire ! » De ses conversations avec lui, lors de ses deux précédents séjours à Corumbá, Dietlev n'avait réussi à soutirer qu'une seule information : Petersen était arrivé en Bolivie en 1945, après la défaite... « Mais j'étais simple soldat, avait-il ajouté en insistant un peu trop, un petit poisson, un tout petit poisson ! »

— Bon, reprit Herman, qu'est-ce que je t'offre pour fêter ton retour ? J'ai une nouvelle bière à la pression, un régal des dieux !

— Tout à l'heure, fit Dietlev en voyant entrer dans le bar l'homme qu'il attendait. Il faut que je règle une affaire urgente avec ce type.

— Pas de problème, *amigo*. Tu es chez toi, ici...

Le Brésilien s'approcha de Dietlev avec un faux air d'humilité qui ne présageait rien de bon.

— *Senhor* Walde, commença-t-il en fuyant son regard, c'est impossible, complètement impossible. J'aurais bien voulu, mais je ne peux pas risquer de perdre mon bateau, vous comprenez ? On ne peut plus passer par là, ils vous tirent comme des lapins. Personne ne vous emmènera, vous pouvez en être sûr !

Dietlev sentit une vague de rage et de dépit enflammer son visage.

— Je double la somme ! Réfléchis bien : deux cent mille cruzeiros !

Le Brésilien se tortilla sur place, comme électrisé par l'ampleur du chiffre, puis son regard se figea soudain sur quelque chose, derrière le dos de Dietlev. Instinctivement, ce dernier se retourna ; Petersen essuyait tranquillement une chope, les yeux baissés sur son torchon.

— Alors ? reprit Dietlev.

— Je suis désolé, sincèrement désolé. C'est trop dangereux, je ne peux pas faire ça. L'année prochaine, peut-être...

— Il n'y aura pas d'année prochaine ! éclata Dietlev. C'est maintenant ou jamais. Mon budget n'est pas reconductible, vous pouvez comprendre ça ? !

— Ne vous énervez pas, *senhor*. Ça ne changera rien à ma décision. J'ai vu *seu* Ayrton...

— Ayrton ! Le pêcheur ?

— Parti à Campo Grande ce matin. Il m'a chargé de vous dire qu'il ne pouvait pas vous accompagner. Sa mère est malade, vous voyez...

— Ça c'est le bouquet ! fit Dietlev en serrant les poings. *Scheiße !* Tu as entendu, Herman ?

— Entendu quoi ?

— Ce type ! dit-il en se retournant pour montrer son interlocuteur dans un grand geste théâtral.

Le Brésilien en avait profité pour s'esquiver, et Dietlev eut à peine le temps de le voir franchir le rideau de perles masquant la porte du café. La mine défaite, Dietlev vint s'accouder au comptoir :

— Je crois que c'est le moment de nous servir une bière. Au point où en sont les choses, je n'ai plus qu'à me soûler la gueule !

— Regarde ça, dit Herman en présentant une énorme chope sous le robinet, elle vient de Munich, du café Schelling. Je l'ai sortie spécialement en ton honneur. Alors, tu as des problèmes, on dirait ?

— Et comment ! Tu n'imagines pas dans quel pétrin je me suis fourré...

Le coude sur le comptoir, une main sous le menton, Herman écouta Dietlev résumer la situation. Il avait dû avoir un beau visage de Nordique comme on se les représente dans les pays latins, avec des yeux bleus, des cheveux blonds et des joues roses. L'alcool s'était chargé de remodeler ses traits au cours des ans ; peau grumeleuse, visage affaissé, bouffi par endroits, et des yeux si pâles qu'on les aurait dits voilés par la cataracte. Ses cheveux blancs, tirés en arrière, semblaient avoir été peignés avec un mélange de graisse et de nicotine, son dentier de pacotille lui faisait un sourire de musée Grévin, et mis à part une bedaine d'enfant mal nourri, son corps nageait dans un large short et une chemise à manches courtes.

— Ce fossile dont tu parles, demanda-t-il, c'est quoi au juste ?

— Celui que je cherche ? Un genre d'oursin, si tu veux, mais sans épines.

— Et tu fais toutes ces histoires pour un oursin ? ! Tu es fou, *amigo* !

— Tu ne te rends pas compte, Herman. C'est un truc que personne n'a jamais vu. Il y a des instituts ou des collectionneurs qui seraient prêts à payer des fortunes pour en posséder un seul !

— Des fortunes ? Combien par exemple ?

— Je ne sais pas, moi... Ça n'a tout simplement pas de prix. Un peu comme une pierre rapportée de la lune. Quelques-uns de ces fossiles permettraient de financer nos recherches pendant plusieurs années...

— Et celui que tu possèdes ?

— Il ne vaut pas un clou : sans identifier le gisement d'où il provient, on ne peut faire que des suppositions ; comme pour n'importe quelle roche erratique.

— Erratique ?

— Oui. C'est pour dire que quelque chose n'est plus en place. Si en ouvrant une tombe de pharaon, par exemple, tu trouves des grains de blé dans le sarcophage, tu peux en déduire que ce blé a au moins l'âge de la momie, qu'il a une valeur symbolique dans le culte des morts parce qu'il évoque la renaissance, etc. Si tu trouves ces mêmes grains de blé dans le désert, ou si on te les apporte, ils ne te donneront plus aucune information, ni sur eux-mêmes, ni sur quoi que ce soit. Ils n'auront strictement aucun intérêt.

— Je vois... Et tu es sûr qu'il existe, ton gisement ?

— Sûr et certain ! C'est ça le pire. J'ai interrogé Ayrton en long et en large, je lui ai montré les cartes satellite que j'ai réussi à me procurer : tout concorde. C'est une colline qui se trouve entre l'embranchement du Rio Bento Gomes et celui du Jauru, un peu avant d'arriver à Descalvado.

— Je connais.

— Comment ça, tu connais ? Tu es déjà allé là-bas ?

L'air songeur, Herman ignora la question.

— Et tu crois que tu pourrais retrouver l'endroit, même sans Ayrton ?

— J'en suis persuadé ! Une fois sur place, je te garantis que je me débrouillerai, j'ai l'habitude. Ayrton m'aurait simplement fait gagner du temps...

Herman regarda Dietlev droit dans les yeux, comme s'il pesait une dernière fois le pour et le contre.

— Bon, dit-il après cet instant de réflexion, je crois que je vais t'offrir une seconde bière.

— Non, merci. Je ne suis déjà plus dans mon état normal.

Le vieil Allemand prit quand même les deux chopes vides et se pencha vers la tireuse.

— Non, s'il te plaît, Herman. Je n'ai pas le...

— Je peux avoir un bateau... fit ce dernier sans lever les yeux du filet de bière qui s'écoulait dans la chope.

— Qu'est-ce que tu viens de dire ?

— Tu as bien entendu. Je dis que je peux avoir un bateau, un pilote et tout ce dont tu as besoin. Mais ça risque de te coûter cher. C'est à toi de voir.

Dietlev s'était mis à réfléchir à toute vitesse. Il avait suffi d'un mot pour que l'espoir renaisse, plus vif que jamais. Milton se fichait du fric, il payerait n'importe quoi pour que cette expédition se fasse. Quant à Herman, il n'avait pas l'air de raconter des craques.

— Avec qui faut-il que je négocie ? demanda-t-il avec une précipitation qu'il se reprocha aussitôt.

— Avec moi, dit Herman en posant une chope pleine devant Dietlev. C'est un bon bateau. Je l'ai acheté aux domaines, il y a dix ans. Vingt-huit mètres, coque acier, moteur de 300 chevaux. Et son commandant est en face de toi.

— Tu te moques de moi ? Qu'est-ce que tu ferais avec un engin pareil !

Herman parut vexé.

— Je ne suis pas plus con qu'un autre, tu sais ! C'est pas avec ce que je gagne au bar que je pourrais nourrir une femme et trois enfants ! On peut faire plein de choses, par ici, avec un bateau ; on peut emmener les touristes à la pêche, en saison ; on peut transporter de la marchandise d'une *fazenda* à une autre, on peut aussi louer ses services... à des géologues, par exemple...

— D'accord, d'accord. Excuse-moi. C'est tellement inespéré... Mais dis-moi la vérité, cette histoire de chasseurs de crocodiles, c'est du vent, n'est-ce pas ?

— Pas du tout. On ne t'a pas menti.

— Et toi, ils ne te font pas peur...

— Moi, c'est spécial. Je fais un peu de business avec eux, tu comprends. Je les ravitaille de temps en temps. Ce ne sont pas de mauvais bougres, si on les laisse tranquilles. Enfin, je veux dire, ce sont mes affaires. Toi, tu ne sais rien, tu ne vois rien, et il n'y aura pas de problème.

— Combien tu veux ?

— Ah, ah ! Nous y voilà, dit Herman en riant de toutes ses fausses dents. Et reprenant son sérieux : Je veux 400 000 cruzeiros et... 30 % sur la vente des premiers fossiles.

Dietlev resta muet devant l'énormité de ces exigences. Moins à cause de la somme d'argent – de ce côté-là, on pouvait toujours s'arranger – que de l'idée complètement folle d'un pourcentage.

— Il me semble que tu n'as pas bien saisi, Herman... reprit-il en essayant de garder son calme. Ce ne sont pas des pépites d'or que je vais chercher ! Si je trouve ces foutus fossiles, si je ne me suis pas trompé dans mes hypothèses, et si des chercheurs étrangers veulent bien s'y intéresser, alors on pourra peut-être songer à les vendre. Dans ce cas, c'est mon département de géologie qui s'en occupera, et l'argent reviendra en totalité à l'université. À l'u-ni-ver-si-té ! Moi, je ne touche strictement rien dans cette histoire.

— On peut toujours se démerder, non ? Il y a bien un *jeitinho* quelque part, tu ne vas pas me faire croire ça...

— Puisque je te dis que c'est impossible, Herman. C'est même impensable !

— Alors, c'est non, *amigo*. Trouve-toi un autre bateau.

— Tu ne peux pas me faire ça, Herman ! Pense un peu à ce que je t'ai dit... Je suis partant pour les 400 000 cruzeiros. C'est déjà une sacrée bonne affaire, non ? Quant aux fossiles, on ne sait même pas s'ils existent ! Tu es en train de réfléchir sur du vent. Si tout se passe comme prévu, tu seras le seul à savoir où ils sont. Rien ne t'empêchera d'y retourner

et de te servir. La seule chose que je puisse te promettre, c'est de t'envoyer des collectionneurs...

Herman buvait sa bière à petites gorgées, l'air
absent. Il allait répondre, lorsque Elaine entra dans
le bar, suivie de Mauro et de Milton.

Dietlev fit les présentations, tandis que le petit
groupe s'installait au comptoir. Séduit par les charmes de la nouvelle venue, Herman retrouva le sourire. Elaine était passée à l'hôtel pour prendre une
douche et se changer. Vêtue d'une simple robe de
cotonnade vert amande, les cheveux encore humides, elle resplendissait de fraîcheur.

— Qu'est-ce que vous prenez ? demanda Dietlev à
la cantonade.

— Je n'aime pas la bière, dit Elaine en apercevant
les chopes vides. Serait-il possible d'avoir du vin ?

— Mais bien sûr, mademoiselle ! Tout est possible
chez Herman Petersen, surtout pour une belle fille
comme vous ! Vous allez me goûter ça, dit-il en prenant une bouteille sous le comptoir : Valderrobles
rouge. C'est du bolivien, et entre nous, rien à voir
avec ce qu'on trouve au Brésil...

Mauro ayant confirmé qu'il boirait du vin lui
aussi, Milton manifesta le désir de se joindre à eux.

— Ça a marché ? demanda Dietlev à Elaine.

— Pas mal. Mauro et moi, nous avons trouvé trois
beaux exemplaires de Corumbella. L'empreinte est
très claire, on en fera de beaux moulages.

— Mais c'est Mauro qui a trouvé le plus intéressant, intervint Milton d'une voix doucereuse. Il est
doué, ce garçon !

Tournant le dos à Milton, Mauro leva les yeux au
ciel pour indiquer à Dietlev combien cette obsé-
quieuse sollicitude l'indisposait.

— Notre expédition démarre vraiment sous d'heureux auspices ! ajouta Milton en se frottant les
mains. Alors, Dietlev, quand partons-nous ?

Elaine surprit une lueur de panique dans le regard du géologue. Il se tourna vers Petersen qui achevait de servir le vin. Celui-ci posa la bouteille et regarda Elaine en souriant :

— Mais quand vous voulez... dit-il lentement, et comme s'il répondait à une question de la Brésilienne : Je suis à votre service.

Soulagé, Dietlev lui tendit la main pour le remercier de sa décision :

— Après-demain, ça ira ?

— Va pour après-demain, *amigo*, dit Herman en lui serrant la main cordialement par-dessus le comptoir.

Son regard appuyé disait : « Nous sommes bien d'accord sur les conditions, n'est-ce pas ? » Lisant une réponse positive dans le clin d'œil de Dietlev, il ajouta :

— Je crois que c'est ton tour de me payer une bière...

— De *nous* payer une bière ! approuva Dietlev. Il faut fêter ça !

— À la bonne heure ! s'exclama Milton. J'ai hâte de passer aux choses sérieuses...

Sans évoquer ses tractations ni les chasseurs de crocodiles, Dietlev intronisa Herman comme membre de l'équipe. La journée du lendemain serait consacrée à l'avitaillement du bateau et aux ultimes préparatifs.

— Sur quel genre de bateau partons-nous ? demanda Mauro.

— Le plus beau de tout le Pantanal ! Venez voir, il est amarré juste en face, dit Herman en se dirigeant vers l'entrée du bar. Regardez, c'est le *Mensageiro da Fé* ! Celui qui est à côté de la vedette des douanes.

— Celui-là ? ! s'exclama Mauro, reconnaissant la vieille canonnière aperçue par la fenêtre de sa chambre.

— Celui-là, confirma Petersen, sans relever ce qu'il y avait de dépréciatif dans l'intonation. Il ne paye pas de mine, c'est certain, mais c'est une petite merveille de bateau. Avec lui, et moi à la barre, vous ne risquez rien, vous pouvez me faire confiance.

— Le *Messager de la Foi*… C'est un joli nom, dit Elaine en souriant.

— Je voulais l'appeler *Le Siegfried*, mais ma femme n'a pas voulu. D'ailleurs, il faut que je la prévienne : vous restez manger ici, n'est-ce pas ? Vous verrez, elle cuisine les piranhas comme personne !

Dietlev ayant acquiescé, ils entrèrent dans le bar et s'installèrent de nouveau au comptoir, tandis qu'Herman appelait Theresa à pleins poumons.

Carnets d'Eléazard.

WITTGENSTEIN : « En philosophie, une question se traite comme une maladie. » Ce qui revient à chercher en premier lieu tous les symptômes qui pourraient permettre d'établir un diagnostic. Utiliser ce canevas pour traiter la « question » Kircher ?

ON POURRAIT DIRE de ses livres ce que Rivarol écrivait à propos du *Monde primitif* de Court de Gébelin : « C'est une œuvre qui n'est pas proportionnée à la brièveté de la vie, et qui sollicite un abrégé dès la première page. »

LETTRE DE MOÉMA… L'arrogance magnifique de la jeunesse, la beauté libre, insouciante et déhanchée de ceux qui ont encore leur avenir devant eux. Une évidence qui fait descendre les vieux de ce trottoir où leur place est niée, comme par inadvertance.

SUR LES TRACES DE PAS FOSSILES imbriquées les unes dans les autres qu'on a retrouvées sur le plateau d'Eyasi, en Tanzanie : elles témoignent qu'une jeune femme, voilà trois millions d'années, au pliocène, jouait en marchant à mettre ses pieds dans les traces du mâle qui la précédait. Elaine y lisait la preuve rassurante que les hominidés de cette lointaine époque nous ressemblaient déjà.

Que j'y voie, au contraire, le signe d'une désespérante identité de notre espèce, c'est ce qui avait le don de l'énerver.

JAMAIS PEUT-ÊTRE le passage d'un siècle à un autre n'a été si terne, si lugubrement porteur de sa propre suffisance.

LOREDANA… Elle produit en parlant le chuchotement agréable d'un roux d'oignon dans une poêle à frire.

LA VÉRITÉ n'est ni un chemin de traverse ni même cette clairière où la lumière se confond avec l'obscurité. Elle est la jungle même et son foisonnement trouble, son impénétrabilité. Voilà longtemps qu'il ne s'agit plus pour moi de chercher une issue quelconque dans la forêt, mais bien de m'y perdre au plus profond.

RIEN N'EST SACRÉ de tout ce qui a pu, ne serait-ce qu'une seule fois, engendrer l'intolérance.

ÉCRIRE UNE PHRASE avec de l'eau sucrée sur une page blanche et la poser près d'une fourmilière ; filmer sa naissance, les écarts de forme et peut-être de signification que les insectes lui font subir.

À L'INTENTION D'ELAINE, la nuit dernière, du tréfonds de mon sommeil : « Tu es priée de ne plus jamais m'adresser la parole, même en rêve ! »

PIRANHA : *étymologiquement, « porte du clitoris ». En Amazonie, on fait des ciseaux avec ses dents.* Le docteur Sigmund y retrouverait sans aucun doute ses petits, mais je ne parviens pas à croire une seule seconde que la « hantise de la castration » puisse expliquer de telles images. Je préfère penser qu'au moment où il s'est agi de nommer les choses les hommes ont choisi d'instinct la plus étrange des expressions, la plus poétique.

DANS L'IDÉE QUE JE M'EN SUIS FAITE, Kircher se rapproche assez du personnage qui apparaît sous ce nom dans *Le Sursis*, le roman de Heimito von Doderer : un mandarin prisonnier d'une érudition mal tamisée, un compilateur imbu de sa personne et de ses prérogatives, un homme croyant encore à l'existence des dragons... Bref, une espèce de dinosaure dont le jeune héros du roman refuse, à juste titre, de devenir le disciple.

KIRCHER ME FASCINE parce que c'est un excentrique, un artiste de l'échec et du faux-semblant. Sa curiosité reste exemplaire, mais elle le conduit aux extrêmes limites de l'escroquerie... Comment Peiresc a-t-il pu continuer à lui faire confiance ? (Écrire à Malbois : vérifications sur Mersenne, etc.)

VORTEX AUGUSTINIEN : « Je ne redoute aucun des arguments des académiciens me disant : *Quoi ! et si tu te trompais ?* Car si je me trompe, je suis. Qui n'existe pas, certes, ne peut pas non plus se tromper ; par suite, si je me trompe, comment me tromper en croyant que je suis, quand il est certain que je suis si je me trompe... Puisque donc j'existais en me trompant, même si je me trompais, sans aucun doute, je ne me trompe pas en ce que je sais que j'existe » (saint Augustin, *La Cité de Dieu*). Aussi compliqué, dirait Soledade, que de faire l'amour debout dans un hamac...

Chapitre IV

*Où il est raconté comment Kircher fit la
connaissance d'un Italien qui transporta le cadavre
de son épouse durant quatre ans...*

Comme l'Allemagne était trop hasardeuse pour les
gens de notre ordre, il fut décidé de gagner l'Autriche
en passant par l'Italie du Nord. Nous partîmes donc
vers Marseille où nous embarquâmes sur un frêle
caboteur à destination de Gênes. Les tempêtes ayant
contrarié notre voyage, nous ne parvînmes qu'à
rejoindre Civita Vecchia. Écœurés à la seule idée de
reprendre la mer, nous franchîmes pédestrement les
soixante lieues qui nous séparaient de Rome.

Une surprise de taille y attendait Kircher... Lorsque nous nous présentâmes au Collège Romain, par
le plus grand des hasards, puisque notre présence
dans la ville n'avait tenu qu'au caprice des vents, les
supérieurs de la Compagnie ne furent point du tout
étonnés d'apercevoir Athanase ; ils le reçurent au
contraire avec les démonstrations réservées à un
homme attendu impatiemment : pendant les péripé-
ties de notre voyage, les efforts de Peiresc avaient
fini par porter leurs fruits, & Kircher venait d'être
nommé à la chaire de mathématiques du collège, en
lieu & place de Christophe Scheiner qui avait déjà
pris la route de Vienne pour assurer le poste de

Kepler. En plus de l'enseignement des mathématiques, il était précisé qu'Athanase devait se consacrer à l'étude des hiéroglyphes, clause où se pouvaient reconnaître sans peine les bons offices de son collègue provençal.

Dire le contentement de Kircher à l'annonce de cette nouvelle m'est difficile : à l'âge de trente ans, il disposait d'une chaire prestigieuse dans le collège jésuite le plus illustre & pouvait traiter de pair à compagnon les hommes les plus savants de son époque, ceux-là mêmes qu'il admirait depuis le début de ses études.

En novembre 1633, quand nous parvînmes à Rome, Galilée venait d'être emprisonné pour sa première année de détention ; mon maître se fit un devoir de l'aller visiter chaque fois que ses occupations le lui permirent.

Installé dans une chambre au dernier étage du Collège Romain, Athanase Kircher avait une vue unique sur la ville. Il voyait grouiller au-dessous de lui le peuple de Rome – qui passait alors les cent vingt mille habitants ! –, apercevait les dômes ou les chapiteaux des plus beaux monuments jamais construits, & surtout, distinguait quelques-uns des grands obélisques que le pape Sixte V avait commencé à restaurer.

Sur les conseils de Peiresc, il se lia avec Pietro della Valle, le fameux possesseur du dictionnaire copte-arabe que traduisait Saumaise. Ce voyageur impénitent avait sillonné, de 1611 à 1626, toute l'Inde & le Levant. De ses enquêtes aux tombeaux des pharaons, il avait rapporté quantité de momies, d'objets & de manuscrits introuvables ailleurs, sans compter les précieuses informations qu'un voyageur éclairé peut engranger durant de tels périples. Mais outre sa connaissance de l'Égypte & de l'Orient, il était surtout renommé pour avoir aperçu les ruines de la tour de Babel. Il en avait rapporté une pierre de beau granit, qu'il offrit par la suite à Athanase.

Le père Jean-Baptiste Riccioli, qui avait assisté à son retour des Indes, ne se lassait pas de nous en raconter les fastes.

— Il faut savoir, disait-il, qu'en 1623 della Valle avait épousé à Bagdad une Persane, chrétienne selon le rite oriental. Sitti Maani Gioreida, comme elle se nommait, concentrait en elle toutes les beautés de la femme & celles de l'Orient, mais peu de mois seulement après son mariage, elle mourut d'une fausse couche. Au désespoir causé par la disparition de sa jeune compagne s'ajoutait celui de devoir l'inhumer en terre non consacrée, & Pietro della Valle préféra la faire embaumer, selon les méthodes les plus infaillibles, afin de la ramener à Rome. Durant quatre ans, il voyagea ainsi accompagné de la momie de son épouse. À peine fut-il de retour dans sa patrie qu'il lui organisa des funérailles magnifiques. Funérailles peut-être exagérées pour une simple Persane, mais dignes en tout cas de l'amour qu'il lui portait. Sur le char funèbre, tiré par deux cent vingt-quatre chevaux blancs, on avait élevé un catafalque sur lequel quatre piédouches soutenaient les figures de l'Amour Conjugal, de la Concorde, de la Magnanimité & de la Patience. Ces figures désignaient d'une main le cercueil de verre où reposait Sitti Maani, & de l'autre tenaient un cyprès auquel étaient attachés les vers que tous les académiciens de Rome avaient faits sur la mort de cette dame.

Athanase Kircher fut ébloui par le personnage. Dès leur première rencontre, il lui confia sans aucune appréhension ses idées & ses projets, décrivit les fêtes organisées par lui à Ingolstadt, & convainquit rapidement Pietro della Valle de sa supériorité en matière de hiéroglyphes. Impressionné par le savoir d'un homme qui n'avait guère voyagé qu'en Europe, & charmé de même par son génie, della

Valle accepta de lui confier ce lexique si jalousé des érudits. Son examen approfondi persuada mon maître que la langue copte était le marchepied indispensable pour le déchiffrement des hiéroglyphes, si bien que dès l'année 1635, à la mort de Thomas de Novare, Pietro della Valle, appuyé en cela par le cardinal Barberini, le chargea de préparer seul la publication de cet ouvrage.

Le mois suivant fut hélas endeuillé par la disparition de Friedrich von Spee. Resté en Allemagne où il avait continué à œuvrer avec ténacité contre le fanatisme des inquisiteurs, il venait d'être emporté par la peste, lors de la prise de Trèves par les Impériaux, durant qu'il soignait des blessés atteints de ce terrible mal. Mon maître se montra très affecté par cette mort trop précoce, & ce fut de ce jour qu'il trompa quelquefois sa tristesse en me contant les épisodes heureux qui restaient attachés au souvenir de son ami.

En 1636, après deux ans de travail assidu, Kircher publia un petit in-quarto de 330 pages, le *Prodromus Copticus Sive Ægyptiacus*, où il exposait sa doctrine sur la langue mystérieuse des Égyptiens & la méthode qui orienterait ses travaux à venir. Après avoir établi les accointances de la langue copte avec le grec, il démontrait la nécessité d'en passer par l'étude de la première pour espérer un jour démêler complètement les hiéroglyphes. Enfin, il affirmait pour la première fois cette grande vérité qui allait le conduire au succès que l'on connaît, savoir que les hiéroglyphes n'étaient pas une forme quelconque d'écriture, mais un système symbolique capable d'exprimer fort subtilement les pensées théologiques des anciens prêtres de l'Égypte.

Le *Prodromus* eut un succès retentissant ; Kircher reçut des lettres enthousiastes de toutes les personnes cultivées de son époque, & notamment des félicitations chaleureuses de Peiresc, lequel ne cessait de raconter comment, par son entremise, il était un peu responsable des découvertes effectuées par mon maître.

La fin de cette année fut dramatique : l'astrologue Centini & sa petite cour de disciples furent accusés d'avoir comploté l'assassinat du pape Urbain VIII au cours de messes noires dont la pudeur m'interdit de rapporter en détail la nature, & tenté ensuite de l'empoisonner. Kircher fut commis pour analyser les poisons trouvés au domicile de Centini & dans la nourriture de Notre Saint-Père. Il eut ainsi l'occasion de se familiariser avec certains venins fort remarquables pour leur puissance mortifère ; expérience qu'il mit plus tard à profit dans une de ses publications sur ce sujet. Centini & ses acolytes furent condamnés à mort & pendus à un gibet dressé sur la place Saint-Pierre, pour l'édification du peuple. Je faillis m'évanouir à la vue de ces pauvres hères gigotant au bout de leur corde, mais Kircher, qui prenait des notes, me réprimanda vertement :

— Hé quoi ! s'exclama-t-il, tu trembles comme la feuille devant un spectacle qui n'a rien que de très naturel. Ces hommes ont fomenté la mort d'autrui, & ils sont punis par là même où ils ont péché. Plus ils souffrent en mourant, & plus Notre Seigneur accueillera favorablement leurs prières, d'autant qu'ils ont confessé leurs crimes & méritent par conséquent toute la miséricorde due aux repentis. Au lieu de te lamenter sur ce qui n'est qu'un passage rapide vers une vie meilleure, tu ferais mieux d'observer comme moi de quelle manière l'asphyxie se produit & quels sont les signes qui l'accompagnent...

Ainsi admonesté, je trouvai le courage de regarder jusqu'au bout l'exécution de ces malheureux, mais sans réussir à garder en mémoire autre chose que le rictus affreux déformant les visages & la couleur bleu ardoise de leur langue dardée comme une vessie de poisson trop vite remonté des profondeurs.

Quelques minutes après la mort de Centini, & alors que la foule se dispersait déjà, Kircher s'approcha des corps suspendus. Comme son ministère l'y autorisait, il les palpa les uns après les autres à la hauteur des brailles. Avec un grand contentement, il me fit remarquer l'humidité de chaque cadavre à cet endroit & promit de m'expliquer un jour en quoi cette observation confirmait certaines de ses recherches les plus secrètes.

Mais si l'année 1636 avait fini assez tragiquement, 1637 débuta par une nouvelle d'importance : celle du retour de Frederick de Hesse, gouverneur de la Hesse-Darmstadt, dans le sein de l'Église catholique.

Kircher se réjouit fort de cette nouvelle : Fulda faisant partie du grand-duché de Hesse, la conversion du Grand-Duc promettait donc le rétablissement de la paix dans une région chère à son cœur, mais hélas enténébrée par la guerre & les privations.

Frederick de Hesse vint donc à Rome où il fut reçu avec de grands honneurs par le souverain-pontife & le cardinal Barberini. Le Grand-Duc ayant décidé de voyager en Italie jusqu'en Sicile & à Malte, Kircher fut désigné d'office comme son confesseur & compagnon de voyage. Cette fois encore, mon maître fit en sorte de m'attacher à lui dans ce projet.

Quelques semaines plus tard, alors que nous mettions la dernière main aux préparatifs du voyage, Athanase apprit la mort de Peiresc & reçut, en même temps qu'une lettre à lui adressée, copie de son testament. Le vieil érudit provençal léguait à Kircher la totalité de ses collections, lesquelles, dûment répertoriées & empaquetées, avaient déjà pris la route de Rome.

C'est avec une grande émotion que mon maître décacheta le billet suprême de son ami & protecteur. Mis au courant de son prochain voyage vers le

Sud, Peiresc l'engageait à mesurer là-bas les altitudes du pôle, à observer le mont Etna & à lui rapporter la liste des livres contenus dans les principales bibliothèques de Sicile, & en particulier celle des manuscrits de l'abbaye de Caeta. Athanase n'avait guère besoin de ces suggestions, ayant prévu par lui-même un programme d'études fort complet, mais les encouragements posthumes de Peiresc lui allèrent droit au cœur, & il décida de réaliser ses observations non point comme les siennes propres, mais comme si elles répondaient aux vœux du cher disparu.

Quant aux collections, qui devaient parvenir à Rome après notre départ pour la Sicile, Kircher en fut transfiguré de joie. Déterminé à créer son propre *Wunderkammer*, il obtint grâce au cardinal Barberini plusieurs salles du Collège Romain à cet effet. On devait y entreposer les caisses en attendant d'organiser ce qui deviendrait plus tard le *Musée Kircher*, c'est-à-dire le cabinet de curiosités le plus fameux qui eût jamais existé.

FORTALEZA | *O indio não é bicho...*

Lunettes noires, fuseau de cuir et T-shirt à manches longues pour cacher les traces d'aiguille sur ses bras – l'agence de la *Banco do Brasil* où elle avait ouvert un compte se trouvait à l'intérieur du campus universitaire –, Moéma attendait son tour. Après avoir reçu le chèque de son père, elle s'était empressée de l'envoyer à un certain Alexandre Constantinopoulos, ce Grec de Rio dont elle avait eu le numéro de boîte postale par un copain, et qui se chargeait de multiplier par deux n'importe quelle somme libellée en devises. La banque lui avait téléphoné pour lui annoncer qu'un virement par fax venait d'être effectué à son nom. C'était magique ! Comme à une roulette où l'on gagnerait à tous les coups. Un vague sentiment de culpabilité fit remonter à sa conscience le petit mot accompagnant le chèque : « *Je me fais du souci... Trop, sans doute. Mais tu restes ma petite fille, je n'y peux rien. Fais attention à toi, ma chérie, et souviens-toi que je t'aime plus que ma vie même.* » Malgré son application à leur maintenir la tête sous l'eau, ces bouts de phrases émergeaient invariablement, noirs et boursouflés comme des noyés. Son père ne lui avait parlé ni de l'argent, ni du projet de bar, mais cette discrétion, précisément, la révoltait. « Il se fiche bien de ce que je peux faire, songeait-elle. Quelques mots gentils, le fric, et hop ! le tour est joué. Ce n'est qu'un vieux con ! Sûr de lui, par-dessus tout, quand il fait mine de douter. Il ne comprendra jamais rien à rien... *"Je t'aime plus que ma vie même"*... Quand je pense qu'il a trouvé le moyen d'aller rimer jusque dans cette formule ! Il a dû faire un brouillon, si ça se trouve ! »

Ce flot de reproches n'arrivait pas, cependant, à étouffer l'impression de faute qu'elle ressentait. « *Heidegger va bien, autant qu'on puisse l'attendre d'un perroquet stupide et vieillissant. Il continue à répéter sa phrase favorite et à décortiquer avec minutie tout ce qui lui tombe sous le bec, comme s'il y avait une extrême importance pour le cosmos à ne pas laisser subsister la moindre écorce sur les choses. Pour être honnête, je commence d'ailleurs à lui ressembler un peu...* » En lisant cet aveu tarabiscoté, Moéma avait failli sauter dans un train pour aller consoler son père. Mais aujourd'hui, dans cette file qui n'avançait pas, elle frappa du pied avec impatience pour hâter le retour de sa mauvaise foi. Quel nul ! Est-ce qu'il lui arriverait un jour de dire les choses simplement, de ne pas se réfugier derrière cette sempiternelle pudeur littéraire ? ! Pourquoi ne lui écrivait-il pas : « Moéma, je t'aime, et tu me manques, mais je t'enverrai ce fric lorsque tu m'auras prouvé que tu es capable d'affronter la vie sans avoir besoin de moi... » Elle se rendit compte aussitôt que cela n'avait pas de sens : si c'était le cas, elle ne lui demanderait pas d'argent, *porra* ! Alors ça plutôt : « Arrête de fantasmer sur n'importe quoi ! Deviens une femme, Moéma, pour l'amour de moi ! » Ça ne collait pas non plus. Elle n'avait pas envie de devenir une « femme », de ressembler à sa mère ou à tous ces adultes qui avançaient à petits pas, confits dans leur prétention et leurs certitudes. « S'il savait, mon Dieu ! se dit-elle avec un trouble savoureux. Lesbienne et droguée ! » Imaginant sa réaction, elle se vit dans sa chambre, avec Thaïs, la seringue et tout le bataclan... et son père arrivait sans prévenir. Il ne prononçait pas un mot, s'asseyait sur le lit, à côté d'elle, et la serrait entre ses bras. Il lui caressait ensuite les cheveux, longuement, et chantonnait, bouche close, avec un son de gorge qui faisait vibrer sa poitrine comme un tambour. Et il y avait un réconfort extrême à écouter cette berceuse, une douceur qui ouvrait toutes les portes, toutes les espérances. À un moment précis, enfin, au plus fort de ce consentement, son père lui disait :

— S'il vous plaît, mademoiselle ? Je n'ai pas que ça à faire...

Empêtrée dans ses rêveries, Moéma eut un léger vertige en face du guichet.

— Ça ne va pas, mademoiselle ? Vous vous sentez mal ?

— Non, non... Excusez-moi, dit-elle en s'efforçant de sourire, j'avais la tête ailleurs. Je voudrais retirer de l'argent sur mon compte.

Elle sortait de la banque, lorsqu'une voix connue l'interpella.

— *Tudo bem ?* dit Roetgen en la rattrapant.

— *Tudo bom...*

— On ne te voit plus ces temps-ci... Tu as décidé de bouder mes cours ?

— Non, non, pas du tout. Et si je devais bouder un professeur, ce ne serait certainement pas vous.

— Alors, que se passe-t-il ?

— Oh, rien, j'ai quelques petits problèmes personnels en ce moment. Et puis, l'année est presque finie, non ? Il ne doit plus y avoir grand monde...

— Ça c'est vrai, dit Roetgen en riant. Ce n'est pas une raison pour que ma meilleure élève m'abandonne... Gêné de ne pas voir les yeux de la jeune fille, Roetgen souleva ses lunettes : Tu sais que c'est très impoli de garder ça lorsqu'on parle à quelqu'un, surtout à un « professeur » ?

Il avait dit cela plaisamment et pour la taquiner un peu, mais fut surpris par son mouvement de recul. Un court instant, il eut l'impression de l'avoir dévêtue, tant elle sembla désarçonnée. Ses grands yeux bleus lui parurent plus étranges encore que de coutume ; comme ceux d'un oiseau de nuit exposé soudain au plein soleil, ils s'étaient figés en une dérangeante expression de vide et de terreur.

— Qu'est-ce qui vous prend ? dit-elle avec dureté. On n'a pas couché ensemble, que je sache ?

Roetgen se sentit rougir jusqu'aux cheveux.

— Excuse-moi, dit-il avec maladresse, je ne sais pas ce qui m'a pris. Mais c'est dommage de cacher de si jolis yeux.

— Ah, ces Français... Tous pareils ! dit Moéma en souriant de sa confusion.

— Ne crois pas ça, tu risquerais d'avoir de mauvaises surprises ! Puis jetant un coup d'œil à l'horloge de la banque : Hou là, là, je vais être en retard ! Je me sauve. Au fait, ce soir il y a une fête à la Maison de la culture allemande, ça te dirait de venir ? On pourrait parler un peu...

— Ça me fait chier, tous ces trucs organisés. Il n'y a que des discours et des attractions de patronage.

108

— Cette fois, ce sera différent. Tu ne connais pas Andreas, il veut vraiment faire bouger les choses. Mais si les étudiants ne suivent pas, c'est foutu.

— Je verrai.

— Bon. À ce soir, j'espère...

Roetgen était ce qu'on appelle au Brésil un *professor visitante*, c'est-à-dire un professeur engagé pour un contrat déterminé dans le cadre d'un échange avec une université étrangère. Jeune diplômé – il avait presque l'âge de ses étudiants –, passionné par l'ethnologie du Nordeste, il était arrivé à Fortaleza en cours d'année pour une suite de séminaires consacrés à la « méthodologie de l'observation en milieu rural ». Plutôt timide et réservé, il avait noué des liens d'amitié avec Andreas Hackner, le coordinateur de la Maison de la culture allemande. Et comme on les voyait toujours ensemble, la rumeur s'était chargée de leur prêter des sentiments inavouables. Moéma riait avec les autres des sous-entendus qui fusaient parfois au passage de Roetgen, sans pourtant reconnaître chez lui aucun des signes susceptibles de révéler quelque tendance à l'homosexualité. Il n'était pas *de la famille*, comme elle disait, et si par extraordinaire elle se trompait, c'était vraiment dommage pour les Brésiliennes.

En descendant du bus sur le front de mer, juste en face de la traverse où habitait Thaïs, Moéma s'arrêta un instant. Transformé par ses verres fumés, l'Océan semblait un lac d'or en fusion, bordé par des cocotiers de cuir et de fer-blanc.

— On devrait obliger les gens à porter des lunettes noires ! dit-elle en écartant le rideau de cordes qui s'ouvrait directement sur la pièce principale de Thaïs. Ça les aiderait peut-être à imaginer juste...

Du matelas et des coussins où ils étaient affalés, Virgilio, Pablo et Thaïs saluèrent cette tirade en applaudissant.

Pendant qu'elle s'asseyait parmi eux, Thaïs l'interrogea d'un regard appuyé. Un clin d'œil de son amie la rassura : elle avait bien reçu l'argent.

— *Maconheiros* ! fit Moéma en respirant avec ostentation autour d'elle. Vous avez fumé, bandits !

— On était *en train* de fumer, dit Pablo d'un air roublard. Et tournant sa main droite de manière à lui en présenter la paume, il lui montra le joint à demi consumé qu'il serrait entre son pouce et son index : Tu en veux, ma belle ?

— Ça ne se refuse pas, dit Moéma en prenant délicatement la cigarette.

Quand elle eut fini d'aspirer la fumée entre ses mains réunies en coquille, Virgilio s'empressa de lui montrer le premier numéro du journal dont il les bassinait depuis plusieurs semaines. Inspiré de Shakespeare, son titre – *Tupi or not Tupi* – faisait référence aux Tupi-Guarani, ces indigènes « inaptes au travail » que les conquistadores avaient massacrés de façon systématique, puis remplacés par des esclaves importés d'Afrique. Ce cahier ne brillait guère par son volume, mais il était imprimé en offset et contenait de nombreuses illustrations en noir et blanc. Dans son éditorial, intitulé *O indio não é bicho*, « L'Indien n'est pas une bête », Virgilio annonçait l'objectif du petit groupe réuni autour de lui : protéger de l'extermination les Indiens du Brésil, ceux de l'Amazonie comme du Mato Grosso ; défendre leur culture, leurs usages et leurs territoires contre l'envahissement tentaculaire du monde industriel ; revendiquer leur histoire comme la meilleure façon pour les Brésiliens de résister à la mainmise des grandes puissances sur leur pays. Ce vaste programme incluait toutes les cultures populaires de l'Intérieur, héritières, selon Virgilio, des coutumes indigènes, et passait par une défense active de la langue et des traditions orales du Brésil.

— Alors, qu'est-ce que tu en penses ? demanda Virgilio avec un peu d'inquiétude.

Son visage maigre et boutonneux ne l'avantageait pas, mais il avait des yeux de biche derrière les loupes de ses petites lunettes à monture dorée. Moéma l'estimait énormément.

— Fantastique ! Je ne croyais pas que tu réussirais... C'est génial, Virgilio. Tu peux être fier de toi.

— Il faudra que tu écrives un article pour le prochain numéro. J'ai déjà dix abonnés, pas mal pour le premier jour, non ?

— Et avec moi, ça fait onze ! Tu me diras combien je te dois. Puis, continuant à feuilleter le journal : Super, le papier sur les tatouages Xingu... C'est qui, ce Sanchez Labrador ?

— C'est moi, dit Virgilio sur un ton d'excuse. Pareil pour Ignacio Valladolid, Angel Perralta, etc. J'ai tout fait, jusqu'aux dessins. Tu sais comment ça se passe : on m'avait promis des quantités d'articles, mais le moment venu, tout le monde s'est défilé. Et bien sûr, maintenant que le premier numéro est sorti, je croule sous les propositions. Ça me tue ! Les gens sont vraiment irresponsables.

— Ça c'est vrai ! dit Thaïs en se brûlant les doigts au mégot minuscule dont elle essayait de tirer une dernière bouffée.

— Si tu veux, reprit Moéma, je peux te faire un truc sur les Kadiwéu. On les a pris comme exemple cette année, pour étudier le concept d'endossement. Tu savais qu'ils se sentent responsables de tout, même du lever du soleil ?

— Putain, les cons ! s'exclama Pablo en éclatant de rire. Je ne les envie pas... Et devant la mine courroucée de Moéma : Oh, ça va... Si on ne peut plus plaisanter ! J'y comprends rien, moi, à vos histoires !

— Eh bien, tu devrais faire un effort. C'est notre présent qui est en jeu. Chaque fois qu'un arbre disparaît, c'est un Indien qui meurt ; et chaque fois qu'un Indien meurt, c'est le Brésil tout entier qui devient un peu plus ignare, c'est-à-dire un peu plus américain... Et c'est justement parce qu'il y a ici des milliers de types comme toi, qui s'en foutent ou qui rigolent doucement, que le processus continue.

— Je plaisantais, je te dis...

— Moi aussi, ajouta Moéma d'un ton sec.

— Il faut toujours que tu montes sur tes grands chevaux, chaque fois qu'on parle des Indiens. Tu es fatigante, ma cocotte, je te le dis !

— Allez, arrêtez un peu, vous deux ! intervint Virgilio d'une voix conciliante. Ça ne rime à rien vos histoires. Pendant que vous vous crêpez le chignon, notre cher président vient de vendre à une compagnie minière du Texas un morceau d'Amazonie grand comme les Pays-Bas...

— C'est grand comment les Pays-Bas ? demanda Thaïs, la langue empâtée par le cannabis.

— À peu près comme le Ceará.

— Une compagnie minière ? ! se révolta Moéma, le corps traversé tout entier par une onde de fureur.

— J'ai entendu ça ce matin, à la radio. Rien de plus officiel.

Dans le profond silence qui suivit cette nouvelle, Moéma se sentit affreusement désarmée. Elle avait envie de vomir.

— Bon, fit Pablo, il n'y a plus qu'à essayer de reprendre des forces pour la bataille. Thaïs, je peux prendre ce truc ?

Sans attendre la réponse, il décrocha du mur un petit sous-verre protégeant un saint Sébastien hérissé de flèches et transporté de béatitude sur son poteau.

— Qu'est-ce que tu fais ? demanda Thaïs avec inquiétude.

Sans être croyante, elle n'aimait pas qu'on joue avec les choses de la religion. On trouvait ces chromos dans tous les bazars à bondieuseries du Brésil, mais elle affectionnait ce Sébastien martyr à cause de son sourire triste et de son beau visage d'androgyne. De façon moins avouable, les gouttes de sang vermillon qui ruisselaient de ses blessures l'excitaient en secret, au point qu'elle visualisait presque toujours cette image à un moment donné de la jouissance amoureuse.

— N'aie pas peur, ma belle, dit Pablo en ouvrant avec précaution une boîte de pellicule photo dont il versa le contenu sur le sous-verre, c'est la maison qui régale.

— Wouaouh ! s'exclama Thaïs à la vue des gros morceaux de cocaïne amalgamée qui roulèrent sur la vitre. C'est Noël, *Mãe de Deus* !

— Ça alors... renchérit Moéma, fascinée elle aussi par cette soudaine abondance. Où est-ce que tu as trouvé cette merveille ?

— Je viens de la recevoir. Quand elle se présente comme ça, en petites pierres, c'est qu'elle n'a pas été coupée. C'est de l'extra-pure, mes chéries !

Sous le regard attentif des deux filles, Pablo commença par émietter les grumeaux à l'aide d'une lame de rasoir. Une fois que la cocaïne fut réduite en poudre, il partagea le tout en quatre parts égales qu'il étira ensuite, avec habileté, en autant de lignes parallèles.

— Sans moi... dit soudain Virgilio en se redressant. Désolé, il faut que je m'en aille.

Moéma leva les yeux vers lui et répondit par une mimique fataliste.

— On se voit ce soir, à la fête de la *Casa de Cultura Alemã* ?

— Oui, si tu es encore en état d'aller quelque part à ce moment-là.

— J'y serai, fais-moi confiance.

— Bon. À tout à l'heure, alors. Mais faites attention à vous, c'est de la merde ce truc.

Il n'était pas sorti, que Pablo avait déjà distribué sa part de poudre dans les trois autres lignes.

— Il ne sait pas ce qu'il perd, votre petit journaliste. Il a peur ou quoi ?

— Laisse tomber, dit froidement Moéma, c'est un type bien.

— OK. J'ai rien dit. Allez, à toi l'honneur.

Il lui tendit le sous-verre et le billet de cent cruzeiros qu'il venait de rouler sur lui-même jusqu'à en faire un tube cylindrique. Penchée sur le saint Sébastien, Moéma introduisit cette paille improvisée dans une de ses narines, tout en bouchant l'autre de l'index. Elle aspira une moitié de ligne avec assurance et régularité, puis réitéra son geste. Après avoir reniflé bien haut, elle tapota le sous-verre pour recueillir sur son doigt les derniers cristaux de cocaïne dont elle se frotta vigoureusement les gencives.

— *Que bom !* fit-elle en fermant les yeux.

L'afflux de chaleur se propageait par vagues redoublées ; un goût bizarre, légèrement amer, anesthésiait sa bouche.

— Alors ? demanda Pablo, pendant que Thaïs se livrait avec empressement au même rituel.

— Tu avais raison : c'est de la bonne, de la très bonne.

— Si tu en veux, dis-le-moi tout de suite. Elle va partir à toute vitesse...

— Combien ?

— Pour toi, ce sera le même prix que la dernière fois : dix mille le gramme.

Rafraîchie par une poussée de mauvaise conscience, Moéma faillit décliner l'offre, mais cela même l'exaspéra. L'impression d'être surveillée, jugée d'avance par le tribunal paternel. Quand donc se déciderait-elle à assumer ses choix ? Avec le change, elle avait suffisamment de fric pour renouveler sa provision de coke – il ne lui en restait presque plus depuis l'autre nuit – et payer les premiers frais d'installation du bar. Elle calcula que deux grammes lui suffiraient pour attendre la fin du mois. Et puis elle se sentait si bien tout à coup, si maîtresse d'elle-même et de son destin...

— Partagez-vous la mienne, moi j'en ai déjà trop sniffé pour aujourd'hui, dit Pablo en souriant.

Thaïs se dépêcha de prendre sa part, comme pour lui interdire de se raviser.

— Trois grammes, ça va ? dit Moéma, l'air de rien.

— Ça marche... répondit Pablo avec un clin d'œil complice. À quatre heures chez toi, ça ira ?

— OK.

— Alors, j'y vais tout de suite. Le temps de passer au coffre et de revenir chez moi pour la peser.

— Au coffre ? fit Thaïs avec surprise.

— Tu ne crois quand même pas que je garde le stock chez mes parents, non ? ! Avec un coffre personnel à la banque, je cours pas de risque. Même si je me fais gauler avec une ou deux doses, ils pourront jamais m'accuser de trafic. Le système D, ma chérie... Y a que ça pour survivre !

Moéma attendit son départ pour aspirer le reste de coke laissé par Thaïs. Dispersée par les manipulations successives du sous-verre, la poudre s'était accumulée au milieu du saint Sébastien. La jeune fille s'attarda longuement sur cette partie, dévoilant peu à peu la chair des cuisses, l'arrondi du bas-ventre, comme pour retirer fibre après fibre le linge cachant sa nudité.

Après la transaction avec Pablo, les deux amies avaient « testé » la nouvelle coke et s'étaient mises au lit. Elles n'en étaient sorties que vers dix-neuf heures, pour prendre une douche et aller dîner : royale, Moéma invitait Thaïs au Trapiche, le meilleur restaurant de la ville.

Émoustillées par la perspective de choquer la clientèle bien-pensante de cet établissement, elles mirent plus d'une heure à se maquiller et à choisir leur tenue. Thaïs peignit ses ongles d'un vernis mauve, tirant sur le noir, passa sur ses lèvres un rouge cinglant et revêtit sa robe préférée : une large tunique de mousseline rose presque transparente, serrée à la taille et parsemée de petites étoiles en plastique bleu métallisé. Moéma se contenta d'un costume masculin avec cravate et chemise blanche, mais elle gomina ses cheveux en un chignon très serré, avant de se dessiner au crayon gras une fine moustache à la Errol Flynn.

Une ultime pincée de coke, « pour le peps », et elles affrontèrent la *beira-mar* encombrée par la foule de jeunes gens qui se retrouvaient là, dès la nuit tombée. Envahissant les terrasses des bars ou des simples buvettes qui se succédaient sur des kilomètres le long de la mer, agglutinés autour des voitures garées, portières ouvertes et musique au maximum, ils s'agitaient, dansaient sur place, riaient, s'invectivaient parfois, le verre ou la bouteille à la main, dans un grouillement continu et bariolé. Des vendeurs à la sauvette offraient toutes sortes de produits artisanaux, colliers, bijoux « faits main », cuirs et dentelles du Nordeste, mâchoires de requins entrebâillées, coquillages hérissés de dards, beignets de crabe, *acarajé*, dans une entêtante odeur de friture à l'huile de coco. Thaïs et Moéma s'enfoncèrent sans hésiter dans ce remuement sombre. Malgré l'habitude du carnaval, ou à cause d'elle peut-être, on se retournait sur leur passage avec des mines rigolardes, de courts sifflets admiratifs ou même des compliments improvisés. Feignant une indifférence absolue, les deux jeunes filles passaient avec lenteur, appliquées à conserver le naturel de leur démarche et s'obligeant à s'arrêter de temps à autre, sous le prétexte de regarder un étal, pour s'embrasser dans le cou avec tendresse.

Quand elles entrèrent dans le restaurant, avec cette même allure de goélettes au vent arrière, le maître d'hôtel qui vint à leur rencontre eut une seconde d'hésitation. Soutenant son regard avec assurance, Moéma demanda une table pour deux et s'enquit, dans une langue châtiée, de la fraîcheur des langoustes. Ce ton décidé influença sans doute le maître d'hôtel, car il les préséda vers une des dernières tables vacantes, au cœur de cette pénombre opulente et climatisée qui sert de label aux grandes maisons. Thaïs en fut intimidée. Rendue muette par un décorum qu'elle voyait pour la première fois, terrorisée par l'empressement continu des serveurs autour de sa personne, elle ne retrouva son naturel qu'après le second verre d'apéritif. L'ivresse de l'alcool s'ajoutant à celle de la cocaïne, elle oublia bien vite ses angoisses de provinciale et, à l'instar de Moéma, concentra son attention sur les clients du restaurant. Les deux jeunes filles imaginèrent mille histoires scabreuses derrière les attitudes convenues, raillant telle physionomie, singeant telle mimique maniérée avec une fantaisie qui les faisait partir dans d'inextinguibles fous rires. Plutôt complices de leur gaieté, les serveurs leur adressaient de grands sourires, en prenant garde de ne pas se faire remarquer par le maître d'hôtel : ses regards noirs et sa mine renfrognée indiquaient assez combien il se reprochait d'avoir laissé entrer ces clientes par trop démonstratives.

Excédé par les commentaires dont il était l'objet, un dîneur à brioche et à bajoues fit en sorte d'abréger son repas ; traînant derrière lui femme et enfants, il sortit de table avec tous les signes d'une fureur manifeste. Hilares, Thaïs et Moéma le virent prendre à partie le maître d'hôtel et dénoncer leur comportement avec force menaces du doigt et postillons. Le majordome battit des bras, joignit les mains, accumula quantité de rapides courbettes, mais il eut beau se confondre en excuses, le bonhomme épongea sur lui sa colère de nanti avant de s'éclipser.

On leur servit ensuite un gratin de queues de langouste, présenté dans un demi-ananas débordant d'une sauce onctueuse, parfumée au gingembre et à la cardamome. Et comme Thaïs s'effrayait de devoir utiliser les couverts à poisson, Moéma vint à son secours en commençant à manger avec les doigts. Sous le regard réprobateur des loufiats qui n'appréciaient plus, pour le coup, l'injure faite à la spécialité du restaurant, elles persistèrent jusqu'au bout dans cet affront, maculant verres et serviettes de leurs mains grasses, mêlant de larges rasades de bière – Thaïs en avait réclamé, juste pour voir la trombine du sommelier – à l'excellent chablis qu'on leur avait d'abord recommandé.

Elles en étaient au dessert, lorsque Thaïs, complètement grise, se mit en tête d'écrire un poème sur la nappe. Après avoir fouillé longuement dans son sac, elle en sortit un gros stylo à plume qu'elle fit admirer à son amie. Le premier mot inscrit sur le tissu étant resté invisible, elle pesta contre l'objet rebelle, entreprit de le dévisser, tritura la pompe tant et si bien qu'un jet d'encre fusa sur sa robe, à la hauteur des cuisses. Aussitôt debout, elle ne put que constater les dégâts : diffusée par la fine étoffe de mousseline, une large tache noire s'épanouissait de façon irrémédiable. Elles éclatèrent de rire en même temps, puis commandèrent une bouteille de champagne sous le prétexte de conjurer le sort.

— Et une paire de ciseaux, s'il vous plaît... dit Thaïs au serveur qui s'éloignait.

Celui-ci lui fit confirmer sa requête et assura, l'air ennuyé, qu'il allait faire son possible.

À son retour, il avait l'ustensile demandé. Tandis qu'il dégageait l'armature du bouchon de champagne, Thaïs grimpa subitement sur sa chaise :

— Au travail ! dit-elle à Moéma en lui tendant les ciseaux.

Moéma se leva et, tournant autour de son amie, découpa l'étoffe au-dessus de la tache d'encre, raccourcissant la robe à la mesure d'une minijupe. L'œil en coin, ou la tête carrément tournée vers leur table, les clients observèrent ce manège dans un lourd silence fait de bruits de fourchettes et de chuchotements. Médusé par la vue plaisante que sa position offrait sur la culotte de Thaïs, le serveur avait assisté à la scène sans bouger, la main figée sur le goulot de la bouteille qu'il s'apprêtait à déboucher. Ce fut la détonation soudaine du bouchon qui rompit cet enchantement...

Ravies de leur exploit, et après s'être convaincues que la robe ainsi réduite était bien plus seyante qu'auparavant, Thaïs et Moéma se rassirent et burent leur champagne jusqu'à la dernière goutte.

Lorsque vint le moment de déposer devant elles le coffret contenant l'addition, le maître d'hôtel afficha la mine satisfaite d'un homme qui remet enfin à son pire ennemi un engin explosif aux conséquences certaines : la note était à la hauteur de leur extravagance, il espérait de toute son âme de larbin que ces gougnottes ne seraient pas en mesure de l'acquitter... Après y avoir jeté un rapide coup d'œil, Moéma prépara la somme sur ses genoux, de manière à ce que Thaïs ne puisse en apercevoir le montant, puis la déposa sans tiquer à l'intérieur du coffret.

— Vous nous offrirez bien un cigare ? dit-elle avec un sourire hautain, et en jetant négligemment un gros pourboire sur la table.

Le maître d'hôtel ravala ses humeurs et donna des ordres en conséquence. Tirant d'agressives bouffées de leur havane, elles quittèrent la table, parcoururent la salle comme un couple princier, répondant par un léger signe de tête aux saluts et aux remerciements contraints des employés, et quittèrent le restaurant.

Le projet de bar serait reporté à un peu plus tard, et puis voilà... songeait Moéma en faisant ses comptes. Cette soirée avec Thaïs valait largement le sacrifice. Elles avaient traversé les ténèbres du Trapiche comme deux comètes anonymes lancées vers les confins ; éparpillées derrière elles, de petites étoiles en métal bleu témoigneraient de leur passage.

— Qu'est-ce que tu dirais d'aller passer quelques jours à Canoa ? proposa-t-elle soudain à Thaïs. J'ai encore assez de fric pour te payer le voyage.

— Super ! Tu es géniale, vraiment ! dit Thaïs avec enthousiasme. Ça fait une éternité que je meurs d'envie d'y retourner.

— Demain, alors ?

— Pas de problème, je suis partante. Ah, ça c'est une super idée !

Prises à nouveau dans l'animation du bord de mer, riant de leur difficulté à marcher droit, elles revinrent tant bien que mal jusqu'à la *Avenida Tibúrcio Cavalcante*. Ce ne fut qu'en cherchant les clefs de son appartement que Moéma se souvint de son rendez-vous à la fête de la Maison de la culture allemande. Il était vingt-trois heures.

— Merde, merde et merde... J'avais complètement oublié ce truc !

— Moi aussi, dit Thaïs en s'esclaffant.

— Il faut que j'y aille, j'ai promis à Virgilio.

— Laisse tomber, c'est trop tard de toute façon. Et puis moi, je ne peux plus bouger dans l'état où je suis...

— Tu m'attends ici, alors. Je fais juste l'aller-retour.

— Oh, non... Je ne veux pas rester toute seule... dit Thaïs en minaudant.

— Je ne serai pas longue, je t'assure. J'ai promis, Thaïs, je ne peux pas faire autrement.

Thaïs se serra contre elle et l'embrassa longuement sur la bouche ; en équilibre sur une seule jambe, elle frottait son sexe sur la cuisse de Moéma.

— Regarde, elle pleure déjà ton absence, dit-elle en guidant la main de son amie vers son entrejambe.

— N'aie pas peur, amour, je la consolerai en revenant. Allez, prends les clefs, je reviens tout de suite.

— Sûr ?

— Sûr et certain ! Pas envie que tu me sniffes toute la coke...

FAVELA DE PIRAMBÚ | *La vie est un hamac que le destin balance...*

Bleu et rouge dans le couchant, le camion de Zé apparut soudain sur l'horizon bosselé des dunes. Lancé à toute vitesse, distordu par les vibrations floues de la chaleur, il ressemblait à un chevalier en armure dans son ultime charge contre le dragon. Ses chromes éblouissants jetaient plus de feux que le soleil lui-même, et comme le bouclier de saint Georges, ils engendraient une espérance indicible.

Il vint s'arrêter au beau milieu du bidonville, non loin de la baraque de Nelson, après un dernier hennissement et quelques soubresauts qui soulevèrent un nuage de sable et de poussière.

Zé Pinto descendit avec agilité de sa cabine ; lorsqu'il se mit à marcher vers lui d'un pas mal assuré, Nelson comprit qu'il y avait une mauvaise nouvelle dans l'air. La voussure un peu plus prononcée de ses épaules, une nuance de tristesse dans son sourire, il ne savait pas quoi au juste, mais quelque chose lui disait, tant il était accoutumé à lire la détresse sur le visage des autres, que ce jour ne finirait pas sans quelque nouvelle salissure. Malgré son hâle de conducteur, Zé avait le teint gris ; sous ses yeux vitreux de fatigue, des cernes sombres indiquaient mieux que son compteur le nombre de kilomètres parcourus depuis trois jours.

— Salut, fiston ! dit-il sur un ton faussement enjoué. Alors, ça roule ?

— *Tudo bom*, grâce à Dieu… répondit Nelson en lui tendant la main.

Zé fit claquer la sienne sur la paume du garçon, puis leurs pouces s'imbriquèrent, les autres doigts s'enroulant autour des poignets. Après une double rotation qui leur permit de saisir chacun à son tour un poing fermé, cette étrange gestuelle se termina par un enchevêtrement des quatre mains, nœud gordien qui scellait d'ordinaire leur amitié.

Ils entrèrent dans la cabane. Courbant la tête pour ne pas heurter les tôles du plafond, Zé installa un second hamac presque au ras du sable, juste à côté de celui de Nelson, puis commença de vider le sac en plastique qu'il avait apporté.

— Quelques petites choses… Moi, je ne sais pas quoi en faire.

Il déposa sur le sol un bidon d'huile d'olive, trois pains de *rapadura*, le sucre de canne brut dont l'*aleijadinho* était gourmand, une énorme mangue et des œufs. Zé avait acheté tout cela pour lui, mais Nelson le remercia du bout des lèvres afin de sauvegarder les apparences. Tous deux se savaient gré de cette pudeur brute où s'esquivent les effusions.

— D'où viens-tu ? demanda Nelson en remplissant les verres de *cachaça*.

Zé hocha la tête de dépit. « Dieu sait combien ils lui ont fait payer cette bouteille… » songea-t-il avec tristesse.

— Tu n'aurais pas dû. Tu sais bien que c'est mauvais pour toi…

— D'où viens-tu ? redemanda Nelson, les yeux fixés dans les siens.

— De Juazeiro. J'ai livré vingt tonnes de ciment à une entreprise. Sur le retour, je me suis arrêté à Canindé. Les gens crèvent de faim par là-bas, on m'a dit qu'il y avait quarante cas de peste.

— La peste ? !

— La peste noire. Les médecins de l'hôpital voudraient fermer la ville, mais le maire ne tient pas à ce que ça s'ébruite, à cause des élections. Toujours la même histoire ! *Les pauvres ne grossissent pas, ils enflent*... J'ai lu ça sur un semi-remorque Mercedes, un *pau de arara* qui revenait des plantations.

Dans tout le Brésil, les routiers s'inventaient une « maxime » qu'ils faisaient peindre sur un tableau de bois décoré, à l'avant et à l'arrière de leur véhicule. Certaines faisaient preuve d'humour ou de lyrisme, d'autres se contentaient d'apporter leur pierre à la misogynie ambiante, la majorité d'entre elles concernait le seul thème, inlassablement décliné, du mal de vivre. C'était sur ces routes sillonnées d'aphorismes bariolés que Zé avait appris toute sa philosophie. À cinquante ans – il en paraissait beaucoup plus, comme la plupart du petit peuple nordestin – il avait en mémoire des centaines d'adages différents. Chaque fois qu'il croisait un camion, au hasard de ses déplacements, il s'empressait d'apprendre ces dictons anonymes qui affichaient devant son pare-brise leur charge d'ironie, de mysticisme ou de souffrance. Après les avoir médités durant des heures, quelquefois durant des jours, il faisait siens les plus acerbes et en émaillait sa conversation. Nelson le tenait pour un sage. D'autant que son camion arborait une phrase qui ouvrait pour lui des abîmes de perplexité : *A vida é uma rede que o destino balança*, la vie est un hamac que le destin balance.

— Au fait, j'allais oublier, dit Zé en fouillant dans la poche arrière de son pantalon. Tiens, j'ai encore ça pour toi. Je les ai trouvés à Petrolina.

Il tendit à Nelson deux petits fascicules de *Literatura de Cordel*, ces longs poèmes populaires circulant un peu partout dans le Sertão. Écrits et illustrés par des guitaristes ambulants, les *violeiros*, qui les imprimaient eux-mêmes sur du mauvais papier, ils étaient chantés par leurs auteurs sur les marchés, dans les rues ou les gargotes. Pour les proposer à la vente, les *violeiros* avaient coutume de les suspendre par le milieu, comme on le ferait d'un vulgaire torchon, sur une ficelle tendue entre deux arbres. D'où le nom de « littérature de corde » pour désigner l'ensemble de ces œuvres de colportage.

Nelson parvenait à déchiffrer un texte mot à mot, mais cela lui demandait un effort trop intense pour qu'il pût lire normalement.

— Il y a *La vache qui s'est mise à parler sur la crise actuelle* et *João Peitudo, le fils de Lampião et de Maria Bonita*, continua Zé. Tu voudras qu'on les chante ensemble, tout à l'heure ?

Rien ne procurait plus de plaisir à Nelson : il avait appris à jouer sur sa guitare le rythme monotone qui permet de scander une lecture à haute voix de ces poèmes, et il lui suffisait de les entendre une ou deux fois pour les imprimer définitivement dans sa mémoire.

— Pourquoi pas tout de suite ? demanda-t-il en se tortillant pour atteindre son instrument. On attaque par *le Fils de Lampião* ?

— Il faut d'abord que je te dise quelque chose. Tu sais, commença-t-il en baissant les yeux sur ses grosses mains tavelées, il y a encore quelques années, tous les routiers avaient un chien dans leur camion, mais aujourd'hui, n'importe quel chien a son camion... Ça devient de plus en plus dur pour trouver un chargement, et je n'arrivais plus à payer les traites de mon Berliet... Alors, j'ai été obligé... Je t'assure ! J'ai... La Willis, tu comprends ? J'ai vendu la Willis...

Pas très loin, derrière la baraque de Nelson, on entendit une benne qui déversait sur la décharge un tombereau d'ordures.

Chapitre V

*Le voyage en Italie : de la fée Morgane, de l'Atlantide
& des humeurs du mont Etna.*

Nous étions à une journée du détroit de
Messine, chevauchant lentement sous la chaleur
étouffante de la Calabre, lorsque Athanase déplia
une épître dont les cachets de cire verte m'étaient
inconnus. Requérant mon attention par un sourire
& un petit geste de la main, il me donna lecture de
cette lettre à haute voix, tout en essuyant parfois
d'un mouchoir distrait la sueur qui perlait sur son
front.

« Le matin de l'Assomption de la très Sainte
Vierge, étant seul à ma fenêtre, je vis des choses tellement nombreuses & si nouvelles que je ne cesse
ni ne me lasse plus d'y repenser, car la très Sainte
Vierge fit paraître dans ce phare où je me trouvais
un vestige du paradis où elle entra jadis ce même
jour. Et si l'œil d'en haut possède, comme l'intellect, un miroir volontaire où il voit ce qu'il lui plaît,
celui que j'ai vu je peux l'appeler miroir de ce
miroir ! En un instant, la mer qui baigne la Sicile se
gonfla & devint, sur à peu près dix milles de distance, comme l'épine dorsale d'une noire montagne. Apparut alors un cristal très clair &
transparent : il ressemblait à un miroir dont la

cime s'appuyait sur cette montagne d'eau, & le pied sur le littoral de la Calabre. Dans ce miroir se montra subitement une succession de plus de dix mille pilastres d'égale hauteur, tous équidistants ; & d'une même clarté très vive, comme d'une même ombre, étaient les fondements entre pilastre & pilastre. Un moment après, lesdits pilastres perdirent de la hauteur & se courbèrent en forme d'arcs, comme pour les aqueducs de Rome ou les fondations de Salomon ; & le reste de l'eau demeura simple miroir jusqu'aux eaux montagneuses de la Sicile. Mais, en peu de temps, il se forma une grande corniche au-dessus des arches, puis sur cette dernière apparurent de réels châteaux en quantité, tous disposés dans cette immense vitrine, & tous de même forme & de même travail. Puis les tours se changèrent en un théâtre à colonnes ; puis le théâtre se sépara selon un double point de fuite ; puis l'alignement de colonnes devint une très longue façade à dix rangs de fenêtres ; la façade se changea en une variété de forêts de pins & de cyprès égaux, puis en d'autres espèces d'arbres... Et là, tout disparut ; & la mer, à peine plus agitée qu'auparavant, redevint ce qu'elle était.

« Cela, c'est cette fameuse *Fata Morgana* que j'ai estimée invraisemblable durant vingt-six ans, & que j'ai vue alors plus belle & plus vraie que ce qu'on m'avait décrit. Depuis cette heure, je crois qu'elle est réelle, je crois à cette façon d'apparaître de diverses couleurs volantes, plus belles & plus vives que celles de l'art ou de la nature permanente. Qui en est l'architecte ou l'ouvrier, & avec quel art & quelle matière a-t-il imprimé en un point ces magnificences si variées & si nombreuses, je désirerais que Votre Révérence me l'enseigne, vous qui vivez au milieu des magnificences romaines & contemplez de près les vérités divines.

« En attendant, je prie le Dieu toujours propice,
& je me recommande à ses très saints sacrifices.

R.P. Ignazio Angelucci de Reggio. S.J. »

Cette lettre, datée du 22 août 1633, avait été
confiée à Athanase par le père Riccioli, lequel s'était
avoué incapable d'y comprendre quoi que ce fût.
Anxieux quant à la santé mentale du père Angelucci,
& parce que la ville de Reggio était l'une de nos éta-
pes obligées, il avait chargé mon maître de tirer au
clair cette énigme.

— Alors, Caspar, dit Kircher en me tendant la lettre, qu'en penses-tu ? Folie ? Visions mystiques ?
Miracle avéré ?... Notre Ignazio est-il un doux faible
d'esprit ou un saint homme touché du doigt par le
Seigneur ?

— *Heureux les simples d'esprit*, répondis-je sans
hésiter. Les élus de Dieu ont souvent passé pour sots
ou frénétiques aux yeux de leurs semblables. Pourtant, ce que décrit avec tant de sincérité le père
Angelucci me semble à ce point excéder l'entendement qu'il a été assez heureux, je crois, pour assister
à un vrai miracle.

— Réponse correcte, reprit Athanase, mais fausse.
Correcte en bonne logique, mais fausse en vérité.
Car l'auteur de cette lettre n'est ni fou ni prédestiné :
il est simplement victime de son ignorance, comme
toi, mon cher Caspar, dans ta réponse. Ce à quoi le
père Angelucci a assisté, cette fameuse fée Morgane
qui a fait couler tant d'encre, n'est pas un miracle,
mais un *mirage* ! Ces colonnes aperçues par notre
compère de Reggio étaient sans nul doute celles des
temples grecs d'Agrigente ou de Sélinonte, multi-
pliées à l'infini & déformées plaisamment par la
métamorphose progressive des vapeurs d'eau. Cela
dit, ajouta-t-il en souriant, je donnerais cher pour
être témoin d'une pareille fantasmagorie, & surtout... pour être à même de vérifier ce que j'avance.

Il se sécha le front une fois encore & se replongea aussitôt dans ses notes, sans même profiter de ma défaite, ce dont je lui sus gré : une fois de plus, il lui avait suffi de quelques mots pour résoudre un mystère qui faisait reculer depuis toujours les plus savants des hommes, & pour me faire prendre conscience, par comparaison, de mon immensurable ignorance.

Dès notre arrivée à Reggio, nous nous rendîmes avec le père Angelucci dans ce phare où il avait aperçu la Fata Morgana. Il nous confirma point par point la teneur de sa lettre, & nous trouvâmes en lui un homme tout à fait sain d'esprit, quoique un peu rustique. Kircher lui expliqua les agents du spectacle auquel il avait assisté, mais si le père feignit par politesse de les accepter, nous vîmes bien qu'il n'en croyait pas un mot & préférait de loin les raisons miraculeuses à celles de la physique.

Durant la semaine que nous restâmes en cette ville, nous revînmes tous les jours à la fenêtre du phare sans qu'il nous fût donné d'entrevoir ce mirage. Et, à vrai dire, il aurait été assez injuste qu'un privilège ayant coûté à notre hôte vingt-six années de son existence nous fût offert avec si peu de peine. Comme le paysage marin que nous apercevions par cette lucarne était charmant, cette circonstance donna lieu néanmoins à d'agréables conversations.

De Reggio, nous prîmes la mer & rejoignîmes le port de La Valette d'un seul trait, après avoir contourné les côtes de la Sicile. Nous fûmes logés, en compagnie de Frederick de Hesse, dans le palais des chevaliers de l'Ordre de Malte. La présence de pirates turcomans en mer Tyrrhénienne inquiétait fort le gouvernement de l'île, & l'agitation régnait. Mais insensible à tout cela, Kircher n'eut de cesse d'organiser un tour de l'île, de façon à se livrer aux observations prévues dans son programme. Il se mit à étudier les plantes & les animaux, collectant sans arrêt quantité de spécimens géologiques. Sur une information donnée par un des chevaliers de l'Ordre, nous nous rendîmes sur la côte orientale pour visiter une falaise que la nature avait sculptée en forme de figure humaine gigantesque.

Il s'agissait d'un visage de femme qui nous fascina tous deux par sa beauté. Que la nature fût capable de produire semblables merveilles, je le savais par définition, mais c'était autre chose de contempler *de visu* le produit de cet art magnifique. Kircher courait de tous côtés pour varier ses points de vue, relevant haut les pans de sa soutane pour gravir les rochers plus facilement. Il me fit constater que le visage était visible à partir d'un endroit très précis, mais qu'il disparaissait, fondu à nouveau dans l'indistinct de la matière, dès qu'on changeait un tant soit peu l'angle d'observation. Il parlait tout seul, s'exclamait, riant de bon cœur, en proie à l'un de ces transports dont il était coutumier chaque fois qu'il découvrait une chose nouvelle.

— Jésus Marie ! À quelques encablures de l'Afrique, de l'Égypte ! C'est la preuve… Tous les pharaons & leurs épouses dans cette figure emblématique ! *Natura Pictrix* ! Caspar, *Natura Pictrix* ! Je suis sur le bon chemin, cela ne fait plus aucun doute. L'anamorphose naturelle n'est qu'une des formes de l'analogie universelle ! Jamais je n'ai été si près du but…

J'avais vu trop souvent Athanase dans ces états proches de l'exaltation pour m'inquiéter outre mesure, mais c'était toujours une chose étonnante de voir un homme habituellement si pondéré se livrer à de pareilles divagations. Lorsqu'il eut fini de gambader, mon maître s'assit à l'ombre même de ladite roche & se mit à écrire. Je me contentai de tailler ses plumes avec patience, sachant qu'il me soumettrait tôt ou tard le résultat de ses méditations.

Kircher n'ayant jamais été aussi proche de l'Égypte, il m'avoua regretter que le Grand-Duc n'eût pas exigé de visiter aussi cette contrée, si importante à ses yeux pour la compréhension de l'univers. À La Valette, assis au bord de la mer, les yeux fixés sur le sud-ouest, dans la direction du Nil, Athanase s'absentait souvent durant de longues heures, voyageant en pensée dans ces villes presque aussi vieilles que le monde. Il traînait sur le port durant des matinées entières, abordant les marins qui revenaient d'Afrique, recueillant avec avidité toutes les informations ou curiosités que ces gens pouvaient détenir. Mais le temps vint où il nous fallut quitter l'île de Malte & commencer ce voyage de retour qui promettait tant de merveilles.

Après une tranquille navigation, nous débarquâmes à Palerme où nous fûmes logés au collège jésuite de la ville.

Frederick de Hesse étant contraint à de nombreuses obligations officielles, nous eûmes quartier libre pour plusieurs semaines. Mais avant de commencer le périple prévu en Sicile, Kircher dut montrer ses talents aux professeurs du collège & aux sommités locales qui le connaissaient déjà de réputation. Plusieurs jours durant, à l'intérieur même de cette bibliothèque où je me trouve présentement, Athanase répondit avec brio aux questions de ses collègues, développant tous les sujets au fur & à mesure qu'ils lui étaient soumis. Sa mémoire était prodigieuse, & sans s'aider d'aucune note, il pouvait citer *in extenso* la plupart de ses sources ou se livrer à des calculs d'une extrême complexité. Ses conférences eurent tant de succès que le bruit s'en répandit par la ville & qu'il fallut bientôt accueillir nombre de personnages de haut rang, attirés par un homme dont l'érudition contrastait si fort avec la jeunesse & le visage avenant. Le prince de Palagonia, lequel se piquait de sciences & d'astrologie, assista plusieurs fois à ces leçons & finit par nous inviter à venir en villégiature dans son palais, aux environs de la ville. Kircher accepta cette gracieuse invitation, mais en la reculant vers la fin de notre séjour, tant il était pressé de commencer ses études sur la terre de Sicile. Et ainsi fut-il convenu.

Vint enfin le moment où nous partîmes tous deux en direction du mont Etna, priorité qu'Athanase devait à la mémoire de Peiresc, mais qui était aussi la sienne. Malgré ma peur des bandits siciliens qui infestaient les chemins, nous arrivâmes sans incident à l'abbaye de Caeta.

Dans la bibliothèque de l'abbaye, Kircher et moi-même nous livrâmes à un inventaire complet des manuscrits. Nous eûmes la fortune d'y trouver quelques pièces rarissimes, telles que les *Hyeroglyphica* de Horapollon, le *Pimandre*, l'*Asclepius ou Livre de la parole parfaite*, le texte arabe de *Picatrix* portant sur les talismans & la magie sympathique, & nombre de papyrus dont Kircher me fit prendre copie. La moisson était inespérée, & c'est le cœur léger que nous entreprîmes, quelques jours plus tard, l'ascension de l'Etna.

Après une longue journée de marche, & comme le soir tombait, nous parvînmes à une masure qui servait d'étape aux voyageurs. Nous y trouvâmes le gîte & le couvert, ainsi qu'un guide pour la dernière partie de notre équipée.

À l'après-souper, au terme d'un repas frugal, mais accompagné d'un bon vin rouge de Sélinonte, issu des collines mêmes où les anciens Grecs cultivaient la vigne, nous nous assîmes près de la cheminée, & Kircher, un peu échauffé par la boisson, accepta de bonne grâce de m'exposer ses vues sur la géologie. Comme monsieur Descartes, il acceptait la présence d'un feu central au sein de la sphère terrestre, le témoignage des mineurs de fond attestant que la chaleur augmentait avec la profondeur.

Nous continuâmes à parler ainsi jusque tard dans la nuit. Stimulé par mes questions, Kircher aborda tour à tour les plus grands problèmes posés par la formation de la Terre, avouant qu'il me livrait là les prémices d'un livre qu'il préparait en secret – étant officiellement chargé de se consacrer à l'égyptologie – & qu'il appellerait sans doute *Le Monde Souterrain*. Quand nous songeâmes à prendre un peu de repos, il était déjà quatre heures du matin ; & comme nous devions nous lever aux aurores pour continuer notre progression vers le sommet, nous décidâmes de rester éveillés. La conversation roula de nouveau sur les volcans. Athanase ne se lassait pas d'évoquer les bouleversements fantastiques que le feu central pouvait opérer en s'échappant par ces cheminées.

— D'après mes calculs, l'Atlantide se trouvait entre le Nouveau Monde & le nord de l'Afrique. Quand les plus hauts sommets se mirent à cracher le feu, quand le sol se mit à trembler & à s'enfoncer, provoquant la terreur & la mort, l'Océan submergea la totalité des terres. Mais parvenant à la hauteur de ces volcans, il réussit à calmer leur ardeur, & par conséquent à juguler le processus d'enfoncement des terres. Ces quelques cimes épargnées, ce sont les îles que nous appelons aujourd'hui Canaries & Açores. Et telle était la puissance de ces volcans, assurément parmi les cheminées dominantes du feu central, qu'ils ont conservé encore une certaine activité : toutes ces îles sentent le soufre, & l'on y peut voir, à ce qu'on m'en a dit, quantité de petits foyers ou de geysers par lesquels l'eau s'échappe en bouillant. Il n'est donc pas impossible qu'un jour ce même phénomène qui fit s'anéantir tout un monde le fasse subitement réapparaître, avec toutes ses cités en ruine & ses millions d'ossements...

Bien qu'imaginaire, cette vision me glaça les sangs. Kircher s'était tu, le feu mourait dans l'âtre, & je fermai les yeux pour suivre en moi-même le surgissement de cet effroyable cimetière venu des temps les plus reculés. Je voyais les palais d'albâtre émerger lentement des abysses, les tours tronquées, les colosses brisés, couchés sur le flanc, décapités, & il me semblait entendre le craquement sinistre accompagnant cette cauchemardesque apparition. Mais cette rumeur prit soudain une tout autre mesure, elle devint si réelle que je fis un effort sur moi-même pour échapper aux fantasmes de mon assoupissement : j'ouvris les yeux au moment précis où une terrible explosion fit trembler les murs de notre auberge, illuminant de rouge la pièce où nous nous trouvions.

— Debout, Caspar, debout ! Vite ! hurlait Kircher, métamorphosé. Le volcan s'est réveillé ! Le feu central ! Vite !

En me dressant, terrorisé, j'aperçus Athanase qui se précipitait vers nos bagages, tandis que les explosions se succédaient.

— Les instruments ! Les instruments ! me cria-t-il.

Comprenant par là qu'il m'enjoignait de l'aider à sauver notre précieux matériel avant de fuir, je l'aidai tant bien que mal, en dépit de mes jambes flageolantes, à rassembler nos affaires. L'aubergiste, qui devait nous servir de guide, & sa femme ne prirent point tant de précautions : ils détalèrent, non sans nous avoir conseillé de les rejoindre au plus vite en bas de la montagne.

Nous sortîmes bientôt ; malgré la nuit, le ciel était embrasé, & l'on y voyait comme en plein jour. J'avais repris un peu de mes esprits en constatant que le chemin emprunté à l'aller n'avait pas souffert de l'éruption. Mais quelle ne fut pas ma terreur lorsque je vis mon maître prendre la direction opposée, celle qui menait justement vers le foyer couleur de braise incandescente !

— Par ici ! Par ici ! hurlai-je à Kircher, croyant que dans son émotion il se trompait de route.

— Bougre d'âne bâté ! fut sa réponse. C'est une occasion inespérée, un présent du ciel ! Dépêche-toi donc ! Nous allons apprendre aujourd'hui bien plus qu'en lisant la totalité des livres écrits sur la question...

— Mais le guide ! m'écriai-je, nous n'avons plus de guide ! C'est aller à la mort !

— Nous avons le meilleur qui soit, répondit Kircher en désignant les cieux, nous sommes entre ses mains. Si tu as trop peur, redescends, & trouve-toi un autre maître ! Ou bien suis-moi, & si nous devons mourir, tant pis, du moins nous aurons vu !

— À la grâce de Dieu, dis-je en me signant, & je courus pour rattraper Kircher qui m'avait déjà tourné le dos & s'était mis en marche vers le sommet.

ALCÂNTARA | *Un oiseau s'envole, il laisse son cri derrière lui...*

— Et qu'est-ce que tu penses de Kircher, du point de vue de la sinologie ? demanda Eléazard. Tu crois qu'on peut le considérer, à un titre ou un autre, comme un précurseur ?

— Je ne sais pas, répondit Loredana, c'est bizarre. Et puis tout dépend de ce qu'on entend par « précurseur ». Si on veut dire qu'il a proposé avant tout le monde des éléments de compréhension de la culture chinoise assez pénétrants pour ouvrir la voie à celle que nous en avons aujourd'hui, c'est non, à coup sûr. Sur ce plan, son œuvre n'est qu'une compilation intelligente – et souvent malhonnête – des travaux de Ricci ou d'autres missionnaires. Et chaque fois qu'il se mêle d'interpréter ces données, il se trompe aussi gravement qu'avec les hiéroglyphes égyptiens. Ses théories sur le peuplement de l'Asie ou sur l'influence de l'Égypte dans le développement des religions chinoises sont complètement farfelues. C'est la même chose pour sa manière d'aborder la formation des idéogrammes... En revanche, son livre a été un outil fantastique, le premier du genre, pour la connaissance du monde chinois en Occident : il n'y prend jamais parti, sauf sur le plan religieux, évidemment, et présente une vision somme toute assez objective d'un monde qui n'avait alors aucune espèce d'existence pour les Européens. Et ça, c'est quand même pas mal du tout.

— C'est aussi ce que je pense, dit Eléazard, mais à mon avis ça va encore plus loin... À sa manière, il fait un peu la même chose qu'Antoine Galland pour la culture arabe avec sa traduction des *Mille et Une Nuits* : il fabrique un mythe, une Chine mystérieuse, surnaturelle, peuplée de riches esthètes et d'érudits, tout un exotisme baroque dont Baudelaire ou même Segalen se souviendront dans leurs fantasmes sur l'Orient.

— C'est difficilement démontrable, dit Loredana en réfléchissant. L'idée est pourtant intéressante. Kircher comme initiateur involontaire du romantisme... Ça frise l'hérésie, non ?

— Parler de romantisme est exagéré, je crois vraiment qu'en offrant pour la première fois une image totalisante de la Chine, et non un simple récit de voyage, il a aussi fixé la série de préjugés et d'erreurs dont ce pays continue à souffrir...

— Pauvre Kircher, tu lui en veux vraiment, on dirait ! dit Loredana en souriant.

Eléazard fut surpris par cette remarque. Il n'avait jamais abordé la question de ses rapports avec Kircher sous cet angle ; alors même qu'il rassemblait ses esprits pour nier le fait, il s'aperçut que cette façon de poser le problème ouvrait de troublantes perspectives. À mieux considérer les choses, il y avait en effet du ressentiment dans sa façon de dénigrer le jésuite en permanence. Quelque chose comme la réaction haineuse d'un amant bafoué, ou celle d'un disciple incapable d'assumer la stature de son maître.

— Je ne sais pas, dit-il avec gravité, tu me perturbes avec ta question... Il faut que j'y réfléchisse.

La pluie dégringolait toujours dans le patio. Perdu dans ses pensées, Eléazard scrutait la flamme de la bougie, comme s'il devait tirer de sa lumière une réponse à ses interrogations. Amusée par son attitude, cette importance inhabituelle qu'il semblait accorder au sens des mots, Loredana sentit s'effriter un peu plus ses préventions contre lui. C'était peut-être à cause du vin, mais elle trouvait exagérée sa réaction de défense, tout à l'heure, quand elle s'était blâmée d'avoir, si peu que ce fût, ouvert sa garde. On devait pouvoir se confier à lui sans craindre l'apitoiement ou les leçons de morale. C'était bien de le savoir.

— Je crois que je lui en veux d'avoir été chrétien, dit brusquement Eléazard, sans noter le caractère saugrenu que quelques minutes de silence avaient fini par conférer à ces paroles. D'avoir trahi... Je ne sais pas trop quoi, pour le coup, c'est l'impression qui domine, malgré la sympathie que j'éprouve à son égard. Toute son œuvre est un tel gâchis !

— Et qui donc aurait pu s'aviser d'être athée à son époque ? Tu crois réellement que c'était possible, ou seulement pensable, même pour un laïque ? Non par crainte de l'Inquisition, mais par manque de structures mentales, par incapacité intellectuelle d'imaginer un monde sans Dieu. N'oublie pas qu'il faudra encore près de trois cents ans pour que Nietzsche parvienne à exprimer ce reniement.

— Je suis bien d'accord avec ça, dit Eléazard en haussant les épaules, mais on ne m'enlèvera pas de l'idée que Descartes, Leibniz ou même Spinoza s'étaient déjà débarrassés de Dieu, et que ce mot ne recouvre plus sous leur plume qu'un vide mathématique. À côté d'eux, Kircher fait figure de diplodocus !

— Ce n'est pas évident non plus, dit Loredana avec une moue dubitative. En tout cas, j'aimerais bien que tu me prêtes une copie de cette biographie.

— Tu lis le français ?

— Suffisamment, je crois...

— Alors, pas de problème, j'ai un double de mon exemplaire de travail. Mais tu n'auras pas accès aux notes, elles sont encore à l'état de brouillon. Tu pourrais passer chez moi, demain matin, par exemple. Ce n'est pas loin : 3, place du Pelourinho.

— Volontiers. Quelle pluie, mon Dieu... Je n'ai jamais vu ça ! Je me sens toute moite, c'est désagréable. J'espère qu'Alfredo a réussi à rétablir l'eau, je meurs d'envie de prendre une douche !

— Je ne sais pas ce qu'il fabrique, mais il doit avoir des problèmes. Avec la pompe ou avec sa femme.

— Oh ! quand même pas, dit Loredana en souriant. Je ne voudrais pas être responsable d'une scène de ménage...

Quelque chose dans les commissures de son sourire, ou était-ce seulement l'étincelle d'ironie qui alluma ses yeux, convainquit Eléazard qu'elle était flattée, au contraire, d'avoir provoqué malgré elle la jalousie d'Eunice. Cette coquetterie la rendait soudain désirable. Rivant ses yeux aux siens, il se surprit à l'imaginer entre ses bras, puis à échafauder diverses stratégies conduisant à ce résultat : lui proposer de venir chercher la biographie de Kircher dès ce soir ; prendre sa main sans rien dire ; lui avouer tout bêtement qu'il avait envie d'elle. Chacune de ces manœuvres générait un scénario fragmentaire, flou, ramifié à l'infini, avant de le ramener, sans solution, au simple constat de son désir ; l'image de leurs deux corps se rapprochant, le besoin urgent, vital tout à coup, de toucher sa peau, de sentir ses cheveux...

— C'est non, chuchota Loredana avec un rien de tristesse dans la voix. Je suis désolée.

— De quoi tu parles ? dit Eléazard, tout en prenant conscience qu'elle avait lu à livre ouvert dans ses pensées.

— Tu le sais parfaitement, le gronda-t-elle avec gentillesse.

Elle avait détourné la tête pour regarder la pluie. Sans nervosité apparente, ses doigts roulaient de petites boules de cire chaude qu'elle déposait ensuite sur la table, les yeux lointains, avec la mine renfrognée d'une fillette que désenchante une remontrance injustifiée.

— Et on peut savoir pourquoi ? insista Eléazard, sur le ton conciliant de la défaite.

— Je t'en prie... Ne m'en demande pas plus. Ce n'est pas possible, c'est tout.

— Excuse-moi, dit-il alors, ému par cet accent de sincérité. Je... Ça ne m'arrive pas tous les deux jours, tu sais... Enfin, je veux dire... C'était sérieux.

Lorsqu'elle le vit en si mauvaise posture, Loredana fut à deux doigts de lui dire la vérité. C'était si bon de reconnaître dans ses yeux le désir qu'il avait d'elle : deux ans plus tôt, elle l'aurait déjà entraîné dans sa chambre, et ils auraient fait l'amour en écoutant la pluie. Mais pourquoi donc, se dit-elle, puisque sa franchise – et elle ne voulait plus en faire l'expérience – déroutait les gens plutôt qu'elle ne les rapprochait.

L'idée de se retrouver seule dans son lit la terrorisa d'une façon imprévue. Pour rien au monde elle n'aurait voulu que, lassé d'elle, il cessât de parler, de lui montrer par sa présence qu'elle existait encore.

— C'est trop rapide, dit-elle pour se donner une dernière chance. Il faut me laisser du temps.

— Je sais attendre, fit Eléazard en souriant. C'est même une de mes rares qualités, à part une... (l'air étonné, il enleva la balle de ping-pong qui venait d'apparaître dans sa bouche et la mit dans sa poche) certaine connaissance du sieur Athanasius Kircher... (une autre balle, comme un œuf régurgité de manière irrépressible), un soupçon d'intelligence et, bien sûr... (une dernière balle, extirpée plus lentement, et avec les yeux ronds de qui s'apprête à rendre tripes et boyaux) ma modestie naturelle...

Loredana avait éclaté de rire dès la première apparition :

— *Meraviglioso !* dit-elle en battant des mains. Comment fais-tu ça ? !

— Secret, chuchota Eléazard, un doigt sur ses lèvres.

— Que je suis bête... C'est toujours la même, n'est-ce pas ?

— Comment ça, toujours la même ? ! Tu peux les compter, si tu veux.

Et il sortit de sa poche les trois balles qu'il emportait avec lui pour s'entraîner. Loredana resta stupéfaite :

— Alors là, tu m'en bouches un coin ! C'est un truc à devenir roi chez les Papous !

Ce fut au tour d'Eléazard d'éclater de rire. Elle ne lui avait jamais paru aussi attirante que dans la candeur de son étonnement.

— Si tu me dis comment tu fais, je te lis ton avenir ! proposa-t-elle sur le ton du mystère.

— Dans les lignes de la main ?

— Pas du tout, *caro*... Ça c'est de la foutaise. Moi, je tire le *Yi king*, c'est quand même autre chose, non ?

— Ça se discute. Mais c'est d'accord, répondit Eléazard, trop content d'avoir réussi à ranimer la belle humeur de la jeune femme.

— Alors ?

— Alors quoi ?

— Eh bien, le truc ? C'est dans notre marché : tu dois me dire comment tu fais...

Quand elle sut comment escamoter les balles – l'astuce était d'autant plus décevante qu'elle paraissait après coup élémentaire –, Loredana sortit de son sac un petit carnet et trois curieuses pastilles de porcelaine orangée.

— Comme les baguettes sont trop encombrantes, je me sers de ces machins...

— Qu'est-ce que c'est ? demanda Eléazard en prenant l'un des palets entre ses doigts.

— Un « œil de Sainte-Lucie », l'opercule d'un coquillage marin, mais je ne connais pas son nom véritable. Tu as vu la spirale ? On dirait presque le signe du Tao. Bien. Maintenant, tu dois me poser une question.

— Précise ?

— C'est à toi de décider : à question précise, réponse précise ; à question vague, réponse vague. C'est la loi. Mais fais ça sérieusement, sinon ce n'est pas la peine.

Eléazard but une gorgée de vin. L'image d'Elaine lui était venue instantanément à l'esprit. Elaine comme interrogation. Pas surprenant, vu les circonstances ; mais les énoncés contradictoires qui lui brûlèrent la langue presque aussitôt le laissèrent songeur : Y a-t-il une chance pour qu'elle revienne et que tout recommence comme avant ? Serais-je capable, si elle revenait, de l'aimer encore ? Connaîtrai-je l'amour avec une autre femme ? Une fois que quelque chose finit, est-ce qu'une autre chose commence, ou n'est-ce qu'une illusion destinée à la survie de l'espèce ? Tout cela se résumant, il s'en aperçut avec tristesse, à cette seule question : quand serai-je délivré d'elle ?

— Alors ? C'est si difficile que ça ? s'impatienta la jeune femme.

— Nous... dit Eléazard en levant les yeux vers elle.

— Comment ça, nous ?

— Nous deux. Quelles seront les suites de notre rencontre ?

— Habile, dit Loredana en souriant. Mais ça risque de compliquer la réponse. On commence ? OK. Tu vas jeter six fois les coquillages en te concentrant sur ta question. C'est le pile ou face qui permet de déterminer la nature des traits, mais tu connais ça, j'imagine.

Après avoir essayé de se concentrer, mais sans arriver à produire autre chose que le visage distordu d'Elaine, Eléazard lança les disques sur la table. Au fur et à mesure des tirages, Loredana notait les résultats, prononçait des nombres et matérialisait les traits de l'hexagramme avec des allumettes entières, ou cassées par le milieu lorsque cela s'avérait nécessaire.

— Ce premier *Gua*, dit-elle quand la figure fut enfin construite, représente les possibilités actuelles de ta demande. À partir de lui, je vais en dériver un second qui te donnera des éléments de réponse pour le futur. Tu sais qu'il y a des traits « vieux » et des traits « jeunes » ; un trait « vieux » demeure toujours lui-même, tandis qu'un trait « jeune » peut devenir le trait « vieux » opposé. Un jeune *yin* se change ainsi en vieux *yang*, et un jeune *yang* en vieux *yin*…

— Eh bien… Ce n'est pas simple, ton histoire ! railla Eléazard, égayé par le sérieux avec lequel la jeune femme lui expliquait ces distinctions.

— Et c'est encore plus compliqué que tu ne le penses. Je te passe les détails. D'après les nombres que tu as tirés, ton hexagramme possède trois traits « jeunes », je les transforme donc en leur opposé, ce qui donne… Elle ouvrit son carnet, cherchant la première des deux figures : Ah, voilà… *Gou*, la Rencontre. *Dessous : le vent ; dessus : le ciel. Dans la rencontre, la femme est forte. N'épousez pas la femme.*

— Ça alors ! fit Eléazard, sincèrement surpris.

— Je n'invente rien. Tu peux lire toi-même, si tu veux. En termes ordinaires, cela exprime que tu rencontres à nouveau quelque chose que tu avais chassé de ton esprit. D'où une surprise extrême... Loredana continua à lire en silence, l'air songeur, puis : C'est incroyable, ce truc ! Écoute : *La rencontre est un assaut, c'est le flexible qui prend le ferme d'assaut. « N'épousez pas la femme » signifie qu'une association de longue durée serait vaine*...

— Pas très encourageant, j'ai l'impression, dit Eléazard avec dépit.

— Attends, ça c'est le sens global de l'hexagramme. Maintenant, il faut interpréter les traits mutables et comparer leur signification à celle du deuxième hexagramme. C'est seulement après qu'on pourra avoir une idée de solution. Et le premier dit... Une seconde. Oui : *En présence d'un poisson dans la nasse, le devoir impliqué par cette présence ne s'étend en rien aux visiteurs.*

— C'est moi, le poisson ?

— Attends, je te dis. Pour le deuxième, on a : *Un melon enveloppé dans des branches de saule pleureur. Il contient une brillance qui manifeste la descente des influences célestes sur le plan terrestre*...

— Ah, ça c'est toi ! Un ange descendu du ciel...

— Et le troisième, ajouta Loredana comme en réponse au commentaire malicieux d'Eléazard, précise que : *Rencontrer une corne, voilà qui est humiliant. Mais on n'encourt ici aucun blâme.*

— Si tu veux dire que je suis tombé sur un os, merci, je m'en suis déjà aperçu...

Loredana secoua la tête d'un air navré.

— On peut arrêter si tu en as marre. J'ai vraiment l'impression de perdre mon temps.

— Continue, s'il te plaît. Je ne le ferai plus, c'est promis.

Elle feuilleta un instant son carnet jusqu'à identifier le deuxième hexagramme.

— Celui-là, c'est *Xiao Guo*, le Petit Excès...
*Dessous : la montagne, dessus : le tonnerre. Un oiseau
s'envole, il laisse son cri derrière lui. Il ne devrait pas
monter plus haut. Il devrait redescendre. En ce cas, et
en ce cas seulement, il y aura bonheur.*

— Il laisse son cri derrière lui... répéta Eléazard,
séduit par la soudaine poésie de cette image.

— Ce qui veut dire que tu es trop excessif, même
dans les choses de peu d'importance. *Si l'oiseau
monte de plus en plus haut, son cri se perd dans les
nues et devient inaudible. S'il descendait, les autres
l'entendraient. Entendre le cri de l'oiseau symbolise le
fait d'être à l'écoute de ses propres excès, en prendre
conscience et effectuer un prompt réajustement.*

Loredana continua à lire en silence. Les gens de la
haute société, disait le texte, sont excessivement
polis dans leur conduite, et excessivement tristes
dans leur deuil... C'était l'un des plus curieux *Yi
king*, l'un des plus explicites qu'elle eût jamais tiré à
quelqu'un. Sans doute parce qu'elle avait été impliquée dans l'interrogation. Elle savait pertinemment
pourquoi sa rencontre avec Eléazard ne pouvait
dépasser certaines bornes fixées en elle par son
angoisse, quand même cette dernière serait exagérée. Ce résultat devait s'adapter à lui d'une façon ou
d'une autre... Elle décida tout à coup de le pousser
dans ses retranchements.

— De qui, ou de quoi portes-tu le deuil ?
demanda-t-elle à brûle-pourpoint, consciente de
l'ébranler par cette question inattendue.

Eléazard sentit ses poils se hérisser. Il en était à
plaquer la métaphore précédente sur son attitude
vis-à-vis d'Elaine, à l'essayer au petit bonheur sur les
mille et une facettes prises par sa détresse, et d'un
seul mot d'un seul cette inconnue mettait au centre
de la cible.

— Tu es étonnante ! dit-il avec une sincère admiration.

Il pensa : « Je porte le deuil de mon amour, de ma jeunesse, d'un monde inadéquat. Je porte le deuil pour le deuil lui-même, pour son clair-obscur et la tiédeur apaisante de ses lamentations... » Mais il dit :

— Je porte le deuil de ce qui n'a pas réussi à naître, de ce que nous nous acharnons à détruire, pour d'obscures raisons, chaque fois que le germe s'en manifeste. Comment dire... Je ne parviens pas à comprendre pourquoi nous ressentons toujours la beauté comme une menace, le bonheur comme un avilissement...

La pluie cessa, relayée par un silence grêlé de gouttes et de ruissellements intempestifs.

— Nous ne sommes pas sortis de l'auberge... dit Loredana en plissant les yeux.

Eléazard se leva vers huit heures, un peu plus tard que d'habitude. Dans la cuisine, il trouva son café au chaud et sa tartine de pain grillé disposée sur la table, près du bol et du jus de *maracujá*. Soledade n'apparaissait jamais avant dix heures, les programmes de télévision la tenant éveillée une bonne partie de la nuit, elle se faisait un devoir de lui préparer son petit déjeuner avant d'aller se recoucher. Le cerveau encore embrumé par les excès de la veille, Eléazard prit deux aspirines effervescentes. « Drôle de fille, songea-t-il en regardant les cachets virevolter dans le verre d'eau, mais elle m'a bien entortillé... » Jusqu'au dernier moment, il avait espéré finir sa nuit avec elle, et à mieux y réfléchir, il s'en était fallu de peu : à la fin de la séance de *Yi king*, il y avait eu un instant, il en était certain, où elle avait examiné avec sérieux cette hypothèse ; mais ce cornichon d'Alfredo était réapparu en annonçant sa victoire contre la pompe. Loredana avait saisi la balle au bond et allégué son envie d'une bonne douche pour s'éclipser. Elle a fui, se disait Eléazard, sans réussir à comprendre les motifs de cette dérobade ni à en compenser vraiment la frustration. Un peu plus tard, l'aspirine aidant, il s'accusa d'avoir cédé aux instances libidineuses de l'alcool ; mortifié par la certitude de son ridicule, il entreprit de refouler le souvenir de cette soirée. Mauvaise initiative, qu'il avait eu d'aller dîner dehors !

Avant de s'installer à sa table de travail, il versa quelques graines de tournesol dans la mangeoire du perroquet. Heidegger semblait de bonne humeur : oscillant sur lui-même, il ondulait de l'échine comme un serpent à plumes. Eléazard prit une graine entre les doigts et s'approcha de l'animal en lui parlant doucement : « Heidegger, Heidi ! Comment ça va aujourd'hui ? Toujours pas décidé à parler normalement ? Allez, viens chercher la graine, mon tout beau... » Le perroquet s'avança vers lui en se déplaçant latéralement sur la barre de son perchoir, puis se laissant basculer, s'immobilisa tête en bas dans une pose de chauve-souris. « Alors, qu'est-ce que tu penses du monde ? Tu crois vraiment qu'il y a un espoir ? » Eléazard approchait sa main du bec énorme, quand l'oiseau, ressort tout à coup détendu, lui mordit l'index jusqu'au sang. « Va te faire foutre, connard ! hurla Eléazard sous la douleur. Tu es cinglé, mon pauvre, complètement cinglé ! Un jour, je vais te passer à la casserole, tu comprends ça, abruti ? ! »

Serrant son doigt blessé, il se dirigeait vers la salle de bains, lorsque Soledade apparut devant lui.

— *Que passa ?*

— Il se passe que cet enfoiré de perroquet m'a encore mordu ! Regarde-moi ça : il a failli me couper le doigt ! Je vais le lâcher dans la forêt, qu'il comprenne un peu sa douleur...

— Si tu fais ça, je m'en vais aussi, dit gravement Soledade. C'est ta faute, tu ne sais pas comment y faire. Il n'est pas méchant avec moi, jamais.

145

— Ah, oui ? ! Et tu peux me dire ce qu'il faut faire pour lui être agréable ? Se mettre à genoux ? Ramper devant lui pour lui donner une graine ? J'en ai vraiment marre de cette bestiole !

— Un perroquet, ce n'est pas un animal comme les autres... Xangó brille comme le soleil, il a du feu en lui ; si tu ne le respectes pas, il te brûle. C'est tout simple.

— Tu es aussi folle que lui... dit Eléazard, désarmé par ce raisonnement. Et pourquoi est-ce que tu t'obstines à l'appeler Xangó ?

— C'est son vrai nom, dit-elle d'un air buté, il me l'a dit. Celui qu'on lui a donné ne lui plaît pas du tout. Viens... Je vais te mettre un pansement. Ça peut être dangereux, tu sais.

Eléazard se résigna, vaincu par la naïveté touchante de la jeune fille. Le Brésil était un autre monde, vraiment.

— Tu es rentré tard, hier soir, dit Soledade en pressant sur sa blessure un coton imbibé d'alcool.

— Tu me fais mal ! Vas-y doucement, voyons !

— Doucement, ça ne sert à rien, dit-elle en le regardant d'une curieuse manière où se mêlaient délice de la vengeance et ironie. Il faut désinfecter en profondeur. Comment s'appelle-t-elle ?

— ... Loredana, fit-il après un court instant de surprise devant la perspicacité de Soledade. C'est une Italienne. Mais comment tu as su ?

— Mon petit doigt... Elle est belle ?

— Pas mal. Enfin, oui, plutôt bien roulée. Elle a un cul superbe ! ajouta-t-il pour la piquer un peu.

— Vous êtes tous les mêmes ! dit Soledade en finissant de serrer le sparadrap autour de son doigt. Mais quand on pêche la nuit, on ne prend que des anguilles.

— Qu'est-ce que ça veut dire ?

— Je me comprends... Bon, voilà, c'est fini. Je vais sortir faire les courses.

146

— Prévois un peu plus, on aura peut-être une invitée.

Soledade hocha la tête à la manière du perroquet. Elle le regarda d'un œil noir.

— *Si senhor…* dit-elle en mimant la plus parfaite servilité. Mais ne compte pas que je serve à table, je te préviens. *O meu computador não fala, computa !*

« Dieu sait où elle a entendu ça ! » songeait Eléazard en retournant à son bureau. Prononcée sur le ton du mépris, cette phrase pouvait se comprendre différemment selon la manière dont on accentuait le dernier mot ; ce qui donnait : « Mon *computer* ne parle pas, il compute » ; ou : « Mon *computer* ne parle pas avec les putes… » Il trouvait bien que Soledade en prenait un peu trop à son aise, mais le calembour lui avait plu, et il essaya sans succès de le traduire sous une forme qui puisse approcher sa merveilleuse concision.

Il se plongea ensuite dans le manuscrit de Caspar Schott. Relisant ses notes sur l'ordinateur, il les jugea trop succinctes et quelque peu partiales. Le problème était de savoir à qui elles s'adressaient : un universitaire au fait des questions portant sur le XVIIᵉ les estimerait sans doute suffisantes, mais un lecteur normal n'y trouverait pas assez de matière pour satisfaire pleinement sa curiosité. Jusqu'où aller cependant ? Il se sentait capable de doubler voire de tripler le texte de Schott avec ses notes, tant il y avait à dire sur le siècle de Kircher, l'un des plus notables à ses yeux depuis l'Antiquité. Quant à son parti pris contre le personnage lui-même, c'était un fait nouveau, totalement induit de sa conversation avec Loredana. Entre la louange inconditionnelle et l'hostilité systématique, il y avait un juste milieu à observer, un équilibre où sa rancœur à l'égard de Kircher fût muselée de la bonne manière.

Toujours à l'orage, le temps agglomérait sur Alcântara toute la tristesse du monde. Eléazard se demanda si Loredana viendrait le voir ce matin, comme elle l'avait promis. Cette fille était assez unique en son genre. Il se souvenait maintenant de la nuit passée au Caravela comme d'un moment intense et poétique ; l'un de ceux qu'il désirait faire renaître dans sa vie. Si elle venait aujourd'hui, il s'excuserait pour de bon et lui dirait combien il souhaitait son amitié. Il se surprit à l'imaginer dans la rue qu'elle devait prendre pour arriver jusque chez lui. Impatient, presque anxieux, il guettait sa venue comme un adolescent à son premier rendez-vous.

« Je suis un vieil enfant, se dit-il en souriant. C'est Moéma qui a raison. Allons, au travail ! » Il avait enfin réussi à retrouver dans ses archives – il faudrait se décider à classer tout ça un de ces jours... – l'article de François Secret qui lui avait fait défaut lors de la rédaction des notes du troisième chapitre. « Secret, quel nom pour quelqu'un ayant voué sa vie à l'herméneutique ! » C'était à croire que les patronymes décidaient parfois du destin de ceux qui les portaient... Cela dit, l'étude en question, *Un épisode oublié de la vie de Peiresc : le sabre magique de Gustave Adolphe*, n'était pas faite pour arranger les affaires de Kircher, puisqu'il y était prouvé, à la lumière des dissertations de George Wallin, que le sabre étudié par lui était un faux. Pour corser le tout, Wallin citait le *De orbibus tribus aureis* du Strasbourgeois Johann Scheffer, ouvrage dans lequel Kircher était taxé d'une totale ignorance en matière d'interprétation, pour avoir parlé de caractères magiques là où on ne lui avait soumis avec malice que de simples extraits de la langue danoise ! Antipapistes convaincus, Wallin et Scheffer cherchaient bien sûr à réhabiliter Gustave Adolphe et, à travers lui, le protestantisme tout entier ; leurs accusations s'ajoutant à beaucoup d'autres semblables, elles parvenaient à révoquer en doute la compétence du jésuite. D'autant plus que sa tentative de déchiffrement des hiéroglyphes se soldait, sans contredit à nos yeux, par une déconfiture pharamineuse.

Eléazard se demanda comment on pouvait en arriver à ce point d'aveuglement. Il n'aurait su expliquer pourquoi, mais il avait l'intime conviction qu'Athanase Kircher n'avait pas fraudé en connaissance de cause. Si on pouvait l'accuser, à son tour, d'avoir voulu soutenir par un pieux mensonge la cause de la Contre-Réforme, ce mobile ne fonctionnait plus s'agissant des hiéroglyphes égyptiens. Il fallait donc que cet homme se fût réellement dupé – par autosuggestion, par folie ? – sur ses capacités ou qu'il eût porté le machiavélisme et l'amour de la gloire à un degré tel qu'il en devenait proprement monstrueux.

Eléazard rédigea la note relative au sabre « magique », puis continua son travail de saisie et de remise en forme du manuscrit. De temps à autre, cependant, il ne pouvait s'empêcher d'aller jeter un coup d'œil par la fenêtre, sous le prétexte de fumer une cigarette.

Vers dix heures, Soledade revint des courses avec le courrier et les journaux qu'elle était allée chercher au premier bateau. Les quotidiens ne contenaient rien d'intéressant. Toujours les mêmes récits de meurtres ou d'agressions un peu partout dans les grandes villes, le tout largement noyé dans la vase des sujets dédiés au football, aux chanteurs, aux réunions mondaines de province et aux rodomontades ministérielles. Le crash d'un avion de la VASP, sur les montagnes proches de Fortaleza, faisait la une de la presse. *Nada restou !* « Rien n'est resté ! » disait l'un des gros titres en un résumé parfaitement expressif. « Cent trente-cinq morts et deux bébés », proclamait l'autre avec un cynisme involontaire, comme si le fait d'avoir échappé aux souffrances adultes des humains ne donnait pas le droit d'être comptés parmi leurs morts. Suivaient, dans l'ordre, les habituelles photos destinées à flatter le goût des lecteurs pour l'hémoglobine, la description du pillage qui avait précédé l'arrivée des secours, et l'éloge posthume de l'équipage.

La mise à sac de l'avion attira l'attention d'Eléazard : un symptôme de plus dans la longue liste qu'il tenait fidèlement à jour. Deux mois auparavant, plusieurs centaines de jeunes miséreux avaient quitté les favelas de Rio pour déferler sur la célèbre plage de Copacabana. Ils avaient si bien ratissé l'endroit, laissant à leur bronzage des touristes quasiment nus, qu'on les avait baptisés *grilos*, « les criquets ». Un peu partout dans le pays, des bandes s'organisaient pour attaquer les banques, les supermarchés, les hôtels et même les restaurants. Dans les geôles insalubres et surpeuplées, les prisonniers se révoltaient en si grand nombre que la police tirait désormais à vue. Chacune de ses interventions se soldait par des dizaines de morts. La corruption régnait au plus haut niveau de l'État, et tandis que la multitude s'appauvrissait de jour en jour, soumise à d'alarmantes résurgences de la lèpre, du choléra, de la peste bubonique, une infime quantité de parvenus voyait grossir ses avoirs dans les banques de Miami. Comme on le dit des naines blanches, le Brésil s'effondrait sur lui-même, et nul ne pouvait prédire quel « trou noir » résulterait d'un tel écroulement.

Eléazard transmettait jour après jour à son agence de presse ce diagnostic désastreux, mais le vieux monde était trop occupé avec les signes de sa propre dislocation pour compatir aux malheurs d'un peuple que ni les médias ni les transports n'avaient réussi à rapprocher de lui. Sans être d'un naturel pessimiste, Eléazard commençait à douter de l'avenir. À force d'éclatements successifs, l'Europe s'était volatilisée au point de ressembler à celle qu'avait ensanglantée la guerre de Trente Ans. Plutôt en pire, d'ailleurs, puisque à cette époque les dissensions religieuses n'opposaient guère que les catholiques aux protestants. Et quand bien même les troubles actuels devraient être interprétés comme l'annonce d'une métamorphose radicale de l'Occident, ce qu'on en distinguait pour l'heure n'incitait guère à s'enthousiasmer.

Eléazard se sentit cafardeux. Il alluma une cigarette et se préparait à lire son courrier, lorsqu'une voix le fit sursauter.

— Eléazard ?

C'était Loredana.

— Excuse-moi, dit-elle en rougissant, la porte d'entrée était grande ouverte : comme personne ne m'a entendue, je me suis permis de monter.

— Tu as bien fait, dit-il, troublé par cette irruption. Je... J'ai pris les habitudes brésiliennes. Leur truc, c'est de taper dans les mains pour s'annoncer. C'est plus efficace que de frapper aux portes, surtout quand elles restent toujours ouvertes. Mais assieds-toi, je t'en prie.

— Qu'il est beau ! dit-elle en apercevant le perroquet. Comment s'appelle-t-il ?

— Heidegger...

— Heidegger ? ! fit-elle en riant. Tu n'y vas pas de main morte, dis donc... Bonjour, Heidegger ! *Wie geht's dir, schräger Vogel ?*

Réagissant à son nom, le perroquet s'ébroua, gonflant son jabot, et prononça la seule phrase qu'il connaissait.

— Qu'est-ce qu'il dit ?

— Des insanités. Celui qui me l'a donné, un ami allemand de Fortaleza, avait essayé de lui apprendre un vers de Hölderlin : « L'homme habite en poète » ou quelque chose d'approchant, mais ça n'a pas marché. Cet imbécile d'oiseau s'acharne à répéter que « l'homme a la bite en pointe », et il n'y a pas moyen de le corriger.

— Et pourquoi voudrais-tu le corriger ? demanda-
t-elle avec une lueur d'ironie au fond des yeux. Il ne
dit que la stricte vérité. N'est-ce pas, Heidegger ?

Tout en parlant, elle s'était rapprochée de l'animal ; voici maintenant qu'elle lui grattait la nuque
avec douceur et familiarité, ce qu'Eléazard n'avait
jamais réussi à faire en cinq ans de cohabitation.
Plus que toute autre chose, cette tranquille prouesse
l'affriola.

SÃO LUÍS, FAZENDA DO BOI | *… rien que l'indubitable instant.*

Lorsque la limousine du colonel se présenta
devant l'entrée de la *fazenda*, le garde en tenue salua
son passage d'un signe de tête et s'empressa de refermer derrière elle le lourd portail de fer forgé. Il télé-
phona ensuite au maître d'hôtel pour l'informer de
l'arrivée imminente du maître de maison.

La Buick noire roulait en silence sur la route nou-
vellement asphaltée qui menait, cinq kilomètres plus
loin, à la résidence privée du gouverneur. À travers
les vitres fumées, Moreira voyait défiler la masse
verte, luisante et sombre dans le soir tombant, des
champs de cannes à sucre. Les longues tiges avaient
profité de la pluie pour grandir encore – deux fois
une hauteur d'homme, songea-t-il avec fierté – et la
récolte promettait d'être abondante, quand bien
même elle ne lui apportait qu'un revenu d'appoint. Il
conservait cette culture par sentimentalisme, en
mémoire d'une époque qui avait fait autrefois la fortune et la renommée de sa famille, se réjouissant
chaque année de voir les cannes parvenir à maturité.
Elles atteindraient jusqu'à cinq mètres de haut, et il
ne les contemplait jamais sans leur substituer la jungle de haricots géants qu'elles avaient figurée dans
son enfance. Les temps n'étaient plus aux contes de

fées ni à l'agriculture. Lui, Moreira, avait préféré investir dans les mines et les pêcheries de crevettes, tout en menant l'indispensable carrière politique que réclamaient ses ambitions. Sur les vastes terres arables léguées par son père, il consentait à louer quelques parcelles à des *matutos* ignares et tributaires de leurs coutumes désuètes, moins pour le rapport qu'il en tirait – ces paysans étaient plus rusés que des renards, ils le volaient avec une rare désinvolture ! – que pour les entrevoir, lors de ses promenades à cheval, toujours courbés sur les champs paternels. Le reste de la propriété était laissé en friche ou consacré à l'élevage. Tout comme ses ancêtres hobereaux, il se faisait une gloire de ne consommer rien qui fût extérieur à son domaine.

Le gouverneur ferma les yeux. La vision de ses terres agissait sur lui comme un analgésique, dissipant, au fur et à mesure de sa progression vers la *fazenda*, la fatigue de la journée. Son bien-être aurait été entier s'il n'y avait eu la perspective de retrouver le visage boudeur de sa femme et les crises d'hystérie que l'alcool produisait régulièrement chez elle. Elle n'était plus la même depuis que Mauro était parti faire ses études à Brasilia. Ou bien était-ce depuis que *Manchete* avait publié cette photo du « gouverneur Moreira » qui le montrait éméché, chemise ouverte, en train de mordiller le sein d'une danseuse de seconde zone ? La fièvre du carnaval, les cocktails de la réception au rectorat, et ce défi stupide lancé par Sílvio Romero, le ministre des Travaux publics... il avait pourtant expliqué à sa femme les circonstances de sa conduite. Sur le coup, elle avait fait mine de comprendre, de pardonner cet écart et le scandale humiliant qui en avait résulté ; mais le soir même, elle avalait un tube de Gardénal avec son whisky. On l'avait sauvée de justesse. *Mauvaise ménopause, ça arrive plus souvent qu'on ne croit. Soyez patient avec elle, gouverneur, ce sera seulement l'affaire de*

153

quelques mois... Trop optimiste, comme toujours, le docteur Euclides... Cette comédie durait depuis bientôt trois ans, et avec une fâcheuse tendance à empirer. Dernièrement, Euclides da Cunha s'était mis dans la tête de leur conseiller une psychanalyse de couple ! Pour elle, ce n'était pas une mauvaise idée, à coup sûr ; mais lui, qu'est-ce qu'il avait à voir là-dedans ? ! Il devenait vieux, le docteur... Il faudrait songer à consulter quelqu'un d'autre. Discrètement, bien entendu.

La Buick s'était arrêtée devant le perron de la *fazenda*. Le chauffeur en livrée fit le tour de la voiture pour lui ouvrir la portière, mais le colonel resta encore quelques secondes sur la banquette, contemplant, l'air rêveur, la façade blanche de la demeure familiale. De style néoclassique – Moreira soutenait sans aucune preuve qu'elle avait été construite selon un plan du Français Louis Léger Vauthier – la maison ressemblait à un petit palais. Flanqué de deux ailes symétriques que reliait une galerie couverte, le corps de logis comportait un étage orné de balustres et un fronton triangulaire. En avancée sur le perron, un imposant portique à trois arcades renforçait le côté seigneurial de l'édifice. Allongées par le soleil couchant, les ombres obliques de grands palmiers royaux venaient strier le crépi rose pâle des murs, composant avec le plein cintre des fenêtres un harmonieux lacis géométrique.

Sur les larges plates-bandes de gazon, où se détachaient d'élégants bosquets d'hibiscus, d'acanthe et de lauriers, les asperseurs se mirent soudain à fonctionner *staccato*, diffusant autour d'eux une bruine virevoltante. Le colonel vérifia sa montre : dix-neuf heures trente très précises. Ordre et progrès ! Elle faisait belle figure, la *fazenda do Boi*. L'image des possibilités offertes par le Brésil, le symbole d'une réussite accessible, comme en Amérique du Nord, aux plus humbles des citoyens pourvu qu'ils croient

154

en leur patrie plus qu'en leurs dieux et travaillent à combattre l'incoercible penchant de la Nature pour le désordre. Ce que son père avait fait, et avant lui le père de son père, et ce qu'il faisait lui, à sa manière, plus encore que ses ancêtres.

— Vous direz au jardinier de faire tondre le gazon, fit-il soudain à l'adresse du chauffeur, lequel était resté figé, casquette à la main, sur le côté de la portière. Je veux une vraie pelouse, pas un pâturage !

Sans attendre de réponse, il sortit de la voiture et gravit les degrés de pierre blanche conduisant à l'entrée principale.

Ediwaldo, le maître d'hôtel, l'accueillit dès son apparition dans le vestibule.

— Bonsoir, monsieur. Monsieur a passé une bonne journée ?

— Épuisante, Ediwaldo, épuisante. Si tu savais le nombre de problèmes que je suis censé régler dans cet État, et la quantité d'imbéciles qui se liguent pour compliquer les choses chaque fois qu'elles menacent d'être un peu trop simples...

— J'imagine, monsieur.

— Où est madame ?

— À la chapelle, monsieur. Elle désirait se recueillir avant le dîner.

Une moue de contrariété déforma les lèvres du gouverneur. *Foutue chapelle ! Encore un moyen d'échapper à ma présence... Elle qui n'y mettait jamais les pieds... Foutu Dieu, putain ! Foutue femme de merde !*

— Elle a bu ?

— Un peu trop, monsieur, si je puis me permettre.

Ediwaldo vit les mâchoires du gouverneur se contracter. Aussi se hâta-t-il de craquer une allumette sous le cigarillo qui venait de surgir entre ses lèvres.

— Merci. Allez lui dire que je l'attends tout de suite dans le grand salon. Et faites-moi porter un whisky, puisqu'on y est...

— Cutty Sark, comme d'habitude ?

— Comme d'habitude, Ediwaldo, comme d'habitude.

Le colonel monta lentement l'escalier de marbre qui menait à l'étage noble de la maison. Sur le palier, il évita son propre reflet dans le grand miroir baroque où s'enfonçait la perspective d'ors et de velours cramoisis des salles de réception ; ronronnant, ronflant comme un feu de bois sec, un jaguar rampait à sa rencontre.

— Jurupari ! Ma belle... Juruparinha... dit-il avec tendresse, abandonnant sa main aux coups de langue attentifs de l'animal. Viens, *querida*, viens, ma toute belle...

Moreira s'affala sur un divan tarabiscoté – bois de jacaranda, accoudoirs sculptés de grenadilles et de carambales étoilées, le tout acheté un prix exorbitant à un antiquaire de Recife. Le jaguar avait posé les pattes antérieures sur ses genoux ; il se laissait caresser à l'encolure, les yeux plissés, frissonnant de plaisir. « Oui, *carinha*, oui... C'est toi la plus belle... La plus puissante.:. » Rien ne l'émouvait comme cette musculature tendue sous le pelage fauve, hypnotique, moucheté de regards fixés sur la seule présence. *Dans son univers, il n'y a ni noms, ni passé, ni avenir, rien que l'indubitable instant*. Dire qu'il avait fallu un Argentin pour écrire ça, pour dire enfin la vérité des fauves... Il sentait sous ses doigts l'or tiède du collier enfoui dans la fourrure de la bête, et songeant aux cuisses accueillantes d'Anita, à sa toison secrète, il porta une main à ses narines pour tenter d'en raviver le souvenir.

L'échine tout à coup tordue d'un spasme, les oreilles basses, le jaguar dressa la tête, dardant ses yeux jaunes vers une des portes du salon.

— Tout doux, Jurupari ! Calme, calme-toi, ma bête... fit Moreira en le maintenant d'une main ferme par le collier. C'est mon apéritif qui arrive.

— Oui, monsieur, bien, monsieur, ce sera tout, monsieur ? fit la voix empâtée de son épouse.

— Ah, c'est toi, dit Moreira en tournant la tête dans sa direction. Mais qu'est-ce que...

Vêtue d'une robe de chambre défraîchie – celle qu'elle préférait, comme par vengeance, parce qu'il ne pouvait la supporter –, un vulgaire peignoir en Nylon rembourré, rose layette, et qui s'ouvrait à chaque pas sur des cuisses adipeuses, sa femme venait vers lui, un verre de whisky dans chaque main.

— J'ai rencontré Imelda dans l'escalier. Je me suis dit que je pouvais aussi bien faire le service moi-même.

— Et tu en as profité pour t'en remplir un autre... Tu bois trop, Carlotta, ça te fait du mal, le médecin te l'a dit. Tu devrais faire un effort, au moins pour ta santé !

Carlotta posa le verre de son mari sur une petite table basse ; elle se laissa tomber à l'autre bout du sofa, renversant une partie de son whisky sur sa poitrine. Sans paraître incommodée, elle sortit un mouchoir de sa manche et s'essuya avec nonchalance, découvrant un sein blet, avachi, pitoyable d'abandon.

— Je t'ai déjà dit de ne pas te promener dans cette tenue, dit Moreira avec énervement. C'est... c'est indécent, à la fin ! Si tu ne veux pas le faire pour moi, fais-le pour les domestiques : qu'est-ce qu'ils vont penser de toi ? Sans parler de la chapelle ! Puisqu'il paraît que tu es devenue dévote... Je ne crois pas que ce soit très convenable de prier à moitié nue...

Carlotta vida d'un trait son verre de whisky.

— Je t'emmerde, dit-elle calmement. La comtesse Carlotta de Souza t'emmerde, gouverneur !

Son mari haussa les épaules, l'air consterné :

— Dans quel état tu es, ma chérie, regarde-toi un peu. Tu ne sais même plus ce que tu dis !

— Tu voulais me parler, dit-elle d'un ton agressif, alors vas-y, je t'écoute. Tu peux vider ton sac.

— Je ne crois pas que le moment soit bien choisi, tu n'es pas en état d'entendre quoi que ce soit.

— Vas-y, je te dis… ou je hurle !

Apeuré par cet éclat de voix, le jaguar se mit à rugir, tentant d'échapper à la poigne de son maître.

— Calme ! Calme-toi, ma belle ! Et sur un ton plus bas, à l'adresse de Carlotta : Tu es devenue folle, ce n'est pas possible ! Tu veux te faire bouffer, ou quoi ? !

— Je t'aurai prévenu, menaça-t-elle, insensible, en apparence, à l'excitation grandissante du jaguar.

— Je donne une fête ici, dans quinze jours, lâcha le gouverneur, excédé. Cinquante personnes. Il faut que ce soit parfait, c'est important pour mes affaires. Je compte sur toi pour organiser tout ça. Je laisserai à Ediwaldo la liste des invités… et on en reparlera demain, lorsque tu auras dessoûlé. Pour l'instant, je vais prendre une douche, si tu permets. Je te conseille d'en faire autant, et de te rendre présentable pour le dîner : tu ressembles à… à une vieille pute, *querida*, une vieille pute ! Il s'était rapproché d'elle jusqu'à lui souffler son haleine au visage : Tu comprends, dis ? Tu comprends que je commence à en avoir marre de tes caprices ? J'en ai ma claque, *caralho* !

Carlotta le regarda sortir de la pièce, suivi de sa cochonnerie de jaguar. Elle voulut finir son verre, mais d'irrépressibles sanglots, convulsifs d'être muets, la plièrent de chagrin sur le sofa.

Chapitre VI

*Continuation du voyage en Italie : où Kircher
examine le feu central & rivalise avec Archimède.*

Nous progressâmes à vive allure vers l'épouvantable feu d'artifice qui se trouvait devant nous. Après
une demi-heure de marche, la végétation, déjà raré-
fiée, disparut totalement, & nous fûmes devant un
paysage désertique de roches noires & ocre, poreu-
ses comme de la pierre ponce. La chaleur était devenue extrême ; nous transpirions sous nos habits,
tandis que de brèves sautes de vent nous environ-
naient parfois de fumeroles empuanties. Le gronde-
ment continu du volcan ne permettait plus d'émettre
une parole sans avoir à s'époumoner ; l'air vicié
charriait de la cendre & du soufre... À chaque instant, je priais Dieu pour qu'Athanase décidât de
rebrousser chemin, mais il avançait toujours, imperturbable, s'aidant des mains pour gravir les pentes
tièdes & sautant de pierre en pierre comme un cabri,
sans souci du poids de ses bagages. À l'heure où
l'aube aurait dû poindre, il faisait toujours nuit, de
cette qualité de ténèbre qui appartient en propre aux
plus obscures des éclipses !

Au détour d'un sentier, nous débouchâmes tout à
coup sur l'un des spectacles les plus monstrueux
qu'il m'ait été donné de contempler : à trois cents

pas sur la droite, au-dessus de l'endroit où nous nous tenions, descendait un large torrent de matière incandescente, lequel ravageait la terre sur son passage, semblant dissoudre en ses bouillonnements toute chose rencontrée. Quant à la source de cette rivière éblouissante, elle était surmontée de flammes gigantesques, comme issues de l'enfer lui-même, & produisait un immense panache de fumée qui montait dans le ciel à perte de vue. Je suppliais Kircher de redescendre, lorsqu'une explosion plus violente ébranla toute la montagne : nous vîmes quantité de roches en fusion projetées en l'air, très haut dans le firmament, avant de retomber en pluie autour de nous. Comme nous étions encore assez loin de ce fourneau démoniaque, seules les plus fines de ces particules nous atteignirent, & nous fûmes criblés de braises rougeoyantes. Croyant l'instant de ma mort arrivé, je me mis à genoux pour implorer le Seigneur, mais Kircher me releva d'une main, tout en me donnant sur tout le corps de fougueuses calottes afin d'éteindre ma soutane. Puis il m'entraîna plus haut encore, sous une sorte de saillie rocheuse où nous fûmes enfin à l'abri des projections. Une fois là, il s'occupa également de son habit, lequel s'enflammait par endroits, sans cesser pour autant de contempler le tableau merveilleux qui s'offrait à nos regards. Il sortit ensuite son chronomètre pour mesurer la période des éruptions, & me dicta calmement chiffres & commentaires. Incommodés par une chaleur presque insupportable, nous éprouvions quelque difficulté à respirer convenablement, lorsque des dizaines de fournicules se mirent soudainement à traverser notre refuge : serpents, salamandres, scorpions & araignées de toutes sortes escarpinèrent entre nos jambes durant quelques instants qui me parurent bien proches de l'éternité... Ébaubis par cette apparition, nous ne songeâmes point à utiliser notre matériel pour recueillir des spécimens. Kircher, qui avait observé ce manège avec sa concentration habituelle, représenta aussitôt les plus insolites de ces bestioles sur un carnet.

— Tu vois, Caspar, me dit-il en achevant, nous ne sommes pas venus inutilement jusqu'ici : nous savons d'expérience, désormais, que certains animaux naissent du feu lui-même, comme les mouches s'engendrent du fumier ou les vers de la putréfaction. Ceux-là ont été créés pratiquement sous nos yeux, & nous pourrons, ou du moins *tu* pourras en témoigner à la face du siècle, car pour moi, j'ai résolu d'étudier de plus près cette matière de l'origine. Note bien tout ce que tu entendras, & s'il m'arrivait malheur, redescends pour livrer au monde le fruit posthume de mon sacrifice...

Je suppliai Kircher de ne pas commettre une semblable folie, mais il se couvrit à moitié de sa cape de voyage, renversa sur lui-même notre provision d'eau, & emportant son sac & ses instruments, s'élança au moment même où une nouvelle explosion secouait l'Etna.

— À moi, Empédocle ! Et toi, Caspar, écoute, ô fils du sage Anchitès ! s'écria-t-il en se précipitant vers le fleuve de lave.

Sous un déluge flamboyant, je le vis s'approcher de la matière ignée, gesticulant & sautillant comme une portée de souris ; on aurait dit un possédé en proie aux tourments infernaux, & je me signai plusieurs fois pour conjurer ce mauvais présage. De là où je me trouvais, mon maître semblait environné de braises & de fumées, une vapeur blanche s'échappait de ses vêtements & je hurlai pour le rappeler à moi...

Dieu exauça finalement mes prières : Kircher rebroussait chemin. Toutefois, les pieds semblaient lui démanger si fort durant sa course que sa barrette en roula au sol, & ce fut donc nu-tête que mon maître me rejoignit sain & sauf sous l'abri. Sa soutane n'était plus qu'un haillon roussi par le feu, ses chaussures grésillaient, ce qui expliquait en partie les gambades que je lui avais vu faire, & je dus éteindre ses cheveux, qui se consumaient par plaques, avec un pan de mon habit.

Après m'avoir remercié, en me tapant fraternellement sur l'épaule, Athanase emprunta mon chronomètre pour continuer ses observations. Quand il constata que le temps s'accroissait régulièrement entre chaque éruption, il prit enfin le parti de quitter ce pandémonium.

Nous revînmes sans difficulté majeure jusqu'à la ville où nous avions laissé le gros de nos bagages. Kircher, dont les pieds, les mains & le visage présentaient de vilaines brûlures, était dans un bien piteux état ; en conséquence, nous nous accordâmes quelques jours de repos dont mon maître profita pour recopier ses notes.

Dès qu'Athanase fut guéri de ses blessures, nous partîmes pour Syracuse. Notre programme comprenait l'étude des monuments antiques de la ville, ainsi que la visite des bibliothèques dominicaines de Noto & de Raguse. Mais Kircher avait ourdi, sans m'en faire part, d'autres desseins : Syracuse étant la ville natale d'Archimède, j'aurais dû me douter que mon maître ne perdrait point cette occasion de mesurer son génie à celui de l'illustre mathématicien.

Durant plusieurs heures, nous nous promenâmes sur les remparts d'Ortygie, au-dessus de la mer, sans que je comprisse la logique des mesures qu'Athanase ne cessait de prendre à l'astrolabe, ni des ébauches accumulées dans son carnet. Puis il s'enferma deux jours & une nuit dans sa chambre, avec interdiction de le déranger. Lorsqu'il en ressortit, rayonnant de joie, il se rendit aussitôt chez divers artisans qui se virent confier des tâches fort précises à réaliser toutes affaires cessantes. Pendant les deux semaines qui suivirent, nous fîmes le tour prévu des bibliothèques environnantes.

À Raguse, mon maître acheta au Juif Samuel Cohen divers livres en hébreu traitant de la Kabbale ; & au musicien Masudi Yousouf, un manuscrit contenant la première *Ode Pythique* de Pindare, accompagnée du système de transcription qui permettait d'en reproduire la mélodie originelle ! Après l'avoir étudié, il fit présent de cet ouvrage inestimable au monastère de San Salvatore, à Messine.

Mais le jour vint où tous les matériaux commandés par Athanase lui ayant été livrés, mon maître daigna m'expliquer enfin le motif de ces préparatifs mystérieux.

Lors du siège de Syracuse par le consul Marcellus, en 214 avant la naissance de Notre Seigneur, les inventions d'Archimède retardèrent fort longtemps la victoire des Romains. Aux dires d'Antiochus d'Ascalon & de Diodore de Sicile, ce docteur admirable était même parvenu à enflammer les vaisseaux ennemis en dardant sur eux le rayon d'un miroir ardent. Affirmant l'impossibilité physique de construire un miroir aussi puissant, la plupart des commentateurs & des savants de notre époque tenaient désormais cette histoire pour légendaire ; contre leur avis à tous, Kircher entendait réhabiliter Archimède sur les lieux mêmes où il avait prouvé autrefois l'incomparable force de son génie…

— Vois-tu, Caspar, tous ces ignorants, à commencer par monsieur Descartes, pour ne citer que lui, tous ces ânes ont raison lorsqu'ils soutiennent qu'on ne saurait allumer un feu de si loin avec des miroirs : un miroir plan ne concentre pas assez la lumière du soleil, puisqu'il renvoie les rayons perpendiculairement à sa surface. Pour les miroirs circulaires ou paraboliques, ils sont certes capables d'enflammer des matériaux combustibles, mais uniquement à une très courte distance, c'est-à-dire au point de convergence des rayons. Devant ce problème, la première chose à faire était donc d'évaluer très précisément où s'étaient trouvés jadis les navires de Marcellus. Étant donné la configuration des remparts de la ville, la profondeur des eaux à leur pourtour & la proximité nécessaire pour assiéger efficacement la ville, éléments que j'ai calculés avec toi durant ces derniers jours, les galères romaines devaient manœuvrer à quelque trente ou quarante pas des murailles. Or, pour obéir à ces conditions, un miroir parabolique nécessiterait une lieue de diamètre ! ce qui n'est guère admissible, en effet, même aujourd'hui. Mais les ressources humaines sont innombrables, & grâce au Ciel j'ai conçu l'idée d'un miroir elliptique, lequel réussira, j'en suis certain, là où les autres ont échoué depuis toujours ! Le duc de Hesse sera ici dans trois jours : je l'ai averti de mon projet, & il a convoqué pour cette occasion les plus grands noms de la Sicile. Ils auront ainsi la primeur de ce nouveau *Speculum Ustor* que nous allons construire ensemble, mon cher Caspar, si tu consens à m'accorder ton aide...

Nous nous mîmes sans délai au travail, & après deux journées de labeur ininterrompu, durant lesquelles nous collâmes, clouâmes & chevillâmes nombre de pièces de bois, une charrette vint emporter notre machine jusqu'à l'endroit du port où devait se produire la démonstration. Une fois là-bas, nous l'installâmes & la recouvrîmes d'un drap aux couleurs du Grand-Duc & de Sa Majesté le vice-roi de Sicile, puis nous attendîmes.

Lorsque tous les invités furent réunis, Athanase Kircher – qui arpentait fiévreusement le rempart, anxieux d'un résultat qui mettait en jeu toute sa réputation – remémora les faits historiques, expliqua longuement sa théorie & broda quelque peu sur les utilisations possibles de sa machine dans le cas où elle viendrait à fonctionner ; ce dont il faisait mine de douter eu égard aux moyens réduits dont il avait disposé & au vieillissement du Soleil qui, s'étant consumé durant 1848 années depuis l'exploit d'Archimède, devait nécessairement avoir perdu de sa puissance. À l'heure fixée par lui, soit onze heures du matin, une grande embarcation de pêche, achetée par les soins de Frederick de Hesse, vint mouiller à quarante pas de l'endroit où nous nous trouvions. Une louve romaine avait été peinte sur le château arrière pour servir de cible. Après avoir disposé çà & là sur le pont des légionnaires factices, mais parfaitement imités, les marins quittèrent le bord. Kircher souleva le voile & découvrit alors sa machine dans un murmure général d'étonnement.

Il s'agissait d'un assez large cône tronqué, ouvert aux deux extrémités, dont l'intérieur avait été transformé cn miroir ; un système assez simple de roues & d'engrenages permettait de l'orienter précisément dans toutes les directions. Tournant successivement plusieurs manivelles, Athanase orienta son miroir de façon à ce que la tache lumineuse qu'il produisait vînt frapper le centre de la cible. Puis ce fut l'attente. Le silence était si absolu, qu'on entendait le clapotement de la mer en contrebas. Un quart d'heure ensuivant, il ne s'était toujours rien produit. Les invités chuchotaient entre eux. Kircher suait à grosses gouttes, ne cessant d'ajuster son rayon, l'œil rivé à la louve romaine. Attiré par ce spectacle incongru, le peuple s'était massé derrière les cordons de gardes & commentait à voix haute ce qu'il voyait, riant & plaisantant comme les gens du Sud ont coutume de faire en présence de ce qui passe leur entendement. Une demi-heure s'était déjà écoulée sans aucun résultat, & les invités eux-mêmes commençaient à perdre patience devant la durée de cet échec, lorsqu'une mouette, sans doute attirée par la brillance du miroir, lâcha une fiente qui vint s'écraser sur la machine, frôlant mon maître de très peu. Il n'en fallut pas plus pour déclencher l'hilarité générale. Des lazzi fusèrent de tous côtés à l'encontre d'Athanase,

& j'entendis un noble sicilien commenter la chose avec l'accent du plus profond mépris :

— *La merda tira la merda !*

Je vis Kircher s'empourprer sous l'insulte, mais il continua de s'affairer autour de sa machine comme si de rien n'était. Je me mis à prier pour que tout cela finît promptement, d'une manière ou d'une autre, & je lisais déjà des signes d'énervement certain sur le visage du Grand-Duc, quand un hurlement de mon maître fit sursauter l'ensemble des spectateurs.

— *Eurêka !* cria-t-il encore. Regardez ! Regardez ! Hommes de peu de foi !

Immobile, figé dans une pose théâtrale, il indiquait la cible d'un doigt vengeur : un filet de fumée noire s'en dégageait, montant droit dans le ciel bleu...

Un bourdonnement d'admiration s'éleva de toute l'assistance. Ensemble ou presque, la louve s'embrasa en crépitant & détermina comme par une traînée de poudre plusieurs foyers sur le bateau. Comme je regardais Kircher, étonné d'une pareille conséquence, il m'adressa un rapide clin d'œil, & je compris que l'embarcation avait été aménagée par ses soins. Confiant dans les capacités de mon maître en ce domaine, je me préparai donc à de nouvelles surprises. Elles ne se firent point attendre : lorsque la felouque fut la proie des flammes, de nombreuses fusées commencèrent à s'échapper des écoutilles, explosant dans le ciel avec grand bruit ; puis des feux de Bengale se transformèrent en fontaines ignées qui jaillissaient comme des pétales de fleurs multicolores autour de la coque, & des catapultes firent sauter par-dessus cette merveille les corps enflammés des mannequins. Les feux grégeois ne s'étaient pas encore consumés, que de nouvelles fusées s'envolèrent très haut avec un sifflement aigu pour dessiner en éclatant le symbole tripode de la Sicile, le « S » de

Syracuse, & les quatre lettres du mot hébreu pour « Jéhovah ». Pour finir, une mitraille ininterrompue se fit entendre, tandis que le bateau coulait à pic dans un épais nuage de fumée.

De chaleureux applaudissements saluèrent la réussite d'Athanase, accompagnés par les vivats & les cris de liesse du peuple de Syracuse. Je m'empressai d'embrasser mon maître, lequel eut la bonté de m'associer d'un geste à son succès. Le duc de Hesse vint le féliciter, lui allouant sur-le-champ une très forte somme en ducats pour la publication ultérieure de ses travaux. Tous les invités défilèrent ensuite devant nous pour complimenter Kircher & admirer la machine ardente. Le gentilhomme sicilien, qui s'était permis une remarque si insultante quelques minutes auparavant, dut passer lui aussi par ces fourches caudines. Lorsque ce gras souffleur de boudins le vint saluer, avec moult démonstrations ridicules, Kircher lui adressa la parole dans son italien le plus fleuri :

— Monseigneur, vous parliez d'or ce tantôt, l'excrément attire l'excrément, toujours & partout, & c'est pourquoi vous devriez, plus que tout autre, vous méfier...

Ce fut au tour du Sicilien de faire l'écrevisse. Il grommela quelques paroles incompréhensibles en portant la main à son épée, & sans le duc de Hesse dont la présence interdisait tout débordement, l'affaire se serait sans doute mal terminée pour mon maître, encore qu'il fût homme à se défendre & possédât une force peu commune pour une personne de sa condition. Enhardi par l'attitude de Kircher, je fis mine de m'éventer, comme pour chasser une mauvaise odeur, ce qui mit en fureur ce plaisant coq de paroisse & lui fit tourner le dos, non sans m'avoir fait de la main & des dents un signe dont la signification exacte m'échappa. J'éprouvai pour la première fois le sentiment de jouissance peu commun qui succède à toute victoire inattendue. « La joie du triomphe retardé », comme Athanase baptisa cette catégorie la nuit même, lorsque nous abordâmes la question. Je me sentais coupable, néanmoins, d'avoir manqué de magnanimité envers ce pauvre Sicilien, mais mon maître me rassura en m'affirmant que réagir autrement eût été faire preuve d'hypocrisie, lequel péché passait celui, somme toute assez véniel, d'une juste & anodine repartie.

CORUMBÁ | *Le double cri rauque des caïmans.*

Moteur à mi-vitesse, le *Messager de la Foi* remontait le fleuve, avec le bruit et l'entêtement aveugle d'un tracteur opiniâtre à défoncer la terre. Levée à l'aube, toute l'équipe s'était activée à charger sur le bateau les caisses de matériel venues de Brasilia, tandis que Petersen et son matelot s'occupaient des vivres et du moteur. Après un dernier repas au Beira Rio, copieusement arrosé en l'honneur du départ, ils avaient tous embarqué sans tambour ni trompette et largué les amarres. Laissant la barre à Yurupig, l'Indien qui vivait à bord sous les fonctions cumulées de mécanicien, de garde et de cuisinier, Herman Petersen s'était affalé sur une des banquettes du carré ; il y ronflait comme une chaudière depuis des heures. Milton faisait de même dans sa cabine ; quant à Dietlev et Mauro, accoudés au bastingage, ils discutaient d'un point de paléontologie semblant leur interdire toute autre préoccupation.

Allongée à plat ventre sur le toit chaud de la canonnière, prise par le fleuve, et comme hypnotisée par son labyrinthe immense de bras et de canaux, Elaine se laissait aller à une somnolence délicieuse. Lénifiée par le calme plat du Pantanal – mais hier soir, Petersen lui avait assuré que le vent et les crues pouvaient lever d'énormes vagues sur cette plaine vernissée –, elle jouait à isoler certaines images, comme avec un appareil photographique, dans l'exubérance de la forêt vierge. L'éclaboussure sanglante d'un couple de perroquets en vol, l'essor différé d'un héron blanc, très haut sur la cime d'un arbre, le sourire édenté d'un enfant nu, accroupi derrière son père dans cette pirogue glissant au long de la berge, un tourbillon inexplicable, immobile vortex de boue jaune au beau milieu du fleuve... Et à chaque fois, elle faisait avec sa langue le petit bruit du déclencheur, tout en se réjouissant de n'avoir pas songé à prendre son appareil : car une seconde plus tard, dans une cacophonie de verts crus et de criaillements, les perroquets faisaient exploser un vol de perruches ; le héron blanc ouvrait soudain ses ailes comme des voiles battantes et poussait un long cri, cou raidi vers le soleil ; le sourire du môme s'éteignait ; l'œil fiévreux, son père suspendait en la voyant son geste de rameur ; le sillage du bateau dégageait les ossements griffus d'une souche freinée jusque-là dans sa descente vers le sud... Même une caméra eût travesti, en les isolant de leur coexistence avec tous les autres instants de sa contemplation, ces libres images du fleuve Paraguay. Eléazard l'approuverait, songea-t-elle, lui qui se faisait un devoir de ne jamais fixer quoi que ce fût sur une pellicule.

Elaine ferma les yeux et se laissa bercer par le martèlement régulier du moteur. Elle retrouvait soudain le sentiment d'extrême lassitude qui l'avait un jour éloignée d'Eléazard. Rien de précis n'avait motivé son départ, sinon cet ultime réflexe de survie qui l'avait obligée à fuir un homme que son cynisme tuait à petit feu. Eléazard se consumait d'une trop grande lucidité sur les êtres et sur les choses. Elle lui en voulait de ne plus croire en rien, pas même dans ses propres capacités. Sa thèse sur Kircher était enterrée sans espoir, sa volonté d'écrire autre chose que de plates dépêches d'agence tarie depuis longtemps, et s'il semblait encore s'intéresser au monde, c'était à seule fin désormais d'en recenser les tares. Combien de fois s'était-il moqué de sa prétention à le comprendre, à en définir les lois de fonctionnement ? ! Elle croyait l'entendre encore : « La science n'est qu'une idéologie parmi les autres, ni plus ni moins efficace que n'importe quelle autre de ses semblables. Elle agit simplement sur des domaines différents, mais en manquant la vérité avec autant de marge que la religion ou que la politique. Envoyer un missionnaire convertir les Chinois ou un cosmonaute sur la Lune, c'est exactement la même chose : cela part d'une volonté identique de régir le monde, de le confiner dans les limites d'un savoir doctrinaire et qui se pose chaque fois comme définitif. Aussi improbable que cela ait pu apparaître, François Xavier arrive en Asie et convertit effectivement des milliers de Chinois, l'Américain Armstrong – un militaire, entre parenthèses, si tu vois ce que je veux dire… – foule aux pieds le vieux mythe lunaire, mais en quoi ces deux actions nous apportent-elles autre chose qu'elles-mêmes ? Elles ne nous apprennent rien, puisqu'elles se contentent d'entériner quelque chose que nous savions déjà, à savoir que les Chinois sont *convertibles* et la Lune *foulable*… Toutes deux ne sont qu'un même signe de l'autosatisfaction des hommes à un moment donné de leur histoire. »

Un jour, elle n'avait plus supporté ces lézardes au mur aveugle des certitudes. Alcântara lui était apparue comme l'exact reflet d'Eléazard : un amas de ruines contagieuses dont il fallait de toute urgence s'échapper. L'intérêt morbide de son mari pour Athanase Kircher, ce raté pitoyable, lui parut lourd de menaces pour elle-même. C'était cela qu'elle avait fui, cette sournoise déréliction. Le divorce était sans doute exagéré, mais il avait fallu en passer par lui pour rompre définitivement les sortilèges qui la maintenaient captive, pour se retrouver seule, en accord avec la vie, avec le très ordinaire bonheur de vivre.

Le bruit du moteur cessa brusquement. Tandis que le bateau courait en silence sur son erre, Elaine entendit la clameur de volière qui emplissait la jungle. De son poste d'observation, elle vit Yurupig gagner la proue et libérer d'un coup la chaîne d'ancre. Le roulement des maillons stoppa un instant les jacasseries des singes invisibles sur la rive. Herman Petersen montait sur le pont, chargé d'un seau et d'un panier.

— Que se passe-t-il ? demanda Dietlev, la mine inquiète. Un problème de moteur ?

— Te fais pas de bile, *amigo* ! C'est juste que la nuit tombe vite, et par ici, vaut mieux pas naviguer dans le noir. On aurait pu continuer encore une petite heure, mais c'était pas sûr de pouvoir mouiller. D'autant qu'il n'y a pas un meilleur coin pour les *dourados* sur tout le fleuve.

— Et c'est quoi, les *dourados* ? demanda Mauro.

— *Salminus brevidens*, répondit aussitôt Dietlev, comme si un tel savoir coulait de source, une sorte de saumon doré qui peut atteindre les vingt kilos. J'en ai mangé l'année dernière, c'est délicieux.

— Alors, au travail ! dit Herman en sortant plusieurs lignes de son cabas. Si vous en voulez pour le repas de ce soir, c'est le moment de montrer ce que vous savez faire.

— Je peux essayer ? fit Elaine du haut de son perchoir.

— Mais bien sûr, *senhora*. Je me demandais où vous étiez passée.

— Je vous préviens, dit-elle en les rejoignant sur le pont, je n'ai jamais pêché !

— Allons, ne te vante pas, fit Dietlev avec malice, nul ne peut prétendre à l'innocence parfaite en ce bas monde…

— Il faut bien commencer un jour, dit Herman en souriant, c'est facile, je vais vous montrer. On amorce avec ça, ajouta-t-il en montrant l'intérieur du seau. *Piramboias*, y a rien de mieux !

Elaine s'était rapprochée. Elle eut un léger mouvement de recul en apercevant les créatures courtes et trapues qui grouillaient au fond du réservoir.

— Des serpents ? ! dit-elle, l'air dégoûté.

— Presque. Mais il vaut mieux ne pas y mettre les doigts ! prévint-il en s'entortillant la main dans un chiffon pour saisir l'une des anguilles.

D'un seul coup de couteau, il la sectionna en deux et piqua l'un des morceaux gigotant à un hameçon. Après avoir lancé l'appât dans le fleuve, à seulement quelques mètres du bateau, il tendit le fil à Elaine.

— Voilà. Y a plus qu'à être patiente. Si ça tire, vous ramenez ; c'est pas plus compliqué.

— Et ça vit longtemps, ce truc ? dit-elle en désignant du menton la flaque de sang où la queue de *piramboia* se tortillait encore.

— Des heures. C'est increvable, d'où l'intérêt. Il y a pas un poisson qui résiste à ce bout de queue. Surtout les femelles...

Il avait dit cela sur un ton égrillard, ses yeux ternes et larmoyants fixés sur les seins d'Elaine. Elle fit semblant de ne pas entendre et tourna son regard vers le fleuve.

— Et toi, Mauro ? Ça te dit ?

— Pourquoi pas... Je ne veux pas mourir idiot.

— T'as raison, petit ! Mais je préfère rester idiot, et pas mourir du tout. Viens ici tenir ta ligne.

Dietlev ayant décliné la même invitation, Petersen se mit à pêcher avec les autres.

Leur attente ne dura que quelques minutes. Elaine eut soudain une touche violente, mais elle remonta sa ligne à vide : son fil avait été coupé, juste au-dessus de l'hameçon. Le même incident survint presque immédiatement à Herman et Mauro.

— Et merde ! s'exclama Petersen avec dépit. Les piranhas... On a fini de pêcher, les enfants. Quand ils sont là, c'est râpé pour choper autre chose. Trop voraces, ces saletés... Mais attendez, mes cocos ! Puisque c'est comme ça, on va en faire quelques-uns pour la soupe. Je vais mettre des bas de ligne en acier, ça va leur faire drôle...

Première à avoir été équipée de la sorte, Elaine lutta bientôt avec une prise. Le fil s'était tendu à casser, striant l'eau jaune de façon imprévisible.

— Allez-y, tirez ! cria Herman, occupé lui-même à ferrer un poisson. Ça ne risque rien, tirez, bon sang ! Et faites attention à vous quand il sera sur le pont, laissez faire Yurupig, ça vous couperait les doigts comme un rien !

Des éclats d'or se succédèrent dans l'inquiétante opacité du fleuve. Avec un grand geste où elle avait mis toute sa force, Elaine fit voler sur le pont un piranha resplendissant. L'Indien s'était précipité : deux coups de gourdin, puissamment assénés, en finirent avec les soubresauts dont la jeune femme essayait maladroitement de se préserver.

— Regardez, *belleza* ! dit Herman.

Il venait de monter un piranha à bord et s'était débrouillé pour le tenir tout vivant de sa main gauche, si bien qu'Elaine ne put établir s'il avait pris cette liberté de ton avec elle ou avec son poisson. Elle vit Petersen introduire la pointe de son couteau dans la gueule prognathe de l'animal ; les deux rangées de dents triangulaires – des crocs monstrueux, à vrai dire – se refermèrent brusquement sur la lame, plusieurs fois de suite, comme une petite agrafeuse : dans un pénible craquement d'os, et avec l'aide d'Herman qui faisait levier, le piranha se brisait les dents une à une sur le métal...

— Après ça, il n'aura plus besoin d'aller chez le dentiste ! s'esclaffa Herman, fier de sa démonstration. Imaginez ce qu'ils peuvent faire sous l'eau...

En bande, ils vous dévorent un bœuf en moins de deux ! Vous savez ce que ça veut dire, *piranha*, en tupi-guarani ? Ça veut dire « poisson-ciseau »... Pas mal, non ? !

Malgré l'aspect repoussant de la bête, Elaine fut révoltée par l'inutile torture que Petersen lui infligeait. Elle se corrigea mentalement : c'était une torture stupide, odieuse, ou tout ce qu'on voulait dans l'ordre de la connerie humaine, mais certainement pas « inutile », tant ce mot laissait supposer qu'il y avait parfois des supplices justifiés. Elle allait dire à Herman d'arrêter ce jeu cruel, lorsque Yurupig s'avança vers lui.

— Lâche-le, dit-il avec calme, mais sur un ton lourd de menaces. Tout de suite !

Les deux hommes s'affrontèrent un instant du regard. Herman choisit de se mettre à sourire comme si de rien n'était :

— Je vais même faire beaucoup mieux, dit-il en s'adressant à Elaine, je vais lui laisser la vie. Pour les beaux yeux de la demoiselle...

Et d'un geste affecté, il rejeta au fleuve le piranha sanguinolent.

Yurupig se tourna vers les cercles concentriques qui s'estompaient déjà à la surface de l'eau, et présentant au ciel la paume de ses mains, il marmonna quelques phrases incompréhensibles. Cela fait, il regagna sans mot dire l'intérieur du bateau.

— J'en ai un, j'en ai un ! cria tout à coup Mauro, à qui toute la scène avait échappé.

Herman en profita pour s'occuper de lui. Quand le piranha fut sur le pont, il l'assomma cette fois sans autres fioritures.

— Allez, dit-il d'un air enjoué, encore deux ou trois, et nous aurons notre soupe.

Tandis qu'il amorçait de nouveau les lignes, Elaine s'approcha de lui :

— Qu'est-ce qu'il a dit ?

— Qui ça ?

— Yurupig, voyons ! Ne faites pas l'imbécile.

— Des cucuteries, des trucs d'Indien... C'est sans importance.

— Il a prié pour le poisson, dit soudain Dietlev avec gravité. Je n'ai pas tout compris, mais il a invoqué la *justice du fleuve* et demandé qu'on lui pardonne la mort de cette pauvre bestiole.

— Mais il était vivant ! Je l'ai vu repartir, s'exclama Elaine.

— C'est bien ça le pire. Il était vivant, mais blessé à cause de l'hameçon, et incapable d'attraper une proie, par la faute de ce... de cet « individu ». Il faut espérer que ses congénères l'ont bouffé tout de suite, sinon il va mettre des jours à crever.

Elaine regarda Herman avec mépris ; ses yeux étincelaient de colère.

— Vous le saviez, n'est-ce pas ?

— Et alors ? ! Qu'est-ce que ça peut faire ! Vous n'allez pas me faire chier pour un putain de piranha à la con ! Il va falloir vous calmer un peu, tous autant que vous êtes... Sinon...

— Sinon, quoi ? demanda Dietlev en le regardant fixement. Je te signale que tu as déjà été payé. Alors c'est toi qui vas te calmer, et vite encore !

Les prunelles d'Herman semblèrent s'éclaircir sous la fureur. Il ne répondit pas et haussa les épaules avant de leur tourner le dos. La porte du carré claqua violemment derrière lui.

— Je ne savais pas que tu parlais le tupi, dit Elaine à Dietlev, juste après cette algarade. Où est-ce que tu as appris ?

— Je ne le parle pas vraiment, rectifia Dietlev, mais assez pour me sortir de n'importe quelle situation avec les Indiens. J'ai pris des cours à la fac de Brasília, ça m'a souvent aidé à localiser un gisement, ou à collecter des fossiles dans certains coins perdus. Tu devrais t'y mettre, toi aussi.

— Tu as raison. Je m'en occuperai au retour.

L'attitude de Yurupig l'avait impressionnée. C'était la première fois depuis le départ – elle s'en rendait compte seulement maintenant – qu'elle entendait sa voix. L'image de son profil, tandis qu'il faisait front à Petersen, lui revint en mémoire avec précision : le teint cuivré, l'œil en amande, un peu oblique sous l'épais renflement de la paupière ; un nez largement épaté, sans cartilage apparent, mais dont on aurait souhaité modeler la chair, et des lèvres charnues qu'il remuait à peine pour parler. Vêtu d'une salopette empesée de crasse et de cambouis, il semblait ne se séparer jamais d'une casquette de base-ball portée à l'envers, d'où jaillissait une touffe de cheveux qui lui faisait comme un toupet de plumes noires au-dessus du front. Elaine l'avait trouvé parfaitement beau, surtout lors de son émouvante prière aux piranhas.

— Qu'est-ce qu'il s'est passé ? demanda Mauro, intrigué par la soudaine disparition d'Herman et la mine contrariée de ses professeurs.

Elaine le mit au courant en quelques mots.

— Eh bien ! Ça commence plutôt mal, non ? dit-il en se grattant la tête. Ce porc mériterait qu'on le foute à l'eau et qu'on poursuive sans lui !

— Il ne m'inspire pas confiance... dit Elaine, comme pour elle-même. Et à Dietlev : En plus, tu ne sais pas quoi ? Il me tourne autour avec ses gros sabots... J'ai droit à des allusions grivoises toutes les deux minutes !

— C'est pas possible ? ! fit Mauro, brusquement enflammé. Cet ivrogne ! Ce... ce salaud de nazi !

— Fais attention à ce que tu dis, le réprimanda Dietlev avec fermeté. Ce n'est qu'une rumeur, j'aurais mieux fait de tenir ma langue. En tout cas, n'oublie pas que la mission dépend de lui et de son bateau. Ça vaut pour toi aussi, ma belle. On a encore deux ou trois semaines à passer ensemble, alors il va falloir mettre de l'eau dans notre vin, tous autant que nous sommes. Je ne sais pas ce qu'il y a entre lui et cet Indien, mais ça ne nous regarde pas.

— Tu as vu comment il l'a humilié ! s'insurgea Elaine.

— J'ai vu, et ce n'est pas à son honneur. Mais pour l'instant, il ne s'agit que d'un piranha remis à l'eau. Il ne faut quand même pas exagérer.

— C'est pire que tout ! dit Mauro en serrant les poings.

— Ça suffit. Je ne veux plus entendre parler de cet incident. Et pas un mot à Milton, c'est compris ?

— Comment, comment ? On me fait des cachotteries, à ce que je vois, fit soudain la voix de Milton derrière eux. Je n'aime pas trop ça, vous savez...

Durant une à deux secondes d'un silence coupable, Dietlev essaya désespérément de trouver une issue à la situation. Elaine vint à son secours :

— Allons bon ! fit-elle d'un air désolé, voilà notre surprise à l'eau. Ce n'est pas de chance, mais puisque vous avez tout entendu...

— Quelle surprise ? Il étouffa un bâillement. Excusez-moi, j'ai dormi comme une brute. Trop de vin au déjeuner, ça ne me réussit pas. Alors, qu'est-ce qu'il ne faut pas dire au vieux Milton, les enfants ?

— Que nous aurions de la soupe aux piranhas pour le dîner... reprit Elaine, sans savoir comment elle allait faire pour retomber sur ses pieds.

— ... ?!

— Oui, continua-t-elle, saisie d'une frayeur soudaine devant sa difficulté à imaginer quoi que ce soit de convaincant, nous... enfin, Petersen soutient que la soupe de piranhas possède certaines vertus... aphrodisiaques...

— Et nous avions décidé de faire une expérience « à l'aveugle », comme on dit... enchaîna Mauro en prenant l'air gêné. Une blague de potache, c'est moi qui en ai eu l'idée. Nous vous aurions tout avoué le lendemain...

— Je vois que vous vous amusez bien derrière mon dos, dit Milton en gloussant. Mais je peux vous assurer, grâce à Dieu, que je n'ai pas encore besoin de ça : malgré mon âge, je me porte encore très bien de ce côté-là.

Un peu plus tard, lorsque Milton se fut éloigné en compagnie de Dietlev, Elaine remercia Mauro de son intervention.

— Je ne savais plus comment me dépêtrer de ce mensonge, dit-elle en riant. Je vous suis vraiment très reconnaissante.

— Ce n'est pas grand-chose, dit Mauro en se sentant rougir. Je me suis étonné moi-même, d'ordinaire je ne brille pas par ma présence d'esprit. J'en suis encore à me demander comment il a pu gober cette histoire...

— L'idée de génie a été de prendre tout sur vous. Il vous pardonnerait n'importe quoi, j'ai l'impression...

Mauro étudia un instant la valeur de cette remarque. Exprimée ainsi, la chose paraissait évidente.

— Je ne l'aime pas beaucoup, vous savez.

— Moi non plus, rassurez-vous ! répondit-elle, sur le ton de la confidence. Ce n'est pas un mauvais bougre, mais il a tout abandonné au profit de sa carrière, et je trouve ça indigne d'un chercheur.

Mauro laissa errer son regard sur le fleuve. Disparu, le soleil incendiait l'espace ; en ombres chinoises sur le ciel, les arbres géants découpaient de sages cumulus aux contours de braise. Les stridulations croissantes des insectes relayaient peu à peu les cris d'oiseaux égarés, vagissant une dernière fois leur inquiétude de la nuit. Sur la berge, à quelques mètres du bateau, une branche brisée, un froissement furtif dans les buissons agaçaient à tout instant ses sens en éveil.

Une bouffée d'exaltation, associée à un sentiment inexplicable de tristesse, lui dénoua la langue :

— En revanche, je vous aime bien, dit-il à Elaine, sans oser la regarder. Enfin, beaucoup, je veux dire...

Attendrie par cet aveu déguisé, Elaine le décoiffa d'un geste affectueux, comme elle l'aurait fait avec Moéma dans des circonstances analogues. Et au moment où il sentit sa main s'enfoncer dans ses cheveux, ravi et vexé en même temps par cette réponse déroutante, on entendit pour la première fois le double cri rauque des caïmans.

À demi étendu sur sa couchette, le dos appuyé contre la paroi métallique de la cabine, Herman Petersen essaya de saisir la bouteille de *cachaça* qu'il s'acharnait à vider depuis bientôt deux heures ; cette simple tentative mit en branle une rotation vertigineuse de son champ visuel, et voyant la lampe-tempête virevolter sans raison autour de lui, il convint avec fatalisme de son ivresse. Résistant à l'envie – pourtant irrépressible – d'une nouvelle gorgée, il ferma les yeux dans le vague espoir d'échapper à son tournis. Les images le bousculèrent avec insistance.

Il avait commencé à boire avec Dietlev et Milton, peu avant le repas, lorsque les deux géologues étaient venus le rejoindre dans le carré. Un verre d'apéritif à la main, détendu, souriant, Dietlev s'était enquis de la soupe aux piranhas. Herman avait pris acte de leur soumission. Sans montrer ni sa rancune toujours intacte ni sa fierté de les avoir si facilement assujettis, il avait ordonné à ce connard d'Indien d'accommoder leur maigre pêche de l'après-midi et s'était ensuite diverti en exposant à Milton les vertus supposées de ce potage. À son arrivée avec Mauro, Elaine lui avait demandé fort gentiment une *caipirinha*, signalant qu'elle était décidée elle aussi à oublier l'altercation survenue un peu plus tôt.

Durant le repas, elle avait même consenti à tremper ses lèvres dans un verre de la fameuse soupe et à se fendre d'un compliment sur sa saveur. Cette marque suprême de bonne volonté l'aurait presque radouci, s'il n'avait surpris le regard compatissant de Mauro : ce morveux la plaignait de devoir avaler une pareille couleuvre. *Comedia, comediante !* Ils s'étaient tous foutus de lui... Taraudé par la rage, il rêva une à une les ordures de sa vengeance.

Yurupig, il lui ferait bouffer ses couilles et l'enverrait servir de pâture aux piranhas, puisqu'il les aimait tant. Pour Elaine, ce serait plus long, plus compliqué... Comme ce qu'il avait vu faire à cette putain d'activiste, au bon temps de la dictature. Les flics l'avaient sortie de la fourgonnette et traînée dans la porcherie des frères Tavarez, à la sortie de la ville. De sacrés patriotes, ceux-là, de vrais *varones*, avec un gros paquet dans le falzar ! S'il y en avait eu un peu plus, le Brésil ne serait pas devenu ce pays de mendiants et de pédales ! Il ressemblerait au Chili... Fallait voir, là-bas, comme ça marchait ! La Suisse de l'Amérique du Sud. Tout le monde se tenait à carreau, tout fonctionnait. Même leur pinard était super... En entrant, la fille les avait insultés. Ils avaient fermé la porte à clef et sorti leur bite.

« Déshabille-toi, pouffiasse ! On va t'enculer d'abord, pour t'apprendre la politesse, et ensuite faudra nous sucer tous, on va t'en mettre des litres dans la citerne ! Peut-être que ça te fera réfléchir un peu avant de dire des conneries ! » Elle s'était mise à chialer, debout là, au milieu des mecs. Elle crevait de trouille, la conne, elle les suppliait, mais ils lui avaient mis un pistolet sur la tempe, et il avait bien fallu qu'elle fasse tout ce qu'ils voulaient. Tout. Pour ça, y avait rien à dire, ils avaient suivi leur programme à la lettre ! Elle hurlait, elle pleurait, et eux ils la tringlaient par tous les trous, et la *cachaça* cou-

180

lait à gogo, et ça faisait longtemps qu'ils ne s'étaient pas payé une pareille tranche de rigolade !

Herman serrait les paupières, concentré sur les visions d'horreur qui s'accumulaient sans ordre dans sa tête. Il n'oublierait jamais le visage de cette fille, mais celui d'Elaine s'y substituait de manière floue, s'agrandissant parfois jusqu'à envahir son champ visuel. Il la voyait en train de trembler, comme l'autre, de tous ses membres, d'implorer à genoux, le corps sali, tuméfié par les coups de bottes et les brûlures de cigarette. Et il laissait faire, se contentant de regarder et d'insulter, inventant de nouvelles humiliations, de nouveaux sévices, laissant libre cours à des fantasmes sortis du plus profond cloaque de la nature humaine. Elle verrait ce que ça coûtait de venir faire chier les gens avec son petit cul et ses nichons de star, de remuer tout ça, mine de rien, en parlant de ses fossiles à la con ! L'autre merdeuse, ç'avait été pareil : elle en avait plein la bouche de sa « démocratie », de ses grandes idées à la mords-moi-le-nœud, mais elle se faisait sauter par des bâtards de son espèce. Le genre Mauro, justement… Cheveux longs, rien dans le slip, qui se permettait de la ramener en face des vrais hommes ! Celui-là, il ne perdait rien pour attendre, avec ses airs de tapette et son putain de walkman qui ronronnait en permanence… Dzim boum boum… Dzim boum boum… C'était à devenir dingue !

Quand Waldemar avait amené le chien, elle avait fait moins de chichis. Encore plus excité que les mecs, il était, le doberman ! Il bandait rouge, à croire qu'ils l'avaient dressé pour ça ! Les flics avaient attaché la fille dans la soue, avec un système vachement chiadé qui la maintenait à quatre pattes, bras dans le dos, jambes écartées, et y avait eu un truc dans ses yeux, comme dans ceux des cochons avant qu'on les égorge. Elle avait supplié qu'on la zigouille… Y avait toujours un moment où on préférait la mort à tout le reste, même à l'espoir de lui échapper ; c'était là que ça devenait intéressant. Et pendant que le chien l'enfilait, pendant qu'elle s'étouffait à moitié, la bouche et le nez dans la merde, ils s'étaient encore branlés sur elle. Après ça, quand ils en avaient eu marre de lui rentrer dans la chatte tout ce qui leur tombait sous la main, de lui pisser dessus et de la cravacher aux barbelés, ils s'étaient arrêtés pour fumer une clope. Plus personne ne savait depuis combien de temps ils étaient là. « Tu sais comment on fait pour tuer les jaguars sans abîmer leur peau ? Tu le sais, salope ? avait dit un des frères Tavarez, le borgne, celui qui avait chopé le chancre dans un bordel de Recife. On les prend au piège vivants, et on leur emmanche dans le fion une barre de fer chauffée à blanc. Ça chuinte, ça grésille, ça sent le *churrasco* ! Y a rien de plus beau à voir… » Avec une lampe à souder, il s'était mis à rôtir devant elle le canon de son fusil de chasse. Un Springfield à double détente ! Fallait-y qu'il soit bourré pour faire ça… Et il lui avait enfoncé le machin brûlant dans son trou du cul de socialiste, en forçant tant qu'il pouvait. Puis il avait tiré ses deux coups, posément, à chevrotines.

Ensuite, ils étaient tous allés se coucher. Mais lui, Herman, il avait encore trouvé la force de baiser sa négresse jusqu'au soir.

La camarade avait terminé dans le four à chaux des frères Tavarez. Personne n'était venu poser de questions, c'était comme si elle n'avait jamais existé. Ce serait pareil pour Elaine, tout pareil… Quant aux autres, ça le faisait pas bander. Un trou dans la tête, deux pour Mauro, et *auf Wiedersehen !* Johnny…

Herman frissonna. Trempée de sueur, sa chemise collait au métal de la cloison. Des paysages de neige et de batailles le prirent à l'improviste… L'abandon du camp de Mauthausen peu avant l'arrivée des

Russes, la débâcle, les cadavres noirâtres, gelés sur le chemin... Puis tous ces mois de captivité à Varsovie, avec la peur au ventre, dans ces baraquements de tôle que le froid faisait sonner comme de vieilles coques de *U-Boot*... Des sanglots lui nouaient la gorge, au point de lui faire mal derrière la nuque. Les images se brouillèrent soudain, et à une certaine chaleur sur ses joues, une sensation intolérable de remords, d'apitoiement sur lui-même, il sut que le visage d'Ester allait revenir le tourmenter et que ni l'alcool ni la haine ne le préserveraient cette nuit de son cauchemar familier.

Carnets d'Eléazard.

SI KIRCHER AJOUTE FOI à l'existence des géants, c'est uniquement pour ne pas contredire saint Augustin : on ne saurait mettre en doute la parole d'un Père de l'Église sans mettre en doute l'Église elle-même, etc. Aveuglement et mensonge prémédités, comparables en tout point à ceux de Marr ou de Lyssenko dans d'autres domaines. C'est ce type de terrorisme auquel conduisent les religions ou les idéologies qui me débecte. Reprendre cette discussion avec Loredana...

REDIRE DES CHOSES SIMPLES : que la religion est l'opium du peuple, la drogue dure qui empêche depuis six mille ans toutes les queues de se dresser pour affronter le ciel ; que Jésus, l'homme aux clous – *ce criminel d'un royaume d'Occident de l'époque des Han*, disaient les lettrés chinois du XVIIe siècle en s'indignant de voir déifier semblable coquin –, nous a noué l'aiguillette pour les siècles des siècles ; que notre civilisation se meurt d'avoir appris à se plaindre, à valoriser la défaite et ses victimes.

QU'IL FAUT RETOURNER aux sources du sacrifice, à la perception du moment juste et de l'adéquation avec le monde. Réinventer le paganisme le plus fruste, nier la *defixio* qui cloue notre pénis aux tablettes plombées des cimetières.

Qu'à une religion fondée sur la charogne d'un crucifié correspond forcément une vision vermiculaire du monde.

POUR UN COMPLEXE DE GOLIATH : le géant de l'Écriture Sainte n'existe que par rapport à David, il n'est fort et gigantesque que pour mourir sous la main du faible et du petit. Nommer Goliath un être ou un objet quelconque, c'est déjà faire naître le David qui en terminera avec lui, nécessairement. Par son seul nom, le Titanic fut voué corps et biens à son naufrage.

D'UN HOMMAGE À JOËL SCHERK : « Comment une belle théorie pourrait-elle être fausse ? » Dangers de la symétrie, de la simplicité comme arbitre des élégances. Puisque c'est beau, c'est vrai : théorie du Tout ou fourre-tout métaphysique ? Si la beauté consiste à épargner des concepts, pourquoi faudrait-il que la dissymétrie ou la complexité en fussent incapables ? De ce que l'économie de moyens satisfait davantage notre esprit que leur profusion, il ne résulte pas qu'elle en retire une plus grande valeur de vérité.

DE TOUTES LES OBSERVATIONS ASTRONOMIQUES effectuées par Kircher, il ne reste en tout et pour tout que le cratère qui porte son nom aujourd'hui. Une ornière sur la surface de la Lune...

LOREDANA S'ADRESSANT À HEIDEGGER : « Comment vas-tu, drôle d'oiseau ? » Ses yeux, son sourire à la

Khnopff. Mes tours de passe-passe ont l'air de fonctionner...

À L'ORÉE DU XIXe, au moment où l'Égypte devient un objectif de conquête, les savants de Bonaparte se souviendront des conjectures fantaisistes d'Athanase Kircher. « Je suis entré pour la première fois dans *les archives des sciences et des arts* », écrit Vivant Denon après la découverte du temple de Denderah. Avec le recul, tout se passe comme si l'expédition d'Égypte n'avait servi qu'à exhumer la pierre de Rosette, et avec elle l'origine supposée de la sagesse chrétienne occidentale.

« PARMI LES OCCULTISTES FONDATEURS, écrit le docteur Papus, une mention toute spéciale est due à Athanase Kircher, jésuite, qui eut l'habileté de faire imprimer ses œuvres par le Vatican ; sous prétexte d'accuser l'occultisme, il en fait un exposé très complet. » Divagation, mais symptomatique : les charlatans se reconnaissent entre eux. L'hermétisme désuet de Kircher, ses affirmations sur le sens initiatique des hiéroglyphes, son goût pour le secret, l'extraordinaire et le prodigieux fondent l'ésotérisme bien avant Court de Gébelin ou Eliphas Levi.

CRÉDULITÉ. Contre la religion, l'astrologie, le spiritisme et autres balivernes, ces variétés de la sottise où continue à se recroqueviller l'esprit de nos contemporains.

ARRÊT DE FRANÇOIS DE SUS. « Condamné à avoir la main coupée, puis la tête tranchée, pour avoir, de cœur malin, donné deux ou trois coups de dague contre un crucifix en papier... Idem pour un Juif ayant versé par une fenêtre un plein pot de pissat sur une croix qu'un chrétien menait à la procession. »

ARRÊT D'ESTIENNE ROCHETE. « Condamné à être guindé et étranglé et après son corps brûlé et mis en cendres devant ladite église, pour avoir rompu les bras à deux ou trois images des Saints, en l'église Saint-Julien de Pommiers en forêt. »

SI UN CROYANT SE SENT INSULTÉ parce qu'on a moqué l'image de son dieu, c'est, au mieux, qu'il doute encore de son existence, au pire, qu'il est assez stupide pour s'identifier à lui. Mais qu'il trouve des armes pour venger cette offense dans les lois d'une société ou dans leur négation, cela le transforme en ennemi juré, en bête fauve à encager.

KIRCHER EST UN PERVERS POLYMATHE... Il s'adonne à l'encyclopédie. Essai de dénombrement d'un univers. Art analogique : le tout est contenu dans chaque partie, comme dans les hologrammes.

VOYAGE ÉCLAIR À QUIXADÁ. La nuit au monastère de São Esteban, la chambre où le président Castello Branco a passé sa dernière nuit avant l'accident d'avion qui l'a définitivement éliminé de la surface de la Terre. La jolie bonne sœur qui me montre tous les objets conservés respectueusement, les sandales, la bougie, la savonnette, la dernière chaise où il s'est assis, les derniers draps, recouverts d'un plastique transparent, etc. Sans se douter que je n'avais qu'une seule envie : celle de la trousser là, sous le portrait de saint Ignace.

SPALLANZANI : il mit des culottes aux grenouilles et démontra qu'elles avaient besoin de copuler entre elles pour se reproduire...

ESPRIT DE L'ESCALIER. Ce que j'aurais dû répondre à Loredana : « Liu Ling s'abandonnait souvent au vin. Libre et exubérant il se déshabillait et se promenait nu dans sa maison. À ceux qui lui rendaient visite et l'en blâmaient, il répondait : Je prends ciel et terre pour maison, et ma maison pour pantalon. Qu'avez-vous donc, mademoiselle, à entrer ainsi dans mon pantalon ? »

Chapitre VII

Où Kircher apprivoise les espadons
& du trouble qui s'ensuit...

Nous retournâmes enfin à Palerme où Kircher fut accueilli avec les plus grands honneurs. Son exploit de Syracuse était sur toutes les lèvres, si bien que l'on se disputait sa présence dans les académies de la ville. Mon maître reprit ses leçons à l'Université, abordant tous les sujets au fur & à mesure qu'ils lui étaient proposés. Il montra en particulier combien chaque homme pouvait avoir de cheveux sur la tête – pas plus de 186 624 pour les plus fortunés, moins de la moitié pour la majorité d'entre eux –, & que s'il était facile d'en imaginer un nombre infini au moyen de l'addition, il était beaucoup plus ardu, en revanche, de concevoir un pareil nombre au moyen de la division ; si l'on acceptait, en effet, qu'un cheveu puisse se diviser à l'infini, il fallait alors accepter aussi que le tout fût plus petit que l'ensemble de ses parties...

Comme un vieux docteur sicilien reprochait à Kircher sa propension à compter les cheveux & à les diviser en quatre, ce dernier lui ferma la bouche en le faisant se souvenir qu'un bon chrétien ne devait pas craindre d'imiter la Providence Divine, & qu'il n'y avait rien sur terre ou dans les cieux de si mince ou de si vil qui ne méritât des spéculations profondes. Et que si ce monsieur voulait venir à Rome, il lui montrerait, grâce à une petite lunette de son invention, comment on pouvait grossir un cheveu jusqu'à lui faire prendre la forme d'un arbre, avec ses branches & ses racines, & comment la compréhension de ce simple phénomène méritait à lui seul des livres entiers. L'assistance était gagnée à Kircher, & le vieux docteur se trouva court.

Mon maître commenta également les affirmations du père Pétau & de quelques autres, selon lesquelles Dieu avait commencé à créer le monde le 27 octobre, en 3488 avant notre ère, à huit heures & quarante-sept secondes après minuit, démontrant aisément par l'examen de théories radicalement différentes quant au jour & à l'année, qu'il était présomptueux de statuer sur cette date ; &, corollairement, sur celle de l'Apocalypse.

Le prince de Palagonia était revenu assister aux leçons de mon maître, en compagnie du duc de Hesse & des notables de la ville. Diverses rumeurs couraient à son sujet, & des langues de serpent se chargèrent bien vite de nous en dire les sept péchés mortels. On prétendait que ce prince, étant d'un naturel très jaloux, tenait sa femme captive, & que son palais ressemblait plus à un château hanté par les démons qu'à une vraie demeure de chrétien. On nous rapporta également diverses lubies qui le faisaient regarder comme estropié de la cervelle, mais nous n'y prêtâmes aucune foi. Le prince, en effet, rivalisait de courtoisie avec mon maître & paraissait plutôt plus intelligent & cultivé que la plupart de ses concitoyens. Ce fut donc avec plaisir qu'Athanase accepta de se rendre chez lui, lorsqu'il renouvela son invitation pour les fêtes de Noël 1637.

Il nous restait encore quelques jours avant le terme fixé par le prince de Palagonia, lorsque mon maître, insatiable dans sa curiosité, décida d'embarquer pour Messine. Le recteur de l'Université lui ayant affirmé que les marins-pêcheurs du pays usaient d'un certain chant pour apprivoiser les espadons & les conduire de la sorte vers la nasse, Kircher voulut absolument vérifier ce prodige par lui-même. Dictées par ma hantise du mal de mer & des pirates turcomans, mes réticences ne furent d'aucun effet ; il fallut se plier à son caprice.

Je passe sur les détails de notre navigation pour en venir à cet instant où nous arrivâmes sur la zone de pêche, signalée par quelques balises. Une fois le vaisseau à l'ancre, nous descendîmes dans l'une des six barques que nous avions traînées jusque-là, celle du « raïs » ou capitaine. Comme nous le constatâmes par la suite, cet homme était le seul habilité à formuler ces paroles magiques qui attirent le poisson. Les marins commencèrent à manier l'aviron, & nous n'avions point parcouru un quart de mille que le raïs se mit à chanter. C'était une mélopée ininterrompue, triste & lancinante, que rythmaient le bruit des rames & les répons des nageurs. Dès le début du chant, Kircher s'était penché par-dessus le plat-bord pour observer les profondeurs marines, & bientôt il me serra le bras avec insistance pour m'obliger à regarder : au fond de l'eau, claire & transparente comme du cristal, je vis quantité de grands poissons argentés, lesquels évoluaient avec lenteur, accompagnant notre barque dans sa progression. C'était un spectacle si magnifique que je ne me lassais pas de l'admirer… Quant à mon maître, il entreprit avec fièvre de noter ce chant merveilleux. Au bout d'un certain temps, le silence se fit tout d'un coup. Levant la tête – Kircher de son carnet, moi du fond des mers –, nous eûmes la surprise de constater que toutes les embarcations s'étaient groupées en un large cercle. Les marins avaient cessé de ramer ; ils tiraient en cadence sur un vaste filet, le remontant pied à pied. Le capitaine entonna un nouveau chant pour encourager les pêcheurs dans leur effort, & à l'inclinaison des rets vers le centre du cercle, je compris qu'il s'agissait d'une vaste poche dans laquelle les poissons étaient désormais captifs.

Le fond de la nasse fut bientôt à l'horizontale sous la surface : thons & espadons, à moitié sortis de leur élément, faisaient bouillir la mer de leurs mouvements désordonnés. Je me demandai comment les pêcheurs les monteraient à bord, lorsque ceux-ci arrimèrent le filet pour le maintenir en place & se saisirent de fortes piques terminées par un large crochet de fer. Le raïs initia un troisième chant dont la poignante gravité, scandée comme un *Dies iræ*, convenait pleinement au massacre qui suivit.

Entre deux hoquets, j'observai Kircher. Les yeux exorbités, la chevelure en bataille, éclaboussé de sang & d'eau, il était bouleversé par ce carnage. Je le sentais vibrer de tous ses nerfs, & regardant ses larges mains agrippées au rebord de la barque, je vis blanchir leurs jointures.

— Prie pour mon salut, Caspar ! murmura-t-il brusquement, & retiens-moi si j'empoigne jamais l'une de ces piques !

Persuadé que mon maître éprouvait la tentation de châtier ces hommes pour leur cruauté, je rassemblai mes dernières forces pour invoquer la protection du Seigneur &, grâce au Ciel & peut-être à mes prières, Kircher ne céda point à son impulsion. Fort heureusement, car je n'aurais guère pu le retenir & le garder de la damnation éternelle dans l'état misérable où je me trouvais.

Lorsque tous les poissons furent à bord jusqu'au dernier, nous réintégrâmes le vaisseau & fîmes voile vers Messine. Une fois là-bas, nous reprîmes la mer presque immédiatement, & ce n'est qu'à la vue des beaux rochers qui surplombent Palerme que mon maître daigna desserrer les dents :

— Caspar, mon ami, tu m'as vu dans une situation bien délicate, & je m'en confesserai à mes supérieurs dès notre retour à Rome, mais je tiens auparavant à t'expliquer ce qui est advenu. Cela m'aidera peut-être à dissiper les ombres qui obscurcissent mon esprit...

CANOA QUEBRADA | *Un songe d'astronome rêvant d'une planète barbare et dévastée...*

Toutes les fois que Roetgen se sentait dépassé par les circonstances, il se mettait, comme il le disait lui-même, « en catalepsie ». Après un effort de concentration intense, il parvenait sans trop de peine à paralyser dans son esprit la faculté de jugement et à se maintenir dans un état proche de l'ataraxie. S'étant placé par décret dans une position où tout pouvait advenir sans qu'il consentît à en paraître affecté, plus rien ne l'atteignait vraiment. Les pires tracas glissaient sur les parois invisibles de cette apparente sérénité. Il aurait pu se trouver dans un Boeing en chute libre ou devant un fou furieux armé d'un pistolet, que pas un muscle de son corps n'aurait tressailli ; il serait mort, le cas échéant, avec un flegme de lemming.

Debout au milieu de l'allée centrale, vers l'arrière du bus, les bras soudés en croix aux barres d'acier terni, pressé de tous côtés par les voyageurs qui s'agrégeaient à lui, ballotté, bousculé, étourdi de chaleur et de bruit, Roetgen tenait le cap comme sur un voilier soumis à la tempête. Obligé à de soudains ralentissements pour éviter les animaux, les gosses ou les objets surgissant devant son véhicule comme sur l'écran d'un jeu vidéo, le chauffeur envoyait à chaque fois sur Roetgen le bélier de chair et de sueur d'une cinquantaine de personnes. Entraperçu parfois derrière la houle humaine, le paysage désertique du Sertão l'assaillait de sa désolation.

Il sentit qu'on le tirait doucement par la chemise :

— Ça va ? Vous ne voulez pas vous asseoir un peu à ma place ? parvint à dire Moéma en se dévissant la tête pour l'apercevoir.

— Pas de problème ! répondit-il, l'air résigné. Je peux tenir encore cinq bonnes minutes avant de m'écrouler.

— C'est presque fini, fit-elle en lui souriant gentiment, on arrive dans une demi-heure...

Quand Moéma s'était montrée à la Maison de la culture allemande, elle avait paru surprise d'apercevoir Roetgen en train d'aider Andreas et quelques autres professeurs à rentrer les chaises.

— Mais quelle heure est-il ? avait-elle demandé à Roetgen venu à sa rencontre.

— Une heure. Je ne t'attendais plus. Un certain Virgilio non plus, d'ailleurs. Il est parti voilà dix minutes.

— Flûte ! Je suis nulle, vraiment ! Je n'ai pas vu le temps passer.

Elle paraissait plus bizarre qu'au sortir de la banque. Son haleine sentait l'alcool.

— Tu veux boire un verre ? Andreas a toujours une bouteille de whisky dans son bureau.

— Non merci, je ne peux pas, avait-elle répondu après un court instant d'hésitation. Et montrant du regard le petit groupe d'enseignantes qui s'affairaient sous le manguier : Elles en feraient une maladie ; ce serait très mauvais pour votre réputation. Au Brésil, les professeurs n'ont pas l'habitude de boire un coup avec leurs étudiants, et encore moins avec leurs étudiant*es*...

— Ma réputation, il y a longtemps que je m'en contrefiche, tu sais. Alors, si ce n'est que ça.

— Non, non... Ce n'est pas possible, avait-elle insisté. De toute façon, je ne... enfin, qu'est-ce que vous faites pendant le week-end ? Je veux dire, en général.

Roetgen s'était retenu de sourire devant la gêne manifeste de la jeune fille : s'embrouillait-elle au dernier moment dans une entrée en matière mûrie de longue date ou improvisait-elle ce premier pas qui défiait les conventions ? L'avaient déjà poussé vers elle son côté sauvage, cette lueur de révolte et d'ironie plissant ses yeux lorsqu'il croisait son regard au fond de la classe, tout ce qui fait qu'un être se singularise au point de s'immiscer dans nos rêves et nos pensées, les infectant, les éclairant d'une mystérieuse rémanence ; cette approche malhabile lui faisait un plaisir fou.

— Le week-end ? Pas grand-chose. Je lis, je joue aux échecs. Et puis il y a Andreas, que tu connais : on va souvent se promener ensemble, avec ses deux enfants.

— Où ça ?

— Un peu partout, dans « l'Intérieur », comme vous dites par ici, plus régulièrement à Porto das Dunas. On boit du vin, on discute, on se laisse vivre... Rien de très original, comme tu vois.

— Vous connaissez Canoa Quebrada ?

— Jamais entendu parler.

— C'est un petit village de pêcheurs, complètement isolé dans les dunes, à trois cents kilomètres d'ici. Un endroit *cool*... préservé, quoi. Sans hôtel, sans touristes et même sans électricité ! Le plus beau coin du Nordeste, à mon avis. J'y vais demain avec une copine. Ça vous dirait de venir avec nous ?

Il avait sauté sur l'occasion. Moéma lui ayant fixé un rendez-vous, avec la recommandation d'apporter un hamac, elle s'était éclipsée dans l'obscurité odorante du campus.

Très tôt le même matin, Roetgen avait retrouvé les deux filles à la *Rodoviária*, l'immense gare routière de la rue Oswaldo Studart. Thaïs s'était occupée des billets, si bien qu'il n'avait eu qu'à embarquer avec elles dans le Fortaleza-Mossoró qui crachotait sur la place. Avant même d'avoir quitté la ville, l'autobus s'était rempli d'une foule turbulente et bigarrée, dont le bavardage s'obstinait à commenter l'accident d'avion affiché à la une des journaux. Un quart d'heure seulement après le départ, Roetgen avait laissé sa place à une vieille femme – il lui aurait donné sans peine soixante ans jusqu'à ce que Moéma l'eût persuadé qu'elle était enceinte ! – et il résistait depuis bientôt trois heures au remords lancinant de sa courtoisie.

Iguape, Caponga, Cascavel, Beberibe, Sucatinga, Parajuru... Moéma avait sans doute prévenu le chauffeur : peu après Aracati, l'autobus s'arrêta en pleine campagne, au carrefour d'une petite route défoncée, mais rectiligne, qui montait insensiblement vers un proche horizon de broussailles et de *carnaúbas* efflanqués.

— Et voilà ! dit Moéma, lorsque le bus fut reparti dans un nuage de poussière. Encore une heure de marche, et nous y serons.

— Une heure de marche ? ! protesta Roetgen, tu ne m'avais pas parlé de ça...

— J'ai eu peur que ça vous décourage, dit Moéma en mettant ses lunettes de soleil. Et avec un sourire désarmant : Je vous avais prévenu que c'était un lieu en dehors du monde. Ça se mérite, le paradis !

— Alors, en avant pour le paradis... J'espère au moins qu'on pourra se baigner en arrivant !

— Et comment ! C'est la plus belle plage du Nordeste, vous verrez. Avant toute chose, on va se mettre en condition pour marcher. Vous... tu n'as rien contre un petit pétard, j'imagine ? Excuse-moi, mais j'en ai marre de te vouvoyer. Ici, on est sur mon territoire, tant pis si je me suis trompée sur ton compte.

— *Vixe Maria !* s'exclama Thaïs, ébahie par le culot de son amie. Tu es complètement marteau, c'est pas possible...

— Ne vous en faites pas, la rassura aussitôt Roetgen, épaté cependant par le flair de Moéma. Je sais faire la différence entre l'université et le reste. La meilleure preuve, c'est que je suis venu avec vous, non ?

— Si j'avais eu le moindre doute, je ne te l'aurais jamais proposé, dit Moéma sans lever les yeux de la cigarette qu'elle déchiquetait avec précaution, rassemblant le tabac sur le sommet de son sac à dos.

Roetgen la regarda préparer son joint. Malgré ses dires et une nonchalance étudiée, cet exercice le perturbait suffisamment pour qu'il sentît sa présence déplacée. Mal à son aise devant la drogue – il n'avait fumé qu'une ou deux fois en tout et pour tout, sans plaisir et sans comprendre que sa génération ait pu développer semblable goût pour la nausée – il voyait venir avec appréhension le moment où il lui faudrait franchir le pas ou se ridiculiser. Il saisissait mieux, toutefois, les curieuses absences de la jeune fille pendant son cours, ses lunettes noires, et jusqu'à cette façon bien particulière de sauter du coq à l'âne ou de s'esclaffer mal à propos. D'avoir cru pénétrer l'obscur mécanisme de son inclination pour elle, il ressentit brusquement une sorte de dépit.

— À toi l'honneur ! dit Moéma en lui tendant la cigarette à peine roulée, humide encore de sa salive.

Roetgen l'alluma, tout en s'efforçant d'aspirer le moins possible. Il se voyait déjà pris de vertige, le cœur au bord des lèvres, loque humaine abandonnée à son avilissement sur le bas-côté de la route. Et dans le même temps, il tremblait à l'idée qu'une des jeunes filles lui reprochât de simuler, ou de gâcher par son inexpérience les précieuses bouffées. Il en voulut à Moéma de l'avoir mis dans cette situation embarrassante.

Il s'en tira honorablement, soit qu'il eût réussi à les abuser, soit qu'elles aient eu assez d'intelligence pour ne pas lui faire grief de sa mauvaise foi.

— Allons-y, dit Moéma lorsque la cigarette fut revenue entre ses doigts. Le plus dur reste à faire.

Tandis qu'ils commençaient à marcher – le soleil écrasait les ombres sous leurs pas – Roetgen essaya de faire connaissance avec Thaïs. Celle-ci ne semblait guère disposée à la conversation ; découragé par ses monosyllabes, il laissa le silence s'installer. Dix minutes plus tard, il était en nage.

— Qu'est-ce qu'il fait chaud ! dit-il en s'essuyant le visage avec son mouchoir.

— Tu aurais dû mettre des sandales, dit Moéma, après un rapide coup d'œil sur ses chaussures. C'est bien la première fois que je vois quelqu'un aller à la plage avec des souliers et des chaussettes...

— Il est incroyable ! fit Thaïs, soudainement déridée par cette hérésie. J'avais pas remarqué. *Meu Deus*, ça doit cocoter là-dedans !

— Pire que ça ! dit Roetgen en riant lui aussi. Mais vous êtes priées de respecter mes pieds un peu plus : je suis professeur, après tout !

— Un professeur qui fume de la *maconha* avec ses élèves... Ça risque de faire jaser dans les chaumières ! dit Moéma sur un ton insidieux.

Roetgen prit conscience de sa légèreté. Moéma plaisantait, bien sûr, mais qu'elle décidât, pour une raison ou pour une autre, de raconter cet épisode, et c'en était fini de son poste à l'université. Une seconde, la panique se lut dans son regard.

— Tu peux avoir confiance, dit-elle en reprenant son sérieux. Je ne ferai jamais ça, quoi qu'il arrive. Et puis, tu pourrais toujours dire que ce n'est pas vrai : c'est nous qu'on accuserait de mentir, pas toi.

— J'espère, dit-il gravement. Et pour changer de sujet : Il ne passe pas grand monde sur cette route ! On n'a pas vu un chat depuis une demi-heure...

— Attends que nous soyons en haut de la côte, tu vas vite comprendre pourquoi.

Lorsqu'ils eurent rejoint le sommet du faux plat, Roetgen découvrit avec surprise un nouveau paysage : toujours rectiligne, la route descendait en pente douce vers une haute barrière de dunes où elle disparaissait purement et simplement.

— C'était la route pour Majorlândia, dit Moéma. Ça fait trois ans que les dunes l'ont recouverte. Elles bougent beaucoup par ici. Mais on n'en aurait pas profité bien longtemps, puisque ce n'est pas par là-bas que nous allons.

— C'est fou ! dit Roetgen. On se croirait en plein Sahara… Tu es sûre que la mer est au bout ?

— Un peu, mon neveu !

Ils marchèrent jusqu'à l'endroit où la route cessait d'être visible. De près, le spectacle était encore plus ahurissant ; comme si l'on avait déversé volontairement ces montagnes de sable.

— Et maintenant ? demanda Roetgen, désemparé par le cul-de-sac où ils se trouvaient.

— Toujours tout droit, dit Moéma en indiquant la dune. Et avec un sourire teinté d'ironie : Tu vas y arriver ?

— Il faudra bien, non ?

Les deux filles le précédèrent sur la pente. Devinées un instant sous l'étoffe flottante des shorts, leurs croupes ondulèrent sous ses yeux avant de s'éloigner. S'aidant des mains, Thaïs et Moéma grimpaient avec une facilité déconcertante, libérant sous leurs pas des avalanches de sable fluide qui dérobaient le sol devant lui. Gêné par son sac de voyage dont la courroie glissait de son épaule, aveuglé par la sueur, s'enlisant, dérapant soudain sur quelques mètres, Roetgen arriva au sommet de la dune bien après elles, et pour les retrouver hilares de l'avoir vu s'épuiser de façon si comique.

La vision qui l'attendait purgea le rire des jeunes filles de toute moquerie, elle en fit un chœur, une célébration joyeuse de la beauté du monde. L'Océan venait d'apparaître, bleu turquoise, luisant comme une faïence mozarabe. Sur la lunule de la côte, aussi loin que portait le regard, un interminable plateau de dunes s'incurvait doucement vers le rivage où blanchissait une large lisière de rouleaux. Pas un arbre, pas d'insecte ou d'oiseau, nul indice qui pût témoigner de la présence des hommes : un songe d'astronome rêvant d'une planète barbare et dévastée, immobile à jamais sous la profonde brûlure du soleil.

Roetgen émit un léger sifflement d'admiration.

— Pas mal, non ? dit Moéma. Il y avait dans sa voix une nuance de fierté : J'étais certaine que ça te plairait... Regarde, le village est juste en bas.

Dans la direction indiquée par la jeune fille, il n'y avait qu'une perspective ruiniforme dont le brun rouge tranchait un peu sur la couleur chamois environnante ; à mieux observer, Roetgen distingua sur la plage cinq ou six voiles de jangadas confondues avec le moutonnement des vagues. Pressant l'allure, ils avisèrent bientôt quelques paillotes qu'un rehaut de dune leur avait masquées jusque-là. Un chien squelettique fit mine d'avancer vers eux. Il aboya faiblement, comme par acquit de conscience, puis un âne chargé de pains de glace croisa leur chemin. Guidé par une fillette, il laissait derrière lui un long chapelet de gouttes sombres.

Ils arrivaient à Canoa Quebrada.

Bâti sur les hauteurs, à même le sable de la dune, le village n'était composé que de maisonnettes rudimentaires. Elles se faisaient face sur la pente, formant une seule ruelle qui s'inclinait vers l'Océan. En torchis pour la plupart, grossièrement chaulées et soutenues par de maigres béquilles de bois délavé, tors et noueux à l'image de la végétation mesquine du Sertão, elles s'agrémentaient d'auvents sommaires, hérissés de branchages et de palmes séchées. Les plus humbles d'entre elles n'étaient d'ailleurs que des huttes imitant la forme des constructions en dur, simples abris où l'on passait sans discontinuité du sable de la rue à celui d'une pièce unique, rétrécie par l'entrelacs cagneux de la charpente. Ni les unes ni les autres n'avaient de vitres ou de chambranles aux fenêtres. On se contentait apparemment de fermer ces ouvertures par de simples volets mal équarris. Plantés de guingois au milieu de la rue, une dizaine de poteaux véreux supportaient encore un frêle réseau de fils électriques distendus et d'ampoules coiffées de fer-blanc ; le générateur était en panne depuis si longtemps qu'on avait renoncé à tout espoir de réparation. Çà et là, de rares palmiers rabougris ou des tamaris à peine plus nombreux, qui semblaient mieux résister au vent salé, bruissaient dans la brise marine. Sur les monceaux d'ordures accumulées au petit bonheur derrière les cahutes, poules et cochons noirs fouinaient en liberté, cherchant leur nourriture.

Un seul puits alimentait en eau saumâtre la population de pêcheurs qui survivait dans ce coin perdu, recroquevillée sur elle-même, blottie dans son isolement comme une peuplade décimée.

Le premier soin de Moéma fut de se rendre chez la Néosinha, dans la maison qu'elle habitait au bout de la rue, juste à l'endroit où commençait la pente vers la plage. Moyennant quelques cruzeiros, elle y négocia le droit de suspendre leur hamac dans une des deux huttes que son fils avait construites non loin de là, uniquement à l'usage des promeneurs.

— C'est un endroit peu fréquenté, expliqua-t-elle à Roetgen, mais il y a quand même des gens qui viennent d'Aracati ou de plus loin pour se baigner tranquillement. Nous, par exemple. La Néosinha se fait un peu d'argent comme ça, c'est de bonne guerre. Quand je suis toute seule, je loge chez João, mon copain pêcheur. Mais à trois, ce n'est pas possible.

On passera le voir tout à l'heure, tu verras, c'est un type super ! Je n'ai jamais rencontré quelqu'un d'aussi gentil.

— Allez ! dit Thaïs, on pose nos sacs dans la cabane et on va se baigner. D'accord ?

— OK pour les sacs, mais je voudrais d'abord passer chez João. Ça ne prendra que cinq minutes.

— Si tu veux, dit Thaïs avec un peu d'énervement, mais moi je ne tiens plus, je vous attendrai dans l'eau...

Ils laissèrent leurs bagages sur le sable, à l'intérieur de la cabane. Tandis que Thaïs se changeait, Roetgen et Moéma commencèrent à remonter la rue.

— Qu'est-ce qu'il lui prend ? demanda Roetgen.

— Ça lui passera. Elle est un peu jalouse, c'est tout.

— Jalouse, ça alors ! Mais de qui ?

— De toi, pardi. Elle est très possessive, et tu n'étais pas vraiment prévu au programme...

Tout au plaisir de ce compliment détourné, Roetgen la regarda en haussant les sourcils. Un sourire lui échappa qui voulait dire : « *Faut-il être bête ! Jalouse de moi, alors qu'il ne s'est jamais rien passé entre nous !* », mais trahissait au contraire un peu de suffisance et le désir inavouable de confirmer Thaïs dans ses soupçons.

— Ne te fais pas un film, surtout ! reprit sèchement la jeune fille. Si je t'ai invité, hier soir, c'est que tu m'as fait pitié avec tes yeux de chien perdu. Tu avais l'air tellement bizarre au milieu de tous ces cons de profs. Tellement triste... Tu n'es pas à ta place, là-bas. Je me demande comment cette évidence ne leur saute pas à la figure ! L'envie m'a prise de te sortir de là, de te montrer autre chose, le vrai Brésil. Des personnes vivantes, quoi.

Roetgen appuya son regard, comme s'il cherchait à démêler la vraie nature de cette confidence.

L'espace d'une seconde, il regretta d'être venu à Canoa.

Ils s'étaient arrêtés devant une cabane semblable à la leur, quoique plus défraîchie, comme fanée sur elle-même. Mis à sécher sur le toit d'un minuscule appentis, des ailerons de requin dégageaient une puissante odeur de saumure. Accroupi dans l'ombre, un homme démêlait un engin de pêche avec l'attention, la retenue et les habiles jeux de main d'une couturière. Il ne s'aperçut de leur présence qu'à l'instant où Moéma le héla d'une voix claire.

— *Tudo bem*, João ? !

Figé un court instant dans une gravité de scribe, son visage s'illumina d'un sourire ébréché, attendrissant comme celui des petites filles que leurs gencives mises à nu déparent sans les enlaidir.

— La Moéma ! dit-il en se levant pour la serrer dans ses bras. Quelle bonne surprise ! *Tudo bom*, ma fille, *tudo bom*, grâce à Dieu.

— Je te présente… Elle s'interrompit et se tourna vers Roetgen : Au fait, c'est quoi, ton prénom ?

— Laisse tomber, dit-il sur un drôle de ton. Roetgen tout court, je préfère, si ça ne t'ennuie pas.

— Moi, je m'en fiche, dit Moéma. Bon, reprit-elle, je te présente Roetgen, Roetgen *tout court*… Un ami français, il est professeur à Fortaleza.

João essaya de répéter ce nom insolite, l'écorchant à chaque fois d'une manière différente.

— Je n'y arriverai jamais, *Francês*, c'est trop compliqué, dit-il avec un geste d'excuse. Mais bonjour quand même !

Moéma lui tendit le sac en plastique qu'elle portait depuis leur halte à la cabane.

— Tiens, dit-elle, je t'ai amené quelques petites choses que j'avais en trop. Et puis aussi de l'aspirine et des antibiotiques.

João regarda le contenu de la pochette en hochant la tête d'un air désolé.

— Que Dieu te bénisse, ma petite... La pêche n'est plus ce qu'elle était, je n'arrive plus à nourrir mes enfants. Et la Maria qui est encore enceinte...

— Ils en ont déjà huit, dit Moéma avec une mimique où se mêlaient agacement et compassion. C'est fou, non ? !

— Je vais tout de suite donner une banane à José, dit João. Il a besoin de vitamines depuis son accident.

— Comment va-t-il ? demanda Moéma, tandis qu'ils pénétraient à l'intérieur de la cabane.

— Pas trop mal. C'est presque cicatrisé, mais il y a encore des abcès de pus. La Néosinha lui fait des cataplasmes de bouse de vache. Elle dit que ça tue les infections.

— Tu vas me promettre d'arrêter avec ça et de lui donner les médicaments que je t'ai apportés. Deux de chaque, matin et soir. D'accord ?

— C'est promis. Ne t'en fais pas.

Une mince cloison de palmes tressées isolait la cuisine du reste de la cabane. Roetgen eut le temps de remarquer les bancs minuscules disposés autour du foyer – un cercle de pierres à même le sable –, deux ou trois jarres noircies de fumée, des lambeaux de poissons séchés pendant du toit et, au ras du sol, une petite étagère chichement garnie d'un bidon d'huile et de quelques boîtes en fer-blanc.

Dans l'autre pièce, il n'y avait qu'un fouillis de nattes et de hamacs arrimés aux branches de la charpente. João accosta l'un d'entre eux avec précaution et regarda à l'intérieur.

— Il dort, dit-il en chuchotant, ça vaut mieux pour lui.

La morve au nez, le corps nu et amaigri, un bébé d'un an ou deux était couché sur le dos en travers de la toile. Son bras gauche se terminait, à la hauteur du coude, par un bandage de chiffons souillés d'humeurs.

— Il faut lui changer ça, João, c'est dangereux.

— Je sais. Maria est allée laver, elle va revenir avec des linges propres.

— Qu'est-ce qu'il lui est arrivé ? demanda Roetgen à voix basse.

— Un porc, expliqua João en balançant le hamac avec douceur.

— Tous les enfants jouent sur la décharge, continua Moéma, même les petits. Un porc lui a mangé le bras. La faim les rend sauvages, ce n'est pas la première fois que ça arrive.

Nausée, nœud dans la gorge comme après un morceau de viande dont les papilles dénoncent inopinément la pourriture...

— C'est abominable ! dit Roetgen en français. Et le porc, ils ne l'ont pas... je veux dire, qu'est-ce qu'ils en ont fait ?

— Tu ferais quoi, à leur place ? ! fit-elle avec sévérité. Réfléchis un peu, avant de parler. Tu crois vraiment qu'ils peuvent se permettre d'avoir des états d'âme ? Manger ou être mangé, ils n'ont pas d'autre alternative.

Quelques instants plus tard, ils retournèrent à la cabane pour se changer. Roetgen s'était calfeutré dans un mutisme réprobateur ; le visage assombri, les yeux fixés sur l'Océan, tout au bout de la rue, il se laissait aller à la désolation.

— Excuse-moi, dit soudain Moéma sans le regarder, j'ai été injuste tout à l'heure, mais il y a certaines choses qui me mettent hors de moi. Tu comprends, n'est-ce pas ?

— Qu'est-ce que je dois comprendre ? marmonna Roetgen, toujours à sa honte d'avoir réagi de façon aussi stupide.

— Allez, arrête de faire la tête... Tu sais très bien ce que je veux dire. Ce n'est pas à toi que je m'adressais. Que des situations pareilles puissent exister sans que personne y trouve à redire, sans que la Terre s'arrête de tourner... c'est ça qui me met en fureur. Et puis je ne peux pas m'empêcher d'en vouloir à João pour cette façon d'accepter comme une fatalité tout ce qui lui arrive. C'est idiot.

— Il n'a pas le choix, c'est toi qui as raison. On ne peut rien faire tout seul. C'est un cliché, mais plus personne ne veut s'en souvenir ; tout est fait pour que cette évidence apparaisse comme une vieille lune. Même chose pour les idées de lutte des classes, de résistance, de syndicalisme... Ils ont jeté le bébé avec l'eau sale du communisme soviétique. C'était peut-être nécessaire pour repartir sur des bases plus saines, mais en attendant, ça pue... ça pue un maximum !

Ils étaient parvenus devant la cabane, et l'invitant à entrer, Moéma posa la main sur son épaule. Elle accentua la pression de ses doigts jusqu'à ce qu'un regard de Roetgen eût identifié comme tel ce geste de connivence.

— Il faudra qu'on reparle de tout ça. Pour l'instant, on va aller se boire une *caipirinha* sur la plage. Ça nous aidera à réfléchir, non ?

D'une contorsion soudaine de la tête, elle rabattit sur le côté tout un pan de sa chevelure et entreprit de fouiller dans ses affaires.

— Bien, dit-elle en extrayant son maillot, tu ferais mieux de te tourner, ce n'est pas un spectacle pour les professeurs...

— Pas si sûr, insinua Roetgen, émoustillé, mais puisque c'est comme ça, tu fais la même chose, et on se change en même temps ?

— OK.

Ils se déshabillèrent dos à dos. Moins assuré qu'il ne l'avait laissé entendre par son badinage, Roetgen se dépêcha – il s'en aperçut avec amusement –, comme s'il redoutait d'être surpris. Une fois nu, toutefois, il s'immobilisa, prolongeant à dessein la sensation érotique de sa propre nudité au dos d'une jeune femme elle-même dévêtue. La promesse tacite de ne pas se retourner capitula devant l'apesanteur naissante de sa verge, ses soubresauts intempestifs ; sans mouvoir le torse, il risqua un coup d'œil et surprit son reflet, happé, saisi en son essor dans le miroir d'un geste symétrique. Quittant son regard, les yeux goguenards de Moéma descendirent lentement, s'attardèrent.

— Pas trop mal, pour un prof, dit-elle en souriant. Et moi ?

Des deux mains, elle rassembla en chignon la masse de ses cheveux, découvrant sa nuque. Cette légère mise en scène avait fait apparaître un sein menu, livide, *de cette pâleur de chair,* songea-t-il, *comprimée trop longtemps*, que le contraste avec sa peau, brunie partout ailleurs, lui rendit plus désirable. Son corps grêle et emprunté – on l'aurait dit impubère – avait les courbes lasses d'une Ève de Van der Goes.

— Ça peut aller, fit Roetgen, appliqué à maintenir la décence toute relative de sa posture. Pour une étudiante, bien sûr.

Passer leur maillot ne leur avait pris ensuite qu'un instant.

— Tu n'as pas amené de sandales ? s'inquiéta Moéma, lorsqu'ils furent prêts à sortir.

— Non, j'aime bien marcher pieds nus.

— C'est ma faute, j'aurais dû te le dire. Ce n'est pas très recommandé par ici, à cause des cochonneries qui traînent dans le village. Et puis il y a aussi le *bicho-do-pé*...

— Qu'est-ce que c'est que ça, encore ? ! plaisanta Roetgen.

— Un ver minuscule, un parasite si tu préfères. La femelle rentre sous la peau, par les pores des orteils, et elle s'enfonce en creusant des galeries. Si on ne s'en aperçoit pas tout de suite, elle devient vite très difficile à extraire ; d'autant qu'elle pond des œufs et que...

— Arrête ! fit Roetgen, la mine dégoûtée. Et ça fait mal, ce machin ?

— Quelquefois, ça gratte un peu, c'est tout. Mais ils peuvent transmettre des tas de maladies. Lisant une réelle indécision sur le visage de Roetgen, la jeune fille s'empressa de le rassurer : N'aie pas peur, je me fais avoir à chaque fois que je viens ici, et je n'ai jamais rien attrapé. L'important, c'est de les enlever le plus tôt possible, et pour ça tu peux me faire confiance, je suis une véritable experte ! Essaye de ne pas trop marcher dans les ordures, et ça ira...

— Je ne compte pas *du tout* marcher dans les ordures !

— Tu me diras comment tu fais, d'accord ? Allez, on y va...

Serviette de bain sur l'épaule, ils s'avancèrent sous le soleil. La fournaise leur fit hâter le pas vers l'abrupte descente de sable qui menait au rivage. Ils eurent à peine franchi cette limite, que Roetgen se mit à sautiller sur place en poussant des cris.

— Le sable ! Je me brûle les pieds !

Pris d'une inspiration soudaine, il jeta sa serviette sur le sol et s'y percha aussitôt.

— C'est incroyable, dit-il après un sifflement de bien-être retrouvé, je n'ai jamais vu ça ! Le sable est bouillant, je suis sûr qu'on pourrait faire cuire un œuf là-dessus !

— Ça leur arrive, dit Moéma en éclatant de rire.

Il avait l'air ridicule, naufragé ainsi sur son tissu-éponge.

Un pêcheur traversa leur champ de vision, une grappe de bonites étincelantes à chaque extrémité du bâton qu'il portait en équilibre sur l'épaule.

— Et maintenant, professeur ?

— Je n'ai pas le choix, dit-il en haussant les sourcils. Tout le monde doit faire un jour sa traversée du désert... On se retrouve dans l'eau, si je n'ai pas grillé avant ! Tu t'occupes de ma serviette, s'il te plaît ?

Sans attendre de réponse, il détala vers la mer, coudes au corps, les reins cambrés. Moéma le suivit des yeux ; gracieuse au départ, sa course avait pris des allures de fuite, et il faisait en hurlant des bonds incohérents.

Cinglé, il est complètement cinglé !

Elle riait.

FAVELA DE PIRAMBÚ | *La bouche exagérément ouverte et remplie de caillots.*

Nelson avait ressenti la vente de la Willis comme une spoliation. C'était comme si l'on avait assassiné son héros une seconde fois, comme si l'injustice avait triomphé sur toute la surface de la Terre.

— Parle-moi, fiston, dit Zé au bout d'un long moment. Dis-moi que tu ne m'en veux pas.

— Ce n'est pas de ta faute, répondit Nelson. Je sais bien que tu l'aurais gardée. Mais je veux savoir à qui tu l'as vendue !

— À un collectionneur de São Luís. Il paraît qu'il en a déjà une douzaine. Des Jaguar, des Bentley... Le type du garage n'a pas voulu me dire son nom.

— Moi, je saurai. Je peux te promettre que je le saurai... C'était la voiture de Lampião, tu comprends ? La nôtre... Il n'avait pas le droit !

— Allons... Tu sais bien qu'on a tous les droits lorsqu'on est riche. Et moi, ça me permet de conserver le camion. Je la rachèterai un jour, et je te l'offrirai. Je te le jure, sur la tête du *padre* Cícero !

— Combien tu l'as vendue ?

— 300 000 cruzeiros. Une misère !

— C'est ça... Et quand tu pourras la racheter, si jamais ça t'arrive, elle en vaudra trois millions, plus peut-être... Ah, qu'ils crèvent tous, bordel ! Je voudrais tant qu'ils crèvent une bonne fois pour toutes !

— Ne dis pas des choses pareilles, fiston. C'est à toi que ça peut porter malheur. Bois un coup, plutôt. Allez, à la Willis !

— À la Willis, fit Nelson tristement.

Ils burent leur *cachaça* cul sec, puis crachèrent sur le sol la dernière gorgée.

— Pour les saints, dit Zé.

— Pour les *seins*, dit Nelson en remplissant de nouveau les verres.

— Ne te moque pas ! tu sais bien que je n'aime pas ça. Les saints ne sont pour rien dans tout cela.

— Ah, oui ? fit Nelson avec une ironie acide. Et qu'est-ce qu'ils font, à part boire de la *cachaça* ? ! Moi, je crois qu'ils n'ont pas dessoûlé depuis des siècles. Ils s'en foutent, les saints ! On ne les intéresse pas.

Zé secoua la tête d'un air navré, sans réussir à trouver une réponse à l'amertume du garçon.

— Quand la mer lutte contre le sable, celui qui trinque, c'est le crabe, finit-il par dire doucement.

Cette phrase lui était venue comme ça – il revoyait soudain le Super Convair DC-6 qui l'arborait en lettres jaunes, dans la poussière du Piauí –, mais elle contenait un peu de ce qu'il aurait voulu exprimer plus clairement. En regardant les jambes atrophiées de Nelson et ses longs bras rugueux qui s'agitaient hors du hamac pour atteindre le verre, il songea soudain que l'image du crabe avait pu être blessante.

— Je dis pas ça pour toi, bien sûr... Le crabe, c'est moi, c'est nous. Tous les hommes sont comme lui dans la main de Dieu. Tu comprends ?

Nelson ne répondit pas ; ils continuèrent à s'enivrer en silence. Plus tard dans la nuit, sur la demande de l'*aleijadinho*, qui refusa cependant de l'accompagner à la guitare, Zé se mit à scander le texte de *João Peitudo, le fils de Lampião et de Maria Bonita* :

> *La Terre tourne dans l'espace,*
> *Le Soleil chauffe comme un four,*
> *On tue les uns pour des espèces,*
> *Les autres meurent d'amour,*
> *Mais qu'il soit pauvre ou libertin,*
> *Nul n'échappe à son destin.*

> *Mon histoire d'aujourd'hui,*
> *Je ne la dis pas sentimentale,*
> *Mais elle raconte à sa façon,*
> *Avec tristesse et sans ennui,*
> *Les faits et gestes de Lampião,*
> *Ce Nordestin proverbial...*

Il y en avait ainsi plus de cent cinquante strophes... *Nul ne peut changer son destin*, concluait l'auteur de cette tragédie antique, *et l'on ne peut vivre heureux dans le Sertão quand on est fils de Lampião*.

Dans son demi-sommeil, Nelson se souvenait. Comme chaque soir, quelques minutes avant de s'endormir, il revoyait la ferme d'Angicos où l'armée avait finalement réussi à encercler Lampião et toute sa bande. Ils s'y étaient fait massacrer les uns après les autres, et à l'issue de la fusillade, les soldats avaient posé pour les photographes devant les cadavres défigurés. Sur l'une de ces vieilles photos virées au sépia – les forains les montraient encore régulièrement au milieu d'autres attractions aussi morbides –, il avait vu un jour le corps nu et démantelé de Maria Bonita. Entre ses jambes ouvertes, pointait l'énorme pieu que les soldats lui avaient enfoncé dans le vagin. À côté d'elle, placée sur une pierre pour être aux premières loges du spectacle, on distinguait la tête de Lampião : le visage maculé de sang, la bouche exagérément ouverte et remplie de caillots à cause de sa mâchoire fracassée, il semblait hurler sa haine pour l'éternité.

Chapitre VIII

Suite & fin de la confession d'Athanase Kircher.
Où l'on décrit ensuite la villa Palagonia,
ses énigmes & ses étranges propriétaires.

— La vue de ces hommes, je l'avoue, continua Kircher, & de ces thons sanguinolents m'a fait perdre la tramontane ; j'avais le sentiment d'assister à une fête païenne & songeais au côté irréel d'un pareil tableau, lorsque je faillis basculer moi-même dans ce que je réprouvais. Souviens-toi, Caspar, il y avait le poisson, symbole de Notre Seigneur, le sang du sacrifice, l'amour & la mort entremêlés en une joie furieuse, toute la gravité incantatoire d'une cérémonie sacrée. Je comprenais soudain la transe des ménades dont parlent les textes antiques, & comment elles s'identifiaient avec les forces les plus obscures de notre être. Le vertige des sens poussé jusqu'à la folie, Caspar, l'oubli de tout ce qui n'est pas le corps & uniquement le corps ! Un instant, le reste m'a paru vain. J'ai vu, dans cet homme qui chantait, le seul prêtre qui méritât ce nom, & dans l'acharnement de ces marins, la seule façon religieuse d'appartenir au monde. Notre Église s'était égarée pour avoir perdu ce contact immédiat & sensuel avec les choses, il n'y avait de proximité avec le divin que dans la réelle violence de la vie, non dans son simulacre puéril. Celui contre qui nous luttions, lui, le dieu dément, le « deux-fois né », celui-là seul méritait notre respect, malgré nos futiles efforts pour le ridiculiser. Dionysos, oui, c'était Dionysos que nous devions adorer, tout comme nos ancêtres l'avaient fait avant nous, & il me fallait prendre une pique, moi aussi, me fondre dans la masse des corps, m'oublier dans le jaillissement du sang jusqu'à la consommation totale du sacrifice...

L'aveu d'Athanase me laissa tourneboulé. Mon maître avait toujours montré une grande assurance dans les choses de la religion ; les doutes dont il venait de me faire part, quand bien même ne procédaient-ils que d'une imagination trop fine, le montraient aussi vulnérable que le commun des mortels. Je ne l'en aimais que mieux d'avoir consenti à la faiblesse d'être humain.

Trois jours après notre retour à Palerme, un attelage vint nous chercher au collège jésuite pour nous conduire chez le prince de Palagonia.

Fidèle à sa réputation d'excentrique, ce dernier vivait en dehors de la ville, près d'un village nommé Bagheria où n'existaient que des masures de paysans. Lorsque après quelques heures de voyage nous aperçûmes sa demeure, force nous fut d'être surpris par son allure... Cette villa, comme les gens de Palerme la dénommaient, était un petit palais de style palladien, comme on en pouvait trouver aux alentours de Rome ; mais en vérité, ce ne fut point cela qui retint notre attention : la première chose qui nous heurta fut la hauteur de ses murs d'enceinte & les formes monstrueuses qui les surplombaient sur la totalité de leur pourtour. On aurait dit une maison assaillie par tous les diables de l'enfer. Plus nous en approchions, & plus nous distinguions ces êtres difformes sculptés dans le tuf, & comme issus de l'imagination d'un possédé. Je me signai en invoquant la Sainte Vierge, tandis qu'Athanase semblait en proie à la plus grande perplexité. Le comble à notre étonnement fut mis par les deux gnomes qui flanquaient le portail d'entrée. Celui de droite, surtout, m'en imposa par son évidente barbarie ; autant que le laissait conjecturer l'ignoble renflement qui saillait de son bas-ventre, il s'agissait d'un Priape assis, mais tortu & dénaturé. Tels ces Libyens acéphales mentionnés par Hérodote, sa poitrine lui tenait lieu de tête ; une tête énorme & disproportionnée, que prolongeait absurdement une longue barbiche de pharaon ! Et si les yeux en amande de ce visage semblaient deux fentes ouvertes sur les ténèbres, la tiare qui le surmontait s'ornait par compensation de quatre pupilles, disposées en triangle, dont le regard maléfique me tourna les sangs... L'inspiration égyptienne de cette affreuse idole était manifeste, mais celle-ci engendra chez moi un malaise que n'avaient produit ni les figures de sarcophages, ni les marmousets égyptiens que j'avais entrevus à Aix-en-Provence, dans le cabinet de feu Peiresc. Une désagréable impression qu'augmenta encore l'empressement des valets à verrouiller derrière nous les larges grilles que nous venions de franchir. Tout cela était de bien mauvais augure pour notre séjour, & je me surpris à déplorer la légèreté avec laquelle mon maître avait accepté de venir s'enfermer dans ces lieux inhospitaliers.

— Allons, Caspar, un peu de courage, dit Kircher. La journée est encore longue, & si j'en crois mon intuition, tu auras besoin de toutes tes forces pour affronter ce qui nous attend.

Disant cela, il eut un petit sourire amusé qui m'effraya plus encore que tout le reste.

Après avoir contourné la demeure, l'attelage s'arrêta devant un bel escalier à double révolution, & nous descendîmes. Un laquais nous fit pénétrer dans la maison, tandis qu'un autre déchargeait nos bagages. On nous introduisit dans une antichambre assez obscure, mais fort richement décorée.

— Je vais prévenir le prince de votre arrivée, dit le serviteur, prenez vos aises, je vous prie.

Il sortit en fermant la porte derrière lui ; cette dernière imitait le marbre des murs avec tant de perfection que j'aurais été bien en peine de sortir de cette pièce si l'on m'y avait convié...

— Quoi qu'il arrive, ne dis mot ! me glissa Kircher subrepticement.

J'acquiesçai d'un signe de tête, refrénant mon envie de m'ouvrir à lui de mes inquiétudes.

Athanase se mit à déambuler dans la salle. Tout autour de nous, sur les murs, des cartouches peints à fresque & mignardement exécutés laissaient voir quantité d'emblèmes, de devises ou d'énigmes fort étranges ; il y en avait tant qu'il aurait fallu plusieurs jours pour seulement les lire tous.

— Voyons, Caspar, que dis-tu de celle-ci : *Morir per no morir* ? Non... ? Vraiment... ? Tu as donc oublié l'oiseau Phénix, lequel doit arder dans les flammes pour espérer renaître de ses cendres... Il n'y a là rien que de très enfantin ; je m'attendais à un peu plus d'esprit de la part du prince... Mais poursuivons : *Si me mira, me miran*... Cela est à peine moins élémentaire, à cause du double sens ; car cette sentence, un gnomon pourrait la dire de l'astre solaire, mais également un courtisan de son souverain. Ah, voici plus ardu, mais aussi plus amusant ! « Entier nous le mangeons, mais ô prodige étrange, réduit à sa moitié ce coquin-là nous mange. » Allons, mon ami, creuse-toi un peu la cervelle !

Je ne faisais que cela depuis un moment, sans autre résultat qu'une migraine croissante, & je dus là encore baisser mon pavillon.

— Le poulet, Caspar, le pou-let ! Comprends-tu ? dit mon maître en souriant. Puis, devant mon air ahuri, il fit mine de chercher quelque bestiole dans ses cheveux : Essaye donc celle-ci, puisqu'elle est écrite dans notre langue... continua-t-il, sans me laisser le temps de respirer : *Ein Neger mit Gazelle zagt im Regen nie*... Alors ?

J'eus beau m'alambiquer l'esprit durant cinq minutes, je ne vis point comment ce nègre et cette gazelle pouvaient signifier quoi que ce fût !

— Et tu as bien raison, cette fois-ci du moins, puisque cette phrase n'a effectivement aucun sens caché ; en revanche, elle constitue un parfait palindrome & peut donc se lire pareillement de la droite vers la gauche. Ce genre de frivolité fut cultivé à Rome, au crépuscule de sa splendeur, & je voudrais que les écritures égyptiennes fussent aussi aisées à déchiffrer que ces piètres rébus...

« "Elle m'accule & ne macule pas..." reprit-il. Que t'en semble, Caspar ? N'est-ce point là une manière fort spirituelle de peindre avec des mots la robe tachetée du tigre ?

Mon maître allait s'attaquer à une nouvelle énigme, lorsque le valet revint nous faire patienter : Son Altesse ne tarderait plus, mais elle nous engageait à nous asseoir. Ce disant, le serviteur nous indiqua de la main quelques sièges disposés devant un tableau qui représentait le prince en habit de chasse.

À peine m'étais-je assis, que j'éprouvai une vive douleur au fondement : le coussin de mon fauteuil était hérissé de petites pointes qui me pénétraient les chairs & me causaient un insupportable désagrément. Je me relevai aussitôt, le plus naturellement possible, & sans dire quoi que ce fût, pour obéir aux ordres de mon maître. Ce dernier, je crois, réalisa sur-le-champ ma situation.

— Oh, excuse-moi, Caspar, dit-il en se levant de même, j'avais oublié cette hernie qui t'interdit les sièges trop confortables. Prends ma chaise, tu y seras mieux.

Aussitôt dit, il s'installa dans le fauteuil que je venais de quitter, sans paraître souffrir le moins du monde. J'admirai cette force de caractère qui lui permettait d'endurer un supplice auquel je n'avais pas résisté cinq secondes. La chaise où j'étais assis n'était pas exempte d'inconfort : ses deux pieds de devant étaient plus courts que les autres, & l'on y glissait de telle façon qu'il fallait raidir les muscles de ses jambes pour ne pas tomber. Incliné vers l'avant, le dossier augmentait encore la gêne de cette position, mais à comparaison de mon fauteuil, ce siège était un lit de roses, & je sus gré à Kircher d'avoir proposé un échange si peu équitable.

— Mais revenons à nos charades, continua mon maître. *Legendo metulas imitabere cancros*… Oh, oh ! du latin, maintenant, & du meilleur ! À toi, Caspar…

En cet instant, le laquais réapparut derrière nous comme par enchantement ; il annonçait le prince de Palagonia. Je ne fus point fâché de quitter enfin ma chaise de torture. Le prince venait déjà vers nous de sa démarche claudicante. C'était un petit homme très sec, qui n'avait tout au plus qu'une cinquantaine d'années, mais qu'une perruque grise mal peignée & plusieurs dents gâtées mettaient quasi au bord de la fosse. Il portait un habit de soie verte assez austère & même quelque peu poussiéreux, en homme qui ne se soucie guère de sa mise.

— Bien, bien, bien, voilà qui est bien. Mon maison indigne s'enorgueillit de la votre présence… dit-il à Kircher dans ce mauvais allemand qu'il se fit un devoir d'employer jusqu'à la fin de notre séjour.

Mon maître s'inclina sans retourner au prince sa politesse.

— Bien, meilleur encore comme cela. J'aime les hommes qui ne fait pas les faux modestes, surtout quand ils possèdent les moyens de le. Mais venez, venez, il faut que je excuser moi, & voir, meilleur que parler…

Tout en disant cela, il nous entraîna hors de la pièce par une porte dérobée. Après avoir parcouru certains corridors, nous parvînmes à une bibliothèque, très fournie à ce qu'il me parut, dont il ferma la porte à clef derrière nous. S'approchant des rayonnages, il affecta de sortir *L'Âne d'or* d'Apulée – je m'en souviens, car je ne voyais pas pourquoi il comptait tout à coup nous entretenir de cet auteur –, mais ce geste actionna un mécanisme qui ouvrit une petite fenêtre au milieu des livres, laissant voir l'envers d'un tableau. Le prince engagea Kircher à coller son œil sur un orifice minuscule. Mon maître s'exécuta & me laissa sa place après quelques secondes.

— Amusant, mais rudimentaire, commenta-t-il, sans qu'un muscle de son visage exprimât autre chose que la plus profonde indifférence.

Je regardai à mon tour. Ce guichet donnait sur la pièce où nous nous trouvions précédemment.

— Vous comprenez, continua le prince, que je montrer cela par sincérité & pour prouver à vous combien je très apprécier le votre savoir-vivre. Je présenter à vous encore toutes les excuses pour ce examen modique. Cela permettre à moi de juger loyauté humaine, & vous êtes premiers à réussir. Croyez bien je faire grand cas de vos capacités, mais confier en vous pour divulguer ne pas le petit secret de moi.

Kircher le rassura en lui disant que nous ne révélerions jamais à quiconque cet artifice & en affirmant que la suspicion du prince était pleinement justifiée : l'hypocrisie humaine était sans limite, & quitte à perdre son temps avec les gens, mieux valait choisir avec précaution ceux à qui on avait affaire.

— Bien, bien, bien... fit le prince en hochant la tête. Vous permettre moi féliciter pour déchiffrement des énigmes décoratives. Cela témoigner un grand savoir, jamais vu auparavant. Mais nous parler après. Je vous prie d'abord visiter votre habitation & reposer un petit peu vos misères. Nous nous voirons au déjeuner, si convenir à vous.

Athanase acquiesça, & un serviteur vint nous guider jusqu'à nos appartements. Ils étaient vastes & confortables. Nous y trouvâmes tous nos bagages, des fleurs bellement arrangées, une bouteille de Malvoisie prête à boire & des verres de cristal. Dans un coffret ouvert, nous trouvâmes un nécessaire de chirurgie obligeamment destiné à soigner les blessures occasionnées par notre attente. Comme j'engageais mon maître à l'utiliser, lui qui avait été soumis si longtemps au supplice du fauteuil, il déclina mon offre sans façon. Je restai interdit devant tant de stoïcisme, mais Kircher releva l'arrière de sa soutane, & après avoir défait quelques liens, exhiba une feuille de cuir épais, si bien conçue qu'elle restait invisible de l'extérieur.

— Eh oui, mon ami, dit Kircher en me prenant affectueusement par l'épaule, inquiet des rumeurs qui couraient sur le prince, j'avais pris de plus amples avis et... quelques précautions. Excuse-moi de t'avoir laissé dans l'ignorance de ces préparatifs, mais il fallait qu'on crût vraiment à notre bonne foi. Je me doutais que nous serions observés, & c'est toi qui as servi ce but avec ton innocence & ton courage coutumiers. Je ne comptais t'infliger que la chaise bancale, mais tu t'es assis d'emblée sur le plus mauvais des sièges... Sache bien que j'admire très sincèrement la façon dont tu as réagi.

— Mais alors, les énigmes, les tableaux ?

— Oui, Caspar, oui... J'avais aussi préparé ma leçon, afin de ne pas démériter si près du but. Mais ne me pose pas de questions, il est encore trop tôt pour t'expliquer tout cela. Je te demande un peu de patience, & tu verras par toi-même combien ce mystère est justifié.

J'assurai Athanase de ma complète obéissance & commençai à ranger mes affaires. On imagine si j'étais sidéré par l'habileté de mon maître & sa manière de tout mettre en œuvre pour servir ses desseins ! Il fallait que son entreprise fût d'importance, aussi me jurai-je de le soutenir de mon mieux dans ses projets. Mes inquiétudes au sujet du prince & de sa demeure avaient disparu, & je brûlais de participer à cette aventure inattendue. Mon maître reposait sur son lit, la barbe hérissée, les yeux fermés, auguste & magnifique comme un gisant de marbre. Je me serais presque agenouillé devant lui tellement sa force d'âme & son intelligence surhumaine m'en imposaient.

Vers midi, un valet vint nous conduire à la salle du déjeuner. Le prince & son épouse nous attendaient, assis autour d'une table mise avec le meilleur goût. La princesse Alexandra, à qui son mari nous présenta, était d'une admirable beauté & d'une jeunesse qui dissonaient avec la tournure décatie du prince. De blonds cheveux arrangés en un chignon compliqué, les yeux bleus, la bouche petite & rouge, vêtue à ravir de soie & d'organdi, elle semblait une divinité tout droit sortie de l'Olympe. Contrairement à son mari, elle s'exprimait dans un allemand irréprochable, hérité, nous le sûmes par la suite, de ses origines bavaroises. Distinguée jusque dans sa façon de se mouvoir, elle ne marchait ou ne bougeait qu'avec la plus extrême lenteur, comme si la moindre brusquerie de sa part eût risqué de faire s'écrouler sur elle la demeure. Mais cette anomalie ne lui donnait qu'un surcroît de grâce, & je rougissais, incapable de parler, chaque fois qu'elle portait les yeux sur ma personne.

— Bien, bien, bien… commença le prince, tandis que les serviteurs s'empressaient autour de nous, chargeant la table des mets les plus exquis. Faites honneur à ce faible repas, je vous prie.

Sourd à cette injonction, Kircher se leva pour dire le bénédicité, & non content de cette impertinence, il traîna en longueur pour consacrer le pain. Je vis que notre hôte n'avait pas coutume d'une telle cérémonie & qu'il tiquait un peu de la liberté prise par mon maître.

— Puisque le pain nous avons devant, reprit-il avec perfidie, me direz-vous, Révérend Père, si son poids est plus léger à l'extraction du four, quand chaude il est que froide ?

— Rien de plus aisé à démontrer, répondit Athanase en commençant à manger, lorsqu'on en a fait soi-même l'expérience. Le pain est plus pesant quand il est chaud & qu'il vient du four que lorsqu'il est refroidi. Une demi-livre de pâte levée est plus légère cuite que crue de deux onces & un quart, & encore plus quand elle est refroidie. Ce qui montre que l'opinion de ceux qui disent qu'elle est plus légère crue que cuite est fausse. Et il faudrait n'écrire ni ne se fonder jamais que sur des expériences qui ne fussent véritables, surtout lorsqu'elles sont aussi aisées à démontrer que cette dernière. Même Aristote est parfois sujet à l'erreur : dans le cinquième problème de la vingt & unième section de sa *Physique*, il avoue que le pain froid salé est plus léger que le chaud, & que celui qui n'est pas salé est plus pesant. Une simple expérience m'a démontré pourtant que ces deux pains demeurent toujours de même pesanteur, tant froids que chauds, soit qu'on les sale ou qu'on ne les sale pas.

— Admirable, mon cher, admirable ! dit le prince en suçotant une cuisse de poulet. Je n'attendais pas moindre de vous...

La princesse Alexandra se tourna vers moi, & joignant le geste à la parole :

— Ces messieurs sont trop savants pour moi. Et, plus léger ou plus pesant, j'avoue que cela m'indiffère : moi c'est avec du beurre que je le préfère.

— Ce en quoi vous avez tout à fait raison ! acquiesça mon maître en se servant lui aussi.

Quant à moi, je plongeai le nez dans mon assiette.

Le repas continua sur le même ton badin. Vins & mets se succédaient sans interruption, & Athanase y faisait largement honneur, au contentement de nos hôtes. Lorsqu'on apporta de larges tranches d'espadon grillé, mon maître me pria de raconter nos aventures de Messine. Intimidé, je n'en racontai pas moins notre sortie de pêche par le détail, en omettant bien sûr l'épisode fâcheux dont Kircher s'était confessé. Venant à la mise à mort des poissons, je m'enflammai si bien à ce souvenir atroce, que le prince se mit à rire de ma sensibilité. Mais son épouse était devenue toute pâle... Sans dire un mot, elle mit sa main sur la mienne, & je vis par là qu'elle partageait mon émotion. Le prince remarqua ce geste, aussi rapide fût-il, & se figea brusquement.

En guise de digestif, on nous apporta une liqueur très amère, à base, nous dit le prince, d'herbes des montagnes. Ce dernier semblait très échauffé ; il ne cessait de harceler mon maître de ses questions. Puis le prince eut l'air d'hésiter un instant, & après avoir dit quelques mots à l'oreille d'Athanase, ils s'éloignèrent à l'autre bout du salon où ils continuèrent à converser à voix basse.

Resté seul avec la princesse, je ne savais comment me comporter, tant j'étais attendri par sa beauté. Je lui posai quelques questions sur Dieu & la nature de l'âme, auxquelles elle répondit avec intelligence & bon sens. Le sujet ne semblant guère la passionner, je mis donc la conversation sur les statues grimaçantes que nous apercevions par les fenêtres, la priant de m'en donner la signification. Elle devint toute pâle & parut balancer avant de me répondre.

— Vous me semblez un jeune homme de confiance, & je veux bien vous conter une histoire dont je n'ai point à rougir, mais qui fut cause & de ces monstres & de mon malheur... Vous l'avez peut-être remarqué durant le repas, mon mari est d'un naturel fort jaloux ; il y a de cela plusieurs années, quelques mois seulement après nos noces, je lui donnai malgré moi l'occasion de justifier cette suspicion. Un mien cousin, Oeden von Horvath, vint en cette maison pour me visiter. Il excellait dans l'art de composer des airs pour le luth ou l'épinette, & ce don inestimable n'avait d'égal que sa beauté. Comme nous avions le même âge, & que mes préoccupations s'apparentaient plus aux siennes qu'à celles de mon époux, je fus très heureuse de sa présence, & nous passions des journées entières à jouer ensemble de la musique ou à converser sur toutes sortes de sujets. Je prenais plaisir à l'écouter parler de mon pays natal & des personnes aimées que j'y avais laissées. Hélas, jeunesse & solitude aidant, il se prit pour moi d'un amour si passionné & me déclara sa flamme en des termes si sincères & si délicats que j'en fus émue. Je n'avais pour lui que l'affection & la tendresse d'une sœur pour son frère, mais il faut bien confesser que j'étais flattée en secret de son empressement auprès de moi, & que son insistance eût peut-être fini par porter ses fruits. Le hasard, ou la Providence, comme vous voulez, m'évita cette trahison, sans pour autant m'en épargner la honte. Une après-souper, alors que le prince avait fait mine de se coucher, prétextant les libations trop nombreuses du repas, mon cousin, que le vin exaltait plus que de coutume, se livra à des transports qu'il parvenait d'ordinaire à réprimer. Il me supplia de lui accorder un baiser, & comme je refusais, menaça de s'aller tuer sur-le-champ ; il était homme à commettre cette folie, surtout dans l'état où il se trouvait, si bien que je fus effrayée à cette idée. Je me défendis moins... il m'enlaça & en profita pour me dérober ce baiser qui semblait si fortement lui tenir à cœur. Ce fut en cet instant que mon époux nous surprit. Il ne prononça pas un mot, mais la froideur & la cruauté que je lus dans ses yeux me glacèrent les sangs bien plus que

223

s'il s'était emporté. Sonnant les serviteurs, il fit traîner mon cousin hors de la pièce & m'enferma dans ma chambre, sans me donner le loisir de me justifier.

« Depuis cette funeste soirée, je suis restée cloîtrée dans cette demeure que mon mari a transformée en prison. Quant à mon cousin, je n'ai plus jamais eu de ses nouvelles, mais je sais qu'il n'est pas retourné en Bavière & ne puis m'empêcher d'échafauder les pires hypothèses sur son sort. Trois mois plus tard, des ouvriers commencèrent à surélever les murs de notre parc & à installer sur eux ces statues infernales destinées à me rappeler sans cesse l'horreur de mon prétendu péché. Mais cela ne serait rien sans le surplus de cruauté qu'il mit à son entreprise : si vous observez de près ces statues, vous remarquerez que nombre d'entre elles représentent des musiciens ; tout en eux y est grotesque, déformé, monstrueux... tout sauf leur visage, toujours le même, calme & angélique, comme surpris de se trouver en pareille compagnie. Ce visage... – et la princesse essuya rapidement une grosse larme sur sa joue – c'est celui de mon cousin...

Dans mon for intérieur, j'avais pris fait & cause pour cette malheureuse, & compatissais tellement à son infortune que j'en lâchai la bonde à mes soupirs. La perversité de son mari me laissait sans voix. Aussi fut-ce en tremblant que je pris sa main & la serrai fortement, seul moyen qui me semblât propre à la consoler un peu.

— Excusez-moi, dit-elle en me remerciant d'un pâle sourire & en retirant sa main lentement, mais il faut que j'aille reposer.

Elle me tendit son bras, & je l'accompagnai jusqu'à la porte. Comme elle se mouvait avec plus de précautions que par-devant, je crus qu'elle allait défaillir & lui demandai si elle se sentait suffisamment de forces pour marcher seule.

— Ne vous inquiétez pas, murmura-t-elle avec un sourire ingénu, ce n'est que ce clavecin de cristal qui vibre dans mon ventre un peu plus fort que de coutume. Me hâter serait risquer de le briser, & toute la science du père Kircher ne me sauverait point ensuite d'une mort affreuse…

Elle me quitta sur ces paroles, me laissant dans un état voisin de la stupidité.

ALCÂNTARA | *Euclides à son clavier,*
ajustant le ralenti des astres…

Quelques jours passèrent, tout entiers dédiés au travail sur le texte de Caspar Schott et à la fréquentation épisodique, mais régulière de Loredana. Malgré son préjugé hostile, Soledade avait adopté d'emblée la jeune femme, ou plutôt, songeait Eléazard, s'était laissé séduire comme lui-même par son naturel et sa façon exemplaire de s'intéresser à tout, aux êtres comme aux choses, sans discrimination. Refusant de s'installer chez lui – *Quantité de chambres sont inoccupées,* avait-il proposé sans aucune arrière-pensée, *cela t'éviterait au moins de payer l'hôtel, c'est à toi de voir…* –, elle avait pris au mot son invitation à venir place du Pelourinho quand elle le désirait, pour utiliser la bibliothèque ou profiter de la douche qui fonctionnait à peu près correctement. Il la rencontrait donc au hasard de ses allées et venues dans la maison, lisant sur une des chaises longues disposées sous la véranda ou, plus souvent, attablée dans la cuisine en compagnie de Soledade. Cette présence discrète, imprévisible, le satisfaisait pleinement ; c'était comme si l'Italienne habitait chez lui depuis toujours. Une intimité impulsive, transparente, et qui s'était imposée sans bruit dans le cours de leur vie à tous les deux.

Elle avait paru apprécier qu'il lui fît faire le tour de la ville, mettant un nom, une anecdote sur chaque façade éreintée, reconstruisant dans le ciel gris chaque édifice en ruine avec de grands gestes et une terminologie de bâtisseur. Dans son enthousiasme de cicérone, il lui avait fait découvrir aussi l'émouvante petite église – l'une des premières jamais édifiées au Brésil par les missionnaires – que dissimulait un îlot désert de la baie São Marcos. Une quantité invraisemblable de serpents y avaient élu domicile ; par une sorte de revanche diabolique, ils imposaient à chaque recoin de ces murs martyrisés l'offense de leurs attouchements. Quant à *l'île des myopes* et à celle *des albinos*, il avait renoncé à l'idée de les lui faire visiter, tant Loredana s'était montrée écœurée par cette illustration exemplaire, mais somme toute assez banale, des risques de la consanguinité.

Elle rechignait toujours à s'étendre sur sa propre vie et sur les raisons de sa présence à Alcântara – et il n'avait pas envie d'en savoir plus que ce qu'elle voudrait bien lui en dire – mais s'avérait intarissable sur tout ce qui concernait la Chine, sujet dont elle avait une connaissance profonde et de première main. Consciencieuse, elle s'était mise à la lecture du manuscrit de Caspar Schott ; par petites doses, et d'après ce qu'il avait cru comprendre, pour assouvir une curiosité qui le concernait lui, Eléazard, plutôt que la personne d'Athanase Kircher. Elle lui faisait part de ses réflexions, et soulignait les difficultés rencontrées au cours de sa lecture, travail qui permettait à Eléazard d'affiner ses notes ou l'obligeait à commenter certains passages sur lesquels il n'avait pas jugé utile de s'attarder. Sans elle, par exemple, il n'aurait jamais songé qu'il fût nécessaire d'expliquer à un lecteur potentiel le véritable fléau qu'avait constitué la guerre de Trente Ans, ni ce que pouvait avoir de parfaitement exotique la simple découverte de l'Italie au XVIIe siècle. Il en vint à rédiger ses notes comme si elles s'adressaient exclusivement à elle, n'agréant leur contenu qu'une fois passé au crible de ses remarques.

Leur complicité avait beau tenir du miracle, elle restait malgré tout un pacte provisoire. Eléazard refusait d'aborder le problème de ce point de vue ; il en usait avec son bonheur chichement, comme s'il devait durer toujours. Il se reprocha par la suite de n'avoir pas goûté à plein une rencontre qu'il savait placée, depuis le début, sous le signe de l'éphémère.

Il lui avait tellement parlé d'Euclides, son seul ami dans les parages, qu'elle avait accepté le principe de lui être un jour présentée ; ce matin-là, pourtant, quand il voulut emmener Loredana déjeuner chez le docteur, ni Alfredo ni Soledade ne surent dire où elle était passée. Eléazard avait pris la navette pour São Luís avec un agacement qu'il finit par juger lui-même aussi absurde qu'outrancier.

— Je vous assure, c'est un homme d'une parfaite civilité. Un peu rustique, peut-être. Manque de goût, c'est certain. Mais c'est la chose du monde la mieux partagée, et je ne sache pas qu'on puisse se prévaloir du contraire sans faire preuve d'une fatuité encore plus détestable.

Eléazard fit une moue dubitative.

— Oui, je sais, je sais, reprit le docteur Euclides en souriant, ce n'est pas à proprement parler un homme de gauche. C'est cela qui vous rebute, n'est-ce pas ?

— Ce n'est plus de l'euphémisme, docteur, c'est du sarcasme ! dit Eléazard en souriant lui aussi. Vous avez probablement raison, d'ailleurs : je ne vois guère ce que je pourrais faire chez un homme pareil, sinon l'insulter au beau milieu de tous ses invités…

— Allons, allons… Vous êtes trop éduqué pour vous laisser aller à de telles sottises. Et puis songez que je vous le demande comme une faveur. Vous ferez un peu d'ethnologie sur le terrain, voilà tout. Croyez-en mon expérience, je suis persuadé que vous ne le regretterez pas ; c'est un milieu très instructif, surtout pour un journaliste. Et si ma seule présence ne vous suffit pas, venez donc avec votre belle Italienne, cela me donnera au moins l'occasion de la connaître...

Eléazard regarda le docteur enlever ses lorgnons et les essuyer minutieusement entre les plis d'un mouchoir immaculé. Sans les loupes qui leur donnaient une taille démesurée, grotesque, comme sur certaines lunettes de farces et attrapes, ses yeux vert amande retrouvaient soudain une grande humanité. Ils avaient l'air rieur, ne laissant en rien transparaître l'amaurose – *Morose, amoroso... joli nom, n'est-ce pas, pour désigner une atrophie du nerf optique !* – qui les éteindrait bientôt. Euclides ne se peignait jamais qu'avec la main ; coiffés en une brosse assez courte, ses cheveux gris, épais et rebelles, partaient dans tous les sens, donnant l'impression d'être fouettés sans relâche par une bourrasque invisible. Son nez parfaitement droit contrastait avec la moustache et le bouc embroussaillés, jaunis par le goudron de ses cigarettes égyptiennes ; une toison qui lui mangeait les lèvres et s'agitait mécaniquement lorsqu'il parlait, comme sur une tête de marionnette. Replet sans être gros, il portait toujours des costumes sombres, taillés sur mesure, une chemise blanche amidonnée et une sorte de nœud papillon à quatre branches dont Eléazard se demandait où l'on pouvait bien se procurer un ornement aussi désuet. La seule fantaisie qu'il se permît dans sa tenue consistait dans le choix de ses gilets, accessoires luxueux à parements brodés de soie ou de fils d'or, avec des boutons de nacre, de marcassite ou même de fines miniatures émaillées ; il en avait une collection impressionnante. Pour le reste, c'était une bonhomie à la Flaubert – telle du moins que la lui prêtent ses fidèles – mêlée d'un calme et d'une courtoisie sans faille. Encyclopédique et clairvoyante, son érudition fascinait.

— Vous serez mes yeux, insista-t-il en réajustant ses lorgnons sur la dépression rose qu'ils avaient fini par creuser sur son nez. Les jeunes yeux d'un vieillissant Milton sur la décrépitude de ce monde. *La perte de la vue est pire que les chaînes, la mendicité ou la vieillesse...* dit-il dans un anglais impeccable. *Vie morte et enterrée, je suis à moi-même mon sépulcre...* Ou quelque chose d'approchant, n'est-ce pas... Vous devez trouver bien prétentieuse la comparaison avec un si grand poète, mais nous partageons au moins la même maladie, ce qui n'est pas rien, vous en conviendrez.

— À propos, dit Eléazard en souriant de cette coquetterie, où en est votre vue ?

— Tout va bien, n'ayez crainte. J'arrive encore à lire, plus ou moins correctement, et c'est la seule chose qui compte. Ce n'est pas le noir qui m'effraie. Il se concentra un instant, les yeux fermés ; puis montrant les rayonnages qui tapissaient jusqu'au plafond deux des grands murs de la pièce où ils se trouvaient : C'est le silence, leur silence à eux... Je ne le supporterais pas, vous savez. Il étouffa un petit rire : Heureusement que j'ai perdu la foi, sinon je pourrais croire à une punition du vieux barbu pour ce que j'ai fait... Rendez-vous compte, ce serait un véritable enfer, non ?

Eléazard imaginait mal comment le docteur da Cunha avait pu être jésuite, même dans sa jeunesse, tant le personnage qui riait devant lui ne correspondait en rien à l'image qu'on peut se faire d'un homme d'Église. Bien sûr, il y avait cette culture biblique peu commune chez les profanes et le fait qu'il maniât le grec et le latin à la perfection, mais cela ne suffisait pas à le différencier d'un bon professeur de lettres classiques.

— Un jour, dit Eléazard, il faudra que vous m'expliquiez vraiment pourquoi vous avez quitté la profession... Aussitôt, il voulut se reprendre, gêné par ce mot malvenu : Enfin, je veux dire...

— Mais vous avez très bien dit, le coupa Euclides, la « profession »... C'est le seul mot qui puisse rendre compte et de la foi – celle de certain vicaire savoyard, si vous voyez ce que je veux dire – et de l'occupation elle-même en ce qu'elle constitue trop souvent un véritable métier au lieu de n'être qu'un état. Il alluma une cigarette, après l'avoir extraite de sa boîte avec précaution : L'ai-je vraiment quittée ? se demanda-t-il avec un accent de sincérité, je me pose encore la question... Savez-vous le terme employé par les jésuites pour exprimer qu'un des leurs s'est défroqué ? Ils disent qu'il s'est « satellisé », voulant faire entendre par là qu'il reste malgré lui en orbite autour de la Compagnie, sur cette trajectoire où les forces de répulsion s'équilibrent avec une attirance qu'il ne parviendra jamais à annuler. On ne quitte pas la Compagnie, on s'en éloigne plus ou moins sans cesse, au fond, de lui appartenir. Et je dois avouer qu'il y a un peu de vrai dans cette façon de voir les choses. On peut échapper à l'esclavage, quoique difficilement, mais jamais à plusieurs années de domestication ; et il s'agit bien de cela : un dressage organisé du corps et de l'esprit destiné à servir un seul but, l'obéissance. Alors « désobéir », vous savez... Le mot lui-même n'a plus beaucoup de sens dans ces conditions. Il n'exprime guère qu'un refus temporaire de la loi, une parenthèse condamnable, certes, mais rémissible dans le corps même de l'obéissance. Et si vous y réfléchissez, vous admettrez que c'est un peu la même chose pour tout le monde... Transgresser une règle, toutes les règles, revient toujours à s'en choisir de nouvelles, et donc à revenir dans le giron de l'obédience. On a l'impression de se libérer, de changer son être en profondeur, alors qu'on a simplement changé de maître. Le serpent qui se mord la queue, voyez-vous...

— Certains maîtres sont moins exigeants que d'autres, non ?

— Je vous l'accorde, cher ami, et pas une seconde je ne regrette la décision que j'ai prise à une certaine époque de ma vie. Je m'en trouve mieux à tous égards, soyez-en certain. Mais s'il est plus aisé d'obéir à des lois qu'on a librement choisies – et la possibilité même de ce choix est loin d'être aussi évidente qu'il y paraît ! – il n'en reste pas moins qu'elles impliquent une soumission, une docilité d'autant plus dangereuse qu'elle semble moins contraignante. C'est La Boétie, je crois – en fait, j'en suis sûr... corrigea-t-il en faisant un clin d'œil à Eléazard –, qui parlait de « servitude volontaire » pour fustiger l'endormissement des peuples devant la tyrannie d'un seul. Mais dans son plaidoyer pour la liberté, il distinguait entre *servir* et *obéir*, c'est-à-dire, dans son esprit, entre la sujétion condamnable d'un serf à son seigneur et l'obéissance d'un homme libre à un juste gouvernement. Distinction que je ne parviens pas à reprendre à mon compte, malgré ma sympathie pour ce jeune homme... Même consentie de plein gré, et peut-être plus encore à cause de cette illusion de liberté, toute obéissance reste servile, humiliante, et plus important à mes yeux : stérile. Oui, stérile... Plus j'avance en âge, plus je suis convaincu que la révolte est le seul acte véritable de liberté, et par conséquent de poésie. C'est la transgression qui fait avancer le monde, parce que c'est elle, et elle seule qui génère les poètes, les créateurs, ces mauvais garçons qui refusent d'obéir à un code, à un État, à une idéologie, à une technique, que sais-je... à tout ce qui se présente un jour comme le fin du fin, l'aboutissement incontestable et infaillible d'une époque.

Euclides tira longuement sur sa cigarette, puis dans un nuage de cette fumée reconnaissable entre toutes à ses parfums de miel et de clou de girofle :

— S'il y a un concept qu'il aurait fallu analyser un peu plus avant de s'en débarrasser, comme nous l'avons fait avec tant de hâte et de soulagement, c'est bien celui de « révolution permanente ». Une notion que je préférerais appeler « critique » ou « rébellion permanente » pour échapper au côté circulaire du premier terme.

Eléazard n'aimait jamais autant le vieux docteur que dans ces occasions où il débondait son anarchisme épidermique. Il y reconnaissait une innocence, un humanisme et une jeunesse d'esprit qui eussent paru exemplaires chez quiconque, mais l'étaient encore plus chez un homme de son âge.

— Je ne savais pas que vous aviez des sympathies maoïstes... dit-il à Euclides sur le ton de la plaisanterie. Puis plus sérieusement : Je me suis posé le même problème bien souvent, mais une idée qui a fait des millions de morts me semble à jamais suspecte...

— Et c'est là que vous vous trompez, fit Euclides en tâtonnant sur la table à la recherche du cendrier. Ce ne sont pas les idées qui tuent : ce sont les hommes, certains hommes qui en manipulent d'autres au nom d'un idéal qu'ils trahissent avec conscience, et parfois même sans le savoir. Toutes les idées sont criminelles dès lors qu'on se persuade de leur vérité absolue et qu'on se mêle de les faire partager par tous. Le christianisme lui-même – et quelle idée plus inoffensive que l'amour d'autrui, n'est-ce pas ? – le christianisme a fait plus de morts à lui tout seul que bien des théories de prime abord plus suspectes. Mais la faute en revient uniquement aux chrétiens, pas au christianisme ! À ceux-là qui ont transformé en doctrine sectaire ce qui n'aurait dû rester qu'un élan du cœur... Non, cher ami, une idée n'a jamais fait de mal à quiconque. Il n'y a que la vérité qui tue !

Et la plus meurtrière est certainement celle qui prétend à la rigueur du calcul. Métaphysique et politique dans la même poubelle, et allons-y pour le credo scientiste ou pour ce désespoir blasé, content de soi, qui légitime aujourd'hui les pires abandons...

Chaque fois qu'Eléazard discutait avec lui, il y avait un moment où le vieil homme l'ébranlait. Moins par ses arguments, d'ailleurs, que par la véhémence de ses propos. Sans partager cette vision du monde, il finissait toujours par en subir le magnétisme, la force froide et endurante.

— Mais voyez quel vieux schnock je suis, reprit Euclides en s'extrayant avec difficulté de son fauteuil, je n'ai même pas songé à nous offrir un petit cognac ! Excusez-moi deux minutes, je vais réparer tout de suite cet oubli !

Eléazard eut beau protester, le docteur s'empressa d'aller chercher le nécessaire dans la salle où ils avaient déjeuné un peu plus tôt. Pendant son absence, la bibliothèque prit une dimension nouvelle, inquiétante, comme si tous les livres, tous les objets disposés en un confortable et désuet bric-à-brac se hâtaient d'exprimer au visiteur sa qualité d'intrus. L'obscurité entretenue à dessein par les persiennes closes, si fraîche, si accueillante lorsqu'elle servait les gestes lents d'Euclides, lui parut agressive, revêche, de cette humeur de cerbère attaché à défendre la solitude de son maître.

Située non loin de l'église du Rosaire, dans les bas quartiers de São Luís, la maison d'Euclides da Cunha ne se différenciait en rien des autres demeures fanées, suant l'ennui et le caveau, dont le style colonial donnait à la *rua do Egyto* son charme suranné. Eléazard n'en connaissait que le vestibule, une très longue pièce qui devait son allure de salle d'attente à une formidable quantité de chaises bien alignées contre les murs, chacune avec son napperon au crochet sur le dossier ; le salon-bibliothèque, plus vaste encore, mais étriqué par les sombres tentures de soie brochée, les rocking-chairs en bois noir, les lourds bahuts néogothiques surmontés de miroirs à facettes, les guéridons, les vases tarabiscotés, les plantes grasses, rococo elles aussi comme par mimétisme, les éventails poussiéreux et les daguerréotypes d'anciens bébés joufflus ou de vieillards médusés par l'objectif ; et la salle à manger, plus petite, mais tout aussi encombrée de l'étouffant fatras qui singeait le beau linge dans les intérieurs bourgeois du siècle dernier.

« Ne faites pas attention à ces horreurs, lui avait dit Euclides lors de sa première visite, c'est l'univers de ma mère plus que le mien. Elle m'a fait promettre de le conserver tel quel jusqu'à sa mort, et comme vous avez pu le constater, cette chère femme est encore bien vivante. Rien n'a changé ici depuis mon enfance, ce qui m'a servi, paradoxalement, à prendre conscience de mon propre devenir : gamin, j'ai adoré ce décor, je l'ai idéalisé au point d'en faire la mesure supérieure de l'esthétique ; en grandissant, j'ai ouvert les yeux sur sa triste réalité, je l'ai haï comme le signe même du mauvais goût – je ne maudissais, bien entendu, que mon passage à l'âge adulte... – et puis un jour j'ai cessé de juger, si bien que cette laideur m'est devenue familière, précieuse, et aujourd'hui qu'elle s'est fondue dans la brume avec le reste du monde, indispensable... »

La mère du docteur da Cunha était une très vieille dame, petite, voûtée, sèche et bancale comme un arbre du Sertão. C'était toujours elle qui accueillait Eléazard, le faisait asseoir dans le vestibule avec quelques mots gentils et insistait pour qu'il boive le jus de tamarin sans lequel on aurait dérogé aux lois de l'hospitalité. Elle l'introduisait ensuite dans la bibliothèque avant de se noyer dans l'assombrissement progressif d'un couloir. Pour ce qu'en savait Eléazard, elle s'occupait toute seule de la maison, veillant sur son fils avec des attentions de religieuse attachée à un saint homme.

En entendant un cliquetis de verres hésiter dans l'autre pièce, Eléazard se leva pour aller à la rencontre de son hôte.

— C'est gentil, merci, dit Euclides en laissant Eléazard le décharger de son plateau. J'ai été un peu long, mais ma mère tenait absolument à vous faire goûter ses *soupirs d'ange*. C'est un honneur qu'elle vous fait, moi-même je n'y ai pas droit tous les jours, vous savez !

Ils revinrent s'asseoir sur le sofa.

— Tenez, reprit Euclides, pendant que vous faites le service, je vais vous jouer une petite chose dont j'ai reçu la partition il y a quelques jours. Si vous trouvez l'auteur…

— Si je trouve l'auteur ? demanda Eléazard, tandis que son ami se dirigeait lentement vers le piano.

— Vous ne trouverez pas, de toute façon, dit-il en riant. Mais enfin, *si* vous trouvez, je vous mettrai sur une piste intéressante. Oui, vraiment, très intéressante…

Sans plus attendre, il ouvrit le couvercle du vieux Kriegelstein et commença à jouer.

Eléazard fut surpris d'entrée de jeu par le rythme bizarre, haché, répétitif, que la main gauche fit naître dans les graves. Lorsque la mélodie vint se greffer sur cette basse singulière, il reconnut assez vite le déhanchement propre au tango, mais un tango décalé, retardé, presque parodique dans sa manière de prolonger l'attente, d'exagérer le halètement syncopé de la musique. *Un, deux, trois, noyade fan-tastique, deux, trois, quatre, voyage en as-phyxie…* Les mots naissaient, explosant à ses lèvres comme des bulles. *Cœur serré, tristesse lourde et ennuyée…* Euclides à son clavier, ajustant le ralenti des astres, le modérant, l'organisant pour d'autres exigences.

Sans être un virtuose, Euclides jouait un peu mieux que la moyenne des amateurs – Eléazard l'avait déjà écouté plusieurs fois interpréter fort honnêtement les pièces les plus difficiles du *Clavier bien tempéré* ou certaines sonates de Villa-Lobos qui ne le leur cédaient en rien –, mais c'était la première fois qu'il montrait dans son exécution une pareille aptitude à bouleverser l'ordre secret des choses. Le monde avait disparu dans les ténèbres d'une parenthèse effrayante. Quand le morceau s'arrêta sur un accord sec, amorti aussitôt, Eléazard eut cette impression de soudain dépaysement qui nous saisit parfois au réveil, après la première nuit dans une chambre de passage.

— Alors ? dit Euclides en revenant s'asseoir auprès de lui.

— Comme prévu, je donne ma langue au chat. C'est très beau, réellement très beau...

— Opus 26 de Stravinsky... Il y a certaines petites pièces de ce genre, inclassables comme tous les vrais chefs-d'œuvre, qui défient l'entendement. Une autre fois, je vous ferai entendre ce qu'ont pu faire Albéniz ou Ginastera dans le même registre. Goûtez donc ces merveilles, dit-il en présentant à Eléazard l'assiette de petits gâteaux qu'il avait apportée. C'est très spécial, entre l'hostie et la meringue, mais parfumé à la fleur d'oranger. Ils sont presque aussi goûteux que leur nom est joli... Puis, sans transition : Comme je suis bon prince, et bien que vous ayez lamentablement échoué à votre examen, je vais quand même vous avertir que le gouverneur Moreira prépare quelque chose... Je ne sais pas quoi au juste, mais ce n'est pas très catholique...

— Comment ça ?

— Quelqu'un est en train d'acheter toute la presqu'île d'Alcântara, même les zones incultes ou les propriétés qui ne rapportent rien. J'ai de bonnes raisons de croire que c'est Moreira qui est derrière les différents intermédiaires qui réalisent cette opération.

— Mais pourquoi ferait-il ce genre de chose ? demanda Eléazard, brusquement intéressé.

— Ça, mon cher, c'est à vous de le découvrir. Et ses yeux brillèrent de malice, tandis qu'il ajoutait : En m'accompagnant à la *fazenda do Boi*, par exemple.

FAZENDA DO BOI | *Alcântara International Resort…*

— Bien, je relis : *Monsieur le gouverneur José Moreira da Rocha et son épouse prient monsieur et madame…* Ici, un blanc, et ne lésinez pas sur l'espace, je vous prie, il n'y a rien de plus énervant que de devoir contraindre son écriture entre deux mots… *d'honorer de leur présence la réception qu'ils donneront le 28 avril à partir de 19 heures. Fazenda do Boi*, et l'adresse habituelle… Une centaine, oui. Quelqu'un passera les prendre demain après-midi. Merci… Au revoir, monsieur.

Carlotta raccrocha en laissant échapper un soupir de soulagement. Elle présenta ses mains au-dessus du téléphone et les regarda trembloter avec un imperceptible sourire de mépris. *Tu bois trop, ma fille… Où veux-tu en venir avec tout ça ? Crois-tu que ce ne soit pas assez de vieillir ?* Et aussitôt l'irrépressible envie de se servir un verre, le premier de la journée, juste pour se sentir mieux, pour échapper à cette angoisse lancinante qui ne savait, en guise de réponse, que multiplier les questions à l'infini. Un gouffre s'ouvrait devant elle, lui faisant battre le cœur de façon désordonnée, accélérant l'insupportable déroute de tout son être. Transigeant avec ses bonnes résolutions du matin, elle avala un quart de Lexomil et se laissa tomber dans un fauteuil, face à la décollation de saint Jean-Baptiste qui trônait dans sa chambre. C'était un grand tableau trop académique, malgré certaines qualités dans le traitement de la lumière, pour retenir l'attention autrement que par sa signature : Vítor Meireles, ce peintre brésilien qui avait consacré son œuvre à la glorification de l'empire et valorisé pour la première fois certains thèmes indianistes, quoique fort discrètement et sans remettre en question le bien-fondé de la conquête des âmes par la religion chrétienne. De toutes les toiles léguées par sa famille, c'était la préférée de Carlotta, son arrière-grand-mère, la comtesse Isabella de Algezul, ayant posé en 1880 pour le personnage de Salomé. La ressemblance de la jeune Carlotta avec le portrait de son aïeule avait été un jour si flagrante, elle avait provoqué tant de commentaires extasiés, que l'adolescente s'était complu à coiffer ses cheveux comme la princesse juive de la peinture, imitant son port de reine et baissant les yeux avec une même tristesse dégoûtée sur les plats de biscuits apéritifs qu'elle présentait aux invités de ses parents. Oui, elle lui avait ressemblé de corps et d'esprit, au point de faire douter quelques-uns de l'authenticité du tableau et d'amener quelques autres au bord de la folie... Salomé victorieuse et victorienne, nymphe Écho sortie d'un rêve au collodion humide avec son lourd chignon de cheveux roux et ce visage de revenante où l'émotion venait par plaques maladives : longtemps, elle n'avait su rougir que par cette sorte d'allergie au contact brutal de la bêtise.

Il ne restait plus grand-chose de cette beauté singulière. Jusqu'à l'âge de cinquante ans, à force de crèmes et de régimes, Carlotta avait réussi à entretenir une certaine conformité avec l'image de sa jeunesse. Pour son fils, pour la fierté dans ses yeux lorsqu'il racontait les ardeurs qu'elle provoquait chez ses camarades de classe... Et puis Mauro était parti, et ce départ avait coïncidé avec les preuves données par son mari du peu de cas qu'il faisait d'elle hors de la maison. Pour dire vrai, la photo publiée dans *Manchete* l'avait moins choquée par son contenu, comme José voulait s'en persuader, que par ce qu'elle avait révélé d'une tragédie qui se jouait bien en amont de cette scène pitoyable. Carlotta s'était mariée par amour avec Moreira da Rocha, à l'époque où celui-ci n'était encore qu'un séduisant chevalier d'industrie et où elle s'aveuglait, contre l'avis de ses parents, sur son manque de culture, sa soif d'argent et de pouvoir. En se retrouvant seule dans la *fazenda*, les yeux fixés sur cette photo qui l'enlaidissait, elle avait compris qu'elle ne l'aimait plus, qu'il ne l'avait probablement jamais aimée. C'était cela le plus dur à avaler. Trente-cinq ans de vie commune avec un homme qu'elle méprisait, elle s'en rendait compte aujourd'hui, depuis toujours... parce qu'il se vantait de lire uniquement les pages économiques des journaux et, sans avoir jamais ouvert un seul de ses livres, traitait Marcel Proust de « sale petit pédé ».

Dévoilée sur le tard, grossie par l'amertume, cette évidence avait tout emporté sur son passage, ravinant jusqu'à la propre image de Carlotta dans les miroirs. Les fonds de teint et autres artifices ne masquent jamais la décrépitude du corps : tant que l'amour existe, sous quelque forme que ce soit, ils enjolivent, ils protègent une beauté qui se situe bien au-delà des contingences de l'âge. Ils font partie d'un jeu aux règles strictes, celui de la tendresse, dont on sait qu'il n'y a rien à gagner hors le plaisir de pouvoir continuer à le jouer. Pour ces êtres, sauvages ou enfants, que le soupçon n'a pas encore dessillés, le réel est sans fard, parce que leur confiance est sans limite. Qu'ils apprennent à quel point ils étaient crédules, et la magie du monde dégénère, elle tourne à l'illusion, cet autre nom pour l'impossibilité de croire. On ne maquillait pas, Carlotta le savait confusément, cette disgrâce engendrée par le retrait de la foi.

L'esprit vide, elle promenait ses mains sur sa chair fatiguée, palpant les muscles flasques, roulant sous la peau distendue leurs grumes adipeuses. Confondante, cette façon qu'avait le corps de fabriquer des graisses lorsqu'il n'était plus suffisamment sollicité... Comme s'il prenait acte de nos moindres démissions devant la vie pour fournir, par un juste souci de compensation, une nourriture plus riche à ceux qui sauraient perpétuer le cycle après sa mort. Anesthésiée par le Lexomil, elle souriait un peu bêtement à cette idée nouvelle : accélérer le processus, s'empiffrer, boire encore et encore, non pour « oublier » – rien ni personne ne pouvait tempérer l'échec d'une vie – mais pour grossir, pour s'empâter le plus possible avant de mourir et faire ainsi une dernière offrande aux forces du vivant. Elle se leva pour feuilleter son carnet d'adresses et composa le numéro de La Bohème, le meilleur restaurant de São Luís.

— Allô... Comtesse Carlotta de Algezul, passez-moi monsieur Isaac Martins, s'il vous plaît...

Apercevant sur une commode la bouteille de whisky qu'elle n'avait pas réussi à terminer la veille, elle tira sur le fil du téléphone jusqu'à s'en rapprocher.

— Allô, oui... Comment allez-vous, mon cher Isaac ?... Oh, moi ça va toujours, même si ce n'est pas très amusant, quelquefois, d'être la femme d'un gouverneur. Mais, bon. C'est justement à ce propos que je vous appelle : mon mari donne une réception à la *fazenda* dans une quinzaine de jours, et je voulais savoir si vous accepteriez de prendre en charge le repas... Une centaine de personnes, peut-être plus, vous savez comment ça se passe... les gens se croient tenus de venir accompagnés, souvent très mal, d'ailleurs... Il faudrait prévoir un dîner complet, quelque chose de copieux : langoustes, fruits de mer, viandes rôties... le grand jeu, quoi... Des crabes farcis ? pourquoi pas... Rajoutez tout ce qui vous passera par la tête, je vous fais une confiance absolue. Et ne regardez ni à la dépense ni à la quantité, n'est-ce pas. Il faudra prévoir trois ou même quatre buffets identiques, engagez tous les extras que vous jugerez nécessaires, mais je ne veux pas qu'on puisse se plaindre d'avoir attendu pour être servi... Que diriez-vous de passer demain à la *fazenda*, nous pourrions mettre au point ensemble tout ce qui concerne la disposition ? Plutôt dans la matinée... C'est parfait. Alors à demain, Isaac... Au revoir.

Carlotta raccrocha et but sa première gorgée de whisky de la journée. Tout ça ne s'annonçait pas trop mal. José avait raison de continuer à lui faire confiance sur ce plan-là ; peu de maîtresses de maison étaient aussi douées pour mettre sur pied des mondanités de cette importance, et sans éprouver la moindre panique. Elle ne le faisait pas pour lui, mais pour l'honneur des Algezul, sachant que la moindre faute lui serait imputée à elle et à elle seule, quand bien même son mari l'eût déchargée complètement de cette tâche. Il n'était pas rare que José organisât ce genre de fête, surtout à l'époque des élections, mais d'ordinaire il le faisait au palais du gouverneur, réservant les honneurs de la *fazenda* à quelques privilégiés. Où diable le majordome avait-il dit qu'il laisserait la liste des invités ?

Son verre d'alcool à la main, Carlotta sortit de la chambre et se dirigea vers le cabinet de travail où Moreira passait le plus clair de ses soirées. Elle y trouva sans peine trois feuillets dactylographiés, bien en vue sur un sous-main de cuir vert. Tout en s'asseyant derrière le bureau, dans le fauteuil du « maître », elle réalisa qu'elle n'était plus entrée ici depuis des années ; par crainte de déranger son mari lorsqu'il s'isolait avec ses dossiers, puis par désintérêt pour ses affaires. *Je ne te raconte pas, ma chérie, ce serait trop long, et puis tu n'y comprendrais pas grand-chose, de toute façon...* Rien n'avait changé depuis qu'elle s'était occupée de la décoration de cette pièce, mis à part la présence d'une énorme carte de la presqu'île d'Alcântara dont les couleurs criardes juraient avec ces gravures XVIIIe qu'elle avait eu tant de mal, autrefois, à dénicher. Tout en buvant, elle parcourut la liste des invités. Le docteur Euclides da Cunha n'avait pas été oublié, heureusement... Deux ministres, un ambassadeur, quelques notables... Elle buta soudain sur une série de patronymes mis en retrait, comme pour en souligner l'importance :

Yukihiro Kawaguchi
Susumu Kikuta — Banque Sugiyama

Jason Wang Hsiao — Everblue Corporation

Matthews Campbell Junior
Henry McDouglas — Pentagone

Peter McMillan
William Jefferson — Forban Guaranty Trust
Co. of New York

Accoutumée aux relations d'affaires de son mari, Carlotta ne remarqua dans cette constellation d'inconnus que la mention du Pentagone, mais elle en ressentit une sorte d'inquiétude irraisonnée. Décidée à interroger son mari, elle chercha un stylo pour annoter la liste à cet endroit. En ouvrant le grand tiroir du bureau, les titres d'un dossier éveillèrent son attention :

CONFIDENTIAL
INFORMATION MEMORANDUM

Alcântara International Resort

Étonnée par la lecture de son nom sur un tel document, Carlotta se reporta au paragraphe concerné. L'indignation lui crispa le cœur durant quelques secondes : elle était impliquée dans ce projet comme « propriétaire » de tous les terrains à bâtir situés sur la presqu'île d'Alcântara !

Chapitre IX

*La nuit de Noël & les mystères
de la chambre obscure...*

Traversé par l'idée que ce n'était point seulement l'esprit du prince qui battait la campagne, mais également celui de son épouse, je parvins à me convaincre qu'elle n'avait allégué la présence de ce clavecin dans ses organes qu'en souvenir de son cousin &, pour ainsi dire, par une métaphore représentant les souffrances qu'elle endurait...

Kircher & le prince de Palagonia revinrent me trouver avec la mine satisfaite de ceux qui ont arrêté de grands desseins. Notre hôte ayant pris congé, nous nous retirâmes pour une méridienne.

— Tout se déroule comme prévu, Caspar, me dit Athanase lorsque nous fûmes en lieu sûr dans sa chambre. Le prince & moi nous entendons à merveille ; cet accord devrait avoir des conséquences dont tu n'imagines pas la portée.

— Pourtant, rétorquai-je, j'ai obtenu certaines confidences qui m'inclinent à le tenir pour un insensé, & j'avoue ne pas comprendre comment vous lui trouvez tant de charme...

Je me crus autorisé à lui conter ce que la princesse m'avait révélé quelques minutes auparavant. Kircher parut le moins étonné du monde & se contenta de me tranquilliser en souriant.

Puis, me prenant par l'épaule :

— Tu ferais bien, je pense, de relire ton Ignace...

Obéissant à ce conseil, je m'abîmai durant plusieurs heures dans la lecture des *Exercices*. J'en retirai un peu plus d'indulgence pour le prince, sans réussir à libérer mon âme d'une certaine hostilité à son égard. Furieux contre moi-même, je serrai un cilice autour de ma taille ; fustigeant les appétits de mon corps, cette douleur persistante délia enfin mon esprit ; je réussis à prier & remerciai le Ciel de ses bontés.

Au soir de ce 18 décembre 1637, nous nous retrouvâmes dans la même salle pour le dîner. Mon maître, qui était toujours le centre des causeries, brilla de tous ses feux. Départi de son humilité coutumière, il semblait prendre plaisir à faire état de ses connaissances & à surprendre ses hôtes par maintes curiosités ou anecdotes savoureuses que les hasards de la discussion lui suggéraient.

Il assura avoir lui-même généré des grenouilles à partir d'un peu de poussière prélevée dans les fossés, ainsi que des scorpions, en délayant de la poudre de cet insecte dans une décoction de basilic. De même, se référant à Paracelse, il disait être possible de ressusciter une plante de ses propres cendres, encore que cela fût autrement plus difficile à accomplir. De là, nous en vînmes à parler des créatures les plus étranges que la nature eût jamais produites, savoir des dragons, cette progéniture de l'aigle & de la louve. Il parla du petit spécimen qui se pouvait voir au musée Aldrovandi, à Rome, & de celui qu'on avait aperçu en 1619, s'envolant d'une grotte sur le mont Pilate, près de Lucerne, mais aussi de toutes sortes d'animaux impensables qui prouvaient l'infinie capacité de la création divine. Kircher évoqua ainsi le coq à queue de serpent & à aigrettes, l'une des curiosités des jardins Boboli, à Florence, qui était le fruit d'un mélange occasionnel de semences, l'autruche ou « Strontokamélo », dont le nom & l'apparence témoignent qu'elle provient de l'accouplement du chameau avec un volatile, le Rhinobatos, enfant de la raie & des anges de mer, que mentionne Aristote, & nombre d'animaux exotiques dont ses correspondants aux Indes ou aux Amériques lui faisaient parvenir des descriptions détaillées.

Puis le prince, décidément féru de sciences, mit le débat sur l'astronomie & interrogea Kircher sur les doctrines qui s'opposaient alors avec tant de passion qu'elles en étaient aux épées et aux couteaux. M'apercevant que la princesse prenait moins de plaisir à ces sujets ardus, je pris le parti de lui faire la conversation. Comme je savais, par ce qu'elle-même m'en avait dit, qu'elle appréciait la musique, je lui parlai des musiciens qui faisaient à Rome la pluie & le beau temps, & en particulier de Girolamo Frescobaldi que nous allions régulièrement écouter avec mon maître dans la Sainte église du Latran. Elle les estimait fort, mais leur préférait, disait-elle, les œuvres plus spirituelles de Monteverdi, de William Byrd, & surtout de Gesualdo, dont elle prononça le nom dans un murmure & en indiquant son époux d'un rapide regard. Je hochai la tête pour lui faire entendre que j'avais compris son allusion & l'approuvai sur des goûts que je partageais pleinement. Cette communion esthétique semblait la ravir, & les joues colorées, l'œil brillant, elle buvait mes paroles ; tant & si bien que je dus appuyer mes reins sur le dossier de la chaise pour faire agir plus efficacement les pointes de mon cilice & rappeler ma chair à l'ordre. Je décidai de revenir à des matières plus appropriées à mon état.

— Comment imaginez-vous Dieu ? lui demandai-je à brûle-pourpoint.

Elle me sourit affectueusement, sans paraître surprise par la brutalité de ma question, & comme si elle en percevait clairement les motifs.

— Je ne puis me l'imaginer, répondit-elle presque aussitôt, c'est-à-dire que je ne puis me le représenter semblable aux hommes ni à quoi que ce soit d'humain. Je conçois qu'il y ait un Dieu, parce que je ne puis comprendre que ni moi, ni ce qui m'environne, soyons les ouvrages du hasard ou de quelque créature. De même, puisque la conduite de mes affaires n'est pas un effet de ma prudence, & que le succès vient rarement des voies que j'ai choisies, il faut bien qu'il y ait une Providence Divine en cette matière...

Je fus bien aise de cette réponse & admirai qu'elle ne répondît point, comme la plupart des femmes, qu'elle s'imaginait Dieu sous la forme d'un vieillard vénérable.

— Et puisqu'il s'avère que je vous parle de moi comme je ne l'ai encore fait avec personne, je puis vous avouer que, n'étaient les liens sacrés qui m'unissent à mon époux, c'est avec joie que je mettrais ma vie sous le joug de Jésus-Christ. Non dans un couvent, où la croix est encore trop faible à porter, mais dans un hôpital où l'on reçoit indifféremment toutes sortes de malades, de quelque pays ou religion que ce soit, pour les servir tous sans distinction & me charger, à l'exemple du seul époux qui mérite ce nom, de leurs infirmités. Je me sais capable d'avoir sans cesse les yeux frappés des spectacles les plus affreux, les oreilles, des injures & des cris des malades, & l'odorat, de toutes les infections du corps humain. Je porterais Jésus de lit en lit à ces misérables, je les encouragerais, non par de vaines paroles, mais par l'exemple de ma patience & de ma charité, & je ferais tant que Dieu lui-même les prendrait en sa miséricorde...

Les yeux de la princesse s'étaient mouillés à l'évocation de ce désir secret. Belle à peindre, elle avait l'air noble & grand, le port libre & majestueux, le maintien honnête, la voix douce & flexible d'une sainte ! Cette jeune femme était admirable en tout point, & son mari le plus abominable des...

— Extraordinaire ! s'exclama soudainement le prince en s'adressant à moi, Caspar, je vous envier : votre maître est le mieux considérable des savants ! Nous bientôt réaliser grandes choses en compagnie...

Je rougis à cette interpellation, comme si j'avais été pris en faute & que le prince eût pu lire dans mes pensées.

— Vous exagérez, reprit Kircher, seule la connaissance est magnifique, & seule aussi elle mérite vos compliments. Mais il faut m'excuser, madame, d'avoir accaparé si longtemps votre mari ; j'ai oublié, il me semble, que cet entretien n'était guère de nature à vous captiver.

— N'ayez aucune crainte, mon père. Nous nous sommes entretenus avec l'abbé Schott de sujets religieux, & c'est moi qui ai oublié mes devoirs de maîtresse de maison. J'avoue n'avoir pas entendu un seul mot de votre aparté avec mon époux, & j'en suis bien fâchée, quoique je n'y eusse sans doute pas compris grand-chose.

Kircher la détrompa civilement &, comme pris d'une inspiration soudaine, il s'offrit à divertir la société :

— Nous avons terminé cet excellent dîner, le moment me semble donc propice pour y ajouter une expérience amusante : que vous en semble, est-on plus léger avant ou après avoir mangé ?

— Bien, bien, bien... fit le prince en se frottant les mains de contentement. Je relever défi ! De la méthode, toujours de la méthode, comme dit monsieur Dèscartès... Après le repas, je sentir moi plus léger, quoique avalé au moins quatre livres de nourriture. Cette idée, claire & distincte en mon *intellectus*, donc être vraie : force interne du corps transforme poulet, poisson & autres aliments en chaleur ; chaleur produire vapeur intime ; & vapeur, légèreté… Si trop manger, nous envoler ! n'est-il point ?… ajouta-t-il en riant.

Le prince sonna incontinent & ordonna qu'on apporte la balance de l'office. Cela fut réalisé en quelques minutes par des serviteurs qui peinèrent à traîner la lourde machine jusqu'à nous.

— Combien pesez-vous ordinairement ? demanda Kircher.

— Cent vingt-deux livres, répondit le prince, je ne pas changer le poids depuis ancienne jeunesse.

— Bien. Si donc vous avez mangé pour quatre livres de nourriture, je dis que vous devez peser maintenant cent vingt-six livres.

— Ah, çà ! fit le prince en montant avec décision sur le plateau de la machine.

Kircher ajusta les poids pour amener la machine à l'équilibre & lut le résultat à haute voix.

— Cent vingt-sept livres, trois marcs & deux onces ! Vous avez mangé ce soir un peu plus que ce que vous estimiez…

— Inouï ! s'exclama le prince, hilare.

Et après avoir vérifié lui-même l'exactitude des mesures, il voulut que nous fissions tous l'expérience. Kircher monta sur la balance : il s'avéra qu'il avait mangé pour sept livres, ce dont il s'excusa en arguant que son poids normal devait être sous-estimé pour n'avoir point été contrôlé depuis Rome. Je ne fus pas surpris de peser seulement une livre de plus, n'ayant guère songé à m'alimenter durant le repas. Quant à la princesse, elle refusa de se livrer à une épreuve qui eût blessé la coquetterie naturelle de son sexe, mais on lui fit grâce aisément de cette rebuffade. Elle se retira peu après, & je l'imitai lorsque le prince manifesta le désir de s'entretenir avec mon maître de certains sujets délicats.

Une fois dans ma chambre, je rentrai en moi-même & vis combien la princesse m'ensorcelait. Sa vertu & sa pureté me semblaient exemplaires, & j'éprouvai une grande satisfaction à recréer son visage en pensée. Je priai Dieu longuement & lus les *Exercices* jusque tard dans la nuit. Obéissant à saint Ignace, lorsqu'il dit que c'est pécher que de retrancher sur la durée convenable du sommeil, j'ôtai mon cilice qui me gênait grandement & m'endormis.

En m'éveillant le lendemain, je vis que *lintea pollueram*[1], & la perspective d'avoir cédé au Démon durant la nuit, même si je n'en gardais aucun souvenir, me remplit d'horreur. Je remis mon cilice, que je serrai à outrance, & commençai ma journée par un examen de conscience approfondi.

Ce jour-là & ceux qui suivirent jusqu'à Noël, j'aperçus à peine Kircher & le prince. Ils s'étaient enfermés dans la bibliothèque où ils se livraient à des activités mystérieuses ; plusieurs fois, des ouvriers venus de l'extérieur vinrent travailler en leur compagnie, ce qui me fit suspecter l'invention d'une nouvelle machine. Livré à moi-même, j'eus donc le plaisir de fréquenter à mon aise la dame de mes pensées ; nous abordions toutes sortes de matières, lisions ensemble les nouveaux livres qui lui parvenaient ou bien faisions de la musique. Et la princesse semblait goûter si fort ces innocentes occupations que je ne me sentais aucunement coupable de la réconforter ainsi. Elle se confirmait chaque jour un peu plus dans sa décision de prendre le voile des Hospitalières, dès que la Providence lui en donnerait l'opportunité, & je l'approuvais de toute ma foi dans cette résolution.

---

1. (...) *j'avais souillé mes draps.*

Les repas ne duraient plus aussi longtemps que ceux du jour de notre arrivée, le prince & Kircher mangeant rapidement – lorsqu'ils consentaient à quitter la bibliothèque – pour retourner au plus vite à leurs occupations. Mais autant le prince me parut gai comme Pierrot, autant Kircher semblait nerveux & préoccupé. La veille du 24 décembre, il me rejoignit dans ma chambre, peu après dix heures du soir. Sa mine était plus grave encore qu'à l'ordinaire.

— Les dés en sont jetés, Caspar, & j'ai peur des conséquences de mes actes. L'Ennemi prend tellement de formes différentes... Aussi habitué que je sois à éventer ses ruses, je ne suis pas certain cette fois d'y réussir. Mais, trêve de poltronnerie ! Sache que le prince a convié quelques personnes à souper demain soir, après la messe de minuit que l'abbé de Bagheria viendra célébrer dans la chapelle de cette demeure. Tu connais l'esprit compliqué du prince, & je dois te renouveler le conseil de prudence que j'avais formulé à notre arrivée. Garde-toi de juger ce que tu verras, ni de vexer quiconque par des réactions intempestives, & dis-toi, quoi qu'il advienne, que je prends tes péchés à mon compte. C'est pour le bien de l'Église que j'ai agi. Si je me suis trompé, j'en supporterai seul le châtiment.

Effrayé par ces propos, je jurai à mon maître qu'il pouvait avoir confiance en moi, & que je mourrais plutôt que de contrevenir à ses ordres.

— Tu es brave, dit Kircher en passant la main dans mes cheveux, & tu vaux mieux que moi. Mais prépare-toi au pire, mon enfant, & n'oublie pas : c'est le salut de l'Église qui est en jeu.

Puis il s'agenouilla, & nous priâmes deux heures sans discontinuer.

Au matin du 24 décembre, il faisait gris & froid, si bien que les cheminées furent allumées dans toute la maison. Les cuisiniers s'étaient mis à l'œuvre, les serviteurs ne cessaient de faire l'aller-retour jusqu'à l'entrée du parc d'où ils revenaient chargés de provisions, toute la demeure semblait vibrer de cette fête que l'on préparait avec entrain. Je ne vis pas la princesse Alexandra de la journée, occupée qu'elle était à surveiller le déroulement des opérations. Kircher devisait avec le prince dans la bibliothèque. Pour ma part, je méditais sur la Nativité, me préparant de mon mieux à la célébration de la venue de Notre Seigneur.

J'étais en paix avec moi-même, lorsque mon maître me vint chercher, dans le milieu de l'après-midi.

Les invités commençaient à arriver ; quelques-uns d'entre eux se réunissaient déjà par petits groupes dans les divers salons de la demeure. La grande salle de réception ayant été ouverte, je ne pus m'empêcher d'en être vivement ébouriffé : qu'on s'imagine une très vaste rotonde dont le plafond en coupole était recouvert de centaines de miroirs accolés les uns aux autres de manière à constituer une surface concave. Cinq grands lustres de cristal en descendaient, chargés de chandelles. Les murs présentaient une composition de vrais & de faux marbres parfaitement imités, avec des niches contenant les bustes polychromes des plus célèbres philosophes antiques. Au-dessus de l'entrée, dans une alvéole un peu plus riche que les autres, le prince n'avait pas hésité à placer son propre buste & celui de sa femme, ainsi qu'une devise ainsi libellée : « *Reflétée dans la singulière magnificence de ces cristaux, contemplez, ô mortels, l'image de la fragilité humaine !* » Je remarquai aussi quantité de blasons peints à fresque, sur lesquels on pouvait lire différentes maximes du même genre que celles déchiffrées par Kircher lors de notre arrivée. Le parquet, marqueté d'acajou & de bois de rose, luisait magnifiquement. Tout cela, néanmoins, n'était pas du meilleur goût : il s'y déployait un peu trop d'ostentation & pas assez de beauté vraie ; mais les miroirs, multipliant couleurs, lumières & mouvements à l'infini, parvenaient à créer une véritable atmosphère d'enchantement. Un petit orchestre, dont les musiciens étaient vêtus comme des personnages de tragédie romaine, jouait en sourdine.

Quand le prince nous aperçut, il trottina avec empressement à notre rencontre &, demandant le silence, présenta Kircher à l'assemblée ; c'était un nouvel Archimède, la gloire de son siècle, & il s'honorait de sa présence & de son amitié. Il y eut quelques applaudissements discrets, puis les conversations reprirent de plus belle. Nous nous assîmes sur une des banquettes disposées dans la salle, tandis que le prince nous déclinait l'identité des personnes conviées à cette soirée.

Il y avait là le sieur La Mothe Le Vayer, connu pour ses dialogues imités des Anciens, le comte Manuel Cuendias de Teruel y de Casa-Pavòn, Denys Sanguin de Saint-Pavin, que sa réputation de débauché avait précédé, Jean-Jacques Bouchard, libertin notoire, quelques poètes & savants, & un fourmillement de dames & de petits marquis dont les titres de noblesse auraient suffoqué le plus robuste des maîtres de cérémonie. Toutes personnes assez intimes du prince pour avoir évité les vexations habituelles.

Quand la nuit fut bien avancée, le prince fit soudain moucher les chandelles & fermer les portes de la salle des glaces où, sans dire un mot, le doigt sur la bouche, il nous avait tous réunis. À peine fûmes-nous plongés dans une totale obscurité que la Vierge Marie nous apparut, grandeur nature & irradiée de lumière, comme flottant sur l'un des murs. On distinguait parfaitement la couleur bleue de son voile & l'incarnat de son visage, elle semblait vivante ! Un murmure de stupéfaction se fit entendre autour de moi. La princesse, effrayée, m'avait pris le bras & le serrait très fort. Je gageais déjà que mon maître n'était pas étranger à ce miracle, lorsque sa voix se fit entendre, amplifiée grandement par je ne sais quel artifice & résonnant de tous côtés sous la coupole :

— N'ayez crainte, ô vous qui m'entendez : il n'y a rien dans cette apparition que les simples lois de la nature ne puissent expliquer. Le prince, notre hôte, a jugé bon de nous préparer tous à la célébration de la Nativité, rendons grâce à sa munificence...

Aussitôt, une autre image apparut, celle de Marie & de Joseph en route vers la Galilée.

Après la Nativité, puis l'Adoration des Mages, nous eûmes droit à un abrégé de la vie de Jésus. La musique s'était mise à l'unisson, si poignante soudain que l'image de Notre Seigneur expirant sur la croix me tira les larmes des yeux, comme à la plupart des invités. Après l'ascension du Christ, l'obscurité se fit à nouveau. Les musiciens entonnèrent un morceau terrifiant qui allait *crescendo*, & à son acmé, à l'instant même où cuivres & tambours jetaient la maison par les fenêtres, le Diable se manifesta, environné de flammes mouvantes, cornu, grimaçant, épouvantable à regarder !

— L'Ennemi ! hurla Kircher, couvrant de sa voix de stentor les cris d'effroi de l'assistance, le Tentateur ! L'Ange déchu ! L'Ignominieux ! Repentez-vous, pécheurs, pour échapper à ses griffes & aux tourments que vous réserve en enfer l'armée de ses démons ! Voici venir Beydelus, Anamelech, Furfur & Eurynome ! Baalberith, conservateur des archives du mal ! Abaddon, ange exterminateur ! Tobhème, cuisinière de Satan ! Philotanus, que son nom même désigne à notre opprobre ! Et puis encore Lilith, Nergal & Valafar ! Moloch, Murmur, Scox, Empuze & Focalor ! Sidragasum, qui fait danser les femmes impudiques ! Bélial, ô séducteur crapuleux, Zapam, Xezbeth, Nysrak & Haborym ! Hors d'ici, Asmodée ! Et toi, Xaphan, retourne à tes chaudières ! Ombres & Stryges, fées, furoles & ondines, disparaissez de notre vue !

Toutes les images de ces diables défilèrent au fur &
à mesure que mon maître les nommait, augmentant
la terreur autour de moi. Je sentais la princesse trembler contre mon bras. Ensuite, ce fut l'Enfer, représenté avec un réalisme saisissant. Des myriades de
corps nus étaient livrés aux tortures les plus abominables & souffraient par là où ils avaient péché. On y
voyait tous les dérèglements châtiés comme il convient,
sans rien voiler des supplices qui attendaient les damnés dans l'Au-delà. Mais autant les figures de diables
avaient impressionné les spectateurs, autant la peinture des vices & de leur punition parut les exalter.
Offusqué par les gloussements & petits rires que
j'entendais autour de moi, je ne vis partout que des
visages souriants & quelques mains qui s'égaraient...

Mais bientôt, alors que la musique venait de ponctuer par un accord parfait une dernière image de
tourments, Athanase demanda à l'assistance de réciter avec lui l'*Anima Christi*. Le texte de cette belle
prière apparut séance tenante sur le mur, traduit
phrase à phrase en sept langues.

Âme du Christ, sanctifie-moi,
Corps du Christ, sauve-moi,
Sang du Christ, enivre-moi,
Eau du côté du Christ, lave-moi,
Passion du Christ, fortifie-moi,
Ô bon Jésus, exauce-moi,
Dans tes blessures, cache-moi,
Ne permets pas que je sois séparé de toi ;
De l'Ennemi défends-moi,
À ma mort, appelle-moi,
Ordonne-moi de venir à toi,
Pour qu'avec tes saints je te loue
Dans les siècles des siècles.
Amen.

Et la ferveur avec laquelle fut dite cette prière par l'assistance tout entière, l'émotion qui sourdait de ces voix résonnant sous la coupole de miroirs, fut certainement la plus belle des récompenses d'Athanase.

SUR LE FLEUVE PARAGUAY | *Une sorte d'éclair rouge, entre les herses vert Nil de la jungle...*

Éparpillés sur la table du carré, plusieurs livres de micropaléontologie, cinq ou six exemplaires de Corumbella, un compte-fils et du matériel à dessin avaient recréé sans peine une ambiance de travail familière. Mauro relisait pour la énième fois la communication de Dietlev à l'Académie brésilienne des sciences.

— Alors, toujours au travail ? fit la voix d'Elaine derrière lui.

Mauro secoua la tête en souriant.

— Pas vraiment... Je rêvassais. Nous ne sommes sur ce bateau que depuis une semaine, et j'ai l'impression d'avoir toujours été là. Un peu comme si nous ne devions jamais arriver quelque part, ni même en revenir...

— Je dois être moins romantique, dit-elle avec un soupçon de raillerie, parce que moi j'ai hâte de parvenir à destination. Dieu sait ce que nous allons trouver là-bas... Le fossile que Dietlev a eu entre les mains est de très loin antérieur au Corumbella ; si nous trouvons le gisement, il est à peu près certain que nous découvrirons d'autres espèces du même âge. C'est un coup à révolutionner toute la paléontologie !

— Je sais bien, mais ça n'empêche pas de jouir de l'instant présent, non ?

— *Carpe diem*, ouais... C'est un peu difficile quand l'eau de la douche est à moitié pourrie et qu'on mange du piranha à toutes les sauces... Et puis – elle jeta un coup d'œil dans son dos –, ce Petersen a une tête qui ne me revient pas. Il est odieux, même quand il fait des efforts pour être agréable. Je ne le supporte plus.

— Là, je suis d'accord avec vous. J'ai rarement rencontré quelqu'un d'aussi antipathique. Je me serais bien passé de...

La phrase de Mauro fut stoppée net par un crépitement assourdi, suivi d'un autre un peu plus long, qui firent résonner les parois métalliques du bateau.

— Qu'est-ce que c'était ? fit Elaine, par pur automatisme.

Mauro ne répondit pas, mais elle vit dans son regard qu'il avait lui aussi identifié ce bruit pour ce qu'il était : celui d'un fusil-mitrailleur. Sans se concerter ils se précipitèrent sur le pont. Un vol d'oiseaux apeurés continuait à jaillir de la jungle comme d'un oreiller éventré.

— Couchez-vous, vite ! hurla Milton, à plat ventre le long du bastingage. On nous tire dessus !

— Pas de panique, pas de panique, *senhor professor*... dit Petersen avec calme en sortant de la cabine de pilotage. On n'a pas tiré *sur* nous, mais *devant* nous, c'est un signal de mes amis du Paraguay. Allons, relevez-vous... Je vais aller faire un bout de conversation avec eux, et tout ira bien, vous verrez. C'est l'affaire d'une petite heure... Ne vous inquiétez pas, dit-il encore en croisant Elaine et Mauro, vous êtes sous ma protection. Restez tranquilles, et il ne vous arrivera rien. Je prends le canot, ça ne sera pas long...

— Je vous accompagne ? fit soudain la voix grave de Dietlev.

Herman se retourna, l'air excédé, comme si on ne lui avait jamais demandé quelque chose d'aussi déraisonnable :

— Mais oui, venez prendre le thé, ils seront ravis de faire votre connaissance… Un peu de sérieux, s'il vous plaît. Aidez plutôt cet abruti d'Indien à maintenir la canonnière dans le courant. On ne peut pas mouiller par ici, le fond est trop instable.

Sans plus attendre, Petersen se dirigea vers l'arrière du bateau. Ils le suivirent des yeux jusqu'à ce qu'il enjambe le bastingage pour monter à bord de l'annexe, puis l'entendirent démarrer le moteur hors-bord. Le canot pneumatique surgit bientôt à leur hauteur et s'éloigna à grande vitesse en amont du fleuve, vers une petite grève dissimulée sous l'enchevêtrement des palétuviers. Après avoir abordé, Petersen amarra sommairement son embarcation et disparut soudain, comme avalé par le sous-bois.

— Où étais-tu ? demanda Elaine à Dietlev.

— Dans la cabine de pilotage, avec Herman et Yurupig.

— Quelqu'un peut-il m'expliquer ce qui se passe ? ! intervint Milton avec irritation.

Il était encore blême de sa récente frayeur.

— Rien que de très… *sud-américain*, je vous assure, fit Dietlev sur le ton de la plaisanterie. Il y a des chasseurs dans le coin, des types du Paraguay qui passent des peaux de crocodile en contrebande. D'après ce que j'ai compris, ils font aussi dans la cocaïne pour arrondir leurs fins de mois. Notre cher capitaine est allé s'occuper de ses petites affaires avec eux, et jusqu'à preuve du contraire, cela ne nous regarde pas.

— Des crocodiles ! s'écria Mauro, pris d'une soudaine colère. Les salauds ! Et personne ne vient mettre le nez dans ce trafic ?

— Pas vraiment, non. Ce sont de vrais pros : on les a largués en parachute, il y a deux ou trois ans. Le temps de défricher un bout de forêt pour aménager une piste d'atterrissage à leur Piper, et ils ont commencé leur sale boulot. Ils chassent à la kalachnikov, si vous voulez tout savoir. Depuis que plusieurs bateaux, y compris celui des douanes, ont essuyé des tirs de mitrailleuse lourde, plus personne ne s'aventure par ici. Plus personne d'honnête, en tout cas. Et comme ils arrosent copieusement certains fonctionnaires locaux, ça n'est pas près de changer…

— C'est incroyable ! Incroyable… Je n'en reviens pas ! fit Milton, catastrophé. Et vous nous avez amenés ici ! Comment avez-vous appris tout ça ?

Dietlev hésita une demi-seconde avant de répondre, juste le temps pour Mauro de s'apercevoir qu'il ne disait pas toute la vérité :

— Par Petersen, bien sûr. Il savait seulement que nous étions entrés dans la zone qu'ils contrôlent ; le paysage change très vite par ici, et il est pratiquement impossible de retrouver un point précis d'une semaine à l'autre. Comme c'est moi qui ai loué ses services, il m'a prévenu qu'il aurait quelques paquets à prendre dans le coin…

— Vous auriez pu nous avertir, c'était la moindre des choses, non ?

— Je ne me doutais pas qu'ils se manifesteraient aussi bruyamment. Il n'y avait aucune raison d'avoir peur ; et il n'y en a toujours pas. Dès que Petersen sera de retour, nous repartirons comme si de rien n'était. Nous ne sommes pas chargés de faire la police, n'est-ce pas ? Alors on se calme, et on attend sans récriminer inutilement. Et avec un sourire aimable : Allez nous servir un verre, moi je vais voir comment s'en tire Yurupig…

— Deux secondes, fit Elaine d'une voix bizarre. Et ce truc, qu'est-ce que ça veut dire ?

Tous les regards se tournèrent vers l'endroit que désignait la jeune femme : à cent mètres derrière le bateau, là où les rives formaient un goulet d'étranglement, un tronc d'arbre avait été jeté en travers du fleuve. Illogique, lourde de menaces silencieuses, sa présence interdisait tout recul vers l'aval.

Yurupig n'ayant besoin de personne à la barre du navire, ils se réunirent dans le carré pour faire le point. Sur les cartes satellite qu'il avait apportées, Dietlev leur montra d'abord où ils se trouvaient :

— J'ai contrôlé notre position au fur et à mesure. Ici, le rétrécissement du fleuve, et là, un peu au nord-est, cette tache blanche... probablement la piste d'atterrissage. En fait, nous ne sommes plus qu'à trois jours de notre objectif. OK, récapitulons : Petersen est parti depuis plus d'une heure, et il n'y a plus moyen de faire demi-tour – ce qui est plutôt inquiétant, je vous l'accorde, même s'il ne s'agit sans doute que d'une simple mesure de protection...

— Une simple mesure de protection ? fit Milton au bord de l'hystérie. Vous en avez de bonnes ! Nous sommes piégés, et c'est tout ce que vous trouvez à dire : « une simple mesure de protection » !

Dietlev fit un effort visible pour garder son calme :

— Réfléchissez un peu, Milton. Ils identifient le bateau de Petersen, mais ils ne savent pas qui est à bord. Ils doivent connaître leur bonhomme ; imaginez qu'Herman les ait doublés, qu'il se soit fait payer pour amener ici des policiers, ou même des militaires... Que feriez-vous à leur place ? Ces types sont organisés, c'est leur survie qui en dépend.

— Et si Herman ne revient pas ? demanda Elaine avec calme.

— Il *va* revenir. Ou au pire, ce sont eux qui viendront. Quoi qu'il en soit, nous ne pouvons rien faire, alors ce n'est pas la peine de jouer à se faire peur en attendant. Demain, toute cette histoire nous paraîtra ridicule...

— Nous sommes à leur merci, insista Milton, et vous vous en foutez ! Eh bien, moi non ! Tout est de votre faute, et je peux vous assurer qu'à notre retour, je vous ferai casser, Dietlev ! Je vous ferai jeter dehors de l'université !

— À la bonne heure ! Voilà maintenant que vous envisagez notre retour, ce qui prouve que vous n'êtes pas complètement stupide... Quant à changer d'université, je ne vous ai pas attendu pour y songer : on me propose une chaire à Tübingen, une autre à Harvard. Je n'ai que l'embarras du choix... Et je suis prêt à tout pour ne plus voir votre gueule de vieux singe !

— Dietlev, je t'en prie ! fit Elaine, effrayée par la tournure que prenait leur conversation.

— Je sais, je sais... approuva-t-il d'un air contrarié, mais il commence sérieusement à me les gonfler.

— Tout cela sera répété, je vous l'assure ! Le recteur est un de mes amis, et je me fais fort de...

— De quoi ? éclata Dietlev en prenant Milton au collet. Vous vous faites fort de quoi ? Dites encore un seul mot, un seul, et je vous pète la gueule !

Les lunettes embuées d'angoisse, Milton se contenta de bégayer quelques « ça alors » de vieille fille effarouchée. D'une poussée méprisante, Dietlev le rejeta sur une banquette.

— Je vais prendre l'air, dit-il à Elaine en la rassurant d'un clin d'œil. Ne t'en fais pas pour moi. Mais il y a trop longtemps que j'avais envie de vider mon sac à ce connard.

— Je vais avec toi. C'est vrai que ça sent le renfermé par ici...

— Vous avez vu ? fit Milton à l'adresse de Mauro. Vous êtes témoin, n'est-ce pas ? Cet ignoble individu a porté la main sur moi, il m'a insulté !

Mauro ajusta lentement les écouteurs de son walkman sur les oreilles :

— J'ai vu qu'il avait réussi à calmer, avec beaucoup de tact, je dois dire, ce qui ressemblait à une crise de nerfs indigne d'un professeur d'université ; mais je n'ai pas entendu grand-chose, à part vos propres menaces à son égard. Le walkman, vous comprenez...

— Vous aussi... Vous êtes de leur côté ! Laissez-moi vous dire, mon jeune ami, vous ne...

Elaine pointa le nez dans la coursive :

— Au cas où vous seriez intéressé, dit-elle à Milton, Petersen est en train d'embarquer sur le Zodiac. Alors laissez ce garçon tranquille, et venez faire la paix avec Dietlev. Vous lui devez des excuses, il me semble...

Lorsque Milton fut monté sur le pont, Herman était toujours sur la rive, en compagnie d'un groupe de trois hommes. Dietlev les observait à la jumelle.

— On dirait qu'il y a un problème, dit-il sans quitter la scène des yeux, tout le monde a l'air bien excité...

Elaine le connaissait, jamais il n'aurait feint pareille indifférence s'il n'avait été réellement préoccupé. Elle eut un soudain accès de peur, pour la première fois depuis leur départ de Corumba.

— Un problème ! Quel problème ? couinait déjà Milton. Je le savais... Je savais bien que ça se passerait mal...

— Taisez-vous, bon Dieu ! lui ordonna Dietlev, toujours rivé à ses jumelles. Ah, ça y est, il embarque. Enfin, *ils* embarquent... Petersen n'est pas seul, il y a un type avec lui.

Il se retourna vers Milton :

— Armé, dit-il sèchement, et en le regardant droit au fond des yeux. Alors, que tout le monde garde son calme, ce n'est pas le moment de faire une boulette.

— Laissez-moi deux minutes, s'empressa de mendier Herman, dès qu'il fut à bord, je vais vous expliquer. Tout va bien, vous faites pas de mouron. Ce n'est qu'un petit contretemps...

Il transpirait et semblait soucieux, malgré l'alcool qu'il avait de toute évidence ingurgité.

L'inconnu qui l'accompagnait était une véritable brute, comme on en voit quelquefois sur les motos américaines : moustachu, mal rasé, les cheveux huileux sous l'espèce de bandeau qui lui couvrait le front, il semblait parfaitement à l'aise dans les loques de son treillis. Dietlev remarqua la ceinture à compartiments qu'il portait en bandoulière. Fusil-mitrailleur sur le ventre, il jaugea un à un les passagers, l'air satisfait, comme s'il vérifiait qu'on ne lui avait pas menti. S'arrêtant plus longuement sur Elaine, il eut un sourire entendu qui découvrit une impeccable dentition de carnassier.

— *Puta madre !* dit-il d'une voix éraillée, en se touchant machinalement les testicules.

Humiliée, Elaine détourna son regard vers le fleuve.

Nul n'aurait su dire la réelle durée de cette inspection, tant ils étaient restés pétrifiés par l'arrogante stature du personnage. Elaine ne s'était souvenue ensuite que de sa puissante odeur de fauve.

— Et l'Indien ? demanda-t-il en espagnol.

— À la barre, répondit Herman avec le souci manifeste de rassurer son homme. Ne t'inquiète pas, *amigo*, il n'y a personne d'autre...

— OK, passe devant, dit-il en empoignant sa kalachnikov, on va faire le tour du propriétaire.

Précédé par Herman, il pénétra à l'intérieur du bateau avec une assurance dédaigneuse.

Milton était effondré ; il ouvrait de grands yeux, guettant une parole ou un regard de réconfort. Dietlev s'efforçait en vain de réfléchir. Il essayait d'analyser la situation, d'en comprendre les données comme s'il s'agissait d'un problème scientifique, sans parvenir à se débarrasser des sottes images qui enrayaient son raisonnement ; plus insistante que les autres, celle d'une chope de bière trop remplie, et dont la mousse ne cessait de déborder sur un comptoir, l'obnubilait... Affligée d'une irrépressible envie d'aller aux toilettes, mais paralysée aussi bien par son refus d'avouer cette déficience que par l'appréhension de devoir bientôt uriner sur place, Elaine se concentrait sur sa vessie, enfermée tout entière dans ce dilemme.

Par bravade plus que par insouciance, Mauro avait branché son walkman ; adossé au bastingage, les yeux fixés sur Milton, il chantonnait avec application.

Petersen réapparut sur le pont et se hâta de rejoindre Dietlev.

— Ce n'est pas ma faute, dit-il aussitôt, je vous assure. Ils sont en panne d'avion, impossible de réparer. Ils veulent qu'on emmène leur mécano à Cáceres pour acheter des pièces de rechange ; il y a un aéroport là-bas.

— À Cáceres ! s'exclama Dietlev. Il avait visualisé sur-le-champ le dédoublement du fleuve, à quelques milles en amont. Mais ce n'est pas notre route, c'est même à l'opposé !

— Je sais, fit Herman en prenant une mine consternée. Ne compliquez pas les choses. J'ai tout essayé, je vous le jure ; je leur ai même proposé de vous laisser d'abord là où vous allez, puis de venir vous reprendre au retour... Mais ils ne veulent rien savoir. Ils sont pressés, très pressés, si vous voyez ce que je veux dire.

Dietlev songea qu'il faudrait ramener le mécano à son point de départ. Cette soudaine perspective fit s'écrouler ses derniers espoirs de poursuivre la mission. Au mieux, et en comptant seulement trois jours à Cáceres pour trouver les pièces, ce qui était un minimum, ils ne pourraient être de retour ici qu'au terme prévu de leur séjour dans le Mato Grosso.

— C'est de la piraterie ! marmonna-t-il. Vous vous rendez compte de ce que ça signifie ? Un an de préparation foutu en l'air à cause de ces bâtards...

— Je ne pouvais pas prévoir, *amigo*, je vous jure !

— Et il n'y a rien à faire ? Je ne sais pas, moi, on peut leur proposer du fric pour qu'ils acceptent de nous laisser sur le gisement...

— Du fric ! dit Petersen avec une réelle stupéfaction. Mais ces types-là sont mille fois plus riches que vous, ils croulent littéralement sous les dollars ! Vous ne vous rendez pas compte, Dietlev, c'est déjà une chance d'être encore en vie ! Ils n'en ont rien à foutre de vous tous, de votre mission et de vos putains de fossiles !

— Il n'y a qu'à faire ce qu'ils disent, et puis c'est tout ! fit Milton du fond de sa terreur. J'en ai assez de... de tout ça ! J'annule la mission, vous entendez ? ! On prendra l'avion à Cáceres... J'annule tout !

— Quel avion ? fit la voix goguenarde du Paraguayen. Il déposa devant lui un grand carton rempli de boîtes de conserve et de bouteilles : Et la petite dame, elle est prête ? Tu lui as pas encore annoncé la nouvelle, hein ? pétochard... Allez, grouille-toi, faut que je ramène le Zod' au mécano.

— Je t'en prie, Hernando, fit Petersen, sur un ton larmoyant. Ça ne sert à rien, je t'ai donné ma parole. Je reviendrai avec ton mec, quoi qu'il arrive ; de toute façon, je suis obligé de repasser par ici...

— Herman ? fulmina Dietlev.

Sa voix s'était abaissée d'un ton, comme s'il avait pressenti la réponse que lui donnerait le vieil Allemand.

— Ils veulent garder la *professora* von Wogau jusqu'à notre retour. Comme garantie...

— Il n'en est pas question ! s'exclama Dietlev sans réfléchir une seule seconde. Et se tournant vers Hernando : On emmène votre mécano à Cáceres, et même à Cuiabá s'il le faut, on fait tout ce que vous voulez, mais elle reste avec nous, vous entendez ? !

— Bon, ça suffit maintenant, dit l'homme en braquant son arme sur Dietlev. Herman, tu charges les provisions sur le canot ; et toi, *guapa*, tu te dépêches d'embarquer. On ne te fera pas de mal, tu peux me croire...

Et il y eut dans ses yeux une lueur de lubricité disant tout le « bien » qu'il lui réservait.

Elaine se retrouva assise sur le pont, jambes serrées, hochant la tête de droite à gauche, incapable d'exprimer autrement son refus panique de l'accompagner.

Mauro se plaça résolument devant le Paraguayen :

— Elle ne vient pas, dit-il d'une voix tremblée. *No venga, non viene !* Il faut vous le dire en quelle langue ? ! C'est moi qui reste, si c'est ça que vous voulez !

— Mais c'est qu'il a des couilles, le petit coq ! fit Hernando en souriant. Tu me plais, toi...

Et d'un brusque revers de crosse, il le frappa au visage. Mauro s'affaissa comme une poupée de chiffon.

Dietlev s'avançait déjà, les poings serrés.

— Puisqu'il vous dit qu'ils ne lui feront pas de mal ! glapit Milton en le retenant par le bras. Il n'y a qu'à la laisser avec eux. N'est-ce pas, Elaine ? Dites-lui que vous restez... Vous avez vu, il ne plaisante pas !

— Lopette ! fit Dietlev en lui crachant à la bouche.

Hernando plaqua sous sa gorge le canon de la kalachnikov :

— Tu nous les casses, enflure ! Allez, la petite dame ! On embarque, ou je lui fais sauter la tronche !

Malgré tous ses efforts, Elaine n'arrivait pas à se relever. Elle s'était mise à ramper vers eux, lorsque le moteur, emballé tout à coup au maximum de sa vitesse, fit bondir la canonnière vers l'avant.

Un instant déséquilibré, Hernando comprit la manœuvre de Yurupig :

— Il va tous nous tuer, ce con ! hurla-t-il en se précipitant vers le poste de pilotage.

Dans le même moment, Dietlev vit le bateau amorcer une trajectoire oblique vers la rive... Sans se préoccuper des autres, il courut lui aussi vers le pont supérieur. Il finissait de gravir l'échelle de coupée, lorsque la canonnière changea de cap et reprit gaillardement le milieu du fleuve. Il y eut alors une sorte d'éclair orange, à l'extrême limite de son champ de vision, et se superposant au vacarme du moteur, comme une fulguration simultanée où le bruit blanc de la guerre se mêlait aux hurlements des singes. Dietlev se jeta au sol en se couvrant la tête de ses mains. Il sentit sa jambe se plaquer toute seule sur le métal, faire corps avec lui. Instinctivement, il tenta de la ramener dans une position plus naturelle, et tout en s'étonnant de son manque de réaction, perdit connaissance.

Époustouflé par l'attitude de Yurupig, Petersen avait plongé sur le pont dès qu'il s'était aperçu que le bateau continuait sa route et dépasserait, malgré l'intervention de Hernando, l'invisible frontière tracée par les chasseurs. Ahuri, rejeté au plus profond de ses hantises, il assista aux événements qui suivirent avec une sensation hypnotique de déjà-vu : Milton, agitant les bras et vociférant pour quémander un cessez-le-feu, la gigue que lui avait fait danser sur place l'impact répété des projectiles, les accrocs rouges sur son costume de linon ; Elaine se soulageant, à quatre pattes sur le pont, les yeux clos, l'air d'une sainte visitée.

Imperturbable sous la mitraille, le *Messager de la Foi* glissait toujours sur le fleuve, fonçant avec une sorte de volupté farouche entre les herses vert Nil de la jungle.

Carnets d'Eléazard.

MÉTAPHYSICIENS DE TLÖN : Kircher est comme eux, il ne cherche pas la vérité ni même la vraisemblance, il cherche l'étonnement. L'idée que la métaphysique fût une branche de la littérature fantastique ne lui est jamais venue, mais toute son œuvre appartient à la fiction, et donc aussi à Jorge Luis Borges.

PROXIMITÉ essentielle avec la mort, reconnaissance instantanée de cet enfer artisanal où je me débats.

DRAGONS : Si Dieu est parfait, se demande Kircher, pourquoi a-t-il créé ces êtres hybrides qui semblent remettre en question l'ordre naturel des choses ? Quel est le sens de ces ruptures, de ces écarts par rapport à la norme ? Dieu manifeste de la sorte sa toute-puissance : ce qu'il a fait, il peut le défaire ; ce qu'il a réglé, il peut le dérégler. Si longue qu'ait été notre expérience de voir retomber une pierre une fois qu'on l'a lancée vers le ciel, rien ne nous assure qu'elle ne disparaîtra pas un jour dans les nuages, par caprice divin et pour nous rappeler que c'est Lui qui fait la loi. Ce simple trait interdit à Kircher toute prétention à la connaissance : il choisit de croire à l'incroyable, systématiquement, parce que c'est absurde et que c'est ainsi que doit croire le vrai croyant.

FOI EN UN MONDE créé pour le spectacle des hommes, et pas seulement spectaculaire par instants. Kircher possède un sens inné de la théâtralisation, un art *quasi borrominien des dissymétries vertigineuses* (merci, Umberto !). Vision élastique de la raison, tendance au pittoresque, à la réminiscence, envolées de l'imagination, goût pour les formes brutes du vivant, pour la machinerie scénique, pour l'illusion : Kircher est baroque, tout simplement baroque (*Barocchus tridentinus, sive romanus, sive jesuiticus…*).

SERTÃO est une déformation de *deserto* : le désert. Ils disent aussi l'Intérieur. *Sertanejo* : celui qui habite le désert, qui est lui-même déserté…

AJOUTER UNE NOTE sur la « machine anémique »
inventée par Kircher. Inopérante, mais charitable.
Inopérante jusque dans la charité ? Elle le rend plus
humain, en tout cas.

MACHINES INDISPENSABLES :
- à brosser les singes
- à lécher le savon
- à récupérer l'énergie du coït
- à vieillir plus vite
- à retarder le millénaire
- à noircir les albinos
- à faire refroidir le thé
- à dégrader les militaires

NOTE. Quitte à se tromper, autant le faire avec précision ! Kircher et ses contemporains accordent roya-
lement 4 000 ans d'existence à notre monde ; mais
au même moment, les survivants des Mayas comp-
tent en millions d'années et les Hindous calculent les
cycles de création successifs de l'univers en périodes
de 8,64 milliards d'années...

Chapitre x

*Où sont rapportées mot pour mot les conversations
licencieuses des invités du prince
& diverses ignominies qui mirent Caspar Schott
en grand danger de damnation…*

Lorsque nous revînmes dans la salle de réception,
nous découvrîmes une très grande table qui avait été
dressée en notre absence. Kircher fut prié de
s'asseoir à la place d'honneur, en face du prince, & je
fus bien aise de me trouver à la gauche de son
épouse. Le banquet débuta sans tarder. Décrire la
profusion des mets qui nous furent offerts dépasse
les faibles capacités de ma mémoire. D'autant que je
prêtai surtout attention aux propos de mon maître &
à ceux de la princesse. Je me souviens, cependant,
qu'il y eut quantité de fruits de mer, de langoustes &
de coquillages, ainsi que plusieurs volailles & pièces
de gibier que les convives mirent à mal sans différer.
Comme je ne touchais guère à ce qui venait dans
mon assiette, me gardant de céder au péché de gourmandise, mon maître me sermonna gentiment sur ce
point, disant que c'était jour de fête & qu'il n'y avait
aucun mal à nous réjouir & le corps & l'esprit de la
venue de Notre Seigneur. Je confesse avoir obéi avec
pétulance à ce conseil, & fis honneur ce soir-là au
repas de nos hôtes. Aussitôt vidés, nos verres étaient

à nouveau remplis par les serviteurs, les cristaux étincelaient, toute la table bruissait de rires & de paroles entrechoquées ; la princesse plaisantait avec grâce, & j'étais heureux comme jamais je ne l'eusse présagé en arrivant dans cette demeure.

La conversation roula sur des sujets frivoles, & chaque fois on s'adressait à Kircher pour avoir, sinon le dernier mot sur la question, du moins l'avis le plus autorisé. Il se produisit une espèce de jeu entre les convives ; c'était à qui défendrait une opinion que mon maître entérinerait ensuite ; assentiment dont on tirait alors la plus grande gloire... Comme la profusion des mets nous y engageait, on compara les mérites respectifs des aliments & les habitudes étranges des peuples anciens ou éloignés. La Mothe Le Vayer remémora l'abstinence de toute chair propre aux pythagoriciens & aux brahmanes d'Orient, lesquels épargnent même l'herbe si elle n'est sèche, avec cette raison que l'âme se trouve partout où il y a verdeur ; les Rhizophages, Spermatophages, Hylophages & Feuillantins d'Afrique qui ne vivent que de semences, de feuilles ou de sommités des plantes, & sautent de branche en branche aussi prestement que les écureuils. On peut lire dans Mendès Pinto, disait l'un, que la chair des ânes, des chiens, des tigres & des lions se vend publiquement aux boucheries de Chine & de Tartarie. Et dans Pline, disait un autre, que les Macrobies devaient leur longue vie à ce qu'ils se nourrissaient exclusivement de vipères, comme nous savons de certains princes d'Europe qui en font avaler à la volaille qui leur sert après de viande. Et que diriez-vous donc, renchérissait Kircher, de ces Cynamolgues qui ne vivent que du lait des chiennes qu'ils tètent ? Des Struthophages de Diodore le Sicilien, qui se régalent de leurs autruches, des Acridophages, de leurs sauterelles, ou même de ces Phtirophages asiatiques, mentionnés par Strabon – lesquels ne sont peut-être

que les Boudins d'Hérodote –, qui avalent leurs poux
avec grand plaisir ?

Les femmes se récriaient avec dégoût devant de
pareilles coutumes, mais ce fut bien pis lorsque
La Mothe Le Vayer vint à parler de l'anthropophagie...

Ces gens, qui se targuaient d'être des philosophes,
avaient une bonne connaissance de leurs classiques.
Les références aux auteurs antiques fusaient de tous
côtés, & les femmes n'étaient pas les dernières à
défendre leur sexe avec érudition. Seule la princesse
resta silencieuse. Je vis qu'elle rougissait chaque fois
que les limites de la décence étaient frôlées par certaines paroles, & je pressais moi aussi ma jambe
contre la sienne pour lui montrer que je compatissais à son embarras & abondais dans sa réprobation.

Arguant que l'amour était une passion, & que cette
passion pouvait être satisfaite soit par nous-mêmes,
soit avec l'aide d'autrui, le sieur Jean-Jacques Bouchard se livra à une analyse de cette déception des
nerfs appelée « masturbation », qui est une chose
abominable, mais qu'il justifia par nombre d'exemples célèbres. Diogène, bien sûr, Zénon & Sextus
Empiricus furent appelés à la rescousse, eux qui ne
juraient que par cette pratique pour l'indépendance
qu'elle assurait vis-à-vis d'autrui, mais aussi le peuple lydien tout entier, lequel usait de cette infâme
chirurgie en plein midi.

Le comte Manuel Cuendias, un jeune Espagnol au
visage marqué par la vérole, condamna ces errements, mais ce fut pour faire ensuite l'apologie de
l'amour d'homme à homme. Il étouffa son monde
sous un flot de personnages grecs & latins qui
avaient tous glorifié autrefois ce que nous tenons
aujourd'hui pour une turpitude. L'Olympe n'était
rempli que de ganymèdes & d'antinoüs, Hercule
n'avait d'yeux que pour son Hylas ou son Taroste,
Achille que pour son Patrocle ; les philosophes les

plus sages & les plus respectés ne juraient que par leur bardache : Platon passait tous leurs caprices à son Alexis, son Phèdre ou son Agathon, Xénophon à son Clénias ; Aristote fondait devant Hermias, Empédocle devant Pausanias ; Épicure courtisait Pytoclès, Aristippe rampait pour Eurychide...

Les femmes de l'assemblée se récrièrent contre ces mœurs, objectant que l'humanité périrait bien vite si de telles abjections se répandaient outre mesure ; l'amour ne se trouvait jamais autant que dans la dissemblance des sexes, & non dans cette androgynie tant vantée par ce coquin de Platon pour justifier ses vices.

— S'il faut vous en croire, mesdames, continua le prince dans sa langue, c'est alors avec les bêtes que se trouve l'amour véritable, car elles ont sur votre sexe & l'avantage d'une plus grande dissemblance & celui de ne point philosopher...

Le prince avait dit cela avec un tel accent qu'il était difficile de savoir s'il plaisantait ou parlait sérieusement. Mais comme il se mettait à sourire, la tablée choisit d'y voir un mot d'esprit & d'en rire à gorge déployée, tandis que la princesse, les larmes aux yeux, enfonçait sous la table ses ongles sur ma main.

— Là encore, disait son époux, la mythologie grecque nous fournit maints exemples de cette zoophilie, dont je ne mentionnerai que Pasiphaé avec son taureau, Léda avec son cygne, & la matrone d'Apulée avec son âne. Ce qui n'est rien en comparaison de la réalité. N'importe lequel de nos bergers préfère ses chèvres à la fréquentation du beau sexe, & les boucs se mêlaient ordinairement aux femmes en la ville de Mendès d'Égypte où le dieu Pan était révéré. C'est chose si commune en Moscovie, que Cyrille de Novgorod, interrogé si on pouvait boire du lait & manger la chair d'une vache connue par un homme, répondit que chacun le pouvait faire, hormis celui qui en avait ainsi usé. Aux Indes Orientales, les Portugais jouissent des lamentins comme de femmes, & c'est avec le même poisson que les nègres du Mozambique disent se rafraîchir grandement, en abusant même après leur mort. Encore ne peut-on pas dire de semblables copulations qu'elles soient un effet de la simple dépravation humaine, car les autres animaux ont les mêmes sentiments pour nous, & on l'a vu, les mêmes mélanges entre eux. Rappelez-vous ce que dit Pline de cet oison d'Argos, pris de passion pour une joueuse de guitare appelée Glaucé, laquelle était en même temps recherchée d'amour par un bélier. On se souvient aussi des désagréments causés par un éléphant à une bouquetière d'Antioche, & de ceux d'un grand singe de Bornéo à un prêtre espagnol. Quant aux lions, étant en amour au commencement de l'hiver, & lors les plus dangereux, tout un chacun sait bien qu'ils pardonnent à la femme si elle se trousse, leur montrant sa nature...

Il y eut encore des éclats de rire. Emballé par le prince, ce badinage devint un bouillonnement d'obscénités érudites. L'inceste se joignit aux histoires d'amour illicite, & il ne fut plus question durant un long moment que des exactions de Caligula, de Néron ou de Chrysippe qui estimait indifférent d'avoir affaire avec sa mère, sa sœur ou sa fille. On cita Strabon, qui assure que les mages de Perse & les Égyptiens faisaient de même en leurs temples, Americo Vespuce, qui soutient que dans toutes les Indes Orientales il n'y a aucune exception de parenté pour éviter la fornication, l'empereur Claudius qui, ayant épousé sa nièce Agrippine, fit autoriser l'inceste par le sénat... Puis on se mit à salir les amours licites & la pudeur elles-mêmes qui n'étaient, disait-on, qu'une invention des peuples fatigués, car elles n'existaient point au Nouveau Monde ou au Grand Nord, chez ces peuples qui prêtaient volontiers leur femme ou leurs filles aux visiteurs sans montrer la moindre honte & copulaient en public, tout comme le cynique Cratès plantait autrefois son Hipparchia au beau milieu de l'agora...

Devant ce déferlement d'immondices, qui me faisait rougir autant que la princesse, je n'avais cessé d'implorer mon maître du regard, sans comprendre comment il arrivait à garder un calme si impérial. Pas un muscle de son visage ne tressaillait ; il arborait un sourire bonasse, comme s'il n'assistait en l'occurrence qu'à de simples enfantillages. L'abbé de la paroisse n'avait pas attendu jusque-là & s'était excusé depuis longtemps, alléguant son grand âge & l'heure tardive de la nuit. Enfin, alors que je désespérais d'entendre jamais Kircher contredire ce tissu d'abominations, il prit soudain la parole :

— J'ai lu moi-même tout ce à quoi vous avez fait allusion, & je rends grâce à votre savoir, mais je regrette qu'aucune voix ne se soit élevée pour remettre à leur place tous ces vices qui, s'ils ont existé & continuent à proliférer, n'en sont pas moins condamnables. Je vous dénoncerais tous à la Sainte Inquisition, comme il est de mon devoir... – il s'arrêta de parler un court instant, dévisageant les convives d'un regard froid. Le bleu de ses yeux avait pâli, & je vis plusieurs personnes, parmi les plus excitées précédemment, s'éponger le front, prises d'une frayeur irrépressible – ... si je doutais un seul instant que cela ne fût votre avis à tous. Mais peut-être n'est-il pas inutile de préciser certains points. Plus j'approfondis la connaissance des choses nouvelles, & plus m'apparaît exact ce que dit le plus sage des mortels dans l'Ecclésiaste : « Rien de nouveau sous le soleil. » Qu'est-ce qui a été ? La même chose que ce qui doit encore s'accomplir. L'obstination dans le mal, à savoir le Démon, est la cause de tous ces désordres, parce qu'il ne se dédie qu'à remplir le monde de ses turpitudes. L'Architecte maudit construit toujours la maison de l'antique scélératesse.

Il utilise toutes les voies, il tente tout le monde & à tous les âges. Son moyen principal pour tromper les âmes & se les approprier a toujours été de les attirer par la curiosité, & de les porter à la ruine à travers des artifices pleins de superstitions & de luxure. Nous pouvons dire que si le Démon a capturé tant d'hommes, c'est parce qu'il s'est toujours servi du même moyen, l'utilisant depuis l'origine des temps : je veux parler de la magie & de l'enchantement. Nous constatons par expérience que tous les dieux vénérés par les Égyptiens & leurs héritiers le sont encore des barbares modernes. Chez ces derniers, nous pouvons voir les signes de la transformation d'Osiris & d'Isis en Soleil & en Lune, & nous trouvons encore Bacchus, Hercule & Æsculape, Sérapis & Anubis & des monstres pareils à ceux des Égyptiens, bien qu'adorés sous d'autres noms. En Chine même, nous voyons des enfants brûlés vifs au dieu Moloch, le sang versé pour d'odieux sacrifices, & cette obscène partie du corps que les Grecs nommaient « φαλλος[1] » tenue en une singulière vénération. Ces barbares d'Orient adorent certains animaux comme s'ils étaient des dieux, & l'exemple des Égyptiens a eu tant d'importance dans l'esprit de ces peuples que ceux-ci ont rempli leurs contrées d'idoles semblables aux leurs... Tous ces exemples, que vous avez examinés tantôt, sont le fruit de l'idolâtrie, le produit épouvantable de l'Ennemi de la nature humaine. Le Démon est le singe de Dieu, sa queue de serpent traîne partout où se manifeste son esprit de perversion diabolique. Et s'il ne faut pas se voiler les yeux devant les reflets déformés que ses miroirs nous présentent en permanence, gardons-nous de les prendre pour la réalité & dénonçons cette malice qui mène tout droit à la damnation éternelle...

---

1. *Phallus.*

Une fois de plus, j'admirai la façon simple & tranquille avec laquelle mon maître avait défendu notre religion & ses saints principes. Je désespérai d'arriver jamais à une pareille force d'âme, qui est à vrai dire celle des élus de Dieu.

Contenus un instant par le discours de Kircher, les esprits enflammés par le vin se libérèrent à nouveau. Mais comme nous avions terminé de manger depuis longtemps, le prince invita les convives à sortir de table, & nous nous dispersâmes par petits groupes dans les salons, pendant que les domestiques desservaient.

La princesse Alexandra m'entraîna sur un divan un peu isolé. Après avoir commenté les causeries de la soirée & exprimé à haute voix cette réprobation que nous nous étions communiquée par gestes, nous parlâmes à nouveau musique & harmonie. Peu habitué à boire comme je l'avais fait, j'avais l'esprit brouillé & n'ai retenu de cet entretien que le sentiment d'une douce communion & d'une parfaite concordance de nos avis. Plus tard, alors que nous comparions une fois encore les mérites respectifs de William Byrd & de Gesualdo, la princesse désira me soumettre la partition d'un motet que je ne connaissais pas, & qu'on ne pouvait lire, disait-elle, sans entendre la plus merveilleuse musique qui fût. Je la suivis donc avec empressement dans une alcôve peu éloignée où elle serrait ses partitions. À peine y avions-nous pénétré qu'elle en ferma la porte à double tour afin de nous préserver des importuns. J'acquiesçai à cette initiative, flatté de sa préférence pour ma personne. Elle trouva sans peine ladite musique, & nous nous assîmes côte à côte.

La partition était en effet extraordinaire de joliesse & de ferveur, si bien que je la fredonnais à voix basse, subjugué par ce qu'elle causait en moi de mouvement délicieux. Au bout de quelques minutes, je sentis comme une flamme sur ma joue, du côté où se trouvait la princesse. Je levai les yeux vers elle & cessai aussitôt de chanter : c'était son regard fixe, lumineux, brûlant comme une braise qui m'avait transpercé la peau. Sans quitter cette façon effrayante de me couver des yeux, elle approcha lentement sa main de mon visage & caressa mes lèvres en tremblant.

— Caspar, murmura-t-elle, Caspar...

Sa respiration s'était faite irrégulière, ses narines palpitaient, sa bouche s'entrouvrait comme si par ce mouvement elle cherchait à humecter sa gorge sèche. Croyant qu'elle était sur le point de perdre connaissance, je me dressai à demi pour lui porter secours. D'un geste, elle me fit signe qu'elle manquait d'air, me pressant de la délacer. Comme elle faisait mine de s'étouffer, j'entrepris d'ouvrir sa robe, m'énervant sur tous ces rubans auxquels je n'étais pas accoutumé. Je n'avais pas plus tôt desserré un peu son corsage qu'elle termina elle-même de se débrailler. Mais elle ne s'arrêta point là où la décence & les nécessités d'un simple malaise l'eussent ordonné, continuant à ouvrir ses vêtements avec une sorte de rage jusqu'à exhiber devant moi sa poitrine entièrement nue ! Je restai pétrifié devant ce spectacle. N'ayant jamais aperçu le sein d'une femme que sur les cadavres que nous disséquions avec mon maître, il me sembla que je n'avais rien vu d'aussi beau depuis le jour de ma naissance. À mon grand effroi, cependant, la princesse *molliter incepit pectus suum permulcere. Papillae horruere, et ego sub tunica turgescere mentulam sensi*[1]. L'Ennemi ! Cette femme était possédée par le Démon, & j'étais à deux doigts d'être entraîné par elle dans le gouffre. Je me signai en récitant des paroles d'exorcisme, mais la

---

1. (...) *commença à se caresser voluptueusement la poitrine. Ses tétins se dressèrent, et je sentis mon membre se gonfler sous ma soutane.*

princesse, méconnaissable, *divaricata stolam adeo collegit ut madida feminum caro adspici posset*[1]. Une grande confusion s'empara de mes sens & de mon esprit. D'une part, j'étais horrifié par la transformation si soudaine de cette femme à qui j'avais prêté jusque-là les vertus & la pudeur d'une sainte, & de l'autre, je me sentais attiré vers elle encore plus que je ne l'avais été auparavant. Un dernier sursaut de ma conscience m'éloigna d'elle, et, tremblant, flageolant sur mes jambes, je l'implorai de reprendre ses esprits.

— Cessez, madame, par pitié ! dis-je avec toute la conviction dont j'étais capable. Vous vous damnez ! Vous me damnez !...

Mais cette réaction sembla l'exciter davantage, car elle passa la langue sur ses lèvres avec obscénité. Réalisant que la porte était fermée à clef, je me précipitai aussitôt vers le cordon, menaçant d'appeler.

CANOA QUEBRADA | *Comme un rempart à la folle ivresse du monde...*

Après une longue baignade, Moéma, Thaïs et Roetgen se retrouvèrent sur la plage, à l'ombre d'une paillote où *seu* Juju, un pêcheur reconverti, servait des crabes farcis et une *cachaça* au citron vert que sa tiédeur rendait presque imbuvable. Nul n'avait su lui dire pourquoi de jeunes citadins s'étaient mis à fréquenter ce coin perdu, mais il en acceptait l'aubaine avec d'autant plus de philosophie qu'elle lui permettait de gagner sa vie sans trop se fatiguer. Adossés à des rondins de palmier, trois jeunes hommes en maillot de bain s'asticotaient avec de grands éclats de rire. Lutteurs immobiles, le corps luisant d'huile

---

1. (...) *écarta ses jambes et troussa sa robe jusqu'à me laisser voir la chair moite de ses cuisses.*

bronzante et de gouttelettes, ils jouaient à pommader de sable cette lumière. Roetgen croisa le regard du plus volubile d'entre eux, un métis aux dents immaculées, qui laissait gracieusement traîner sa main sur les nuques ou les épaules de ses compagnons et riait d'une voix aiguë.

— *Eita, mulherzinha !* s'exclama-t-il en se levant aussitôt pour embrasser Moéma. Et après un pas en arrière, comme pour mieux apprécier Roetgen : Où est-ce que tu as trouvé cette jolie biche ? ! Je me sens déjà tout humide...

— Du calme, ne sois pas grossier, fit Moéma, un peu gênée. C'est mon professeur, alors vas-y doucement.

— Tu pourrais au moins me présenter, non ? Je ne vais pas le manger, encore que...

— Bon... Roetgen, je te présente Marlène, dit Moéma en souriant. Ne fais pas attention à lui, sinon il ne te lâchera plus !

— Ne l'écoute pas, fit le jeune homme en s'attardant plus que de raison sur la main que lui avait tendue Roetgen. Je suis douce et obéissante comme une agnelle. N'est-ce pas, les filles ?

Les deux garçons auxquels il s'était adressé se contentèrent de lui jeter un regard noir.

— Anaïs et Doralice... dit-il avec un sourire glacé. Elles sont jalouses, et ça les rend impolies. Pas assez d'hormones, toujours la même histoire...

C'était la première fois que Roetgen entendait un homme parler de lui-même et de ses amis au féminin. Malgré son ouverture d'esprit, il avait ressenti cela comme une provocation et ne savait s'il devait consentir à ce jeu ou feindre de l'ignorer. Il en conçut malgré tout une sorte d'admiration naïve pour l'individu qui osait affirmer aussi clairement ses préférences sexuelles. Toutefois, par un réflexe stupide où la peur panique le disputait à un vieux fond d'orgueil mâle, il éprouva le besoin de se différencier :

— Je dois être un peu bizarre, dit-il sur le même ton de plaisanterie, mais je préfère les filles... Cela dit, ça n'empêche pas de boire un verre ensemble.

Il se mordit aussitôt la langue, furieux contre lui-même d'avoir cédé à cette facile condescendance, plus outrageante à coup sûr qu'une véritable insulte.

— Dommage... Tu ne sais pas ce qui est bon, fit Marlène avec un rien de mépris dans la voix. Si jamais tu vires ta cuti, viens me voir en premier, je te ferai découvrir la galaxie... Allez, les filles ! Le dernier arrivé à l'eau est un baiseur de femmes !

Mus comme par un ressort, les trois jeunes gens détalèrent aussitôt vers le rivage.

— Je ne voulais pas le vexer, dit Roetgen, l'air désolé.

— Tu as bien fait, le rassura Moéma, si tu lui avais laissé le moindre espoir, il serait devenu insupportable... Ça lui passera. De toute façon, il est prêt à tout pour un verre à l'œil ! Tiens, à propos... Juju, tu nous en sers une petite, s'il te plaît ?

Le premier verre les grisa tous les trois.

À peine rosée dans les lointains, de part et d'autre de leur champ de vision, la plage disparaissait en un vaste éblouissement. Sur l'Atlantique, bleu délavé, de longs rouleaux déferlaient avec lenteur dans un bruit de torrent. Quelques jangadas tirées haut sur la grève, de rares baigneurs éparpillés, rien ne venait entacher leur impression de se trouver ailleurs, au bout du monde, dans une de ces parenthèses où l'esprit, miraculeusement amnésique et apaisé, se réconcilie soudain avec lui-même.

— Tu vois, disait Moéma, je pourrais rester comme ça toute ma vie. Vrai, toute ma putain de vie à regarder les vagues, un verre à la main...

Thaïs s'était déridée. Allongée, la tête reposant sur le ventre de Moéma, elle racontait à Roetgen leur projet de bar littéraire en s'insurgeant contre l'igno-

rance du siècle et le mépris de la bourgeoisie brésilienne pour la poésie. Elle s'emportait, frôlait des
abîmes où l'univers se dérobait dans une même
condamnation – *O que é isso, companheiro ?* Ne me
dis pas que tu n'as jamais entendu parler de
Fernando Gabeira ? –, puis revenue à la main de
Moéma qui lui caressait les cheveux, chantonnait à
voix basse des bossas-novas de João Gilberto et de
Vinicius en s'abandonnant à l'insigne mélancolie de
ces couplets. *Tristeza não tem fim, felicidade sim...*
Avait-il lu, pas seulement écouté, mais *lu* pour de
bon les poèmes de Vinicius de Moraes, de Chico
Buarque, de Caetano Veloso ? Il fallait faire cet
effort. Et Mário de Andrade, non ? Et Guimarães
Rosa ? Il ne comprendrait jamais rien à leur monde
sans avoir lu *Grande Sertão : Veredas...*

Roetgen notait les titres mentalement, malgré les
réserves instinctives que faisait naître la présence de
chanteurs au milieu de cette liste.

Marlène revint avec ses amis et de nouveaux visages. Peu rancunier, il réclama le verre promis, fit
assaut de bons mots et d'insinuations graveleuses,
puis dévoila à Roetgen qu'à trois ou quatre cents
mètres il y avait un recoin de plage où les vrais
amoureux de Canoa se rassemblaient pour faire du
nudisme, jouer de la guitare, fumer des joints... Un
véritable espace de liberté ! D'ailleurs, il pouvait lui
fournir de la *maconha*, s'il le désirait. De la bonne,
pas de problème... De *cachaça* en *cachaça*, il finit
par monter sur la seule table de la paillote et, affublé
de plusieurs serviettes de bain, mima un strip-tease
qui fit hurler de rire tous ceux qui assistaient à ce
spectacle improvisé.

En fin d'après-midi, quand Roetgen s'éveilla sur
son hamac, à même le sol de la cabane, sa mémoire
semblait s'être effilochée à partir de cette dernière
scène. Il se souvenait vaguement avoir fait l'amour
avec Moéma, mais sans pouvoir jurer de rien. Tout

le reste était englouti dans un trou noir d'où ne parvenaient à s'échapper que des images floues et un incompréhensible ressentiment vis-à-vis de la jeune fille. En même temps qu'il s'étonnait de sa curieuse position, il aperçut la branche oblique, saugrenue, qui pendait du toit jusqu'à l'imbroglio de filins étalé sur ses orteils.

— Alors, Dionysos, bien dormi ? ! fit une voix un peu au-dessus de lui.

Le visage hilare de Thaïs émergea de son hamac, suivi presque aussitôt par celui de Moéma. Lovée amoureusement contre son amie, elle paraissait tout aussi joviale.

— Quand on a tous décidé d'aller faire la sieste, tu as remonté la dune comme un robot, sans vaciller ni accélérer le pas. Et le sable était deux fois plus brûlant qu'à la descente ! Tu t'es installé d'office dans mon hamac et tu as commencé à parler de Dionysos... Tout y est passé, Nietzsche, le mythe et le culte, la « violence sacrée », tu étais intarissable !

— C'était intéressant, au moins ? demanda Roetgen avec une moue dubitative.

— Super ! fit Thaïs, je t'assure... Et puis tu parlais parfaitement portugais, sans accent ni rien ! C'est fou, non ?

— C'était incroyable, reprit Moéma. Tu avais l'air hypnotisé !

— Et ensuite ?

— Ensuite, on a fumé un joint et... Tu ne vas pas me dire que tu ne te souviens pas non plus de ça ? !

— Je te jure, mentit Roetgen. Tout s'arrête au strip-tease de Marlène...

— Eh bien, tu m'as sauté dessus pendant que Thaïs te parlait...

— J'ai fait ça ? !

— Et comment ! le gronda Thaïs en riant. Le pire, c'est qu'elle avait l'air de trouver ça très agréable !

— Quelle honte, mon Dieu, dit Roetgen, sincèrement penaud. Jamais je n'aurais pensé être capable de faire un truc pareil, même fin soûl comme je l'étais...

— Ne te bile pas, reprit Thaïs sur un ton affectueux. J'en ai vu d'autres avec elle... C'est un sacré numéro, tu sais ! J'ai bien essayé de dormir de mon côté, mais c'était impossible : vous faisiez bouger toute la cabane avec votre gymnastique, un vrai tremblement de terre ! Du coup, je suis venue vous rejoindre, et c'est là que la branche a craqué...

— Nous sommes tombés les uns sur les autres... et toi tu t'es endormi net ! Un moment, on a même cru que tu étais évanoui, mais tu t'es mis à ronfler ; on était mortes de rire !

— Alors on t'a laissé par terre, et on s'est mises dans mon hamac...

— Il va falloir faire attention avec la *cachaça*, professeur... plaisanta Moéma. Surtout ici, avec le soleil...

— J'aurais dû manger un peu, argumenta Roetgen. C'est la seule raison, je n'ai pas bu tant que ça.

— Quatorze *caipirinhas*...

— Quatorze ? !

— Exactement. Tu peux faire confiance à *seu* Juju ; il est capable d'en servir quelques-unes gratis, mais celles que tu as toi-même commandées, il n'en oublie jamais une seule.

Leurs vêtements sous le bras, ils se rendirent ensuite chez Néosinha. Celle-ci louait l'accès à son puits et l'utilisation d'une cahute destinée aux ablutions. Roetgen fut déçu par un procédé qui jurait avec « l'hospitalité naturelle » des pêcheurs tant vantée par Moéma ; sans compter le fait de devoir faire la queue en compagnie d'une dizaine d'autres jeunes gens. On se serait cru tout à coup dans un camp de vacances, songea-t-il, ou pire, dans un camping. Comme Thaïs et Moéma semblaient parfaitement à l'aise dans ce contexte, il leur épargna ses réflexions.

Pour gagner du temps, ils prirent leur douche ensemble, chacun des trois puisant l'eau à tour de rôle à l'aide d'une vieille boîte de conserve dans le grand bidon métallique que leur avait amené l'un des fils de Néosinha. Toujours un peu éméché, Roetgen se livra sans aucune gêne à la petite comédie qui les rassembla soudain, nus, proches à s'effleurer, comme s'il s'agissait d'une chose tout à fait naturelle.

Longues jambes, fesses musclées de Moéma, svelte, animale, avec son corps de garçon et son pubis mordoré ; Thaïs, aux seins lourds, plus que dodue, mais tout aussi attirante, avec ce luxuriant triangle noir qui soulignait la peau laiteuse de son ventre...

Un badinage d'enfants au bain dont il ne sut jamais s'il avait été seul à percevoir la très subtile perversité.

Moéma ayant proposé de s'inviter chez João pour le dîner, ils achetèrent quelques poissons, du soda et des galettes de pain avant de retraverser le village. Le ciel virait au noir. Un vent de mer commençait à lever des tourbillons de sable sur leur chemin. De part et d'autre de la rue, de petites lumières vacillaient dans les trous sombres des fenêtres.

— Mince ! s'écria Thaïs, on a oublié d'acheter une *lampadinha*...

Retournant sur leurs pas, ils firent l'emplette d'un litre de kérosène et d'une lampe à pétrole en ferblanc que décorait le blason rouge et or d'une marque de beurre.

— Ces lampes sommaires sont fabriquées à partir de boîtes de conserve usagées, expliqua Moéma, elles sont toutes différentes. Dans l'Intérieur, on en déniche de très belles, vraiment...

Ils trouvèrent João et sa femme qui se balançaient avec indolence dans leur hamac respectif ; les enfants jouaient en grappe au-dessous d'eux. Maria accueillit le petit groupe avec effusion. Elle s'empressa de se lever pour activer le feu dans la cuisine. João les rejoignit un peu plus tard autour du foyer. Il faisait grise mine : l'un des quatre matelots de la jangada était malade, si bien que la sortie de pêche prévue pour le lendemain était annulée. Roetgen s'étonna d'une pareille mesure. Pourquoi ne pas y aller quand même ?

— À trois, ce n'est pas possible, répondit le pêcheur. C'est une question d'équilibre sur le bateau, on risquerait de chavirer.

— Personne ne peut le remplacer ?

— Les jeunes ne veulent plus faire la pêche, et les autres sont occupés, ou à terre ou sur les bateaux. C'est comme ça, il n'y a rien à faire. En attendant, on va continuer à crever de faim.

Le visage de Maria s'était fermé, tandis qu'elle mettait à griller les poissons, directement sur la braise.

— Je peux embarquer à sa place, si vous voulez...

Mû par le seul désir de venir en aide à cette famille, Roetgen avait parlé sans réfléchir. Devant la mine incrédule de João, il insista sur sa longue expérience des régates et de la pêche en mer.

— Il n'y a rien au monde qui me plaise autant que ça, dit-il en terminant, comme si cette précision constituait un argument de plus.

— On part deux jours et une nuit, *Francês*, ce n'est pas une partie de plaisir...

— J'ai l'habitude... Emmenez-moi, vous verrez bien. Au pire, je servirai toujours de contrepoids, puisque c'est ça le problème.

— Tu peux lui faire confiance, intervint Moéma. Je le connais : s'il te propose de venir, c'est qu'il est capable de le faire.

— Alors, c'est d'accord, on essaye... dit João en lui tendant brusquement la main par-dessus le foyer. Il faut que j'aille prévenir les autres, j'en ai pour deux minutes.

Lorsqu'il revint, peu après, son visage rayonnait de satisfaction.

— Ça marche, fit-il en reprenant sa place. Rendez-vous ici, à cinq heures du matin...

Ils mangèrent le poisson avec les doigts, dans des écuelles d'aluminium bosselé. Durant tout le repas, tandis que João racontait les dernières histoires du village, Roetgen ne croisa jamais le regard de Moéma sans y surprendre le respect admiratif que lui inspirait son geste.

— Tu ne te souviens pas de ça non plus ? ! avait dit Moéma en sortant de chez João. Tu es vraiment incroyable ! Tu lui as même proposé de t'apprendre à danser ! Je suis sûre qu'il se fait déjà des idées...

Fatigué par sa beuverie de la journée, Roetgen serait bien rentré sur-le-champ, mais aux dires des filles, il avait promis à Marlène et aux autres de les retrouver au *forró*, derrière le bar de *seu* Alcides.

— Qu'est-ce que j'ai pu dire comme conneries ! maugréa-t-il, furieux contre lui-même.

La perspective d'avoir à affronter Marlène le dégoûtait d'une façon irrépressible.

— N'aie pas peur, dit Thaïs en s'apercevant de sa mauvaise humeur, il a dû dessoûler, lui aussi...

— Et si tu danses avec nous, personne ne viendra t'ennuyer. Tu verras, c'est un endroit super !

Guidés par Moéma dans les ténèbres de la rue, ils marchaient lentement, croisant des silhouettes silencieuses ou de petits groupes bruyants qu'ils saluaient sans les avoir identifiés. Le vent criblait de sable leur peau nue, charriant jusqu'à eux des odeurs d'algue et de dépotoir en flammes. Des bribes d'une musique endiablée commençaient à leur parvenir...

— Le *forró*, traduisait la jeune fille, c'est une sorte de bal populaire, ou plutôt rural. Ça n'existe que dans le Sertão. Ce serait d'ailleurs intéressant de faire une étude là-dessus. Mais le mot désigne aussi la danse elle-même... C'est pour cette raison que tu te mélanges les pinceaux : dans le Nordeste, on dit aussi bien « aller au *forró* » que « danser ou même jouer un *forró* ».

— *Forró, forrobodó, arrasta-pé, bate-chinela, gafieira*... égrena Thaïs avec une jouissance évidente. Tout ça, c'est la même chose ! Et tu vas voir la tête de tes collègues quand tu leur diras que tu es allé dans un tel lieu de perdition... C'est le comble de la vulgarité, dangereux et tout ! Pour rien au monde ils n'y mettraient les pieds.

Lorsqu'ils pénétrèrent dans le bar minuscule de *seu* Alcides, il leur fallut un moment pour se réaccoutumer à la lumière : par contraste avec l'obscurité profonde régnant sur le village, les quelques lampes à pétrole disséminées un peu partout donnaient à la pièce l'allure d'un retable de musée. *Seu* Alcides, un vieux métis ventripotent et affublé d'une paire de lunettes sans branches que maintenait un élastique, plastronnait devant deux séries d'étagères qui le transformaient au besoin en épicier ; celles de gauche alignaient une collection de bouteilles déroutante de monotonie – Alcides ne servait par principe que de la *cachaça* – et sur celles de droite s'entassaient des produits de première nécessité, bidons d'huile de soja, beurre en boîte, *feijão*, lessive en poudre, *rapadura*, toutes marchandises rutilant dans son dos comme des ors.

Accoudés au comptoir de terre crue, une demi-douzaine de *caboclos* s'enivraient avec méthode, buvant cul sec et laissant dégouliner de longs filaments de salive entre leurs tongs ; sur un petit billard qu'on eût dit remonté d'un long séjour au fond de l'eau, trois jeunes du village enchaînaient de bruyantes parties d'une variante locale du *snooker*, la *sinuca*. Projetés en ombres chinoises sur les murs d'adobe, leurs simulacres informes vacillaient au gré des courants d'air.

Les buveurs se déplacèrent pour leur faire une place au comptoir.

— *Meladinha* pour tous les trois... ordonna Moéma après ses retrouvailles avec Alcides.

— Tu es sûre ? fit ce dernier en haussant les sourcils. Toi et Thaïs, je sais que vous supportez, mais lui – regard dubitatif vers Roetgen – est-ce qu'il va tenir la distance ? C'est fort, quand on n'a pas l'habitude...

— Il faut qu'il apprenne. Ce n'est pas à Fortaleza qu'il pourra boire ça !

— Et la mienne est la meilleure du Sertão, reprit *seu* Alcides en versant un doigt de mélasse rougeâtre au fond des verres. Pur miel de *jandaíra*, c'est mon cousin qui le fait...

— Une espèce d'abeille, fit Thaïs à l'oreille de Roetgen, tandis que *seu* Alcides complétait les verres avec un bon décilitre de *cachaça*.

— Vous mettez de sacrées doses ! fit Roetgen avec appréhension.

— Des doses d'homme, dit simplement Alcides en touillant le mélange avec la pointe de son couteau. C'est comme ça qu'on boit par ici... Mais tu verras, petit, ça fait du bien là où on a mal !

Leurs voisins éclatèrent d'un rire gras, chacun y allant de son commentaire égrillard ou de son geste obscène.

Toujours cette insistance sur la virilité, songea Roetgen, comme si l'ignorance et la pauvreté ne trouvaient de consolation que dans l'hypertrophie lancinante du sexe masculin.

Imitant les filles, il but son verre d'un seul trait, mais sans se résoudre à cracher ensuite, comme elles le firent avec une aisance qui lui en imposa. C'était doux, un peu écœurant, et de toute façon meilleur que la *cachaça* pure. Le temps de se retourner vers le comptoir, les verres étaient déjà pleins.

À peine assourdie par le vent, la musique tonitruante du *forró* ne semblait gêner personne. Accordéon, triangle et tambourins accompagnaient des voix rauques, éraillées, mais adoucies par les inflexions traînantes du Nordeste.

— Ça fonctionne avec des batteries de voiture, avait dit Moéma pour répondre à une question de Roetgen.

Elle jouait avec Thaïs à qui donnerait en premier le nom du groupe et le titre de la chanson qui débutait. Dominguinho : *Pode morrer nessa janela*... Oswaldo Bezerra : *Encontro fatal, Destino cruel, Falso juramento*... Trio Siridó : *Vibrando na asa branca, Até o dia amainsá*... Comme la plupart des buveurs, elles reprenaient ensuite les paroles sans même s'en rendre compte, anticipant sur le refrain, dansant sur place. Et Roetgen qui aurait été incapable de fredonner en entier une seule chanson française, fut troublé par l'extraordinaire chaleur humaine que dégageait cette fusion de tous avec la musique ; une cohérence qui ne tenait pas au folklore, mais à l'énergie secrète d'un peuple de pionniers.

Il y avait maintenant d'incessantes allées et venues ; sortis du *forró da Zefa*, des jeunes gens trempés de sueur venaient vider leur verre avant de retourner au bal. Échauffées par la danse, cou rougi, cheveux à tordre, les filles qui défilaient dans le bar avaient des airs de madones hallucinées. Ravissantes ou hideuses, on aurait dit qu'elles avaient fait l'amour avant d'entrer. Roetgen se surprit à les désirer toutes.

Il y eut une plage de silence entre deux disques. Mis en valeur par cette pause, un personnage insolite fit son apparition. C'était un Indien d'une vingtaine d'années que sa coiffure, imitée de la tradition

Xingu, aurait suffi à singulariser : coupés à la limite des arcades, ses lourds cheveux noirs s'arrondissaient en frange par-dessus les oreilles avant de se répandre dans son dos. Vêtu de blanc, pantalon ample noué à la ceinture et maillot de corps largement échancré – sur son torse glabre, couleur brique, de fins tatouages partis du menton dessinaient des fourragères symétriques –, il arborait sa race et sa beauté comme un drapeau.

Cherchant un complice à son étonnement, Roetgen se tourna vers Moéma ; les yeux rivés sur le nouveau venu, elle semblait s'imprégner de son image. Captant ce regard, et comme attiré par lui, l'Indien se fraya une place à côté de la jeune fille. Son épaule portait une marque à l'encre bleue, l'estampille appliquée par *dona* Zefa sur les danseurs qui s'absentaient de son bastringue. Il but sa *cachaça* sans prononcer un mot. La musique reprenait...

— Alcéu Valença ! s'écria Thaïs, brusquement surexcitée par les premières mesures de la chanson. *Morena tropicana*, commença-t-elle à chanter...

— *Eu quero teu sabor*, continua l'Indien en regardant Moéma droit dans les yeux.

Puis il esquissa un sourire et sortit du bar.

— Drôle de type, hein ? ! fit Alcides, qui n'avait rien perdu de la scène.

— Qui est-ce ? demanda Moéma, comme si la réponse ne l'intéressait pas vraiment.

— Il s'appelle Aynoré. Ça fait deux semaines qu'il traîne par ici. Et crachant par terre pour souligner son mépris : *Maconheiro*, pour ce que j'en sais...

— On va danser ? supplia Thaïs, toujours occupée à se trémousser sur le rythme de la chanson.

Une fois dans la rue, ils contournèrent le bar sur la gauche et aboutirent au *forró da Zefa*. C'était une sorte de hangar construit en briquettes d'argile, dont le toit de tôle proclamait l'aisance relative de sa propriétaire. De petites fenêtres – sans vitres, comme partout à Canoa Quebrada – s'ouvraient tout le long de la façade, laissant échapper plus de chahut que de lumière. À la seule porte de cette grande bâtisse, ils trouvèrent *dona* Zefa elle-même, une vieille mulâtresse puant l'alcool et le tabac, qui se colla aussitôt à Roetgen en marmonnant d'une voix lasse un flot d'évidentes obscénités. Elle le lâcha dès qu'il fut parvenu à extraire de sa poche les quelques cruzeiros nécessaires à leur accès. Derrière elle, dans une salle d'une trentaine de mètres que deux lampes à gaz suspendues au plafond ne parvenaient pas à éclairer, une foule en mouvement s'employait à parcourir dans tous les sens l'espace de terre battue à sa disposition. Dans une ivresse et un grouillement d'essaim, les couples de danseurs roulaient des hanches en cadence, rapides, soudés gravement à leur partenaire, les pieds tenus au sol par une audible aimantation. Le sérieux de leur visage, l'uniformité des gestes en parfait accord avec le rythme de la musique stupéfièrent Roetgen plus que tout ce qu'il avait vu jusqu'alors. Un bal musette de catacombes, une dernière frotteuse avant le couvre-feu, dans la conscience aiguë des corps et l'imminence de la guerre. Derrière la voix humaine et les instruments, on entendait le bruit de fond endémique des sandales sur le sol, une pulsation continue, menaçante comme un silence des premiers âges.

Tout à coup, Marlène fut devant eux.

— *Que bom !* Salut à tous les trois dans l'antre de la nuit ! dit-il avec emphase. Ça chauffe, hein ? Alors, qui est-ce que j'invite à danser ?

— Moi, fit Thaïs en lançant à Roetgen un coup d'œil de conjuré.

— À nous, dit Moéma, dès que le couple eut été absorbé par l'agitation brownienne de la piste, deux pas à droite, deux pas à gauche, essaye de faire la même chose que moi...

Et se pressant contre lui, elle l'entraîna dans la zone de turbulences.

Roetgen ne s'en tirait pas trop mal, du moins au dire de sa partenaire. Tout en faisant son possible pour ne pas se ridiculiser, il perçut progressivement l'évidence : dans la masse sombre des danseurs qui s'évitaient avec une dextérité de particules élémentaires, il ne croisait que des visages hâves, édentés, des corps malingres qu'il dominait pour la plupart d'une bonne tête ; et chaque fois qu'une silhouette plus grande que les autres attirait son regard, c'était pour reconnaître sans aucune marge d'erreur un de ces jeunes citadins venus se « ressourcer » à Canoa. Ceux-là respiraient la santé, riaient de leurs dents blanches en s'amusant comme dans une boîte de nuit. Il y avait là deux espèces différentes, ou pire, deux stades éloignés dans le temps d'une même humanité. Coupé des uns et des autres, mais placé malgré lui dans la position des forts, Roetgen se sentit aussi fautif, aussi absurdement comique et déplacé qu'un perroquet au beau milieu d'un vol de corneilles.

— C'est pas encore ça, dit Moéma en riant, tu me marches sur les pieds ! Il va falloir t'entraîner si tu veux draguer dans un *forró*…

— J'arrête, je suis crevé.

— OK… On va boire un coup.

Ils progressaient vers la sortie, leur traversée rectiligne perturbant la mécanique des tourbillons, lorsque l'Indien réapparut :

— Tu danses ? dit-il froidement à Moéma, sans paraître douter un seul instant de sa réponse.

— Pourquoi pas, répondit-elle avec un rien d'arrogance dans la voix.

Elle se vissa entre ses bras avec une hâte et une aisance qui démentaient cette coquetterie.

Désorienté d'avoir été laissé en plan, Roetgen observa le couple flotter à la lisière du remous, prêt à

se laisser emporter. Une seconde avant sa disparition, il vit Aynoré peloter les fesses de Moéma, d'un
geste dur, obscène, qui fit remonter sur la cuisse le
short de la jeune fille, et ses ongles à elle, cramponn-
és aux tatouages de son dos.

Roetgen en ressentit comme une griffure symétrique. Il n'avait aucun droit d'être jaloux, mais se
laissa couler dans un mépris qui englobait toutes les
femmes de la terre. L'esprit encombré par les mille
et une déclinaisons de son amour-propre blessé, il
sortit de la salle – dûment tamponné au passage par
dona Zefa – et retourna au bar de *seu* Alcides.

Par contamination, les buveurs lui parurent au
comble de la dégénérescence. Un type endormi sur
le billard se réveillait en sursaut toutes les trois
minutes pour offrir dans le vide ses cigarettes, un
autre faisait sur commande la *pipoca*, gonflant
démesurément ses joues pour contrefaire le bruit
d'un pop-corn qui éclate, têtu à s'humilier, comme
si la justification de son existence se réduisait à
cette singerie lamentable. *Seu* Alcides lui-même
paraissait trop gras pour être honnête, surtout en
comparaison des squelettes vivants qui se pressaient à son comptoir.

Il s'était forcé à ingurgiter une *meladinha*. Par une
relation directe de cause à effet, ce verre d'alcool
déclencha une crise d'entérite qui le laissa transi, au
bord de l'évanouissement. Pris de panique à l'idée de
ne pas arriver à contrôler cette soudaine débâcle de
ses entrailles, il sortit du bar, pressé de rejoindre la
dune. Fouillant ses poches sans y trouver quoi que
ce fût qui suppléât l'absence de papier-toilette, il
fuyait dans le noir, malade, découragé.

Quand il fut certain de ne jamais parvenir à temps
au bord de la mer, il bifurqua sur la droite et marcha
droit devant lui, décidé à s'éloigner le plus possible
des maisons. Sous la faible clarté des étoiles s'étendait
un *no man's land* jonché de détritus, une décharge

294

innommable qui doublait la rue sur toute sa longueur. S'enfonçant dans l'ordure, Roetgen fut pris de sueurs froides, puis de crampes qui le plièrent en deux jusqu'à le faire tomber à genoux comme un orant au désespoir. Et là, seul, indifférent au monde, bouleversé par le vacillement de tout son être, il crut qu'il allait mourir et qu'un porc le trouverait demain, déculotté au milieu des poubelles fumantes du village, immondice lui-même dans l'immondice.

Ses derniers billets de banque le torchèrent à peine de cette angoisse.

Lorsqu'il fut capable de se relever, il essuya ses mains poisseuses avec du sable et rejoignit la rue, guidé par une lumière qui scintillait plus ou moins dans la bonne direction. Il parvint jusqu'à une petite fenêtre et s'arrêta un instant : dorée par le clair-obscur de sa lampe, une vieille négresse brodait lentement sur un grand métier de bois sombre. Apercevant Roetgen, elle lui adressa un timide sourire et suspendit son geste. Dans cet instantané de peinture flamande, il y avait la douceur infinie des mères, et avec elle le seul rempart à la folie du monde.

MUNICIPALITÉ DE PACATUBA | *L'avion de la VASP.*

Lorsque Zé lui avait offert de l'emmener chez sa sœur, dans la petite maison qu'elle habitait à la montagne, non loin de Fortaleza, Nelson était tellement ivre mort qu'il ne se souvenait ni du moment où son ami l'avait porté dans son camion, ni même d'avoir voyagé durant la nuit. En se réveillant au cœur d'une forêt de bananiers, il crut donc à un rêve, l'un des plus beaux et des plus sereins qu'il eût faits depuis longtemps. Comme il avait un peu froid, il rabattit les pans de son hamac au-dessus de lui et se plongea de nouveau dans le sommeil.

— Allez, debout, fainéant ! entendit-il une heure plus tard. Ce n'est pas la peine de venir à la montagne si tu passes ton temps à dormir...

Émergeant de son hamac comme d'une chrysalide, Nelson découvrit le visage souriant de l'oncle Zé.

— Regarde un peu ce paradis ! fit ce dernier en lui montrant la fenêtre. Ça change de Fortaleza, non ?

Derrière la vitre, il y avait effectivement les bananiers de son rêve, le ciel pur et les coassements réguliers des crapauds-buffles.

— On est où ? demanda Nelson en se frottant les yeux.

— Chez ma sœur, pardi ! dans la serra da Aratanha. Tu étais dans un sale état, hier au soir !

— Ça doit être vrai, j'ai la tête comme une pastèque...

— L'air de la montagne va régler ça en moins de deux, tu vas voir. Lève-toi, Firmina nous a préparé un vrai petit déjeuner de *matuto* !

Après un *mingau* de tapioca – une épaisse bouillie de lait sucré et de farine –, un bon morceau d'omelette aux patates douces et deux bols de café, Nelson se sentit déjà beaucoup mieux. Zé le chargea ensuite sur son dos, et ils allèrent pêcher dans une grande mare qui se trouvait en contrebas. Malgré son manque d'expérience, l'*aleijadinho* se montra plus habile que son maître et prit deux poissons-chats qui lui semblèrent monstrueux.

Quand ils rentrèrent déjeuner, vers une heure, le temps s'était couvert, laissant présager un grain pour l'après-midi. Ils n'avaient pas fini de manger, que l'orage éclata, les clouant à l'intérieur pour le reste de la journée. Après la sieste, ils restèrent sur la véranda, installés dans leur hamac, à regarder tomber la pluie. Puis Zé chanta de mémoire les aventures du prince Roldão, telles qu'il les tenait d'un récent *cordel* de João Martins de Athayde. Naïf mélange de l'*Iliade* et du *Roland furieux*, l'histoire racontait comment le neveu de Charlemagne avait réussi à délivrer son Angélique des griffes d'Abd er-Rahman, roi de Turquie et infidèle patenté, en se cachant avec ses armes dans un lion d'or conçu par Richard de Normandie...

Au coucher du soleil, la pluie s'arrêta enfin, faisant place à un réseau de brumes effilochées. Chassés par l'humidité du soir, Nelson et Zé se réfugièrent à l'intérieur et ouvrirent une bouteille de *cachaça*, tandis que la vieille Firmina mettait à cuire les poissons rapportés quelques heures plus tôt.

Ils étaient en plein repas et – Firmina s'en souvint par la suite comme d'une coïncidence lourde d'implications – en train de rire beaucoup trop haut, lorsqu'un bruit de réacteurs fit trembler soudain les verres sur la table, enfla démesurément, jusqu'à leur faire rentrer la tête dans les épaules, et s'acheva dans une explosion qui souffla toutes les vitres de la maison : le Boeing 727 de la VASP, en provenance de Congonhas, venait de s'écraser avec ostentation sur la serra da Aratanha.

Seul à réagir, Zé se précipita au-dehors. Un peu plus haut sur la montagne, à la lueur des arbres transformés en torchères, un grand panache noir s'élevait d'une nouvelle déchirure dans la forêt.

— *Meu Deus !* dit-il en prenant conscience de l'accident. Il a failli nous tomber dessus... Puis s'adressant à sa sœur et à Nelson qui l'avaient suivi sur la véranda : Attendez-moi ici, je vais voir si je peux faire quelque chose...

Et il se mit à courir vers le lieu de la catastrophe.

Malgré les hauts cris de Firmina, et sans réfléchir à ce qu'il faisait, Nelson lui emboîta le pas en se tortillant sur le sol.

Lorsqu'il parvint sur la zone d'impact, exténué, maculé des pieds à la tête à cause de ses glissades sur la boue rouge du chemin, Nelson resta pétrifié devant ce qu'il est convenu d'appeler un « spectacle d'apocalypse », mais dont l'horreur se manifesta pour lui par la simple vision d'un torse de femme encore attaché à son fauteuil, et comme assis désormais sur l'abondance de ses entrailles. Tout autour, éparpillés sur un très large périmètre et mis en relief par les fluorescences jaunes des gilets de sauvetage, on distinguait les débris fumants de l'avion, des valises éventrées, tout un fouillis méconnaissable. Et puis ces choses qui fascinaient : corps atrocement déchiquetés, lambeaux de chair pendus aux arbres comme des prières tibétaines, membres ou organes semés au hasard sur la terre détrempée, obscènes dans leur étrange solitude… toute une boucherie humaine livrée soudain aux bêtes avides de la forêt. À croire, songea Nelson, qu'il avait plu du sang, du steak et des abats.

Réveillés par la déflagration, les urubus voletaient déjà sur cette manne ; chipotant du bec au-dessus des ventres offerts, picorant les orbites, ils se disputaient avec des cris aigres les carcasses les plus appétissantes. Nelson ne fut guère surpris par le nombre de silhouettes – certaines munies de lampes torches – qui s'affairaient déjà sur ce champ de misère : peu enclins à la pitié pour ceux que la mort avait délivrés de tout besoin, ces pauvres gens des montagnes fouillaient les décombres avec minutie, prélevant sans dégoût ce qui représentait quelque valeur, argent, alliances et bijoux, mais aussi vêtements rougis de sang, chaussures dépareillées, et jusqu'à certains fragments de l'appareil dont nul n'aurait pu dire à quel usage ils pouvaient bien les destiner.

La perspective de découvrir un portefeuille bien rempli lui avait titillé l'esprit une seconde, mais Nelson refusa de se mêler aux charognards. Cherchant l'oncle Zé du regard, il progressa dans les débris. La terre était nauséabonde, gorgée d'humeurs et de matières douteuses. Au détour d'un fourré, il se trouva nez à nez avec un tronçon de

policier ; un flic décapité qui portait encore, absurdement, son ceinturon et son étui à pistolet.

— Eh ben, t'as pas l'air con comme ça ! dit Nelson
entre ses dents. Je t'encule, fils de pute !

Comme s'il s'agissait d'une réponse divine à ce
blasphème, il sentit deux mains qui l'empoignaient
par les épaules et il se retourna en hurlant...

— Qu'est-ce que tu fous là, bon Dieu ? ! Mais
qu'est-ce que tu fous là ? ! tonna l'oncle Zé dans sa
frayeur. Tu t'es vu, nom de Dieu ? Tu... tu... Je
t'avais pris pour un rescapé...

— Je t'ai suivi... balbutia Nelson, encore tremblant lui aussi.

— Je le vois bien, que tu m'as suivi. Je t'avais dit
de rester là-bas !

— Il y a des blessés ?

L'oncle Zé secoua la tête d'un air désolé.

— Ils sont tous morts. C'est pas possible après un
choc pareil. Je vais continuer à chercher en attendant l'arrivée des secours. Et toi, tu rentres à la maison, c'est compris ? Je reviens dès que je peux.

Nelson resta encore quelques minutes auprès du
cadavre, étonné par la perfection du plan qui venait
de germer dans son esprit. Ce serait ainsi et pas
autrement. Ça ne pouvait pas être autrement...

Revenu à la maison, tandis que Firmina, effarée
par son état, faisait chauffer de l'eau pour le laver,
Nelson sortit le pistolet chargé de son T-shirt et le
mit rapidement à l'abri au fond de sa besace.

Un peu plus tard, dans la lessiveuse où *dona* Firmina lui frottait le dos en marmonnant force prières
pour les victimes, il eut une stupéfiante érection ;
c'était la première fois qu'il bandait depuis la mort
de son père.

Chapitre XI

Où se conclut & se termine, ad majorem Dei gloriam,
l'histoire de la villa Palagonia.

— Faites cela, & vous êtes perdu, me répondit
avec calme cette nouvelle femme de Putiphar. Je
dirai que vous avez essayé d'abuser de moi, & vous
sentirez, je vous l'assure, ce que pèse la fureur de
mon époux.

Je restai interdit, comprenant à quel point elle
disait vrai. Un instant, je faillis sonner malgré
tout, préférant le scandale, l'opprobre & la mort
même à cette indigne tentation ; me souvenant *in
extremis* de la promesse faite à Kircher, je m'age-
nouillai face au mur, suppliant Dieu de m'accorder son aide.

Je sentis la princesse s'approcher de moi &
m'enlacer tendrement.

— Ne faites donc pas la bête ; vous n'avez pas
encore prononcé vos vœux définitifs, & il n'y a point
péché à céder sous la contrainte...

Ce disant, elle me renversa sur le tapis. Mes yeux
se troublèrent, mon cœur emballé annihila en moi
toute tentative de résistance, & c'est en répétant le
nom de Jésus comme un insensé que je pressai mon
corps contre le sien.

Aujourd'hui encore, au moment où je me ressouviens de nos débordements, la couleur me monte au visage ; mais je veux boire ce calice jusqu'à la lie & confesser en totalité une faute que je ne suis pas certain d'avoir rachetée par ma conduite ultérieure. Car non content de me livrer à la débauche avec la princesse, je ne refusai point les fioritures perverses qu'elle m'enseigna cette nuit-là... *Lingua mea in nobilissimae os adacta, spiculum usque ad cor illi penetravit. Membra nostra humoribus rorabant, atque concinebant quasi sugentia. Modo intus macerabam, modo cito retrahebam lubricum caulem. Scrotum meum ultro citroque iactabatur. Nobilis mulier cum crura trementia attolleret, suavissime olebat. Novenis ictibus alte penetrantibus singulos breves inserui*[1]. Le désordre s'était mis dans le chignon de la princesse, de longues mèches voilaient à demi son visage implorant... *Pectoribus anhelantibus ambo gemebamus*[2]. Je fis des pieds & des mains, & *semen meum ad imam vaginam penetravit*[3]. Mais la princesse étant insatiable, il me fallut bientôt recommencer. *Tum pedes eius sublevandi ac sustinendi fuerunt humeris meis. Pene ad posticum admoto, in reconditas ac fervidas latebras intimas impetum feci. Deinde cuniculum illius diu linxi, dum irrumo. Mingere autem volui : « O Caspar mi, voluptas mea, inquit, quantumcumque meies, tan-*

---

1. *Je poussai ma langue dans la bouche de la princesse, et mon dard pénétra son cœur. Nos membres ruisselaient de nos liquides, ils émettaient le même bruit de succion. Tantôt je laissais macérer à l'intérieur ma tige glissante, tantôt je la retirais promptement. Mes bourses étaient ballottées de-ci de-là. La princesse soulevait ses jambes tremblantes, on percevait une odeur suave. J'espaçai d'un coup bref les neuvaines de coups profonds et pénétrants.*
2. *Nous gémissions tous deux d'une poitrine haletante.*
3. *(...) et ma semence pénétra au fond du vagin.*

tum ore accipiam[1] *!* » Ce qu'elle fit, tandis que *liquore meo faciem eius perfundi*[2]…

Elle m'apprit encore d'autres dépravations tout aussi abominables ; je m'y livrai alors avec plaisir, sans songer un seul instant que nous nous vautrions ainsi dans le péché mortel. Toutefois, alors même que la princesse jouissait de vilenies qui n'avaient jamais traversé mes pires cauchemars, elle insista souvent pour que je fusse attentif à n'effleurer ni son nombril ni son ventre, par crainte d'y briser le clavecin de verre dont elle se fantasiait. Souhait que j'eus quelque mal à satisfaire dans l'état de démence où j'étais plongé.

Quand nous fûmes rassasiés, ce qui n'arriva qu'après deux heures de luxure effrénée, elle me montra un passage discret par où je regagnai ma chambre sans être aperçu. Je m'y endormis aussitôt, ivre de vin & de voluptés. Nous étions au petit matin du 25 décembre 1637.

Lorsque je m'éveillai, nauséeux & bouffi par le stupre, ce fut pour ressentir les affres les plus cruelles d'une conscience coupable. Ma faute ne pouvait espérer nulle rédemption, & déjà je brûlais tout vivant dans la fournaise d'un enfer aussi terrible que le véritable. Telles étaient ma souffrance & ma haine de moi-même, si cuisante ma honte, que je n'aspirais qu'à me confesser à mon maître de mes péchés, puis à m'ensevelir dans quelque désert affreux.

J'en étais là de mes tourments, lorsqu'un laquais vint me prier de rejoindre Kircher dans la bibliothèque. Je le suivis comme on va au martyre…

---

1. *Je dus lui soulever les pieds et les poser sur mes épaules, puis j'approchai mon pénis de son anus et donnai une poussée vers l'intérieur de cette brûlante cachette. Puis je la gamahuchai longuement, tandis qu'elle avalait mon membre. Je voulus uriner : « Ô toi, mon Caspar, me dit-elle, si abondamment que tu pisses, ma bouche le recevra ! »*
2. (…) *j'inondais son visage de mon liquide…*

Athanase était seul au milieu des livres, & la plus grande pitié se lut sur son visage lorsqu'il m'aperçut. Je me jetai aussitôt à ses pieds, incapable de prononcer un mot, balbutiant mon désir de confession entre deux sanglots.

— Ce n'est pas la peine, Caspar, me dit-il en m'aidant à me relever, quoi que tu aies fait, tu es déjà pardonné. Regarde...

Il enleva un pesant in-folio des rayonnages & l'ouvrit en son milieu sur deux pages blanches. Il présenta le livre ouvert sur un haut lutrin, devant l'endroit où il avait été rangé, puis me demanda d'éteindre les deux chandeliers qui éclairaient alors cette salle sans fenêtres.

— Rassemble ton courage, Caspar, & regarde...

Je m'approchai de lui pour constater avec stupéfaction que le livre contenait maintenant une image lumineuse & colorée, aussi précise que le reflet de la réalité dans un miroir. Mais l'étonnement causé par cette magie ne fut rien à comparaison de ma stupeur lorsque je reconnus l'alcôve où je m'étais damné la nuit précédente ! Poussant un cri, je perdis connaissance...

Je revins à moi peu après, Kircher m'ayant fait respirer des sels qu'il portait toujours sur lui. Entre-temps, il avait rallumé les chandeliers, & je vis que les pages du livre étaient redevenues vierges.

— Assieds-toi, & écoute sans m'interroger. J'ai bien plus à confesser que tu n'aurais à le faire. Tout d'abord, sache qu'il n'y a aucune sorcellerie dans ce que tu viens de voir. Il ne s'agit là que d'une de mes inventions, la *Camera Oscura*, que j'aurais préféré te dévoiler en de meilleures circonstances. Mais Dieu, car ce ne peut être que lui, en a décidé autrement. J'étais là, en compagnie du prince, lorsque tu es entré hier soir dans cette alcôve avec son épouse ; je vous ai épiés jusqu'à me convaincre que tu obéirais à mes ordres sans faillir. Je ne sais ce que tu as fait avec cette fille du diable, & je ne veux pas le savoir : c'était le prix à payer pour une entreprise dont nous n'avons été tous deux que les instruments aveugles. Ta soumission à mes commandements, loin de t'avoir conduit à la damnation éternelle, t'a permis de gagner le Paradis ; par ton péché, Caspar, tu as tout bonnement sauvé l'Église !

« J'ai eu connaissance de ce *volumen*, continua-t-il en saisissant un épais rouleau de parchemin, avant même de venir dans cette maison, mais sa lecture a dépassé en horreur tout ce qu'on m'en avait dit. À l'époque troublée où nous vivions, & parce qu'elle constituait une aubaine inestimable pour les ennemis de la cause chrétienne, l'existence même de cet ouvrage était une catastrophe...

— Ce livre, qui pourrait devenir une arme si dangereuse entre les mains de nos adversaires, le prince me l'a offert ce matin, conformément au pacte que j'avais passé avec lui. Je le brûle sans regret, Caspar. Que tes péchés & les miens se consument avec lui !

À ces derniers mots, Kircher jeta le volume dans la cheminée, & tandis que le parchemin se tordait au milieu des flammes, il me donna l'absolution. Il tisonna le feu jusqu'à ce que le manuscrit de Flavius Josèphe fût complètement réduit en cendres, puis me regarda ensuite droit dans les yeux. Je ne l'avais jamais vu si grave & si ému :

— Allons, viens, me dit-il doucement, quittons au plus vite cet antre du Démon. Tout est accompli, nous avons fait notre devoir.

Nous abandonnâmes la demeure du prince sans prendre congé, & j'eus ainsi la consolation de ne pas revoir celle qui m'avait entraîné si loin dans les labyrinthes de la luxure.

Dans la calèche de louage qui nous ramenait vers Palerme, Athanase me donna plus de détails sur l'aventure dont j'avais été la consentante victime. Nos hôtes étaient de fieffés libertins, si ancrés dans leur vice que seuls des raffinements lascifs réussis-saient encore à les émouvoir. Le prince était presque impuissant à force de mouches cantharides, & la princesse à demi folle depuis la fausse couche qui l'avait privée d'un enfant longtemps désiré. D'où cette monomanie du clavecin de verre qu'elle croyait porter en son sein. Elle se prêtait volontiers aux tra-mes libidineuses de son époux & savait pertinem-ment, lorsque nous nous étions trouvés ensemble dans l'alcôve, que le prince nous épiait. Quoique intelligents & d'esprit cultivé, ces gens étaient l'exemple même du désordre des mœurs auquel conduisait le scepticisme ; privés du secours de la foi, ils s'enfonçaient chaque jour un peu plus dans l'ignominie, sans se préoccuper du jugement futur de leurs actions. La miséricorde de Dieu étant infi-nie, un repentir sincère aurait pu les sauver de la géhenne, mais cela restait, hélas, bien improbable. Le manuscrit de Flavius Josèphe avait seul motivé notre présence à la villa Palagonia. Un Chevalier de Malte, qui l'avait eu en main lors d'une audience, s'était chargé d'en instruire Kircher & lui avait donné toutes précisions utiles sur les habitudes du prince & de la princesse.

Mon maître chercha encore à me persuader de l'indulgence plénière associée à la sainte cause que j'avais défendue sans le savoir. Il ne cessait de me redire que j'étais, sinon un martyr, du moins un héros de l'Église ; néanmoins, les délices que j'avais éprouvées durant mes ébats avec la princesse, la sin-cérité avec laquelle je m'étais complu dans le péché, m'interdisaient d'accepter cette justification. Qui plus est, j'étais blessé dans mon amour-propre, & souffrais moins d'avoir dérogé à la vertu que d'avoir été le jouet des combinaisons infâmes de ces deux ribauds. Mais pour Athanase toutes ces choses appartenaient déjà au passé...

Une fois à Palerme, dans le calme studieux du collège jésuite, j'aidai mon maître à classer ses notes & ses matériaux, puis nous entreprîmes de construire pour le duc de Hesse une nouvelle machine obéissant au principe de cette *Camera Oscura*, dont j'avais expérimenté bien malgré moi le premier modèle. Il s'agissait d'un cube de bois muni de bras, comme pour une chaise à porteurs, & assez vaste pour contenir deux individus. Sur chacune des parois nous perçâmes un orifice où fut ensuite adaptée une lentille. En cette boîte parfaitement opaque, nous plaçâmes un second cube plus petit, mais constitué d'une armature de papier translucide. Le tout était calculé de façon à ce que cet écran fût suffisamment éloigné des lentilles pour recevoir une image nette du dehors. Une ouverture située dans le fond de la machine permettait de se glisser à l'intérieur du châssis & de contempler, par transparence, les simulacres des choses ou des êtres se trouvant à l'extérieur.

Une fois la machine construite, nous nous fîmes transporter par quatre serviteurs dans la ville & ses alentours. Nous vîmes des paysages citadins & champêtres, des hommes, des objets, des scènes de chasse & les spectacles les plus fantasques figurés avec une telle maestria qu'aucun art pictural n'aurait pu égaler leur perfection. Toute chose comparaissait sur les parois de notre habitacle, vols d'oiseaux, gestes, aspects, mouvements de dents, paroles même, & d'une façon si vivante & naturelle que je ne me souviens pas avoir vu quelque chose d'aussi merveilleux de toute ma vie.

Le duc Frederick de Hesse, qui découvrit cette chambre portable quelques jours plus tard, fut enthousiasmé. Payant de ses deniers, il nous demanda de lui en fabriquer une autre beaucoup plus grande, de façon à pouvoir y emmener ses amis. Avec l'aide de plusieurs ouvriers, Kircher se mit au travail, & le nouveau modèle fut inauguré au 1er février 1638. Il se présentait sous la forme d'un galion monté sur roues de carrosse, & paraissait aussi imposant qu'un véritable navire. Magnifiquement décoré de néréides en stuc dorées à la feuille, il recélait en son intérieur toutes les commodités d'un luxueux salon. De nombreuses lentilles, placées sur les sabords, créaient sur ses murs de soie blanche un spectacle féerique. Traîné par douze hongres pie, ce magnifique vaisseau, fruit de l'art & de l'ingéniosité de mon maître, sillonna les avenues de Palerme des jours durant, sans que le duc & ceux qui intriguaient pour avoir l'honneur d'être ses commensaux s'ennuyassent de ce prodige. Croyant à une procession d'un nouveau style, le peuple de la ville accompagnait ces promenades avec des cris de joie. La faveur dont jouissait Kircher ne connut plus de bornes.

La date de notre départ se rapprochant, nous consacrâmes nos efforts à préparer pour le voyage les nouvelles curiosités que le gouvernement de l'île avait offertes à mon maître en récompense de ses services.

Lorsque nous nous mîmes en route, au début du mois de mars 1638, le train du Grand-Duc s'était augmenté de cinq charrois uniquement consacrés à transporter les trouvailles & échantillons divers que nous rapportions de Malte & de Sicile.

Une fois à Messine, nous dûmes attendre pendant trois jours une amélioration du temps, la tempête étant si forte qu'aucun pilote n'acceptait de nous transborder en Calabre. Lorsque nous appareillâmes, le vent & la mer étaient encore si peu propices que les marins eux-mêmes furent effrayés par cette traversée. Sur la requête de Kircher, il fallut nous détourner vers les rochers de Scylla & de Charybde pour étudier ce qui pouvait les rendre si périlleux, mais notre capitaine refusa de s'en approcher suffisamment. En compensation, mon maître fut ravi d'apercevoir le mont Stromboli jeter dans le ciel tourmenté son panache de scories & de fumées.

Nous reprîmes la route vers le nord et, en quelques jours de marche forcée, rattrapâmes l'équipage du duc de Hesse dans la petite ville de Tropea, sur les bords de la mer Tyrrhénienne.

SÃO LUÍS | *Partout, de petits yeux stupides brillaient au fond des cernes.*

— J'ai vu pas mal de choses dans ma vie, mais alors ça... C'est à vomir ! Une honte !

Loredana ne s'était jamais mise dans cet état devant lui. Lèvres pincées, blanchies par la fureur, elle laissait libre cours à son indignation :

— Un couple d'Américains avec une fille de dix-sept ans... Ils sont arrivés à l'hôtel ce matin, par le premier bateau. Je prenais mon petit déjeuner en bas, avec Socorró. Trois monstres, je te jure ! Gras comme des truies, mal élevés, l'air conquérant, une caricature de ce qui se fait de pire en la matière. Pas un bonjour ni un sourire, rien, même pas un petit effort pour dire deux mots de portugais ! La pauvre Socorró était terrorisée. Il a fallu que je lui traduise ce qu'ils voulaient : « deux chambres et de la bière », tel quel... Elle a dû faire plusieurs voyages pour monter leurs valises, sans qu'aucun d'eux esquisse un geste. Ils ont commencé à se soûler la gueule immédiatement, tous ensemble, le père, la mère et la fille. Tu vois le tableau ! Lorsque je suis partie, ils avaient déjà sifflé trois canettes chacun. Qu'ils soient cons, laids, malpolis et portés sur la bouteille, passe encore, mais Socorró m'a raconté la suite... Ils sont restés là toute la matinée, uniquement occupés à boire et à pisser ; après le déjeuner, les filles sont montées faire la sieste, mais le type a insisté pour qu'on lui installe un matelas sous la véranda et, tiens-toi bien, il a ordonné à Socorró de l'éventer pendant son sommeil.

— Elle n'a quand même pas accepté ? dit Eléazard en écarquillant les yeux.

— Bien sûr que non, au début du moins... Parce que ensuite il lui a proposé dix dollars, puis vingt, pour ce travail, et comme elle a un petit-fils en pension à São Luís, et que c'est elle qui s'occupe de lui...

— C'est pas vrai ! Et Alfredo, qu'est-ce qu'il foutait ? Ce n'est pas possible de laisser faire des choses pareilles !

— Lui et sa femme étaient à São Luís pour la journée. Je ne te dis pas la colère qu'il a poussée en apprenant cette histoire ! Il voulait les mettre dehors tout de suite, et à coups de pied au cul... Mais Socorró l'a supplié de ne pas faire d'esclandre et de la laisser gagner un peu plus d'argent ce mois-ci. Pour corser le tout, ce type est armé, il a un revolver coincé entre sa peau et son pantalon, Socorró l'a vu quand il a déboutonné sa chemise... Alfredo n'en revenait pas. Du coup, ça l'a sacrément rafraîchi, surtout qu'ils payent bien, ces salauds !

— C'est inadmissible, dit Eléazard froidement. Il faut que je parle à Socorró, je lui payerai ses heures d'éventail s'il le faut, mais on ne peut pas accepter ça.

— Si tu la voyais... Ce soir, elle peut à peine bouger les bras.

— Je lui parlerai demain, dit Eléazard. Pour l'instant, il faut se dépêcher si on ne veut pas rater le bateau.

Assise à l'arrière du véhicule – une vieille Ford décapotable qui n'avait pas roulé depuis des lustres, mais qu'on aurait dite sortie d'usine –, Loredana jouissait de la tombée du jour. Conduite avec souplesse par Eléazard, la voiture semblait courir vers les rougeurs du couchant comme pour s'y fondre en une apothéose sulpicienne. Cheveux en bataille, le docteur Euclidès se tournait régulièrement vers elle pour bavarder de choses et d'autres ou commenter, au jugé, un paysage qu'il s'excusait de ne plus voir. Dictée par une politesse surannée, cette attention avait néanmoins le charme et le naturel d'une longue pratique de la courtoisie.

— Vous verrez, dit-il, alors qu'ils approchaient de la *fazenda*, la comtesse Carlotta est une personne très fine, très cultivée... Tout le contraire de son rustre de mari. J'en suis encore à me demander ce qui a bien pu la séduire chez ce personnage. Dieu sait quelle chimie préside au mystère des affinités, surtout dans leur cas ! Avez-vous lu ce petit livre de Goethe, *Les Affinités électives* ? Non ? Il faudrait faire cet effort, croyez-moi...

Le docteur Euclidès da Cunha enleva ses lunettes. Tout en les essuyant d'un geste machinal, il se tourna plus encore vers Loredana :

— *Es wandelt niemand ungestraft unter Palmen*, déclama-t-il d'une voix douce, *und die Gesinnungen ändern sich gewiß in einem Lande, wo Elefanten und Tiger zu Hause sind !* Ce n'est pas impunément, pourrait-on traduire, qu'on erre sous les palmiers, et les idées changent nécessairement dans un pays où les éléphants et les tigres sont chez eux. Nous avons ici, vous en conviendrez sans doute, bon nombre de ces mâles qui allient la lourdeur du pachyderme à la férocité du fauve...

— Vous enjolivez, docteur, comme toujours, intervint Eléazard. Il se tut quelques secondes, absorbé soudain par les impératifs de la conduite : Je dirais même plus, vous travestissez ! Si je me souviens bien, la pauvre Ottilie n'écrit cela que pour inviter les hommes à se préoccuper du monde qui les entoure. Dans son esprit, il s'agit de stigmatiser les charmes malsains de l'exotisme ; et non une quelconque prédominance masculine. Je me trompe ?

— Vous m'étonnerez jusqu'au bout, cher ami ! dit le docteur en haussant la voix pour se faire entendre. J'aurais dû me douter que vous connaissiez votre Goethe sur le bout des doigts... Ce n'était qu'une boutade, mais je maintiens ! Personne ne m'empêchera jamais de faire dire à une phrase un peu plus que ce dont elle semble s'accommoder. Puisque nous en sommes là, rappelez-vous la totalité du passage en question, et vous verrez que loin de le travestir, je lui suis parfaitement fidèle. Tout part en effet d'une réflexion sur les rapports de l'homme avec la nature : nous ne devrions connaître ou apprendre à connaître que les êtres vivants qui nous sont proches. S'entourer de singes, de perroquets, dans un pays où ils font figure de curiosité, c'est s'empêcher d'apercevoir nos véritables *compatriotes*, ces arbres familiers, ces animaux ou ces personnes qui ont fait de nous ce que nous sommes. L'arbre qui cache la forêt, en quelque sorte... et le symptôme d'un grave dérèglement. Arrachées à leur milieu naturel, ces créatures étrangères sont porteuses d'angoisse ; une détresse qu'elles nous transmettent comme par contagion et qui nous transforme en profondeur : *Il faut une vie bigarrée et bruyante*, dit Goethe, *pour souffrir autour de soi des singes, des perroquets et des nègres...*

— Il parle vraiment de « nègres » ? l'interrompit Loredana.

— Oui, mais sans racisme aucun, à ce que je sache. N'oubliez pas qu'il était fort couru, à l'époque, d'avoir des esclaves noirs comme domestiques. Il en disserte à la manière d'un Rousseau, si vous voyez ce que je veux dire.

Loredana souriait d'attendrissement ; le docteur Euclides l'avait conquise dès ses premiers mots de bienvenue, deux heures plus tôt ; cheveux et barbiche plaqués par la vitesse, il ressemblait à un griffon, truffe pointée humant le vent...

— Et la réciproque est tout aussi vraie ! C'est le sens exact du passage que je citais tout à l'heure. Enlevé à son pays natal et jeté, volontairement ou non, sur une terre étrangère, un homme devient différent... Il a beau côtoyer les perroquets, les singes et... disons, les autochtones, dans le milieu qui leur est propre, il n'en reste pas moins un déraciné sans autre alternative que le désespoir lié à son manque de repères ou l'intégration totale à ce nouveau monde. Dans les deux cas, il devient lui-même ce nègre dont nous parlions : un malheureux incapable de s'acclimater à cet univers où tout lui échappe – et un infirme, bientôt, inapte à renouer avec sa patrie –, au mieux un traître qui singera toute sa vie une culture que même ses enfants auront du mal à s'approprier...

— Je veux bien, dit Eléazard sur un ton qui démentait son accord. Encore que cette opinion puisse se retrouver telle quelle dans la bouche d'un patriote enragé, ou d'un fasciste opposé par principe aux terreurs du métissage. Les temps ont changé, on se déplace aujourd'hui d'un bout à l'autre de la planète plus facilement que de Weimar à Leipzig à l'époque de Goethe ; qu'on le déplore ou qu'on s'en félicite, les différences de culture s'estompent, elles finiront par disparaître au profit d'un mélange inédit dans l'histoire humaine... Mais le rapport avec Moreira ?

— Aucun, cher ami, aucun, fit le docteur en éclatant d'un petit rire silencieux. Et pourquoi donc en faudrait-il ? Après tout – il se tourna une fois de plus vers Loredana –, ce n'est pas moi qui vis avec un perroquet...

— Un point pour vous, dit Loredana, riant elle aussi.

— Vous avez de la chance que nous soyons arrivés, dit Eléazard en engageant la voiture sur l'allée d'honneur de la *fazenda*. Je vous aurais montré de quel bois je me chauffe !

Il souriait au vieil homme d'une manière affectueuse, mais Loredana vit fleurir sur sa nuque une inflammation qui ne s'y trouvait pas quelques secondes auparavant.

— Entrez, je vous en prie, dit la comtesse Carlotta, après que le docteur les eut présentés à la maîtresse de maison. Suivez-moi, on va essayer de trouver José. Ensuite, vous serez tranquilles.

Elle prit le bras d'Euclides et s'enfonça résolument entre les groupes qui s'agglutinaient jusque dans l'escalier.

... 6-4, 6-0 ! Il n'a pas fait un pli. Du coup me voilà en quart de finale du tournoi ! J'avoue que je n'y croyais pas... Si tu avais vu sa tête ! Se faire battre par un vétéran, il n'en revenait pas...

Remuements de soie, cigarettes virevoltantes, lentes esquives accordées à contrecœur pour leur permettre le passage.

... Carlotta, ma chérie, ta langouste est tout simplement sublime ! Il faudra que tu me dises où tu les commandes, c'est une adresse qui vaut de l'or !

... je l'ai reconnue tout de suite, tu penses : un Vasco Prado, là tout seul au milieu d'un tas de croûtes ! Et l'autre imbécile qui ne savait même pas ce que c'était... Je me suis même payé le luxe de marchander ! Ce n'est pas un chef-d'œuvre, bien sûr, mais c'est un premier tirage, et elle a un petit quelque chose de...

... c'est un salaud, il faut dire les choses comme elles sont. Je m'emporte, c'est vrai, mais je ne souffre pas le mensonge ! Une parole, c'est une parole, je ne sors pas de là...

Bras nus des femmes, cols de chemise immaculés dont les cous moites cherchaient à se défaire, soupirs de chaleur, peaux luisantes, excès soudain de Dior ou de Guerlain sous une aisselle bleuie par le rasoir. Hiératiques, des Noirs en complet blanc déambulaient gravement, Rois mages attentifs à présenter aux dieux leurs offrandes de quartz et de canapés au saumon.

— Ah ! le voilà, dit Carlotta en s'approchant du grand miroir sous lequel paradait son mari, verre de champagne à la main, l'autre posée familièrement sur l'épaule du vieillard revêche avec lequel il discutait à voix basse : José, s'il te plaît...

Le gouverneur tourna la tête machinalement, l'air agacé. Mais à la vue de Loredana, son visage s'éclaira :

— Bonsoir, docteur, comment allez-vous ? C'est gentil d'être passé...

— Très bien, merci. Ne vous dérangez pas, je voulais seulement vous présenter les amis dont je vous ai parlé : Loredana Rizzuto, qui est italienne et de passage dans notre région...

— C'est un plaisir, fit le gouverneur en s'inclinant sur la main de Loredana.

— Et Eléazard von Wogau, correspondant de l'agence Reuter...

— Ravi de faire votre connaissance. Depuis le temps que j'entends parler de vous !

— En bien, j'espère, dit Eléazard en lui serrant la main.

— N'ayez crainte, notre cher Euclides est un médecin hors pair, mais c'est aussi un excellent avocat. Sans compter que je lis régulièrement vos articles, et que cela suffirait, si besoin était, à plaider en votre faveur...

— Vraiment ? fit Eléazard, sans parvenir à atténuer un tant soit peu l'ironie de son intonation.

Aucun papier signé de lui n'était paru depuis un an ; il fallait donc que cet homme fût un hypocrite ou un jobard. Les deux, fort probablement...

— Chaque fois qu'il m'en tombe un entre les mains, en tout cas. Mes occupations ne me laissent guère de temps, hélas, pour les bonnes lectures. Mais si vous permettez – d'un regard, il indiqua le géronte qui s'impatientait sans vergogne derrière lui –, nous reprendrons plus tard cette conversation. Montre-leur le buffet, chérie, ils doivent avoir soif avec cette chaleur...

Et comme un des serveurs le frôlait, il préleva sur son plateau une coupe de champagne qu'il tendit à Loredana.

— À tout à l'heure, fit-il à sa seule adresse, et avec un sourire qui mit la jeune femme mal à l'aise.

Celui d'un homme, songea-t-elle, qui laissait des fortunes à son dentiste.

— C'était Alvarez Neto, le ministre de l'Industrie, glissa Euclides à l'oreille d'Eléazard, tandis qu'ils s'éloignaient.

— Cette antiquité ! Comment avez-vous fait pour le reconnaître ?

— Si je vous le disais, vous ne me croiriez pas.

— Dites toujours...

— À l'odeur, cher ami. Ce monsieur pue le fric comme d'autres l'excrément...

Guidés par Carlotta, ils se faufilèrent entre les smokings et les robes de soirée que les dorures de l'étage – ou n'était-ce que la présence du gouverneur ? – semblaient concentrer en cet endroit. En découvrant Loredana, le regard des femmes vaporisait sur elle un nuage toxique de rivalité méprisante ; sous une indifférence de commande, celui des hommes se voulait persuasif. Vêtue d'un jean moulant et d'un cache-cœur au crochet, cheveux relevés à la va-vite en un chignon instable, elle ondulait parmi eux sans daigner s'apercevoir des lézardes occasionnées par son passage.

— Je vous vole le docteur quelques instants, dit la comtesse, essayez de grignoter quelque chose avant que tous ces goinfres en aient fini avec le buffet. Il y

en a un dans le jardin, vous y serez mieux qu'à l'intérieur. C'est toujours pareil, confia-t-elle à Euclides
en regardant la foule converger opiniâtrement vers
un coin du salon, à les voir faire on jurerait qu'ils
n'ont pas mangé depuis des jours...

Pressés de se retrouver à l'air libre, Eléazard et
Loredana redescendirent au rez-de-chaussée. Un serveur les conduisit jusqu'à la porte-fenêtre ouvrant
sur le patio : enserré par les murs de la chapelle, de
la *fazenda* et de ses dépendances, il y avait là un
vaste jardin planté d'arbres et de gazon. Voilant le
ciel d'un halo, une profusion de torchères faisait
danser les ombres sous des massifs de daturas et de
frangipaniers distribués en un désordre savamment
parcimonieux.

— Tu peux me dire ce qu'on fiche ici ? dit Loredana sur un ton réprobateur.

— Quelle bande de cons, fit Eléazard en s'essuyant
le cou avec son mouchoir. Je n'en reviens pas ! Si ça
ne tenait qu'à moi, on repartirait tout de suite...

— Qu'est-ce qui nous en empêche ?

— J'ai promis à Euclides de faire des efforts... De
toute façon, c'est sa voiture, et on est obligés de
l'attendre pour le ramener.

Loredana sembla hésiter un instant, sourcils
froncés.

— S'il te plaît... dit Eléazard avec douceur,
comme s'il avait pu entendre les mots acerbes de sa
révolte.

Elle sonda ses yeux et finit par sourire, tordant
cocassement la lèvre pour montrer combien elle se
faisait violence :

— OK. Mais je te préviens, il va me falloir du
champagne, beaucoup de champagne !

Eléazard s'était attendu au pire.

— Pas de problème ! dit-il, soulagé. Je m'en
occupe...

Il fit asseoir Loredana à l'une des petites tables en rotin disséminées sous les arbres et marcha résolument vers le buffet.

Les yeux mi-clos, la jeune femme le regarda s'éloigner vers l'autre bout du jardin : son costume de lin trop grand pour lui, sa façon de marcher, un rien trop souple, trop nonchalante... ce drôle de type détonnait agréablement dans ce milieu. Primates couperosés, femelles suffocantes, flasques sous le bras, la gorge tavelée de rousseurs séniles ; plongeurs essoufflés ne condescendant à la nuit que pour respirer une bouffée d'air frais, par nécessité physiologique et avec le souci manifeste de retourner au plus vite dans le cœur glorieux de la *fazenda* ; cadavres de communiants parcheminés, momies en robe de baptême, cauchemar velouté chez Francisco Goya... C'était quand même fou de se retrouver là, en plein Sertão, dans le luxe vieillot et tapageur de cette grotesque maison des morts ! Tout ça parce qu'un Français plutôt bel homme l'avait prise sous son aile, et qu'elle se laissait faire, par désœuvrement plutôt que par faiblesse. Toujours aucune nouvelle de l'avocat. Au téléphone, hier matin, sa secrétaire lui avait juré qu'il s'occupait activement de « son affaire », mais elle commençait à douter d'elle-même, s'interrogeant sur sa démarche, pressentant que ce n'était qu'une manière de fuir encore, de travestir cette angoisse qui lui avait coupé le souffle en plein soleil, à Rome, quelques mètres seulement au sortir de l'hôpital.

Eléazard réapparut, deux verres et une bouteille de champagne à la main. Il était accompagné d'un serveur hilare qui portait sur son plateau de quoi satisfaire largement leur appétit.

— Ah ! Voilà « la belle-Italienne-qui-meurt-de-soif », dit-il en déposant les assiettes sur la table. Allez-y sans crainte, mademoiselle, il y a ce qu'il faut. Et avec un clin d'œil vers la bouteille : J'en ai mis trois autres de côté, au cas où...

— Merci encore, *rapaz*... Et ne te laisse pas faire, hein ! dit Eléazard en glissant un billet dans la poche du garçon. Ils sont blancs, mais c'est de trouille !

— Toi alors ! fit le serveur en pouffant de rire. Des comme toi, j'en ai jamais vu !

Il fit mine de se coudre la bouche avec un air de conspirateur, leur adressa un nouveau clin d'œil et retourna vers le buffet.

— Tu le connais ? demanda Loredana, surprise et amusée par cette scène.

— Depuis dix minutes. J'ai fait connaissance avec lui derrière la table du buffet.

— Et qu'est-ce que tu lui as dit pour obtenir tout ça ?

— Oh ! pas grand-chose. Beaucoup de bien sur toi, et des tas d'horreurs sur tous les vieux croûtons qui nous entourent. Mais je jouais sur du velours : ses copains et lui t'avaient déjà remarquée ; ils te trouvent « super bien roulée », si tu veux savoir, différente et pas bégueule pour un sou...

— Tu inventes...

— Pas du tout. Ils n'ont pas les yeux dans leur poche, tu sais. Question d'habitude. C'est à eux – je veux dire, aux extras, aux garçons de café, aux serveuses des bars –, qu'il faudrait demander l'expertise psychologique de notre monde... Ils en savent plus que n'importe qui sur le sujet !

— Tu peux rajouter les caissières de grands magasins, les coiffeurs, les épiciers, les médecins, les curés... ce qui fait pas mal d'« experts », en fin de compte. Un peu trop, non ?

— Pas du tout, protesta Eléazard en souriant. Je suis d'accord pour les médecins ; ils ont même une supériorité sur les barmans dans la mesure où ils ne se contentent pas de mettre à nu les secrets de leurs patients, mais qu'ils les déshabillent pour de bon. Pose la question à Euclides, tu verras ! La nudité a le même effet que l'alcool, elle engendre une sorte d'ivresse propice à la confession, une impudeur de l'esprit et du langage analogue à l'indécence du corps. Les prêtres ont raté le coche, s'ils avaient contraint leurs ouailles à pénétrer ivres et nues dans les confessionnaux, ils n'auraient pas cédé leurs prérogatives. Le moins futé des garçons de café ou des médecins de campagne en sait plus sur ses concitoyens, et sur les hommes en général, que le plus charismatique des confesseurs... Les psychanalystes ont compris le truc, mais ils se sont arrêtés en chemin. Ils font coucher leurs clients pour mieux les faire parler, mais ils devraient carrément les foutre à poil !

— Allez, l'interrompit Loredana, ouvre la bouteille au lieu de dire des âneries.

— Ce ne sont pas des âneries, plaida Eléazard en s'exécutant. Réfléchis bien, tu verras que j'ai raison.

— Je ne dis pas que tu as tort. Je crois simplement que nul ne sait jamais rien sur personne. Il n'y a pas de mathématiques de l'esprit humain ; ni vrai ni faux dans ce domaine, seulement des masques et des manteaux d'Arlequin. Comédien celui qui regarde en croyant, de bonne ou de mauvaise foi, échapper à la manipulation ; comédien, celui qui se laisse regarder. On ne sort pas de là...

— Tu es bien pessimiste, je trouve. Il versa le champagne, attentif à régler son débit sur les montées de mousse : De toute façon, c'est indécidable. Mais je sais au moins une chose sur toi, tu es encore plus belle à la lumière des torches.

Comme pour l'empêcher de répondre, il se haussa sur la pointe des pieds, tritura un instant une branche au-dessus de lui et déposa devant Loredana une tige où s'espaçaient trois longues fleurs sanguinolentes.

Il s'en était fallu de peu qu'elle ne le trouvât vulgaire. Choisissant de croire à la naïveté du compliment, elle se contenta de hausser les épaules, l'air de dire « tu n'en feras jamais d'autres ! » et choqua légèrement son verre contre le sien.

— Au Brésil ! dit-elle sans conviction. Elle le regarda brièvement dans les yeux : Et au père Kircher !

— Au Brésil ! répéta Eléazard, le regard soudain voilé d'une ombre.

Sans vraiment savoir pourquoi, mais en percevant le caractère absurde de cette obstination, il persista dans son refus d'honorer le pauvre jésuite.

La jeune femme ne lui en fit aucune remarque, délicatesse qu'il apprécia. Elaine se serait empressée de mettre le doigt sur la plaie, elle aurait avancé toutes sortes d'interprétations, l'aurait harcelé jusqu'à lui faire dire n'importe quoi, juste pour se débarrasser de cet entêtement à demander raison de son mutisme.

Ils burent en même temps, et comme Loredana semblait décidée à vider sa coupe d'un seul trait, Eléazard fit de même, après une petite seconde d'hésitation.

— *Ancóra !* fit-elle en s'essuyant les lèvres d'un revers de doigt. Celui-là, c'était juste pour la soif !

Une heure s'écoula, tout entière consacrée à la boisson et à la médisance. Puis ils reparlèrent de Socorró et de ses démêlés avec la sinistre famille d'Américains qui venait de s'installer à l'hôtel, s'interrogeant sur la meilleure manière de faire cesser une situation aussi scabreuse. Il faisait bon, le vin leur montait doucement à la tête. La deuxième bouteille de champagne était presque vide lorsque Loredana présenta les fleurs à la lumière pour les observer en transparence.

— Tu sais ce que c'est ? demanda-t-elle distraitement.

— Non, avoua Eléazard. Mais elles ne brillent pas par leur parfum, c'est le moins qu'on puisse dire...

— *Brugmansia sanguinea*, une espèce tropicale de datura. C'est un hallucinogène, mortel à forte dose. Certains Indiens s'en servent encore pour communiquer avec leurs ancêtres ; autrefois ils l'utilisaient aussi pour droguer les femmes qu'on devait brûler vives sur le bûcher de leur mari...

— Tu veux dire que je n'ai réussi à t'offrir que du poison, quoi... plaisanta Eléazard avec une mimique de dépit. Et on peut savoir comment tu sais des choses pareilles ?

La voix de la comtesse, derrière eux, coupa court à leur conversation :

— Me revoilà ! Excusez-moi d'avoir accaparé Euclides aussi longtemps... Il vous attend au garage. Elle eut une grimace de mépris, et levant les yeux au ciel : Mon mari tient absolument à présenter sa collection de voitures à ceux qui ne la connaissent pas encore. C'est ennuyeux, mais il fait ça à chaque fois. Je vais vous y conduire, si vous le voulez bien...

Tandis qu'ils se levaient pour la suivre, Carlotta jeta un bref coup d'œil sur la bouteille de champagne et sourit à Eléazard :

— Vous êtes français, je crois...

Tout en se félicitant d'avoir caché la première bouteille dans les fourrés, Eléazard sentit une brusque démangeaison irradier son cuir chevelu.

— N'ayez crainte, le rassura-t-elle en prenant son bras, le champagne est destiné à finir de la sorte. J'apprécie qu'on lui fasse honneur...

Son haleine empestait l'alcool, indiquant qu'elle avait bu, tout comme eux, au-delà du raisonnable.

— Dites-moi, monsieur von... Wogau, je n'écorche pas votre nom, au moins ? Et après que son interlocuteur eut confirmé qu'il n'en était rien : Seriez-vous parent avec le professeur Elaine von Wogau, de Brasilia ?

Eléazard sentit son cœur accélérer. Un goût amer avait giclé dans sa bouche. Prenant sur lui-même pour maîtriser sa voix, il répondit avec désinvolture :

— Nous sommes en instance de divorce. Si « famille » il y a eu, elle est bien mal en point...

Il croisa le regard amusé de Loredana.

— Oh ! excusez-moi, dit la comtesse avec tous les signes de l'embarras. C'est... enfin, j'ai cru... Mon Dieu, je suis sincèrement navrée...

— Il n'y a aucun mal, je vous assure, reprit-il, souriant de sa consternation comme s'il en avait été surpris. C'est déjà une vieille histoire, ou disons que c'est en train de le devenir... Vous la connaissez ?

— Pas personnellement, non. C'est mon fils qui nous en a parlé, il travaille avec elle, à l'université de Brasilia. Mais si j'avais su, vraiment...

— Ne vous excusez pas, voyons. Croyez-moi, ça n'a plus d'importance. Vous avez donc un fils géologue ?

— Oui, et brillant, à ce qu'on dit. Je m'inquiète un peu pour lui : il devait participer à une expédition dans le Mato Grosso avec votre... je veux dire, avec son professeur... – Que je suis confuse, mon Dieu ! – et nous sommes sans nouvelles, depuis leur départ. Je sais bien qu'il n'y a rien à craindre, mais vous savez ce que c'est, on ne peut pas s'empêcher de se faire du souci...

— Je n'étais pas au courant. Ma fille ne me raconte rien sur sa mère, par diplomatie, sans doute. Enfin, c'est ce que je me dis... Mais ne vous en faites pas, mon épouse – elle l'est encore, après tout, ajouta-t-il sur un ton badin – mon épouse est quelqu'un de très compétent, votre garçon ne court aucun risque...

Loredana observait tout cela comme s'il se fût agi d'une scène de boulevard ; un peu en retrait du couple formé par Eléazard et la comtesse, elle profitait du chemin ouvert par leur évolution au milieu des invités. L'atmosphère s'était détendue : égayés par le vin, manchots et manchotes – elle se souvenait avec précision de leurs simagrées, derrière la vitre embuée du zoo de Milan – avaient un air moins guindé. Chacun ayant construit un semblant de territoire, on se laissait aller, goitre gonflé, bec entrouvert, à un caquetage débridé. On pavanait, on

s'étouffait de rire avec des tremblements et des rougeurs subites, on s'affrontait, jabot contre jabot ;
sous le regard impassible des serveurs, on confiait à
voix basse d'importants secrets de palmipèdes avec
un sentiment délicieux où la conscience de sa propre
supériorité le disputait au plaisir d'acculer autrui
aux tristes bassesses de la gratitude. Ces dames causaient nichoirs, béjaunes et couvaison en se lissant
les plumes d'un air entendu. Un verre échappé par
mégarde entrouvrait dans la foule une dépression
d'où fusaient des cris perçants, mais qui se refermait
presque aussitôt comme une bulle visqueuse à la
surface du magma. On discutait stratégie de la ban-
quise en s'effrayant de l'invisible proximité des
orques, on se faisait des peurs aussi considérables
que le trou dans la couche d'ozone, aussi torrides
que l'effet de serre, aussi liquéfiantes que le réchauf-
fement de la planète… Les uns s'insurgeaient contre
la politique des ours, les autres fustigeaient avec de
décisifs effets de manches les revendications déraisonnables des poissons, ou s'apitoyaient paternelle-
ment sur cette affligeante et lointaine caricature de
l'espèce que forment les pingouins. Mais tous étaient
d'accord pour admirer sans réserve la formidable
aptitude à voler des goélands, non sans faire ressortir qu'un peu d'ordre, de moralité et de sérieux dans
le travail eussent permis sans aucun doute à l'ensemble des manchots de prendre leur essor… Partout, de
petits yeux stupides brillaient au fond des cernes.

Ils quittèrent le hall d'entrée par une porte latérale
et s'engagèrent sous les arcades d'une galerie que
recouvrait l'effervescence rose des bougainvillées.
Protégée par les domestiques, cette partie de la
fazenda était déserte et à peine éclairée, si bien qu'on
apercevait nettement la Croix du Sud esseulée au
milieu d'une myriade d'étoiles moins brillantes. La
comtesse s'arrêta un instant pour regarder le ciel :

— Tous ces gens me donnent la nausée, dit-elle à Loredana. Elle respira longuement l'air de la nuit, comme pour se nettoyer l'esprit et le corps des miasmes de la réception : Je boirais bien une coupe de champagne... Vous n'êtes pas pressés de voir ces fichues voitures, j'imagine ?

Eléazard ayant proposé d'aller leur chercher un verre, les deux femmes s'assirent sur le petit muret qui reliait entre elles les colonnes.

— Il est gentil, fit la comtesse lorsqu'elles se trouvèrent seules. Je m'en veux d'avoir gaffé tout à l'heure...

— Je ne pense pas que vous l'ayez froissé, rassurez-vous. Cela dit, il n'en parle jamais, ce qui prouve qu'il doit être encore assez fragile sur ce chapitre.

— Vous êtes ensemble ?

Surprise par une question aussi directe, Loredana eut un léger mouvement de tête sur le côté :

— Vous au moins, vous n'y allez pas par quatre chemins, sourit-elle en fronçant les sourcils. Et après quelques secondes où elle resta songeuse : Non, pas pour l'instant, du moins... Mais il me plaît suffisamment, si vous voulez toute la vérité, pour que cela soit envisageable...

Cette déclaration la laissa sans voix, elle venait d'exprimer tout haut, et en face d'une quasi-inconnue, un désir qu'elle ne s'était encore jamais avoué aussi crûment. Tout en reconnaissant la réalité de son attirance pour Eléazard, elle se reprocha d'avoir oublié ne serait-ce qu'un instant l'impossibilité d'une liaison avec lui.

— Je dois être plus ivre que je ne le pensais pour dire des choses pareilles, confia-t-elle avec un rire embarrassé.

— Moins que je ne le suis, rassurez-vous, dit la comtesse en lui prenant la main. C'est un des avantages du champagne, il délie la langue, ou plutôt, il l'affranchit des grilles que lui imposent les conventions. Vous me plaisez, tous les deux, vous formeriez un beau couple...

Presque enfouie dans les bougainvillées, la femme du gouverneur semblait une idole païenne, une pythie calme et pensive dont les paroles prenaient force d'augure. Elle avait dû être très belle, songeait Loredana en détaillant les lignes de son visage.

— Si vous saviez comme je suis fatiguée, dégoûtée de tout, dit soudain la comtesse avec une inflexion de profond désarroi. Je ne vous connais que depuis ce soir, mais ce sont des choses dont on peut convenir seulement dans l'ivresse et le miracle combinés d'une rencontre. Mon mari ne m'aime plus, ou plus suffisamment pour m'empêcher de le haïr, mon fils est loin, et je vieillis... – elle eut un sourire dépité – ... comme une potiche sur un coin de commode.

Devinée, la détresse des autres émeut presque toujours, quand bien même ce trouble n'aboutit guère qu'à une compassion de pure forme ; impudique, elle provoque un agacement irrémédiable. Quelle lâcheté ! songeait Loredana, quelle complaisance ! Qu'était l'amertume d'une grande bourgeoise en regard de cette menace pesant sur elle depuis des mois ! Fallait-il en être privé et sans appel pour apercevoir enfin les ressorts de notre liberté, pour découvrir la valeur du simple fait de vivre, d'exister encore ?

Décontenancée, elle alluma une cigarette d'un geste nerveux, cherchant à prolonger le silence plutôt qu'à renouer un dialogue qui ne l'intéressait plus.

Les yeux de Carlotta finirent cependant par immobiliser les siens :

— Ne vous méprenez pas, je vous en prie, dit-elle avec gentillesse. Je ne cherche pas votre pitié. Auriez-vous prononcé le moindre mot en ce sens que je me serais aussitôt éloignée de vous... Chacun doit se débrouiller seul, j'en suis tout à fait consciente.

— Qu'est-ce que vous voulez, alors ? l'interrompit Loredana un peu sèchement.

Sourire aux lèvres, la comtesse eut un long soupir de mansuétude et de patience maternelles :

— Disons, des cours d'italien... Ça vous irait ?

Mais dans la supplication de son regard, elle disait : « Des cours de candeur, de franchise et d'irrévérence. Des cours de jeunesse, mon enfant... »

Chapitre XII

Qui traite du musée Kircher
& de l'oracle magnétique.

Kircher se remit à l'étude, ne s'interrompant que pour recevoir ceux qui lui apportaient les curiosités minérales, végétales ou animales dont on savait qu'il faisait collection. Ce fut ainsi qu'il augmenta considérablement sa moisson de roches anamorphiques ; on lui procura des pierres ou des sections de minéraux sur lesquels la nature elle-même avait représenté quantité de formes aisément reconnaissables : chiens, chats, chevaux, béliers, chouettes, cigognes & serpents, mais aussi hommes ou femmes s'y distinguaient parfaitement, & parfois des villes entières, avec tous leurs lieux, leurs dômes & leurs clochers spécifiques. De même, sur certains tronçons de branches ou de troncs d'arbres, se trouvaient gravés magnifiquement, & sans le recours de l'art, des emblèmes, des portraits, & jusqu'à plusieurs scènes illustrant précisément toutes les fables d'Ésope. La plus précieuse trouvaille, aux yeux de Kircher, fut sans nul doute cette série de vingt & un silex où l'on voyait, très distinctement formée par la structure interne de la pierre, chacune des lettres de l'alphabet hébraïque !

— La langue unique, disait Kircher, le souvenir de ce langage universel donné par Dieu à Adam, avec sa miraculeuse puissance descriptive & les mille & un arcanes de sa structure numérologique... Voici, Caspar, ce que nous offrent les pierres les plus viles du chemin ! En sa divine bonté, le Créateur nous a laissé dans les choses elles-mêmes le moyen de parvenir jusqu'à lui ; car la nature ne laisse pas de peindre pour notre usage ce fil d'Ariane symbolique qui doit nous permettre de retrouver notre route dans le labyrinthe du monde.

Grâce à Kircher, je compris alors combien la fabrication du cosmos avait été faite à l'analogie & à la ressemblance du suprême archétype. Du sommet jusqu'à l'être le plus infime, on retrouvait une proportion absolue & une correspondance réciproque, & donc, comme en témoignait saint Paul, les choses invisibles pouvaient être perçues par l'intellect au moyen des choses matérielles...

De ce jour, je mis encore plus de cœur à mon travail & à la recherche de ces lettres emblématiques qui devaient nous aider à remonter le temps jusqu'à l'origine des choses.

— Chercher, disait Kircher, c'est collecter ! C'est rassembler le plus possible de ces merveilles indéchiffrées pour reconstituer la perfection de l'encyclopédie initiale ; c'est reconstruire l'arche avec le même souci de complétude & d'urgence qui fut celui de Noé. Et cette tâche sacrée, Caspar, je l'accomplirai. Avec ton aide & celle de Dieu...

Mon maître s'ouvrait à moi de plus en plus, me témoignant une confiance dont je m'efforçais à chaque instant de me montrer digne. Je puis témoigner que dès cette époque, alors même qu'il atteignait à peine l'âge de trente-six ans, ses vues sur le monde étaient parvenues à un état de clarté & de complexité qu'il ne fit par la suite que développer. *Omnia in omnibus*, « Tout est dans tout », fut désormais sa devise ; ce qui voulait dire qu'il n'existait dans la nature aucune chose qui ne répondît à toutes les autres selon une certaine proportion & analogie.

Nous revînmes à Rome à la fin de l'été 1638, sans autre aventure digne d'être notée, mis à part, au sortir de la Calabre, notre découverte des funestes effets du venin de la tarentule & l'étude circonstanciée de son harmonieux alexipharmaque. Durant ces quelques mois de pérégrination, Kircher avait acquis une expérience & un savoir incomparables. Il ramenait au Collège Romain une quantité phénoménale de matériaux uniques & n'avait qu'une hâte : se mettre à l'étude. Durant notre périple de retour, il m'avait entretenu de ces deux livres qui lui trottaient par la tête & dont il me détaillait le plan inlassablement : un *Monde Souterrain*, consacré à la géologie & à l'hydrologie, & un *Art de la lumière & de l'ombre* qui effacerait, en optique, les *Paralipomènes* de Kepler & même cette *Dioptrique*, parue l'année précédente, dans laquelle monsieur Descartes osait affirmer tant d'arrogantes sottises...

Mais le pape Urbain VIII tenait à ce qu'il appliquât en priorité son génie à l'Égypte & au déchiffrement des hiéroglyphes. Athanase dut ainsi attendre plusieurs années avant de pouvoir rédiger les ouvrages où il tire parti de nos explorations.

Pendant notre séjour dans le Sud, les collections de feu Peiresc avaient fini par rejoindre Rome. Nous passâmes plusieurs mois à les organiser & à les disposer dans cet étage du collège mis à la disposition de Kircher par le Père Général de la Compagnie. Avec tout ce que mon maître avait amassé durant notre récent voyage, cela faisait une somme considérable de raretés de toutes sortes. D'autant que nos frères jésuites des missions lui en expédiaient fort régulièrement des Indes orientales ou occidentales.

Kircher voulut que son musée fût le plus beau & le plus complet du monde. Non pas un cabinet de curiosités plus étendu que ceux de Paracelse, d'Agrippa, de Peiresc ou de tant d'autres, mais une véritable encyclopédie concrète, un théâtre de mémoire offrant à chaque visiteur la possibilité de parcourir l'ensemble du savoir humain depuis les origines. La galerie utilisée resplendissait de marbres précieux ; Athanase y adjoignit des colonnes grecques & romaines, transformant ce lieu en un portique où l'on philosophait tout en marchant à la manière des stoïciens. Plusieurs salles de classe, ouvrant sur les côtés, servaient à l'enseignement des arts & des sciences.

Sur les voûtes du vestibule, mon maître fit peindre à fresque cinq panneaux de forme ovale. Dans le premier, celui qui accueillait le visiteur dès son entrée dans le musée, on voyait une salamandre au milieu des flammes.

— La salamandre, c'est moi ! me confia Kircher, un jour que je l'interrogeais sur le sens de cette allégorie. Par là, j'engage les visiteurs à braver le feu des études difficiles...

Et je trouvai que cela était parfaitement approprié, surtout après avoir vu mon maître si à son aise dans les brasiers de l'Etna ou du Vésuve.

Toute l'année 1639 fut occupée à ouvrir des caisses & à ranger leur contenu dans la galerie ainsi enjolivée. Un vaisseau était arrivé de Chine, chargé jusqu'aux écoutilles de trésors destinés à Kircher par le père Giovanni Filippo de Marini, missionnaire au Japon & à la Chine. Cornes de rhinocéros, habits d'apparat brodés d'or, ceintures ornées de rubis, échantillons de papier, images d'idoles, de saints, de mandarins, d'habitants de ces pays ; fleurs, oiseaux, arbres représentés sur soie, diverses drogues inconnues de nos physiciens, & spécialement celle qui se nomme « Lac Tygridis », divers livres, manuscrits, grammaires, etc. ; toutes ces richesses vinrent déferler sur le Collège Romain & augmentèrent l'opulence du musée. Il y avait en outre de nombreuses lettres adressées à Athanase par ses lointains & fidèles correspondants.

Manuel Diaz, vice-provincial de l'ordre à la Chine, mentionnait notamment la découverte récente d'une stèle dont l'importance allait se révéler capitale. Sur cette pierre, exhumée par hasard en 1623 lors de terrassements près de la ville de Sian-fu, il y avait un texte écrit en deux langues, le syrien & le chinois. D'après Diaz, il s'agissait là d'une inscription gravée en 781 après la mort de Notre Seigneur, & qui prouvait la pénétration des nestoriens en Chine dès cette époque. Que des chrétiens, même syriens, eussent été présents si tôt dans le cœur de l'Empire chinois, ce fut là ce qui passionna Kircher au plus haut point. Il ne jugea pas utile de m'expliquer pourquoi ce fait lui paraissait aussi crucial, mais je ne doutai pas une seconde que cette simple lettre ne l'eût fait progresser encore dans l'établissement d'une doctrine qu'il ciselait jour après jour.

Outre cette lettre de Manuel Diaz, le courrier comprenait également diverses missives de Johann Adam Schall von Bell, préposé à l'établissement du calendrier à la cour de l'empereur Ch'ung-chen, du peintre Johann Grueber, de Michal Piotr Boym & d'autres missionnaires aussi fameux : toutes regorgeaient d'informations merveilleuses sur ce pays. Il n'y était question que de montagnes magiques ou métamorphiques, capables de se transformer ou même de changer de place, de dragons de mer & d'animaux rarissimes, d'idoles démoniaques, de monuments & de murailles infranchissables. Les missionnaires insistaient aussi sur la puissance & l'ancienneté de l'Empire chinois. Ils semblaient fascinés par un peuple si différent des nôtres, & pourtant si avancé dans de nombreux domaines, alors qu'il baignait toujours dans l'idolâtrie la plus odieuse. Le père qui accompagnait le chargement sur le bateau avait réussi à préserver une plante d'« ananas » en l'arrosant avec sa propre ration d'eau ; son fruit fut trouvé par Kircher absolument délicieux. La chair ou la pulpe qui est contenue sous l'écorce en est un peu fibreuse ; mais elle se résout entièrement en suc dans la bouche. Elle a aussi un goût si relevé, & qui lui est si particulier, que ceux qui l'ont voulu parfaitement décrire, ne pouvant le faire sans une seule comparaison, ont emprunté tout ce qui se trouve de plus exquis en l'aubergine, en l'abricot, en la fraise, en la framboise, au muscat & en la reinette, & après avoir dit cela, ils sont contraints de confesser qu'elle a encore un certain goût qui ne se peut exprimer & qui lui est tout particulier.

Tout cela, ajouté aux persécutions continuelles dont étaient victimes les missionnaires jésuites dans leur travail de propagation de la foi, convainquit mon maître d'aller se joindre à eux. Dès le début de l'année 1640, il demanda au Père Général de la Compagnie de l'autoriser à partir en Orient pour se vouer à la conversion des Chinois. J'étais aussi excité qu'Athanase à l'idée d'offrir ma vie à Dieu & à l'Église, mais la Providence en décida autrement : sur ordre exprès du pape, qui ne voulait à aucun prix se séparer d'un homme aussi estimable, la demande de Kircher fut refusée. Malgré une déception qu'il m'avoua fort grande, Athanase se plia de bonne grâce aux ordres de ses supérieurs & ne s'intéressa que plus encore à tout ce qui pouvait lui parvenir de ces lointaines contrées.

À trente-huit ans, mon maître semblait au faîte de ses aptitudes. Il travaillait sur plusieurs livres à la fois, mêlant tous les sujets, éclairant toutes les disciplines du savoir humain, sans s'abstenir pour autant d'enseigner les mathématiques & les langues orientales ni de penser à l'utilisation pratique de ses découvertes. À la fois professeur, astronome, physicien, géologue & géographe, spécialiste des langues, archéologue, égyptologue, théologien, etc., il était devenu l'interlocuteur obligé de tous les esprits forts de son temps, & nul ne passait à Rome sans lui demander audience.

Le frère portier ne cessait donc de gravir les escaliers du collège jusqu'à son cabinet pour l'informer de la présence de tel ou tel visiteur. Comme ce dernier était bien vieux & décrépit, Kircher imagina un procédé en vue de lui éviter des efforts incompatibles avec son âge. Il fit installer une tuyauterie de cuivre qui partait de la conciergerie & aboutissait, six étages plus haut, sur sa table de travail. Fixé à chaque orifice, un entonnoir de même métal servait à amplifier les voix. Un fil, courant à l'intérieur du tuyau, & que le concierge pouvait tirer à volonté, actionnait un gong de Java près de l'endroit où se trouvait mon maître, l'avertissant ainsi que le frère portier désirait lui parler. Cette invention fonctionnait idéalement, & le concierge remercia mille fois Athanase pour sa générosité. Mais il fallut lui faire quelques remontrances, tant il prenait plaisir à utiliser cette machine pour de futiles raisons, dérangeant ainsi Kircher dans ses études.

En 1641, parut le *Magnes, sive de Arte Magnetica*, un livre de neuf cent seize pages dans lequel Kircher reprenait les questions abordées dans l'*Ars Magnesia* publié à Würzburg en 1631 & les augmentait de nombreuses autres, faisant définitivement le point sur ce sujet. Cette attraction, si visible entre les êtres & les choses, & tellement semblable à la force mystérieuse présente dans la pierre d'aimant, Kircher l'attribuait enfin au magnétisme universel. L'analogie se révélait précieuse, une fois de plus ; le pouvoir sympathique enchaînant au nord une aiguille aimantée n'était qu'une illustration de celui, bien plus grandiose, qui unissait le microcosme au macrocosme, ainsi qu'Hermès l'Égyptien l'avait établi en des temps reculés. L'attirance ou la répulsion irrésistibles qui se manifestaient parfois entre un homme & une femme, la force qui conduisait l'abeille vers la fleur ou faisait tourner le tournesol vers le Soleil étaient un même phénomène à l'œuvre sur terre & dans les cieux : la puissance de Dieu, cet aimant absolu de l'univers.

— Le monde, disait mon maître, est défendu par des liens secrets, & l'un de ceux-là est le magnétisme universel qui régit aussi bien les rapports entre les hommes que ceux existant entre les végétaux, les animaux, le Soleil & la Lune. Même les minéraux sont soumis à cette action occulte...

Dans ce livre, Kircher décrivait également l'« Oracle magnétique » qu'il avait conçu pour le souverain pontife & fait réaliser par avance, de façon à pouvoir lui offrir la chose en même temps que sa description. J'assistai à la première mise en œuvre de cette curieuse machine, en la présence du cardinal Barberini qui avait été prié par mon maître de juger de l'opportunité d'un tel présent.

Que l'on se représente une table hexagonale, au centre de laquelle trônait la reproduction d'un obélisque égyptien renfermant en son milieu une très grosse pierre d'aimant. Autour de l'obélisque, sur chaque côté de la table, étaient placées six grandes sphères de cristal qui abritaient des angelots sculptés dans la cire & suspendus par un fil dans le vide. Entre ces grandes sphères, on en trouvait douze autres plus petites, construites sur le même modèle, mais avec des figurines représentant des animaux mythologiques. Ces dix-huit sujets cachaient aussi un aimant en leur sein & s'équilibraient les uns par rapport aux autres en fonction de la pierre centrale. Enfin, sur le pourtour de chacune des grandes sphères, étaient peints différents systèmes comme l'alphabet latin, le zodiaque, les éléments, les vents & leurs directions. Un curseur situé sur le devant de la table permettait de faire tourner plus ou moins l'aimant de l'obélisque, ce qui rompait l'équilibre des figurines entre elles & les faisait mouvoir jusqu'à ce que leur magnétisme les contrebalançât dans une position nouvelle. Le bras tendu des « putti », ou angelots, indiquait alors telle constellation ou telle lettre de l'alphabet, répondant ainsi aux questions posées par l'opérateur.

— Cela n'est qu'un jouet, dit Kircher au cardinal, mais je soutiens qu'un homme qui serait véritablement en harmonie avec la nature, c'est-à-dire en sympathie avec les forces magnétiques qui la gouvernent, pourrait tirer le plus grand parti de cette petite machine & produire des oracles tout à fait dignes de créance.

— Je vous crois aisément, dit le cardinal Barberini, dont les yeux pétillants montraient assez l'intérêt qu'il prenait à l'invention de mon maître, mais c'est là un pari dangereux pour celui qui le tente ; que la machine réponde de façon insensée à telle question, & voici rejeté celui qui l'a posée dans la glèbe des profanes, pour ne pas dire des aliborons...

— Certes, reprit Kircher en souriant, mais il restera toujours à cet infortuné le loisir d'accuser la machine elle-même, & son inventeur se fera fort de la défendre en arguant qu'elle n'a été conçue que pour l'amusement, & que Dieu seul connaît les desseins de la Providence.

— En effet, cher ami, dit le cardinal en souriant lui aussi, toutefois, par manière de curiosité, j'aimerais beaucoup vous en voir faire l'essai...

— Vos désirs sont des ordres, Monseigneur. Voyons, quelle demande ferai-je à cette pythonisse de verre ?

Kircher se concentra quelque peu, puis son visage s'éclaira :

— Ce jouet, sorti de mon imagination pour illustrer les pouvoirs secrets de la nature, est-il capable d'accéder à la vérité ? Telle est ma question.

J'interroge donc la sphère alphabétique pour obtenir une réponse écrite. Caspar, s'il te plaît, un bandeau, une plume & du papier...

Je m'empressai d'aller quérir les objets réclamés par mon maître auprès d'un serviteur. Ensuite, il fallut lui bander les yeux &, après que le cardinal eut vérifié qu'il ne voyait rien, le faire asseoir en face du curseur. Athanase le déplaça une première fois. Toutes les figurines se mirent à tournoyer de manière saccadée. Lorsqu'elles se furent contrepesées, au bout de quelques secondes, le cardinal annonça à haute voix la lettre « N ». Je la notai incontinent, tandis que mon maître actionnait le curseur une deuxième fois.

Après une demi-heure de cet exercice, Kircher, épuisé par l'effort de concentration qu'il produisait, déclara qu'il brisait là & ôta son bandeau. Le cardinal Barberini prit alors mon papier et, mi-amusé mi-sardonique, lut ce qui suit comme s'il prononçait une parole d'Évangile : « natu ranatu ragau deth... »

— Voici, révérend, dit-il en tendant la feuille à mon maître, voici qui illustre parfaitement ce que je disais tantôt. J'ai bien peur que vous ne soyez point en exacte correspondance avec l'Aimant Universel...

Kircher fronça les sourcils, & je me mis à rougir pour lui, moins de son échec – après tout prévisible – que des propos acides du prélat.

Mon maître relut en silence le texte sibyllin délivré par la machine &, toujours sans mot dire, traça calmement quatre traits de plume sur la feuille avant de la rendre au cardinal.

Mais si tu veux apprendre, lecteur, les suites surprenantes de cette intervention, il te faudra patienter jusqu'au chapitre suivant...

Lorsque la canonnière eut dépassé le nid de mitrailleuses, les rafales se firent bientôt moins précises, puis cessèrent : trop sûrs d'eux-mêmes, les chasseurs ne gouvernaient le fleuve que vers l'aval ; le bras rectiligne qui s'élargissait jusqu'à leur camp s'incurvait en amont et fermait l'angle de tir. Petersen mit quelques secondes à s'apercevoir qu'il confondait le martèlement du moteur et celui des armes automatiques. Reprenant ses esprits, il se leva avec précaution. Le bateau était maintenant hors d'atteinte, mais une épaisse fumée noire s'échappait du pont arrière... *L'extincteur !* Il se rua vers la passerelle et buta sur Dietlev qui gémissait à même le sol, visage tordu, les deux mains serrées sur une bouillie sanguinolente qu'il semblait vouloir comprimer de toutes ses forces... Herman jura entre ses dents, puis se pencha par-dessus la rambarde :

— Par ici, vous deux ! cria-t-il à l'adresse de Mauro et d'Elaine. Dietlev est blessé, faut lui faire un garrot ! Magnez-vous le cul, bon Dieu !

Petersen reprit sa course. Les tôles vibraient autour de lui comme si toute la structure allait se disloquer d'un instant à l'autre.

— Ralentis, bougre d'imbécile ! hurla-t-il en pénétrant dans le poste de pilotage. Arrête tout !

Et comme Yurupig, tétanisé sur la barre, ne faisait pas mine de bouger, il abaissa lui-même la manette des gaz.

La canonnière se vautra sur son erre.

— Où est Hernando ? demanda Petersen en décrochant l'extincteur de son support.

Presque simultanément, il aperçut le corps du Paraguayen : un peu en retrait dans la pénombre, les yeux comme émerveillés du vide, l'homme gisait sur le dos, gorge tranchée.

— C'est pas vrai... bredouilla Herman, pris de nausée. Mais qu'est-ce qui t'a pris, putain de merde ! Qu'est-ce qui t'a pris ?

Yurupig tourna la tête vers lui et se contenta de le fixer quelques secondes avec un air de prêtre délirant, de fou au bord de la transe.

— On réglera ça après, fit Petersen, avec d'autant plus de hargne qu'il était intimidé. Pour l'instant, tu laisses embrayé et tu continues à remonter doucement, c'est compris ?

De retour sur le pont arrière, il s'enveloppa la main d'un vieux chiffon avant d'ouvrir la trappe d'accès aux soutes. Attisé par l'appel d'air, le feu couvant sous le pont se déclara brusquement, mais Petersen vaporisa le contenu de son extincteur sur le brasier jusqu'à l'étouffer. *Une chance qu'il ait fonctionné, ce vieux machin...*

— Bon, c'est déjà ça, marmonna-t-il. *Inspecter les réservoirs, une fois que la fumée se serait dissipée... Pour le moment, il fallait s'occuper de Dietlev. Plutôt mal en point, si on voulait son avis.*

Le corps de Milton, déjeté par les balles, lui revint en mémoire. Il avait vu assez de cadavres dans sa vie pour reconnaître avec certitude l'angle improbable de la mort. *Celui-là était fichu, il pouvait patienter...*

— Herman ! cria Mauro en courant à sa rencontre.

Il y avait de l'urgence dans sa voix.

— Qu'est-ce qu'il y a encore ?

— Une voie d'eau ! Suivez-moi, vite !

Petersen le rejoignit et pressa le pas derrière lui jusqu'à l'entrée du rouf. D'un simple coup d'œil, il mesura l'étendue des dégâts : l'eau arrivait à hauteur de la table du carré.

— Les salauds, les putains de salauds ! Il ne manquait plus que ça...

— Bougez-vous ! le houspilla Mauro. Où sont les pompes ?

— Trop tard, on étalera jamais... Faut s'échouer, et en vitesse !

— Les gilets de sauvetage ? fit le jeune homme en retenant Herman par le bras.

— Y en a pas ! Préviens les autres, et laisse-moi faire... OK ?

Dès qu'il fut de retour dans la cabine de pilotage, Petersen prit la barre des mains de Yurupig et scruta le fleuve devant lui : sur cette partie du Rio Paraguay, la rive droite n'était plus qu'un marécage, une vaste étendue d'ajoncs et de plantes aquatiques impraticable ; sur l'autre rive, en revanche – à une centaine de mètres tout au plus –, la couleur blanchâtre de l'eau indiquait un affleurement, juste à flanc de forêt. Tout en réfléchissant à la meilleure manière d'aborder, Herman tourna la roue et accéléra pour forcer le bateau, déjà trop lourd pour être manœuvrant, à pointer son nez dans cette direction. La canonnière fut si lente à répondre, qu'il poussa à fond la manette des gaz et gouverna droit vers le banc de sable.

Quand Petersen avait appelé à l'aide, Elaine était encore en état de choc ; blottie entre les bras de Mauro, à la dérive, elle se laissait étourdir par un flot d'images sans suite, avec pour seule perception celle de sa jupe mouillée à l'entrejambe. Associé au garrot, le prénom de son ami lui fit l'effet d'une paire de claques ; aussitôt debout, elle se précipita vers l'échelle de coupée, enchaînant des gestes instinctifs, mais décidée à faire front.

— Va chercher la trousse de secours ! dit-elle à Mauro, dès qu'elle eut examiné la jambe de Dietlev. Dans la cantine n° 6, celle des cartes... Dépêche-toi, je t'en supplie !

Sans plus se préoccuper de lui, elle ouvrit rapidement sa chemisette, fit glisser l'une de ses manches et, par un tour de force qui n'appartient qu'aux femmes, extirpa son soutien-gorge. Elle noua ensuite ce garrot improvisé autour de la cuisse de Dietlev, assez haut sous le short, et serra jusqu'à stopper le jet discontinu qui alimentait la flaque de sang autour du blessé.

— Ça va aller, dit-elle en prenant la main de Dietlev.

Mâchoire crispée, visage congestionné par la douleur, le géologue osa l'amorce d'un sourire :

— C'est moche ?

— Impressionnant, c'est tout. Il n'y a pas de quoi s'affoler...

Elaine guettait Mauro. Elle le vit enfin revenir avec la trousse de secours.

— C'est un vrai bordel, là en bas ! dit-il en montrant son pantalon trempé. Il y a de l'eau jusqu'aux couchettes, il faut que j'aille prévenir Petersen...

— OK, dit la jeune femme en ouvrant la sacoche préparée par Dietlev à Brasilia.

Dire qu'elle s'était moquée du soin maniaque qu'il avait mis à choisir et à ranger son contenu... *C'est une vraie boîte de Pandore, ton truc ! S'il nous arrive le centième des malheurs que tu as prévus, on sera dans un drôle d'état à notre retour... Allons, pas de mauvais esprit, avait-il rétorqué en riant. Dieu est grand, comme on dit au Brésil, mais la forêt l'est encore plus ! Je t'en ferai souvenir, le moment venu. Tu seras bien contente d'y trouver ce que tu cherches, même pour une égratignure...*

Elle connaissait plus ou moins la marche à suivre ; toutes ces pages consacrées aux premiers secours allaient peut-être lui servir à quelque chose. Déchirant nerveusement les enveloppes de plusieurs compresses stériles, elle les humecta d'un antiseptique et se pencha sur la blessure. *Nettoyer, trouver l'artère, ligaturer, ne pas toucher aux nerfs...* Au premier contact, Dietlev ne put retenir un cri. Elle retira sa main et le regarda avec inquiétude.

— Continue, réussit-il à ordonner. Ne t'occupe pas de moi...

Elaine reprit son nettoyage, insistant sur la partie la plus sanglante du genou. L'articulation était broyée, littéralement transformée en pâtée pour chiens. *Meu Deus ! Ils ne pourront jamais recoller tout ça...* Elle s'énervait, jurant à voix basse.

— Prends le clamp, grimaça Dietlev. La pince qui ressemble à des ciseaux... C'est ça. Maintenant desserre le garrot, tu verras mieux...

La plaie se remit à gargouiller par brèves saccades.

— On dirait que ça vient de derrière, dit-elle en épongeant au fur et à mesure. Non... Ah, voilà !

Elle venait d'apercevoir la section de tuyau rose, cannelé comme un œsophage de poulet, par où pulsait le sang. Concentrée sur son geste, elle glissa un mors sous l'artère, vérifia qu'elle ne prenait rien qui ressemblât à un nerf, et referma la pince jusqu'à enclencher le cran d'arrêt. L'hémorragie cessa.

Mauro les rejoignit au moment même où le bateau reprenait sa pleine vitesse.

— On va s'échouer ! prévint-il.

— Aide-moi à lui tenir la jambe ! dit-elle aussitôt, non sans remarquer le regard quelque peu ahuri de l'étudiant.

— Elaine... dit Dietlev d'une voix faible.

Elle se rapprocha de lui pour mieux entendre.

— Je t'ai déjà dit que tu avais de beaux seins ?

Rougissant jusqu'aux oreilles, elle essaya maladroitement de rapprocher les pans de sa chemise. Les yeux fixés sur sa poitrine, Mauro souriait d'un air stupide, comme un enfant qui aurait aperçu le Père Noël.

Petersen attendit le dernier moment pour débrayer le moteur. Sur sa lancée, la canonnière monta de trois ou quatre mètres sur le banc de sable et bascula légèrement sur tribord avant de s'immobiliser.

— Et voilà le boulot ! dit le vieil Allemand, fier de sa manœuvre. Puis il coupa le moteur et actionna les pompes électriques : Va à l'avant, fit-il à l'adresse de Yurupig, et essaye de trouver ces foutues voies d'eau !

Lorsqu'il revint sur la coursive, Elaine achevait de ligaturer l'artère de Dietlev.

— Comment ça va ? demanda-t-il.

— Il est tiré d'affaire, dit-elle froidement, mais c'était moins une...

Elle sortit une seringue de son emballage, piqua l'aiguille dans le bouchon en caoutchouc d'une petite fiole et commença à transvaser son contenu. Dietlev ayant indiqué en termes clairs sur toutes les étiquettes la nature et le mode d'administration des médicaments, elle n'avait eu aucun mal à trouver ce qu'elle cherchait.

— Et Milton ? demanda Dietlev, tandis qu'Elaine lui injectait la morphine dans le bras.

— Mort, dit sèchement Petersen, je viens d'aller voir.

Elaine s'arrêta une fraction de seconde. Un silence douloureux s'installa sur le petit groupe, mutisme où la culpabilité d'avoir oublié Milton se mêlait à la soudaine conscience de sa tragique disparition.

— Mauro, tu peux me faire bouillir de l'eau, s'il te plaît ? Je dois finir de nettoyer tout ça. Ensuite, il faudra le descendre et l'installer plus confortablement.

— Bon, fit Herman en regardant partir le jeune homme, moi je vais jeter un œil à la casse avant que la nuit tombe.

— Deux secondes ! l'arrêta Elaine. Ce type... Je veux dire, le Paraguayen ?

D'un geste du doigt éminemment expressif, Petersen lui résuma les événements :

— Yurupig... Il ne lui a pas laissé une chance.

Précédé par l'Indien, Herman fit le tour des cales avec une lampe torche. Il en ressortit livide : les tirs de mitrailleuse avaient ouvert sous la ligne de flottaison une quantité incroyable de trous et de déchirures impossibles à colmater. C'était un miracle d'avoir tenu aussi longtemps. Même avec un poste à souder, il faudrait plusieurs jours de travail avant de rafistoler le bateau... Herman se pressa vers la poupe, mais en apercevant ce qui restait du canot pneumatique – une chose informe et aux trois quarts submergée –, il prit tout à coup l'exacte mesure de leur situation.

— Aide-moi ! dit-il à Yurupig. On va le remonter.

C'était une vraie passoire, irrécupérable lui aussi. Quant au moteur hors-bord, non content d'avoir séjourné dans l'eau, un tir direct l'avait éventré. Yurupig secoua la tête :

— Rien à faire. La culasse est fêlée.

— Tu nous as mis dans de beaux draps ! éclata Petersen. Putain d'*indio* de merde ! Qu'est-ce qu'on va faire maintenant, hein ? Tu peux me le dire ?

— Arrêtez votre cirque, fit derrière lui la voix calme de Mauro, et venez nous aider. Il faudrait du bois ou quelque chose de dur pour lui immobiliser la jambe...

— Je m'en occupe, dit Yurupig. Commencez à sortir les matelas pour les faire sécher. Les hamacs, aussi...

— Et puis quoi encore ? fit Herman, hors de lui. C'est moi qui donne les ordres sur ce bateau !

— Cessez de gueuler, bon Dieu ! dit Mauro en l'entraînant par le bras. Il a raison. Quant à donner des ordres, c'est terminé. Vous avez fait vos preuves, il me semble...

Décontenancé par cette attitude résolue, Petersen le suivit à l'intérieur du bateau.

Il ne restait presque plus d'eau dans le carré, mais tout était sens dessus dessous : livres et papiers transformés en éponges peu ragoûtantes, éclats de verre, coussins détrempés... mille et une choses dérangées par le flot s'étaient dispersées dans les endroits les plus imprévisibles. Les cabines n'avaient pas été plus épargnées, mais ils trouvèrent sur les couchettes du haut trois matelas en mousse et quelques couvertures à peu près secs. Le reste fut étendu sur le bastingage.

De son côté, Yurupig avait apporté deux planchettes découpées dans un couvercle de caisse et l'une des sangles de toile renforçant la fermeture des cantines. Dès qu'elle fut en possession des attelles, Elaine s'activa sur le blessé. La morphine l'avait plongé dans un profond sommeil, si bien qu'elle n'eut aucune peine à immobiliser sa jambe convenablement. Yurupig se chargea ensuite du transport : après avoir noué ensemble ses deux extrémités, il fit passer la courroie sous les fesses de Dietlev en laissant une large boucle de chaque côté ; puis il s'allongea entre ses jambes, enfila les boucles de la sangle comme s'il harnachait un sac à dos et fit un demi-tour sur lui-même. Une fois dans cette position, avec tout le poids du corps sur ses épaules, il mit un genou en terre et se releva péniblement. Peu après, ce fut par une manœuvre inverse qu'il déposa Dietlev sur un lit de fortune, à l'arrière du bateau.

Elaine s'affala au côté du géologue. Elle s'était mise à trembler, le cœur au bord des lèvres. Un instant, il lui sembla que la forêt criait pour elle.

Sous le ciel embrasé, la brise du soir commençait à lever de courtes vagues sur le fleuve.

— Il faut qu'on parle, dit Herman d'un air sombre. Les avaries du bateau sont irréparables, pareil pour le Zodiac. On est tous dans la merde, je peux vous le dire. Ce n'est pas la peine d'attendre ici, personne ne viendra... Construire un radeau pour redescendre vers Corumbá, c'est possible : mais vous savez ce qui nous attend un peu plus bas. Ces types nous tireront comme des lapins, vous pouvez en être sûrs. Reste la forêt, ce qui est au moins aussi dangereux... Mais c'est la seule solution pour s'en sortir.

— Pourquoi ne pas continuer en radeau ? demanda Mauro.

Petersen haussa les épaules avec mépris :

— Trop de courant... En admettant qu'on réussisse à construire un engin qui flotte à peu près, on n'arriverait jamais à remonter.

— Mais ils finiront bien par s'inquiéter, insista Mauro. Ils peuvent toujours nous envoyer quelqu'un par le nord, de Cáceres, par exemple, ou même de Cuiabá, non ?

— Qui ça, « ils » ? Ici, c'est chacun pour soi. Et ma femme ne s'inquiétera pas : il m'arrive de rester absent plusieurs semaines pour mes affaires... On sera tous crevés depuis longtemps.

— Nous avons des provisions pour un bon bout de temps, intervint Elaine, et après on pourra toujours se débrouiller avec la pêche, ou même chasser...

— Oh, pour ça pas de problème, petite madame. Ce n'est pas la bouffe qui me fait peur, c'est l'eau... Quand les jerricans seront vides – et il y en a pas mal qui ont été percés – il ne nous restera plus qu'à boire l'eau du fleuve... Et alors nous aurons le choix : mourir de soif ou de la dysenterie. Ça fait pas un pli.

Elaine en avait lu assez sur les maladies tropicales pour discerner la justesse du raisonnement.

— Et par la forêt, quelles sont nos chances ?

— Pour vous, aucune. Ce serait trop dur, vous n'êtes pas habituée ; ni lui non plus, d'ailleurs... fit-il en regardant Mauro. Sans parler de notre ami : estropié comme il est, c'est pas pensable. Non, ce que je vous propose, c'est de m'attendre ici tous les trois pendant que j'irai chercher du secours avec

Yurupig. L'embranchement du fleuve n'est plus très loin, trois ou quatre jours de marche, peut-être moins. Et une fois là, ce sera bien le diable si je ne trouve pas quelqu'un pour venir vous chercher... Au pire, nous remonterons jusqu'à Pôrto Aterradinho.

Elaine n'avait pas encore abordé leur mésaventure sous cet angle, mais les arguments avancés lui parurent irréfutables. Soulagée de ne pas devoir affronter la jungle, elle admettait déjà cette solution lorsque ses yeux croisèrent le regard de Yurupig : un peu en retrait derrière Petersen, et sans qu'un muscle de son visage tressaille, il remua rapidement la tête pour lui faire signe de refuser.

— Toi, ne te mêle pas de ça, je te préviens ! fit aussitôt Herman en se retournant vers l'Indien. Alors, dit-il à l'adresse d'Elaine, qu'est-ce que vous en pensez ?

— Je ne peux pas prendre toute seule cette décision. Il faut d'abord que j'en parle avec Dietlev, lorsqu'il sera réveillé. Et Mauro a son mot à dire, lui aussi.

— C'est comme vous voulez, dit Petersen d'un air soupçonneux. Mais il n'y a pas à réfléchir, vous pouvez me croire. De toute façon, je fiche le camp demain matin.

— Vous ferez ce qu'on vous dira de faire, et puis c'est tout, dit Elaine d'une voix posée. Vous avez été payé pour ça, et grassement, d'après ce que j'ai compris.

Les yeux de Petersen parurent s'éclaircir de colère, mais il se contenta de rire en silence, comme s'il avait entrevu une suite parfaitement comique à cette discussion :

— Je vais manger un morceau et aller dormir, dit-il en se reprenant. Et vous feriez bien de faire pareil, *senhora*... À propos, j'ai mis les affaires de Milton dans votre cantine.

— Quelles affaires ?

— Celles qu'il avait sur lui. Je les ai foutus à la baille, lui et l'autre connard. Question d'hygiène, vous comprenez...

Nécrose, puanteur de cadavres, caïmans et piranhas s'acharnant sur un corps nu... Un frisson de dégoût parcourut la nuque de la jeune femme.

— Comment avez-vous pu ! explosa-t-elle, indignée. Qui vous a autorisé à faire une chose pareille ?

— Mais, personne, *senhora*, dit Petersen sur un ton doucereux et comme s'il s'adressait à une folle. Personne, je vous l'assure...

Carnets d'Eléazard.

KIRCHER est un vulgaire manipulateur. Il trafique les faits pour les ramener à la raison. Sa bonne conscience est sans excuse. Propagation de la foi, propagande, détournement de l'histoire, etc. : rien que de très connu dans cet enchaînement. La certitude d'être dans son bon droit est toujours le signe d'une vocation secrète pour le fascisme.

J'AI DEMANDÉ À SOLEDADE si, par un effet de sa bonté, elle ne pourrait pas passer un coup de chiffon sur les étagères de la bibliothèque : refus catégorique. Même morte, la mygale que j'ai rapportée de Quixadá la terrorise.

RACONTÉ PAR LOREDANA. Ce jeune Italien, en vacances à Londres, qu'on raccompagne en voiture à la fin d'une soirée trop arrosée. C'est l'été, il a ouvert sa vitre et sorti un bras de façon à pouvoir pianoter sur le toit du véhicule. Tête-à-queue, tonneaux. Après l'accident, il n'a rien, mis à part un peu de sang sur ses manches ; il n'éprouve aucune douleur. Ses copains sont indemnes. Heureux, il secoue sa main, faisant le geste d'un qui s'en tire à très bon compte, et ses doigts s'éparpillent sur l'asphalte.

LE CABINET KIRCHER comme anamorphose de Kircher lui-même. Moins un musée qu'un capharnaüm comparable au magasin du docteur Auzoux. Il y avait dans l'esprit de cet homme la bizarrerie d'un Pique-assiette ou d'un facteur Cheval.

LETTRE À MALBOIS : rajouter vérifications sur La Mothe Le Vayer.

L'HISTORIEN, disent les historiens, est au moins capable de saisir le style d'une époque, ce qui n'a pu se produire qu'en un certain temps et en un certain lieu. Même cela est illusoire : l'historien ne peut saisir que l'écart au reflet de sa propre époque. Il présente au passé un miroir de bronze et s'empresse d'y observer des distorsions.

« L'ACCOUPLEMENT avec les bêtes, note Albert Camus, supprime la conscience de l'autre. Il est "liberté". Voilà pourquoi il a attiré tant d'esprits, et jusqu'à Balzac. »

EXTRÊME FIN DU XVIᵉ SIÈCLE : « Vu le procès criminel, charges et informations, interrogatoires, réponses et confessions de l'accusé, confrontation des témoins, conclusions dudit procureur, auquel tout a été communiqué : réponses et confessions de l'accusé faites en présence du conseil, et tout ce qui a été mis par-devers nous. Par notre sentence et jugement, nous avons déclaré et déclarons ledit Legaigneux atteint et convaincu d'avoir eu copulation charnelle avec une ânesse appartenant à tel. Pour réparation publique duquel cas et crime, l'avons condamné et condamnons à être pendu et étranglé par l'exécuteur de la haute justice, à une potence qui sera dressée en tel lieu. Et auparavant ladite exécution de mort, que ladite ânesse sera assommée et tuée par ledit exécuteur audit lieu, en présence de l'accusé. »

Si l'on punit l'animal, c'est qu'il partage avec l'homme la responsabilité de l'acte : le coupable de bougrerie s'est abaissé au rang des bêtes brutes, mais l'ânesse a commis le crime impardonnable de se hausser au rang des êtres pensants. Ils sont tous deux « contre nature ». En trahissant les lois de leur espèce, ils mettent pareillement en danger l'ordre du monde.

EXTRÊME FIN DU XXe SIÈCLE : « Accusé de tentative de sodomie sur un dauphin nommé Freddie, Alan Cooper, 38 ans, se justifie en disant qu'il masturbait seulement l'animal pour s'attirer son amitié. Ses avocats fondent leur défense sur ce que les dauphins sont notoirement paillards et font partie des très rares animaux qui pratiquent entre eux l'acte sexuel pour le seul plaisir. Alan Cooper risque dix ans de prison si l'on retient *l'intention évidente d'une pénétration rectale ou vaginale*, et la perpétuité si la sodomie est *prouvée selon un doute raisonnable*. » (Newcastle upon Tyne, Angleterre.)

Toujours aussi absurde, le châtiment est cette fois à sens unique. Les animaux sont innocents par essence, parce qu'on leur dénie désormais la possibilité d'être autre chose que ce qu'ils sont. En récupérant pour lui seul toute la liberté du monde vivant, l'homme en assume aussi toute la responsabilité. Seul responsable, seul coupable. Seul.

POURQUOI SCHOTT utilise-t-il le latin pour les passages licencieux, alors que cette langue est comprise par la plupart des lecteurs de son époque ? Cette fausse pudeur est impudique.

L'USAGE POSE LE PROBLÈME du labyrinthe en termes d'échappatoire : une fois qu'on y a pénétré, il s'agit d'en retrouver l'issue. Le labyrinthe dessiné par Kircher semble inverser la question, dans la mesure où il ne mène nulle part. Son cœur est inaccessible. Inanité du fil d'Ariane : le vrai labyrinthe doit se concevoir du centre, c'est un espace totalement fermé à l'extérieur. Allégorie du cerveau, de ses circonvolutions, de sa solitude impénétrable. Il faut être Dédale pour s'envoler du labyrinthe, mais il faut être aussi Dédale pour y tuer le Minotaure.

ATLANTIDE : la légende platonicienne est moins un mythe de l'anéantissement toujours possible des civilisations qu'un mythe du retour, une incitation à l'anamnèse. Elle fait signe de l'origine bien plus que de la fin.

STÈLE DE XIAN : pour Kircher, c'est la preuve absolue et instrumentale que la Chine a été chrétienne avant d'être bouddhiste ou confucéenne. Les restes d'une Atlantide de la vraie foi affleurent soudain à la surface de la Terre, il suffit désormais de les pointer du doigt pour que les idolâtres se ressouviennent du Paradis perdu. L'utopie d'une cité parfaite n'est pas située dans le futur, comme pour More ou Campanella, mais dans le plus lointain passé.

FAIRE EXISTER L'INVISIBLE : Euclides me demandant d'imaginer entre nous un gouffre insondable, et qui finit par l'enjamber d'un grand pas pour me rejoindre. « On ne sait jamais, n'est-ce pas... »

Chapitre XIII

Où est montré comment Kircher surpassa Léonard de Vinci & fit contribuer la gent féline au plus merveilleux des concerts...

— Natu ra/natu ra/gau det/h/, *natura natura gaudet !* lut le cardinal avec une surprise extrême, « la nature se réjouit de la nature »... Cela est proprement merveilleux ! & je vous prie de bien vouloir excuser l'ironie à laquelle je me suis laissé aller tantôt. Faites parvenir dans l'heure votre machine au souverain pontife, il en sera charmé, j'en suis certain. Quant à moi, je ne puis que vous supplier de m'en faire construire une autre de même farine. Soyez assuré que vous n'aurez pas affaire à un ingrat...

Athanase promit au cardinal d'agir pour le mieux & parut très satisfait de cette entrevue. Son crédit ne cessait de croître dans les plus hautes sphères, lui assurant la liberté & les ressources indispensables à ses travaux. Mon maître m'y associait de plus en plus, & durant les deux années qui suivirent, je l'assistai quotidiennement dans ses recherches sur la signification des hiéroglyphes ; sauf en 1642 où, pour ma gloire & quelques séquelles insignifiantes, mon maître se passionna soudain pour l'aérognosie...

Cette aventure prit sa source durant une conversation qu'Athanase eut un soir avec monsieur Nicolas Poussin, lequel se perfectionnait en sa compagnie dans l'art difficile de la perspective. Feuilletant l'un des codex de Leonardo da Vinci, qui lui avait été aimablement prêté par le sieur Raphaël Trichet du Fresne, bibliothécaire de la reine Christine de Suède, Kircher s'arrêta sur la machine volante imaginée par le Florentin.

— Malgré toute mon admiration pour Léonard, dit Poussin, il faut bien avouer qu'il a fait fi, parfois, des lois physiques les plus élémentaires. C'était un rêveur de talent, mais un rêveur tout de même : il est évident que l'air est trop rare & trop faible pour porter le corps d'un homme, quelle que fût la grandeur de ses ailes...

Kircher avait secoué la tête négativement.

— Que non, monsieur, que non ! Considérez la manière & les battements d'ailes dont usent les oies & les autres plus grands oiseaux lorsqu'ils veulent s'enlever pour voler, & la pesanteur des morceaux de papier & de bois que l'on fait planer en les conduisant avec une ficelle, & vous changerez peut-être d'avis. Je suis persuadé qu'un homme peut s'élever en l'air, pourvu qu'il ait des ailes assez vastes & assez fortes, & suffisamment d'industrie pour battre l'air comme il faut. Ce que l'on peut exécuter avec de certains ressorts qui feront mouvoir les ailes aussi vite & aussi fort qu'il en sera besoin.

— Votre hypothèse est séduisante, mon révérend, mais vous me permettrez de la contester, comme saint Thomas, tant que je n'aurai pas vu de mes propres yeux un homme s'élever dans les airs...

— Qu'à cela ne tienne, reprit mon maître, je relève le gant & vous donne rendez-vous dans trois mois d'ici, le temps de pratiquer certaines expériences préliminaires. Mais j'y insiste : il n'est certainement pas plus difficile de voler que de nager ; & de même que l'on trouve cet art enfantin quand on l'a appris – encore que l'on eût tenu cela pour impossible – de même l'on jugera l'art de voler fort naturel quand on l'aura pratiqué.

Monsieur Poussin repartit ce soir-là fort ébloui par l'assurance d'Athanase, mais rien moins que convaincu. Pour ma part, je vouais une telle confiance à mon maître que je ne désespérai pas une seule seconde de sa réussite. Une grande exaltation me prit à l'idée de m'envoler dans les cieux, & je harcelai Kircher tant & tant qu'il agréa mon souhait d'être le premier homme à exécuter cette prouesse.

Les quelques semaines qui suivirent sont parmi les plus belles dont j'ai souvenir. Nous délaissâmes nos études afin de nous consacrer uniquement à ce projet.

Le cardinal Barberini & le sieur Manfredo Settala s'étaient passionnés pour l'entreprise de mon maître ; ils avancèrent les fonds requis, & les ouvriers se mirent à l'ouvrage. Trois semaines suffirent pour mettre au point la chose la plus étonnante qu'on eût aperçue depuis des lustres : on aurait dit une immense chauve-souris sans corps, de dix-huit pieds d'envergure, toute de soie & de plumes blanches empennées sur une armature de joncs. L'engin s'établissait sur les épaules par un système de lanières, & une fois qu'il fut sur mon dos, je constatai que j'étais capable d'en faire remuer les ailes sans trop de labeur, quoique lentement.

— Ainsi font les grands aigles de Tartarie, me rassura Kircher, qui ne s'élèvent jamais dans les airs qu'avec lenteur & dignité, en profitant de la force du vent. Sois sans crainte, Caspar, cette machine est conçue, non pour s'arracher du sol par elle-même, mais pour progresser dans le ciel une fois qu'elle y a été portée.

Une semaine plus tard, nous étions fin prêts. Kicher convoqua Poussin, le cardinal Barberini & monsieur

Settala au sommet du château de Saint-Ange, d'où il avait décidé que je prendrais mon essor. C'était une attrayante journée de juin ; un doux zéphyr agitait à peine les feuillages, & j'étais fort énervé à l'idée d'être le premier à accomplir enfin ce vieux rêve de l'espèce humaine.

— J'ai choisi ce lieu particulier, expliquait Athanase à ses invités, pour que mon courageux assistant, le père Schott, puisse se poser sans dommage dans l'eau du Tibre, au cas peu probable, quoiqu'un revers ne soit jamais à exclure, où quelque contrariété l'obligerait à interrompre son vol. Le père Schott ne sachant point nager, j'ai prévu à cet effet des baudruches gonflées d'air qui le soutiendront sans peine dans l'élément liquide.

Ce disant, il fit apporter deux outres translucides – des estomacs de porc, à ce qu'il me sembla – qu'il ficela de part & d'autre de ma taille. Puis on me harnacha, & je dus actionner mes ailes plusieurs fois, tandis que mon maître en détaillait le fonctionnement. Les trois hommes s'extasièrent devant l'astucieux agencement de ce dispositif.

Pour la première fois, je me rendis compte de la sérieuse posture où mon insouciance m'avait placé : un abîme effrayant s'étendait sous mes pieds, & le Tibre me parut bien minuscule tout en bas... Les images de ma chute précédente, lors d'un premier essai, me revinrent en foule à la mémoire ; je transpirais d'abondance, & tandis que mes bras se vidaient de leurs forces, mes jambes commencèrent à flageoler piteusement. J'étais terrorisé...

— Va, Caspar ! cria tout à coup mon maître avec emphase, & que ta renommée dépasse un jour celle d'Icare !

Une demi-seconde, la mention de ce héros malheureux me parut un bien mauvais présage, mais comme Athanase avait assorti ses encouragements d'une taloche amicale & vigoureuse sur mes mollets,

je fus déséquilibré, & plutôt que de tomber purement & simplement, je m'élançai dans le vide.

Ce fut la plus extraordinaire émotion de toute ma
vie : je planais, libéré des entraves du corps, tout
comme une mouette ou un épervier tournant au-
dessus de sa proie. Pourtant, cette volupté ne dura
guère ; je m'aperçus en effet que je perdais rapidement de l'altitude & que, loin de planer comme je le
croyais, je tombais bel & bien, quoique plus lentement que si je n'avais été pourvu de mes ailes posti-
ches. L'eau du Tibre se rapprochait à grande vitesse,
& affolé, terrifié par l'horreur de ma situation, je tentai de battre des ailes avec l'énergie du désespoir. Ma
peur était si grande que je réussis à les ébranler plusieurs fois de suite, sans parvenir pour autant à
m'élever. Le seul résultat de cette conduite fut, grâce
au ciel, de freiner ma chute quelque peu. Pas assez
cependant pour éviter de m'abîmer dans le Tibre
d'une manière que j'eusse souhaitée plus fringante.
Mon dernier acte de pensée fut de remettre mon âme
à Dieu, puis j'eus la sensation de m'écraser sur une
surface aussi dure que le marbre...

Lorsque je m'éveillai, quelques heures plus tard,
j'étais couché dans mon lit, au Collège Romain, avec
les deux jambes fracturées en plusieurs endroits &
de nombreuses ecchymoses. Le visage tourmenté de
Kircher m'apprit sur-le-champ que la reprise de mes
sens tenait plus de la résurrection que d'un simple
réveil.

Quand j'eus repris totalement conscience, mes
premiers mots furent pour m'inquiéter de la réaction
du cardinal & m'excuser auprès de Kircher d'un
insuccès qui portait si gravement atteinte à sa réputation : la machine n'était pas en cause, mais bien la
faiblesse de ma constitution & cette peur panique
qui m'avait paralysé, ruinant ainsi les espoirs fondés
sur cette tentative ; j'étais indigne de la confiance de
mon maître & ne me pardonnais point la forfanterie

avec laquelle je m'étais attribué un rôle excédant de manière si patente mes médiocres moyens ; & pour tout dire, il aurait mieux valu que j'eusse péri durant ma chute en juste châtiment de mon péché d'orgueil...

Kircher ne me laissa point continuer : je me trompais du tout au tout puisque cette entreprise, au lieu d'être un échec, avait réussi bien au-delà de ses espérances. Après de naturelles inquiétudes sur mon sort, les invités avaient applaudi à mon exploit. Un corps jeté du haut des remparts du château de Saint-Ange se fût écrasé à pic dans les douves, alors que cette voilure factice m'avait permis de progresser dans l'espace & d'atteindre le Tibre. Il y avait donc eu vol ! La preuve étant ainsi faite qu'un homme pouvait concurrencer les aigles sur ce point, il ne suffisait plus que d'apporter certaines améliorations à la machine & d'éduquer suffisamment ses futurs pilotes. Le problème n'était plus une question de physique, mais de technique ; & l'esprit humain avait toujours montré son adresse à surmonter les obstacles de cet ordre. Ce que cette expérience avait esquissé, les temps à venir se chargeraient de le parachever : un jour, nous volerions aussi loin, aussi haut & aussi vite que les rapaces les plus agiles. Et cette garantie, c'était moi, par mon courage & par ma foi, qui l'avais procurée à notre siècle... D'ailleurs, le cardinal Barberini avait dépêché son chirurgien personnel auprès de ma personne, & joignant la charité à la libéralité, proposait de continuer sur sa bourse les essais en vol avec des condamnés à mort, offrant de la sorte à ces misérables une chance inespérée de sauver leur vie.

Ces paroles réconfortantes me donnèrent la force & la patience de supporter mon alitement. Monsieur Poussin me vint voir plusieurs fois, il m'apportait des albums de croquis ou des estampes, & les heures s'écoulaient agréablement à causer peinture. Le cardinal lui-même m'honora une fois de sa présence. Il me répéta mot pour mot ce que m'avait dit Kircher & me félicita encore pour ma bravoure & mon abnégation. Quant à mon maître, il venait me visiter aussi souvent que ses nombreuses occupations lui en accordaient le loisir. Rien n'était assez bon pour me rendre la vie plaisante : il me faisait la lecture à haute voix, me narrait des anecdotes sur la Chine ou les Indiens du Maragnan & me tenait informé de ses progrès dans le déchiffrement des hiéroglyphes. Il poussa ses attentions jusqu'à inventer un instrument de musique insolite dans le seul but de me divertir.

C'est ainsi qu'un beau matin, vers le terme de ma convalescence, on me transporta de ma chambre jusque dans le Grand Auditoire du collège. Tous les pères & leurs écoliers y étaient rassemblés, & je fus accueilli par une ovation digne d'un personnage de grande étoffe. Ce n'est qu'une fois installé sur un sofa que j'aperçus le majestueux buffet d'orgue qui avait été amené dans cette salle. Curieusement, on ne distinguait aucun tuyau dépassant de la menuiserie, laquelle était artistement décorée de scènes bucoliques. Kircher se mit au pupitre & joua une fraîche mélodie de notre vieil ami Girolamo Frescobaldi : l'orgue rendait un son de clavecin, & je ne comprenais pas qu'il fallût un meuble aussi considérable pour voiler un mécanisme somme toute peu encombrant, lorsque mon maître, la mine réjouie, annonça d'une voix forte :

— Et maintenant, la même composition, mais au pédalier bioharmonique !

Il se démena aussitôt sur les pédales de l'instrument, & à l'hilarité générale produisit le plus curieux concert de miaulements qu'il eût jamais été donné d'entendre. Bien mieux, cet arrangement de cris animaux reproduisait le gracieux aria joué précédemment, fort reconnaissable, y compris dans ses plus subtiles harmonies. Comme tous mes collègues dans la salle, j'étais au paradis !

Lorsque Athanase eut terminé, nombreux furent ceux qui voulurent essayer cet instrument, fruit de l'intarissable génie de mon maître. Chaque musique interprétée produisait un nouvel effet comique, & rien n'était aussi réjouissant que de jouer dans les aigus. Kircher exhiba ensuite des partitions de son cru, demandant à Johann Jakob Froberger, le plus habile musicien parmi nous, de les exécuter au clavecin.

Même dans ce simple divertissement, Kircher avait mis toute sa science. Une fois ouvert, le buffet d'orgue dévoila un mécanisme fort complexe. Lorsqu'on appuyait sur l'une des pédales, un système de transmission admirable faisait mouvoir une sorte de marteau qui s'abattait brusquement sur la queue d'un chat sanglée sur une plaquette de bois. Tous les matous de ce clavier à deux octaves avaient été longuement sélectionnés par Athanase pour leur faculté naturelle à miauler sur un certain ton. Ils étaient enfermés dans de petites boîtes ne laissant dépasser que leur queue, & même s'ils paraissaient n'apprécier que très médiocrement le traitement qui leur était infligé, ils n'en tenaient pas moins leur rôle à la perfection.

Si je n'avais été déjà sur le chemin d'un complet rétablissement, semblable concert m'aurait guéri, je crois, aussi efficacement qu'une tarentelle !

Je me remis à l'étude avec entrain, & vers la fin de l'année 1643, Kircher publia le *Lingua Ægyptiaca Restituita*. Ce livre de six cent soixante-douze pages contenait, outre le dictionnaire arabe-copte rapporté jadis par Pietro della Valle, une grammaire complète de cette langue & la confirmation de la thèse avancée quelques années auparavant dans le *Prodromus Copticus* : les hiéroglyphes étaient l'expression symbolique de la sagesse égyptienne, les prêtres ayant refusé d'utiliser la langue vulgaire, à savoir le copte, pour exprimer les dogmes les plus sacrés...

Kircher n'avait plus aucune incertitude, désormais, sur sa maîtrise des hiéroglyphes. Il n'en livrait pas encore la clef dans cette publication, mais avouait avoir progressé en ce sens grâce au concours d'un correspondant mystérieux, à qui il dédiait son livre ainsi qu'à tous les lettrés arabes & égyptiens, uniques héritiers & possesseurs de la langue antique.

1644 fut l'année décisive. Après le rappel à Dieu du pape Urbain VIII, le cardinal Pamphile accéda au pontificat sous le nom de Innocent X. Pour fêter son élection, ce digne fils d'une illustre famille – dont le palais se trouvait depuis le XVe siècle sur le Forum Agonale, l'ancien stade de Domitien – décida d'achever la restauration de cet endroit & d'en faire comme le mémorial de sa famille & de son nom. À cette fin, il chargea le célèbre Lorenzo Bernin de dessiner une fontaine dont le centre serait le grand obélisque gisant depuis des temps immémoriaux le long de la voie Apienne.

Notre supérieur général, le père Vincent Caraffa, s'était chargé d'informer le pape de la science de Kircher, & ce fut tout naturellement à lui que le souverain pontife s'adressa pour la conception de ce projet.

— Mon révérend, avait dit le pape lors de leur entrevue, nous avons décidé d'ériger un obélisque d'une grande taille, & ce sera votre tâche d'étudier les hiéroglyphes qui s'y trouvent gravés. Nous aimerions que vous, qui avez hérité de Dieu tant de dons, vous donniez corps & âme à cet exercice, faisant tout ce qui est en votre possible pour que ceux qui sont étonnés de l'ampleur de ce dessein apprennent à connaître, par votre intermédiaire, la signification secrète des inscriptions. De plus, vous orienterez l'architecte Bernin dans le choix des symboles qui feront la matière de cette fontaine, en prenant garde de conférer à cet ouvrage la rigueur spirituelle convenable. Que Dieu vous accompagne...

CANOA QUEBRADA | *Sans autre tranchant que celui du feu ou du silex...*

Lorsque l'alarme de sa montre-bracelet réveilla Roetgen, son premier regard fut pour le hamac de Moéma : il pendait, flasque et vide comme une mue. Bouffi, charbonné de rimmel, le visage de Thaïs émergea du sien. Il y avait de l'affolement dans ses yeux, et elle se mit à vomir sur le sable avec d'irrépressibles hoquets de chatte à l'agonie.

Dehors, le monde baignait déjà dans cette lumière argentée que laisse la nuit après son premier recul. Une trace d'escargot, songea Roetgen en regardant la mer. Le vent n'était plus perceptible, il poussait le noir, le balayait en grossiers amas, loin vers l'horizon. Un coq chanta, puis se tut au beau milieu d'un vibrato, comme étranglé par le scandale de sa propre voix.

Roetgen se pressa vers la cabane de João, tout en se demandant où Moéma avait bien pu passer la nuit. Souillée de rebuts abjects – il y avait même quelque chose qui s'apparentait à une serviette hygiénique roulée dans un slip de femme –, la rue ressemblait à une plage humide, bouleversée par quelque tempête crapuleuse. En passant devant le bar de *seu* Alcides, Roetgen eut un pincement au cœur, il détourna la tête.

João était accroupi sous l'auvent, en train de vérifier ses engins de pêche. Il parut agréablement surpris.

— *Bom dia, Françés...* J'avais peur que tu ne viennes pas, dit-il en souriant. Tu as une sale tête...

— Mal dormi... L'air de la mer va me remettre d'aplomb.

— Alors, on y va. Tiens, dit-il en lui tendant une sorte de boulet en plastique rouge, identique à celui qu'il portait déjà en bandoulière, je t'ai préparé tes affaires. Mets-y tout ce que tu as dans les poches, cigarettes, briquet... tout ce qui se mouille, quoi.

En y regardant de plus près, Roetgen s'aperçut qu'il s'agissait d'une vieille bouée d'amarrage, probablement récupérée au bord de l'eau ; sur son pôle supérieur, un large bouchon de liège s'adaptait à une ouverture découpée en cercle. Une cordelette fixée de part et d'autre transformait le tout en sac étanche.

Ils descendirent la rue jusqu'à une petite maison bleue où ils pénétrèrent sans cérémonie.

— Salut ! dit João au *caboclo* encore à moitié endormi derrière son comptoir. Dépêche-toi, le vent va tourner...

Sans daigner répondre, l'homme se redressa en grommelant. Avec une lenteur d'iguane, il rassembla devant lui une plaque de *rapadura*, un morceau de bougie, une boîte d'allumettes et un cornet de *farinha*.

— Qui c'est celui-là ? demanda-t-il en désignant Roetgen du menton.

— Il remplace Luís, dit João, agacé. Donne-lui sa part.

— C'est sûr ?

— Cherche pas à comprendre. Je te dis qu'on s'est entendus avec Luís... Bouge-toi un peu, on est pressés !

L'iguane se remit en branle, l'air soupçonneux, et déposa sur le comptoir la même liste d'objets que précédemment.

— Mets ça dans ta boule, *rapaz*, on y va... fit João à l'adresse de Roetgen.

Ils sortirent sans payer, mais une fois dans la rue, le pêcheur lui en donna l'explication : la « coopérative » appartenait à l'armateur des jangadas, un type de Aracati ; à chaque sortie en mer, chacun des pêcheurs recevait gratuitement ces fournitures misérables, mais au retour leur part de poisson était échangée en crédit dans ce même magasin. Le système fonctionnait sans monnaie, accentuant le servage des pêcheurs et les bénéfices du propriétaire.

Écœuré, Roetgen voulut s'informer sur l'armateur. Il se heurta au fatalisme de João : c'était ainsi sur toute la côte, il n'y avait rien à faire, sinon remercier Dieu et ce type de leur offrir cette chance de survivre.

Arrivés sur la dune, ils suivirent la ligne de crête jusqu'à un espace où poussaient quelques broussailles. Usant de sa machette, João se mit à tailler les ronces desséchées.

— C'est pour le brasero, dit-il à Roetgen en lui donnant la première partie de sa récolte. Il y en a déjà à bord, mais il vaut mieux compléter. On ne sait jamais.

Ils allaient ainsi de buisson en buisson, lorsque João fit remarquer au Français une longue trace sur le sable, l'ondulation sinueuse qu'aurait pu laisser un tuyau d'arrosage traîné derrière soi.

— *Cobra de veado*… marmonna-t-il en suivant des yeux le cheminement incertain.

Puis il marcha jusqu'à un buisson épineux dont il écarta les branches avec précaution : lové sur lui-même, un python de bonne taille digérait sans doute sa capture de la nuit. L'animal n'eut pas le temps de s'éveiller que João l'avait déjà décapité…

— *Matei o bicho !* J'ai tué la bête, s'écria-t-il avec une sorte d'orgueil enfantin.

Ébahi, et par la présence d'un tel serpent dans les dunes et par la réaction du pêcheur, Roetgen le vit empoigner ce cadavre encore appliqué à d'impossibles nœuds et le faire tournoyer comme une fronde, sourire aux lèvres, avant de l'envoyer dinguer à plusieurs mètres devant lui.

362

Saint Georges terrassant le dragon plus fier d'avoir vaincu sa peur que d'avoir triomphé du mal un court instant... Ou s'agissait-il plutôt d'un sacrifice, d'une propitiation venue du fond des âges pour hanter notre siècle infatué ?

De cet endroit où la dune s'éclaboussait de sang, ils descendirent ensuite vers la plage.

Les deux autres pêcheurs finissaient de pousser une bille de cocotier sous la proue en spatule de la jangada. Assez jeunes, édentés – Roetgen ne repensa jamais au Brésil sans visualiser ces bouches affreusement désarmées que façonne la faim –, ils lui parurent peu communicatifs : Paulino, muscles saillants, cheveux laineux et roussis par le sel ; Isaac, plus frêle, torse en creux, défoncé par une malformation congénitale du sternum.

João rangea le bois dans un panier, vérifia l'emplacement du rondin, et les quatre hommes s'arc-boutèrent sur la barque jusqu'à la faire venir en équilibre sur le cylindre ; tandis qu'ils la maintenaient ainsi, Paulino plaça un second rouleau sous l'avant et se dépêcha de revenir pousser avec les autres. Dès qu'un rouleau se libérait à l'arrière, il le ramenait sous l'étrave, et ainsi de suite durant toute leur progression vers le rivage. Lorsque la jangada fut à flot, Isaac remonta les lourdes billes sur le sable, assez loin pour les mettre à l'abri de la marée, tandis qu'ils maintenaient l'esquif dans la vague, immergés jusqu'à la ceinture. À peine eut-il rejoint ses compagnons, qu'ils embarquèrent tous ensemble d'un seul coup de reins. S'emparant de l'aviron de gouverne, João borda aussitôt l'écoute de grand-voile. La jangada se mit à glisser sur la mer avec la grâce et l'aisance d'un dériveur.

Derrière eux, les dunes commençaient à rosir ; d'autres jangadas, voile déployée, semblaient rouler à leur poursuite, cahotant sur la grève comme des papillons froissés.

Vent de travers, la jangada filait droit vers le large, avec ce lapement particulier de l'eau contre la coque et cette douce inclinaison qui oblige les corps à un perpétuel rééquilibre. Debout à l'arrière, les fesses calées sur une sorte de banc étroit, João barrait avec concentration, les deux mains fermement soudées au manche. Roetgen s'était assis à la contre-gîte avec Isaac et Paulino ; il avait entrepris de grignoter sa *rapadura*, moins par fringale que par souci de mimétisme. Content d'être en mer, il détaillait l'embarcation avec le soin gourmand d'un passionné de voile.

Longue de sept mètres environ, large de deux, la jangada sur laquelle il se trouvait était une merveille d'élégance technique. Profilée comme une barge pontée, sans lisse ni cockpit, la coque s'amincissait gracieusement aux extrémités, ce qui la rapprochait plus d'une planche à voile que de n'importe quel engin à fond plat. Hormis le banc de nage, à l'arrière – et une sorte de chevalet, juste devant, qui servait à tourner les cordages ou à se maintenir debout –, la seule autre superstructure du bateau était un portique de bois massif où venait s'emmancher une longue antenne amovible, non haubanée, souple et déliée comme une nervure végétale.

Sur la voile bistre, constellée de trous et de pièces, une publicité s'étalait en grandes lettres noires : *Indústria de Extração de Aracati…*

Le plus étonnant pour Roetgen restait néanmoins l'absence exemplaire de tout métal sur le voilier. Pas une manille, pas un clou d'assemblage… tout était chevillé ou ligaturé ; même l'antenne et la bôme, constituées chacune de plusieurs morceaux, tenaient par de simples surliures au fil de pêche !

Éloge poussé à bout du végétal, hymne désuet à cet âge d'or qui précéda l'épée, l'arquebuse, le casque et les armures. Il y avait eu un temps où les Indiens, sur cette côte, imploraient le pardon des arbres avant de les abattre sans autre tranchant que celui du feu ou du silex.

Comme le lui expliqua João par la suite, si la fragilité de l'ensemble ne faisait aucun doute, du moins pouvait-on réparer n'importe quelle avarie très rapidement et avec les moyens du bord. D'autant que les ruptures se produisaient toujours aux endroits de faiblesse créés par les raccords, et le fil cédant toujours avant le bois, il suffisait de surlier à l'identique les pièces démantibulées pour remettre le bateau à neuf. Même chose pour la coque, dont les formes franches admettaient qu'on les répare sans le secours d'un charpentier. Rien n'échappait à ce dédain du métallique ; pas même l'ancre, le *tauaçu*, ce noyau de pierre qu'enserrait une monture de branches durcies au feu ! Quatre scions réunis par l'une de leurs extrémités, deux autres en croix pour assujettir la cage et crocher dans l'algue ou dans le sable. Toujours ce même principe – n'était-il vraiment que d'économie, ou s'articulait-il sur quelque chose d'inaperçu et de plus décisif ? – réglant les moindres productions de la technique : trois branches eussent été insuffisantes pour maintenir la pierre, une cinquième aurait été superflue... Un théorème qui expliquait pourquoi les principales sections du bois de charpente n'avaient pas changé d'un pouce depuis des millénaires. Villa romaine ou mas provençal, château cathare ou *palazzo* vénitien, pour des édifices comparables, on retrouvait les mêmes mesures de poutres, de chevrons ou d'arbalétriers : trop mince, le bois cède ; trop épais, on le gaspille. Ainsi les règles des bâtisseurs se fondaient-elles, avant toute mathématique de la résistance des matériaux, sur le juste milieu qu'un certain nombre de mouillages perdus ou de toits effondrés avaient contribué à établir.

Une activité soudaine sortit Roetgen de ses réflexions. Sur un ordre de João, qui choqua aussitôt l'écoute de grand-voile, les deux pêcheurs dégréèrent le foc et la bôme, puis se hâtèrent d'étouffer la toile en enroulant la balancine autour du mât. Cela fait, João vint les aider à extraire l'antenne de son emplanture et à la coucher avec la bôme dans l'axe du bateau. Les ailes rognées, la jangada s'immobilisa sur l'eau verte ; ce n'était plus qu'un frêle radeau encombré d'espars, une épave peu encline à braver les rigueurs de l'Océan. On mouilla. Le soleil se levait ; toute terre alentour avait disparu.

Paulino et Isaac s'étaient installés sur le même côté, pieds à l'extérieur de la plate-forme ; Roetgen se plaça d'instinct sur l'autre bord, à deux mètres de João. Il s'interrogeait sur le type d'amorce qu'on allait utiliser, lorsqu'il vit le pêcheur dévider sa palangrotte sans se préoccuper un instant de ses hameçons. La ligne ayant rapidement touché le fond – il ne devait y avoir qu'une vingtaine de mètres de profondeur –, João prit le fil entre ses doigts et lui imprima d'amples mouvements de bas en haut, comme pour une pêche à la turlutte.

— Vous n'avez rien pour amorcer ? demanda Roetgen, sidéré.

João parut étonné qu'on pût se poser la question. C'était comme ça, personne ne pratiquait autrement. Attirée par les à-coups et les reflets scintillants des hameçons, une bestiole quelconque finissait toujours par se jeter sur eux ; une fois remontée à bord, elle servait d'appât pour de plus grosses prises.

Des heures s'écoulèrent, silencieuses, somnolentes, durant lesquelles les quatre hommes poursuivirent une même quête sous le soleil. On croyait lire le résumé d'une pièce de théâtre d'avant-garde, songea Roetgen en considérant l'absurdité de leur situation : livrés à eux-mêmes sur l'Atlantique, quatre naufragés trempent dans l'eau leurs hameçons nus.

Mer étale, feu sur la nuque, gémissements du bois, contorsions de marionnettes, décalées, brusques parfois comme des sursauts de corps endormis...

Ils se repentirent, vers midi, d'avoir épuisé si tôt leur provision de sucre.

Imitant les autres, Roetgen portait à sa bouche des pincées de farine de manioc, juste assez pour tromper la faim et augmenter son désir de boire une nouvelle fois au jerrican. Au fur et à mesure que le temps passait, les visages devinrent fébriles, les jeux de mains nerveux, furtifs, comme pour mieux séduire l'espoir au fond des eaux. On changeait de bras de plus en plus souvent, les muscles s'asphyxiant de répéter un même geste.

Tenaillés par la faim, quatre naufragés implorent en vain le dieu des mers... Agités de tics, quatre schizophrènes essayent de piéger des mouches avec du vinaigre... Médusés, quatre marins insultent Dieu, la mer et les poissons avant de se résoudre à manger le mousse...

— Mets ça sur la tête, avait dit João en lui donnant une toile de sac mouillée, tu vas attraper une insolation.

Ce fut alors, seulement, qu'il remarqua leur chapeau de paille à tous les trois.

Vers trois heures de l'après-midi, João poussa un juron et remonta sa ligne à toute vitesse. Il avait enfin réussi à voler par la queue un poisson argenté, à peine plus gros qu'un sprat. Huit heures, huit heures pour ce menu fretin ! Il y eut aussitôt un branle-bas étonnant sur le pont : tandis que João découpait sa prise en minces filets, attentif à frôler l'arête, Paulino et Isaac allumèrent un feu dans un bidon qu'ils disposèrent sous le vent. Dès que le bois flamba, ils mirent à chauffer sur ce brasero de fortune une vieille gamelle remplie d'eau de mer. On eût juré que ces hommes allaient faire cuire leur anchois pour le manger immédiatement ! Quant à Roetgen, il l'aurait bien avalé tout cru, tant la faim le tourmentait. Mais João distribua les lambeaux de chair qu'il venait de préparer, et chacun put enfin appâter sa ligne.

À peine cinq minutes plus tard, une forte touche emporta son bras. Ferrant la proie, il commença de ramener sa ligne avec prudence, terrorisé soudain à l'idée d'une fausse manœuvre. João se précipita, hurlant des conseils, prêt à lui prendre le fil des mains. Mortifié par ce manque de confiance, Roetgen faillit obéir à l'injonction muette du pêcheur, mais ses instincts l'emportèrent, et il se mit à parler au poisson en français, le gratifiant tout à la fois d'injures et de mots doux, accompagnant ses tentatives de fuite pour mieux les stopper ensuite avec souplesse, oublieux de tout ce qui n'était pas cette vivante tension au bout des doigts.

— *Cavala*, dit João en apercevant l'éclair zigzaguant qui s'approchait de la surface. Et elle est belle !

Un dernier soubresaut, et une sorte de longue bonite fit un bruit mat sur le pont. Pétrifiée une seconde d'avoir changé de monde, elle ouvrit la gueule avant de se débattre aveuglément. Si le paradis ou l'enfer existaient, c'était ainsi que devaient gigoter les morts en arrivant dans ces troubles régions de cauchemar... João l'éventra toute vive, flanqua ses entrailles par-dessus bord et la débita en larges tranches frémissantes. Il en réserva quelques-unes pour reboëtter, puis mit le reste à bouillir dans la marmite.

Ils surveillèrent ensemble la cuisson. Au moment opportun, Paulino sortit les morceaux avec un bout de bois et les posa devant lui. Les trois pêcheurs plongèrent sur la nourriture : ils se brûlaient les doigts en roulant les morceaux dans leur cornet de *farofa*, crachaient les arêtes à la mer avec une évidente jouissance et ne cessaient de féliciter le *Francès* pour une première prise si avantageuse. Roetgen fit comme eux, appréciant chaque bouchée, convaincu de n'avoir jamais rien goûté d'aussi savoureux.

Quand ils furent rassasiés, la pêche put enfin commencer. Il était quatre heures de l'après-midi.

Pagres, albacores, raies, roussettes, daurades coryphènes... ils engrangeaient les prises à un rythme soutenu. Cela demandait parfois cinq ou dix minutes, mais la ligne ne remontait jamais à vide. Roetgen découvrait un univers très différent de celui qu'il connaissait : ici, point de plaisir à l'acte de pêcher, on remontait une carangue comme on extrait du minerai, sans état d'âme ni perte de temps. Il y avait bien quelques exclamations pour une prise exceptionnelle, mais c'étaient celles de mineurs découvrant une veine de charbon inattendue, plus riche, plus facile à extraire. On assommait la bête, on la lançait dans un panier commun ; lorsqu'il débordait, l'un des pêcheurs calait sa ligne et se mettait au salage. Écailler, vider, trancher les têtes, retirer les filets pour les tasser dans une caisse, à l'avant de la jangada, les recouvrir d'une couche de gros sel... Roetgen s'efforça d'assimiler ce savoir-faire. Il fut bientôt capable de prendre son tour comme les autres. Cette besogne indispensable prenait chaque fois une bonne demi-heure, on en sortait cassé en deux, mains écorchées, ardentes de la morsure du sel, mais content de soi-même et du travail accompli.

Attentif au moindre de ses comportements, soucieux de ne pas déchoir dans l'estime des pêcheurs, Roetgen mit un point d'honneur à tenir leur rythme. Cette concentration ne lui accorda aucun répit, il ne pensait même plus, retrouvant cette catatonie du bus, lors de son trajet vers Canoa. Moéma, Thaïs, le Brésil, tout avait fui : l'esprit nettoyé, « au clair », comme on le dit des cordages lorsqu'ils sont libres et prêts pour la manœuvre, il se vautrait dans l'effort et l'amnésie.

Au coucher du soleil, les poissons devinrent plus difficiles à prendre. La brise du large s'était mise à souffler, levant peu à peu autour de la jangada une forte houle aux allures menaçantes. Une barre de nuages plombés, très basse sur l'horizon, semblait avancer vers eux à grande vitesse. Tout cela ne présageait rien de bon, mais les pêcheurs ne parurent pas s'en inquiéter outre mesure. Profitant des dernières lueurs du jour, Paulino et João assurèrent les moindres objets sur le pont, tandis qu'Isaac faisait cuire une deuxième bonite gardée en réserve dans ce but. Elle fut mise à refroidir, puis chacun enroula sa palangrotte pour la remplacer par une ligne plus solide et mieux armée.

— La nuit, il n'y a que les gros qui mordent, expliqua João à son protégé, requins, sabres, ce genre-là, quoi... Du coup, on ne pêche qu'à deux pour éviter les embrouilles.

Paulino et Isaac mangèrent un morceau avec eux, puis allèrent s'allonger à fond de cale. Voyant une main coincer un vague chiffon entre l'arrêtoir et le panneau d'écoutille – pour laisser un peu d'air, apparemment –, Roetgen se demanda comment les deux hommes avaient bien pu se couler dans un espace aussi restreint : autant qu'il pouvait en juger, la hauteur sous barreau devait avoisiner les cinquante centimètres ! Sur un signe de João, il vint s'adosser sur l'arrière au chevalet d'amarrage. À l'exemple du pêcheur, il s'y attacha par la taille avec une corde et vérifia son nœud de chaise avant de se remettre à pêcher.

La mer avait forci au point de briser quelquefois sur eux en longues déferlantes. Roetgen voyait courir les crêtes phosphorescentes, bien au-dessus de lui dans la nuit noire, des montagnes d'eau bouillonnante que la jangada finissait par escalader au moment où il semblait certain qu'elles s'apprêtaient à l'engloutir. Animée d'une oscillation continue, tirant sur son ancre – en marin aguerri, João avait pris soin de doubler la longueur du mouillage –, chassant sur le côté ou raidie soudain face au vent par les brusques rappels de la corde, sa proue s'enfonçant à demi, elle étalait le grain vaille que vaille. Lorsqu'une vague plus forte submergeait le pont, les deux hommes se retrouvaient assis dans l'eau écumante comme dans un bain de mousse – sans le cordage qui sciait leur ventre, ils eussent été irrémédiablement emportés –, puis le rodéo reprenait, épuisant, jusqu'au fracas d'une nouvelle déferlante. Trempé des pieds à la tête, les yeux brûlants, aveuglés par les embruns, Roetgen vivait le quart de veille le plus dur de son existence. À peine rassuré par l'impassibilité bougonne de *seu* João, il s'efforçait de pêcher sans parvenir à libérer son corps d'une peur animale, avilissante. Étourdi par le vent et la rumeur de l'Océan, frigorifié, il voyait des monstres.

Vers une heure du matin, lorsque Paulino et Isaac vinrent prendre la relève, il n'y avait guère de poissons dans le panier : trois sabres pour Roetgen, deux pour João, plus un requin-marteau d'une trentaine de livres. La mer était toujours aussi forte, mais le vent commençait à mollir.

— C'est la renverse, dit João à Paulino. Ça devrait mordre un peu mieux. N'oublie pas de raidir le mouillage au fur et à mesure.

Il rampa vers l'écoutille et tint le panneau entrouvert tandis que Roetgen se glissait à l'intérieur.

— Vas-y, il y a de la place, dit João en le voyant hésiter.

Quand le Français eut disparu, il le suivit dans la soute et tira sur eux le panneau d'écoutille en prenant soin de ne pas le refermer complètement. Durant les quelques secondes où il fut environné de

371

ténèbres, dans ce cercueil que ballottait la mer, Roetgen dut se chapitrer pour ne pas ressortir sur le pont.

João craqua une allumette qu'il approcha d'un petit morceau de bougie calé entre deux sacs de sel, puis il se tortilla pour trouver une position plus confortable.

— *Puxa* ! marmonna-t-il, quel temps de cochon !

Allongés sur le flanc, de chaque côté du puits de dérive, ils se faisaient face, proches l'un de l'autre comme cela ne leur serait jamais arrivé à l'air libre. Le visage de João semblait sculpté dans du vieux bois, chacune de ses rides dessinant une ronce particulière. La soute sentait fort le poisson et la saumure.

— C'est souvent comme ça ? demanda Roetgen.

— De temps en temps, à la mauvaise lune. Le problème, c'est que les requins n'aiment pas...

— Ils se vendent bien ?

— Comme les autres, mais ils sont plus balèzes. Et puis on a des primes pour le foie et les ailerons.

— Qu'est-ce qu'ils en font ?

— Le foie, c'est pour les laboratoires. Je ne sais pas trop, il paraît que c'est bon pour les médicaments, les crèmes... Les ailerons, ce sont les Chinois qui les achètent. Ils en sont très friands, à ce qu'on dit. Il y en a aussi, dans ton coin ?

— Des requins ou des Chinois ?

— Des requins...

— Pas autant qu'ici. Et puis ils sont plus profond, loin des côtes.

— Et des pagres ?

— Il n'en reste presque plus. On les a trop pêchés. C'est pareil pour tous les autres, il y a même certaines espèces qui ont disparu...

— Comment c'est possible ? ! fit João, effrayé soudain par cette perspective.

— Je te l'ai dit : trop de pêche industrielle, la pollution... C'est un vrai désastre.

Le pêcheur émit plusieurs claquements de langue pour exprimer sa désapprobation.

— C'est pas Dieu possible, des choses pareilles ! Et c'est loin, chez toi ?

— La France, tu veux dire ?

— Qu'est-ce que j'en sais, chez toi, quoi...

— Cinq mille kilomètres, à peu près.

João fronça les sourcils :

— Ça fait combien d'heures de bus ?

La mine sérieuse du pêcheur interdisait toute méprise : il n'avait aucune idée de l'endroit où se trouvait la France et ne pouvait concevoir une distance sans la convertir d'abord dans les seules mesures connues de lui ; jours de marche, pour les courts trajets, ou heures d'autocar pour les plus longs. Pris au dépourvu, Roetgen lui donna un temps de voyage en heures d'avion, mais son absence de repartie démontra qu'il s'était encore trompé. Il calcula donc mentalement la distance que pouvait parcourir la jangada en une journée et livra au pêcheur le résultat : deux mois de navigation vers l'est, en admettant que le vent fût constant et favorable durant tout le trajet.

— Deux mois ? ! répéta João, cette fois visiblement impressionné. Il se tut quelques minutes, l'air songeur, avant de revenir à son sujet : Et chez vous, il y a aussi des jaguars dans la *mata* ?

— Non.

— Et des tatous ?

— Non plus...

— Des boas, des fourmiliers, des perroquets ?

— Non, João. Nous avons d'autres animaux, mais c'est un peu comme pour les poissons, il n'en reste plus beaucoup.

— Ah, bon... fit le pêcheur, désappointé par un pays si dénué de l'essentiel. Même pas des caïmans ?

Et des manguiers, vous avez au moins des manguiers ? !

Nous avons des trains à grande vitesse, des Airbus et des fusées, João, des ordinateurs qui calculent plus rapidement que nos cerveaux et contiennent des encyclopédies complètes. Nous avons un grandiose passé littéraire et artistique, les plus grands parfumeurs, des stylistes géniaux qui fabriquent de magnifiques déshabillés dont trois de tes vies ne suffiraient pas à payer l'ourlet. Nous avons des centrales nucléaires dont les déchets resteront mortels pendant dix mille ans, peut-être plus, on ne sait pas vraiment... Tu imagines ça, João, dix mille ans ! Comme si les premiers Homo sapiens *nous avaient légué des poubelles assez infectes pour tout empoisonner autour d'elles jusqu'à nos jours ! Nous avons aussi des bombes formidables, de petites merveilles capables d'éradiquer pour toujours tes manguiers, tes caïmans, tes jaguars et tes perroquets de la surface du Brésil. Capables d'en finir avec ta race, João, avec celle de tous les hommes ! Mais, grâce à Dieu, nous avons une très haute opinion de nous-mêmes.*

Roetgen comprit qu'il ne parviendrait jamais à lui décrire une réalité ne valant plus, il s'en apercevait tout à coup avec un sentiment d'amertume et de dépossession, que par son insolence. Sommé de légitimer la civilisation occidentale, et de se justifier par elle, il échouait à isoler une seule curiosité susceptible d'intéresser cet homme. Un homme pour lequel les richesses naturelles de la terre, son ensoleillement, l'influence de la Lune sur tel animal ou telle plante avaient encore valeur et signification ; un être intelligent, sensible, mais vivant dans un monde où la culture devait s'entendre au sens propre, comme un humus, comme un fonds.

Honteux, penaud devant João comme un coupable en face de son juge, il s'inventa un environnement qui pût rivaliser avec le sien. Mêlant aux fables de son enfance certains souvenirs d'histoire médiévale, il raconta les loups assaillant les villages par les nuits d'hiver, hurlant – là, dans la cale obscure – comme ils étaient censés le faire sur la neige, dans les vallons de la campagne française ; encouragé par l'attention persévérante du pêcheur, il broda sur leurs yeux brillants, leurs crocs monstrueux, et finit même par rapporter la mésaventure de Pierre et du loup, longuement, comme s'il s'agissait d'une histoire vraie.

— Il a eu ce qu'il méritait, dit João, après avoir réfléchi un court instant sur la fin tragique du berger. C'est triste à dire, mais c'est comme ça. À force de mentir, on finit par faire du mensonge une vérité… C'est comme mon gendre, pendant deux ans il a raconté partout que sa femme le trompait, juste pour se rendre intéressant. Jusqu'au jour où elle l'a fait cocu pour de bon ! Mais, dis-moi, *Francès*, ta famille, elle habite où, dans un village ?

— Non, à la ville. À Paris, tu en as entendu parler ?

— Je crois, oui… Mais, tu sais, je ne suis jamais allé à l'école. C'est à côté de *Nova-York*, non ?

— Pas exactement, fit Roetgen, fasciné par une conception du monde où la géographie tenait si peu de place. Je vais t'expliquer…

Il eut beau faire, cependant, ni la mappemonde qu'il griffa sur le plancher, ni ses tentatives de schématisation ne réussirent à faire naître la moindre image de la planète dans son regard. João n'avait jamais voyagé que pour se présenter à l'armateur de Aracati – trois heures de marche –, et une autre fois, dans son enfance, lors d'un pèlerinage au sanctuaire de Canindé, pour remercier saint François d'avoir sauvé sa mère de la variole. Huit heures d'autocar dont il gardait un souvenir confus, mais émerveillé. Ne sachant ni lire ni écrire, n'ayant aperçu une télévision allumée que quelques instants derrière une vitrine de la ville, il tenait son savoir de ses propres expériences ou des *cantadores* qui venaient chanter leurs complaintes jusque dans les bars de Canoa. Il n'imaginait pas non plus que la Terre fût ronde ni que les hommes fussent allés sur la Lune, mais accueillit ces faits nouveaux avec une exquise politesse. Tout ce qui n'était pas son village, son métier ou ce qu'il avait pu voir par lui-même du Brésil, restait couvert d'une brume cotonneuse où lieux et choses voisinaient au hasard, dans le désordre des noms parvenus un jour à sa mémoire. São Paulo, New York, Paris... autant dire l'Autre Monde ; un univers abstrait de ses préoccupations, un au-delà sans feu ni lieu, une virtualité floue qu'il tenait pour définitivement inconnaissable.

SERRA DA ARATANHA | *De la graisse humaine pour protéger les navettes spatiales des rayons cosmiques !*

— Mais puisque je te dis que c'est impossible de rester entier après une explosion pareille ! Voyons, Firmina, sois raisonnable : même des bœufs, même des éléphants auraient été transformés en viande hachée !

— Ça, c'est ce que *tu* dis, et moi je dis que c'est la mule sans tête qui a fait ce massacre. Et je sais bien qui c'est, va, tu peux me faire confiance...

Il était quatre heures du matin. Depuis le retour de l'oncle Zé, une heure plus tôt, Nelson et Firmina le pressaient de questions à propos de la catastrophe. Lorsque les secours étaient arrivés, les pilleurs de cadavres avaient disparu comme par enchantement. Grâce à la liste des passagers, on savait qu'une personnalité se trouvait dans l'avion, un poète dont Zé ne se rappelait plus le nom, mais que les sauveteurs voulaient identifier à tout prix. À certains détails morbides arrachés à son frère, Firmina s'était signée avec un air de terreur : elle y avait reconnu la marque infernale de la *mula-sem-cabeça*... Seule cette créature du démon pouvait les avoir dépecés de la sorte, et elles étaient certainement plusieurs !

— La mule sans tête ? demanda Nelson en s'adressant à la vieille femme.

— Comment ça ? Tu n'en as jamais entendu parler ? Eh bien, lorsqu'une jeune fille fait la chose avant le mariage, ou qu'une femme déjà mariée couche avec son père, elle se tourne en mule sans tête... Elle apparaît le vendredi soir et se met à vagabonder dans la *mata*. Les vivants qu'elle rencontre, elle leur gobe les yeux, les ongles et toutes les dents ; les morts ou les malades, elle les met en pièces qu'elle éparpille sur son chemin. Mais le résultat est le même, personne n'en réchappe !

— Mais comment fait-elle, puisqu'elle n'a pas de tête ? demanda Nelson, manifestement intimidé.

— On ne sait pas, c'est ça qui est encore plus épouvantable... Mais ne cours jamais à minuit devant une croix, tu la ferais venir aussitôt ! Et si tu la rencontres un jour – que Dieu te protège de ce malheur ! – roule-toi en boule, ferme les yeux et la bouche, et cache tes ongles entre tes cuisses, elle te laissera tranquille.

— N'écoute pas ces salades, fiston, dit l'oncle Zé avec lassitude. Elle est vieille, elle ne sait plus ce qu'elle raconte.

— Ah bon ? s'insurgea violemment Firmina. Parce que la Conceição ne couche pas avec son père, peut-être ? Tout le monde le sait, ici. Et c'est pas difficile, il raconte ça à qui veut l'entendre chaque fois qu'il a un coup dans le nez !

— C'est peut-être vrai, mais ça ne prouve rien...

— Parce que ça ne prouve rien, tous ces pauvres gens écrabouillés ? Tu verras qu'on en retrouvera sans yeux, sans ongles ou sans dents : et ceux-là, on saura qu'ils étaient encore en vie lorsque la mule sans tête est venue les prendre.

Baissant les bras devant l'acharnement sénile de sa sœur, Zé but cul sec son verre de *cachaça* et cracha par terre. Ça ne tenait pas debout, cette manière de dire les choses, mais comment lui faire entendre raison ? La vieille avait toujours réponse à tout, il ne voyait pas comment la convaincre qu'elle se trompait.

— C'est comme les *sacaolhos*, dit Nelson, pensif. Ils viennent dans les favelas, même en plein jour, et ils arrachent les yeux aux enfants.

— Dieu garde ! fit *dona* Firmina en se signant. Des choses pareilles !

— Qu'est-ce que c'est encore, cette histoire ? dit l'oncle Zé en grommelant.

— La vérité... Un jour, à Pirambú, j'ai vu une petite fille avec les yeux vides, et sa mère, une Péruvienne, m'a dit que c'étaient eux : ce sont des *gringos* qui vont toujours par trois, deux hommes et une femme blonde, avec des blouses blanches, comme des médecins. Ils roulent lentement au milieu des favelas, dans une Nissan Patrol aux vitres fumées, et lorsqu'ils aperçoivent des enfants seuls, ils leur proposent une limonade ou un *guaraná*, et ils les emmènent dans un endroit désert. Et là, ils leur enlèvent les yeux ou leur tirent la graisse du corps ! Des fois les deux...

— La graisse ? dit l'oncle Zé avec dégoût, soudain ébranlé dans son septicisme. Mais pour quoi faire, bon Dieu ?

— Des produits de beauté pour les Américains et leurs amis. L'huile de *caboclos*, c'est très bon pour la peau des Blancs, ça la rend plus jeune, plus lisse, tu comprends. Mais ça sert aussi à graisser les machines de précision et à protéger la navette spatiale des rayons cosmiques. Il leur en faut des tonnes, à la NASA, et ça se vend plus cher que l'or ! Alors notre gouvernement laisse faire, pour payer la dette extérieure... C'est comme ça dans toute l'Amérique latine. Avant, ils prenaient pas les maigres, mais maintenant ils choisissent plus.

— Et les yeux ?

— Les yeux, c'est pour les transplanter... La fille de ma voisine a eu de la chance, ils ne lui ont pas tiré la graisse. Sinon, elle serait morte. Quand on l'a retrouvée, elle avait les yeux bandés, avec du coton plein les orbites et un billet de cinquante dollars dans sa culotte.

— Dieu du ciel ! dit Firmina, au bord des larmes. Cinquante dollars pour des yeux...

— On m'a dit qu'ils leur prenaient aussi le cœur ou les rognons, et même qu'il y avait des restaurants de luxe, à São Paulo, où on servait de la chair humaine aux policiers et aux militaires.

— C'est la fin de tout, dit l'oncle Zé d'un air sombre. Je peux pas y croire... Si c'est comme ça, y a plus rien à espérer... plus rien...

— T'en fais pas, Zé ! Je les surveille, moi, les Nissan Patrol. Le jour où j'en vois une... je la flambe, putain ! Elle et les enculés qui sont dedans !

Lorsqu'il se tut, l'affreux rictus qui avait déformé sa bouche persista encore un peu. *Dona* Firmina se signa une nouvelle fois pour l'aider à disparaître.

Chapitre XIV

La fontaine des Quatre-Fleuves : comment Kircher fit
rendre gorge à ses détracteurs. Où l'on traite
également du symbolisme de l'ombre & de la lumière.

Le Bernin était un homme alerte, perspicace &
fort courtois, malgré une inclination à l'emporte-
ment que son immense talent ne justifiait pas, mais
permettait presque toujours de pardonner. Petit,
râblé, mis simplement en toute circonstance, il ne
parlait guère & passait pour hypocondre aux yeux
des gens qui ne connaissaient point le rare bonheur
d'être de ses amis. Lorsqu'il parvenait à vaincre sa
timidité naturelle, il s'exprimait toutefois sans
contrainte & devenait si aimablement volubile qu'il
charmait son monde par la fantaisie & la gaieté de
son esprit. Il fut séduit par la science de Kircher,
comme ce dernier le fut par l'habileté qu'il déployait
dans son art. Les deux hommes se prirent très vite
d'amitié l'un pour l'autre, ce qui favorisa grandement l'élaboration des plans de la fontaine.

Après quelques semaines de travail, Kircher montra au Bernin & au pape un premier projet, développé à partir d'un crayon de Francesco Borromini.
Il s'agissait de représenter les quatre régions du
monde, sous l'apparence des plus grands fleuves
connus, lesquels évoquaient ainsi fort subtilement

les quatre rivières originelles du paradis terrestre. Le Gange, le Danube, le Nil & le Río de la Plata devaient être personnifiés par des colosses de marbre, accompagnés chacun d'animaux emblématiques. Quant à l'obélisque, situé au centre du monument, il serait à lui seul le résumé de toute la théologie & de la connaissance sacrée. Kircher proposait également d'amener jusqu'en ce lieu l'eau de *l'Acqua Vergine*, la meilleure source de Rome, conférant ainsi à la fontaine un sens obvie de purification.

Les ébauches préparatoires furent âprement discutées, & mon maître dut défendre point par point chacune de ses idées. Mais le projet fut accepté sans amendement, & Le Bernin se mit aussitôt à l'étude pour en imaginer une composition qui fût digne du marbre & du ciseau. Restait, cependant, un problème concret : la restauration de l'obélisque, son transport jusqu'au Forum Agonale, son érection & le déchiffrement de ses hiéroglyphes. L'obélisque trouvé dans le cirque Maxime était en fort mauvais état. Abandonné aux intempéries depuis des siècles, il souffrait d'importantes mutilations. Durant des jours, nous errâmes autour de l'aiguille de pierre à la recherche des morceaux absents. Nous n'en recouvrâmes point une quantité suffisante, hélas, pour compléter entièrement l'inscription qui nous occupait. De plus, certaines écritures en place ayant été effacées par le temps, la question se posa de savoir si l'on devait les reconstituer par un effort de l'intelligence, ou consentir à ces fort laides ecchymoses. La première solution parut, sinon impossible, du moins bien téméraire à Athanase.

Nous fîmes donc appel à tous les antiquaires de la ville pour racheter, avec les fonds d'Innocent X, des fragments inscrits de l'obélisque, s'il s'en découvrait. Kircher en reconquit un certain nombre, mais il se rencontra plusieurs collectionneurs assez matois pour refuser de les vendre ou même d'en fournir à mon maître une copie. Par une indiscrétion du sieur Manfredo Settala, j'appris que cette rebuffade n'était pas dictée par l'appât du gain, mais par la méchanceté de ceux qui, doutant des capacités de mon maître, le défiaient sous la courtine de rétablir les hiéroglyphes disparus. Ils prétendaient ainsi démasquer son imposture, par la comparaison de ces figures avec celles gardées par-devers eux...

J'informai Kircher & Le Bernin de cette cabale. Le sculpteur entra dans une vive colère, fustigeant ceux qui avaient le front de désobéir au pape & de tramer des armadilles si haïssables. Kircher resta pensif.

— Peut-être, dit-il enfin, après que nous l'eûmes tourmenté sur ce chapitre, peut-être vaudrait-il mieux laisser en blanc les quelques lacunes de cette épigraphe... Non que j'appréhende le défi qui m'est lancé par ces docteurs en balourdise, mais il y a loin de la traduction d'un texte à sa restitution. Plusieurs signes, tout comme en n'importe quelle langue, peuvent exprimer une même chose, à quelques nuances près : imaginez que je me trompe un tant soit peu, & le scandale atteindrait, en me déshonorant, l'Église tout entière, & jusqu'à la faveur dont jouit notre ordre auprès du pape...

Le Bernin s'enflamma & insista pour que mon maître confondît ses détracteurs en des termes si amicaux & si confiants qu'il parvint à le décider. Kircher prit copie de tous les caractères lisibles sur l'obélisque & sur les fragments recueillis, puis s'enferma dans son cabinet de travail. Quant au Bernin, après avoir agencé l'obélisque dans un dispositif permettant de le faire tourner horizontalement sur lui-même, il entreprit d'en restaurer les brèches. Pour ne le déformer en rien, il refusa l'emploi de tout ciment ou même de goujons de fer, & sculpta dans une pierre semblable à celle du monument égyptien des morceaux si ingénieusement conçus qu'ils s'ajustèrent avec précision à leur place respective.

Invité à constater le résultat de ces efforts, Kircher s'extasia longuement sur la science du Bernin. En aucun temps l'on n'avait vu travail aussi parfait ! Il ne restait donc plus qu'à y faire graver les hiéroglyphes manquants : ceux copiés des fragments en notre possession, & qu'il n'aurait pas été possible de replacer sans nuire à la beauté de l'ensemble, & ceux, moins nombreux toutefois, qu'Athanase s'était chargé de réécrire. Cette tâche fut confiée au sculpteur Marco Antonino Canino & achevée en 1645 ; les détracteurs de Kircher en furent tout déconfits, car les symboles dessinés par lui correspondaient exactement aux originaux qu'ils n'avaient point voulu divulguer ! Il leur fallut donc faire de nécessité vertu & convenir que mon maître, guidé par l'Esprit Saint, avait réellement percé à jour la clef de cette langue énigmatique.

L'année 1646 vit la publication de l'*Ars Magna Lucis & Umbræ*. Ce lourd in-folio de neuf cent trente-cinq pages était dédié au mécène d'Athanase, Jean Frederick, comte de Wallenstein & archevêque de Prague.

Kircher commençait par y décrire le Soleil comme première source de lumière, sans éluder la question des taches qui se pouvaient observer parfois sur sa surface & de leur influence malsaine. Il en prenait pour preuve l'invasion des armées suédoises en 1625, mais aussi la mort de l'empereur des Ming, celle de Louis XIII & diverses catastrophes dont l'occurrence coïncidait avec une multiplication incompréhensible des macules.

Après quoi, mon maître examinait la Lune, cette deuxième source de la lumière du monde, mais qui n'agissait qu'en tant que réflecteur du Soleil. Il poursuivait par de nombreuses pages sur les corps célestes, donnait pour la première fois une image de la planète Jupiter, des anneaux de Saturne, abordait ensuite l'examen des couleurs : en traversant un prisme ou un voile de gouttes de pluie, écrivait-il, la pure lumière reste contaminée de ce contact, produisant le jaune, le rouge & le violet qui sont des dégradations du blanc, lequel est la couleur même de la lumière, comme le noir est celle de son absence.

En cette conjoncture, mon maître dissertait longuement sur le caméléon & le talent qu'il possède de se peindre à la ressemblance des choses dont il approche. Il y ajoutait aussi quelques remarques sur les poulpes & autres animaux marins ayant une faculté similaire, puis examinait un très curieux bois mexicain à lui envoyé par le père Alejandro Fabiàn. Après avoir fait tailler un bol dans ce bois de « Tlapazatli », comme le lui avait conseillé le père Fabiàn, Kircher y avait versé de l'eau pure en ma présence. Bientôt, & sans que rien justifiât cette métamorphose – car les fibres du bois étaient propres & claires comme celles du merisier –, l'eau se mit à bleuir graduellement, jusqu'à prendre une magnifique couleur pourpre. Réduit en poudre, ce bois continuait à produire le même effet, bien que perdant peu à peu cette capacité au cours du temps. Kircher avait offert ce bol à l'empereur Ferdinand III de Habsbourg qui le regardait depuis comme un de ses trésors les plus précieux.

Du bois de Tlapazatli, le livre en venait à la structure interne de l'œil & à la vision humaine, soulignant comment tout fonctionnait à l'imitation de cette *Camera Oscura*, expérimentée en Sicile pour mon malheur. Il suffisait pour s'en convaincre, écrivait Kircher, de prendre un œil de bœuf – ou un œil humain, si l'occasion s'en présentait –, d'en détacher l'humeur cristalline & de la placer sur l'orifice *ad hoc*, en lieu & place d'une lentille artificielle. Ce qui était à l'extérieur apparaissait alors dans la chambre noire avec la précision de la plus excellente des peintures.

Traitant de l'anamorphose, il enseignait comment déformer mathématiquement un dessin de façon à le rendre monstrueux au premier regard, mais irréprochable en son reflet sur un miroir cylindrique. Pareillement, il détaillait les divers moyens d'arranger les arbres, les plantes, les vignes, les pavillons & les jardins de sorte qu'à partir d'un point de vue déterminé ils montrassent telle image d'homme ou de dragon, & que de tous les autres n'apparût aucune trace de celle-ci.

Après un chapitre où Athanase donnait les tables complètes de toutes les lunaisons, sous la forme d'un « Dragon aux nœuds lunaires » par lequel on pouvait prédire toutes les éclipses, il faisait voir une figure d'homme sciatérique, avec les correspondances zodiacales unissant chaque partie du corps & chaque maladie à chacun des simples ou des remèdes sympathiques propres à les guérir.

Pour finir, mon maître agrémentait son ouvrage d'un chapitre resplendissant sur le symbolisme métaphysique de la lumière, couronnant ses efforts par une philosophie nouvelle & rappelant les vérités impérissables de notre religion.

Si j'ai pris la peine de rappeler la substance de ce *Grand Art de la Lumière & de l'Ombre*, ce n'est certes pas pour mes lecteurs éclairés, qui le connaissent parfaitement, mais pour donner un exemple aux plus jeunes d'entre eux, peu ou point du tout accoutumés à l'œuvre de Kircher, de sa prodigieuse science en toutes choses, & de cette façon si particulière à lui de démêler agréablement & utilement les sujets les plus ardus. Mon maître ne mettait jamais à l'écart aucune partie du monde, & qu'il s'intéressât à la lumière, à l'Égypte ou à quelque autre sujet bien spécifique, il lui fallait par force embrasser chaque fois la totalité de l'univers avant de revenir à son créateur pour le louer de tant de prodiges réitérés.

Dès sa publication, ce livre connut un succès extraordinaire. Aucune louange n'était assez forte pour exprimer l'admiration des savants qui s'en délectèrent comme d'une friandise. Il en fut envoyé des exemplaires dans toutes les missions jésuites de par le monde.

Entre-temps, intrigué par le frontispice de ce livre, dont je ne parvenais pas à saisir toutes les subtilités, j'allai surprendre Kircher dans son cabinet. Il m'accueillit avec bienveillance, comme à son habitude, s'interrompant dans son travail pour m'expliquer cette merveilleuse allégorie que le Bourguignon Pierre Miotte avait gravée sur sa demande.

J'avouai à Kircher que, tout en comprenant bon nombre de ces symboles, j'avais du mal à les associer entre eux, & partant, que le sens profond de cette image m'échappait.

— Assieds-toi, me dit mon maître avec bienveillance, il n'y a rien là qui soit fort mystérieux : un peu plus d'application t'aurait permis d'entendre le grimoire. Mais sers-nous d'abord un peu de ce vin de Bourgogne que vient de me faire parvenir le bon père Mersenne, il t'éclaircira peut-être l'esprit, s'il ne te l'embrume tout à fait...

FAZENDA DO BOI | *Une bagnole de dragueur...*

— Voilà, c'est ici, dit la comtesse en s'effaçant devant le seuil d'une grande bâtisse isolée, à une centaine de mètres du corps principal de la demeure. Je vous laisse entre les griffes de mon mari. N'entrez pas dans son jeu, leur conseilla-t-elle en souriant, sinon vous êtes perdus. À tout à l'heure, j'espère...

Après un bref regard d'intelligence à Loredana, elle leur tourna le dos et s'éloigna.

— Alors, comment tu la trouves ? demanda Eléazard. Elle est sympa, non ?

— Curieuse, je dirais, fit Loredana sans parvenir à déterminer ce qu'elle pensait vraiment du personnage. En tout cas, elle a une bonne descente... C'est tout juste si elle ne m'a pas fait une déclaration d'amour ! Heureusement que tu es revenu avec le champagne, je ne savais plus comment m'en sortir.

Et tandis qu'Eléazard haussait les sourcils d'étonnement, elle fut mécontente d'elle-même pour avoir pu résumer si cavalièrement l'attitude de la comtesse à son égard ; cette manie de vouloir toujours prendre le dessus, d'évincer les autres par une sentence définitive, sous le seul motif qu'ils nous ont bouleversés et que nous ne savons pas quelle signification donner à ce malaise ! Elle fit aussitôt amende honorable :

— Je dis n'importe quoi... La vérité, c'est que je l'aime bien. Beaucoup, même... Elle m'a demandé de lui donner des cours d'italien, et je crois que je vais accepter. Qu'est-ce que tu en penses ?

— Pourquoi pas ? dit Eléazard en jetant un coup d'œil à l'intérieur du garage. Tu peux même lui dire de venir chez moi, si ça t'arrange. On y va ?

— On y va, acquiesça-t-elle distraitement.

Ils pénétrèrent dans ce qui avait été le cœur ouvrier de la *fazenda*, du temps où le père de José Moreira extrayait encore le sucre de canne sur ses terres : une vaste construction circulaire où deux couples de bœufs tournant sans cesse actionnaient un moulin à cylindres verticaux. Préservé par les soins du colonel – « C'est un totem à la gloire des grosses cylindrées... » avait-il coutume de plaisanter, feignant de chercher ses mots, chaque fois que de nouveaux venus en admiraient le mécanisme –, le moulin était en évidence au centre du hangar. Disposées en étoile autour de lui, une vingtaine de voitures anciennes chatoyaient sous un éclairage de lampes halogènes qui diffusait sur elles une lumière de musée. Des tapis rouges couraient entre les véhicules. Un petit groupe de personnes, parmi lesquelles on remarquait quelques visages asiatiques, entourait la haute silhouette du gouverneur.

— Approchez ! s'exclama ce dernier en apercevant Eléazard et sa compagne. Vous en avez mis du temps, dites-moi !

Et lorsqu'ils l'eurent rejoint près d'un splendide coupé dont les tons crème et ocre évoquaient le mauvais genre de certaines chaussures bicolores :

— Monsieur von Wogau, voilà qui devrait vous intéresser... J'en étais justement à présenter l'une des plus belles pièces de ma petite collection : une Panhard et Levassor 1936 – il disait comiquement *Panarde et Lévassor* avec un petit rien dans son intonation prouvant qu'il était persuadé de prononcer ces mots à la française. La « Dynamic » à roue libre ! Quatre vitesses, débrayage automatique, suspension à balancier... Trois essuie-glaces parallèles, phares intégrés à la calandre, et... volant central, s'il vous plaît ! Ce qui se faisait de mieux dans votre pays !

— Quelle vitesse ? demanda une voix nasillarde.

— Cent quarante kilomètres-heure, *eighty-seven miles an hour*, certifia le gouverneur comme s'il annonçait un de ses gains à la Bourse. Et dix-huit litres aux cent, confessa-t-il à Loredana sur un ton coupable, mais avec un sourire en coin démontrant qu'il était aussi fier de cette consommation excessive que de la vitesse annoncée précédemment.

— Je suis désolée, dit Loredana, mais je ne suis pas très sensible à ce genre de choses. Esthétiquement, à la rigueur. Je n'ai même pas mon permis de conduire, alors vous savez, les voitures...

Le gouverneur resta une seconde interloqué.

— Vous rendez-vous compte, fit-il en prenant à témoin les invités autour de lui, mademoiselle n'a pas son permis ! Et elle est italienne !

Un jeune homme aux allures de missionnaire mormon traduisit aussitôt en anglais les paroles du gouverneur, provoquant une hilarité polie chez certains et, avec un peu de retard, une mise au garde-à-vous saugrenue des Asiatiques.

Eléazard sursauta en sentant une main se poser sur son épaule. Il découvrit le visage radieux du vieil Euclides :

— À vous de jouer, mon ami, lui glissa-t-il tout en faisant mine de s'intéresser à la conversation. Il y a du beau monde... Ça vous dit quelque chose, le Pentagone ?

Et du regard, il indiqua deux individus aux tempes grisonnantes, deux bellâtres qui auraient pu figurer dans un spot publicitaire pour quelque après-rasage bon marché.

L'irrépressible envie d'une cigarette tourmenta soudain Eléazard. Non que le pouvoir occulte de ces hommes l'eût intimidé ni rendu nerveux par l'aubaine d'une révélation explosive – dans cette dérive moderne du journalisme résidait justement ce qui l'avait écœuré de son métier –, mais il s'était senti piqué par les soudaines banderilles du mensonge. Rien n'égale la sensation d'accéder à la vérité comme le pronostic du faux, l'imminence d'une preuve où s'infirme cela qui se donnait pour authentique : système, théorie, mais également stature, image d'honnêteté d'un homme et de son discours. Si bien qu'Eléazard éprouvait l'exaltation d'un inspecteur de police au moment où se profile enfin la possibilité de confondre un suspect qu'il sait coupable depuis toujours.

Tous les sens en alerte, il écouta le gouverneur continuer son aimable marivaudage. Avec une rhétorique de collectionneur passionné, laquelle ne manquait pas d'un certain brillant, Moreira vantait les courbes parfaites de la Panhard, son nappé, sa ligne *non pas féminine, ce serait faire injure aux femmes*, mais animale, charnelle, organique... Les belles voitures outrepassaient de loin la simple notion de transport, c'étaient des objets de culte, des scarabées magiques, de purs talismans destinés à ceux que leur soif de progrès, de puissance et de maîtrise sur les choses poussait irrésistiblement vers l'avenir...

— En parlant d'*assoiffés*, l'interrompit Loredana, vous n'auriez pas quelque chose à boire ?

Il rit de ce qu'elle eût dit cela si simplement, et tout en s'excusant d'avoir manqué à ses devoirs, héla du geste l'un des vingt mulâtres en salopette qu'il employait à l'entretien de ses voitures.

— On reste sur le champagne, n'est-ce pas ? C'est fête, ce soir !

— Et qu'est-ce que vous fêtez ? fit Loredana, par simple curiosité.

Moreira prit une expression taquine et aguicheuse :

— Mais le plaisir d'avoir fait votre connaissance, mademoiselle. Cette seule raison justifierait largement que nous vidions ma cave tout entière...

La jeune femme accueillit l'hommage avec une moue désabusée. L'alcool, tout à coup, lui tournait la tête. Qu'Eléazard l'eût abandonnée ainsi entre les mains de Moreira la vexait soudain terriblement. Par représailles, elle se laissa prendre le bras sans réagir lorsque le gouverneur l'entraîna vers l'arrière de la voiture.

Revenus de la *fazenda* en compagnie du mécano, deux serveurs distribuèrent à la ronde des coupes de champagne.

— Pourquoi vous appelle-t-on « colonel » ? interrogea Loredana après avoir vidé son verre en trois gorgées. Vous avez été militaire ?

— Non, pas vraiment, se défendit avec nonchalance le gouverneur, tout en faisant signe à un garçon de resservir aussitôt la jeune femme. C'est un titre usurpé, en quelque sorte... Il lissa machinalement l'un de ses favoris : On appelle encore ainsi les chefs politiques et les *fazendeiros*, les grands propriétaires terriens. Une tradition qui date de l'époque impériale : pour lutter contre les fauteurs de troubles, dom Pedro Ier avait organisé des milices régionales et confié leur commandement aux notables de l'Intérieur avec grade de colonel. Les milices ont disparu, mais l'appellation nous est restée. Cela dit, pas de ces politesses entre nous ! Je serais très honoré si vous vous contentiez de m'appeler José.

Elle se rengorgea d'une façon réfléchie, mais sa voix commençait à s'empâter légèrement :

— Comme vous y allez, colonel !

À l'exception des Japonais qui discutaient entre eux, examinant la Panhard avec des attentions cérémonieuses, les invités faisaient cercle autour du gouverneur ; sans malice apparente, ils alimentaient son bavardage de questions ou de remarques trop accommodantes pour ne pas témoigner d'une ridicule suffisance.

Visage impassible, mains dans les poches, Eléazard et le docteur Euclides semblaient perdus dans leurs pensées.

— Je suis d'accord avec vous, William, pérorait le gouverneur, les yeux tournés vers Loredana comme pour chercher son approbation, la misère est un véritable problème. Quand vous pensez qu'un pays comme le nôtre est encore ravagé par la peste ou le choléra, sans parler de ces lépreux qu'on voit mendier un peu partout... C'est plus qu'une tragédie, c'est du gaspillage ! On a vite fait, bien sûr, d'accuser l'incapacité des politiques, la corruption ou même la disparité de fortune qui sépare le *fazendeiro* du paysan. Mais c'est voir les choses par le petit bout de la lorgnette. Notre dette extérieure est une des plus importantes de la planète, au point que nous en sommes réduits à emprunter encore et encore, uniquement pour payer les intérêts ! Tant qu'il n'y aura pas un moratoire définitif, nous n'en sortirons pas, c'est clair... En attendant, le Brésil est quand même la première puissance mondiale pour la production d'étain, la deuxième pour l'acier, la troisième pour le manganèse, sans parler du bois ni de l'armement... À qui croyez-vous que nous devions cela ? Au PT ? Aux communistes ? À tous ces pseudo-révolutionnaires qui passent leur temps à critiquer sans comprendre rien aux réalités économiques du pays ? Ou peut-être à ces paysans qui s'arrêtent de cultiver leur champ dès qu'ils ont récolté assez de maïs pour dormir sur leurs deux oreilles ? Il ne faut pas se voiler la face : les Brésiliens ne sont toujours pas sortis de l'enfance. Si nous n'étions pas là pour faire changer les choses, nous les entrepreneurs, nous qui rêvons le Brésil en nous donnant les moyens de nos ambitions, qui le ferait, je vous le demande ? La misère n'est qu'un symptôme parmi d'autres de notre immaturité... C'est triste à dire, lamentable, dramatique, tout ce que vous voulez, mais il faut éduquer le peuple, bon gré mal gré, pour qu'il se mette enfin au travail, qu'il devienne adulte, responsable... Et se tournant vers Eléazard : Vous qui êtes journaliste, monsieur von Wogau, dites la vérité, n'ai-je pas raison ?

Eléazard le dévisagea sans répondre, exsudant son mépris par tous les pores. Agripper cet homme par le collet, l'agonir d'injures, lui cracher au visage la saloperie de son cynisme ! Les mots dégringolaient pêle-mêle sans réussir à prendre langue sur ses lèvres ; l'inanité d'un esclandre lui apparaissait clairement, mais incapable de se résoudre à une approbation de pure convenance, il restait silencieux, chancelant, plus muselé par la rage que par le savoir-vivre.

La phrase de Loredana claqua comme une voile sur ce calme blanc :

— Le jour où les mendiants auront des fourchettes, on leur distribuera de la bouillie...

Éberlué un instant, le gouverneur choisit de rire, à l'imitation du docteur Euclides qui applaudissait à bruit feutré.

— Pas mal, dit Moreira avec une vilaine grimace. Pas mal du tout ! Et celle-là, vous la connaissez ? Que dit un mendiant aveugle lorsqu'il tâte une voiture de riche ?

— ...

— Oh, mon Dieu ! nasilla-t-il en caricaturant le ton plaintif des Nordestins, comme il est petit, cet autobus !

Eléazard serra les dents, polarisé tout entier sur la tétanie volontaire de son visage. Il y avait bien eu quelques sourires polis, mais un malaise tangible désaxait les regards vers le vide. Furieux contre Eléazard et Loredana, le gouverneur cherchait une anecdote capable de détendre l'atmosphère, lorsque la jeune femme reprit la parole :

— Vous m'emmenez faire un tour ? suggéra-t-elle d'un air enjoué. Et caressant l'aile galbée de la Panhard : Je meurs d'envie de l'essayer...

José Moreira la toisa comme pour lui demander si elle parlait sérieusement. Flatté de ce qu'il lut dans son regard, il ouvrit la portière de la voiture et l'invita à prendre place :

— Je vous en prie, mademoiselle. Navré de vous abandonner, s'excusa-t-il auprès de ses invités, mais ce que femme veut, n'est-ce pas... Nous serons de retour dans un petit quart d'heure, prenez vos aises en attendant.

Démarrée sitôt qu'il fut aux commandes, la Panhard fit une courte marche arrière, puis roula silencieusement vers la sortie du garage. Un bref éclair de phares, un coup de klaxon radieux, et elle disparut dans la nuit.

Quelques minutes de flottement suivirent le départ du gouverneur et de sa capricieuse passagère. Visiblement fâchés contre leur hôte pour son impolitesse, les Asiatiques convinrent de se retirer. Leur factotum traduisit une kyrielle de salutations fleuries et leur emboîta le pas, lèvres pincées, jarret tendu. Ignorant Euclides et Eléazard, l'Amérique se concertait à demi-voix.

— Ne la jugez pas, chuchota le docteur en posant la main sur le bras de son ami. La jalousie, tout comme le désespoir, d'ailleurs – je vous le dis entre parenthèses –, est une jouissance qu'il faut savoir se refuser. D'autant que notre chère Loredana m'a paru tout à fait consciente de ce qu'elle faisait. Ce vieux birbe de colonel n'est pas au bout de ses peines, si vous voulez mon avis...

Eléazard semblait plongé dans une contemplation méditative de ses chaussures. Le regard d'ironie triomphante que lui avait jeté Moreira en enclenchant sa marche arrière ajoutait l'offense aux aigreurs de l'humiliation. Se surprenant à espérer sans but, à supplier on ne sait quoi du fond de sa détresse, il se rebiffa. Elle ne lui devait rien, après tout. Si elle voulait coucher avec ce type, c'était son droit... Mais quelle salope ! Une petite conne qui ne comprenait rien à rien ! Une garce, une putain de bas étage !

À la salir avec tant de hargne, il s'aperçut qu'il se rabaissait lui-même et que le vieil Euclides avait raison.

— Bien, nous y allons également, dit l'un des Américains, celui dont la remarque anodine avait provoqué la profession de foi du gouverneur.

Imité par l'homme qui l'accompagnait, il salua toutes les personnes présentes – celles du moins qu'il supposait n'être pas des domestiques – et s'en alla.

Restaient les deux figures de mode que le docteur Euclides avait présentées à son ami comme appartenant au Pentagone.

— Henry McDouglas, dit l'un en s'approchant d'eux, main tendue (Matthews Campbell Junior, fit l'autre, comme en écho). Pas un pour rattraper l'autre, hein ! Ils se sont tous défilés...

— J'en ai bien l'impression, dit Euclides en répondant au sourire de l'Américain. Nous restons seuls à bord.

McDouglas désigna les voitures d'un bref regard circulaire :

— Impressionnante, sa collection...

— C'est ce qu'on dit, oui. Mais grâce au ciel ma vue m'épargne le déplaisir d'avoir à en juger. Enfin, disons que ça va avec le personnage. Il vous a aussi montré son jaguar, n'est-ce pas ?

— Vous êtes extralucide, ma parole ! s'étonna McDouglas en riant de toutes ses dents parfaitement détartrées. Il nous a même expliqué que c'était par égard pour ce pauvre animal qu'il ne possédait pas de voiture du même nom... Il doit sortir cette réflexion à tous les nouveaux venus, je me trompe ?

— Non, pas vraiment, reprit Euclides. Chaque homme a ses petites manies ; celles-là ne sont pas bien méchantes.

— J'ai cru comprendre que vous étiez journaliste ? dit Campbell à Eléazard. Ça fait longtemps que vous êtes dans la région ?

— Six ans. Deux à Recife et quatre ici.

— Ça commence à faire un bail ! Le Brésil ne doit plus avoir de secrets pour vous...

— Plus de secrets, c'est beaucoup dire... Mais j'aime ce pays, et je m'efforce de le connaître mieux, y compris dans ce qu'il a de moins reluisant.

— Et que pensez-vous de la situation politique ? Je veux dire ici, dans le Maranhão. Les partis de gauche ont l'air d'avoir le vent en poupe, non ?

— Méfiez-vous, mon cher ! intervint Euclides avec humour. Ces messieurs appartiennent au

Pentagone : tout ce que vous direz pourra être retenu contre vous...

Eléazard recula d'un pas en faisant mine de s'effrayer :

— Du Pentagone ? *Meu Deus !* Puis, toujours souriant : Blague à part, ça m'épate. Qu'est-ce que vous y faites exactement ? Si ce n'est pas indiscret, bien sûr...

— Rien de ce que vous avez l'air de penser. Nous sommes chargés de mission pour l'Amérique latine, à titre civil, je le précise. On nous envoie un peu partout pour préparer ou vérifier certains dossiers, prendre des garanties auprès de nos partenaires, tâter le terrain, quoi... Vous le savez certainement, mais le Pentagone n'est qu'une entreprise, la plus grande des États-Unis, certes, mais une entreprise quand même. Et nous sommes quelques milliers à nous occuper uniquement de vulgaires problèmes de gestion.

— Tout ça reste bien obscur, plaisanta Euclides, l'air de dire qu'on ne la lui faisait pas.

— En vérité, fit McDouglas à mi-voix et en roulant des yeux comme s'il se méfiait de tous, nous avons pour mission de capturer le gouverneur de l'État du Maranhão ! C'est un usurpateur, doublé d'un dangereux terroriste, et nous avons besoin de votre aide, messieurs !

Sa petite comédie l'avait rendu presque sympathique. Euclides s'excusa de son insistance ; il comprenait très bien la discrétion imposée par le devoir de réserve en pareilles circonstances...

— Quel devoir de réserve ? se récria McDouglas comme s'il se fût agi d'une bonne blague. Vous nous donnez trop d'importance, je vous assure... Il reprit son sérieux et continua sur un ton professionnel : Vous savez que le Brésil produit du manganèse, le colonel nous l'a rappelé tout à l'heure, mais vous ignorez peut-être que ce métal entre dans la composition de certains alliages utilisés par l'armée américaine. Jusqu'à maintenant, le minerai nous était livré tel quel, mais le gouvernement brésilien semble décidé à faire l'effort de le traiter sur place. Ce qui arrangerait bien nos affaires, je ne vous le cache pas. Je simplifie les choses, bien entendu, mais nous sommes ici pour discuter avec eux des normes à respecter dans cette éventualité. Rien de « top secret », comme vous pouvez le constater… C'est Alvarez Neto, le ministre de l'Industrie – vous l'avez certainement aperçu – qui nous a traînés jusqu'ici. L'occasion de rencontrer des entrepreneurs, des banquiers, des politiques… et de faire un peu de tourisme. Vous connaissez Brasilia, c'est à crever d'ennui !

Il s'exprimait posément, cheveux coupés en brosse, visage hâlé par le soleil, propageant autour de lui des ondes de cordialité et de franchise contagieuses, si bien que l'entêtement d'Euclides eût paru à tout autre qu'Eléazard le comble du mauvais goût :

— Vous me rassurez, dit-il sur un ton faussement désinvolte, j'ai cru un instant que vous étiez là pour cette histoire de base militaire dans la presqu'île…

Une ombre insaisissable fonça un instant les pupilles de l'Américain, mais rien d'autre n'aurait pu mettre en doute la sincérité de sa réaction :

— Une base militaire ? Je ne suis pas au courant. Vous voyez bien que vous en savez beaucoup plus que moi… Tu en as entendu parler, Mat ?

— Première nouvelle, fit l'autre avec une grimace de dénégation. C'est intéressant… On peut savoir de quoi il s'agit ?

— Ce n'est qu'une rumeur, répondit Eléazard, un vague projet auquel seraient associés les États-Unis ; j'ai lu ça sur des tracts distribués par un candidat du PT. Les uns parlent d'une base de missiles stratégiques, les autres d'une usine d'armement, tout cela sans aucune preuve à l'appui. De la désinformation électorale, probablement…

— Toujours la propagande antiaméricaine, reprit McDouglas, sourire aux lèvres, c'est de bonne guerre. Ça commence à devenir pesant, vous savez... Ces plaisantins jouent avec le feu : le jour où notre économie se cassera la figure, je ne donne pas cher du Brésil, de l'Amérique du Sud ni même du monde occidental ! Vous croyez que le parti socialiste a une chance aux prochaines élections ?

— On peut dire que vous avez de la suite dans les idées, plaisanta Eléazard. Pour répondre à votre question, c'est non, pratiquement aucune. Ils auront peut-être un ou deux députés fédéraux, et encore... Moreira sera réélu gouverneur du Maranhão, et tout continuera comme avant.

— Vous avez l'air de le regretter...

— Vous non, à ce que je vois, reprit Eléazard sur un ton légèrement agressif. Personnellement, j'ai la faiblesse de croire encore à certaines valeurs désuètes. Je reste persuadé, par exemple, que la corruption, le népotisme ou l'enrichissement de quelques-uns aux dépens de tous les autres ne sont pas des choses normales, quand bien même elles auraient dix mille ans d'histoire pour les cautionner. Je crois que la misère n'est pas une fatalité, mais un phénomène entretenu, géré rationnellement, une abjection indispensable à la seule prospérité d'un petit groupe sans scrupules... On a tendance à oublier – tout est fait pour cela – que c'est toujours un individu qui infléchit le cours des choses ; par sa décision à un certain moment, ou son refus. C'est cela le pouvoir, sans ça il n'intéresserait personne, vous le savez bien. Et ces hommes-là, je veux dire, ces hommes de pouvoir, je les tiens pour responsables de ce qui advient.

— Eh bien ! se moqua l'Américain, je commence à comprendre pourquoi le gouverneur ne vous aime pas beaucoup...

— C'est réciproque, je peux vous l'assurer.

— Vous pensez vraiment qu'à la place de Moreira quelqu'un d'autre pourrait faire mieux ?

— Vous ne comprenez pas. Les gens ne sont pas interchangeables, jamais ! Qu'il se présente un homme de bonne volonté, quelqu'un qui ne soit ni un technocrate, ni un calculateur, ni même un saint ou un gourou quelconque, et cet homme fera plus à lui tout seul que des générations de politiciens professionnels. Cela peut vous sembler angélique, mais il y a des justes – ou des fous, c'est comme vous voulez –, des gens tout bêtement intègres, qui refusent de « s'adapter » au réel, qui agissent de telle sorte que le réel s'ajuste à leur folie...

Il s'interrompit en voyant les mécanos s'empresser de regagner leur place. Quelques secondes après, à l'instant même où son ronronnement devint perceptible, la Panhard pénétra dans le garage et vint se garer à l'endroit exact d'où elle était partie.

Moreira présentait le visage hostile de qui parvient tout juste à contenir sa colère. À peine descendu, il passa ses nerfs sur le malheureux qu'une myriade d'éclaboussures avait précipité, chiffon en main, sur le pare-brise : la voiture tirait un peu sur la gauche, on entendait un sifflement bizarre dès qu'elle dépassait les quatre-vingt-dix ; il fallait régler ces problèmes, et vite, car, lui, Moreira, ne le payait pas pour se tourner les pouces, et il en avait marre de tous ces abrutis de *mulatos*...

— Alors, comment c'était ? demanda McDouglas à la jeune femme, moins par sollicitude que pour cacher son embarras devant la muflerie du colonel.

— Pas mal, dit-elle en souriant froidement, mais la voiture tirait un peu sur la gauche, et il y avait un sifflement bizarre quand nous allions un peu trop vite...

Moreira tourna vers elle un regard meurtrier, mais Loredana se contenta de le fixer avec un faux air de surprise, les lèvres chiffonnées, comme si elle n'avait pas compris quelle mouche le piquait.

Euclides en profita pour exprimer son désir de rentrer chez lui. Il avait l'habitude de se lever aux aurores et se sentait fourbu d'avoir veillé si tard.

Les Américains saluèrent on ne peut plus courtoisement le docteur et ses compagnons, à l'inverse du colonel qui les laissa prendre congé sans faire le moindre effort pour dissimuler sa mauvaise humeur.

— Mais qu'est-ce qui t'a pris, bon Dieu ? récrimina soudain Eléazard, comme ils approchaient de la Ford.

D'un regard en dessous, Loredana lui fit reproche de son impertinence ; puis, sur ce ton détaché par lequel on signifie qu'un problème est réglé et ne mérite pas qu'on s'y appesantisse, elle déclara :

— Je voulais avoir l'occasion de gifler ce type. Je l'ai eue. Point final.

Et tandis qu'Eléazard, stoppé net, en bavait des ronds de chapeau, le docteur Euclides laissa libre cours à l'un de ces tranquilles fous rires où s'exprimait toute l'allégresse que lui inspirait l'intelligence des femmes.

Quelques heures plus tard, après l'ultime retraite des invités, alors que les domestiques s'affairaient encore à remettre en ordre la *fazenda*, le gouverneur s'était enfermé dans son bureau pour fumer un dernier cigare. Délicieusement gris, les cernes creusés par la fatigue, il pouvait enfin contempler à loisir la maquette qu'on lui avait livrée dans l'après-midi. Réalisée avec un soin méticuleux, cette merveille de modélisme représentait au 1/1 000 le vaste projet de station balnéaire auquel Moreira travaillait depuis des mois. Comme un enfant collé à une vitrine de Noël, il ne se lassait pas d'ausculter son rêve, d'en admirer l'ampleur, la perspective féerique. Plantés au milieu des cocotiers, à l'extrême sud de la presqu'île, les dix-huit étages d'un vaste édifice en demi-lune faisaient face à l'Océan : piscines d'eau douce et d'eau de mer, courts de tennis, golf, catamarans, piste d'aterrissage pour hélicoptère, rien n'avait été négligé pour transformer ce morceau de jungle en un complexe touristique de premier ordre. Outre les cinq restaurants et les boutiques de luxe situés au rez-de-chaussée, on trouverait même un institut de beauté, une salle de remise en forme et un centre ultramoderne de thalassothérapie. L'architecte californien pressenti pour ce programme avait interprété ses vœux bien au-delà de ses espérances, sculptant la forêt tropicale pour n'en préserver que des îlots d'une verdure civilisée entre lesquels bungalows et installations sportives se répartissaient harmonieusement. Le golf, à lui seul, aurait suffi à justifier les acomptes exubérants versés à cet artiste : ce serait l'un des plus beaux du circuit international, et à coup sûr le plus exotique ! Tout cela, évidemment, coûterait une véritable fortune – vingt-cinq millions de dollars, au bas mot ! – mais la première étape venait d'être franchie... Juste avant le début des réjouissances, ici même, autour de ce fantasme en trois dimensions, les banques s'étaient engagées pour les trois quarts de cette somme, si bien qu'on pourrait commencer à défricher dans quinze jours, dès que le crédit serait débloqué.

Tout à sa joie, Moreira se berçait de lendemains heureux. La région allait connaître un renouveau exemplaire ; plusieurs centaines d'emplois créés immédiatement, sans parler des retombées annexes, de tous ces riches touristes qui ne demanderaient qu'à arroser le Sertão d'une pluie de dollars plus efficace que n'importe quelle averse... Cette manne allait permettre de restaurer enfin les vieux quartiers baroques de São Luís, de transformer Alcântara en bijou de l'architecture coloniale, d'attirer encore plus de monde dans ce coin perdu. Oui, tout était permis,

et par le seul miracle de son imagination créatrice !
Il y aurait bien quelques frictions à cause de la base
de lancement, quelques piailleries d'écologistes en
mal de *sit-in* devant le Palacio Estadual, mais on
finirait par se rendre à l'évidence : ces deux projets,
le sien et celui des Américains, offraient au Maranhão une rare opportunité, la seule qui pût lui permettre d'échapper à sa misère congénitale.

Qu'il s'enrichît à cette occasion, ce n'était que
justice ; le seul afflux des techniciens et des militaires américains n'aurait pas suffi à provoquer l'électrochoc dont cette région du Brésil avait besoin.
Elle ne devrait sa renaissance qu'à la présence
d'esprit de son gouverneur, à ses qualités de gestion
et d'entreprise. Il y a dans notre vie des concours de
circonstances dont il faut tirer parti sous peine de
faire injure à la destinée ; lorsqu'il avait appris, de
la bouche d'Alvarez Neto et sous le sceau du secret,
l'existence de ces pourparlers avec le Pentagone,
tout le processus qui venait d'aboutir lui était
apparu avec une clarté aveuglante. Le soir même de
son entrevue avec le ministre, il commençait à
acheter les terres pressenties par les Américains
pour l'installation de leurs missiles expérimentaux,
celles-là et toutes les parcelles qui les entouraient,
de façon à pouvoir les leur revendre au prix fort le
moment venu ; le but de cette spéculation n'étant
pas seulement de réaliser une plus-value fantastique, mais de constituer une garantie suffisante en
vue de son projet immobilier. Contacter l'architecte, le rencontrer à Palo Alto, mettre au point le
montage financier, tout cela n'avait pas été sans
mal, loin de là ! Les petits propriétaires se faisaient
tirer l'oreille pour vendre leurs misérables lopins,
l'architecte tardait à lui faire parvenir ses plans, le
pool de banques s'y était mis à son tour, critiquant
ses évaluations, exigeant plus de garanties, au point
qu'il avait dû accepter l'hypothèque de la *fazenda* et

de sa collection de voitures, les seuls biens qui lui appartinssent en propre. Tout le reste était à Carlotta : l'aciérie dans le Minas Gerais, l'immeuble en front de mer à Bahia, les 35 % de la Brasil Petroleum... une fortune qu'il gérait pour elle et dont leur fils hériterait un jour. Le patrimoine des Algezul ! Quelle blague... Il ne songeait jamais à Mauro sans une sorte de rage et de dépit impuissants, un peu comme s'il eût engendré un cul-de-jatte ou quelque enfant au cerveau atrophié. Cet intellectuel gavé de livres et de belles idées sur le monde, cet Algezul pure souche, incapable de faire la différence entre un bilan et un compte d'exploitation... Un handicapé, oui, sans autre connaissance du réel que son antique mémoire pétrifiée, stérile, hors du temps des hommes, hors de sa vie à lui... Paléontologue ! Et parce qu'il résumait toute sa déception et son malheur de père, ce simple mot lui tordait la bouche comme une insulte. Tout cet argent immobilisé... Pour quoi, pour qui ? Si seulement on le laissait réinjecter ce capital dans les affaires ! Cela, et cela seul, changerait le monde en profondeur... Son fils, sa femme, tous ceux qui se gargarisaient de discours sans jamais se salir les mains n'étaient que des branleurs, ils ne produisaient rien, ils crachaient dans l'eau pour faire des ronds ! Mais la Terre tournait sans eux et elle les oublierait dans sa lente métamorphose.

Moreira n'avait guère eu à se forcer, il s'en rendait compte lui-même, pour faire taire ses scrupules et utiliser une partie de cette épargne pour l'achat des terrains qu'il convoitait. Après tout, les titres de propriété portaient le nom de sa femme et constituaient un placement beaucoup plus rentable que de vulgaires valeurs mobilières. Que par cet artifice, son nom à lui n'apparût nulle part dans la longue chaîne menant à l'*Alcântara International Resort* n'était pas mal joué non plus.

Enfouie jusque-là au cœur même de son exaltation, l'ombre de Loredana revint le hanter à l'improviste. Sa balade avec elle défilait devant lui en une succession de plans décousus, comme une pellicule massacrée au montage.

Son invite effrontée l'avait soûlé d'orgueil, euphorie qui tenait moins à une probable aventure avec cette fille qu'au bonheur de la subtiliser devant lui à son scribouillard de prétendant. Il roulait donc, pied au plancher, sur la longue route rectiligne qui traversait les champs de cannes. À cause de leur grille de protection – une nouveauté pour l'époque ! – les phares de la Panhard n'éclairaient qu'un strict minimum, si bien que la voiture semblait absorbée par la nuit au fur et à mesure de son avancée. L'un des avantages de la Dynamic – « Une bagnole de dragueur, disait-il souvent, vous vous imaginez avec une fille de chaque côté ? *Mãe de Deus !* » –, c'était sa direction centrale qui réduisait l'espace entre le conducteur et la portière, favorisant toutes les manœuvres d'approche. Nul besoin de prétexter quelque virage pour sentir l'épaule de Loredana contre la sienne... Résolu à ne prendre aucune initiative, savourant chaque seconde de cet accolement sensuel, Moreira tressaillait, tendu vers un corps qu'il était sûr tout à l'heure de posséder.

Au moment opportun, il bifurqua pour s'engager sur un chemin de campagne, cahota au ralenti sur une centaine de mètres et freina devant un oratoire solitaire. Les phares illuminaient un beau portail surplombé d'ornements baroques, anges et têtes de mort entremêlés. « Je voulais vous montrer ce petit bijou, avait-il dit d'une voix chaude. Fin du XVIIe siècle... » Ce truc marchait toujours avec les filles. Loredana parut séduite, elle admirait les bas-reliefs, posait des questions : est-ce qu'on était toujours sur ses terres ? Alors cet oratoire était à lui ? À lui, oui, comme le hameau qu'ils avaient traversé en venant, comme les puits ou la colline qu'on distinguait là-bas, comme toute la presqu'île d'Alcântara ! Par souci de lui en imposer, d'abord, puis par lyrisme, il s'était surpris à lui faire part de ses projets pour le Maranhão, de son complexe touristique, des sommes engagées... et là, d'une façon toute naturelle, comme pour lui faire partager sa vision de l'avenir et l'y associer plus étroitement, il avait posé sa main sur la cuisse de la jeune femme... La joue lui en cuisait encore.

Qu'elle aille se faire foutre, elle et son connard de Français ! Et Euclides avec, pour lui avoir présenté de pareils énergumènes ! Tout autre qu'elle ne s'en serait pas sortie impunément, mais cette fille l'avait regardé ensuite avec un calme si dédaigneux – l'air d'avoir écrasé, sans y songer plus que cela, une mouche importune – qu'il s'était contenté de remettre en marche la voiture et de faire demi-tour.

Rallumant son cigare, il trouva soudain étrange que le souvenir même de ce fiasco n'eût point réussi à écorner sa joie.

Chapitre XV

Qui suit le précédent & où Kircher ménage à Caspar Schott une étonnante surprise pédagogique...

— Imagine, Caspar, avec quelle facilité les idolâtres reconnaîtront leurs erreurs si on leur montre que nous parlons le même langage ! Le Soleil est pour nous comme pour eux la source de la lumière universelle, il est l'œuvre du « Très-Haut », la demeure de Dieu. Quant au monde, il n'est jamais que l'ombre de la divinité, son image déformée. « Donne-moi un point d'appui hors du monde, disait Archimède à Hiéron de Syracuse, & je te soulèverai la Terre ! » & moi je dis : « Donne-moi le miroir adéquat, & je t'y montrerai le visage du Christ, rétabli dans sa perfection & son intégrité ! » Ce miroir, qui annule les perversions apparentes & transforme en beauté pure la monstruosité des formes, je l'ai entre les mains, Caspar : c'est l'analogie... Fais l'effort d'y refléter la totalité des mondes, & tu y verras comme moi, nette & resplendissante au sein même de l'obscurité, la seule image de Dieu !

Athanase se tut & se perdit un instant dans ses pensées. Je l'aurais écouté encore durant des heures, d'autant que les vapeurs du vin de Bourgogne commençant à faire leur effet, je comprenais mieux que jamais, me semblait-il, l'importance de sa mission.

— Rien ne vaut l'expérience, reprit-il sur un ton décidé. Allons, viens, *discipulus*, je vais te montrer ce que peu de gens ont eu l'occasion d'apercevoir. À condition, toutefois, que tu acceptes, le moment venu, de te laisser mener sans y voir goutte...

J'acquiesçai avec jubilation, affriandé par cette clause romanesque.

Nous quittâmes le collège & partîmes à pied dans la ville. L'air était moite, la chaleur accablante, & il y avait au ciel de ces petits nuages cuivrés qui annoncent l'orage. Nous devisions en marchant ; Kircher ne se lassait pas de commenter pour moi tous les monuments de l'ancienne Rome que nous croisions en chemin.

Alors que nous venions de tourner dans la rue Saint-Jean-de-Latran, laissant le Colisée derrière nous, Kircher s'arrêta.

— Voilà, c'est ici que tu dois accepter cette petite formalité nécessaire à mon expérience. Je vais te demander de m'escorter sans rien voir pendant quelques minutes. Non par précaution, car il n'y a là rien de bien défendu, mais pour ménager le maximum de réussite à ma démonstration. Ferme les yeux, donc, & ne les ouvre que lorsque je t'en intimerai l'ordre.

J'obéis gracieusement, & mon maître me conduisit par l'épaule, tout comme un aveugle. Après une cinquantaine de pas, nous entrâmes dans une ruelle sombre – je m'en aperçus à la bienfaisante absence de soleil sur ma nuque – & bifurquâmes rapidement trois ou quatre fois. Puis nous commençâmes à descendre les marches d'un escalier qui n'en finissait pas. Étrangement, nous n'entendions plus aucun bruit. Ce silence complet ne laissait pas d'être effrayant, & je me mis à frissonner de froid autant que d'appréhension. De temps en temps, nous faisions quelques pas au même niveau, tournant & virant comme en un labyrinthe. Enfin, après une trentaine de pas sur un chemin si étroit que nous avions du mal à marcher de front, Kircher s'arrêta.

— Nous y voilà, prononça-t-il gravement. Nous n'avons progressé dans les profondeurs du sol que d'une vingtaine de pas, mais ce faisant nous avons traversé les âges ! Exerce ton imagination : non loin d'ici, les gladiateurs de Publius Gracchus s'entraînent à mourir ; Tertullien s'étourdit encore dans les faubourgs de Carthage, Marc Aurèle agonise lentement sur la lointaine rive du Danube, & Rome n'est plus déjà que l'indolente capitale d'un empire boiteux & moribond. Nous sommes en l'an 180 de Notre Seigneur, dans la villa d'un idolâtre assez riche pour avoir établi dans sa propre maison un sanctuaire au dieu de son cœur. Ouvre les yeux, Caspar, & contemple le dieu Mithra, prince des ombres & de la lumière !

J'obéis à mon maître & ne pus me défendre d'un mouvement de recul au spectacle qui m'attendait. Nous étions dans une sorte de petite caverne creusée à même le roc ; deux lampes à huile répandaient leur faible lueur sur une stèle grossièrement épannelée, mais sculptée sur l'une de ses faces d'un bas-relief fort délicat. On y voyait le dieu Mithra, sous la forme d'un éphèbe coiffé du bonnet phrygien, en train d'égorger un énorme taureau. Des éclaboussures de sang séché souillaient la surface de la pierre ainsi que les parois de la grotte où nous nous trouvions. Je me signai en prononçant le nom de Jésus.

— Ne sois pas effrayé, me dit Kircher avec calme, le seul danger auquel nous soyons exposés ici serait d'attraper un refroidissement. Aide-moi donc à allumer les torches, nous y verrons mieux, & cela réchauffera un peu l'atmosphère malsaine de cet endroit.

Au fur & à mesure que nous allumions les torches, je m'aperçus que ce sanctuaire était la plus vaste pièce d'une demeure souterraine qui en comportait six ou sept. Ces autres salles étaient pavées en *opus sectile* rudimentaire, & l'on distinguait encore sur leurs murs de grandes plaques d'un parement grossier. Dans un réduit, qui avait dû être la cuisine du lieu, une source d'eau claire coulait toujours dans un abreuvoir de granit.

Nous revînmes nous asseoir devant l'autel de Mithra, sur l'une des banquettes de maçonnerie qui flanquaient le temple sur toute sa longueur.

— Les fidèles du dieu, continua mon maître, s'asseyaient ici, exactement comme nous-mêmes, après avoir déposé sur une table les offrandes consacrées. Puis ils entraient en prière, tandis que le prêtre, sans doute le maître des lieux, psalmodiait les hymnes rituels. C'est alors que des aides égorgeaient un taureau dans une pièce située au-dessus de nous ; le sang jaillissait par les ouvertures que tu peux apercevoir dans la voûte, une pluie fade & tiède vers laquelle les prosélytes tournaient leurs mains & leur visage humiliés...

— Est-ce que... ? balbutiai-je en montrant les traces brun-rouge sur la pierre.

— Non, non, dit Kircher, amusé, ce sont là des restes de peinture. Tout était enluminé, murs & bas-reliefs, & c'est la teinture de murex qui résiste le mieux aux injures du temps.

Je fus heureux de cette rectification, sans pouvoir me garder, néanmoins, d'un certain dégoût à la vue de ces salissures équivoques.

— Une fois terminée cette averse rituelle & purificatrice, hommes & femmes à la robe sanglante, les cheveux poisseux de caillots, commençaient à boire & à manger en l'honneur du dieu. L'orgie la plus effrénée mettait ensuite un épouvantable point d'orgue à cette « liturgie » digne des plus barbares d'entre les hommes.

L'évocation d'Athanase ayant ravivé en moi le remords de certains agissements que le lecteur connaît, on comprendra combien je fus bouleversé par ce récit... Heureusement, Kircher m'expliquait déjà le symbolisme de la stèle que nous avions devant les yeux :

— Elle représente la scène du taurobole, ou sacrifice rituel du taureau. Composition qui figure la lumière & l'ombre, soit Ormuzd & Ahriman luttant sans fin l'un contre l'autre. Ces deux frères ennemis de la cosmologie persane se détruiraient mutuellement sans l'action harmonisatrice de Mithra. Unissant le chaud & le froid, l'humide & le sec, le bon & le mauvais, la génération & la corruption, l'aube & le crépuscule, il suscite l'harmonie essentielle, comme un heptacorde tempère les sons graves par les aigus, les aigus par les moyens, les moyens par les plus bas, & ces derniers, à nouveau par les plus aigus. Doctrine que résume parfaitement l'œuf de Zoroastre, tel que je suis parvenu à le reconstituer à partir des œuvres de Jamblique & de Plutarque de Chéronée...

Prenant un caillou pointu, Kircher traça sur un reste d'enduit une ellipse remplie de longs triangles noirs & blancs entrecroisés, avec au centre le Soleil, & tout autour les constellations australes & boréales.

— Mais Zoroastre, demandai-je, qui était-il exactement ?

— Zoroastre n'est pas un homme, mais un titre : celui donné à quiconque s'occupait de la science des arcanes & de la magie. Le célèbre Zoroastre, inventeur de la magie, n'est autre que Cham, fils de Noé. Le second Zoroastre est Cus, fils de Cham, fidèle interprète de la science de son père. Cus, à son tour, est père de Nemrod, le constructeur de la tour de Babel... Il est vraisemblable, comme je pourrais aisément le prouver, que Cham n'apprit pas seulement de Hénoch la doctrine des anges & des mystères de la nature, mais aussi les arts mauvais regardant les arguments ésotériques & étranges des descendants de Caïn. Mélangeant les arts licites aux arts illicites, il fonda une loi dégénérée en tout par rapport à celle de son père. En un second temps, Trismégiste, descendant de la branche cananéenne de Cham – & fils de ce Misraïm qui avait choisi l'Égypte pour patrie –, séparant ce qui était licite de ce qui ne l'était pas, conçut une loi plus conforme à la religion divine. Et il agit comme un philosophe païen, soutenu par la seule lumière de la nature, au milieu de la dépravation du monde. Et c'est lui, en vérité, le seul Zoroastre, l'Hermès Trismégiste célébré par tant d'écrivains antiques. Mais, viens, il est temps de passer à la deuxième prémisse de mon syllogisme de pierre ; tu n'es pas encore au bout de tes surprises...

Sans me laisser le temps de réagir, Kircher se saisit d'une torche & me précéda dans les couloirs étroits de cette demeure souterraine. Éclairé par la flamme rougeâtre du flambeau, il avait l'air d'un Virgile conduisant aux Enfers son Dante Alighieri, *si parva licet componere magnis*[1]... Bientôt, nous aperçûmes les marches d'un petit escalier taillé dans la roche. Après les avoir gravies avec précaution, nous débouchâmes dans une large salle souterraine étayée par une multitude de colonnes hétéroclites.

— Signe-toi, dit Athanase en montrant l'exemple, car nous sommes dans une basilique. Cette église date du quatrième siècle après la mort de Notre Seigneur ; elle fut construite par les premiers chrétiens avec les matériaux épars de la grande Rome dévastée. Jamais la foi & l'amour n'atteignirent point si élevé qu'en cet endroit. C'était une ère nouvelle qui commençait, bâtie sur les décombres & les doutes d'une civilisation écroulée. Ici, point de richesses ni d'ornements frivoles : la seule simplicité qui convient au dépouillement des hommes devant la grandeur de Dieu.

---

1. *S'il est permis de comparer les petites choses aux grandes.*

Ayant cheminé entre les colonnes pendant que mon maître parlait, nous étions arrivés devant un petit autel chrétien : une auge de pierre ornée seulement d'un chrisme gravé sur chacune de ses faces. Je me signai à nouveau, pénétré d'une émotion intense, percevant par toutes mes facultés la présence de Dieu. Quoique souterrain & abandonné des hommes depuis si longtemps, ce chœur était habité...

— Aide-moi, dit Kircher en saisissant la tablette de marbre qui recouvrait l'autel, je vais te montrer quelque chose.

Nous déposâmes le couvercle sur le sol, & Athanase m'ordonna de regarder à l'intérieur de l'auge. À ma grande surprise, je constatai qu'elle n'avait pas de fond & s'ouvrait comme un puits sur l'obscurité la plus totale.

— C'est au-dessus de ce puits de ténèbres que reposait le calice sacré, le vase lumineux où s'opère la sublime transsubstantiation. Ici, à la lisière de l'ombre & de la lumière, le vin se faisait sang à nouveau, l'azyme chair, en un sacrifice renouvelé. La nuit & le jour se réconciliaient dans la personne du Christ pour assurer l'équilibre du cosmos... Ici même, Caspar, ici même !

Kircher avait haussé le ton, & disant ces derniers mots, il jeta sa torche dans le trou noir ouvert au fond de l'auge. Après une brève chute, elle atterrit quelques pieds en contrebas dans une gerbe d'escarbilles, puis continua de brûler sur le sol, quoique plus faiblement. Mon cœur cessa de battre, tous mes os se glacèrent : sous l'autel, juste à son aplomb, le dieu Mithra semblait se mouvoir lentement à la lueur des flammes empêchées.

— N'est-ce pas extraordinaire ? murmura Kircher avec passion. Zoroastre, Hermès, Orphée & les philosophes grecs dignes de ce nom, j'entends élèves de la sagesse égyptienne, croyaient tous en un dieu unique. Celui-là même dont les multiples perfections

& vertus étaient représentées par les prêtres égyptiens à travers Osiris, Isis & Harpocrate, sur un mode pour nous énigmatique.

— La Trinité ? hasardai-je en tremblant...

— Oui, Caspar. Osiris, le suprême intellect, l'archétype de tous les êtres & des choses ; Isis, sa providence & son amour ; de leurs vertus respectives naît Harpocrate, leur enfant, c'est-à-dire le monde sensible & cette harmonie admirable, ce parfait concert du cosmos que nous vérifions chaque jour autour de nous. Il est donc manifeste que la sacro-sainte & trois fois bénie Trinité, le plus grand & trois fois sublime mystère de la foi chrétienne a été approché en d'autres temps sous les voiles de mystères ésotériques. Car la nature divine aime à rester voilée, elle se cache aux sens des hommes vulgaires & des profanes derrière des similitudes & des paraboles. C'est pour cette raison qu'Hermès Trismégiste institua les hiéroglyphes, devenant ainsi prince & père de toute la théologie & philosophie égyptiennes. Il fut le premier & le plus ancien des Égyptiens, le premier qui pensa correctement aux choses divines, gravant ses opinions pour l'éternité sur des pierres cyclo-péennes & immortelles. Par lui, Orphée, Musée, Linus, Pythagore, Platon, Eudoxe, Parménide, Plo-tin, Mélisse, Homère, Euripide & tant d'autres eurent une connaissance juste de Dieu & des affaires divines. Ce fut lui qui, le premier, dans son *Pimandre* & son *Asclepius*, affirma que Dieu était Un & Bonté ; les autres philosophes ne firent que le suivre, & la plupart du temps avec moins de bonheur...

La tête me fendait, j'en fais l'aveu, devant les conséquences d'une pareille vision du monde. Kircher avait touché au blanc : il n'y avait jamais eu ni paganisme ni polythéisme, mais une seule reli-gion, celle de la Bible & des Évangiles, plus ou moins travestie par l'ignorance & la ruse de ceux qui en ont toujours tiré parti. Il n'était plus la peine, par

conséquent, de convaincre les infidèles de la supériorité du christianisme sur leur croyance, puisqu'il suffisait, à l'inverse, d'en montrer l'identité jusque-là
restée obscure ; & cela par la seule logique, avec
l'appui des textes les plus antiques & la leçon des
hiéroglyphes. L'intelligence & l'histoire venaient
enfin au secours de la lumière évangélique pour
aider le zèle infatigable de nos missionnaires...

— C'est merveilleux ! m'écriai-je, ébloui par mon
maître, & comme touché par contagion de cette
faveur divine dont il était l'objet.

— Je ne suis qu'un instrument, répondit-il, & c'est
son créateur qu'il conviendrait de remercier. Mais
viens plutôt, que je termine ma démonstration.

Reprenant l'escalier par lequel nous étions arrivés,
nous quittâmes la basilique & débouchâmes rapidement à l'intérieur d'un bâtiment suffisamment
éclairé pour que nos torches devinssent inutiles.
Encore quelques détours, & nous pénétrâmes directement dans le transept d'une église que je reconnus
aussitôt.

— Eh oui, dit Athanase, Saint-Clément... C'est
bien sous cette chapelle si anodine que se trouvent
les mystères auxquels tu viens d'être initié. Et,
comme tu t'en doutes certainement, l'autel de ce
troisième sanctuaire est aussi à l'aplomb des deux
premiers. C'est donc un même dieu qui a été adoré
ici sans discontinuité durant quinze siècles...

Lorsque nous sortîmes enfin de Saint-Clément, la
lumière du jour m'aveugla un court instant ; j'en fus
moins ébloui que de cette illumination, autrement
décisive, qui embrasait mon âme : j'étais ravi au troisième ciel, serein comme un qu'on a béni. Dès lors, il
ne fit plus aucun doute dans mon esprit qu'en la personne de Kircher c'était un véritable saint que je
côtoyais !

— Ce type est un malade ! dit Elaine en se laissant
retomber au côté de Mauro. Tu te rends compte de
ce qu'il a fait ? Il n'y a plus aucune preuve que Milton a été assassiné...

Elle continuait à le tutoyer, sans même s'en apercevoir. Il aurait pu dire à quel moment précis elle
avait commencé : dans le feu de l'action, lorsqu'elle
donnait des ordres, splendide, les seins à l'air
comme une figure de proue.

— Calmez-vous, dit-il en lui prenant la main.
C'était excitant de persister à lui dire « vous », de
maintenir entre eux cette distance devenue factice. Ça
ne sert plus à rien, de toute façon.

Une immense fatigue, contrecoup des émotions de
la journée, leur nouait la gorge.

— Qu'est-ce que tu en penses, toi ? dit Elaine pour
lutter contre son envie de pleurer. On l'attend ici ?

— C'est ce qui me semble le plus logique. Je nous
vois mal porter Dietlev pendant des jours à travers la
jungle.

— Et si Petersen ne revient pas ?

— Il reviendra, n'ayez pas peur... Ne serait-ce que
pour renflouer son bateau. Et puis il y a Yurupig, il
ne nous laissera pas tomber, lui.

— Tu n'as pas vu, tout à l'heure, quand je discutais
avec ce porc, il m'a fait signe de refuser, comme s'il
ne voulait pas que nous restions sur le bateau. C'est
pour ça que j'ai gagné du temps.

— Vous avez dû mal interpréter... On en parlera
avec lui un peu plus tard, lorsque Petersen lui aura
lâché la grappe. Et Dietlev ? reprit-il en regardant les
bandages imbibés de rouge, ça n'a pas l'air joli, joli...

— Il faudrait l'emmener au plus vite dans un hôpital. J'ai fait de mon mieux, mais son genou est en
compote.

— Vous avez assuré un maximum. Jamais je n'aurais pu faire ça, même en sachant comment procéder. Vous avez un diplôme d'infirmière, ou quoi ?

Elaine réussit à sourire :

— J'aurais bien voulu... Si Dietlev ne m'avait pas aidée, je crois que j'en serais encore à chercher l'artère ! En fait, je n'ai que de vagues souvenirs de tout ce que j'ai pu lire lorsque j'étais enceinte : l'idée d'être prise de court en cas de maladie ou d'accident me terrifiait. J'ai passé des mois à imaginer le pire, c'était un enfer. J'avais même appris à faire des piqûres... Lorsque ma fille est née, cette obsession a disparu d'un seul coup ! C'est étrange, non ?

— Quel âge a-t-elle ?

— Moéma ? Dix-huit ans. Elle est étudiante en ethnologie, à Fortaleza. Quand je pense qu'elle m'enviait ce voyage !

Mauro eut un pincement au cœur : il était amoureux d'une femme qui aurait pu être sa mère. Cette considération le rendit aux incertitudes de sa jeunesse avec plus de force qu'une rebuffade.

— À Fortaleza ! s'étonna-t-il malgré lui. Pourquoi si loin ?

— C'est compliqué, répondit Elaine après une seconde d'hésitation. Comment dire... Par représailles, je suppose. Mon départ l'a déboussolée ; elle n'a voulu vivre ni avec moi, ni avec son père.

— Vous êtes divorcée ?

— Pas encore, dit-elle d'un air songeur. C'est en cours.

Le soir commençait à obscurcir son visage.

— Bien, dit Mauro, je vais aller chercher une lampe et ouvrir une ou deux boîtes de conserve. Tout ça m'a donné faim, moi...

— Reste ici, je m'en occupe. J'en profiterai pour faire un brin de toilette.

— Comme vous voulez. Je vous appellerai si jamais il se réveille.

— Merci, dit-elle en s'agenouillant pour se relever. Je veux dire, merci de m'avoir secourue tout à l'heure... J'ai été lamentable.

— Laissez tomber, je vous en prie. Sans Yurupig, cela n'aurait pas servi à grand-chose.

Machinalement, elle effleura du bout des doigts son visage tuméfié :

— Je regarderai ça à la lumière, en revenant. Essaye de te reposer un peu.

Les batteries du bord donnaient une lumière chétive. Les variations jaune pâle exagéraient encore le pénible saccage du carré ; une insondable détresse suintait de l'enchevêtrement des choses. Sur le seuil de la cuisine, Elaine se trouva soudain nez à nez avec Yurupig.

— Il ne faut pas rester ici, dit-il à voix basse et en lui faisant signe de se taire. Vous devez venir avec nous, dans la forêt...

— Mais pourquoi ? demanda-t-elle en chuchotant elle aussi.

— C'est un mauvais homme. Il sait que vous n'avez aucune chance : vous attendrez des jours et des jours, et il ne reviendra pas.

Comme elle paraissait douter encore :

— L'eau... Je l'ai vu, c'est lui qui a percé les jerricans !

Après un semblant de toilette, Elaine enfila un jean et une chemise propres, mais humides, puis remonta sur le pont. Elle rapportait une lampe à pétrole et une gamelle de haricots noirs que Yurupig avait préparée à leur intention. Dietlev venait de se réveiller :

— Je comprends mieux les drogués, dit-il avec un sourire qui fit saillir ses pommettes, j'ai fait de ces rêves ! Interdits aux moins de dix-huit ans.

— Il n'a pas voulu que je vous prévienne, dit Mauro en réponse au regard de la jeune femme.

— Comment ça va ? fit-elle en s'asseyant près de lui.

— Oh, ça ne peut pas aller mieux... On dirait que j'ai bu une demi-bouteille de schnaps ! J'espère seulement que je n'aurai pas la gueule de bois qui va avec.

— Il faut que tu prennes des anti-inflammatoires. Je vais te donner ça.

— C'est fait, ne t'inquiète pas. Je m'en suis avalé une petite poignée au réveil...

— Tiens, dit-elle à Mauro en lui tendant le plat, commence à manger. C'est Yurupig qui s'en est occupé. Il faut que je vous raconte la dernière, vous n'allez pas en croire vos oreilles.

En peu de mots, elle expliqua à Dietlev ce qui était advenu durant son sommeil, puis rapporta les confidences de l'Indien. Mauro ne put s'empêcher de proférer quelques injures à l'adresse de Petersen.

Le visage de Dietlev s'était rembruni.

— Ça change les données du problème, dit-il après un court instant de réflexion. Il va falloir se débrouiller pour faire le contraire de ce qu'il souhaite. Yurupig est de notre côté, ça ne devrait pas être trop difficile. Mais il faudra se méfier, ce type est capable de tout... Mauro, tu devrais récupérer les cartes satellites, elles risquent de nous être encore plus utiles que je ne le pensais.

Mauro secoua la tête en se hâtant d'avaler sa bouchée :

— On peut faire une croix dessus. Ce n'est plus que du papier mâché !

— Tu es sûr ?

— Certain. C'est la première chose que j'ai cherchée lorsque je suis descendu.

— Alors, trouve de quoi écrire. J'ai encore en tête quelques indications, autant les reporter tant que je m'en souviens.

Mauro parti, Dietlev prit la main d'Elaine :

— Comment ça va, toi ?

— Je tiens le coup, on dirait. C'est ta jambe qui m'inquiète. Tout est de ma faute... Mais je crois que je me serais jetée à l'eau, plutôt que d'aller avec ce mec.

— Ne dis pas de bêtises... Mauro m'a devancé de quelques secondes. Je ne t'aurais pas laissée, moi non plus. Il a été très bien, ce garçon. Quant à ma jambe, elle tiendra bien jusqu'à l'hôpital, non ?

Elaine le regarda sans trouver un seul mot pour le rassurer.

— Sinon, reprit-il en souriant, il faudra la couper, et on n'en parlera plus. J'ai toujours rêvé d'avoir une jambe de bois, comme John Silver dans *L'Île au trésor*. Ça me donnera un genre.

— Arrête. Je ne veux même pas penser à une chose pareille !

— C'est tout ce que j'ai trouvé, dit Mauro en réapparaissant dans la lumière.

Il tendit à Dietlev deux pages de garde et un crayon.

— Ça ira. Aidez-moi à me relever un peu. Bien, continua-t-il, en dessinant au fur et à mesure, récapitulons : le fleuve, avec sa bifurcation, et ici, l'endroit où nous nous trouvions la dernière fois que j'ai regardé la carte, un peu avant d'arriver au camp des chasseurs. Vous n'irez pas très loin avec ça, dit-il enfin en contemplant son travail, mais ce plan devrait suffire à éviter les erreurs les plus grossières. En contournant la zone des marécages, on devrait pouvoir rejoindre le fleuve en deux ou trois jours. Il faut probablement doubler ce laps de temps à cause des difficultés de progression. Je vais vous faire une liste de ce que vous devez emporter.

— De ce que *nous* devons emporter, fit Elaine en le corrigeant.

— Non. Moi, je reste ici. Je vous attendrai gentiment pendant que vous vous ferez bouffer par les moustiques…

— Il n'en est pas question ! On t'emmène avec nous, que tu le veuilles ou non !

— Elle a raison, intervint Mauro. C'est exclu.

— Arrêtez vos histoires, fit Dietlev avec calme. J'ai déjà tout prévu, vous verrez que je suis capable de me débrouiller tout seul.

— On a dit non ! insista Elaine. Ce serait de la folie !

— Nous en rediscuterons demain matin, coupa Dietlev. En attendant, vous allez faire vos sacs en suivant mes indications. Et interdit de rajouter quoi que ce soit, hein !

Après avoir rassemblé leurs affaires, en obéissant aux ordres de Dietlev, Elaine et Mauro étaient revenus sur le pont. À la faveur d'une nouvelle injection de morphine, la jeune femme avait lavé la blessure du géologue et refait son pansement. Elle s'était efforcée ensuite de manger un peu. La première bouchée lui ayant retourné l'estomac, elle prévint Mauro qu'elle souhaitait dormir et s'étendit au côté de Dietlev.

Durant une longue demi-heure, elle resta immobile, concentrée sur l'intuition obsédante qu'elle ne parviendrait pas à trouver le sommeil, puis réduite à cette évidence, s'éveilla soudain au vacarme nocturne de la forêt : toujours les mêmes cris gutturaux, plus ou moins éloignés du fleuve, les mêmes polyphonies énervées de crapauds-buffles, les mêmes appels indistincts que leur ressemblance avec des bruits connus – castagnettes, goutte d'eau qui tombe ou mirliton – rendait plus oppressants. Et dans les courtes plages de silence, le ronflement convulsif de Dietlev et la lente respiration de Mauro.

Un hurlement de bête égorgée la fit tressaillir. Demain, songea-t-elle, il faudrait cheminer vers ces fantômes avec une boussole pour tout secours. Au fond d'elle-même, quelque chose espérait que Petersen les obligerait à rester sur le bateau. Dietlev remua dans son sommeil avec des gémissements d'enfant fiévreux.

— Elaine, vous dormez ? chuchota Mauro.

— Non, je n'y arrive pas.

— Qu'est-ce qui vous tracasse ?

— Toi alors ! dit-elle en ironisant, on nous tire dessus à la mitrailleuse, l'un d'entre nous se fait tuer, Dietlev est grièvement blessé, nous sommes échoués au beau milieu du Pantanal avec un salaud qui fait tout pour nous y laisser pourrir... et tu demandes ce qui me tracasse ?

— Je sais qu'il y a autre chose. Dites la vérité.

Touchée à vif par cette sommation, Elaine resta silencieuse. Ce gosse réussissait chaque fois à la pousser dans ses retranchements. La vérité... Sa nouvelle vie n'avait pas été à la hauteur de ses espérances. Les autres hommes – quelques silhouettes blafardes se présentèrent à son esprit – n'arrivaient pas à la cheville d'Eléazard. Même Dietlev, si tendrement comique, si brillant, n'avait pas réussi à effacer cet homme qu'elle avait fui en catastrophe, dans un ultime réflexe de liberté. Et pour aboutir à quoi, mon Dieu ? À cette angoisse de devoir coexister toujours avec une ombre, à ce discret écœurement d'elle-même ?

— La vérité, dit-elle soudain à voix basse, c'est que j'ai peur. Une peur panique de ce dont demain sera fait... Tu n'as pas peur, toi ?

Mauro ne répondit pas. Elaine ferma les yeux en souriant. Elle modela sa respiration sur celle du jeune homme et finit à son tour par céder au sommeil.

Le petit jour leva sur le fleuve des brumes rampantes, avides, promptes à s'enrouler autour des moindres saillies comme pour y arrimer leur existence éphémère. Proies et prédateurs nocturnes s'étaient enfin assoupis ; leurs successeurs dormaient encore. Un bref moment d'équilibre durant lequel les bruits du fleuve – brusques plongeons, clapotis ouatés, lapements brefs, éructations indolentes de la vase – rompaient seuls le calme du matin. Dans l'effort qu'il fit pour se redresser, Herman prit conscience de sa gueule de bois. Son premier geste fut de chercher Yurupig pour lui commander de faire du café. Il n'éprouva aucune surprise en l'apercevant accroupi sur la proue, le regard rivé à la forêt, tant l'Indien l'avait habitué à cet éveil permanent, presque surhumain. On aurait juré qu'il prenait debout son repos, comme les chevaux ou certains squales tenus au déplacement par la nécessité de ventiler jour et nuit leurs fragiles organes.

Petersen grimpa vers le poste de pilotage, décidé à rassembler les quelques instruments indispensables à son incursion dans la forêt : le compas amovible, les jumelles, deux fusées de détresse qui achevaient de rouiller dans un tiroir. Il déposa ce matériel auprès de la kalachnikov et se félicita de ne pas l'avoir jetée au fleuve en même temps que le cadavre de Hernando. Content de ces préparatifs, il redescendit sur le pont inférieur et se dirigea vers la cuisine. Yurupig n'y était plus. *Jamais là quand on a besoin de lui, ce babouin ! Il compte tout de même pas que ce soit moi qui fasse les sacs ! Fait pas encore jour, et il a déjà réussi à me fiche hors de moi...* Mais, bon ; il y avait plus urgent. Avisant une bouteille de *cachaça*, il en but une gorgée au goulot, fit la grimace et se rendit dans sa cabine. Le plafonnier dissimulait une cache. Il en sortit le curieux ceinturon que lui avait confié Hernando, puis le boucla autour de sa taille. Il fit deux ou trois pas pour tester la répartition des poids, modifia la place des sacs en les faisant coulisser sur le cuir et parut satisfait : ce n'était pas l'idéal, mais ça irait.

Revenu sur le pont, Herman entendit des bruits de voix. Ses passagers s'étaient réveillés.

— Bonjour, braves gens ! lança-t-il, d'un air tout pacifique. Mais en apercevant Yurupig en train de boire son café en compagnie d'Elaine et de Dietlev, il eut un regard meurtrier : Alors, reprit-il, comment va notre blessé aujourd'hui ?

— Pas trop mal, répondit l'interpellé. Nous pourrons partir dès que Yurupig m'aura fabriqué un brancard.

L'Allemand se figea :

— C'est de la couillonnade, *amigo*... Dans l'état où vous êtes, vous ne tiendrez pas deux jours ! J'ai déjà dit à la *professora* qu'il valait mieux m'attendre ici pendant que j'allais chercher du secours.

— Sauf que nous n'avons plus assez d'eau pour survivre plus d'une semaine – grâce à vous, d'ailleurs – et que, pour une raison qui m'échappe encore, vous avez décidé de ne pas revenir.

— Vous êtes fou ! s'insurgea Petersen, qu'est-ce qui peut vous faire penser une chose pareille ?

— Arrêtez votre cinéma, s'il vous plaît, dit Elaine sur un ton méprisant. On vous a vu crever les jerricans...

Comprenant d'où venait l'information, Petersen se tourna vers Yurupig, le visage tordu par la fureur :

— Toi, j'aurai ta peau, je te le jure !

Et comme l'Indien le défiait du regard, il fit soudain volte-face, résolu à ramener la kalachnikov pour en finir avec ces palabres. Il s'arrêta net dans son élan : Mauro était devant lui, l'arme à la main.

— C'est ce truc que vous alliez chercher ? fit-il d'une voix sans timbre. Je ne suis pas un fana des armes, mais j'ai appris à m'en servir. Joignant le geste à la parole, il tira en l'air une courte rafale avant de remettre en joue le vieil Allemand : C'est bien la première fois que mon service militaire me sert à quelque chose... ajouta-t-il d'un air dégagé.

— Vous avez pété les plombs, ou quoi ? s'écria Petersen, le visage grisâtre.

— Nous prenons les devants, c'est tout, fit Dietlev avec fermeté. Tenez-vous tranquille, et il ne vous arrivera rien. Nous allons partir tous ensemble, mais il va falloir d'abord vous expliquer un peu... Nous dire, par exemple, pour quelle raison vous avez crevé les jerricans...

— Quels jerricans, bon Dieu ! Vous n'allez quand même pas croire ce sauvage ? Il raconte n'importe quoi ! C'est un faux cul, il vous entubera tous.

— Pour l'instant, c'est sa parole contre la vôtre, et j'avoue que vos protestations ne pèsent pas bien lourd dans la balance, surtout après ce qui s'est passé. C'est comme il vous plaira : vous vous expliquerez avec la police, voilà tout. En attendant, vous allez me donner votre ceinturon.

— Ce sont des affaires personnelles, fit Herman en blêmissant. Vous n'avez pas le droit !

— Le ceinturon ! menaça Mauro.

— Tirez, si vous voulez ! J'en ai rien à foutre...

— *Cocaína*, dit simplement Yurupig. C'est toujours lui qui fait les livraisons.

— Ah ! d'accord... fit Dietlev en haussant les sourcils. Tout s'explique. Je comprends mieux pourquoi ce cher homme ne tenait pas à ce qu'on vienne avec lui ! Et devant la mine interloquée d'Elaine : À vue de nez, il y en a cinq à six kilos – disons, pour 50 000 dollars au bas mot – et notre ami comptait certainement disparaître avec cette petite fortune sans laisser de trace derrière lui. Comme les Paraguayens ne l'entendent certainement pas de cette oreille, il ne risquait pas de remettre les pieds dans les parages ! Quant à nous emmener avec lui, c'était se mettre dans la gueule du loup, puisqu'il aurait eu affaire tôt ou tard aux autorités...

— C'est pas 50 000, mais 500 000 dollars, pauvre con ! s'exclama Herman, toute sa morgue retrouvée. Et il y en a la moitié pour vous si vous me laissez filer avec, le moment venu. Réfléchissez, c'est plus que vous ne gagnerez durant toute votre vie !...

Dietlev secoua la tête, l'air navré :

— Si c'est là tout ce qu'on vous a appris dans les Waffen SS, ce n'est pas étonnant que les Allemands aient perdu la dernière guerre.

— Je vais jeter toute cette cochonnerie à l'eau, et on n'en parlera plus ! dit Elaine avec décision.

— Surtout pas, fit Dietlev, c'est la seule preuve de sa complicité. Il va la garder sur lui, ce sera toujours ça de moins que vous aurez à porter. Surveillez-le pendant que Yurupig termine la civière, on part dans une demi-heure.

Carnets d'Eléazard.

KIRCHER APPARTIENT ENCORE au monde d'Arcimboldo : s'il apprécie les anamorphoses, c'est parce qu'elles montrent la réalité « telle qu'elle n'est pas ». Pour exister vraiment, paysages, animaux, fruits et légumes ou objets de la vie courante doivent recomposer le visage de l'homme, de la créature divine à qui la Terre est destinée. Avec les miroirs déformants ou ceux, au contraire, qui rétablissent des aberrations optiques savamment calculées, le christianisme de la Contre-Réforme prend à son compte le mythe platonicien de la caverne et le transforme en spectacle pédagogique : durant notre existence, nous ne voyons jamais que les ombres de la vérité divine. Parce qu'il incite à la luxure, ce beau visage féminin est voué à l'enfer, enseignent les miroirs qui le déforment atrocement ; ce magma de couleurs sanguinolentes aura un jour une signification, promettent les miroirs cylindriques qui en redressent les formes et le métamorphosent en image du Paradis.

« NOUS VOYONS MAINTENANT à travers un miroir, en énigme ; mais alors nous verrons face à face. Maintenant, je connais en partie ; mais alors je connaîtrai comme je suis connu. » Je baisse les épaules, c'est la faute à saint Paul ; et je vis de chimères, c'est la faute à… Air connu.

SUR LA REMARQUE D'EUCLIDES à propos de Goethe et des *Affinités électives*. Le docteur semble s'adresser à moi par métaphores, mais j'ai du mal à comprendre où il veut en venir. Ce putain de perroquet m'énerve, de toute façon. M'en débarrasser.

TARTARIN REVISITÉ : « Le père Jean de Jésus Maria Carme, s'étant séparé pour un temps de ceux qui avaient entrepris avec lui le même voyage, il s'aperçut qu'un effroyable crocodile s'en venait droit à lui, la gueule béante, pour le dévorer, et qu'un tigre à même temps sortit tout furieux des roseaux, dans le dessein d'en faire sa proie aussi bien que le crocodile. Hélas ! Où fuira ce pauvre misérable que la mort menace de tous côtés ! De quelle adresse se pourra-t-il servir pour éviter la fureur des deux plus cruels monstres de la nature ? Il n'y a point de moyen. Comme il était donc exposé dans ce péril, privé de tout secours humain, implorant celui du Ciel, faisant des vœux et des prières tantôt à la Sainte Vierge tantôt aux saints pour mériter leur secours. Mais cependant qu'il tâchait de se rendre le Ciel favorable, le tigre faisant un saut pour se ruer sur cet homme, ce dernier s'inclina profondément en terre pour éviter le coup de dent de l'animal, il passa tout outre et s'en alla heurter le crocodile, lequel ayant la bouche ouverte, il prit la tête du tigre au lieu de celle du pauvre misérable et la serra si fort entre ses longues dents qu'il en mourut incontinent. Après quoi, le pauvre homme s'enfuit, profitant de cette occasion au plus vite qu'il le put. » (A. Kircher, *la Chine illustrée*.)

DÉFAUTS DE KIRCHER : préfère la rhétorique à la rigueur déductive, le commentaire aux sources, l'apocryphe à l'authentique, préfère l'expressivité quasi artistique au réalisme froid des géomètres.

DE LOREDANA. Tchouang-tseu jugeant Moreira : « Lorsque le roi de Tsin est malade, il fait venir un médecin. Au chirurgien qui lui ouvre un abcès ou lui ouvre un furoncle, il donne un char. Il en donne cinq à celui qui lèche ses hémorroïdes. Plus le service est vil, mieux il le paye. Je suppose que vous avez soigné ses hémorroïdes : pourquoi vous a-t-il donné tant de chars ? »

JE RESTE PERSUADÉ que notre faculté de jugement est plus aiguë, plus proche de ce que véritablement nous sommes, dans ce qui est négatif – c'est-à-dire dans l'exercice de la critique, dans tout ce que nos fibres mêmes refusent avant toute intervention consciente de l'esprit. Il est plus facile de reconnaître une piquette ou un vin bouchonné que de distinguer les qualités spécifiques d'un grand cru.

KIRCHER est un faussaire mystique.

« ELLE VIVAIT POUR LA VOLUPTÉ de se taire. » Joli mot, et qui semble conçu tout exprès pour Loredana. Mais on doit pouvoir le mener plus loin... (À rapprocher du *Tractatus* : « Ce qu'on ne peut pas dire, etc. ».)

Chapitre XVI

*Où commence l'histoire de Jean Benoît Sinibaldus
& du sinistre alchimiste Salomon Blauenstein.*

En 1647, à l'âge de quarante-cinq ans, le Révérend
Père Athanase Kircher faisait toujours fort bon
visage. Son poil avait certes blanchi par endroits, de
même que ses cheveux, mais rien d'autre de son
allure n'aurait laissé supposer pareille maturité. Il
avait une santé de fer, bien plus solide que la
mienne, malgré notre différence d'âge, & n'était
incommodé parfois que par de bénignes hémorroïdes qu'il traitait lui-même avec certain onguent de sa
composition.

Été comme hiver, il se levait un peu avant le soleil &
assistait à la messe dans notre chapelle, puis il mangeait frugalement : un morceau de pain noir & de la
soupe que le père économe lui faisait porter dans sa
chambre. Non qu'il refusât de prendre ses repas avec
nous dans le réfectoire, mais ses mille & une activités
lui interdisaient de perdre un temps précieux en ne le
consacrant qu'à la nourriture. Déjeunant à sa table de
travail, il pouvait continuer à lire ou à écrire & se trouvait fort bien de ce que nul d'entre nous n'aurait songé
à considérer comme un privilège.

De sept heures à midi, il restait donc dans son
cabinet, occupé tout entier à la rédaction de ses

livres, continuant à mener de front plusieurs ouvrages différents. Ma tâche consistait à l'aider du mieux que je pouvais.

Ordinairement, nous descendions au réfectoire pour le repas de midi, mais durant ces années de travail intense, il arriva plus d'une fois qu'oublieux de l'heure nous sautions le déjeuner sans même nous en apercevoir. « Allons, nous n'en mangerons ce soir qu'avec plus d'appétit », disait Kircher en souriant, mais il appelait ensuite le frère portier par le tube acoustique & nous faisait porter des confiseries ou une tasse de cette décoction de café qui était alors à la mode.

La coutume était aussi de faire un somme d'une heure ou deux, incontinent après le déjeuner ; mon maître n'y dérogeait point, mais il ne se couchait jamais, ayant un fauteuil garni de cuir dont le dossier s'inclinait avec un ressort. Kircher consacrait ensuite son après-midi à diverses activités d'ordre pratique. Il surveillait l'assemblage des machines qu'il ne cessait de concevoir pour l'agrément du pape ou de l'empereur, inventions auxquelles travaillaient plusieurs pères dans les ateliers du collège & divers ouvriers à l'extérieur.

De longues heures étaient vouées à la chimie, art qu'Athanase pratiquait avec passion dans le laboratoire qu'il avait installé dans les caves, sous l'apothicairerie. Il y préparait l'orviétan & les poudres de sympathie destinés à guérir les maux dont les grands de ce monde, ou plus simplement nos frères du collège étaient affligés. Il devait également recevoir & guider les savants de passage qui venaient spécialement à Rome pour le voir & visiter ses collections. Sans oublier, bien sûr, toutes les expériences physiques qu'il pratiquait régulièrement afin de confronter ses théories, ou celles des autres, à la réalité.

À six heures de relevée, il assistait aux vêpres, puis nous dînions. L'après-dînée restait vouée à l'étude, à la lecture, aux conversations, & chaque fois que la transparence de l'air le permettait, à l'observation des astres ; un négoce dans lequel mon maître s'opiniâtrait, & que nous pratiquions depuis une petite terrasse aménagée sur les toits du collège.

Vers onze heures du soir, nous allions prendre un repos bien mérité ; mais il n'était pas rare d'apercevoir de la lumière dans son cabinet jusqu'à une heure très avancée de la nuit.

Cette année-là fut marquée par une aventure somme toute assez plaisante, mais qui valut à Kircher, vingt-deux ans plus tard, certains déboires inattendus.

Il y avait à Rome un médecin français, Jean Benoît Sinibaldus, avec qui mon maître était en bonne intelligence pour des raisons d'intérêt. Cet homme, dont la fortune personnelle était fort conséquente, pratiquait l'alchimie assidûment & dépensait beaucoup, au grand dam de son épouse, pour se procurer les matériaux indispensables à cet art.

Une après-midi, au printemps de l'année 1647, le sieur Sinibaldus se présenta au collège & demanda à parler d'urgence avec Kircher. Mon maître, avec qui je travaillais à un automate qui devint célèbre par la suite, manifesta quelque impatience d'être ainsi dérangé par ce fâcheux ; il ne l'en reçut pas moins avec sa courtoisie habituelle.

— Joie ! Bonheur ! s'exclama Sinibaldus dès qu'il aperçut Kircher, j'ai vu le sel ammoniac sophique ! Je l'ai vu de mes propres yeux ! C'est incroyable... Cet homme est un génie vaste & profond, un esprit proprement sublime.

— Allons, allons... dit Athanase que le personnage amusait & qui ne put se garder d'un brin d'ironie dans ses propos. Reprenez-vous, mon cher, & commencez par le commencement : qui est l'être assez heureux pour mériter dans votre bouche de pareils éloges ?

— Vous avez raison, excusez mon trouble, reprit Sinibaldus en réajustant distraitement sa perruque, mais lorsque vous saurez ce qui m'amène, vous comprendrez mieux, j'en suis certain, l'agitation où je me trouve. Cet être se nomme Salomon Blauenstein, & toute la ville ne parle déjà que de lui, car il sait produire de l'or à partir de l'antimoine avec une facilité qui en dit long sur l'ampleur de ses connaissances.

Il baissa soudainement le ton, & après avoir jeté un rapide coup d'œil derrière lui, ajouta en chuchotant :

— Il dit qu'il est capable de fabriquer la Pierre, que ce n'est qu'une question de temps & de technique adéquate. Et je suis obligé de le croire eu égard à ce que j'ai vu... Toute sa personne respire la sainteté. C'est un sage véritable ; il est évident qu'il ne court ni l'or ni la gloire : ce n'est qu'après l'avoir prié plusieurs jours qu'il a consenti à me montrer son art, mais avec réticence, comme s'il s'abaissait à une pratique indigne de ses talents.

— Hum... Vous connaissez mon opinion sur ce sujet. Aussi me permettrez-vous d'exprimer quelque doute quant aux capacités véritables de votre... votre... comment avez-vous dit qu'il se nommait ?

Comme nous ne l'apprîmes que beaucoup plus tard, le sieur Sinibaldus avait été outré par l'attitude de Kircher. Il ne comprenait pas comment on pouvait contester quelque chose avec tant de mauvaise foi, & sans même avoir pris la peine de vérifier les faits. Il n'était pas plus tôt sorti du collège, qu'il prit à cœur de prouver à mon maître son aveuglement. Pour ce faire, il courut chez ledit Salomon Blauenstein qu'il convainquit – non sans peine, car le bonhomme se fit supplier – de venir habiter chez lui. Il mettait à sa disposition toute sa fortune & son laboratoire, pourvu que ce dernier lui enseignât le moyen de fabriquer cette pierre ou poudre de projection dont le seul contact, il l'avait constaté *de visu*, changeait en or la matière la plus vile.

Blauenstein avait pour épouse une jeune Chinoise, prénommée Mei-li, dont la beauté mystérieuse & le mutisme oriental contribuaient à auréoler l'alchimiste de pouvoirs insoupçonnés. Cette Mei-li, disait Blauenstein – qui restait fort discret sur la manière dont il l'avait rencontrée, lors d'un voyage à la Chine –, était, la sœur du « Grand Physicien impérial attaché à la chambre des remèdes », lequel était versé dans l'art alchimique & lui avait enseigné moult secrets tirés des grimoires anciens. À qui flattait suffisamment sa vanité, Blauenstein dévoilait de bonne grâce, quoique avec force révérences & précautions, une pile de cahiers noircis de caractères chinois, dont il affirmait sans grand danger d'être contredit qu'ils contenaient le compendium du savoir alchimique.

Ce couple étrange s'installa donc avec armes & bagages dans l'appartement luxueux mis à sa disposition par le sieur Sinibaldus dans son propre hôtel. Dès le lendemain, il fallut faire fabriquer un nouvel athanor pour le laboratoire, l'ancien ne convenant pas, & commander nombre d'ingrédients rarissimes & fort coûteux pour commencer le long processus qui devait mener au Grand Œuvre.

Comme Sinibaldus avouait son ignorance des produits requis & du moyen de se les procurer, Blauenstein se chargea lui-même de les obtenir, & à un meilleur prix, uniquement par amitié pour son hôte. L'escarcelle du bourgeois en eut un flux de ventre, mais l'alchimiste tenait à présenter – malgré les protestations de confiance de sa victime – toutes les factures justifiant ses dépenses. Cinquante mille ducats pour une livre de zingar persan & dix onces de poudre de scolopendre ; quatre-vingt-cinq mille ducats de réalgar, d'orpiment & d'indigo, la même somme pour une petite pierre de Bézoar lamaïque ; cent mille ducats de résine Tacamahac, de sel du Turkestan & d'alun vert, & quantité de matières plus communes, mais à peine moins chères, telles que cinabre, poudre de momie, de corne de rhinocéros, fèces fraîches d'épervier ou testicules de loup... Quoique substantielle, la fortune de Sinibaldus s'amenuisa dangereusement ; & comme par un effet de la Divine Providence, celle de l'alchimiste s'accrut en proportion.

Durant les absences préméditées de Blauenstein, consacrées prétendument à la quête de ces matières inestimables, mais en réalité à mettre à l'abri les ducats qu'il épargnait sur ces emplettes, Mei-li & Sinibaldus étaient chargés d'entretenir le fourneau alchimique & de veiller à la lente sublimation du soufre & du mercure. Invoquant la chaleur du laboratoire, la belle Chinoise ne s'exhibait qu'en un déshabillé de soie que le moindre geste entrebâillait, faisant apercevoir, comme par inadvertance, de frémissants appas laissés à dessein en liberté. La tresse de ses cheveux, peignée d'une main délicate & attachée par-derrière, était couverte de perles & surmontée d'un petit bonnet de bambou, recoquillé de soie, d'où partait une houppe de crins rouges. Dans ce demi-désordre transparent, elle se prosternait à plat ventre, avec force effets de croupe, devant un petit autel de sa composition où le Christ voisinait avec de hideuses idoles de son pays ; & toujours pour attirer sur le Grand Œuvre la bienveillance du ciel, se livrait sans vergogne à des danses lascives & nonchalantes...

Le malheureux Sinibaldus ne fut guère longtemps avant de succomber aux charmes de cette fausse prude. Trois mois seulement après avoir fait entrer le diable dans sa propre demeure, à demi ruiné, transi d'amour, les sens énervés par ce manège de courtisane, il se serait damné pour un baiser. Mais, tout en entretenant sa passion par mille & une nouveautés lubriques, la gourgandine s'abstenait bien de lui accorder la moindre privauté : par ses mignardises, elle semblait n'être née que pour faire voir où peuvent monter les désirs de la nature déréglée quand le calcul & l'avarice leur prêtent l'épaule.

Cette machination dura jusqu'à ce que la poire fût jugée assez mûre pour être cueillie, & le soir de la Saint-Jean, Blauenstein annonça que le Grand Œuvre entrait dans sa phase ultime. Tous les ingrédients nécessaires furent dosés, filtrés, décantés avec minutie, avant d'être ajoutés au brouet de soufre, de mercure & d'antimoine qui mijotait depuis si longtemps dans le creuset.

— Dans deux semaines, jour pour jour, heure pour heure, dit l'alchimiste, le mélange sera parvenu à la sublime perfection prônée par les Anciens. Il ne restera plus ensuite qu'à précipiter cette matière liquide avec la pierre de Bézoar, & vous verrez naître sous vos yeux le fameux « Lion Vert », cette merveille qui assure & la richesse & l'immortalité ! Mais le processus alchimique n'est point seulement une affaire de purification des matières inertes : il exige pour s'opérer une décantation analogue du corps & de l'esprit, sans laquelle nous ne saurions assister au miracle définitif. À cette fin, je me vais retirer dans un monastère avec la pierre de Bézoar & prier sans interruption durant ces deux semaines. Mon épouse, qui fut initiée par son frère aux secrets les plus divins, s'occupera seule du vaisseau alchimique. Quant à vous, mon cher ami & bienfaiteur, vous ferez retraite dans votre chambre pour prier, vous contentant d'apporter deux fois par jour à Mei-li de quoi assurer son ordinaire. La moindre désobéissance à ces simples règles ruinerait à jamais tous nos espoirs...

Fort ému par ce discours, Sinibaldus jura qu'il en serait comme l'alchimiste le désirait, & qu'il ne ménagerait ni macérations ni prières pour purifier son âme.

Blauenstein consacra le reste de la nuit à « rectifier » le laboratoire : devant sa femme & Sinibaldus agenouillés, il traça sur le sol & sur les murs toutes sortes de pentacles magiques pour interdire aux démons l'accès de cet endroit, il récita quantité de formules tirées de la kabbale chinoise & mit le fourneau sous la protection d'au moins trois douzaines d'« esprits séphirotiques ». Gesticulant & s'époumonant dans les épais nuages d'encens qu'il faisait brûler en permanence, l'alchimiste parut à Sinibaldus l'incarnation même du Trismégiste.

Au petit matin, Blauenstein enferma son épouse dans le laboratoire. Il remit cérémonieusement les clefs à son hôte, lui réitéra les ordres de la veille & s'en alla. Épuisé par cette nuit sans sommeil, Sinibaldus gagna sa chambre où il ne fut pas longtemps à s'endormir, bercé d'espoir & d'illusions, au comble du bonheur.

Réveillé vers une heure de l'après-midi, il fit aussitôt préparer un repas qu'il porta lui-même à la belle Mei-li. Par respect des ordres de l'alchimiste, il garda les yeux baissés & referma la porte tout de suite après avoir posé le plateau de nourriture sur le sol. De retour dans sa chambre, il se flagella un long moment, puis s'abîma dans la prière jusqu'au soir.

À l'heure du dîner, retournant au laboratoire avec un nouveau repas, il fut si surpris de trouver le plateau du matin encore intact, qu'il ne put s'empêcher de risquer un regard à l'intérieur des lieux : à peine éclairée par la lueur rougeâtre d'une petite lanterne à vitraux, Mei-li gisait au pied de l'autel. N'était-elle point malade, mourante peut-être ? ! Verrouillant la porte derrière lui, Sinibaldus se précipita vers la jeune Chinoise…

Il ne l'eut pas plutôt secouée, qu'elle ouvrit des yeux baignés de larmes. S'accrochant à son cou, elle se mit à sangloter entre ses bras. Quoique un peu rassuré sur son état, Sinibaldus fut troublé par ces pleurs irrésistibles. Un instant, il crut qu'elle avait commis une faute irréparable dans la surveillance du Grand Œuvre & tourna ses yeux vers le creuset : le fourneau ronflait convenablement ; rien ne semblait avoir été négligé pour son entretien. Libéré de ses craintes sur ce point, Sinibaldus entreprit de réconforter la créature magnifique qui s'adonnait sur son épaule au plus intense des chagrins. Après nombre de paroles aimables & de chastes caresses, il parvint à faire sécher les larmes de Mei-li & à obtenir d'elle quelques mots expliquant les raisons de son désespoir.

— Ah, monsieur ! dit-elle d'une voix encore hachée par les sanglots, comment vous avouer cela sans m'exposer à votre mépris ? Vous qui êtes si bon & nous avez témoigné tant de confiance. Plutôt mourir mille fois... Pourquoi donc a-t-il fallu que cette honte & ce malheur fondissent sur moi ?

Elle maniait l'italien avec aisance, mais avec un accent qui la rendait plus adorable encore. Sinibaldus n'eut de cesse de l'engager à parler, l'assurant quoi qu'elle pût dire de son pardon. Cette jeune femme qu'il aimait en silence depuis tant de jours, voici qu'elle se trouvait blottie contre son sein dans le plus délicieux des abandons. La sorte de robe orientale dont elle était toujours vêtue s'était dénouée, laissant échapper une gorge tiède & ferme qu'il sentait palpiter contre son corps. Ses lourds cheveux de jais exhalaient un parfum enivrant ; sa bouche suppliante semblait mendier les baisers les plus doux, & le feu de son visage exprimait les transports de l'amour plutôt que la détresse. Follement épris, Sinibaldus aurait jeté aux orties le Grand Œuvre lui-même sur un seul geste de Mei-li...

Lorsqu'elle le vit en cette disposition, la rusée Chinoise consentit enfin à expliquer les motifs de son désespoir : Salomon Blauenstein était un saint homme, un mari doux & attentionné, un alchimiste unique de savoir & d'expérience, mais il ne parviendrait jamais à produire l'élixir de vie sans une clause qu'elle était seule à connaître. Elle n'avait jamais trouvé le courage d'en informer son époux, tant elle était certaine que ce dernier eût plutôt renoncé à sa quête que d'y obéir. Pour effectuer la véritable transmutation, non pas celle de l'or qui ne présentait aucune difficulté, mais celle de la liqueur de jouvence, il fallait autre chose que de la matière inerte...

— Comment une chose privée de vie, disait l'ensorceleuse, pourrait-elle produire l'immortalité ? Vous comprenez bien que cela est impossible, & c'est pour cette raison que tous les alchimistes ont échoué jusqu'à présent. Tous, sauf certains maîtres de mon pays qui eurent connaissance de la vérité & en usèrent pour leur plus grand bonheur.

— Mais cet ingrédient, madame ? Parlez, je vous en conjure !

— Cet ingrédient secret, monsieur, la véritable *materia prima* sans laquelle nulle transmutation ne saurait aboutir, c'est la semence humaine, ce concentré métaphysique de la puissance divine grâce auquel la vie s'engendre & se renouvelle. Encore cela n'est-il point suffisant, car il y faut aussi l'amour, cette passion dont la chaleur seule unit de manière indissoluble la semence de l'homme à celle de la femme, & permet de coaguler la Pierre au dernier stade du Grand Œuvre. C'est là toute la cause de mon désespoir...

Mei-li éclata de nouveau en sanglots, & Sinibaldus eut toutes les peines du monde à lui tirer, entre deux hoquets, ces dernières paroles :

— J'estime mon mari, j'ai pour lui une amitié & une reconnaissance infinies, mais... je ne l'aime pas. Cette flamme nécessaire, cette inclination que je ne connaissais pas jusqu'ici, c'est... c'est pour vous, monsieur, que je la ressens... Pour mon malheur, le vôtre & celui de mon époux, je vois bien hélas que vous êtes à cent lieues de partager ce sentiment, & que rien, désormais, ne saurait sauver notre commune entreprise. C'était sur vous que je pleurais, imaginant votre dépit après tant d'espoirs & d'illusions, car pour moi je ne survivrai pas à ce malheur...

D'amoureux transi qu'il était, le sieur Sinibaldus devint proprement frénétique. Cette déclaration l'assurait non seulement d'un bonheur inespéré, mais aussi de la réussite du Grand Œuvre. Perdant toute raison, oublieux de sa propre épouse & de ses enfants, il se mit à couvrir la belle Mei-li de baisers, pleurant & riant à la fois, lui avouant sa flamme cachée depuis tant de mois en des termes extravagants. Il n'avait jamais aimé qu'elle, c'était comme si la déesse Isis avait enfin retrouvé son Osiris, & il ne fallait plus douter qu'ils fussent bénis par Dieu.

La drôlesse joua l'étonnement, puis la passion la plus démesurée, & ce fut là, sur les dalles du sol, qu'ils se livrèrent aux jeux immondes de Cipris.

Durant les deux semaines qu'ils restèrent enfermés dans le laboratoire, la sanie de leur luxure ne cessa de s'épancher. Mei-li recueillait précieusement cet odieux mélange dans un vase de porcelaine, puis elle le versait à l'intérieur de petites figurines de cire qu'ils fabriquaient eux-mêmes, lesquelles voulaient représenter divers dieux de la Chine, mais aussi le Christ & les Apôtres. Ces idoles blasphématoires étaient jetées ensuite dans le creuset avec toutes sortes de cérémonies, & l'orgie recommençait. Aveuglé par la passion & l'orgueil, Sinibaldus obéissait à tout, sans apercevoir un seul instant l'abîme dans lequel il s'enfonçait.

Au terme fixé par lui quelques jours auparavant, Salomon Blauenstein revint de sa prétendue retraite. Sinibaldus, qui avait regagné sa chambre un peu plus tôt afin de donner le change, descendit l'accueillir. Il fut surpris par la pâleur de l'alchimiste & les nombreuses preuves de privation inscrites sur son visage. Quant à Blauenstein (qui avait séjourné durant tout ce temps dans un lupanar du Trastevere !), il reconnut les mêmes signes d'épuisement sur le visage de son hôte, quoique sans se gruger sur leur véritable signification ; dès lors, il ne douta plus du succès de son intrigue. L'un et l'autre se congratulèrent chaudement, & après que l'alchimiste eut fait mine de se tranquilliser sur la stricte obéissance à ses ordres, ils pénétrèrent dans le laboratoire.

CANOA QUEBRADA | *Et la guerre était pour lui comme une fête...*

À l'origine, le monde n'existait pas. Ni ténèbres, ni lumière, ni rien de ce qui aurait pu en tenir lieu. Mais il y avait six choses invisibles : les petits bancs, les supports de casseroles, les calebasses, le manioc, la feuille d'ipadu qui fait rêver quand on la mâche et les carottes de tabac. De ces choses qui flottaient, sans existence, une femme se fit d'elle-même et apparut tout ornée dans la splendeur de sa demeure de quartz. Yebá Beló était son nom, la mère ancêtre, celle qui ne fut pas enfantée... Le temps de dire « Pouah ! », et elle se mit à penser le monde tel qu'il devrait être. Et pendant qu'elle pensait ainsi, elle mâcha de l'ipadu et fuma un cigare magique...

Lorsque l'Indien l'avait entraînée hors du *forró da Zefa*, Moéma ne s'était fait aucune illusion sur ce qui adviendrait d'eux cette nuit-là. Chiffonnée par l'absence de Roetgen, elle le chercha des yeux quelques secondes au milieu de la foule. Non qu'elle se sentît obligée de lui rendre des comptes, mais elle avait insisté pour lui montrer cet endroit et s'en voulait de l'abandonner si cavalièrement dans un univers qu'il ne maîtrisait pas encore. Pour Thaïs, c'était à la fois plus simple et plus délicat : leur liaison reposant sur une entière liberté sexuelle, Moéma n'était engagée en rien sur ce point vis-à-vis de la jeune fille. L'amour qu'elles se portaient – sujet qui revenait de façon cruciale chaque fois que l'une souffrait des escapades de l'autre – dépassait de très loin, croyaient-elles, les errements du corps. Au lieu de la mettre en doute, cette autonomie « fertilisait » leur relation, la grandissait... Comme cette naïve grandeur d'âme n'empêchait cependant ni la jalousie ni la détresse de se sentir délaissées, elles avaient fini par observer dans leurs aventures solitaires un maximum de discrétion. Moéma se pressait donc pour éviter de rencontrer son amie, lorsqu'elle l'aperçut en train de danser avec Marlène. Prise de court, elle répondit au regard de Thaïs en s'éventant de la main, l'air de dire qu'elle souffrait de la chaleur et sortait juste prendre l'air... Sa petite comédie n'ayant reçu en retour qu'un sourire triste et incrédule, Moéma avait détourné la tête avec agacement.

Une fois dehors, ils avaient marché dans l'obscurité, remontant la rue jusqu'à la cabane où Moéma voulait prendre sa provision de *maconha* avant de descendre vers la plage.

Au bord de l'eau on percevait un peu plus encore la violence du vent qui dispersait les dunes. Aynoré restait silencieux ; de temps à autre, Moéma sentait sa main frôler la sienne tandis qu'ils s'éloignaient en titubant sous les bourrasques. Quelques centaines de mètres plus loin, ils s'étaient à demi couchés sur le sable, à l'abri d'une jangada tirée sur le rivage. Moéma avait roulé un joint. Dans l'assourdissante rumeur des vagues, quelque chose venu des premiers âges de la Terre, un vacarme incompréhensible et affolant les pelotonna l'un contre l'autre. Elle tira une première bouffée de la grossière cigarette qu'elle était parvenue à rouler malgré le vent, Aynoré fit de même et se mit à lui parler d'une voix douce : le monde avait commencé de cette même façon, avec une femme issue de sa propre nuit et un cigare magique...

Ses pensées s'exhalèrent sous la forme d'un nuage sphérique surmonté d'une tour, un repaire bombé comme l'excroissance du nombril sur un ventre de nouveau-né. Et en se déployant, cette bulle de fumée incorpora toute l'obscurité, de telle façon que les ténèbres y demeurèrent captives. Cela fait, Yebá Beló nomma son rêve « Ventre du monde », et ce ventre semblait un grand village déserté. Alors elle voulut des gens là où il n'y avait rien, et elle recommença à mastiquer l'ipadu en fumant son cigare magique...

Le père d'Aynoré avait été chaman de son village, quelque part dans la forêt amazonienne, au confluent de l'Amazone et du Rio Madeira. Magicien renommé, chef religieux et politique du village, il soignait les gens avec du jus de tabac et des décoctions de plantes dont il préservait jalousement le secret. De sa persévérance à raconter la geste de son peuple venait cette longue histoire aux ramifications innombrables, cosmogonie parasitaire qui semblait se dérouler d'elle-même sous les lèvres du jeune Indien, se nourrissant de sa mémoire, se perpétuant et se multipliant à la manière d'un virus comme elle le faisait depuis des siècles. Destiné à prendre la suite de son père, Aynoré avait reçu de lui les connaissances ancestrales qui font un vrai *pajé* : il connaissait les mythes fondateurs des Mururucu, leurs rites, leurs danses et leurs chants traditionnels, savait invoquer les esprits transfigurés en autant de cailloux dans le hochet de calebasse et interpréter leurs messages dans le vrombissement des rhombes ; il savait aussi parler aux animaux, jeter les dards invisibles qui empoisonnent ou provoquer les transes qui exorcisent. À l'âge de six ans, il était parti à la recherche de son âme, et elle avait pénétré son corps sous la forme d'un anaconda. Comme son père, il serait devenu capable d'emprunter ses ailes à l'oiseau Kumalak pour s'envoler au-dessus des montagnes si les coupeurs de bois n'étaient venus bouleverser le cours normal de son existence.

Et avec les coupeurs de bois, il y avait un responsable de la FUNAI – « la Fondation nationale de l'Indien ! Tu te rends compte ? Ça te ferait quoi une Fondation nationale de l'Homme blanc, hein ? Essaye d'imaginer deux secondes... » –, et avec lui l'armée, et avec les soldats la fin de tout : il fallait évacuer le village, rejoindre les tribus qui s'étiolaient déjà dans la réserve du Xingu... À la tête de quelques hommes, son père avait fait mine de résister, et ceux-là étaient morts, tirés comme de vulgaires macaques lors d'une chasse à l'homme dans la forêt.

Aynoré n'avait que douze ans, mais il refusa de suivre les siens dans la réserve du Xingu ; le responsable de la FUNAI s'était donc empressé de le confier à l'orphelinat dominicain de Manaus. Il y avait appris à lire et à écrire sans adhérer jamais à cette religion où un dieu malingre se laissait crucifier dans un pays sans jungle et sans aras. Puis ce fut la pension chez les mêmes pères de Belém. Le temps de les amadouer un peu, et il s'était sauvé avec l'argent de l'intendance. Habile de ses mains, il vivotait depuis en fabriquant des colliers de plumes et des boucles d'oreilles qu'il vendait à la sauvette.

Aynoré caressait les cheveux de la jeune fille. Gagnée par l'ivresse, sa voix retrouvait des accents cérémoniels, s'infléchissant parfois dans les dialogues jusqu'à devenir méconnaissable, aiguë et déformée comme celle d'un ventriloque. Moéma l'écoutait religieusement, traversée d'images et de frissons. Plus encore que sa poésie, le caractère immémorial de cette litanie la transportait. Fascination teintée de fiel contre les Blancs et leur minable dévotion d'esclaves. Quel incroyable gâchis ! Pour les avoir appris avec dégoût à l'université, elle savait par cœur les chiffres de l'abomination : deux millions d'Indiens à l'arrivée des Espagnols et des Portugais ; moins de cent mille aujourd'hui... « Les Indiens étaient innombrables, avait-elle lu sous la plume d'un voyageur du XVIe siècle, au point que si l'on décochait une flèche dans les airs, celle-ci se plantait sur la tête d'un Indien plutôt que sur le sol ! » L'auteur en question parlait des Várzeas, tribu qui avait cessé d'exister moins d'un siècle après cette première tentative de « recensement »... Tupi, Anumaniá, Arupatí, Maritsawá, Iarumá, Aualúta, Tsúva, Naruvôt, Nafuquá, Kutenábu, et tant d'autres décimés... Plus de quatre-vingt-dix tribus amazoniennes s'étaient éteintes au cours de notre seul siècle... De quels destins inconnaissables nous étions-nous privés ainsi à tout jamais ? De quels mondes possibles, de quelles salutaires évolutions ?...

Une terre sans hommes pour des hommes sans terre ! C'était au nom de ce slogan généreux que le gouvernement brésilien avait décidé de construire la Transamazonienne : 5 000 km de route pour offrir à des pionniers blancs de nouveaux espaces de culture. Tous les dix kilomètres, de part et d'autre de la route, cent hectares de terre vierge à défricher, une cabane déjà construite, six mois de salaire et des prêts gratuits sur vingt ans ; une multitude de Nordestins faméliques avait mordu à l'hameçon. Si ce n'est que ces « terres sans hommes » regorgeaient d'Indiens et qu'on s'en était aussi peu préoccupé que de la faune ou de la flore sacrifiées par ce programme. Aussi peu qu'à l'époque du caoutchouc, lorsqu'on imprégnait du germe de la variole ou d'autres maladies mortelles les vêtements offerts avec de beaux sourires d'amitié à ces sauvages impudiques.

Mais nul n'avait prévu que le sol gagné sur la forêt s'épuiserait définitivement après les deux premières récoltes, et aujourd'hui les éleveurs de bovins rachetaient à bas prix ces terres stériles à des colons surendettés, de pauvres diables qui préféraient encore la misère sèche du Sertão aux affres de ce désert ruisselant. Les sommes affectées au revêtement de la route avaient disparu, si bien que la Transamazonienne se transformait à la saison des pluies en un fleuve de boue impraticable, digéré chaque jour un peu plus par la vindicte opiniâtre de la jungle. Devant l'insistance des Américains à vouloir acheter plusieurs millions de kilomètres carrés dans la région de Carajás, on avait fini par y découvrir des gisements de fer richissimes, du nickel, du manganèse, et même de l'or dans la serra Pelada. Les mines et les placers achevaient d'éventrer ce paradis originel, tout s'en allait en fumée : forêt, Indiens, rêves de réforme agraire. Cette formidable bouffonnerie n'avait servi qu'à enrichir un peu plus l'impérissable caste des salauds. Une injustice chronique, accablante, qui l'oppressait soudain comme un asthme nocturne.

L'homme-tonnerre descendit alors sur le fleuve de lait. Il s'y transforma en un serpent monstrueux dont la tête ressemblait à une barque. C'était la pirogue transformatrice de l'humanité. Les deux héros grimpèrent sur la tête du serpent et commencèrent à remonter la rive gauche du fleuve. Chaque fois qu'ils s'arrêtaient, ils fondaient une maison et, grâce à leurs richesses magiques, la remplissaient de gens pour l'habiter. Et la future humanité se transformait graduellement, maison après maison. Et comme l'embarcation naviguait sous l'eau, les maisons étaient submergées, si bien que les premiers hommes apparurent sous la forme d'hommes-poissons qui s'installaient dans leurs demeures sous-marines.

Rien n'était beau comme ce conte flamboyant : il laissait entrevoir un monde d'innocence et de liberté tranquille, un quotidien dont chaque seconde était une fête, un jeu surnaturel avec les êtres et les choses. Le secret du bonheur gisait là, dans cette parole préservée. Partir avec Aynoré à la recherche de son peuple, retrouver ensemble cette communion originelle avec le fleuve, les oiseaux, les éléments ; Moéma se sentait tout à fait prête à ce retour vers la terre natale. Non comme ethnologue, mais comme Indienne de cœur et de conviction. En fervente des choses mêmes. Vivre c'était cela, ou rien du tout.

L'humanité grandit ainsi, passant par degrés insensibles de l'enfance à l'adolescence. Et quand ils en furent à la trentième maison, c'est-à-dire à la moitié du voyage, les jumeaux décidèrent qu'il était temps de faire parler les hommes. Ce jour-là, ils firent un rituel avec leur épouse : la première femme fuma le cigare, et la seconde mâcha de l'ipadu. La femme qui fuma le cigare donna naissance au Caapi sacré, qui est encore plus puissant que l'ipadu ; et celle qui avait mangé de l'ipadu engendra les perroquets, les toucans et autres oiseaux qui ont des plumes colorées. Et de ces femmes, les hommes connurent le tremblement, la peur, le froid, le feu et la souffrance, toutes choses qu'ils observèrent sur elles pendant leur accouchement.

Et le pouvoir de l'enfant Caapi était si fort, que toute l'humanité avait des visions fantastiques. Personne n'y comprenait plus rien, et chaque maison commença à parler une langue différente. De cette façon naquirent les langues Desana, Tukano, Pira-Tapuia, Barasana, Banwa, Kubewa, Tuyuka, Wanana, Siriana, Maku, et pour finir, celle des Blancs.

« Le Caapi, disait Aynoré, c'est une espèce de liane. On fait un breuvage à partir de son écorce, et on a des visions. C'est mille fois plus fort que tout ce que tu as pu essayer. Chez nous, les femmes n'ont pas le droit d'en consommer. C'est une plante sacrée, la liane des dieux, l'herbe de l'âme... » Il en avait pris souvent dans la case des hommes, et

c'était complètement fou : on rencontrait le Grand Maître du gibier, on assistait à des combats extraordinaires de serpents et de jaguars, on découvrait derrière l'illusion de la vie normale les vraies puissances invisibles. « Je n'avais plus de volonté, disait Aynoré, plus de pouvoir personnel. Je ne mangeais pas, je ne dormais pas, je ne pensais pas ; je n'étais plus dans mon corps. Purifié, je m'élevais, sphère de graines éclatées dans l'espace. Et j'ai chanté la note qui fait voler la structure en éclats et celle qui anéantit le chaos, et j'ai été couvert de sang. J'ai été avec les morts, j'ai essayé le labyrinthe... » Car il existait un monde au-delà du nôtre, un monde à la fois très proche et très lointain, un monde où tout était déjà arrivé, où tout était déjà connu. Et ce monde parlait, il avait une langue à lui, une subtile rhétorique de bruissements et de couleurs. Visions bleues, violettes ou grises comme la fumée de tabac, et qui déclinaient les modes inconnus de la pensée ; visions rouge sang, pareilles aux muqueuses de la femme, à sa fécondité ; visions jaunes ou blanc cassé, semblables au sperme, au soleil, et par lesquelles se réalisait l'union mystique avec le commencement. Et dans une luminosité indescriptible, chaque chose apparaissait comme détachée de son contexte, chargée d'un sens nouveau, d'une valeur inédite. Après la cérémonie, au sortir d'un lourd sommeil peuplé de rêves, chacun dessinait ou peignait ce qu'il avait vu. Pas une décoration, pas un tatouage qui ne fût inspiré de ces voyages dans l'hallucination ! Et s'il y avait tant de langues différentes, c'était pour essayer de dire tout cela, pour exprimer encore et encore ce qu'on ne se résignait pas à laisser au silence équivoque des images...
« D'un homme qui a pris le Caapi, on dit qu'il se noie, comme s'il retournait dans le fleuve d'où il est sorti, comme s'il plongeait à nouveau dans l'indifférencié... D'un homme qui jouit en possédant une

femme, on dit aussi qu'il se noie, mais c'est pour signifier qu'il est dans un état semblable à celui que provoque le Caapi. »

Le huitième et dernier ancêtre, ce fut le prêtre. Et il sortit de l'eau avec son livre à la main, et il était stérile comme un porc castré. Alors le Créateur lui ordonna de rester avec les Blancs, et c'est pour cela que nous n'avons pas su l'existence des prêtres jusqu'à ce qu'ils reviennent avec eux de l'Orient. À la cinquante-septième maison, les hommes furent adultes, et on put commencer à abréger les rites. Les jumeaux continuè-rent ainsi à peupler les fleuves jusqu'à la soixante-septième maison, là-bas, vers le Pérou, puis ils revin-rent à la cinquante-sixième, celle d'où les hommes étaient apparus sur terre pour la première fois.

« Vous, les Blancs, disait encore Aynoré, vous entrez dans vos églises et vous parlez de votre foutu Dieu pendant une heure, nous, les Indiens, nous allons dans la jungle, et nous parlons *avec* le nôtre, avec tous les nôtres, durant des jours entiers... »

En accomplissant les rites cérémoniaux, chaque maison eut sa fonction et chacun put enfin habiter le monde comme le tatou remplit sa carapace.

Ainsi parlaient nos ancêtres. Mais le travail du Créa-teur ne dura pas toujours, car il y eut trois grands désastres : deux incendies et un déluge. Et chaque fois, Ngnoaman dut tout recommencer. Après le déluge, il fonda une quatrième humanité, celle dont nous fai-sons partie, et proclama : « Cela me donne trop de tra-vail de tout refaire à chaque fois. À partir de maintenant, je laisserai les hommes en paix, ils sont bien assez grands pour se châtier eux-mêmes... » Et ceci est l'histoire du grand début, la genèse des pre-miers balbutiements.

Moéma ne parvenait plus à réfléchir, tant les cou-leurs illuminaient sa nuit. L'Éden avait réellement existé, quelque part entre les tropiques et l'équateur. « Tu es la femme tourbillonnante des tourbillons, tu es la femme qui gronde, la femme qui sonne, l'araignée, le toucan et l'oiseau-mouche... » Elle ne sut pas si Aynoré disait cela ou le pensait seulement, mais quand ils firent l'amour sur le pont de la jangada, dans les odeurs de saumure et de poisson, leur peau nue criblée de sable, et qu'elle se concentra sur le centre élastique de leurs sexes noués, elle crut saisir tous les mots de cette langue ruisselante, de ce murmure continu qui la réconciliait enfin avec les hommes : « *Nitio oatarara, irara. Mamoaùpe, jandaia, saci peirerê ?* » Nous avons le temps, mangeuse de miel... D'où viens-tu, petit perroquet jaune, lutin de la nuit ?

Au même instant, là-haut, dans le clair-obscur bleuté de la cabane, Thaïs se penchait pour vomir par-dessus son hamac.

FORTALEZA | *Je ne suis pas serpent,
mais je vais, tout envenimé...*

Zé l'avait ramené très tôt à la favela, juste avant de partir pour un nouveau convoyage de trois jours. À sept heures du matin, Nelson était déjà en poste au carrefour des avenues Duque de Caxias et Luciano Carneiro. Indifférent aux effluves nauséabonds des gaz d'échappement – utilisé par une quantité notable de voitures, le carburant à l'alcool de canne laissait au contraire dans ses narines une impression agréable d'après-boire, un peu comme si tous les habitants s'étaient livrés la veille à une formidable beuverie et transpiraient au matin leur *cachaça* par tous les pores –, sourd à la cacophonie des klaxons et des rugissements de moteurs, Nelson mendiait avec l'assurance désinvolte d'un véritable technicien. Vers neuf heures, lorsque le flot des automobilistes allant à leur travail fut remplacé par celui des taxis et des camionnettes, il se rendit sur la *beira-*

mar pour s'occuper des touristes qui commençaient à pointer le nez hors des hôtels. Envers ceux-là, il ressentait un mélange de mépris et de pitié : mépris pour leur arrogance de vacanciers uniquement soucieux de gaspiller leur fric en futiles achats, et pitié pour ces peaux blanches, écorchées vives par le soleil, qui les faisaient ressembler à de grands brûlés un peu ahuris de se retrouver sans leurs bandages. À l'inverse des lépreux dont presque personne ne s'approchait, par répugnance viscérale et crainte de la contagion, ou même des culs-de-jatte et des aveugles moins mobiles qu'il ne l'était, son handicap le servait : il permettait l'assaut des voitures, mais également celui des entrées d'hôtels de luxe, et s'il fallait ruser pour ne pas se faire éconduire par les portiers – certains d'entre eux autorisaient toutefois son manège, moyennant un pourcentage sur ses gains –, il était rare qu'un touriste, surpris au sortir de l'Imperial Othon Palace ou du Colonial, ne chassât pas d'une rapide aumône cette dérangeante faute de goût dans le programme de ses plaisirs.

Il était presque midi, lorsque Nelson décida de prendre le bus pour Aldeota, le quartier chic de la ville. Non qu'il eût quelque chance d'y obtenir un seul cruzeiro – les riches y étaient barricadés dans leurs villas comme dans des forteresses, et les vigiles, souvent plus dangereux que les flics eux-mêmes, y pullulaient –, mais Zé avait fini par lui donner l'adresse du garagiste qui s'était porté acquéreur de la Willis. Il voulait fureter un peu de ce côté-là...

Devant le garage José de Alencar, Nelson observa le va-et-vient d'un employé mollement affairé à lustrer une calandre ; profitant de son inattention, il se glissa sous une des voitures garées à l'intérieur. Concessionnaire de Mercedes Benz, le garagiste s'était spécialisé dans le commerce des voitures anciennes. Nelson remarqua une splendide traction avant dont les chromes astiqués lui parurent aussi beaux que des ostensoirs. Rampant sous les voitures avec une adresse de Sioux, il parvint sans encombre jusqu'à cet abri, et allongé sur le dos, le nez collé au pont arrière, il ferma les yeux pour mieux jouir des odeurs d'huile et de caoutchouc.

Il aurait été incapable de dire combien de temps s'était écoulé lorsque de vigoureux claquements de mains le tirèrent de sa somnolence.

— Holà ! Il y a quelqu'un ? fit une voix au timbre grave et autoritaire.

— *Sim senhor !* J'arrive tout de suite, répondit l'employé.

— *Deputado* Jefferson Vasconscelos... Va chercher ton patron, je veux voir les vieilles voitures.

— Tout de suite, monsieur ! Commencez à regarder, il sera là dans un instant.

Nelson entendit le pas de course de l'employé, puis quelques secondes plus tard, celui du garagiste qui se pressait à la rencontre de son client.

— Floriano Duarte, pour vous servir. Ravi de faire votre connaissance, *senhor deputado*.

— Enchanté, enchanté... fit la voix agacée du député. En deux mots, car je suis très pressé : j'ai promis à mon fils de lui offrir une voiture pour ses dix-huit ans. Il s'est mis dans la tête de vouloir un modèle ancien, au lieu de la Golf que je lui destinais, et je n'arrive pas à le faire changer d'avis...

— Je sais ce que c'est, *senhor deputado*... Il n'y a pas moyen d'aller contre la mode. Les jeunes gens sont tous toqués de ces voitures, et sauf votre respect, je trouve qu'ils ont raison ! Je ne dis pas cela parce que j'en vends, notez-le bien, puisque je vends aussi des Mercedes. Les voitures d'aujourd'hui ressemblent à des suppositoires, si vous me permettez, ou au mieux à des savonnettes : un design de salle de bains, aucune invention, aucune beauté... On dirait que tous les constructeurs se sont donné le mot ! Alors qu'avant, on les habillait comme des carrosses, comme des autels de cathédrale ! Et je ne parle pas seulement des Hispano-Suiza, des Delahaye ou autres Bugatti, notez-le... Regardez les Plymouth, les Hotchkiss, les Chrysler ! On les bichonne, on les expose dans des musées comme des œuvres d'art, alors qu'elles sont encore capables de rouler, et souvent mieux que beaucoup d'autres ! Ce modèle, par exemple... Venez voir, je vous prie.

Les deux paires de pieds se rapprochèrent de la voiture sous laquelle Nelson se trouvait. Il identifia tout de suite le député à la chute parfaitement maîtrisée de l'étoffe sur ses mocassins vernis. En tendant la main, il aurait pu les toucher.

— Traction avant Citroën, 1953 ! Regardez-moi ce petit bijou ! Six cylindres, 15 CV, moteur flottant à chemises humides, 130 kilomètres-heure en 27 secondes ! Qu'est-ce que vous en dites ? Approchez, n'ayez pas peur... Soyez sincère : quel cachet, quelle allure ! Regardez le galbe de ces ailes, de ce parechocs... Vous n'allez pas comparer cette merveille à une Volkswagen ! C'est plus qu'une voiture, c'est un symbole, un art de vivre...

— Je veux bien vous croire, dit le député, dont le nerveux battement de soulier trahissait l'irritation, mais je ne suis pas là pour acheter un symbole, je voudrais seulement une voiture qui roule sans tomber en panne tous les quarts d'heure. Vous me comprenez, n'est-ce pas ?

— Savez-vous comment on appelait ce modèle, *senhor deputado* ? reprit le vendeur, sur un ton offusqué. « La reine de la route » ! Je ne sais pas si vous voyez bien ce que ça veut dire... Les Allemands les avaient toutes réquisitionnées pendant la dernière guerre ; elles en ont fait des kilomètres, et sans broncher, je vous prie de le croire ! Je me permets de vous rappeler que ce sont des moteurs semblables qui ont servi pour la croisière jaune ou la traversée de l'Afrique !

— Mais justement, *senhor*...? Comment dites-vous, déjà ?

— Duarte, Floriano Duarte...

— Mais justement, *senhor* Duarte, justement... Tous ces moteurs en ont fait beaucoup trop. Elle a combien de kilomètres au compteur, votre petite merveille ?

— Zéro ! fit le garagiste avec fierté.

— Comment ça, zéro ? Vous vous fichez de moi ?

— Que non, *senhor deputado*, je ne me le permettrais pas ! J'ai refait le moteur entièrement, à partir d'un lot de pièces d'origine : cette voiture a beau être ancienne, elle est *neuve*, parfaitement neuve, comme à sa sortie d'usine ! Votre fils peut faire l'aller-retour à Belém, si le cœur lui en dit, je vous certifie qu'il n'aura aucun problème ! Sans parler du confort, dit-il en ouvrant la portière, garnitures intérieures en velours, suspension refaite, coffre spacieux... C'est une bonbonnière, *senhor deputado* ! Asseyez-vous, constatez par vous-même !

Réalisant soudain que ses jambes risquaient d'être bloquées si quelqu'un s'asseyait dans la voiture, Nelson se contorsionna de façon à pouvoir s'échapper au dernier moment.

— Je n'ai pas le temps, continua le député. Parlons plutôt des choses qui fâchent : quel est son prix ?

— Celui d'une Golf, *senhor deputado*... La somme exacte que vous désiriez mettre dans l'achat d'une voiture.

— Le prix d'une Golf ? Pour ce tas de ferraille ! Vous me prenez pour qui ?

— Pour quelqu'un qui veut acheter une voiture à son fils, tout en faisant une excellente affaire : cette Citroën, je vous la garantis trois ans, pièces et main-d'œuvre, et je m'engage à vous trouver un acheteur au même prix, si vous décidez un jour de la revendre. Chaque jour qui passe, vous le savez aussi bien que moi, enlève de sa valeur à une voiture neuve.

Pour les modèles anciens de bonne qualité, c'est exactement le contraire. Loin de dilapider votre argent pour un simple caprice, vous feriez un placement, *senhor deputado*, un très bon placement... Et notez bien que je vous fais une faveur avec mes garanties : les vrais collectionneurs n'en exigent pas autant, je peux vous le dire ! Tenez, la semaine dernière, j'ai vendu une Willis 1930 sans même rencontrer l'acheteur. Elle coûtait le double de cette traction ! C'est le colonel José Moreira da Rocha qui a traité avec moi, vous le connaissez certainement...

— Le gouverneur du Maranhão ?

— Lui-même, *senhor deputado*. Vous conviendrez avec moi que sur ce point il n'est pas né de la dernière pluie...

Nelson avait failli crier. Associé à la Willis, ce nom honni entre tous, et si souvent remâché qu'il en était devenu imprononçable, lui fit l'effet d'une décharge électrique. Sur son visage tétanisé, les larmes jaillirent tout à coup par giclées mécaniques, absurdes, inconvenantes. Sa haine enfla jusqu'à englober le monde dans ses volutes d'encre, jusqu'à l'aveugler lui-même de son opacité. L'espace d'une seconde, il se vit poulpe, mollusque tapi dans sa coquille de métal noir, bête informe jetant ses tentacules sur les jambes offertes du garagiste, l'attirant vers ce chaos de rancœur qui le réduirait en bouillie sous la voiture. Ses membres s'agitèrent de soubresauts convulsifs, un peu d'écume affleura aux commissures de ses lèvres. Lorsqu'il fut rendu à lui-même, quelques instants plus tard, il ne se souvint plus que de cela : le nom avait été prononcé, c'était comme un signe de son bon droit, une dernière exhortation au châtiment.

Il n'y avait plus personne autour de la traction, si bien que Nelson put s'extraire sans encombre de sa cachette. Osant un œil par-dessus le capot, il aperçut le garagiste et le député en grande conversation derrière la porte vitrée du bureau. Rassuré, il gagna la partie du garage qui servait d'atelier, fouilla dans une boîte à outils ouverte, près d'une voiture en réparation, et subtilisa une lime d'ajusteur avant de sortir.

Il retrouva sans anicroche la chaleur du trottoir et, sous ses doigts, le contact sécurisant de l'asphalte ramolli.

La rentière peinturlurée qui le croisa en cet instant eut un sursaut de frayeur : elle s'immobilisa devant lui. Le chien minuscule qu'elle tenait en laisse s'était mis à japper, gencives à nu, poil hérissé. D'un brutal coup de poing sur la truffe, Nelson transforma ses aboiements hystériques en une plainte aiguë.

— *Não sou cobra, mas ando todo envenenado !* menaça-t-il en défiant du menton la passante terrorisée.

Tandis qu'elle s'enfuyait, son chien entre les bras, il éclata d'un rire formidable et pissa longuement, là, dans la rue, sous le soleil.

Chapitre XVII

*Comment Kircher dévoile les supercheries
de Blauenstein.*

La belle Mei-li salua son époux en se prosternant à la manière des Chinois, mais sans que l'alchimiste y prêtât quelque attention : à peine entré dans le laboratoire, il s'était mis à froncer les sourcils & à déambuler de pentacle en pentacle, la mine préoccupée. Il passait devant l'autel, lorsqu'une force invisible parut l'empêcher d'aller plus loin, comme s'il percevait que cet endroit avait été le théâtre d'une indignité... Il se tourna lentement vers sa femme & Sinibaldus.

— Si je n'avais une pareille confiance en vous, dit-il avec gravité, je pourrais croire que mes ordres ont été transgressés. Il y a dans cette pièce des effluves maléfiques qui me laissent augurer bien des déboires dans notre entreprise. Êtes-vous certains de n'avoir négligé aucun de mes commandements ? Il serait tragique d'échouer si près du but...

Sinibaldus avait pâli. En proie aux doutes les plus affreux devant les pouvoirs extraordinaires de l'alchimiste, il vacillait sur ses jambes & transpirait abondamment. D'autant que Mei-li, bien loin de conserver le visage impassible qu'elle arborait habituellement, semblait troublée elle aussi au plus haut point & faisait une figure d'excommuniée. Sinibaldus s'efforça de rassurer l'alchimiste, mais il mentait avec si peu d'aplomb, qu'il s'aperçut lui-même des lacunes de sa défense & finit par se taire.

— Je ne vous ferai pas l'injure de contester votre parole, reprit Blauenstein avec un scepticisme marqué, je puis me tromper… Mais tout cela sera vérifié rapidement : un simple geste va m'en donner sur l'heure la preuve manifeste.

Il sortit d'une de ses poches la pierre de Bézoar & s'approcha du fourneau, suivi en cela par sa femme & Sinibaldus. Puis, élevant cet objet au-dessus de l'athanor, il prononça :

— Par Kether, Hokmah, Binah, Hesod, Gevurah, Rahimin, Netsch, Hod, Yesod & Malkuth ! Par les soixante-douze lettres secrètes du nom de Dieu que j'invoque à présent, puisse cet ultime témoignage de la pureté de nos corps & de nos âmes nous offrir l'élixir d'immortalité !

Sur ce, il jeta le Bézoar dans les matières bouillonnantes. Apprêté à dessein, le brouet détona incontinent, faisant jaillir une pluie d'étincelles & une épaisse nuée qui masqua le fourneau aux yeux de tous. Tandis que Sinibaldus, terrorisé, priait Dieu à haute voix & courait aux fenêtres afin d'aérer la pièce, l'alchimiste en profita pour faire jouer à son insu un mécanisme ingénieux.

Lorsqu'il fut à nouveau possible d'y voir convenablement, les trois compères, toussotant, noircis de charbon, se hâtèrent vers le creuset. Blauenstein se recula aussitôt en hurlant d'épouvante… Observant à son tour, Sinibaldus pensa mourir tout debout ; son cœur cessa de battre, ses os se glacèrent d'une froideur mortelle : il y avait une vipère vivante dans l'athanor !…

— Trahison ! Trahison ! hurlait l'alchimiste, le visage déformé par la fureur.

Sinibaldus n'avait pas eu le temps de se ressaisir, que déjà Mei-li se cramponnait aux basques de son époux, implorant le pardon & confessant par le détail toutes les ignominies perpétrées en son absence. Plus mort que vif, complètement dérouté par la malice de ses persécuteurs, Sinibaldus aurait voulu disparaître sous terre : cette femme, qui lui avait juré un éternel amour dans les transports les plus doux, il l'entendait, sans en croire ses oreilles, l'accuser maintenant de tous les maux & travestir la vérité d'une manière éhontée ; il devina qu'il lui serait impossible de se justifier... Cette vilenie le laissait sans voix. Pris d'une faiblesse soudaine, il s'affala dans un fauteuil, terrassé par l'ampleur de son infortune.

— Passe encore de gaspiller tous nos efforts, disait l'alchimiste courroucé, après tout c'est votre argent qui s'en va ainsi en fumée, mais embrocher ma femme, vous livrer avec elle, & contre son gré, aux sorcelleries les plus abjectes ! J'en appelle à l'Inquisition, monsieur, vous verrez qu'on ne plaisante point avec ce genre de forfait ! Justice ! Justice ! Qu'on aille chercher des gens d'armes !

Alertée par ce tumulte & inquiète du sort de son mari, l'épouse de Sinibaldus menait grand bruit derrière la porte. Relevant la tête, Sinibaldus surprit un sourire d'intelligence entre Blauenstein & sa diablesse de Chinoise ; il comprit tout d'un coup combien il avait été leur dupe & qu'aucune de ses prières ne réussirait à émousser leurs griffes :

— Toute ma fortune, monsieur... trouva-t-il la force de murmurer, toute ma fortune si vous vous taisez...

L'effet de ces paroles fut radical.

Sinibaldus se hâta de rassurer sa femme à travers la porte, & revint près de Blauenstein afin de boire son calice d'amertume jusqu'à la lie. Ce fut sous le regard méprisant de celle qu'il avait prise avec tant de naïveté pour Isis elle-même qu'il se plia aux volontés de l'alchimiste. Il avait une semaine pour réaliser la totalité de sa fortune & en remettre le montant à ces gredins ; ce faisant il serait assuré à tout jamais de leur silence. Dans le cas contraire, il pouvait être tout aussi certain de la dénonciation, du scandale &, par conséquent, des flammes du bûcher.

Ce fut le lendemain de ce jour funeste que Sinibaldus revint pour la première fois au collège. Kircher s'étonnait depuis quelques semaines de cette longue disparition, craignant d'avoir été un peu trop abrupt lors de leur dernière entrevue. Aussi le reçut-il avec une joie sincère & un étonnement non dissimulé, car c'était un homme plus vieux de quinze ans, voûté par le malheur & le repentir, qui venait demander la confession...

— Hélas, mon père, disait Sinibaldus lorsqu'ils me retrouvèrent au sortir de la chapelle, ce monstre a si bien tissé sa toile qu'il ne me reste plus qu'à me laisser manger la laine sur le dos.

— Que non, mon ami, il ne faut pas si tôt baisser les bras. Et j'entrevois un moyen, me semble-t-il, qui...

— Oh, mon père ! s'exclama Sinibaldus en lui prenant la main, si ce moyen existe, mettez-le en œuvre ! Je vous obéirai en tout, & ma reconnaissance, soyez-en persuadé...

— Laissez là votre reconnaissance, du moins pour l'instant, & faites ce que je vais vous dicter. Il ne sera pas dit, je l'espère, que l'Église a capitulé devant les créatures du Démon. Vous allez retourner chez vous & convaincre ce maudit alchimiste de venir procéder ici à la fabrication de l'or. Continuez à jouer votre rôle de dupe, endormez ses soupçons éventuels en le priant de vous accorder son indulgence pour l'adultère dont vous vous êtes rendu coupable, caressez-le dans le sens du poil... Dites-lui enfin que j'ai eu vent de ses talents extraordinaires & que je veux en voir la démonstration. Et surtout, n'oubliez ni de lui dépeindre habilement ma crédulité sur ce chapitre, ni de lui faire miroiter les avantages qu'il pourrait recueillir d'un succès auprès de moi. Vous n'êtes pas sans savoir que l'empereur lui-même s'intéresse à l'alchimie, & qu'il me fait la grâce de m'accorder son amitié & ses bienfaits.

Ragaillardi par l'espoir que mon maître était parvenu à ranimer en lui, Sinibaldus s'empressa de mettre les plans de Kircher à exécution. Ces derniers fonctionnèrent au-delà de toute espérance... Ébloui par la conscience de sa supériorité, Blauenstein tomba dans tous les pièges tendus par Athanase, & deux jours ne s'étaient pas écoulés que le tube acoustique nous annonçait sa présence & celle de Sinibaldus au seuil du collège.

Kircher accueillit son hôte avec force démonstrations d'amabilité, tout en le conduisant dans le laboratoire où nous étions maintenant enfermés. Jouant la candeur, mon maître feignit de s'extasier sur les prétendus exploits dont Blauenstein se vantait sans vergogne, quoique sous le masque d'indifférence & de sagesse qui avait si bien abusé Sinibaldus.

— L'or, bien sûr... disait l'alchimiste sur un ton méprisant, voici un mot qui fait courir bien des insensés. Vous avouerais-je que c'est pour moi le métal le plus vil ? Étrange paradoxe, n'est-ce pas ? Mais pour réussir à le fabriquer, il faut d'abord comprendre la vanité de toute richesse en ce monde ; & à l'instant même où l'on connaît le secret de la transmutation, on apprend également son inutilité...

— Certes, monsieur. Je crois cependant que votre connaissance peu commune en matière d'alchimie pourrait éclairer bien des obscurités dans le fonctionnement de la nature, & je connais une personne très digne & de très haut rang – il ne convient pas encore de prononcer son nom – qui serait très heureuse de profiter de vos lumières. Mais pour cela, il faudrait condescendre, uniquement à titre de garantie pour la démarche que j'entreprends ici, en son nom... (Kircher prononça ces trois derniers mots avec assez de gravité pour faire sentir à l'alchimiste le caractère officiel de son mandat), à renouveler devant moi l'expérience dont mon ami Sinibaldus m'a fait part avec tant d'admiration.

— Rien de plus aisé, reprit Blauenstein qui n'était pas fâché d'en venir enfin au but, & loin d'être chagriné par cette requête, c'est avec grand plaisir & tout le respect dû à... cette personne, que je consens à faire état de mon piètre savoir.

— Notre laboratoire est fourni, je crois, de tout ce qui vous est indispensable...

Et comme l'alchimiste se tournait vers l'énorme chaudière de fonte, hérissée de cornues, qui ronflait au centre de la pièce :

— Ce fourneau de mon invention comprend soixante-six creusets individuels, mais comme vous le constatez, ils sont tous occupés à la distillation d'essences médicinales. Prenez donc celui-ci, dont je me sers plus spécifiquement pour mes expériences de chimie. Quant aux ingrédients, ordonnez : mon assistant se fera une joie de vous les aller quérir.

Blauenstein se rengorgea. N'étant jamais aussi à son aise qu'en cette situation, il se mit à activer le fourneau avec majesté, tout en énumérant les produits dont il avait besoin :

— Réalgar, cinq onces ; cinabre, cinq onces ; soufre, une once & demie ; le même de salpêtre & de sel du Turkestan, le double de mercure & d'orpiment...

Athanase & Sinibaldus observèrent l'alchimiste tandis qu'il jetait dans le creuset toutes ces substances au fur & à mesure que je les apportais, après les avoir dûment pesées & préparées selon les directives reçues. Lorsque le mélange fut accompli & commença de bouillonner, Blauenstein ouvrit une petite mallette qu'il avait apportée. Il en sortit une longue cuiller de jade & une fiole de liquide transparent.

— Il y a dans ce flacon le reste d'un élixir que j'ai fabriqué autrefois à la Chine. Sa puissance est telle qu'une seule goutte jetée sur la mixture appropriée provoque aussitôt la transmutation.

— Et cet objet splendide ? demanda mon maître en faisant mine de vouloir examiner la cuiller de jade.

— Il est tout à fait indifférent au processus, reprit l'alchimiste en la donnant de bonne grâce à Kircher, c'est un présent du « Grand Physicien Impérial », feu mon beau-frère. Je ne l'utilise que pour honorer sa mémoire & bénéficier de ses vertus intrinsèques.

— En ce cas, dit Athanase en caressant distraitement la surface du jade, vous ne verrez aucun inconvénient, j'imagine, à utiliser l'une de mes propres cuillers. Tenez, celle-ci a été dessinée par... cette personne dont nous parlions précédemment, je puis vous assurer qu'elle sera flattée en apprenant qu'elle a contribué, si peu soit-il, à l'accomplissement du Grand Œuvre...

Jamais physionomie ne changea avec autant de célérité ; en quelques secondes, plus rien de cette prévenance ni de cette hardiesse qui le caractérisaient ne resta sur le visage de Blauenstein. Sans mot dire, il fixait Kircher avec l'œil méchant & suspicieux d'un rat pris au piège, tandis que mon maître tenait les yeux baissés sur l'instrument qui semblait si essentiel à l'alchimiste...

— Vous m'excuserez auprès de cette personne, finit par dire Blauenstein avec une rouerie maladroite, mais je tiens fort à utiliser cette cuiller. Par... attachement, dirais-je. La transmutation n'est pas une simple affaire de chimie, il y faut également un certain tact, un tour de main où l'habitude qu'on a de certains objets, l'affection qu'on leur porte parfois, jouent un rôle déterminant...

— Il suffit, monsieur ! dit Kircher en levant les yeux lentement sur son interlocuteur.

Toute trace de cette niaise bonhomie affectée jusqu'alors par mon maître avait disparu : c'était un inquisiteur qui se dressait tout à coup devant Blauenstein, un père Monstre à glacer les sangs.

— Les tours de main ne servent qu'aux bonnes femmes ou aux bateleurs de votre espèce ! Encore que les bateleurs n'aient point cette hypocrisie qui est votre vraie nature. Vous êtes un imposteur, un vulgaire coupeur de bourses & si vous avez bien produit de l'or, ce ne fut qu'en le puisant dans l'escarcelle de plus crédules que je ne suis…

— Comment osez-vous ? ! se récria l'alchimiste, dans un ultime sursaut.

— Excrément de séminaire ! Faudra-t-il que je dévoile un à un tous vos artifices ? continua Kircher en le saisissant au collet, faudra-t-il que je dise pourquoi vous tenez tant à cette cuiller ? À genoux, moine défroqué, à genoux ! Les bourreaux de l'Inquisition montrent des attentions toutes particulières pour les canailles de votre sorte !

Et si le sieur Sinibaldus n'était encore convaincu de l'imposture dont il avait été victime, ce qui suivit lui aurait définitivement ouvert les yeux : privé de ressources devant les attaques & les menaces de Kircher, Blauenstein se débonda soudain, avouant les tours inventés par sa maligne fantaisie. Rien n'était plaisant comme de voir trembler cet homme imbu de sa personne & de l'entendre implorer sur tous les tons la miséricorde de mon maître.

Lorsque Athanase l'eut réduit aux dernières extrémités, il fit semblant de céder enfin à la clémence.

— Je ne vous demande pas de promettre quoi que ce soit – qui de sensé pourrait encore ajouter foi en votre parole ? – mais je vous ordonne de quitter cette ville sur-le-champ avec votre prostituée & de n'y revenir jamais de votre vie ! Je vous conjure d'abandonner l'alchimie. L'argent que vous avez si mal acquis, Sinibaldus vous en fait l'aumône pour prix de ses péchés : mettez-le à profit pour amender votre existence en prenant un travail honnête, & sauvez votre âme par un sincère repentir de vos fautes passées. Que j'entende une fois encore parler de vos méfaits, & je vous livre sans balancer à la justice de l'Église !

Blauenstein, on s'en doute, ne se le fit pas répéter. Il jura tout ce qu'on voulut, se répandit en remerciements pitoyables & prit ses jambes à son cou.

Sinibaldus ne croyait pas à sa félicité ; en quelques minutes, Kircher lui avait rendu & son honneur & la plus grande partie de sa fortune. Pleurant d'émotion, les yeux brillants de gratitude, il s'agenouilla sur le sol pour remercier Dieu. Athanase s'approcha de lui, l'admonesta gentiment & lui donna enfin l'absolution.

Quant à moi, je congratulai mon maître pour la façon exemplaire dont il avait démasqué ce dangereux escroc, non sans l'interroger sur quelques points restés obscurs à mon entendement. Comment Blauenstein prétendait-il fabriquer de l'or, s'il n'en avait point été empêché au dernier instant ? Par quel miracle Kircher s'était-il aperçu de l'ancienne profession de l'alchimiste ? Autant de questions auxquelles mon maître répondit en souriant.

— Faire de l'or ? Rien de plus facile avec cet objet.

Il s'approcha d'un fourneau sur lequel de l'eau bouillait dans un récipient de verre. Il y plongea la cuiller de jade & se mit à remuer lentement.

À notre grande stupéfaction, nous vîmes apparaître une pluie de paillettes d'or dans l'eau transparente de la cornue.

— Une manipulation vieille comme le monde, reprit Kircher, mais qui produit toujours son effet. Observez par vous-mêmes, un petit canal a été percé dans le corps de cette cuiller. Il suffisait donc de le remplir à l'avance de poudre d'or & d'obstruer son orifice avec un peu de cire. Le moment venu, la chaleur de n'importe quel mélange fait fondre ce bouchon, libérant au fond du creuset de l'or véritable. Très probablement le vôtre, mon cher Sinibaldus... Quant au fait que notre homme ait été jadis dans les ordres, j'avoue avoir pris quelques risques. Je suis plus grand que Blauenstein, & pendant qu'il parlait, j'avais tout le loisir d'observer le sommet de son crâne. Une curieuse anomalie retint mon attention : ses cheveux étaient beaucoup plus drus sur l'arrière de sa tête, ce qu'une tonsure régulière durant plusieurs années pouvait aisément expliquer. Je me bornai ensuite à lui dresser une chausse-trape au cours de la conversation, en mentionnant ses qualités pour le service religieux. Il ne put s'empêcher d'en laisser paraître quelque trouble, ce qui me confirma dans ma déduction première. Rien que de très enfantin, comme vous le constatez... Mais foin de paroles ! Cet incident m'a creusé l'appétit. Que diriez-vous d'aller conter leur fait à quelques-unes des volailles de notre ami Carlino, à deux pas d'ici ?

Nous acceptâmes avec plaisir, & Sinibaldus tint à faire les frais de ces agapes.

Lorsque ce dernier rentra chez lui, quelques heures plus tard, l'alchimiste & sa femme avaient déguerpi. Le sieur Sinibaldus garda de cette aventure une reconnaissance éternelle pour mon maître, mais il n'en fut pas de même pour Blauenstein. Vaincu & humilié par Kircher, il lui voua une terrible haine, laquelle se manifesta plusieurs années ensuite, comme on le verra ultérieurement.

— Il faudrait obtenir au moins une copie du projet, dit Eléazard, les sourcils froncés, autrement je ne peux rien faire. On n'écrit pas sans preuve, tu comprends, surtout quand il s'agit de dénoncer quelqu'un.

Alfredo secoua la tête tout en remplissant rageusement les verres de *vinho verde*. Il ne voyait pas les choses de la même façon, c'était clair.

— Et sa femme ? Il n'y a pas moyen de la mettre dans le coup ?

— Pas pour l'instant, répondit Loredana. D'après le docteur Euclides, elle en fait une affaire personnelle. C'est son fric, et elle a les moyens d'intervenir.

— Elle ne t'avait pas proposé de prendre des cours d'italien ? reprit Eléazard. C'est tombé à l'eau ?

— Pas du tout, elle doit me rappeler chez toi, un de ces jours. Ce sera l'occasion de la sonder un peu.

— Bon… fit Alfredo, l'air boudeur. Si je résume les choses, on a une base américaine qui s'installe en catimini sur la presqu'île, un salaud de gouverneur qui met à profit cette information pour spéculer tranquillement, et trois cons qui restent les bras croisés en attendant que ça leur tombe dessus.

— Arrête ton cirque, intervint Eléazard. Je te promets que ça ne se passera pas aussi facilement, mais c'est trop tôt pour agir. Si on leur met la puce à l'oreille avant de pouvoir être efficace, ils verrouilleront tout, et ce sera foutu.

— Il a raison, dit Loredana. Fais-nous confiance.

— *Fais-nous confiance…* reprit Alfredo en parodiant le ton lénitif de la jeune femme. Je vous aime beaucoup tous les deux, mais c'est *mon* pays, *ma* région… Alors, je n'ai confiance en personne, et je vous promets que…

Il s'interrompit, distrait par l'apparition des trois clients américains de l'hôtel.

— Je ne les supporte plus ! reprit-il après que le couple et sa fille furent passés près du petit groupe comme si leur table eût été invisible. Ils ne sortent de leur chambre que pour emmerder Socorró ou traîner dans les bars... Faut voir dans quel état ils rentrent, tous les trois.

En arrivant chez Alfredo, le matin, Eléazard avait tenté de parler à la vieille servante : elle refusait de recevoir un salaire qui ne fût pas le fruit de son travail. Tout labeur avait sa part d'ingratitude, Dieu l'avait décidé ainsi. Elle préférait encore les bassesses de l'éventail à celles de la mendicité... Elle ne l'en remerciait pas moins de s'intéresser à son sort, mais le priait gentiment de s'occuper de ses oignons.

— Ce pauvre Alfredo, dit Eléazard lorsqu'il se retrouva chez lui en compagnie de Loredana, il prend cette histoire très au sérieux.

— Toi non, peut-être ? fit Loredana avec un soupçon d'agressivité.

— Si, bien sûr... convint-il aussitôt. Mais je ne vois vraiment pas ce qu'on pourrait faire pour le moment. Et même après, si tu réfléchis bien. Malgré nos conseils, Alfredo va informer ses amis du PC do Brazil, leur feuille de chou publiera un modèle d'accusation à la Zola, et puis quoi ? Moreira rigolera un bon coup et s'arrangera pour les réduire au silence. Et je te prie de croire qu'il leur fera payer cette belle indignation... Quant à moi, disons que la chère Carlotta se transforme soudain en martyre de la révolution – ce dont tu me permettras de douter – et qu'elle m'apporte les éléments nécessaires pour écrire un article. Est-ce que tu crois que ça pèsera un instant dans la balance ? Des millions de dollars et le Pentagone contre un certain Eléazard von Wogau, fiché en Allemagne comme sympathisant de tout ce qu'on a fait de pire en matière de groupuscules il y a une vingtaine d'années... Non, mais tu vois le tableau ?

La jeune femme le regarda droit dans les yeux, l'air de s'interroger sur ses capacités à entendre ce qu'elle allait dire :

— Il faut battre l'herbe pour réveiller le serpent... Quand tu seras redevenu un peu moins pessimiste, je te toucherai un mot des *Trente-six Stratagèmes*. D'accord ?

Ce fut au tour d'Eléazard de la jauger bizarrement.

— Pourquoi pas, dit-il sur un ton qui exprimait son peu d'intérêt pour la chose.

— Tu ressembles à ton perroquet lorsque tu fais cette tête-là, dit-elle en allumant l'ordinateur. Tu sais ce qu'on dit chez moi ? *Chi non s'avventura non ha ventura !* Allez, je te laisse « travailler »...

C'est vraiment une drôle de fille, songea-t-il, lorsque Loredana fut partie rejoindre Soledade dans sa chambre. Son anticonformisme, ce mélange continuel de tendresse et de lucidité sans faille, le séduisaient – il se l'avoua sans ménagement – au point d'estomper l'image d'Elaine sur le maître-autel où il s'efforçait de la maintenir. Il n'était pas encore revenu de son attitude lors de la soirée chez le gouverneur. Cette façon d'intriguer dans le seul but de parvenir à le gifler ! Du grand art, mais qui laissait perplexe ; à voir les autres se faire manipuler si adroitement, on ne pouvait s'empêcher de se sentir soi-même en danger. N'agissait-elle pas avec lui de la même façon ? Même Euclides était sous le charme. Cela dit, elle avait dévisagé les Américains de l'hôtel avec une malveillance qui lui faisait encore froid dans le dos. S'il y avait une seule chose dont Eléazard fût certain à son propos, c'est qu'elle était capable de tout.

Loredana frappa à la porte de Soledade. Elle entra sans attendre de réponse. Vautrée sur son lit défait, une boîte de gâteaux éventrée à côté d'elle, la jeune métisse regardait un match de football à la télé.

— Brésil-URSS, dit-elle sans quitter l'écran des yeux une seule seconde. Un à un, c'est presque la fin… Viens vite t'asseoir !

Loredana s'arrêta dans son impulsion : de grandes lettres humides étaient encore lisibles sur les murs blancs. Tournant sur elle-même, elle lut une seule phrase répétée tout autour de la pièce jusqu'à la bombe d'insecticide abandonnée sur la coiffeuse : *Eléazard, te quero…*

— Alors c'est ça, dit-elle en souriant, tu es amoureuse de lui !

Soledade leva la tête, ouvrit des yeux en billes de loto. À la vue du message qu'elle croyait effacé, elle loucha comiquement, puis se recouvrit le visage avec un pan de drap pour échapper au regard de l'Italienne.

Loredana vint s'asseoir auprès d'elle.

— Ne sois pas bête, la gronda-t-elle avec gentillesse, je ne dirai rien. Ce ne sont pas mes affaires.

Elle réussit à entrouvrir le drap derrière lequel Soledade se cramponnait.

— Tu ne diras rien, promis ?

— Promis, juré ! confirma Loredana en la prenant dans ses bras. Mais dis-moi, vous avez déjà couché ensemble ?

— Non, répondit-elle, visiblement gênée par une question aussi abrupte. Enfin, presque… Une fois seulement, il m'a emmenée dans son lit, mais il était tellement soûl qu'il s'est endormi sans me toucher. Je suis sûre qu'il ne s'en souvient même pas, ajouta-t-elle avec un certain dépit. Tu n'es pas jalouse, hein ?

— Bien sûr que je le suis, dit Loredana en plaisantant, moi il n'a même jamais essayé de m'embrasser.

— Pourtant, c'est toi qu'il aime… Je le connais bien, je vois comment il te regarde.

— Je sais... dit Loredana. Son regard s'était fixé dans le vide : Je l'aime bien, moi aussi. Mais tu n'as pas à t'en faire, il n'y aura jamais rien entre nous.

— Pourquoi ça ?

— Parce que... Un secret pour un secret, n'est-ce pas ? Tu ne diras rien non plus, d'accord ?

Le commentateur télé accéléra soudain son débit, collant à l'action qui se précipitait : *Coup franc dangereux, à trente-cinq mètres du but adverse... Serginho se prépare, et... c'est Falcão qui le tire ! La balle est déviée par le mur, tête de Junior... Sur la barre ! Mais ce n'est pas fini, Eder s'est emparé du ballon. Un joli dribble, petit pont, et passe pour Zico...*

— Regarde, vite ! dit Soledade. Ils vont marquer !

Au même moment, le journaliste laissa fuser un hurlement de loup qui ne cessa qu'avec la mise en orbite du joueur glorifié : *Goa a a a a a a a a al ! Ziiiiico ! Viva Brazil, meu Deus ! Dois a um !*

Fascinée par les ralentis qui se succédaient sur l'écran, hurlant et battant des mains, Soledade laissait libre cours à son allégresse.

Une reprise magnifique, disait la voix enrouée du commentateur, *un but d'anthologie qui restera d'autant mieux dans les mémoires qu'il a été marqué dans les dernières secondes d'arrêt de jeu... L'arbitre regarde sa montre... Ce n'est pas possible, le jeu continue ! Corner pour l'URSS... Tous les joueurs sont montés pour cette dernière chance d'égaliser... Et... C'est fini ! L'arbitre siffle la fin du match, à la quatre-vingt-dix-neuvième minute ! Deux à un, buts de Socrates et Zico, pour l'équipe du Brésil qui se trouve donc qualifiée pour le second tour de la Coupe du monde. Viva Brazil !*

— Braziou u u u u u ! répéta Soledade, épanouie. On va la gagner, cette coupe, on va la gagner !

— Je vais mourir, dit Loredana.

Et son intonation aurait pu servir aussi bien à déplorer l'imminence de la pluie que le défaut de sucre dans le placard de la cuisine.

Durant les quelques minutes où elle s'était trouvée seule avec ces mots terribles, arrêtée dans son aveu par l'innocente passion de Soledade, le souvenir d'une semblable parenthèse l'avait ramenée loin en arrière, à l'époque de ses douze ans. C'était la veille de sa communion solennelle, le soir tombait sur les amandiers en fleur. Elle allait à confesse chez le curé de son village.

Le teint cadavérique du père Montefiascone, sa façon de pleurnicher en présentant ses diapositives – de pisseuses images privées de vie et de sourire –, l'avaient dégoûtée de la religion dès le premier jour de catéchisme. Depuis plusieurs semaines, et sans penser à mal ni se sentir coupable le moins du monde, Loredana remplaçait les deux heures hebdomadaires de cette méchante comédie par des rêveries délicieuses dans la campagne environnante. L'idée même de devoir « faire sa communion » lui semblait ridicule. Sa mère attachait tant d'importance à cet étrange événement qu'elle en avait accepté le caractère inéluctable : c'était quelque chose que tout le monde faisait, une contrainte à laquelle on devait se plier sans trop comprendre à quoi elle pouvait bien servir, un peu comme de s'habiller le dimanche ou de parler bas dans les églises. Cette communion... Cela faisait des jours et des jours qu'on lui en rebattait les oreilles ! Les cousins, les tantes et les oncles qui feraient le déplacement, le cierge qu'il faudrait tenir bien droit pour ne pas risquer de se brûler avec la cire, tous ces kilos de pâtes et de gnocchis à préparer pour le grand repas de famille qui suivrait la cérémonie, la fameuse *torta a più piani* commandée chez le pâtissier – un énorme gâteau à plusieurs étages que Loredana imaginait un peu penché, comme la tour de Pise – et dont on ne cessait de se faire confirmer l'heure de livraison, tellement le sort de la terre semblait lié à cette mystérieuse exactitude. Et cette après-midi-là, pendant qu'elle essayait une nouvelle fois l'aube immaculée qu'elle porterait le lendemain – celle de la grosse cousine Ariana, d'où les retouches incessantes – sa mère lui avait demandé comment s'était passée la confession. Quelle confession ? s'était étonnée Loredana ingénument... Comment ? Elle ne s'était pas confessée ? avait hurlé sa mère en manquant d'avaler toutes ses épingles. Et le rideau s'était levé sur le plus grotesque des mélodrames. La malheureuse ! Comment voulait-elle faire sa communion si elle ne s'était pas confessée ? Elle allait bien au catéchisme, n'est-ce pas ? *Madre de Dio !* Gifle cinglante, pleurs, hurlements... Giuseppe ! Cette petite... cette petite dévergondée a manqué tous les cours de catéchisme ! Mais si, c'est grave, mécréant ! Communiste ! Et combien de fois t'ai-je dit de ne pas fumer dans la chambre ? ! Et la famille qui arrivait ! Et la pièce montée qui avait coûté une fortune ! Il ne lui restait plus, en somme, qu'à mourir de honte.

Joint par téléphone, le curé en avait rajouté : Loredana Rizzuto ? Navré, il ne connaissait pas d'enfant de ce nom-là... Quoique... Peut-être voulait-on parler de cette effrontée qui bifurquait toujours vers les collines avant d'arriver à l'église ? C'était triste à dire, et cela causerait certainement beaucoup de tracas à ses parents, mais il lui serait impossible, bien entendu, de faire sa communion le lendemain. Il ne fallait même pas y songer, offrir le corps du Christ à cette enfant serait un péché mortel, il le rappelait à sa mère avec insistance... Le bon père Montefiascone ! Il s'était fait prier longtemps avant de consentir à ramener dans son troupeau cette pauvre brebis égarée. On pouvait peut-être reconsidérer la question, mais il fallait qu'elle vienne se confesser sur-le-champ. Non, pas à l'église, chez lui, de l'autre côté de la rue. C'était exceptionnel, il espérait que madame Rizzuto s'en rendait bien compte, il n'agissait ainsi que par pure miséricorde... Le Seigneur n'était pas à vendre, madame Rizzuto, mais les pauvres de la paroisse la remerciaient par sa voix de cette obole inattendue...

Loredana marchait vers son destin, trois pas en avant, un en arrière, ne jamais poser le pied sur l'abîme qu'entrouvrent les pavés, sauter sans élan les plaques d'égout, comme si le village s'était transformé en un gigantesque jeu de marelle. Plus elle se rapprochait, plus l'épineuse question des péchés devenait primordiale ; ne s'étant jamais confessée, elle savait seulement par ouï-dire qu'il fallait avouer « ses fautes », les plus horribles de préférence, et en obtenir le pardon moyennant un nombre variable de prières. Elle avait beau se creuser la cervelle, rien de recevable ne lui venait à l'esprit. Des vétilles comme « j'ai désobéi à mes parents » ou « j'ai manqué le catéchisme » lui paraissant falotes et indignes de la confession, elle s'épuisait à décliner des verbes dont elle connaissait la réputation sulfureuse sans posséder pour autant une idée claire des crimes qu'ils recouvraient : baiser, coucher, violer, toucher, se toucher...

La nuit tombait lorsqu'elle sonna enfin à la porte du curé. Une vieille femme vint lui ouvrir en grommelant sur l'heure tardive et la poussa dans l'escalier menant à l'étage. Loredana se souvenait des estampes en couleur illustrant toutes les stations du chemin de croix et du bruit de mitraille qui l'accompagnèrent pendant qu'elle gravissait les marches. Guidée par les coups de feu, elle trouva le père Montefiascone assis devant un grand téléviseur à boutons dorés et à revêtement de formica où Davy Crockett, alias John Wayne, organisait la défense d'un fort assiégé. Soutane, napperons, gravures de saint

Ignace et de la Vierge Marie... comme intoxiquée par le téléviseur, la réalité elle-même se projetait autour d'elle en noir et blanc. Ennuyé d'être dérangé durant son film, le père Montefiascone la salua à peine. Sans même se lever, il fit agenouiller la petite fille sur le tapis, face à la télé, juste à côté de son fauteuil, et lui demanda de réciter son *confiteor*. Loredana dut avouer qu'elle ne le savait pas, puis essuyer les foudres du vieil homme avant de répéter les mots qu'il lui souffla de mauvaise grâce.

Sur l'écran, la bataille finale s'est engagée, Davy Crockett commence à reculer sous le nombre des assaillants, ses compagnons tombent les uns après les autres autour de lui. Dans le fort en flammes, la dernière barricade cède sous les charges de cavalerie. « Adelante ! » Baïonnette au canon, une masse de hussards croisés de blanc s'avance à petits pas, hérisse l'écran. – Ça veut dire ce que je crois ? hoquette un homme qui s'affaisse contre un blessé à toque de fourrure. – C'est ça... répond l'autre en regardant droit dans les yeux le soldat qui s'apprête à les achever. Quittant le rempart où il servait le dernier canon, Davy Crockett se met à courir vers la poudrière, sa torche à la main. Avant d'entrer, il se retourne, et une baïonnette profite de ce mouvement pour le clouer sur la porte. Il se dégage, titube un court instant... Malgré son hurlement, on pourrait croire encore au miracle, mais dans son dos il y a une grande tache sombre, identique à celle qui entoure la lame sur le bois, juste à l'endroit où il se trouvait. Dans un dernier effort, on le voit jeter sa torche sur les tonneaux de poudre et disparaître dans le magasin... Tout saute, mais on sent bien que John Wayne est mort pour rien.

Sans être à même d'en apprécier le ridicule, Loredana avait perçu l'absurdité de la situation : tout cela ressemblait à un cauchemar, de ceux qui suivent les repas trop copieux ou les mauvais carnets de notes.

Sournoise, hostile, la voix du père Montefiascone se délayait dans le tumulte de la bataille.

Jim Bowie, la jambe raide sur son lit, dans la chapelle en ruine qui abrite les blessés. Veillant sur lui, son vieil esclave noir, affranchi avant l'assaut, et dont le premier geste d'homme libre a été d'affronter la mort pour défendre sa liberté. Coulée de Mexicains : les deux hommes déchargent leurs armes, fusil, tromblon et pistolets. Les baïonnettes s'approchent de Jim Bowie, elles vont le transpercer... Non ! Le vieil esclave s'est jeté sur son maître, les lames s'enfoncent dans cet ultime bouclier. Corps sur corps... Le poignard ! Tout empêtré qu'il est de ce cadavre, Bowie trouve le moyen d'égorger encore un assaillant. Gros plan sur son visage : les baïonnettes se plantent de part et d'autre dans le pisé. On voit celles qui manquent le héros, mais on entend celles qui le tuent : cri de cochon saigné, borborygme, spasme de vomissement, bouche ouverte... La mort nue, dans sa laideur dévoilée.

Le monde ne tournait pas rond, il était gris, injuste, malodorant... Une vaste conspiration travaillant depuis toujours à la mort de Davy Crockett et de ses fidèles... Le moment venu, Loredana s'entendit confesser quelques fautes vénielles, puis d'une voix blanche, dans un silence où claquaient seuls des drapeaux, qu'elle avait couché avec son père.

Toute l'armée mexicaine au garde-à-vous pour saluer les deux survivantes du massacre. Une mère et sa petite fille montée sur une mule, comme Marie sur le chemin de Bethléem. Elles s'en vont, défaites, pâles figures du malheur et du reproche, pendant que de stupides trompettes sonnent en leur honneur. Lorsqu'elles passent devant le général Santana – malgré son bicorne, c'est le portrait craché du père Montefiascone ! –, la mère ne peut s'empêcher de le défier du regard. La petite fille est plus forte, elle l'ignore, lui et son univers. Elle est plus loin que la haine ou le mépris. Mûre pour les Brigades rouges...

Avec ton père ! s'était écrié l'homme en soutane, tournant la tête vers elle pour la première fois. Oui, avec mon père. Ne pas flancher, surtout, résister avec grandeur et dignité à l'interrogatoire, quitte à mourir comme John Wayne et Richard Widmark. Oui, dans son lit... La fameuse nuit où la foudre était tombée sur la maison du garde champêtre. Oui, il y avait aussi ma mère... Tu es trop grande pour dormir dans le lit de tes parents, avait dit le père Montefiascone, rassuré par cette extension volontaire du péché. *Dominus, abracadabrum sanctus, te absolvo,* c'était fini. Il était permis de « coucher » avec son père, et même avec sa mère pour ce que cela prêtait à conséquence : trois *Ave Maria,* et vogue la galère, on repartait lavé des pires atrocités, sans un regard pour les cadavres de Davy Crockett et de Jim Bowie.

Que l'homme était un être sans abri, livré à l'injustice, à la souffrance et à la pourriture, Loredana l'avait appris ce soir-là. Pour être morte une première fois à Alamo, jamais ensuite elle n'avait vu un religieux ou un militaire sans lui cracher intérieurement à la figure.

— On va *tous* mourir... répondit Soledade en éteignant le téléviseur.

Malgré sa volonté de ne pas transiger avec l'émotion, cette apparente froideur avait blessé la jeune femme. Quelque chose dans son attitude en informa sans doute Soledade, car ce fut avec douceur qu'elle continua : la question n'était pas de savoir quand ni comment nous allions mourir, mais de vivre avec assez d'intensité pour n'avoir rien à regretter le moment venu. Elle ne disait pas cela par manque de compassion. Si Loredana parlait sérieusement, que faisait-elle au Brésil, loin de sa famille ou de ses proches ?

Depuis leur première rencontre, et cette fois où elles avaient lié amitié en parlant de tout et de rien dans la cuisine, Loredana appréciait la jeune fille pour son absence totale de romantisme, travers dont elle-même devait se méfier en permanence. Qu'elle écrivît son amour sur les murs ne tenait pas à une complaisance quelconque dans la déréliction, mais relevait plutôt de l'envoûtement, de cette survivance africaine qui lui faisait manger des poignées de terre lorsqu'elle était triste ou tourner contre le mur le petit singe en rut brut qu'Eléazard avait posé en évidence sur une des étagères du séjour.

— Je ne sais plus… finit-elle par avouer, la gorge étranglée par une irrépressible envie de pleurer. J'ai peur de mourir.

Soledade la prit dans ses bras.

— Je sais ce qu'il te faut, dit-elle en lui caressant les cheveux. On va aller voir Mariazinha… C'est une « mère de saint », il n'y a qu'elle qui puisse t'aider. Et, sur le ton de la confidence : Je l'ai vue faire crever un citronnier, rien qu'en le regardant !

SÃO LUÍS | *Une question de mécanique bancaire, tout simplement…*

Depuis des mois, Carlotta ne l'accueillait plus qu'en robe de chambre et dans un état d'ébriété qui accentuait la négligence de sa tenue, aussi le colonel fut-il agréablement surpris, ce soir-là, en apercevant sa femme vêtue d'un tailleur Chanel, avec bijoux et maquillage. Il eut, un instant, l'espoir d'un renouveau. Quand elle refusa sèchement de boire un verre en sa compagnie et l'informa qu'ils avaient à parler, il se mit aussitôt sur ses gardes.

— Je suis tombée là-dessus, l'autre jour… dit-elle en jetant un dossier sur la table basse du salon. J'attends tes explications.

Reconnaissant la couverture luisante du plan de financement, Moreira s'attacha une seconde aux taches brunes qui déparaient les mains de Carlotta, détaillant ces rousseurs qu'on ne pouvait plus attribuer à l'abus de soleil, et il se prépara au pire.

Deux heures plus tard, il se réfugiait dans son bureau, à l'étage, la bouche sèche d'avoir en vain plaidé sa cause ; il se versa un whisky et gratta longuement la petite croûte qui le gênait dans un sourcil. Il n'avait pas imaginé un seul instant que le « pire » ait pu atteindre de pareilles proportions ! Que sa femme lui fît une scène pour avoir utilisé sa fortune sans son aval, c'était de l'ordre du prévisible. Qu'elle eût pris la mouche au point de vouloir annuler les achats de terrains faits en son nom, c'est ce qu'il n'aurait jamais pu imaginer. Aigrefin, truand, promoteur sans scrupule... il avait eu droit à toute la panoplie des insultes et des accusations. Alors même qu'elle menaçait de porter plainte pour abus de pouvoir, jamais elle ne s'était départie de ce calme impressionnant où il retrouvait la Carlotta des jours anciens, celle qu'il continuait à aimer malgré l'enfer domestique qu'elle lui infligeait depuis l'histoire de la photo. Une fille qu'il n'avait même pas baisée ! C'était d'un comique.

Il alluma un cigare. À force de flatter ses favoris, il trouva une nouvelle granulation à titiller. Il n'était pas encore persuadé que sa femme ne revînt à la raison après une nuit de sommeil ; elle pouvait tout aussi bien persister dans son entêtement. De toute façon, il fallait prendre des mesures et se prémunir une bonne fois contre le danger de pareils états d'âme. La propriété de ces terrains constituait la base même de son entreprise : sans eux, pas de spéculation possible, pas de *resort*, tout le montage tombait à l'eau... L'expédient le plus simple consistait à les racheter. Sauf à hypothéquer une seconde fois la totalité de ses propres biens, il ne voyait pas comment se procurer l'argent nécessaire.

Moreira ouvrit le petit coffre-fort que dissimulait, pour la forme et par souci d'esthétique, un bois gravé de Abrão Batista. Il en sortit une pile de dossiers bancaires et se plongea dans les chiffres. Durant de longues minutes, on entendit seulement le bruit de feuilles tournées avec nervosité. Puis un meuble craqua, le gouverneur se recula sur son fauteuil avec un sourire satisfait. Les solutions les plus évidentes n'apparaissaient jamais sur-le-champ, noyées qu'elles étaient sous le flot de l'accessoire. Il relut le fax contenant la clef du problème : *Monsieur, suite à notre entretien du, etc. nous vous confirmons que le montant de 200 000 USD concernant le préfinancement de votre projet a été validé.*

Nous vous rappelons que ce prêt sera débloqué sur votre compte à réception des différentes situations de travaux..., etc., etc.

Les Japonais avaient lâché hier une première tranche de leur engagement. Cette somme était destinée à couvrir les frais de mise en place du projet, de façon à commencer la construction le plus vite possible, une fois que le gouvernement brésilien aurait donné son feu vert. Il suffisait d'y puiser, sous un artifice quelconque, pour rembourser Carlotta. Grâce à sa procuration, il n'aurait même pas besoin de lui demander son avis, les titres de propriété changeraient de nom sans aucune difficulté. La plus-value réalisée sur la vente des terrains destinés à l'armée américaine permettrait ensuite de combler ce prélèvement. Ses bénéfices propres en seraient un peu écornés, cela ne tirait pas à conséquence.

Une fois établi le principe de ce transfert, la réalisation n'était plus qu'une question de mécanique bancaire et de paperasses...

Le colonel prit son téléphone et composa le numéro personnel de son avocat.

— Gouverneur ? fit une voix ensommeillée à l'autre bout du fil. Mais quelle heure est-il ?

— Qu'est-ce que ça peut faire ? dit Moreira en regardant sa montre. Deux heures du matin. L'heure de te réveiller et d'ouvrir grand tes oreilles.

— Deux secondes, je change de téléphone... Allô, oui ?

— Écoute bien : il faut que tu sois chez Costa à l'ouverture des bureaux. Tu fais comme tu veux, mais tu ne repars pas de chez lui sans une situation de travaux équivalente à 100 000 dollars. Dis-lui de facturer le défrichage, ou je ne sais quoi. C'est lui le maître d'œuvre, qu'il se débrouille pour que ça fasse naturel...

— Il y a un problème ?

— Rien de grave, je t'expliquerai. Dès que tu as le papier, tu passes à la Sugiyama pour faire créditer mon compte de cette somme et tu rappliques au palais avec le notaire et les titres de propriété. Tous les terrains doivent être à mon nom dès demain matin. On régularisera plus tard l'opération.

— À votre nom, vraiment ?

— Réveille-toi, bon Dieu ! C'est une façon de parler... Fais en sorte de brouiller un peu les pistes, comme d'habitude. Ça ne sert pas à grand-chose, mais politiquement, il ne faut pas que j'apparaisse dans cette transaction. OK ?

— Je m'en occupe...

— Allez, rendors-toi. On se voit demain.

Chapitre XVIII

Où est inaugurée la fontaine Pamphile,
& de l'aimable entretien qu'Athanase eut
avec Le Bernin à ce propos.

L'année 1650, qui débuta sur ces entrefaites, vit donc la gloire de Kircher augmenter un peu plus, car il publia coup sur coup deux livres fondamentaux : le *Musurgia Universalis* ; & l'*Obeliscus Pamphilius*. Le sous-titre du *Musurgia* résumait à lui seul l'importance & la nouveauté de cet ouvrage : *Grand art de la consonance & de la dissonance, en dix livres dans lesquels sont traitées l'entière doctrine & philosophie du son & la théorie aussi bien que la pratique de la musique sous toutes ses formes ; y sont expliqués les admirables pouvoirs de la consonance & de la dissonance dans l'univers tout entier, avec de nombreux & d'étranges exemples, lesquels sont appliqués à des usages pratiques & divers pour presque toutes les situations, mais plus particulièrement en philologie, mathématiques, physique, mécanique, médecine, politique, métaphysique & théologie…* Trois cents frères de nos missions, qui avaient fait le voyage pour participer à l'élection du nouveau Général de la Compagnie, repartirent avec un exemplaire chacun de ce livre, très assurés qu'il leur serait fort utile dans les pays barbares où ils se rendaient.

Quant à *L'Obélisque Pamphile*, outre quantité d'explications sur le symbolisme égyptien, il donnait pour la première fois la traduction fidèle & complète d'un texte écrit en hiéroglyphes ! Quelque temps après la parution de ces livres, des lettres de félicitations venues de toutes les parties du globe commencèrent d'affluer.

Un événement inattendu vint mettre le comble à cette agitation : le sénateur romain Alfonso Donnino, qui venait de rendre l'âme, léguait à la Compagnie de Jésus, & à Kircher en particulier, la totalité de son cabinet de curiosités ! Cette collection, parmi les plus belles de son époque, comprenait des statues, des masques, des idoles, des tableaux, des armes, des tables de marbre ou d'autres matières précieuses, des vases de verre & de cristal, des instruments musicaux, des plats peints, & d'innombrables fragments de pierre de l'Antiquité... Il fallut donc procéder à des aménagements au second étage du collège, afin d'agrandir la surface du musée & d'être en mesure d'accueillir cette abondante succession.

Au printemps 1650, la fontaine des Quatre-Fleuves fut inaugurée par la famille Pamphile. Les plus grands noms de Rome se retrouvèrent sur le Forum Agonale, en compagnie de Kircher & du Bernin, les seuls artisans de cette œuvre magnifique. Après un long discours sur les vertus de son prédécesseur, Alexandre VII, le nouveau souverain pontife, sanctifia la fontaine en grande pompe ; on ouvrit les vannes, & l'eau pure de l'Acqua Felice coula enfin dans le vaste bassin destiné à l'accueillir.

— Cette fontaine est absolument digne d'éloges, dit le pape en s'approchant du petit groupe que nous formions, Kircher, Le Bernin & moi-même, & je salue en vous des hommes qui méritent d'être honorés par notre siècle autant que Michel-Ange & Marsile Ficin le furent à leur époque.

Le Bernin se rengorgea imperceptiblement, mon maître ayant mis l'accent, par humilité, sur la modestie de sa participation.

— Est-il vrai, comme on le dit, reprit le pape en s'adressant au Bernin, que ce rocher percé, ce lion & ce cheval vous ont demandé seulement quelques semaines de travail ?

— Quelques mois, Votre Sainteté... rectifia Le Bernin, piqué par l'insinuation. Le reste de l'ouvrage ne présentait aucune difficulté majeure & m'aurait pris plus de temps que je n'en disposais.

— Je sais, je sais... continua le pape d'une voix doucereuse & en regardant ostensiblement la statue du Nil, mais nul ne saurait affirmer que cette fontaine eût été aussi majestueuse si vous l'aviez sculptée tout entière de vos propres mains...

Il ne faisait de mystère pour personne que Le Bernin n'avait effectivement travaillé qu'aux trois figures citées par le pape, & qu'il s'était contenté de surveiller les meilleurs élèves de son atelier pour les autres parties de la fontaine. Moins par décision, d'ailleurs, que pour obéir aux délais impartis par le défunt Innocent X. Mais si l'ironie du souverain pontife n'était destinée qu'à vexer Le Bernin dans sa trop évidente vanité, elle ne laissa point de me paraître fort injuste. Voyant le sculpteur rouler des yeux de dogue, & connaissant sa nature impulsive, Kircher vint à son secours.

— Sans doute, il arrive parfois que les élèves surpassent leur maître : *Tristo è quel discépolo che non avanza il suo maestro*[1], n'est-ce pas ? Cela est rare, néanmoins, & en ce cas, c'est encore à celui dont ils ont tout appris que le mérite doit revenir.

— Mais, dites-moi, révérend, demanda le pape sans paraître avoir remarqué l'intervention de Kircher, n'y a-t-il pas antinomie à placer cette idole de

---

1. *Triste est le disciple qui ne surpasse point son maître.*

pierre au centre d'un monument dédié à notre religion ? Je n'ai pas eu encore le loisir de feuilleter
votre ouvrage, que l'on dit captivant, & je serais
curieux de savoir par quelle magie vous parvenez à
justifier l'injustifiable...

Athanase jeta vers moi un furtif regard où je pus
lire toute sa surprise : voici que le pape s'en prenait à
lui pour avoir soutenu Le Bernin contre son ironie !
Ce dernier adressa d'ailleurs à mon maître une petite
moue complice, comme pour se faire pardonner de
l'avoir mis en de si mauvais draps.

— Point n'est besoin de magie, répondit Kircher,
pour expliquer la présence de cet obélisque au cœur
même de la Ville éternelle. Votre prédécesseur, feu le
pape Innocent X, ne s'y était d'ailleurs pas trompé,
puisqu'il avait souhaité que son nom & celui de ses
ancêtres fussent à jamais associés à cet ouvrage.
Quoique engendré par un des peuples les plus
anciens, mais le plus digne aussi de se mesurer au
nôtre, cet obélisque n'en reste pas moins un symbole
païen : c'est pour cette raison que la colombe de
l'Esprit Saint le surmonte, indiquant la souveraineté
de notre religion sur le paganisme. Ainsi, la lumière
divine, victorieuse de toutes les idolâtries & descendant des cieux éternels, répand ses bienfaits sur les
quatre continents terrestres représentés par le Nil, le
Gange, le Danube & le Río de la Plata, ces quatre
fleuves magnifiques dont l'Afrique, les Indes,
l'Europe & les Amériques tirent leur subsistance. Le
Nil est masqué, car nul ne connaît encore l'emplacement de ses sources, quant aux autres, ils sont représentés chacun avec les emblèmes correspondant à
leur nature.

— Très intéressant... reprit Alexandre VII, en
somme, c'est selon vous un monument à la propagation de la foi que nous devons à la générosité d'Innocent X & à votre génie... Je ne voyais pas les choses

sous cet angle. Surtout après cette querelle que vous ont faite, il y a peu, les Franciscains...

— J'y insiste, continua Kircher sans accuser le coup, cette fontaine est un emblème de pierre à la gloire de l'Église & de tous les missionnaires qui servent la sainte cause, mais elle est aussi plus que cela, & si je puis me permettre...

— Cela suffira pour aujourd'hui, mon révérend. D'autres occupations m'appellent, & c'est avec plaisir que j'écouterai vos... « contes » une autre fois.

Ce fut la première & la dernière fois que je vis mon maître s'empourprer... Je tremblai qu'il n'adressât au pape l'une de ces pointes dont il avait le secret, mais il se contint & s'inclina avec humilité pour baiser l'anneau qu'Alexandre lui tendait. « *Tamen amabit semper*[1] », dit-il entre ses dents, comme le lui commandaient les règles de notre compagnie. Nous saluâmes pareillement, Le Bernin & moi-même, puis le pape nous tourna le dos sans plus de cérémonie.

Dès qu'il put le faire sans danger d'être remarqué, Le Bernin éclata d'un rire franc & communicatif.

— Voilà ce qu'il en coûte de prendre le parti d'un tailleur de pierre ! dit-il en prenant Kircher par l'épaule. Bienvenu dans la confrérie des histrions, père Athanase, puisque aussi bien vous voici promu au rang des raconteurs de fables...

— Comment peut-il ? ! s'exclama Kircher, toujours aussi sombre. Des années de travail pour aboutir au déchiffrement des hiéroglyphes, cette clef cherchée par tous les hommes depuis des siècles & qui nous offre d'un seul coup la totalité de la science & de la philosophie antiques ! Tout cela balayé d'un revers de main, comme une mouche importune ! De quoi Dieu me punit-il ainsi ? Ai-je donc trop d'orgueil encore ?

---

1. *Et cependant, il aimera toujours...*

— Mais non, reprit Le Bernin sur un ton consolateur, il y a quelques jours, ce pape n'était que le cardinal Fabio Chigi, connu pour… disons, son manque de jugement & sa fatuité de patricien. S'il est vrai que la fonction crée l'organe, cela prendra davantage de temps avec cet oiseau-là…

Cette réflexion arracha un sourire à Kircher, agrémenté d'un froncement de sourcils faussement réprobateur. *J'aurais embrassé Le Bernin pour ce résultat !* D'autant qu'il nous invita ensuite à l'accompagner chez lui avec toute la franche cordialité d'un vieil ami.

— *Carpe diem*, mes amis ! Oublions cet âne & allons vider quelques bouteilles de vin français que je gardais pour cette occasion. Quant à moi, je préfère cette boisson à l'eau des fleuves, fussent-ils du paradis !

La demeure du Bernin n'était guère distante de l'endroit où nous nous trouvions. Nous y rencontrâmes plusieurs élèves du sculpteur, lesquels avaient participé à l'érection de la fontaine & nous avaient précédés chez leur maître après l'inauguration. Il y avait aussi quelques créatures dépenaillées qui vivaient là pour servir de modèles au Bernin & à ses apprentis, mais aussi pour faire office de servantes &, à ce que je crus pouvoir déduire des privautés qu'elles accordaient à ces messieurs, de bien autre chose… De bonnes filles, au demeurant, riantes & parfois même cultivées, qui surent garder en notre présence une attitude fort convenable.

Nous nous installâmes dans l'atelier, à la table commune, au beau milieu des ébauches d'argile, des blocs de pierre & des dessins qui encombraient la salle. De grands draps blancs, tendus sous la verrière du toit, filtraient une lumière douce ; le vin était frais à souhait dans les gobelets de cuivre, les esprits enjoués, & Kircher retrouva bien vite sa bonne humeur.

Le Bernin ne se lassait pas de raconter son empoignade avec le pape & la manière dont mon maître avait pris son parti à ses dépens. Il imitait à merveille la voix sèche & hautaine d'Alexandre VII, provoquant l'hilarité générale. Il n'y avait pas de quoi fouetter un chat, & mon maître riait comme les autres de cette mordante satire, en se gardant toutefois d'y participer.

Dès après la deuxième bouteille de vin blanc d'Aÿ, notre hôte fit égorger quelques poules & envoya les faire rôtir chez un traiteur voisin. Ce fut donc en dévorant à pleines mâchoires une viande cuite à souhait que nous recommençâmes à débattre de la fontaine. L'une des jeunes femmes assises à notre table demanda s'il fallait croire que tous ces animaux gravés sur l'obélisque narrassent une histoire.

— Et comment, ma toute belle ! s'écria Le Bernin en déchiquetant une cuisse de volaille. Tu peux faire confiance au père Kircher : il lit ces hiéroglyphes comme s'il les avait lui-même dessinés... N'est-ce pas, mon révérend ? ajouta-t-il avec un clin d'œil à l'adresse de l'intéressé.

— N'exagérons pas, dit mon maître, c'est un peu plus compliqué que cela ; & le bon Caspar, qui m'aide dans mon travail, vous confirmera combien de labeur nous coûte chaque ligne de traduction. Les anciens prêtres égyptiens ont compliqué à loisir cette langue secrète pour empêcher que leur science fût accessible au profane ; les siècles ont démontré qu'ils avaient parfaitement réussi dans cette entreprise...

— Et que racontent ces figures ? reprit la jeune femme.

— Une belle histoire, & qui devrait te plaire, continua Le Bernin, celle des amours d'Isis & d'Osiris... Prête l'oreille, ma fille, & ne me laisse mourir de soif : un certain Râ d'Égypte, dieu-Soleil de son état, avait pour son malheur quatre enfants : deux filles,

Isis & Nephtys ; & deux garçons, Typhon & Osiris. Ces frères & sœurs s'épousèrent entre eux, comme c'était la plaisante coutume chez les puissants. Isis devint l'épouse d'Osiris, & Nephtys celle de Typhon. Leur père venant à se décrépir quelque peu, il confia l'administration du royaume à Osiris, le plus digne de l'exercer. Ce dernier gouverna l'Égypte avec bonheur : aidé par son épouse, il enseigna à son peuple la culture du blé, celle de la vigne, les cultes religieux, & bâtit de grandes & belles villes, assurant ainsi la félicité de sa nation. Mais voici que Typhon, jaloux du pouvoir & de la renommée d'Osiris, s'avisa de conspirer contre son frère. L'attirant dans un piège ourdi finement, il l'assassina, le dépeça en menues parcelles & le jeta dans le Nil...

« La pauvre Isis, désespérée mais toujours amoureuse, se mit à la recherche des morceaux de son époux. À force de ténacité, elle parvint à les retrouver presque tous, car les poissons du Nil, respectueux, les avaient épargnés. Il n'en manquait, à vrai dire, qu'un seul ; une pièce de choix devant laquelle le poisson oxyrynque avait cédé à la gourmandise... & ce morceau, ma poupine, celui-là même qu'en vraie femme Isis préférait, c'était son mistigouri, son oiseau, son outil, sa mentule, son patrimoine, sa pastanade, son poinçon, sa quenouille, sa seringue, son bringuant, son totoquini, son grimaudin, sa caillette, son dard, son vit, sa pine, son bidet, sa broquette, & pour tout dire, son berlingot ! Oui, mes belles... son berlingot !

Rires & gloussements fusèrent de tous côtés à cette tirade, & Kircher lui-même félicita Le Bernin pour la *richesse* de son vocabulaire.

— Tragédie, donc, reprit le sculpteur hilare, pour la veuve Isis... Mais c'était compter sans une ténacité, ma foi, bien compréhensible, car la reine, aidée de sa sœur & d'Anubis, reconstitua le membre de son époux avec du limon & de la salive, le lui colla en bonne place, & grâce au ciel & à diverses pratiques lui redonna vie. Et comme, à ce qu'il semble, ce nouvel engin fonctionnait mieux que le précédent, Isis se trouva bien vite engrossée. Elle mit au monde un garçon, nommé Harpocrate, qui devint roi à son tour, durant qu'Osiris, premier vivant qui eût jamais été ravi à une mort définitive, coulait une heureuse éternité dans les champs d'Ialou, le paradis des Égyptiens...

L'assemblée se montra passionnée par le récit du Bernin & posa nombre de questions, principalement pour s'enquérir de sa véracité.

— Les prêtres égyptiens, expliqua mon maître, tenaient pour certain, conformément à la doctrine transmise par les antiques patriarches, que Dieu était partout diffus ; leurs efforts visaient à en découvrir les manifestations cachées dans les entités naturelles, & une fois découvertes, à les montrer à travers des symboles tirés de la nature. L'histoire d'Osiris est une fable, bien sûr, un voile pudique sous lequel les sages se sont efforcés d'exprimer, d'après le témoignage de Jamblique, les plus hauts mystères de la divinité, du monde, des anges & des démons.

— Tout doux, mon révérend ! Portez vos chandelles à un autre saint ! railla Le Bernin. Car vous allez bientôt nous faire accroire que vos pharaons ajoutaient foi au Dieu unique & à la Sainte-Trinité !

— Vous ne croyez pas si bien dire...

— D'où vient alors que l'univers entier ne soit pas chrétien ? demanda Le Bernin avec plus de sérieux que précédemment.

— La malice diabolique est infinie... En outre, elle fut grandement favorisée par la confusion des langues qui suivit la destruction de Babel, par l'éloignement des peuples & la perversion des rites qui s'ensuivit... Toutes les religions idolâtres ne sont que des anamorphoses plus ou moins reconnaissables du christianisme. Les Égyptiens, qui détenaient encore grâce à Hermès les plus grands secrets du savoir universel, les transmirent de par le monde jusqu'à la Chine & aux Amériques où ils se métamorphosèrent peu à peu, s'étiolant comme ces renards qui perdent leur couleur naturelle & prennent finalement celle des glaces ou des déserts où ils habitent. Mais les Égyptiens savaient aussi cette vérité ; que sont le démembrement d'Osiris par Typhon & la patiente recherche d'Isis, sinon l'image même de l'idolâtrie, malheur auquel la sagesse divine remédie en réunissant les parties éparses de l'archétype en un seul corps mystique ? ! Regardez autour de vous, rien n'est stable, rien n'est durable, aucune paix ne peut être garantie par des lois assez fortes pour ne pas naufrager. La guerre est partout ! Et c'est à nous, prêtres & missionnaires, qu'il appartient de rechercher, dans la souffrance & le martyre, cette stabilité perdue...

MATO GROSSO | *Ce qui cogne la nuit aux mailles des moustiquaires...*

Dès leur troisième jour de marche dans la jungle, il devint évident pour tous que leur progression serait beaucoup plus lente que prévu. Yurupig, Mauro et Petersen se relayaient pour porter le brancard de Dietlev, mais la forêt ne leur permettait qu'une dizaine de mètres en ligne droite, tant elle multipliait ses enchevêtrements d'arbres et de plantes grasses, de broussailles obscures, de feuillages exubérants et impénétrables. La machette de celui qui ouvrait la route suffisait parfois à éclaircir le passage, mais il fallait presque toujours contourner l'obstacle, escalader un tronc abattu qui partait en sciure sous leur poids, se faufiler tant bien que mal dans le gréement des lianes entremêlées, ramper même, lorsqu'une solution de continuité se devinait derrière l'arceau d'une racine. Sans cesse détournés de leur trajectoire idéale, ils s'appliquaient à suivre les trouées naturelles dont l'orientation correspondait au quart nord-est de la boussole. Ce cap restait cependant très théorique, dans la mesure où il leur arrivait d'avoir à rebrousser chemin pour essayer quelque autre voie moins évidente, mais plus adaptée à leur objectif. Ils avaient l'impression de fouler une immense pourriture qui s'effondrait sous leurs pas, se liquéfiait. Un humus élastique et odorant, d'où la végétation sitôt rendue à la terre surgissait à nouveau, plus forte, plus dense de sa propre décomposition. Broméliacées ou caoutchoucs atteints de gigantisme, sans commune mesure avec les plantes qu'Elaine connaissait sous ce nom dans les boutiques des fleuristes, fûts végétaux aux formes lisses, annelées, rappelant les matières impossibles des images de synthèse, racines-échasses, figuiers étrangleurs, parasites de toute sorte, jungles gigognes emboîtées à l'infini au cœur même de la jungle... Descendue des hauteurs, une cacophonie indéfinissable emplissait l'espace, un tintamarre aigu et discordant au milieu duquel Yurupig et Petersen étaient seuls capables d'isoler le hurlement d'un sapajou à tête noire, les castagnettes d'un bec de toucan, l'hystérie soudaine d'un grand ara... Le mystère de la vie semblait s'être concentré dans ce creuset primordial où pullulaient par myriades moustiques et insectes.

Dès cinq heures de l'après-midi, l'ombre verte devenait trop dense pour continuer à progresser, si bien qu'il fallait se préoccuper du camp assez tôt pour pouvoir débrousser l'endroit choisi, tendre leur hamac au-dessus du sol et ramasser un peu de bois mort. Jamais Elaine n'eût songé à quel point il serait difficile de trouver quelque chose à brûler au sein même de la forêt : le bois était spongieux, gorgé de mousses, de sucs fermentés, de fourmilières, de termites, habité, vivant, aussi combustible qu'une éponge gorgée d'eau. Le feu chuintant qui les rassemblait à la nuit tombée restait l'exploit du seul Yurupig.

Il avait été convenu qu'Elaine fermerait la marche, de façon à la préserver le plus possible des embûches de la forêt ; leur avance délogeait quantité d'animaux dont on ne percevait que la fuite, mais pour avoir vu un petit serpent corail disparaître quasiment sous ses pieds, la jeune femme se savait exposée comme les autres. Elle avait beau marcher les yeux rivés au sol, chaque tronc d'arbre, chaque anfractuosité restait un piège mortel dont il fallait se défier. Comme en un train fantôme de fête foraine, les immenses toiles des mygales se collaient brusquement sur le visage avec des viscosités de barbe à papa, un bruissement proche et agressif laissait le cœur battant, tout semblait conspirer contre les intrus, se réunir pour les ingurgiter.

Yurupig et Petersen se montrèrent plutôt à l'aise dans cette épreuve. L'un et l'autre connaissaient mille et une astuces pour recueillir de l'eau potable ou « faire chanter » les arbres avant d'y attacher les hamacs. Petersen renâclait en permanence, dénigrant l'univers et ses créatures, alors que l'Indien avançait silencieusement, les sens aux aguets, chasseur dans l'âme. L'Allemand les avait boudés durant les deux premiers jours, puis – sans que nul comprît vraiment les raisons de cette soudaine métamorphose – il retrouva son entrain, ainsi qu'une certaine familiarité avec le groupe.

Au soir du quatrième jour, lorsqu'ils se réunirent autour du feu, tout espoir de parvenir bientôt à l'embranchement du fleuve s'était évanoui.

— Il va falloir rationner encore un peu la nourriture, dit Mauro. À ce rythme on ne tiendra plus très longtemps.

— D'après toi, on a fait quelle distance, aujourd'hui ? demanda Elaine.

— J'en sais rien... Deux kilomètres, à tout casser. Mais je suis crevé comme si on en avait fait soixante-dix !

La main dans le col de son T-shirt, Mauro se gratta frénétiquement le torse, puis examina la petite croûte qu'il réussit à ramener : une espèce d'araignée minuscule, gonflée de sang, semblait incluse dans la peau morte.

— C'est pas vrai ! fit-il avec répugnance. Qu'est-ce que c'est encore que cette bestiole ?

— *Carrapato*... dit Yurupig sans même jeter un coup d'œil.

— Une tique, reprit Dietlev d'une voix lasse. Le morpion de la brousse... Sois tranquille, on en a tous, et ça ne sera pas facile à enlever une fois qu'on pourra s'occuper d'eux sérieusement. C'était l'une des surprises que je vous réservais...

Dégoûtée, Elaine crut ressentir un surcroît de démangeaisons au niveau du pubis et des aisselles.

— Je m'en serais bien passée, dit-elle en esquissant un sourire... Allez, opération « bobos »... Qui veut commencer ?

— Je veux bien, dit Mauro en relevant les jambes de son pantalon. Ça brûle, ces cochonneries...

Il exhiba des chevilles striées de rouge, lacérées par les herbes coupantes. Elaine les badigeonna de mercurochrome, puis s'occupa de son cou et de ses avant-bras. Yurupig se laissa désinfecter une vilaine balafre sur la joue, Petersen, lui, refusa tout secours en maugréant qu'il en avait vu d'autres, et que cela ne servait à rien. Mauro s'occupa ensuite d'Elaine.

— On a l'air fin, dit-il lorsqu'il eut fini de barbouiller de rouge les plaies de la jeune femme. On va finir par terroriser les singes !

— Mauro, s'il te plaît... fit Dietlev.

Le jeune homme se leva aussitôt, imité par Yurupig. Ils empoignèrent le brancard et sortirent un instant du cercle de lumière entretenu par le foyer. Elaine se concentra sur le contenu du sac à pharmacie, sans même prêter attention au crépitement d'urine sur les feuilles : cette promiscuité l'eût horriblement gênée quelques jours plus tôt, mais l'heure n'était plus aux convenances. Lorsqu'elle avait défait le pansement, la plaie de Dietlev grouillait de vermine ; les grosses mouches qui les torturaient tous durant leur marche avaient réussi à pondre dans sa chair, malgré le soin qu'elle mettait à protéger la blessure. Sa jambe était noirâtre, tendue, prête à éclater. Un membre de noyé. La gangrène montait inexorablement. Trois ampoules de morphine, une plaquette de sulfamides… Ce serait insuffisant, elle s'en rendit compte avec désarroi, pour endiguer l'infection. L'idée la traversa que Dietlev pourrait ne pas revenir avec eux à Brasilia. Elle la nia sur-le-champ, par crainte de lui porter malheur. Penser au pire, c'était tendre une pointe de platine à la foudre… Elle ne savait plus qui avait dit ça, mais croyait à ce précepte comme à un commandement.

Lorsque Mauro et Yurupig déposèrent le brancard près du feu, Dietlev grelottait de souffrance. Son visage ruisselait.

— Tu veux une injection ? demanda Elaine en lui essuyant le front.

— Pas encore, ça va passer… Petersen ! Venez voir par ici…

— Me voilà, *amigo*… Qu'est-ce qu'il y a pour votre service ?

Dietlev déplia le papier où il avait griffonné sa carte :

— D'après mon estime, nous sommes quelque part dans ce coin… Il indiquait une zone au sud-ouest des marécages, sur le premier quart de la route approximative qui menait à l'embranchement du fleuve : Vous êtes d'accord ?

— Oui, dit Petersen après un bref regard sur le plan. À peu près, j'imagine. On devrait bientôt arriver aux marécages. Ça sera plus facile de se repérer, mais ça risque de compliquer la marche...

— C'est bien ce que je craignais, reprit Dietlev en s'adressant à Elaine. Il va nous falloir encore une dizaine de jours ; c'est beaucoup plus que ce que j'avais prévu, je suis désolé.

Petersen haussa les épaules et renifla grossièrement :

— Vous auriez dû m'attendre sur le bateau, comme je disais. Marcher dans la jungle avec une femme, un gosse et un brancard... Tu parles d'une bande de peigne-culs !

— Fermez-la ! dit Mauro en le regardant avec hostilité. Vous êtes le seul responsable de tout ce qui nous arrive !

— Il va crever ! fit Petersen en haussant les épaules. Il va crever, et vous aussi... Vous me faites chier, tiens !

Il leur tourna le dos et grimpa dans son hamac. On l'entendit renifler encore sous sa moustiquaire.

— Il n'a pas tout à fait tort, fit Dietlev d'une voix navrée, si vous m'aviez laissé là-bas, vous avanceriez deux à trois fois plus vite. Reste la solution de me ramener au bateau, bien sûr, mais...

— ... *Mais*, il n'en est pas question, l'interrompit Mauro avec calme. On va y arriver, et personne ne crèvera, vous pouvez me faire confiance. J'ai promis à ma mère d'être à Fortaleza pour les fêtes de Noël, et j'y serai. C'est comme ça.

— Ce n'est pas la peine de discuter, dit Elaine en lui adressant un sourire affectueux. Tous au lit, il faut se reposer !

Mauro et Yurupig mirent Dietlev dans son hamac, tandis qu'Elaine lui soutenait la jambe. Malgré leurs efforts pour lui éviter le moindre à-coup, le géologue en pleura presque de douleur. Elaine attendit quelques instants, puis, sur sa demande, lui fit une dose de morphine. Quand il se fut rasséréné, elle lui donna un rapide baiser sur les lèvres et referma la bâche au-dessus de lui.

Elaine s'était endormie comme une masse. Au milieu de la nuit, elle s'échappa d'un rêve avec la sensation rémanente de s'être écrasée au sol après une chute vertigineuse. Dans ce demi-sommeil filandreux, elle tendit le bras, cherchant l'épaule d'Eléazard, sa chaleur, et s'éveilla complètement à la prison de son hamac. À travers l'invisible paroi de la moustiquaire, quelques braises rougeoyaient encore, sans parvenir à se détacher nettement de l'obscurité environnante. Le silence avait l'inexplicable opacité du noir. Nageant à la surface des ténèbres, Elaine eut la vision soudaine du campement : un amas de fragiles cocons suspendus dans le vide, minuscules, abandonnés aux piétinements aveugles des multitudes. Stupéfaite, elle entendit le bruit d'une manifestation qui s'approchait, des slogans, puis cette clameur de stade au moment où toute une foule exhale sa déception. Une bourrasque fit craquer la jungle de toute part, et le crépitement de la pluie sur la toiture du hamac acheva de dissiper son hallucination. Elaine se recroquevilla sur elle-même, frigorifiée, pressée de retrouver le sommeil, refusant les images de mort qui venaient cogner à sa moustiquaire. De toutes ses forces, elle espéra le jour.

Au petit matin, lorsque Yurupig battit des mains pour le réveil, la pluie avait cessé. Encore endormi, Mauro oublia de repousser la bâche avant de tirer la fermeture Éclair, si bien qu'il reçut en pleine figure les litres d'eau accumulés au-dessus de lui. Kalachnikov à la main, il jaillit de son hamac comme un diable ébouillanté. Mésaventure qui tira même un petit rire à l'Indien, pourtant peu coutumier du fait. Il avait réussi à allumer un feu, malgré le lessivage nocturne de la forêt ; Mauro put s'y réchauffer, tout en essuyant son arme avec un mouchoir.

— Si tu ne la démontes pas entièrement, fit Petersen d'un ton goguenard, la culasse va rouiller, et elle te servira plus qu'à casser des noix...

— À mon avis, répondit Mauro sans le regarder, l'eau n'a pas eu le temps de pénétrer à l'intérieur. On peut vérifier tout de suite, si c'est ça que vous voulez...

Il arma le fusil-mitrailleur et pointa son canon vers le vieil Allemand.

— Arrête ! fit la voix ferme de Dietlev. Je ne veux plus te voir jouer avec cette arme, tu m'entends ? Viens plutôt m'aider à sortir de ce truc, je suis gelé.

Elaine s'était éclipsée derrière un arbre ; elle aida Mauro et Yurupig à porter Dietlev sur la civière.

— Comment te sens-tu ? dit-elle, une fois qu'il fut près du feu.

— Comme une omelette norvégienne : chaud à l'extérieur, glacé dedans... Mais je n'ai pas mal, je plane encore un peu...

— Il a plu beaucoup, cette nuit, dit Yurupig en lui tendant un quart de café. Mauvais pour nous.

— Ce n'est quand même pas la saison des pluies ! tenta de plaisanter Mauro.

— Non, répondit le géologue. C'est dans un mois, un mois et demi. On ne risque rien sur ce plan-là. Une bonne averse de temps à autre, surtout la nuit, c'est tout ce qu'on peut craindre pour l'instant.

Dommage, pensa Mauro. L'aventure commençait à lui plaire, et malgré l'inquiétude que leur causait Dietlev, il se sentait des ailes.

La petite expédition se remit en route un peu plus tard, dès que les brumes eurent achevé de se dissiper.

Ils marchaient depuis deux heures, Petersen et Yurupig à la civière, lorsque Mauro s'enlisa jusqu'aux genoux dans une vase collante dissimulée sous les herbes. Il appela Yurupig pour l'aider à s'extraire de ce cloaque et revint avec lui vers le groupe.

— On est arrivés aux marécages, annonça-t-il avec gaieté, ça mérite une petite pause, non ? Qu'est-ce que vous en pensez, Dietlev ? Il se tourna vers lui et perdit subitement son sourire : Dietlev ?

Elaine, qui était restée assise sur une souche, en arrière du groupe, se précipita vers le brancard : luisant de fièvre, les yeux à demi fermés, Dietlev respirait difficilement. Très loin d'elle, ailleurs, au-delà de la souffrance et du langage, il ne répondit pas aux sollicitations anxieuses de la jeune femme.

— Yurupig, trouve-moi de l'eau !

Elle délaya une forte dose d'aspirine dans une tasse et força Dietlev à l'avaler.

Petersen s'approcha, tandis que la jeune femme découvrait en toute hâte la blessure. Les asticots y grouillaient à nouveau, moins que précédemment, mais la jambe avait encore enflé, et la cuisse elle-même était marbrée de taches sombres.

— Faut l'amputer vite fait, dit Petersen.

Elaine se tourna vers lui comme s'il venait de lâcher une obscénité, mais il affronta son regard sans émotion apparente. Ses yeux étaient brillants, ses pupilles anormalement dilatées au creux de son visage amaigri :

— La gangrène est en train de monter... Si on ne lui coupe pas la jambe, il est foutu, point final. C'est à vous de voir.

Elle sut tout de suite qu'il avait raison, avant même de croiser le regard triste de Yurupig ; les larmes lui vinrent aux yeux, non à cause de l'amputation qui s'imposait tout d'un coup à son esprit, mais parce qu'elle se savait incapable d'y procéder.

— Je peux m'en charger, si vous voulez... dit Petersen. J'ai déjà fait ça sur le front russe.

— Vous ? ! s'exclama Mauro, interloqué. Et pourquoi vous feriez ça, hein ? Le tutoiement lui vint pour aider à son mépris, sa voix déraillait de rage : Après tout ce que tu as manigancé pour nous abandonner sur le bateau ! Tu voudrais nous faire croire que... Salaud ! Tu veux le tuer, oui !

Petersen voulut répondre qu'on pouvait très bien tuer quelqu'un de sang-froid, sans se résoudre pour autant à le laisser crever comme un chien, mais c'était trop compliqué à dire, et il retourna près du feu.

— Il *faut* l'amputer, tu comprends ? dit Elaine avec douceur. Toi, regarde-moi, s'il te plaît, toi, tu le ferais ?

Elle sonda Mauro du regard, tandis qu'il cherchait ses mots, l'air désemparé.

— Ne t'en fais pas, dit-elle en le serrant dans ses bras, s'il avait voulu lui faire du mal, il lui aurait suffi de tenir sa langue... Courage ! Dietlev va avoir besoin de nous.

Elaine revint près de Petersen :

— Allez-y, dit-elle gravement. J'en prends la responsabilité.

— Alors, ça y est ? Je ne suis plus un salaud d'assassin ? Faudrait savoir ce que vous voulez...

Elaine le supplia du regard.

— Bon, on y va. Mais c'est pour vous que je le fais, uniquement pour vous.

Ils retournèrent sur leurs pas jusqu'à trouver un endroit plus dégagé. Sur l'ordre de Petersen, Yurupig fit un feu suffisant pour faire bouillir de l'eau et stériliser les lames. Quand tout fut prêt, Herman s'isola quelques minutes et revint en reniflant. Dietlev gisait sur l'humus, à demi inconscient à cause de la morphine que venait de lui injecter Elaine.

— Toi, le morveux, dit Petersen en s'adressant à Mauro, tu lui tiens les épaules. Yurupig, tu t'occupes de l'autre jambe…

— Et moi ? demanda Elaine.

— Vous, vous faites ce que je vous dis au fur et à mesure. Y aura juste le garrot à tenir et les artères à ligaturer, si elles sont visibles.

Lorsque Petersen s'était attaqué à son fémur avec le fil à scier de la trousse de survie, Dietlev avait hurlé, une seule fois, longuement, du fond même de son coma. La rétractation des muscles autour de l'os mis à nu, les soubresauts intempestifs du blessé… tout cela fut moins effroyable pour Elaine que d'apercevoir la jambe détachée, obscène, à côté du corps de Dietlev, tandis qu'elle contenait l'hémorragie.

— Et voilà le boulot… dit Herman lorsqu'il eut terminé de laver les chairs à l'eau bouillie. Il faut laisser le moignon à l'air pour qu'il cicatrise ; pas de mercurochrome, rien, juste de l'eau et une gaze pour le protéger. J'ai coupé haut, j'espère que ça suffira.

Ils se tenaient autour du corps martyrisé, blêmes, les traits émaciés par la fatigue et l'extrême tension où les avait plongés cette sauvage chirurgie.

— Merci, dit Elaine en prenant la main du vieil Allemand, je ne sais pas encore comment, mais je vous revaudrai ça…

Petersen bougonna, visiblement gêné par cette manifestation. Il se redressa, fit quelques pas, et glissant son pied sous la jambe amputée, l'envoya valdinguer dans les taillis.

— Remettez-le sur son brancard, dit-il en se retournant, on a assez traîné !

CE N'EST PAS SEULEMENT la théorie musicale du *Musurgia*, mais toute l'œuvre de Kircher qui est un projet « communicatif », ou pour mieux dire : colonialiste.

MANIE DE L'HERMÉNEUTIQUE… « *Le symbole,* écrit Kircher, *est une marque significative de quelque mystère plus caché, c'est dire que sa nature est de conduire notre esprit, grâce à quelque similitude, à la compréhension de quelque chose de très différent des choses qui nous sont offertes par les sens extérieurs ; et dont la propriété est d'être celée ou dissimulée sous le voile d'une expression obscure.* » (*Obeliscus Pamphilius.*) La danse des sept voiles, encore et encore… Mais pourquoi les choses feraient-elles signe d'autre chose que de leur radieuse nudité ? Quel érotisme pervers devrait-il nous astreindre à les dépiauter comme des lapins ?

LE PETIT CHAPERON ROUGE : – Comme vous vous y entendez, mon père, pour tisser des moustiquaires ! Athanase Kircher : – Mais c'est pour mieux les soulever, mon enfant…

KIRCHER A RATÉ LA NAISSANCE de l'esprit scientifique. Dans l'ordre du savoir, son œuvre reste stérile. On peut même s'étonner, étant donné la masse de ses ouvrages, qu'il ait eu si peu d'intuitions intéressantes. Il est indigne de son temps.

PLUS QUE L'IDÉE DE DIEU, c'est le dogme qui est malsain, comme la systématique en philosophie ou toute règle fondée sur des préceptes lubrifiés à la vaseline de l'Absolu.

QU'IL FAUT NOMMER un chat un chat et l'empoisonner sans état d'âme.

« L'IDÉOLOGIE, a écrit Roland Barthes, c'est comme une bassine à friture : quelle que soit l'idée qu'on y plonge, c'est toujours une frite qui en ressort. » Kircher sent l'huile rance de la Contre-Réforme. Il faudrait le brûler, non pas en effigie, mais réellement, pour l'exemple, « pour les survivants et ceux qui n'ont pas délinqué »... Pourquoi est-il aussi loisible de condamner les morts ? demandait Pierre Ayrault : « Parce qu'on ne pourrait point non plus les absoudre ou les féliciter. » Pour avoir le loisir de décorer un soldat mort en service commandé, il faut pouvoir pendre le cadavre de celui qui a fait preuve de lâcheté devant le feu.

PUNIR LA MÉMOIRE : après avoir rasé sa maison, comblé ses douves et ses étangs, avili sa progéniture et gratté son nom sur les registres de naissance, on coupait les forêts du coupable jusqu'à hauteur d'homme.

PETITS MÉTIERS CHINOIS :
    Chargé des Confins
    Chargé des insignes formés de plumes
    Inspecteur des goûteurs de médicaments
    Commissaire chargé d'exiger la soumission des rebelles
    Chef du Bureau chargé de recevoir les rebelles soumis
    Grand Maître des remontrances
    Officier des traces
    Chargé de l'Entrée et du Dedans
    Grand secrétaire arrière du Grand Secrétariat Arrière
    Chargé d'embellir les traductions
    Officier chargé de montrer et d'observer

Observateur des courants d'air
Sous-directeur des multitudes
Préposé aux grenouilles
Condamné du midi
Chargé de coller son œil aux trous de serrures des armoires
Chargé de préserver et d'éclaircir
Chargé de reprendre les oublis de l'empereur
Conducteur d'aveugles
Préposé aux ailes
Ministre de l'hiver
Serreur de mains
Préposé aux bottines de cuir
Régulateur des tons femelles
Participant aux délibérations sur les avantages et les désavantages
Fulminateur
Chargé d'activer les dépêches retardées
Musicien de service profane prenant un tour de service bref
Grand superviseur des poissons
Pêcheur de bogues
Ami

DICTIONNAIRES et catalogues : patrie des compulsifs. L'index, comme genre littéraire ?

KIRCHER NE PENSE que par images interposées, ce qui revient à dire qu'il ne pense pas. C'est un méditatif, au sens où l'entendait Walter Benjamin : il est chez lui parmi les allégories.

CHOSES QUI PLAISENT à la divinité : le nombre impair, les voyelles, le silence, le rire.

LE PORTUGAIS du Brésil est une langue toute de vocalises molles. Une langue de magie noire, d'invocation. Dans son *Manuel d'Harmonique*, Nicomaque de

Gérase affirme que les consonnes constituent la matière du son, les voyelles sa nature divine. Ces dernières sont comme les notes de musique des sphères planétaires.

DEVENUS MAÎTRES de l'Égypte, les Arabes donnèrent aux hiéroglyphes le nom de « langue des oiseaux », à cause du grand nombre de volatiles stylisés qu'on peut y observer.

CARNETS DE FLAUBERT, octobre 1859 : « Le père Kircher, auteur de la Lanterne magique, de l'*Œdipus Ægyptiacus*, d'un système pour faire un automate qui parlerait comme un homme, de la Palingénésie des plantes, de deux autres systèmes, l'un pour compter, l'autre pour discourir sur tous les sujets, a étudié la Chine, la langue copte (le premier en Europe). Auteur d'un ouvrage dont le titre commence par ces mots *Turris Babel sive Archontologia*, né en 1602. » Que ce résumé coexiste avec la notule concernant Pierre Jurieu – « Pierre Jurieu tourmenté de coliques les attribuait aux combats que se livraient sans cesse sept cavaliers renfermés dans ses entrailles » –, laquelle sera utilisée dans la copie préparatoire de *Bouvard et Pécuchet*, ne laisse guère de doute sur la valeur que Flaubert pouvait accorder à l'œuvre d'Athanase Kircher...

LOREDANA. Elle donne ses conseils avec la tendresse et la douceur d'une mitrailleuse lourde. Cela dit, elle a sans doute raison : si on reste sur place, la bête nous mange ; si on fuit, elle nous rattrape.

Chapitre XIX

*Où l'on apprend la conversion inespérée
de la reine Christine.*

Cette même année, les nouvelles les plus incroyables parvinrent au Vatican par des voies sinueuses : fille de ce Gustave Adolphe qui avait juré autrefois de détruire tous les papistes & jésuites de la création, souveraine éclairée mais libertine d'un royaume tout entier acquis à la Réforme, la reine Christine de Suède désirait secrètement la conversion !

L'enjeu était d'importance : une occasion unique s'offrait de démontrer la puissance de l'Église romaine & sa capacité à ramener dans son sein l'une des plus éclatantes figures de la Réforme. Il fallait donc trier sur le volet ceux qui seraient chargés de hâter ce processus. Mis à contribution une fois encore, Kircher conseilla sagement nos supérieurs, & deux jésuites de ses proches gagnèrent aussitôt la Suède, déguisés en gentilshommes.

L'évangélisation de Christine de Suède commença sur-le-champ, non sans mal, car la reine, intelligente & plus versée qu'on ne l'eût pensé en matières théologiques, dressait argument sur argument à ses deux moniteurs. Cela dit, la pierre d'achoppement à cette conversion n'avait rien que de temporel ; devenue catholique, la reine Christine ne pouvait demeurer à la tête d'un royaume protestant...

Durant les deux années qui suivirent, mon maître ne quitta guère son cabinet d'étude, absorbé tout entier par la rédaction d'un *Monde Souterrain* qui s'augmentait chaque jour un peu plus, & par les révisions & ajustements indispensables à la publication de l'*Œdipe Égyptien*.

Le 2 mai 1652, jour anniversaire de ses cinquante ans, il eut enfin la joie de tenir entre ses mains le premier volume de cet ouvrage majeur, celui auquel il avait consacré tous les instants de sa vie depuis ce moment où les hiéroglyphes s'étaient comme manifestés à lui. Vingt ans de recherche ininterrompue, plus de trois cents auteurs anciens appelés en renfort pour étayer sa thèse, deux mille pages réparties en quatre tomes à paraître sur trois ans ! De très nombreuses gravures, exécutées sous ses ordres par des peintres aussi talentueux que Bloemaert & Rosello, illustraient merveilleusement un texte pour lequel mon maître avait fait fondre quantité de nouveaux caractères. L'entreprise était démesurée, elle eut un succès en proportion.

L'*Œdipus Ægyptiacus* connut donc un énorme retentissement dans toute l'Europe, & de 1652 à 1654, Kircher dut faire face aux désagréments provoqués par l'enthousiasme de ses contemporains. Des érudits, mandés par les plus grandes académies scientifiques du monde, affluèrent à Rome pour le rencontrer. De tous côtés, on venait voir l'homme qui avait réussi à déchiffrer la langue des pharaons, ces hiéroglyphes restés si mystérieux au commun des mortels durant deux mille quatre cents ans... Le succès fut tel que ses livres s'épuisèrent avant même d'être sortis des presses de l'imprimeur. Le nom de Kircher était sur toutes les lèvres, au point qu'il nous fallut répondre, durant ces trois années, à plus d'un millier de lettres dithyrambiques.

À Stockholm, cependant, les envoyés du pape virent soudain leurs efforts récompensés : le 11 février 1654, la reine Christine de Suède annonça au sénat sa décision d'abdiquer en faveur de son cousin Charles Gustave. Toutes les protestations des sénateurs furent inutiles, & par une coïncidence dont le destin a le secret, ce fut le 2 mai 1654, jour anniversaire de Kircher, qu'elle renonça au trône, devant tous les représentants des États du royaume. Le cérémonial d'abdication n'était plus, dès lors, qu'une formalité, & le 16 juin, après avoir rendu les ornements royaux & déposé elle-même sa couronne, Christine de Suède ne garda plus d'empire que sur ses propres actions en ce bas monde.

Âgée de vingt-huit ans à peine, celle qui avait pourtant régné plus longtemps déjà que bien des rois blanchis par l'exercice du pouvoir, se mit en route immédiatement, pressée de quitter au plus vite un royaume dont elle venait de se bannir avec la plus grande abnégation. Accompagnée de quelques serviteurs & fidèles courtisans, elle se fit couper les cheveux, s'habilla en homme pour ne pas être reconnue & sortit sans regret de ce pays qui l'avait si mal aimée.

Elle partit pour Innsbruck où elle devait abjurer officiellement son hérésie. On imagine aisément avec quelle anxiété les autorités ecclésiastiques la suivirent pas à pas sur ce chemin. L'abdication, pour importante qu'elle fût, ne signifiait rien : Christine aurait pu à tout moment renoncer encore au sacrifice de sa foi, si impérieux pour l'Église. Et mon maître ne fut pas le dernier à escorter la reine sur son trajet, par le biais des lettres que les espions du Vatican dépêchaient au Quirinal.

Le 23 décembre, elle arrivait à Willebroek où l'archiduc Léopold, gouverneur des Pays-Bas, était venu à sa rencontre. Après un dîner plantureux, ils embarquèrent sur une frégate qui les conduisit par le canal jusqu'au pont de Laeken, dans la banlieue de Bruxelles. Durant le trajet, l'archiduc & Christine jouèrent aux échecs, tandis que des feux d'artifice incessants illuminaient le ciel au-dessus d'eux. Et le lendemain soir, veille de la Nativité, ils se trouvèrent réunis avec quelques personnes de qualité dans le palais de Léopold, à l'endroit même où Charles Quint avait abdiqué, cent ans plus tôt, pour vouer le reste de sa vie à la contemplation des œuvres de Notre Seigneur.

Ce fut cette nuit-là, sous le gouvernement du père Guemes, dominicain de son état, qu'elle abjura le protestantisme devant Dieu...

Kircher m'avoua qu'on avait été grandement soulagé, dans certains milieux, d'apprendre cette nouvelle. Toutefois, les rapports qui s'étaient multipliés au lendemain de cet événement mémorable ne laissaient pas d'inquiéter : bien éloignée de l'humilité convenant à une nouvelle convertie, Christine de Suède menait à Bruxelles une vie que l'on disait très agitée. Les fêtes succédaient aux fêtes, les réceptions aux réceptions, & Christine passait son temps à défrayer la chronique. Elle jouait au billard, où elle excellait, dans la compagnie exclusive des hommes, participait à des courses de traîneaux échevelées dans la campagne ou même dans les rues de la ville, & allait jusqu'à tenir des rôles déplacés dans ces comédies chantées que réprouvait l'Église... Mais le plus difficile était accompli, & il y avait certainement beaucoup d'exagération dans les récits de cette conduite tapageuse. Nul n'était averti de la conversion de Christine : le monde ne voyait donc en sa personne que matière à critiquer les excès habituels de la religion réformée.

En juin 1655, Christine de Suède atteignit enfin Innsbruck. Ce fut dans la cathédrale de cette ville, le 3 novembre, que la reine abjura, aux yeux de tous cette fois, & reçut, en même temps que la communion, l'absolution de ses péchés. Elle montra en cette circonstance le plus parfait recueillement & une humilité qui laissait bien augurer de l'avenir.

Christine de Suède, catholique ! L'événement, publié à l'envi par l'Église, bouleversa tous les États de la Réforme. La Suède, en premier lieu, fut désarçonnée par ce coup. Plus que les traités de Westphalie, cette victoire mettait un point final à la guerre de Trente Ans & couronnait le triomphe de l'Église apostolique & romaine. Alexandre VII jubilait, notre religion ne s'étant jamais aussi bien portée que sous sa férule. Et lorsque Christine de Suède, peu de jours seulement après la cérémonie d'Innsbruck, manifesta le souhait de se rendre à Rome & de s'y établir, ce fut avec empressement que le pape lui en octroya la permission. Après avoir réuni la congrégation des rites, en présence de tous les cardinaux, du Général des jésuites & de Kircher, il décida du cérémonial qui devrait être observé pour fêter l'entrée de l'éminente convertie dans la Ville éternelle. Toute animosité à l'égard de mon maître était oubliée depuis longtemps ; il fut donc chargé personnellement d'organiser les préparatifs de cet accueil, de manière à lui donner le faste & la solennité requis.

Christine de Suède s'était mise en route vers Rome le 6 novembre, avec la recommandation de ralentir son train le plus possible pour laisser au Vatican le loisir de préparer dignement son arrivée. Mais il fallait néanmoins faire diligence. Comme mon maître avait reçu carte blanche, il s'adjoignit les services du Bernin ; ensemble, ils s'attelèrent nuit & jour à concevoir & à réaliser toutes sortes de projets magnifiques...

Durant cette fiévreuse activité, Christine cheminait. Le duc de Mantoue l'accueillit avec des égards réservés aux souverains : alanguie dans une litière comme une épouse de pharaon, elle traversa la Piave à la lueur des milliers de torches brandies par les soldats de Charles III de Gonzague, qui s'était porté au-devant d'elle.

Vêtue en amazone de théâtre & parée de bijoux, Christine entra en triomphatrice à Bologne, à Faenza, à Rimini puis à Ancône. Comme un fleuve grossissant au fur & à mesure qu'il dévale de sa source, son cortège avait pris d'ahurissantes proportions. Des gentilshommes de toutes nations, mais aussi de vils courtisans appâtés par ses prodigalités excessives, ou des chevaliers d'industrie n'ayant pour toute fortune que leur bel air vinrent accompagner Christine dans sa course vers Rome. Ce fut d'ailleurs à Pesaro, en dansant la « Canaria », cette nouvelle danse venue des îles, qu'elle rencontra les comtes Monaldcschi & Santinelli, ces tristes sires qui lui valurent quelques années plus tard une disgrâce qui est encore dans toutes les mémoires. Pour lors, aveuglée par la séduction de ces deux aventuriers, elle les joignit à son train & poursuivit sa route.

À Lorette, aux portes de Rome, Christine de Suède tint à déposer, en un geste symbolique, son sceptre & sa couronne sur l'autel de la Sainte Vierge. Durant la nuit du 19 décembre de cette même année, elle entra enfin dans la ville, préservée des regards par les fenêtres fermées de son carrosse, & se rendit aussitôt au Vatican où le pape avait mis des appartements à sa disposition.

Pendant ces deux mois, Kircher & Le Bernin s'étaient démenés. Puisant sans compter dans la bourse d'Alexandre VII, ils avaient apprêté la plus auguste des réceptions. L'entrée officielle de Christine ne devait avoir lieu que trois jours plus tard, le temps d'effacer les fatigues du voyage. Et si tous les préparatifs étaient déjà achevés depuis une semaine, il n'en restait pas moins à surveiller la mise en place de ce vaste dispositif. Une certaine panique s'empara du collège. Cloîtré dans son cabinet, Kircher ne quittait pas son tube acoustique : il ordonnait, clamait, vérifiait mille choses, aiguillonnant ses troupes comme un général d'armée à la veille d'une bataille décisive. Obéissant à ses instances, tous les acteurs de ce théâtre répétaient inlassablement leur rôle, & jamais je ne courus autant les rues de Rome qu'à cette époque.

Le matin du jeudi 23 décembre, Christine de Suède sortit de la ville subrepticement pour se rendre à la villa du pape Jules, d'où elle devait repartir en début d'après-midi pour son entrée solennelle dans la capitale. Hélas, un vent du nord s'était mis à souffler en tempête, amoncelant dans le ciel de la campagne romaine de lourds nuages chargés de pluie. Kircher, qui s'en aperçut de sa fenêtre du collège, ne vivait plus, préoccupé uniquement par le déroulement correct des festivités & priant pour qu'une mauvaise fortune ne vînt anéantir le fruit de ses efforts. Dès après le déjeuner, que la jeune Christine de Suède prit en compagnie des émissaires d'Alexandre VII, l'orage éclata avec une violence inouïe. Éclairs & roulements de tonnerre se suivaient à intervalles rapprochés, comme pour désapprouver la pompe mise en œuvre pour une simple mortelle.

Dans la cour de la villa, hâtivement tendue de bâches, monseigneur Girolamo Farnèse, majordome du souverain pontife, offrit à Christine les présents que ce dernier lui destinait : un carrosse avec six chevaux, lequel sortait de l'imagination du Bernin & s'ornait d'admirables licornes dorées à la feuille ; une litière & une chaise à porteurs fort délicates, & un anglo-arabe immaculé que son harnachement d'or & de vermeil rendait digne d'un empereur. Comme la pluie ne cessait point, le majordome proposa à Christine d'annuler la « Cavalcade Solennelle » & d'entrer dans Rome en carrosse, mais la souveraine déchue, forte de ses vingt-huit ans, refusa catégoriquement. Ce fut donc sous une pluie battante que la longue procession se mit en marche sur la voie Flaminienne.

Rien ne fut beau comme la traversée de la ville. Dans toutes les rues, de larges étoffes de soie claquaient aux fenêtres, les tambours battaient un rythme grave &, de toutes parts, une multitude de carrosses rutilants venaient se joindre au cortège d'honneur. À l'intérieur de ces voitures, les plus nobles dames de la ville laissaient apercevoir des robes & des parures d'une insolente richesse. Quant à leurs époux, non moins parés, ils chevauchaient à leur côté dans un assourdissant vacarme de sabots & de hennissements.

Sur la place Saint-Pierre, la pluie redoubla de violence, mais Christine, qui n'avait d'yeux que pour la cathédrale, semblait y être indifférente. Le cortège tout entier imitait son exemple ; le vent emportait les chapeaux, l'averse gâtait les étoffes précieuses sans que nul parût le déplorer ni même l'apercevoir.

À la sortie de Saint-Pierre, elle se rendit, toujours sous escorte, au palais Farnèse que le duc de Parme mettait à sa disposition pour la totalité de son séjour à Rome. Comme il était d'usage pour honorer les grands de ce monde, une façade postiche recouvrait l'originale sur toute son étendue. Conçue par Kircher, cette œuvre impressionnait autant par sa splendeur que par sa singulière destination. Il s'était inspiré du projet de « Temple de la Musique » imaginé par Robert Fludd, pour l'architecture, & du fameux « théâtre de mémoire » de Giulio Camillo pour le contenu, de telle sorte que cette façade représentait la somme des connaissances humaines. Actionnées par des mécanismes d'horlogerie, de grandes roues de bois, artistement décorées par les meilleurs peintres romains, tournaient avec lenteur, reproduisant le cours des planètes, du Soleil & des astres. Sept autres roues, aussi délicieusement ornées d'emblèmes & de figures allégoriques, se superposaient les unes aux autres, quoique de façon décalée : on y voyait défiler Prométhée, Mercure, Pasiphaé, les Gorgones, la caverne de Platon, le banquet offert aux dieux par l'Océan, les Sephiroths, & à l'intérieur de ces classes, un grand nombre de symboles tirés de la mythologie qui permettaient d'embrasser graduellement tous les savoirs.

Comme la reine Christine, fascinée par ce spectacle, s'informait sur son artisan, le cardinal Barberini lui vanta les qualités de Kircher, & lui dit qu'elle aurait l'occasion de le rencontrer bientôt, puisqu'une visite du Collège Romain était prévue de longue date pour le lendemain. Il ajouta incidemment, comme pour se moquer des gens du peuple qui commentaient ces chiffres sans se lasser, que cette encyclopédie de stuc & de bois avait coûté plus de mille cinq cents écus. Les peintures étaient de Claude Gelée, dit Le Lorrain, & de Poussin ; quant aux détails pratiques, ils avaient nécessité six mille six cents gros clous, & quatre chaudières avaient fonctionné sans interruption durant deux semaines pour préparer les cinq cents litres de colle utilisés pour assembler les éléments de cette façade éphémère...

Christine fut transportée d'admiration. Elle envoya aussitôt, afin d'offrir à Kircher une médaille précieuse qu'elle avait détachée fort gracieusement de son bracelet.

CANOA QUEBRADA | *C'est pas un vrai défaut de boire...*

En s'éveillant près du corps d'Aynoré, au creux du hamac qu'il louait dans l'appentis, chez *dona* Zefa, Moéma eut une pensée pour Thaïs. Des lambeaux de sa bordée avec l'Indien, précis et embarrassants comme des images pornographiques, explosaient en surimpression d'un triste sourire accusateur. La mise en scène de sa culpabilité l'énerva. Elle perçut l'anneau de cuivre qui lui serrait le front, l'odeur de vin aigre sur sa peau moite, cet effet de sciure dans la bouche... autant d'indices permettant d'attribuer ses remords à la biture de la nuit dernière. Une ou deux heures de patience, et son esprit sortirait lavé de cette honte diffuse et sans objet où se résume l'horreur d'après-boire.

Gulliver enserré dans le fin réseau de ses tatouages, Aynoré dormait d'un sommeil de bête. Son corps nu et bronzé lui inspirait moins de tendresse que de respect, une sorte d'estime confinant au sacré, à la vénération. De tout ce qu'il avait dit la veille, elle ne gardait qu'une impression d'efflorescence, quelque chose comme l'envol ralenti d'un perroquet, la trace rouge et or du paradis perdu.

— Alors, tu as craqué, toi aussi ? fit soudain une voix au-dessus d'elle.

Le visage hâve de Marlène exprimait une surprise légèrement méprisante.

— N'aie pas peur, je suis une tombe... Un caveau égyptien ! J'espère quand même que tu n'as pas viré ta cuti...

— Laisse tomber, tu veux ? répliqua Moéma en s'étirant sans le moindre souci de sa nudité. Et tu peux raconter ce que tu veux à qui tu veux, j'ai passé l'âge des cachotteries. Elle écarta ses cheveux emmêlés comme on entrouvre un double rideau : Il est tard ?

— Onze heures du matin, l'heure de se lever pour les *maconheiras* ! Tu as une de ces têtes, ma pauvre... On descend à la plage avec toute la bande, vous nous rejoignez ?

— On arrive... fit Aynoré sans ouvrir les yeux.

Surprenant l'espèce de frémissement que fit passer cette voix sur le corps de Moéma, Marlène haussa les sourcils, d'un air comique :

— Eh bien, ma vieille, marmonna-t-il en s'en allant, tu as pas fini d'en baver ! *Você vai espumar como siri na lata...*

Durant les quelques instants où Moéma resta encore dans le hamac, occupée à promener ses doigts sur la peau glabre de son amant, les sous-entendus distillés par Marlène eurent le temps d'éclore. Elle avait beau se dire que les réticences du travelo n'étaient dictées que par la jalousie, elle ne parvenait plus à retrouver son bonheur de la nuit passée. Au sentiment d'avoir trahi Thaïs – elle savait déjà que son abandon à l'Indien n'était pas une aventure passagère, mais un engagement sans retour, un adieu volontaire et définitif dont elle devrait s'expliquer avec son amie – s'ajoutait le doute éveillé par les commentaires acides de Marlène. Le « toi aussi » l'avait blessée avec précision. Séduisant comme il l'était, Aynoré devait effectivement attirer les filles comme des mouches... Et puis quoi ? Ce qui les avait jetés dans les bras l'un de l'autre était unique, personne n'avait le droit, sinon par malveillance, d'en juger différemment. Aynoré avait promis de l'initier à tout ce que la société moderne s'acharnait à oblitérer en nous, et elle avait confiance en sa parole. On n'apprivoisait pas un loup : aussi ne chercherait-elle pas à le faire, elle deviendrait louve elle-même, digne de sa façon à lui d'habiter le monde, de la sauvagerie qu'il y mettait.

Il arrive qu'on éprouve le besoin de justifier un rêve avec d'autant plus d'acharnement qu'il commence à s'estomper ; Moéma s'agrippait à celui-là, cherchant à l'asseoir par un acte fondateur, un sacrifice attestant sa légitimité. À force de triturer ce vague dessein, une image lui vint qui dessina sur ses lèvres un sourire de victoire. Elle s'ébroua, délivrée tout à coup de ses angoisses, et descendit du hamac avec précaution.

Quelques minutes plus tard, lorsqu'elle tendit à Aynoré le peigne et la paire de ciseaux empruntée à *dona* Zefa, l'Indien ne fit aucune difficulté pour accéder à son désir. Avec cette distance altière qui estomaquait Moéma, il entreprit de couper sa longue chevelure à la manière des femmes de sa tribu : après avoir taillé une frange horizontale qui descendait jusqu'aux sourcils, il continua cette ligne sur les côtés, mais en laissant toute la longueur des cheveux sur la seule mesure de la nuque. Il lui rasa les tempes pour effacer toute trace de l'ancienne implantation et termina en clipant sur le lobe de ses oreilles un de ces bouquets de plumes bleues et rouges qu'il vendait sur les trottoirs.

— Tu as de la chance que je ne sois pas un Yanomami, dit-il en lui présentant un éclat de miroir, tu te serais retrouvée avec le front rasé jusqu'au milieu du crâne...

Moéma ne chercha pas à se reconnaître dans l'étrange reflet qu'il tenait entre ses doigts : avec le sacrifice de ses cheveux, son rêve était enfin sorti des limbes, elle se sentait rectifiée, modifiée intérieurement, comme après ce qu'elle imaginait d'un rituel initiatique. Forte de cette renaissance, elle commença d'imiter Aynoré dans sa superbe. Silencieuse, économe de ses gestes – telle une prêtresse, songeait-elle, des temps anciens –, elle roula un joint avec un sourire mystérieux. Et ce qu'elle fuma ce matin-là, ce n'était plus de la *maconha*, mais le Caapi sacré, l'intercesseur entre le monde des hommes et celui des dieux...

Lorsqu'ils descendirent sur la plage, dans l'éblouissement de midi, Moéma se sentait belle et d'humeur guerrière, tueuse d'hommes, dévoreuse de chair ; Amazone. Ils s'arrêtèrent à la hutte de *seu* Juju pour manger des crabes.

Thaïs s'était éloignée vers la mer dès qu'elle avait vu paraître leur silhouette au sommet de la dune.

Arrivée à la hauteur du petit groupe de Marlène, loin sur la plage, de l'autre côté de l'avancée qui protégeait des regards les adeptes du naturisme, Moéma aurait volontiers continué son chemin, mais Aynoré ôta son short et s'installa parmi eux sans même la consulter.

— *Deus do céu !* fit Marlène, la main devant sa bouche, qu'est-ce que tu as fait avec tes cheveux ?

— Si ça ne te plaît pas, répondit Moéma en se dévêtant avec naturel, tu n'as qu'à regarder ailleurs. Elle fusilla des yeux l'un des garçons qui pouffait sans retenue : Ce sont mes affaires, pas les tiennes, d'accord ?

— Ne te frappe pas, dit Marlène sur un ton conciliant, j'ai été surprise, voilà tout. Tu peux bien te raser la tête pour ce que j'en ai à fiche ! Mais fais voir quand même, tourne-toi...

Moéma hésita une seconde, puis consentit à faire un demi-tour sur elle-même, l'air grognon.

— C'est un super look ! Ça te va très bien, je t'assure...

Aynoré s'était allongé sur le sable. Il reposait, les yeux clos, immobile. Un peu gênée, Moéma remarqua la taille de son pénis : courbé mollement sur sa cuisse, il était plus long que celui de Marlène et de ses copains. Fière de ce constat, elle s'étendit auprès de l'Indien avec la conscience claire que tout le monde les reluquait. C'était bon de se savoir nue sous ce regard. Ainsi étendus l'un à côté de l'autre, ils devaient ressembler au couple primordial, elle aurait voulu pouvoir se dédoubler pour en apercevoir le spectacle. D'un revers de volonté, elle écarta l'image de son père apparue soudain au-dessus d'elle, et qui tirait sur sa cigarette en secouant la tête d'un air navré. Sa mère aurait peut-être compris, peut-être pas, mais elle ne se serait pas contentée de les contempler avec cet air de chien couchant... Moéma rapprocha son bras jusqu'à toucher celui d'Aynoré. Lorsque la main de l'Indien se referma sur la sienne, elle se sentit heureuse, en paix avec le monde et avec elle-même.

Le soleil lui brûlait la peau d'une façon agréable. Par association d'idées, elle se souvint de l'histoire des incendies et du déluge, les trois catastrophes fondatrices du mythe Mururucu. Aynoré avait fini par les lui raconter avant de s'endormir, mais le détail s'en était quelque peu brouillé dans sa mémoire.

Jusqu'à l'air s'était enflammé... Cette phrase, les rares survivants d'Hiroshima l'avaient prononcée telle quelle, sans que nul en tire de leçon définitive sur la folie humaine, et Moéma eut soudain trop chaud pour rester une seconde de plus sur le sable. Elle se redressa en annonçant qu'elle allait se baigner, résista une seconde au vertige, et courut vers la mer.

Après s'être amusée dans les vagues quelques instants, elle s'étendit à plat ventre au bord de l'eau. La tête tournée vers la plage, les deux mains sous le menton, elle se concentra sur les effervescences d'écume grésillant sur sa nuque à intervalles réguliers. À une trentaine de mètres en face d'elle, Aynoré s'était joint aux autres garçons pour jongler balle au pied avec de grands cris et des plongeons acrobatiques. Loin derrière eux, la courte falaise qui bordait cette partie de la côte – falaise de sable solidifié, celui-là même qu'on mettait par couches successives dans les petites bouteilles destinées aux touristes – faisait comme un rempart veiné de rose dégradé.

Roetgen... Moéma se rendit compte qu'elle n'avait pas songé à lui une seule fois depuis ce moment déjà si lointain où elle était sortie du *forró da Zefa*. Il devait se trouver quelque part au large, et elle avait hâte qu'il revienne pour lui expliquer comment sa vie avait basculé en son absence. Elle se promit d'aller l'accueillir le lendemain, au retour des jangadas.

Peut-être pourrait-elle faire une thèse sur la mythologie des Mururucu, ou se documenter suffisamment avant de partir pour l'Amazonie. En tout cas, elle n'informerait personne de sa décision, pas même ses parents. Plus tard, peut-être, lorsqu'elle aurait des enfants, une ribambelle de petits métis occupés à jouer le long du fleuve... Elle se voyait immobile sur la rive, dans la pose d'Iracema, arc tendu vers l'ombre d'un poisson invisible, ou bien vaticinant près d'un feu, les yeux hantés de visions. La condition féminine de l'Indienne ? Les mille et une preuves de sa mise à l'écart permanente à cause de son « impureté » ? La pratique de la couvade, cette tragicomédie où les Indiens poussaient la prétention masculine jusqu'à mimer les souffrances de l'enfantement et à recevoir, geignant au fond de leur hamac, les félicitations de tous, alors que l'accouchée encore chancelante s'épuisait à cuire les gâteaux destinés aux invités... Toutes ces distorsions qui modéraient d'habitude son enthousiasme pour les tribus indiennes s'étaient volatilisées, un peu comme si l'on avait déconnecté en elle toutes les instances de l'esprit critique. Son amour – elle nomma pour la première fois l'euphorie éprouvée à la seule pensée d'Aynoré – transcenderait toutes ces entraves ; et si besoin était, on ferait quelques entorses à la tradition...

Le ronronnement d'un moteur lui fit tourner la tête vers le promontoire : lancé à toute vitesse sur l'extrême bordure de la grève, un buggy jaune d'or grandissait à vue d'œil en s'amusant à faire jaillir de grandes gerbes d'eau.

Plein vent arrière, la jangada traçait depuis deux heures vers la côte, ripant avec aisance sur la forte houle de l'océan. Le dépeçage d'une énorme tortue de mer, capturée en fin de pêche, avait retardé le départ, si bien que le soleil semblait un globule rouge, posé droit devant sur la ligne sombre du littoral. João donna ses ordres pour l'atterrissage :

— Mets-toi à côté de moi, dit-il à Roetgen sans le regarder. Ne descends pas avant que je te le dise : un faux mouvement, et on chavire…

Roetgen avait compris le sens de ces directives ; debout et distribués symétriquement de part et d'autre du chevalet auquel ils se cramponnaient, les quatre hommes devraient s'efforcer jusqu'au bout de rééquilibrer la jangada dans sa course vers la plage. À une centaine de mètres du bord, là où les vagues commençaient à déferler en longs rouleaux translucides, João se crispa sur sa gouverne. Le visage tendu, les yeux sans cesse en mouvement pour surveiller l'assiette du bateau et le creux des vagues menaçant d'engouffrer l'arrière, il corrigeait sa trajectoire par de petits coups de barre nerveux et précis. Qu'il se mît en travers de la lame ou perdît un peu de sa vitesse, et le mascaret les roulerait comme un vulgaire espar… Chaque fois qu'une déferlante semblait devoir les rattraper, João manœuvrait de façon à partir au surf, et l'allure de la jangada s'accélérait suffisamment pour lui échapper une nouvelle fois. Emballée, incontrôlable dans le dernier moutonnement qui la portait vers la rive, l'embarcation talonna soudain, dérapa en crissant sur son erre et se posa enfin sur le sable de la plage. Au commandement de João, les quatre hommes débarquèrent aussitôt et s'employèrent à maintenir la jangada dans le reflux, tandis que d'autres pêcheurs accourus à leur rencontre disposaient les rondins sous la proue et se joignaient à eux pour la rouler à l'abri des vagues.

Attelée à une mule et montée sur deux roues à pneus, la charrette de ramassage vint à leur rencontre. Pendant que João discutait de la pêche avec Bolinha, son conducteur, Roetgen prit une minute pour souffler. Il était épuisé, mais de cette moelleuse lassitude qui suit l'heureux achèvement d'un travail

dont tout démontrait qu'il dépassait nos compéten-
ces. À sa fierté de marin, se mêlait celle, plus douce,
d'avoir été accepté par les pêcheurs comme un des
leurs, d'appartenir de plein droit à leur confrérie. Ce
fut à cet instant qu'il aperçut Moéma... Le premier
outrage vint de cette nouvelle coiffure si ridicule-
ment chargée de sens, le second de voir l'Indien
embrasser la jeune fille dans le cou tandis qu'ils
avançaient vers lui. Cette niaise béatitude de femme
enceinte, l'absence de Thaïs dans les parages...
Moéma ne lui avait pas encore adressé la parole, que
Roetgen remâchait déjà les confuses aigreurs de son
amour-propre.

Sans être insultant, avec la distance un peu dédaigneuse de qui n'a guère le loisir de converser avec
des oisifs, il répondit à peine aux questions de la
jeune fille. S'excusant auprès d'elle, il aida João et les
autres à transporter le poisson sur la charrette.
Quand vint le moment de la distribution des parts, il
chargea Bolinha de porter celle qui lui revenait au
pêcheur dont il avait pris la place, et de veiller à ce
que son crédit à la coopérative fût normalement
attribué.

Souriant du fond de son épuisement, João lui mit
la main sur l'épaule avec rudesse : ils allaient boire
ensemble une *cachaça* ou deux, peut-être même trois
s'ils ne s'écroulaient pas auparavant... Sur un petit
signe à Moéma, les deux hommes prirent leurs affaires et s'éloignèrent, titubant de fatigue, à contre-jour
dans la rougeur du crépuscule.

Moéma les suivit des yeux quelques secondes, tandis
qu'ils remontaient la dune. Pour s'être sentie laide sous
le regard de Roetgen, elle retenait ses larmes.

Si j'suis tombé dans la boisson,
... disait le *violeiro* assis sur sa caisse de bière, voix
rauque, guitare fêlée. Une gueule de sorcier haï-
tien... Déglingué, le type...

C'est uniquement par désespoir.

… José Costa Leite, le vrai, avec ses yeux en trou de bite et sa casquette de base-ball amidonnée de crasse…

J'ai pas besoin de vos leçons :

… ni moi non plus, songeait Roetgen, ni João ni personne, d'ailleurs. Remets-moi ça, tu veux ?

C'est pas un vrai défaut de boire…

… ça non. Hein, João ? Tout ce qu'on voulait, mais pas un défaut… Un devoir, une loi morale, même ! Un impératif catégorique !

Pas de travail et pas d'argent,
Rien à se mettre sous la dent…

… les pauvres mecs, bon Dieu ! Entendre ça pendant que des millions d'autres se branlaient la tête avec le régime Montignac et la liposuccion…

Y a pas de mal à faire la foire :
C'est pas un vrai défaut de boire…

… voix de trouvère, voix sarde, voix andalouse, voix d'égorgé sur les rails du blues…

L'alcool étanche la tristesse,
Et qui s'arsouille la mémoire
Baise la gueule à sa détresse :
C'est pas un vrai défaut de boire…

… messe des miséreux, et didactique ! Versets débités à toute vitesse et sans reprendre souffle, le dernier vers tombant jusqu'à la finale chevrotante du refrain… « Purgatoire ! », dit João brusquement, les yeux vitreux, le teint cendré. Vas-y, *cantador* : purgatoire !

L'aguardiente ou la tumeur ?
À rester sobre aussi on meurt,

… deux accords infiniment distordus, bourdon de vielle, accents de shamisen en peau de chien…

Moi j'ai choisi mon purgatoire :
C'est pas un vrai défaut de boire…

… chant africain, chant de griot illuminé. Plainte sans lie de l'homme sans espoir. « Liberté ! », dit

Roetgen, et il répète, parce qu'il a l'impression d'avoir des patates chaudes dans la bouche, et il s'en veut, parce que le mot lui semble tout à coup aussi étrange, aussi dénué de sens que méthoxypsoralène ou mononitrate de rétinol... Deux accords, et l'improvisation reprend :

La liberté qu'on donne à l'âne

C'est de tourner dans sa cabane,

... José Costa Leite regarde le mur, son chant s'éraille, rejoint le cri, trouve des voies nouvelles...

Au chien de riche le dessert,

Au Brésilien la muselière :

Libre à ton cœur d'accélérer

Quand la police te court après...

Je voulais pas te décevoir :

C'est pas un vrai défaut de boire...

... sifflets dans le bar, grognements et crachats d'appréciation... *Que bom !* Où est-ce qu'il va chercher des trucs pareils ?... dit le barman. Une *cachaça* pour le poète, et bien remplie ! Et puis soudain deux anges, deux apparitions nimbées de lumière dans la ténèbre de l'entrée... C'est à se mettre à croire en Dieu, ma parole ! Cheveux à la prince Vaillant, ailes et couronne scintillant de poudre d'or, longue robe de satin rose pour l'un, bleu azur pour l'autre, deux jeunes anges écarquillent leurs jolis yeux, mains jointes haut sur la poitrine dans un geste de prière. Ils se sont arrêtés pour jeter un coup d'œil en enfer, comme l'auraient fait deux véritables petites filles cédant à la curiosité sur le chemin de l'église. Roetgen ne pensait pas que les anges eussent cet air de gravité, un air d'entomologiste intrigué par la soudaine et incompréhensible agitation d'une fourmilière. Il a esquissé un geste d'invite, et ils ne sont plus là : on dirait qu'un vent d'hébétude a soufflé sa paix sombre sur le bar. Costa Leite s'est remis à sa guitare :

Ils ont la veine poétique
Les PDG de la fabrique,
Mais les prolos ont des varices
Et chient des vers dans leur hospice.
J'offre mon âme à Lucifer
Pour le salut d'une belle gosse,
Que le bon Dieu sauve les rosses
Puisqu'il n'a pas d'aut'chose à faire.
Mon seul ami, c'est l'urinoir :
C'est pas un vrai défaut de boire...

... de la *cachaça* encore et encore, aller jusqu'aux confins de cette nuit. Faut pas lui en vouloir, dit João, les yeux braqués sur un paquet d'Omo, c'est pas sa faute. *A mulher e capaz de quase tudo, o homem do resto...* Prêts à tomber d'ivresse et de fatigue, ils s'accrochent, épaules soudées, bras tâtonnant sur le comptoir, se retenant l'un l'autre au bord du gouffre.

Lorsque Thaïs le retrouva, tard dans la soirée, Roetgen dormait sur le billard, une vilaine plaie sur le front, du sang séché sur le visage. Le barman raconta qu'il avait été obligé de lui casser une bouteille sur la tête, que c'était un brave type et qu'il n'y avait pas de mal, ni pour son crâne – le cuir chevelu un peu ouvert, rien de grave... – ni pour les dégâts. João était rentré de force un peu plus tôt, en râlant tout ce qu'il savait contre sa femme.

FORTALEZA, FAVELA DE PIRAMBÚ | *Angicos, 1938...*

Nelson limait sa barre de fer depuis des heures. L'esprit libéré par le côté répétitif de son travail, il revivait une nouvelle fois la mort de Lampião. Quelque chose le gênait dans le déroulement des faits, une fatalité trop prosaïque, une distorsion qui n'allaient pas avec les qualités de ruse et d'intelligence attribuées à son héros. Angicos, 1938... La fin tragique du célèbre *cangaceiro* était parfaitement connue : fiers de leur exploit, les soldats de la brigade volante commandée par le lieutenant João Bezerra l'avaient rapportée dans ses moindres détails.

Quand l'aube de ce 28 juillet 1938 jeta sa clarté fade sur cette partie du Brésil, les policiers étaient si proches des *cangaceiros* qu'ils pouvaient les entendre parler ou suivre le regard de ceux qui s'étiraient déjà sur le seuil de leur cahute. Sanglés dans le seul uniforme qu'eût jamais permis la *caatinga*, tous ces hommes se ressemblaient d'une manière hallucinante. Casaque de peau serrée sur le torse par le croisillon des cartouchières, guêtres, jambières articulées aux genoux, large bicorne de cuir fauve piqué d'étoiles et de rosaces dorées – une sorte de chapeau évoquant celui des Incroyables, mais avec jugulaire et frontal de sequins... Conçue pour résister aux assauts d'une végétation hérissée d'épines, cette armure couleur de bronze unissait chasseurs et proies comme des chevaliers à leur miroir. Sous la pluie toujours battante, des bruits assourdis se détachaient : gamelles entrechoquées, renâclement de cheval, toux sèche, épisodique... On ne devait ouvrir le feu que sur l'ordre de Bezerra, mais la peur soudait si fort les mâchoires du lieutenant que les pulsations de son cœur étaient visibles sur sa joue ; loin de se tenir prêt à bondir, il cherchait à disparaître dans la flaque où il se terrait. Le crépitement soudain d'une machine à coudre enfonça le visage de ce pleutre dans la boue... Mouvement intempestif dans les broussailles ? Reflet métallique d'une carabine ? Épaisseur inhabituelle du silence autour du campement... Sans qu'on ait pu en déterminer la cause, l'un des *cangaceiros* donna l'alarme. L'espace d'une seconde, Maria Bonita crut voir sa machine à coudre cracher des balles.

524

Sorti en hâte à l'appel de son compagnon, Lampião tomba l'un des premiers sous le feu des mitrailleuses. Tandis qu'un bon nombre de *cangaceiros* s'éparpillaient dans les collines, Maria Bonita, Luís Pedro et les plus fidèles des combattants se retranchèrent dans les cabanes. L'assaut ne dura qu'une vingtaine de minutes, mais bien après que le dernier fusil s'était tu en face d'elles, les mitrailleuses continuèrent à remâcher les abris de toile et de branchages.

Ainsi la bataille s'était-elle transformée en tir au pigeon. Les mitrailleuses n'avaient laissé aucune chance aux *cangaceiros*. D'ailleurs, comment justifier une pareille déroute ? Pourquoi la couardise bien connue de Bezerra l'aurait-elle emporté ce matin-là plutôt qu'un autre sur l'intelligence et la bravoure ? Lampião et ses fidèles étaient morts sans combattre. On les avait purement et simplement exécutés.

Ému par cette évocation, Nelson avait accéléré le mouvement de sa lime sur la barre de fer. Non, songeait-il, jamais Lampião ne se serait fait avoir aussi facilement sur un champ de bataille, même par surprise. Cette histoire ne tenait pas debout... L'autre version, en revanche, celle que la rumeur avait colportée presque tout de suite après la tragédie d'Angicos, était autrement plus convaincante : alimentée par les révélations du père José Kehrle, confirmée par les frères João et David Jurubeba, elle affirmait que Lampião et les dix *cangaceiros* qui l'avaient accompagné dans son martyre étaient morts empoisonnés.

Chapitre XX

*Comment Kircher se trouva obligé de conter
à la reine Christine une scabreuse histoire
qu'il désirait garder par-devers lui...*

Le lendemain, 24 décembre 1655, Christine de
Suède vint comme prévu nous honorer de sa présence.

Kircher était rompu à cet office de cornac ; sans
cesser de parler à son invitée, il introduisait rapidement & avec esprit de vastes sections de son musée,
ne s'attardant que sur les objets les plus dignes de
l'intérêt royal. Ici, une robe de la Chine, brodée d'or
& de dragons ; là, une intaille égyptienne du plus
beau jaspe ou un abraxas gravé sur jade & monté à
jour en bague tournante ; plus loin, une série de
miroirs déformants... L'un de ceux-ci produisit une
extraordinaire impression sur Christine de Suède ;
lorsqu'on s'y contemplait dans sa longueur, on y
voyait sa tête s'étirer progressivement en cône, puis
apparaître quatre, trois, cinq & huit yeux ; au même
instant, la bouche devenait pareille à une caverne,
avec les dents pointant comme des rochers abrupts.
Dans la largeur, on s'y voyait d'abord sans front, puis
recevant des oreilles d'âne sans que la bouche & les
narines fussent modifiées ! Mais je ne saurais décrire
avec des mots toute la diversité de ces hideuses
apparitions. Mon maître expliquait sans se lasser les

principes catoptriques ayant présidé à ces inventions & à celles, bien plus intéressantes encore, dont il avait les projets dans son esprit, au cas où quelque mécène favoriserait un jour leur réalisation.

Après le musée catoptrique, le plus beau & le plus complet du monde, Kircher découvrit à Christine le grand python du Brésil & l'éléphant de mer, animaux gigantesques qu'il devait à sa renommée d'être seul à posséder. Et quand la reine se fut bien extasiée devant l'énormité de ces géants de la création, mon maître lui fit voir une gravure en demandant d'identifier l'animal qui s'y trouvait reproduit.

— Quel étrange monstre est-ce là ? ! s'exclama Christine en riant. On dirait un dromadaire qui se serait établi sur une branche...

— C'est une puce, Votre Altesse, & son perchoir, un poil humain que les pouvoirs de mon microscope permettent d'agrandir ainsi pour le déplaisir des yeux &... le ravissement de l'esprit. Regardez vous-même...

Athanase lui présenta aussitôt l'une de ces lunettes & plusieurs sujets d'observation qu'il avait préparés à cet effet. Christine de Suède, penchée sur l'oculaire, poussait de petits cris d'étonnement à la vue de ces bestioles métamorphosées en chimères épouvantables par la simple vertu des lentilles, tandis que mon maître, imperturbable, dissertait sur l'infiniment petit & l'infiniment grand.

De là nous passâmes au dragon ailé dont le cardinal Barberini s'était séparé en l'honneur de notre musée, figure prodigieuse & faite pour inspirer aux hommes l'épouvante. Mais la reine Christine était de bonne trempe & fut égale à sa réputation de finesse :

— Des jésuites allemands m'ont raconté, il y a quelques mois, dit-elle, qu'ils avaient vu des dragons *priapos suos immanes, in os feminarum intromittentes, ibique urinam fudentes*[1]. Je les grondai bien, ajouta-t-elle, de ce qu'ils avaient souffert une telle insolence, mais ils ne firent qu'en rire !

— Je n'en ai eu ni vent ni voix, répondit Kircher, si est-ce néanmoins qu'il faut blâmer ces pères pour leur légèreté. Je ne serais point reparti, quant à moi, sans les avoir capturés, ou… « convertis », c'est comme il vous plaira…

En suite de cette escarmouche, il y eut l'agneau à deux têtes, l'oiseau de paradis à trois jambes, le pied humain à six doigts, & le crocodile empaillé qui feignait le sommeil près d'un arbre à palmes reconstitué.

— Le crocodile, expliqua mon maître, est le symbole de l'omniscience divine, parce qu'il n'émerge de l'eau qu'avec ses yeux, & quoique voyant tout reste invisible aux sens des mortels. Il n'a point de langue ; or la raison divine n'a point besoin de paroles pour se manifester. Et comme le remarque Plutarque, cet animal produit soixante œufs qu'il met autant de jours à faire éclore. C'est aussi soixante années qu'il vit le plus longtemps, or le nombre soixante est le premier que les astronomes emploient dans leurs calculs. Ce ne fut donc pas sans raison que les anciens prêtres égyptiens lui dédièrent une ville, Crocodilopolis, & que les habitants de Nîmes arborent encore son emblème sur les murs de leur ville.

Parcourant le reste de la partie égyptienne du musée, nous nous dirigions vers la curiosité qui terminait habituellement la visite – une pierre de trois cents grammes extraite de la vésicule du père Léo Sanctius, malheureusement décédé pendant l'opération – lorsque la reine Christine s'immobilisa devant une statuette à laquelle je n'avais jamais prêté attention : coiffé d'un chapeau à forme de scarabée, dont les pattes arrière dépassaient largement de sa

---

1. (…) *introduire leur pénis dans la bouche des femmes afin d'y répandre leur urine.*

nuque, tout comme des rubans, un personnage plutôt rondelet semblait s'accroupir en se tenant les côtes.

— Et cela, mon révérend ? demanda Christine.

— Une idole égyptienne insignifiante... répondit Kircher en faisant mine de continuer à marcher.

— Elle me paraît, à moi, tout à fait singulière... insista la reine en se saisissant de la statue. Quelle curieuse divinité est-ce là ?

Connaissant parfaitement les moindres mimiques d'Athanase, je vis bien qu'il eût préféré s'en tenir à un autre sujet, & sa réaction aiguillonna ma propre curiosité.

— Je crains, Votre Altesse, dit mon maître avec une sorte de gêne, que cela ne convienne guère à des oreilles délicates. Et si vous le permettez, je vous supplierais de contenter votre esprit d'une licite censure due à votre rang & à votre sexe.

— Mais si, justement, je ne permettais pas... dit Christine en souriant avec une feinte candeur. Sachez que mon rang m'autorise au contraire ce qu'il refuse à d'autres femmes & même à la plupart des hommes. Que mes robes ne vous abusent point ; ce n'est pas le sexe qui fait un roi ou une reine, c'est son règne, & lui seul, qui en décide.

— Et le vôtre, Majesté, fut grand & remarquable parmi les plus insignes. Je m'incline donc & vous prie de pardonner une réticence inopportune. Cette idole figure le *deus Crepitus* ou « dieu Pet » des Égyptiens, & cela dans la posture bouffonne qui convient à son essence...

La reine Christine sut garder une parfaite impassibilité, prouvant ainsi qu'elle méritait pleinement son renom de souveraine éclairée, plus encline à augmenter ses connaissances, fût-ce dans un domaine aussi scabreux, qu'à s'en gausser puérilement. Quelques personnes de sa suite y étant allées de leurs gloussements & commentaires ironiques sur le côté fétide de cette divinité, elle leur imposa silence d'un regard où se lisait tout l'empire que cette maîtresse femme avait sur elles.

— Je vous en prie, mon révérend, continuez. Comment se peut-il que les bâtisseurs des pyramides & de la bibliothèque d'Alexandrie, les inventeurs des hiéroglyphes & de tant d'autres secrets merveilleux aient pu se rabaisser à ce culte éhonté ? Ma curiosité ne laisse pas d'être piquée, je l'avoue, par ce qui semble au premier abord n'avoir ni rime ni raison...

— Vous voulez donc que j'expose à Votre Majesté le pet divinisé par les Égyptiens... Mais ne sera-ce point blesser le droit des gens de mettre ainsi au grand jour le ridicule apparent de cette nation sage & savante ?

« Parmi les peuples qui ont décerné les honneurs divins à des créatures sensibles, je n'en vois point de plus excusables que ceux qui ont adoré les vents : ces derniers sont invisibles, comme le grand maître de l'univers, leur source est inconnue, comme celle de la divinité.

« Ne soyons donc pas surpris si les vents ont été adorés par la plupart des nations comme des agents terribles & impénétrables, comme de merveilleux ouvriers des orages & de la sérénité de l'univers, & comme les maîtres de la nature ; vous savez le mot de Pétrone *primus in orbe Deos fecit timor*[1]...

« Les Phéniciens, sur la foi d'Eusèbe qui le rapporte de la théologie de ces peuples, consacrèrent un temple aux vents. Les Perses suivirent leur exemple : *Sacrificant Persæ*, dit Hérodote, *soli & lunæ & telluri & igni & aquæ & ventis*[2]. Strabon le confirme presque en mêmes termes.

---

1. *Aux commencements du monde, la crainte seule créa les dieux...*
2. *Les Perses sacrifient au Soleil, à la Lune, à la Terre, au feu, à l'eau et aux vents.*

« Les Grecs imiteront les uns & les autres des peuples que je viens d'alléguer ; l'expédition de Xerxès menaçant la Grèce, ils consultèrent l'oracle de Delphes qui leur répondit qu'il fallait se rendre les vents favorables pour en avoir des secours, ils leur sacrifièrent donc sur un autel dédié à leur honneur, & ensuite la flotte de Xerxès fut dissipée par une furieuse tempête. Platon, en son *Phèdre*, rapporte qu'il y avait en son temps à Athènes un autel consacré au vent Borée. Et Pausanias nous apprend qu'il y avait aussi à Sycione un autel destiné aux sacrifices qu'on faisait pour apaiser la colère des vents.

« Les Romains donnèrent encore dans les mêmes rêves, ils sacrifiaient une brebis noire aux vents de l'hiver, & une blanche aux Zéphyrs, sur le rapport de Virgile. Et l'empereur Auguste, qui avait l'esprit si éclairé, se trouvant dans la Gaule narbonnaise & consterné de la violence du vent Circius, qu'on appelle encore à Narbonne le vent de Cers, qui renversait les maisons & les plus grands arbres, & donnait néanmoins à l'air une merveilleuse salubrité, fit vœu de lui consacrer un temple & le lui bâtit effectivement. C'est Sénèque qui nous l'apprend en ses *Questions naturelles*.

« Les Scythes enfin, au dire de Lucien, juraient par le vent & par leur épée qu'ils reconnaissaient ainsi pour leur dieu.

« L'homme, qu'on a toujours regardé comme un microcosme, c'est-à-dire comme un petit monde, a ses vents comme le grand. Lesquels, dans les trois régions de son corps comme dans trois climats différents, produisent des tempêtes & des orages quand ils sont trop abondants & trop rapides, & donnent du rafraîchissement au sang, aux esprits animaux & aux parties solides, & la santé à tout le corps quand ils sont doux & réglés dans leurs mouvements ; mais il ne faut qu'une abondance impétueuse de ses vents enfermés pour former une colique sans remède, ou une hydropisie venteuse, ou un nouement des boyaux qui sont des maladies mortelles. Les Égyptiens décernèrent donc les honneurs divins à ces vents du petit monde comme aux auteurs de la maladie & de la santé du corps humain. Et Job semble confirmer leur sentiment, quand il dit : *Souviens-toi que ma vie est un souffle...* Ils préfèrent pourtant le pet à tous les autres vents de ce petit monde, peut-être parce qu'il est le plus propre de tous, ou parce qu'il rend un son éclatant en s'échappant de sa prison, & qu'ainsi il imite en petit le bruit du tonnerre, & c'est par cet endroit qu'il a pu être regardé par ce peuple comme un petit Jupiter Tonnant qui méritait leurs adorations.

« Remercions cependant le Seigneur de nous avoir tirés de tous ces égarements par les lumières de la foi, & quelque puissance que nous admirions dans les agents naturels pour nous faire du bien ou du mal, ne les regardons que comme des degrés d'une échelle mystérieuse par lesquels nous devons nous élever à l'adoration du Créateur qui nous afflige ou nous favorise par le ministère des plus grandes ou des moindres de ses créatures, suivant les ordres impénétrables de sa Providence.

Christine de Suède fut enchantée de cette dissertation. Elle promit à mon maître son appui définitif pour l'entretien & l'accroissement du musée, puis s'en retourna. Mon maître était épuisé, mais content d'avoir si bien résisté à cette bourrasque ; il dormit huit heures d'affilée, ce qui ne lui était arrivé depuis bien longtemps.

Kircher s'était acquitté au mieux de sa tâche ; il se remit à l'étude sans différer. La vague de célébrité soulevée par la publication de l'*Œdipe Égyptien* continuait à déferler sur le monde, aussi n'avait-il pas assez de ses journées pour répondre aux questions et aux honneurs qui affluaient de toutes parts. Ce fut à cette époque, je crois m'en souvenir, qu'il reçut d'un certain Marcus, natif de Prague, l'hommage d'un manuscrit rarissime, mais indéchiffrable pour ce qu'il était écrit dans une langue forgée de toutes pièces. Athanase y reconnut la partie manquante de l'*Opus Tertium* du philosophe Roger Bacon, & remit à plus tard une traduction qu'il n'eut jamais le loisir, hélas, d'entreprendre.

L'année 1656 passa comme un rêve. Rien ne vint ternir la bonne humeur de mon maître, sinon les bruits de plus en plus inquiétants qui provenaient du palais Farnèse : sans se soucier des susceptibilités romaines, Christine de Suède y menait grand train, ce qui donnait à jaser. Seule & unique femme au milieu de la centaine d'hommes qui composait sa cour, elle se livrait sans retenue à toutes les fantaisies de son imagination. Les feuilles de vigne couvrant la nudité des statues meublant son palais avaient été retirées sur son ordre, les tableaux prêtés par le pape – tous de sujets pieux ou instructifs – remplacés par des scènes mythologiques plus dignes d'un lupanar que de la demeure d'une nouvelle convertie, & ses courtisans n'hésitaient point, au désespoir du majordome Giandemaria, à dépouiller le palais de l'infortuné duc de Parme, arrachant jusqu'aux passementeries & aux rideaux de brocart pour les vendre aux bourgeois de la ville. Il fallut renvoyer le cardinal Colonna dans sa maison de campagne, tant la jeune Christine lui avait tourné la tête, & même changer de couvent une religieuse dont elle s'était piquée au point de la vouloir ravir au service de Notre Seigneur !

Ce fut à cette époque que mon maître prit un refroidissement d'estomac pour avoir mangé trop de fruits, à ce qu'il pensait, durant le carême. Cette indisposition survenait fort mal à propos, Christine de Suède nous ayant invités, ainsi que divers ecclésiastiques, à un concert qu'elle faisait donner en signe de contrition. Kircher ayant essayé depuis le matin tous les remèdes connus sans en éprouver aucun mieux se trouvait désemparé. Grâce au ciel, & alors qu'il se résolvait à décliner une invitation si estimable, mon maître se ressouvint d'une fiole reçue peu auparavant du père Yves d'Évreux, missionnaire au Brésil. Cette fiole, disait le bon père dans sa lettre, contenait une poudre souveraine contre tous les maux, elle aidait en sus à restaurer la vigueur intellectuelle épuisée par l'étude, & il en avait souvent vérifié les effets aussi bien sur les Indiens Toupinambou, de qui il la tenait, que sur lui-même. Ce remède, autant qu'il avait été en mesure de l'observer, était obtenu d'une certaine liane, nommée par eux « Guaraná », mélangée à de la farine de seigle. Cette dernière ne servant en l'occurrence qu'à fabriquer de petites boulettes plus commodes à ingurgiter.

Réduit aux dernières extrémités, Kircher n'hésita point une seconde ; suivant au pied de la lettre les instructions du père d'Évreux, il mangea quatre ou cinq de ces pastilles que je constituai pour lui avec un peu d'eau bénite. Et là où tous les secrets de la pharmacopée moderne avaient échoué, cette médecine des sauvages produisit un résultat miraculeux : une heure ne s'était pas écoulée depuis qu'il en avait goûté, que mon maître se sentit mieux. Ses douleurs & son flux de ventre disparurent, la couleur ranima son teint, & il se surprit à fredonner un air guilleret. Il lui parut avoir retrouvé non seulement la santé, mais aussi l'énergie & la finesse d'esprit de ses jeunes années. Rien ne fut jamais surprenant comme cette métamorphose, & nous rendîmes grâce à ces Indiens qui lui offraient de si loin cette providentielle guérison.

Jusqu'à notre arrivée au palais Farnèse, Kircher ne cessa de plaisanter sur tout. Sa belle humeur était tellement communicative que nous fûmes pris de fou rire plusieurs fois, & ce pour des futilités qui ne le méritaient guère...

Michele Angelo Rossi, Laelius Chorista & Salvatore Mazelli, les trois musiciens qui donnaient ce soir-là du Frescobaldi chez la reine Christine, furent à leur habitude irréprochables, cependant leur musique trouva chez mon maître une résonance inattendue. À peine eurent-ils commencé à jouer, que je lui vis fermer les yeux pour entrer dans une rêverie qui dura tout le temps du concert. Parfois, quelques exclamations de joie lui échappaient, m'apprenant par là qu'il ne dormait point, mais se trouvait plongé dans la plus merveilleuse des extases...

Lorsque Athanase me regarda, bien après la dernière note de musique, je crus qu'il était à nouveau malade, tant son regard était étrangement fixe. Ses yeux mouillés de larmes me traversaient sans me voir... De quelques phrases incohérentes qu'il parvint à formuler, je compris que mon maître baignait dans la plus parfaite des voluptés, mais les mots semblaient ne franchir ses lèvres qu'avec un embarras extrême, ce qui me jeta dans une grande appréhension.

— *Abgescheidenheit !* murmura-t-il en souriant singulièrement. Je suis nu, je suis aveugle, & je ne suis plus seul... *Schau*, Caspar, *diese Welt vergeht. Was ? Sie vergeht auch nicht, es ist nur Finsternis, was Gott in ihr zerbricht*[1] ! Oui, brûlez ! Brûlez-moi de votre Amour !

Et disant cela, il remuait malgré lui pieds & mains, exactement comme s'ils se fussent trouvés en contact avec des charbons ardents. Par ces signes, je reconnus la présence divine & l'immense privilège accordé à Kircher en cet instant. Mais je vis bien, si forte était son extatique béatitude, qu'il serait incapa-

---

1. *Abstraction ! Regarde, ce monde s'évanouit. Quoi ? Il ne s'évanouit pourtant pas, c'est seulement la ténèbre que Dieu brise en lui.*

ble de toute civilité ; je pris donc sur moi de le ramener au collège incontinent.

Une fois dans sa chambre, où je fus obligé de le
guider tout comme un petit enfant, Kircher s'agenouilla sur son prie-Dieu : loin de s'estomper, son
ravissement prit une tournure remarquable, & à
bien des égards effrayante...

ALCÂNTARA | *Quelque chose de terrible
et d'obscur...*

Loredana ne regrettait pas de s'être confiée à
Soledade, mais le retour sur elle-même auquel l'avait
contrainte cet aveu la laissait désemparée.

Deux jours plus tard, quand Soledade la prévint
que Mariazinha les attendrait chez elle le soir même,
elle dut faire un effort pour mettre un souvenir sur
ce nom. L'idée de rencontrer cette femme censée la
guérir de tous les maux ne la séduisait plus du tout,
mais elle s'y conforma, par égard pour Soledade qui
s'était démenée pour obtenir ce rendez-vous et semblait très fière de son entremise.

La jeune fille vint la chercher en fin d'après-midi ;
elles partirent aussitôt, sans avoir été aperçues de
quiconque dans l'hôtel. Tout en marchant, Loredana
obtint au compte-gouttes de vagues réponses aux
questions qui lui traversaient l'esprit : elles se rendaient au *terreiro* de Sakpata où il y avait ce soir-là
une réunion... une *macumba* ; elles verraient la mère
de saint un peu avant, car il n'était pas sûr qu'une
étrangère pût assister à la cérémonie. Quant à savoir
ce qu'était exactement un *terreiro*, une *macumba*, ou
quelle sorte de culte on y célébrait, Loredana dut en
faire son deuil, Soledade ayant fini par avouer qu'il
lui était interdit de révéler ce genre de détails.
Comme elle avait pris un air buté, discordant avec sa
bonhomie habituelle, Loredana la laissa tranquille.

Elles quittèrent la grand-rue, puis les dernières maisons en dur et s'enfoncèrent dans la presqu'île par un chemin que longeait de temps à autre une cahute cernée de *babaçus*. Malgré l'absence de pluie ces derniers jours, la terre rouge collait aux sandales, rendant leur marche laborieuse. Un zébu immobile, les côtes saillantes ; un chien efflanqué, trop faible pour aboyer à leur passage, des meurt-de-faim couverts de loques sans couleur, l'air égaré, avec de grands yeux brillants qui ne regardaient rien... Loredana ne s'était jamais aventurée si loin dans la vision du dénuement. Une misère oppressante, un orage prêt à crever, plus visible ici que dans les rues d'Alcântara ou de São Luís. La piste allait s'amenuisant, l'obscurité commençait à faire tressaillir le pelage vert glauque des grands arbres : Loredana eut l'impression fugitive d'aller vaille que vaille à la rencontre de la nuit.

Après trois quarts d'heure de marche, elles parvinrent jusque sous le feuillage d'un énorme manguier dont le tronc boursouflé, grossi de ses propres rejets, se tordait comme Laocoon au milieu des serpents. Un tronc de conte de fées, verdâtre, luisant, tentaculaire et assez vaste pour servir de retraite à tout un peuple de sorcières.

— On arrive... dit Soledade en prenant une sente dissimulée par les racines.

La maison de Mariazinha apparut entre les arbres, au creux d'une clairière parfaitement damée et si bien entretenue qu'elle semblait irréelle après le paysage d'après-guerre qu'elles venaient de traverser. Sur la façade blanche, virée à l'ocre sale, Loredana remarqua l'absence de fenêtres et, en s'approchant, les restes d'une croix de pierre au-dessus de la porte.

À peine eurent-elles franchi le seuil qu'une fillette vint à leur rencontre. Elle les conduisit dans une pièce qui donna le frisson à l'Italienne tant son agencement rappelait le fouillis rouge et or des temples tibétains. Éclairé par une multitude de veilleuses à huile, l'endroit regorgeait de fétiches en plâtre coloré – chefs indiens, diables rieurs, sirènes ou chiens aboyant à la lune. Les murs étaient couverts de méchantes lithographies qui indiquaient un engouement inconsidéré pour Allan Kardec. Tout un réseau de papiers rouges, de rubans à prières et de billets de banque pendait du plafond. Surmonté d'une statue de saint Roc – son nom était écrit sur la base, afin que nul ne l'ignore – et environné de fleurs en plastique, un grand fauteuil d'osier semblait constituer le cœur du sanctuaire. Une vieille femme y trônait.

Mariazinha était petite, boulotte et d'une laideur que son grand âge avait fini par rendre presque avantageuse. Son teint de fonte détonnait avec la masse de cheveux blancs et crépus réunie en pelote sur le haut de sa tête ; ses yeux de chèvre ne semblaient regarder les êtres ou les choses que pour les transpercer ; sa voix synthétique, cassante, ce rictus d'hémiplégie qui lui tordait la bouche lorsqu'elle parlait, tout dans son apparence avait cette effrayante séduction que nous inspire parfois la monstruosité. Très sceptique quant aux pouvoirs supposés du personnage, Loredana joua le jeu par simple courtoisie. Mariazinha se contenta de la fixer, droit dans les yeux, en marmonnant une litanie incompréhensible, un flot de paroles indépendant de son regard, dissocié, un peu comme sur un piano main droite et main gauche parviennent à rompre la symétrie naturelle à l'œuvre dans le corps. Elle scrutait l'étrangère, la lisait, tel un sculpteur étudiant les défauts de sa pierre brute, au point que Loredana se sentit un instant dépossédée de son image.

— Tu es malade, très malade... finit par dire la vieille femme, tout en adoucissant son regard.

Le bel exploit ! songea Loredana, déçue par le charlatanisme de cet oracle. Soledade avait dû la mettre au courant de son état, c'était clair.

— Et je ne savais rien de ton malheur, reprit Mariazinha, comme en réponse à la visible défiance de la jeune femme. « Elle a besoin de toi... », c'est tout ce que m'a dit la petite. Omulú te veut du bien, il te sauvera si tu es décidée à l'accueillir...

— Est-ce que je dois retourner dans mon pays ? demanda soudain Loredana, par défi, et comme les incrédules interrogent parfois le hasard des cartes ou la conjonction des astres pour conforter une décision.

— Ton pays ? Nous revenons tous un jour à notre point de départ... Ce n'est pas cela qui importe, c'est de savoir où il se trouve. Si Omulú peut t'aider, il le fera : c'est le médecin des pauvres, le seigneur de la terre et des cimetières ! *Eu sou caboclinha, eu só visto pena, eu só vim em terra prá beber jurema*... Elle but à même le goulot d'une grande bouteille qu'elle tendit à Loredana : Tiens, bois aussi. Que l'esprit de la *jurema* te purifie !

Surmontant son dégoût à la vue de la bouteille crasseuse et du fond de liquide rouge, épais, qu'elle contenait, Loredana s'efforça d'en avaler une gorgée. C'était âcre, très alcoolisé, avec un goût indéfinissable de feuille verte et de sirop contre la toux. Mariazinha devait être complètement soûle à boire un truc pareil.

Ce fut à ce moment-là qu'on entendit les tambours, très proches, et qui battaient un rythme de samba.

— Allez vous asseoir, dit Mariazinha en les reconduisant hors de la pièce. Et toi, ajouta-t-elle à l'adresse de Loredana, essaye de faire comme les autres, ne résiste à rien de ce que décidera la nuit...

— Viens, c'est par là, dit Soledade, une fois qu'elles furent seules. Je ne croyais pas qu'elle te laisserait assister à la *macumba*, c'est super ! Tu vas voir, vous n'avez pas ce genre de chose en Italie...

Loredana la suivit jusqu'à une porte ouvrant sur l'arrière de la maison. Elle resta bouche bée devant le spectacle qui lui sauta au visage : il y avait là une cinquantaine de personnes, hommes et femmes assis à même le sol ou sur de petits bancs, de part et d'autre d'un large rectangle de terre balayée. Un ancien poteau de téléphone était planté au point d'intersection des diagonales ; plusieurs guirlandes électriques en rayonnaient, formant un dais de lumière au-dessus de l'assistance. Debout derrière leurs instruments, trois jeunes tambours semblaient jouir de leur propre virtuosité.

Au grand soulagement de Loredana, les gens ne prêtèrent pas attention à elles. On s'écarta très naturellement pour leur faire une place au bord de la piste. La foule bruissait : des oubliés de Dieu marqués par les privations et le destin, des êtres fantomatiques dont la peau bistre luisait sous les ampoules multicolores. Certaines mulâtresses, parmi les plus vieilles, portaient une grande robe blanche qui les faisait ressembler à des Tahitiennes endimanchées. De l'autre côté de la piste, Loredana reconnut Socorró. Elle croisa son regard sans que cette dernière manifestât la moindre réaction. Elle fut attristée plus que surprise par ce dédain ; la vieille femme devait trouver incongrue la présence d'une étrangère dans ces lieux. Soledade elle-même avait changé d'attitude à son égard. Elle la sentait distante et réservée, malgré les petits mots que la jeune fille lui glissait dans l'oreille :

— La reine-silence, dit-elle en désignant l'adolescente aux allures de souillon qui leur tendit une calebasse remplie de *jurema*.

C'était la nièce de Mariazinha, une muette chargée de servir l'assemblée. Elle puisait dans un grand seau avec une mesure de fer-blanc grignotée par la rouille et qui pissait le jus rouge sur ses mollets. Muette aussi, et résignée, la grappe de poules noires attachées par les pattes au pilier central... Des pipes grossières circulaient, bourrées d'un mélange d'herbe et de tabac qui faisait tourner la tête à chaque bouffée. Maintenue au sol par l'humidité de la nuit, la fumée stagnait comme un brouillard, exhalant des odeurs d'eucalyptus.

Le rythme des tambours s'accéléra, tandis que des hommes installaient le trône d'osier de Mariazinha entre deux bûchers, dos à la nuit, sur le côté resté libre de la cour. Ils apportèrent ensuite une petite table sur laquelle la reine-silence posa une nappe blanche et un objet voilé qu'elle maniait avec une crainte indéfinissable. Apparurent aussi des écuelles remplies de popcorn et de manioc, les offrandes traditionnelles à Omulú, ainsi que la panoplie de ses attributs : une espèce de pagne terminé par un bonnet à claire-voie, et la *xaxará*, faisceau de joncs liés par des bracelets de cauri que Soledade présenta comme une sorte de sceptre doté d'une puissance magique. On alluma les feux de part et d'autre de cet autel, les tambours se turent, tous les regards se tournèrent vers la maison.

Sa bouteille de *jurema* à la main, Mariazinha s'avança jusqu'au milieu du *terreiro* ; elle marchait bizarrement, avec de petits pas pressés, comme si des chaînes invisibles entravaient ses chevilles. Près du pilier central, elle s'arrêta pour boire une gorgée qu'elle vaporisa sur les poules avec sa bouche. Après avoir déposé sa bouteille, elle prit un sac de cendres au pied de l'autel, le perça, et se mit à tracer de grandes figures sur le sol. Elle débitait d'une voix forte des invocations que la foule reprit aussitôt avec ferveur :

São-Bento ê ê, São-Bento ê á !
Omulú Jesus Maria,
Eu venho de Aloanda.
No caminho de Aloanda,
Jesus São-Bento, Jesus São-Bento !

Et elle laissait derrière elle des figures géométriques, des étoiles et des serpents à tête noire.

Puis elle but encore et fuma sur les bords de la piste en soufflant la fumée sur le visage des spectateurs. Elle titubait maintenant, mais d'une façon artificielle, mimant la déambulation chaotique des ivrognes. Revenue devant l'autel, près de l'endroit où se trouvaient Soledade et Loredana, elle avança une main craintive vers cette chose voilée qui égarait les yeux. D'un seul geste, elle souleva l'étoffe et recula comme poussée par une force magnétique ; les tambours reprirent de plus belle.

Loredana vit la statuette de bois lustré qui faisait murmurer la foule : une sorte de bouddha cornu, assis dans l'attitude du délassement – sous sa jambe repliée, un petit singe sculpté en bas-relief semblait façonner au tour un pénis plus grand que lui –, avec un mufle de bouc où douceur et sévérité se mêlaient étrangement. Pendu au cou de ce Belzébuth asiatique, un pouce humain à peine momifié oscilla quelques secondes avant de s'immobiliser. *Eidos*, *eidôlon*, image, fantôme de chose... Une idole ! Loredana prit conscience avec dégoût de ce qu'avait pu signifier ce mot pour des générations d'Hébreux ou de Chrétiens épouvantés, de ce qu'il signifiait encore pour tous les gens réunis autour d'elle. Quelque chose de terrible et d'obscur investi par le dieu comme une seconde peau, comme sa forme même.

Un long gémissement parcourut la foule ; Mariazinha s'était mise à trembler de tous ses membres, bras écartés devant l'idole. Ses paupières papillonnaient, très vite, faisant miroiter l'ivoire de petites boules révulsées. Un peu d'écume lui vint aux lèvres tandis qu'on la portait avec sollicitude sur son fauteuil. Elle y resta immobile, tétanisée par la transe, puis s'apaisa, ouvrit les mains. Elle souriait. Mais de quels yeux et de quel sourire ! Son visage avait pris la sérénité des statues khmères, celle des Korês les plus énigmatiques. Ce fut un autre souvenir, toutefois, qui s'imposa, celui de certain faciès entrevu dans un film quelques années auparavant. Le réalisateur – Loredana avait oublié son nom – s'était ingénié à filmer image par image des milliers de photographies d'identité, hommes et femmes confondus, sans distinction de race, d'âge ou de pilosité. À partir d'une certaine vitesse de défilement, l'improbable se produisait : né de la succession de cette foule d'individus, un visage se dessinait, un seul visage calme, irréel – on dirait aujourd'hui « virtuel » – qui n'était ni la somme, ni le condensé des photos ainsi rassemblées, mais leur transcendance, leur fonds commun, celui d'une Humanité qui trouvait là sa toute première représentation. C'était comme si l'on avait entrebâillé la porte du secret, ou projeté devant elle un de ses propres rêves. Loredana avait songé à Dieu... Lorsque la vitesse du film avait commencé à décroître et que cette vision s'était effacée pour laisser place à un simple effet de stroboscope, puis à des images où l'on recommençait à distinguer les traits de chaque individu, elle s'était sentie frustrée au plus haut point. Cette épiphanie, elle aurait voulu la garder devant les yeux à jamais, s'en repaître dans une contemplation infinie, sans vivre plus, tant elle comblait l'attente, privait de sens tout désir. Et voilà qu'elle s'était à nouveau montrée, plaquée sur le visage de Mariazinha comme un masque de verre... *Ialorixá !* Loredana cria sa joie en même temps que l'ensemble des fidèles, émue jusqu'aux larmes par la coïncidence de cette soudaine fusion avec les autres. Elle n'avait pas été seule à reconnaître l'Innommable, assis sur son trône d'osier.

Mariazinha étendit les mains pour bénir l'assistance, trahissant une anomalie qui troubla la jeune femme au-delà de toute raison : la prêtresse d'Omulú n'avait plus de pouce à la main gauche... Mais quelqu'un se jeta sur la piste, et c'était

Soledade, métamorphosée en pantin tournoyant. Durant quelques secondes, elle lutta contre un ennemi surnaturel, battant l'air, se protégeant la tête, puis se figea, saisie de spasmes. Mariazinha se dressa sur son fauteuil :

— Exú l'a chevauchée ! hurla-t-elle d'une voix rauque, méconnaissable. *Saravá !*

— *Saravá !* reprit la foule, tandis que Soledade se déhanchait d'une façon simiesque, corps tout entier tordu de tics.

— Exú Caveira, maître des sept légions ! continuait Mariazinha. Exú tête de mort ! Que descende Omulú, prince de tous ! Qu'il consente ! Qu'il vienne jusqu'à nous !

Loredana n'en croyait pas ses yeux. Comme le mot « idole » précédemment, la transe n'avait été pour elle qu'un vocable dans les manuels d'anthropologie, un phénomène d'hystérie qui ne pouvait affecter que les esprits faibles ou habités par l'irrationnel. Elle s'était attendue à quelque chose de ce genre, bien sûr, mais qu'on ait pu y succomber si facilement l'étonna plus que la manifestation de la transe elle-même. Soledade avait l'air d'une vraie folle, elle dansait, roulait des yeux, parlait *en langues*, mimait on ne savait quelle scène primitive, le regard vide, la bave aux lèvres, se roulant dans la cendre des figures tracées sur le sol, se relevant, recommençant. Déconcertée par la violence de cette crise, Loredana en conçut pour son amie un certain mépris, mêlé de pitié et d'affolement.

Nul ne semblait s'étonner de cette exhibition. La reine-silence continuait à remplir les récipients de *jurema* et les pipes de ce mélange qui décuplait l'effet de l'alcool ; de temps à autre, un homme ou une femme laissait tomber sa calebasse et se jetait au plus fort du mystère, convulsé, déformé, chevauché par l'un de ces esprits dont Mariazinha égrenait le nom tout aussitôt – Exú Brasa, Brûlefer ; Exú Carangola, Sidragosum ; Exú da meia-noite, Haël ; Exú pimenta, Trismaël ; Exú Quirombô, Nel Biroth ! –, les priant encore et encore d'intercéder pour elle auprès d'Omulú, leur maître à tous. On invectivait les êtres déchaînés sur la piste, on commentait leurs gestes et leurs mimiques. Dépassée par les événements, Loredana buvait et fumait tout ce qui se présentait. Les yeux lui brûlaient, elle avait soif d'eau et de lumière, mais explorait ce que le Brésil lui offrait cette nuit-là d'un œil émerveillé.

Puis Soledade s'écroula comme une poupée de chiffon. Exhortée par sa voisine, Loredana l'aida à ramener la jeune fille sur le bord. Elle ruisselait de sueur et dodelinait de la tête, les yeux fermés, les muscles relâchés. Loredana lui tapotait les joues, effrayée par cet évanouissement, lorsque Soledade donna les premiers signes du réveil. À peine eut-elle repris conscience, qu'elle interrogea les gens autour d'elle...

— Exú Caveira ! dit-elle à Loredana avec un sourire radieux. J'ai été chevauchée par Exú Caveira ! Tu te rends compte ?

— Pas vraiment... répondit la jeune femme, bouleversée par le ravage de sa frimousse.

La situation lui paraissait défier maintenant les lois occultes de l'imagination ; les fidèles tombaient les uns après les autres dans la poussière, terrassés par le retrait soudain de ces esprits qui les tenaient. On entendait des cris, des râles, des hurlements d'orgasme. Loredana fut prise entre son désir de rentrer chez elle et la certitude, si elle parvenait à se lever, qu'elle ne retrouverait jamais son chemin.

Sur un signe de Mariazinha, dressée devant son trône, les tambours changèrent de rythme. Les derniers possédés sortirent de la transe presque instantanément, et on se pressa de les ramener à leur place.

— *Oxalá, meu pai,* récita la prêtresse, *tem pena de mim, tem dó ! A volta do mundo é grande, seu poder ainda é maior !*

Un homme se précipita vers elle, il s'agenouilla, posa rapidement sa tête sur les pieds de la vieille femme et se releva pour prendre la main qu'elle lui tendait. Un même mouvement les rapprocha pour une rapide accolade sur l'épaule droite, puis sur la gauche, et Mariazinha fit tourner le fidèle sous son bras, comme dans une passe de *rock'n'roll*, avant de le lâcher. L'homme fit quelques pas en arrière et resta hébété, sourire aux lèvres. Tous se précipitaient maintenant pour accomplir le même rituel. Aussitôt après, certains reprenaient leur transe, ou s'agrippaient aux jupes de la prêtresse en pleurant de bonheur et de reconnaissance.

Malgré la résistance animale de Loredana, Soledade l'entraîna vers l'autel. Quand elle lui fut présentée, la mère de saint hocha la tête, comme appréciant ce qu'elle lisait sur le visage de la jeune femme. Elle prit sa nuque de la main gauche et lui appliqua son pouce entre les sourcils :

— Ce que tu dois faire, il n'est pas possible de le fuir, dit-elle. Ce que tu dois faire, pour moi tu le feras...

Puis ce fut le rituel commun à tous. Loredana se retrouva debout sous les ampoules du *terreiro*, bouche ouverte, stupéfaite par cette brûlure qui lui vrillait le front.

Il y eut encore des danses, des transes, des prières. La soif de *jurema* semblait inextinguible, le monde avait basculé pour tous dans cette zone frontière où sens et non-sens s'équivalent. Et puis un nègre fut au centre de la piste, l'Axogum ! Son nom l'avait précédé sur toutes les lèvres des adeptes. Il aspergea les poules de manioc et d'huile de *dendê*, brûla des allumettes au-dessus d'elles et sortit une machette de son fourreau.

— Que meurent ainsi la peste, la lèpre et l'érésipèle, entonna-t-il d'une voix éraillée par l'alcool. Arator, Lepidator, Tentador, Soniator, Ductor, Comestos, Devorator, Seductor ! Ô vieux maître ! L'heure est venue d'accomplir ce que tu m'as promis. Maudis mon ennemi comme je le maudis. Réduis-le en poussière comme je réduis en poussière ce colibri séché ! Par le feu de la nuit, par la noirceur des poules mortes, par la gorge tranchée, que tous nos vœux soient exaucés !

Il égorgea l'un des volatiles ; une femme, celle qui avait apporté l'offrande, se précipita pour boire à même le cou les premiers jets d'artères. Elle fut saisie par la transe comme par la virulence d'un poison. Les poules passaient de main en main, au fur et à mesure que l'Axogum les sacrifiait. Un mélange de sang et de *jurema* coulait maintenant dans les calebasses. Les transes reprirent de plus belle, une sorte d'euphorie grave, de celles qui suivent parfois les repas de deuil, flottait sur tout le *terreiro*.

Loredana avalait depuis longtemps et sans plus se poser de question tout ce qu'on lui faisait passer. Lorsqu'une poule décapitée, gluante et agitée de soubresauts, fut entre les mains de Soledade, et que celle-ci la pressa comme une outre pour en exprimer le suc, elle tendit sa calebasse en souriant. Plus rien n'avait d'importance. Obéir à la nuit – les paroles de Mariazinha dansaient encore dans sa mémoire –, laisser venir l'inattendu, accueillir les choses, toutes les choses sans les nommer... La statuette rutilait à la lueur des feux. Baal Amon, Dionysos : dieux ivres, dieux fragiles, divinités blanchies à la céruse des charniers...

On en était à dévorer les entrailles des poules sacrifiées, lorsqu'un attroupement se produisit. Un homme se roulait à terre avec tous les signes d'une attaque convulsive. La foule hurla devant Mariazinha : elle apportait les attributs de paille et de coquillages ; le pagne d'Omulú, la *xaxará*. L'homme s'en revêtit. Les tambours se turent, et dans le silence revenu, les gens s'écartèrent lentement, pris de terreur sacrée devant la créature de cauchemar qui se dressait maintenant sur l'aire de danse. Ménagées à hauteur des yeux, des ouvertures tressées faisaient une visière circulaire à cet épouvantail, comme si l'être ainsi affublé pouvait voir de tous côtés. Une main sortait du pagne, tenant le sceptre, et l'apparition tournait sur elle-même tout en se déplaçant autour du pilier central, sphère en orbite autour de l'axe raide du cosmos.

Sous la houlette de Mariazinha, l'assemblée salua son dieu :

> Il revient du Soudan,
> Celui qui ne respecte que sa mère...
> Il boite, il chancelle de fatigue,
> Celui qui hante les cimetières...
> *A tôtô Obaluaê !*
> *A tôtô Obaluaê !*
> *A tôtô Bubá !*
> *A tôtô Alogibá !*
> *Omulú bajé, Jamboro !*

Il était là, le dieu tant imploré, il dansait, de manière saccadée, alternant de petits sauts à pieds joints et des ondulations de poulpe. La transe tomba comme une brume sur l'ensemble des fidèles. Les uns couraient vers Omulú pour recevoir sa bénédiction – un coup de *xaxará* qu'il leur assénait sur les épaules –, les autres s'effondraient sur place en beuglant, se trémoussaient. Les femmes défaisaient leur coiffure et secouaient la tête rageusement, visage voilé par les cheveux. Tout le monde dansait au rythme des tambours libérés. Une sorte d'épilepsie sauvage planait sur le *terreiro*.

Loredana assistait encore en spectatrice à tout cela. Elle suivait aussi le rythme des tambours, se balançait d'avant en arrière, berçant sa propre déréliction, invisible au cœur de cette confrérie d'aveugles. Même Soledade, hagarde, ne la voyait plus. Ce lui fut presque un divertissement d'apercevoir l'étrange remue-ménage – de brusques regroupements de blattes sur une tache de graisse – qui tendit soudain à se propager : une femme se jetait sur un homme, relevait sa robe et le possédait là, devant tout le monde ; un homme sur une femme, un homme sur un homme... Déferlant sur la nuit, une houle orgiaque les enroulait. Le dieu lui-même, interrompant sa danse, rentrait dans la foule pour une rapide copulation, puis revenait continuer sa danse lourde sur l'arène. Les ampoules n'éclairaient plus, mais quelqu'un devait continuer à alimenter les feux, car cette bacchanale avait lieu sous la dorure de hautes flammes désolées. Un inconnu posséda Soledade. Et tandis que les corps frôlaient sa cuisse, Loredana vit leur visage, étonnamment calme, étonnamment vide, dans la vigueur de l'étreinte. Une lascive solennité qu'elle observa sans la juger, avec le sentiment d'avoir franchi les limites de l'ivresse, de perdre pied. Malgré le reste de raison qui sonnait dans sa tête tous les tocsins, elle se forçait à boire pour s'affranchir de cette instance, impatiente de rattraper la frénésie à l'œuvre autour d'elle. Quelque chose de fondamental errait sur cette mêlée humaine, quelque chose qu'elle voulait désespérément accueillir, mais qui l'envahissait d'une frayeur crépusculaire. Il y eut un remuement organique, une fermentation de vers et de terreau – une présence –, et Omulú fut devant elle, immobile, effrayant, son sexe perçait les fibres de raphia. Tel un vitrail sous la fureur d'un incendie, son esprit vola en mille morceaux. Durant quelques secondes, elle essaya de toutes ses forces d'en réunir les fragments, affolée par un instinct d'urgence absolue, de panique animale. Et puis elle s'étendit moitié sur Soledade, moitié sur quelqu'un d'autre, sans même trouver le sol, les yeux au ciel. Des mains arrachèrent sa jupe, un corps pesa sur elle dans un froissement sec de paillasse. Le dieu la pénétra, exhalant des odeurs de cierge et de terre meuble.

Elle reprit conscience quelques minutes plus tard. Comme elle se levait, une sérosité visqueuse dégoutta d'entre ses jambes.

— Il va partir, répétait Soledade désespérée, il va partir... Viens, viens vite !

Elle la traîna sur la piste où les fidèles entouraient les dernières convulsions du dieu. Mariazinha avait récupéré la *xaxará* et faisait d'étranges signes au-dessus de lui :

> Il repart d'où il est venu,
> Au Louanda,
> Au Louanda,
> Qu'il emporte l'épi de nos prières,
> Qu'il les exauce avant de revenir !

Le possédé resta enfin immobile, étendu sur le dos, Christ sans croix, derviche abandonné de son tournis. On soulagea son corps pour que la mère de saint puisse le dépouiller de sa défroque. Et sous le masque, il y avait un autre masque, celui d'un homme, mâchoire pendante, regard blanc. Le visage d'Alfredo.

ALCÂNTARA | *Chez Nicanor Carneiro.*

Gilda se réveilla en sursaut vers trois heures du matin et prêta l'oreille aux bruits de la maison. Il lui sembla que le bébé pleurnichait. Elle attendit un peu, dans l'espoir qu'il se rendorme. Un vagissement tenace, de ceux que libère soudain une longue apnée, la fit se redresser dans le lit.

— Qu'est-ce qu'il y a ? grommela Nicanor sans ouvrir les yeux.

— Rien, dit Gilda affectueusement. Rendors-toi, je m'en occupe...

Tranquillisé par la réponse de sa femme, Nicanor Carneiro replongea aussitôt dans le sommeil. Il travaillait dur depuis des mois sans parvenir à se reposer. La naissance de leur premier enfant n'arrangeait pas les choses.

Tout à fait réveillée, Gilda désentortilla sa chemise de nuit et trottina vers l'autre pièce avec inquiétude ; Egon n'avait jamais hurlé de cette façon, il devait être malade... Elle allumait la lumière, lorsqu'une main se plaqua sur sa bouche, étouffant son propre cri : visage déformé par un bas nylon, un homme se tenait en face d'elle, près du berceau, avec son bébé sous le bras et un rasoir dans la main droite.

— Tais-toi, fille de pute ! chuchota derrière elle celui qui la bâillonnait. Fais ce qu'on te dit, et il ne lui arrivera rien.

Elle s'était mise à pleurer d'impuissance et de terreur. Ses jambes ne la portaient plus. La pointe d'un couteau se pressa contre sa gorge :

— Tu as compris ? Appelle ton mari. Dis-lui de venir, et rien d'autre.

Aucun son ne parvint à franchir ses lèvres. Violet, hoquetant, le bébé s'étranglait de terreur. L'homme empoigna le sein de la jeune femme. Il resserra son étreinte :

— Vas-y, connasse, ou je te crève !

Carneiro était accouru au deuxième hurlement de son épouse. Il se tenait là, plus maigre encore d'être tout nu, les cheveux embroussaillés, l'air de ne pas croire à ce qu'il voyait.

— C'est plus l'heure de dormir, on est pressés ! fit l'homme en cagoule qui maintenait sa femme. Tu as dix secondes pour mettre ton nom sur ce papelard. Il lui indiqua du regard la feuille et le stylo posés sur la table : Tu signes, et on s'en va ; tu pinailles, et on commence par ton putain de moutard ! Y a pas plus simple.

— Laissez-les tranquilles, fit Nicanor, la voix altérée par la colère, je vais signer.

Il se dépêcha de gribouiller son nom sur l'acte de vente.

— Lâchez-les, maintenant, dit-il en reculant, lâchez-les ! Tout de suite !

L'homme vérifia la signature : Nicanor Carneiro ; il plia l'acte de vente et le mit dans sa poche.

— C'était pas si difficile ! dit-il avec contentement. Tiens, reprends ta greluche, ajouta-t-il en poussant Gilda vers son mari, elle a de sacrées mamelles, tu ne dois pas t'ennuyer, mon salaud ! Allez, frangin, pose le mioche, on gicle.

Une plage de silence suivit cet ordre. Tous les regards s'étaient tournés vers le berceau ; l'homme au rasoir secouait gauchement le corps inerte du bébé, comme pour l'engager à fonctionner de nouveau.

SÃO LUÍS, FAZENDA DO BOI | *Ça sera dans les journaux demain, colonel...*

— Franchement, Carlotta, dit le colonel en posant sa serviette de table à côté de son assiette, tu te fais du souci pour rien...

Ils finissaient de prendre leur petit déjeuner sur la terrasse du patio. Le soleil rougissait derrière le feuillage encore humide des bougainvillées. Carlotta n'avait presque pas dormi de la nuit, son visage blême et chiffonné était celui d'une vieille femme.

— Mauro est un grand garçon, reprit Moreira, et il est avec des gens de terrain, d'après ce que j'ai compris. Ils ont dû trouver ce qu'ils cherchaient, si bien qu'ils en oublient le reste du monde. Tu sais comment ils sont... Alors pas de nouvelles, bonnes nouvelles ! S'il leur était arrivé quelque chose – et je ne vois vraiment pas quoi – nous le saurions déjà...

Il versa le reste de la cafetière dans sa tasse.

— Tu as peut-être raison, dit Carlotta en se massant les tempes. J'espère de toutes mes forces que c'est toi qui as raison. Mais je n'arrive pas à me tranquilliser, c'est plus fort que moi.

L'université de Brasilia avait appelé, hier après-midi. Sans nouvelles des membres de l'expédition, le secrétariat du département de géologie voulait savoir si Mauro avait contacté ses parents d'une manière ou d'une autre. La rentrée universitaire ayant lieu dans trois jours, le recteur commençait à s'échauffer devant l'absence prolongée de ses principaux chargés de cours. Lorsque Moreira était rentré chez lui, il avait rassuré sa femme de son mieux, avec d'autant plus d'assurance qu'il croyait à la distraction proverbiale des scientifiques. Carlotta avait semblé apprécier ses efforts. Du coup, le changement de main des titres de propriété était passé comme une lettre à la poste. Elle l'avait même remercié pour sa promptitude à régulariser la situation.

— Excuse-moi de t'avoir fait cette scène l'autre soir, avait-elle ajouté. Je me fiche bien de cet argent, mais c'est pour Mauro, uniquement pour lui... Tu comprends ?

Bien sûr, qu'il comprenait ! Le colonel s'adressa un sourire faraud dans le miroir et se claqua les joues de lavande Yardley. La « comtesse Carlotta de Algezul » lui avait fait des excuses, et on lui livrait la

Willis aujourd'hui ! Décidément, cette journée commençait sous les meilleurs auspices.

Dans sa chambre, Carlotta sursauta en entendant la sonnerie du téléphone : Mauro ! Il était arrivé quelque chose à Mauro ! Mais son mari avait déjà décroché, si bien qu'elle resta muette, anxieuse d'avoir des nouvelles de son fils.

— La question Carneiro est réglée, colonel. Il a signé, j'ai l'acte de vente entre les mains...

— Bien, très bien ! fit Moreira. Je savais que je pouvais vous faire confiance, Wagner...

Désappointée, Carlotta songeait à remettre en place le combiné, lorsque à l'autre bout du fil la voix se brisa :

— Colonel... Comment dire... Ça s'est mal passé, colonel... Il y a eu un accident.

— Comment ça, mal passé ? Accouche, Wagner, j'ai un rendez-vous dans une demi-heure, et je ne suis même pas habillé !

— Le bébé... enfin, d'après ce qu'ils m'ont dit... le bébé s'est étouffé, tout seul. Lorsque le père a vu ça, il s'est jeté sur l'un de mes hommes et a réussi à arracher sa cagoule... Ils ont paniqué... Ça sera dans les journaux demain, colonel...

— Tu veux dire qu'ils sont...

— Oui.

Il y eut un long silence pendant lequel Moreira regarda stupidement sa table de nuit, incapable de rassembler ses idées.

— Personne ne les a vus, colonel, soyez tranquille... J'ai fait le nécessaire : ils sont en sécurité dans mon *sitio*, à la campagne ; il est absolument impossible d'établir un lien entre eux et moi, et encore moins de remonter jusqu'à vous... Colonel ? Vous m'écoutez, colonel ?

— Je te vois tout à l'heure, fit Moreira d'une voix glacée.

Un peu plus tard, lorsqu'il frappa à la porte de Carlotta pour lui dire au revoir, il fut surpris de ne pas obtenir de réponse. S'en allant sans insister, il ne sut jamais qu'un mécanisme venait de se mettre en marche dont rien n'enrayerait la funeste précision.

Chapitre XXI

*La nuit mystique d'Athanase : comment le père
Kircher voyagea dans les cieux sans pour autant
quitter sa chambre. Le vermicelle de la peste
& l'histoire du comte Karnice.*

Je vais ici réciter un merveilleux exemple de la
toute-puissance divine & montrer comment elle se
manifeste par des voies impénétrables chez les plus
vertueux d'entre les hommes.

Après que mon maître se fut agenouillé sur son
prie-Dieu, il commença à murmurer de façon plaintive & hachée, comme s'il répondait à quelque personne & commentait, quoique laborieusement, les
images affluant à son esprit. Je m'approchai dans le
but de lui porter assistance, mais aussi d'entendre ce
que Notre Seigneur avait choisi de lui dire, afin d'en
pouvoir témoigner ensuite. Kircher prit ma main
avec fébrilité ; les yeux agrandis, humides & embués
comme on le voit sur les images de saints, il parut
néanmoins me reconnaître.

— Ah, Cosmiel ! s'exclama-t-il avec transport & en
tremblant de tout son être. Que je te suis reconnaissant de condescendre à venir jusques à moi…

— Je ne fais qu'obéir au Tout-Puissant, fit une
voix de ventre, grave, déformée, & qui semblait issue
d'un gosier de métal.

Je fus effrayé par-delà toute expression, ayant aperçu jadis un possédé par le truchement duquel Belzébuth s'exprimait de la même façon. Mais le nom de Cosmiel, dont je me ressouvins aussitôt, apaisa quelque peu mon angoisse : mon maître n'était possédé que par les anges, ou pour mieux dire, par le plus noble & le plus savant capitaine de la milice céleste.

— Prépare-toi, Athanase, reprit Cosmiel par la bouche de Kircher, tu as été choisi, & il faudra te montrer digne de cette faveur. Car si le voyage dont Virgile fut l'illustre guide n'exista que dans l'imagination du Dante, je suis bel & bien envoyé par Dieu pour te conduire plus avant dans la connaissance de l'univers créé par son vouloir. Allons ! Il est temps de se mettre en route vers les espaces infinis. Ouvre cette fenêtre, Athanase, & agrippe-toi où tu le peux tandis que je déploierai mes ailes...

— J'écoute & j'obéis ! répondit gravement Kircher.

Il se leva &, titubant, se dirigea vers la croisée. On aurait dit qu'à chaque instant le sol allait se dérober sous ses pas. Je craignis qu'il ne voulût se jeter au-dehors – & l'eût-il fait que je ne l'aurais point retenu, tant j'étais certain que sa foi & la présence de l'ange l'eussent empêché de tomber, le portant dans les airs beaucoup mieux que ne l'avaient su faire autrefois mes ailes artificielles – mais il se contenta de scruter en silence la nuit étoilée, comme pétrifié par la vision des cieux qu'il traversait en compagnie du rigide Cosmiel.

Par ses exclamations réitérées, je compris bientôt que mon maître était parvenu sur la Lune. Il la décrivait en ses moindres détails, survolant ses mers & ses montagnes, s'étonnant à chaque moment de ce qu'il y voyait de nouveau.

Après la Lune, Kircher se rendit sur la planète Mercure, sur celle de Vénus, puis sur le Soleil où je crus bien qu'il allait suffoquer, tant il parut souffrir de la très grande chaleur qui y régnait. Ensuite, ce furent Mars, dont Cosmiel précisa qu'elle était une planète maligne, responsable de la peste & des autres épidémies sur la Terre ; Jupiter, avec ses satellites, & enfin Saturne, aux anneaux couleur d'arc-en-ciel.

Sur chacune des sept planètes qu'il visita, ce qu'aucun homme n'avait jamais accompli avant lui, mon maître fut salué par l'ange ou archange qui régissait son influence. Vérifiant point par point les Écritures, il rencontra ainsi Michel, Raphaël, Gabriel, Uriel, Raguel, Saraquaël & Remiel, lesquels s'adressaient à lui directement pour l'instruire de la sphère où il était.

Parvenu au Firmament, c'est-à-dire dans la région des étoiles fixes, l'étonnement de Kircher atteignit son apogée. Loin d'être piquées sur un cristal céleste, les étoiles innombrables se mouvaient à l'imitation des planètes : Aristote, le prince des philosophes, s'était mépris grandement sur la nature du huitième ciel.

— Oui, Athanase, confirma son ange gardien, chaque étoile a sa propre intelligence gouvernante, dont la tâche est de préserver son mouvement dans son orbite correcte, & ainsi de conserver les lois éternelles & immuables. Comme toutes les créatures de Dieu, les étoiles naissent & meurent pour les siècles des siècles. Et le Firmament, comme tu peux le constater, n'est ni incorruptible, ni solide, ni fini...

Je tremblai à l'idée qu'un autre que moi entendît ces mots. C'était là exprimer sans ambages la doctrine de la pluralité des mondes & de la corruptibilité des cieux, hérésie pour laquelle Giordano Bruno s'était consumé vif sur le bûcher quelques années auparavant. Un horrible supplice auquel le vieux Galilée n'avait échappé que de justesse, & pour les mêmes raisons, en acceptant de se rétracter.

Kircher fut secoué par de longs frissons qui hérissèrent jusqu'aux poils de sa barbe, mais il paraissait n'éprouver aucune crainte. Et à vrai dire, plus il progressait en compagnie de l'ange, plus son visage s'irradiait d'une intense félicité.

— Regarde, Athanase, regarde bien ! C'est au sein même de cet abîme insondable que se cache le mystère de la divinité. Les âmes seules comprennent ce mystère. Pour lors, contente-toi de l'immense privilège qui t'a été accordé. Loue & adore Dieu dans toute son ardeur. Le jour se lève ; il est temps pour moi de regagner le premier Chœur de la hiérarchie céleste. Jusqu'au revoir, donc. Tu ne failliras pas à ta mission, car je t'accompagne...

Kircher fut alors comme frappé par la foudre. Perdant connaissance, il s'affaissa sur lui-même & resta inanimé sur le pavement. Je m'empressai de fermer la fenêtre avant de le coucher dans son lit & de lui faire humer un peu d'esprit-de-vin.

Revenu à lui, mon maître fut pris de fortes fièvres. Suant à grosses gouttes, il délira durant des heures sans que je pusse saisir un mot de ce qu'il proférait. Je n'osai aller quérir de l'aide, par peur qu'il ne recommençât à soutenir quelque hérésie plus dangereuse pour sa santé que ce mal étrange dont il était la proie.

Mais grâce au ciel, après une crise d'exaltation aiguë, Athanase se calma soudain. Son souffle reprit un cours normal, ses yeux se fermèrent, & joignant les mains sur sa poitrine, il marmonna un apologue qu'il m'assura traduit du copte, s'arrêtant après chaque phrase comme s'il disait quelque oraison :

— Dans un couvent d'Égypte, l'abbé Jean Colobos parla fort bizarrement à son frère Gustave : « Te voilà seul, désormais, je sors de cette vallée de ténèbres pour vivre avec le Tout-Puissant & m'aveugler à sa juste lumière. Surtout, frère, ne te chagrine pas un instant de ce décret, ni ne sombre pour moi dans l'affliction : joue un air de ton flûteau & partage ma joie, car je n'aspire qu'à la beauté du Firmament. Je prétends niveler mon corps, rejoindre le zénith, les anges stables dans l'azur ! Je veux, comme la crème des chérubins, servir Dieu, lui obéir sans relâche & parfaire mon âme sans travailler. » Tisonné par le diable, il ôta ses vêtements de moine, négligea toute nourriture & s'enfonça dans le désert de Libye. La semaine suivante, il revint boucané par le soleil du chemin... Or, pendant qu'il frappait pour se faire ouvrir – sans être repenti, mais bien seulement exté-nué – son frère Gustave fit acte de froideur & s'écria : « Qui es-tu, noble étranger ? Qui t'envoie par chez nous ? » Le pauvre abbé Colobos se désola : « C'est moi, Jean ! » Mais Gustave répondit : « L'abbé n'avait point ta voix ! Il a suivi son désir de pure contemplation... Ne m'importune plus, Jean nous a quittés pour le monde véritable, c'est un ange céleste, un séraphin, une âme glorieuse goûtant près du trône les discours de Notre Seigneur ! » Mais craignant pour la faible constitution de Jean, Gus-tave déverrouilla le cadenas & dit : « Alors, ami, qu'as-tu à frapper ainsi ? Et que veux-tu enfin ? Sagement je te le demande : feras-tu l'homme ou le zéphyr ? Car si tu es un homme, il va bien falloir tra-vailler pour vivre & mesurer tes appétits en consé-quence ; mais si tu es encore l'ange que j'ai laissé tantôt, adieu ! J'aurais peur de te vexer en ne t'offrant que la misère de ta cellule... » Puni de sa superbe, Jean répliqua : « Pardonne-moi, frère, ce blasphème, parce que j'ai péché... »

— Parce que j'ai péché ? répéta Kircher juste avant de s'endormir, & cela sur un ton de tranquille éba-hissement.

Le lecteur comprendra avec quelle anxiété j'atten-dis son réveil. Je craignais que mon maître ne sortît pas indemne d'une expérience si cruciale. Quand bien même cette vision accordée par Dieu l'honorait grandement, le rendant à mes yeux plus précieux encore que par-devant, je ne laissai point de redouter qu'il continuât pour jamais à parler avec les anges.

Six heures plus tard, lorsqu'il s'éveilla, il ne gardait heureusement aucune séquelle de son extase. Ses yeux s'étaient un peu enfoncés en ses orbites, preuve de la fatigue physique occasionnée par son excursion, mais il me reconnut sur-le-champ & me parla de la manière la plus raisonnable. Il se souvenait parfaitement de sa nuit avec l'ange, du moins dans ses grandes lignes, car pour la lettre il s'avéra incapable de se rappeler une seule phrase de ce qu'il avait dit ou entendu. Je n'en félicitai que plus ma mémoire, & il fut bien aise d'ouïr à nouveau ces révélations.

Kircher confirma de bout à autre l'impression que je m'étais formée de cette nuit. Dès l'ouverture du concert chez la reine Christine, il s'était senti envahir par la musique, comme s'il en pénétrait non seulement les harmonies les plus subtiles, mais découvrait aussi la signification profonde du rythme universel. Rapidement, la musique produite par les instruments disparut au profit d'innombrables polyphonies créées à la seconde par son imagination. Il comptait mentalement les boutons de sa soutane, & cela produisait un accord ; il suivait en esprit le contour d'un meuble ou d'une statue, & il entendait une mélodie, comme si tous les êtres & les objets présents en c monde étaient capables de générer leur musique propre, agréable ou dissonante selon qu'ils obéissaient en leur structure à la règle d'or des proportions.

Durant notre retour au collège, mon maître avait perçu de la même façon l'harmonie des sphères célestes. L'ange Cosmiel n'avait guère tardé ensuite à se montrer. Kircher me décrivit longuement sa jeune & surprenante beauté. Celle du plus accompli des anges de Vinci aurait pâli à son côté.

Quant au voyage dans les astres, Athanase m'avoua n'avoir jamais expérimenté quelque chose d'aussi merveilleux. Il tenait pour acquis de l'avoir effectué aussi réellement que notre promenade en Sicile, quoiqu'il en ramenât une moisson de connaissances bien plus avantageuse. Dès cet instant, il envisagea d'en écrire le récit pour l'édification des hommes, projet dans lequel je l'approuvai de toute mon âme & que je le pressai de réaliser.

Après une autre nuit de repos, Kircher abandonna toutes ses études en cours afin de commencer la rédaction de l'*Iter Extaticum Cœleste*, dans lequel, me précisa-t-il, la structure de l'univers serait expliquée par des vérités neuves sous la forme d'un dialogue entre Cosmiel & Théodidacte. Et dans ce pseudonyme derrière lequel mon maître s'effaçait, je reconnus une fois encore toute sa naturelle modestie.

L'année 1656 débuta hélas sous de bien mauvais auspices : la nouvelle nous parvint que la peste, venue du sud, dévastait Naples. Quoique déjà ancienne, l'épidémie qui avait privé Rome des trois quarts de ses habitants était encore dans toutes les mémoires, mais comme cela est inscrit dans la faiblesse de la nature humaine, nul ne songea vraiment que ce fléau pût à nouveau parvenir jusqu'à nous. Que les gens de Naples périssent, on en était fort désolé, mais il fallait bien qu'ils eussent péché affreusement pour mériter de Dieu pareil châtiment... Protégés, croyaient-ils, par la présence du pape dans leur ville & la présomption de leur vertu, les Romains n'en continuèrent pas moins à vivre dans les fêtes & l'insouciance.

Les premiers cas se manifestèrent en janvier dans les quartiers pauvres, sans alarmer vraiment une population accoutumée à toutes sortes de maladies & que sa débauche éhontée prédisposait au courroux divin. En mars, les rapports firent état de trois cents morts... Seule d'entre les personnes de haute lignée, la reine Christine sut prendre les devants : alertée par ces chiffres, elle quitta en moins de temps qu'il ne faut pour l'écrire une cité qui l'avait si magnifiquement accueillie, transportant à Paris, où le cardinal Mazarin l'invitait, cette conduite détestable que je ne puis me garder, aujourd'hui encore, de considérer comme la cause unique des malheurs qui frappèrent notre si belle métropole.

En juillet, enfin, il fallut bien se rendre à l'évidence : la Mort Noire était à Rome, tuant & ravageant davantage que la plus horrible des guerres. Les gens mouraient dru comme des mouches, si bien qu'il fallut les enterrer de nuit & par charrettes entières dans des fosses communes creusées à la hâte vers les faubourgs. Faisant son profit d'un terrain si favorable à ses turpitudes naturelles, le Démon s'empara des âmes les plus faibles ; l'hérésie la plus exécrable réapparut. Sachant leur mort probable, sinon prochaine, les bien portants se vautraient dans l'orgie jusqu'aux abords des cimetières, blasphémant Dieu & morguant la malemort. Jamais tant de crimes ne furent commis en aussi peu de jours. De juillet à novembre, l'épidémie emporta quinze mille personnes, & l'on croyait venue la fin des temps.

Pendant ces quatre mois où le monde semblait devoir finir dans la folie & les tourments, Kircher n'épargna point sa peine. Volontaire pour le service des malades, malgré son âge & le désir de nos supérieurs de ne point l'exposer inutilement, il s'engagea dès l'origine au côté de son ami le docteur James Alban Gibbs. Ce fut donc à l'hôpital du Christ, sur la via Triumphalis, que nous passâmes le plus clair de notre temps.

À ma grande honte, je confesse n'avoir pas été enchanté d'une décision qui mettait si gravement notre existence en péril, mais la fervente application de mon maître à soigner les pestiférés & à rechercher les causes de cette maladie implacable, l'esprit de charité qu'il déploya inlassablement dans le secours moral qu'il portait à ceux qui en avaient besoin, l'exemple même de son courage, enfin, me ramenèrent bien vite à des sentiments plus chrétiens. Je pris Kircher pour modèle & n'eus point à m'en repentir.

Quoiqu'il admît que cette calamité pût résulter parfois des desseins de Dieu, mon maître estimait qu'il n'y fallait voir que des causes naturelles, comme dans toutes les autres maladies. Ce fut donc à la reconnaissance de ces causes qu'il employa tous ses efforts.

La rapidité & l'efficacité de la contagion le fascinaient. La peste s'insinuait partout, frappant aveuglément riches & pauvres, sans épargner ceux qui avaient cru la défier par un isolement sans faille à l'intérieur des maisons.

— Exactement, me dit un jour Kircher, comme ces fourmis qui envahissent les lieux les plus clos, sans qu'on puisse décider quel chemin elles ont emprunté...

En même temps qu'il terminait sa phrase, je vis ses yeux s'éclairer, puis resplendir :

— Et pourquoi pas ? continua-t-il. Pourquoi ne s'agirait-il point d'animalcules encore plus infimes, & si ténus que l'œil ne parviendrait pas à les distinguer ? Quelque espèce d'aragne ou de serpent miniature dont le poison provoquerait la mort aussi certainement que le plus venimeux des aspics... Dépêchons, Caspar, dépêchons ! Cours vite au collège & ramène-moi un microscope : il me faut vérifier sur l'heure cette hypothèse !

Je m'exécutai immédiatement. Une heure plus tard, mon maître était à pied d'œuvre. Incisant le plus turgescent des bubons qu'il pût trouver, seule opération par laquelle nous pouvions espérer soulager un peu de leur souffrance les moribonds qui affluaient à l'hôpital, il en recueillit le sang mêlé de pus avec précaution. Puis il présenta quelques gouttes de cet ichor infect sous les lentilles de l'instrument.

— Merci, mon Dieu ! s'écria-t-il presque aussitôt. J'avais raison, Caspar ! Il y a là une infinité de vermicules si petits que je les aperçois à peine, mais ils s'agitent tout comme les fourmis dans leur demeure & pullulent à ce point que Lyncée lui-même ne saurait les compter jusqu'au dernier... Ils vivent, Caspar ! Regarde par toi-même & dis-moi si mes yeux ne m'abusent...

À ma grande stupeur, je ne pus que vérifier ce que mon maître venait de décrire avec tant d'émotion.

Nous répétâmes l'expérience plusieurs fois, & avec les humeurs d'apostumes différentes ; le résultat restait identique. Sans cesser de nous extasier sur leur extrême vitalité, nous prîmes plusieurs dessins de ces animaux invisibles à l'œil nu. Appelé par mes soins, le docteur Alban Gibbs vint constater en personne la découverte de Kircher.

— Ces petits vers, lui dit mon maître, sont les propagateurs de la peste. Ils sont si minuscules, si fins & si subtils qu'ils ne peuvent être vus, sinon avec l'aide du plus puissant des microscopes. On pourrait les appeler « atomes », tellement ils sont imperceptibles, mais je préfère le vocable de « vermicelle » qui décrit mieux leur nature & leur essence. Car tels les tarets, ces vers nains qui sont pourtant comme des éléphants à côté d'eux, ils infestent en un moment la charpente humaine, la grignotent de l'intérieur à une vitesse proportionnelle à leur nombre, & leurs ravages opérés, s'attaquent à une autre victime, propageant le *Pestiferum virus* comme une moisissure & ruinant l'arche du vivant. Il se transmet par la respiration, trouve asile au plus intime des étoffes... Même les mouches en sont porteuses : elles sucent les malades & les cadavres, contaminent la nourriture avec leurs excréments & transmettent la maladie aux hommes qui mangent ces aliments.

Gibbs s'enfiévra de ce qu'il vit & entendit. Mais considérant que le microscope mettait sous nos yeux les choses observées mille fois plus grandes qu'elles ne l'étaient réellement, il soutint que cet instrument devait être employé seulement par des mains consciencieuses, comme l'étaient celles de Kircher, & qu'on devait en réserver la connaissance *solis principibus, et summis Viris, Amicisque*[1].

Si la cause de la contagion pouvait être enfin attribuée au vermicelle de la peste – lequel était bien produit par la corruption de l'air engendrée par les cadavres & transmettait sa puissance morbifique par une sorte de magnétisme, tout comme l'aimant « infectait » en quelque sorte les pièces métalliques venant à son contact – rien ne permettait encore d'entrevoir un quelconque remède à cette engeance. Force fut donc de continuer à utiliser les vieilles recettes dont on ne savait qu'une chose, c'était qu'elles agissaient sur certains & point sur d'autres, ce qui revenait à convenir de leur caractère inopérant. Sous la direction de Gibbs & de Kircher, nous utilisâmes le venin de crapaud – selon le principe qu'il faut soigner le mal par le mal –, le jus de la racine de buglosse & de scabieuse délayé dans de la bonne thériaque, & bien d'autres préparations conseillées par Galien, Dioscoride ou de plus modernes autorités. Hélas, rien n'y faisait, si bien que je vis plus d'une fois mon maître verser des larmes de découragement.

Le docteur Sinibaldus rejoignit notre hôpital au plus fort de l'épidémie. Désireux de racheter ses erreurs passées, il déploya un zèle admirable au chevet des malades, & Dieu lui conserva heureusement la vie, à lui & à tous les siens.

---

1. (...) *aux seuls princes, grands hommes et amis.*

Il n'en fut pas de même pour tous ; la peste emportait les bonnes volontés les unes après les autres, si bien que de tous les médecins qui se succédèrent auprès de Gibbs, les trois quarts ne virent point la fin de l'épidémie. Quant à ceux qui survécurent, ce ne fut bien souvent que pour déplorer la disparition de leurs parents les plus chers. Témoin ce qui arriva au comte Karnice, physicien à la cour de Russie, qui se trouva forcé par les circonstances de demeurer à Rome, & dont le voyage d'agrément s'acheva dans le désarroi & l'affliction.

Aussitôt la fermeture de la ville décrétée, cet excellent homme confia sa jeune épouse & son enfant à une famille de ses amis. Cela fait, il vint offrir ses services à notre hôpital où il montra une abnégation à toute épreuve.

Le 15 août au soir, un serviteur dépêché par ses amis lui apprit la mort de sa femme. Elle avait été foudroyée en quelques heures, & il fallait qu'il se hâtât s'il désirait contempler son doux visage une dernière fois. Comme il y avait afflux de malades & que les vivants primaient sur les morts, le comte Karnice prit sur lui, malgré son désespoir & nos avis, de ne point partir sur-le-champ. Deux heures plus tard, lorsqu'il parvint au logis de ses amis, son épouse n'y était plus ; elle avait été mise en bière à grands frais – les cercueils étant devenus introuvables – & enterrée dans le cimetière voisin. Le jeune homme se répandit en lamentations qui faisaient peine à voir. Il se serait certainement donné la mort, n'eût été la présence de son bambin, seul réconfort désormais à ses tourments.

Le malheur ne l'avait encore, hélas, qu'effleuré... Son cher enfant présenta cette nuit-là tous les signes de la contagion. Sa peau se couvrit de pustules semblables à des grains de millet, puis rapidement de noirs bubons s'enflammèrent à l'aine & aux aisselles, occasionnant de terribles douleurs. Rien ne fut poignant comme ses hurlements sous la morsure des vermicelles qui infectaient sa chair. Au petit matin, les méninges furent prises ; le malade se mit à délirer, tandis que sur son corps apparaissaient de larges plaques livides & brunes. À huit heures, enfin, Dieu lui fit la grâce de l'emmener en paradis...

L'argent manquait pour un nouveau cercueil. Égaré par la détresse, le comte Karnice ne voulut point que son fils fût enterré à la fosse commune. Il fit valoir l'amour que la mère portait à son enfant, la nécessité de ne les point séparer dans le trépas, & prenant le petit cadavre entre ses bras, résolut de le faire placer dans le même cercueil que son épouse.

Abandonné de ses amis, lesquels craignaient la contagion & le tenaient pour insensé, il se rendit au cimetière où il se fit indiquer la tombe encore fraîche de sa bien-aimée. Saisissant une bêche, il commença lui-même à déterrer la morte, essayant d'assommer son chagrin par le labeur.

Quand le fer de son outil heurta les planches, il termina de ses mains l'affreuse besogne, accélérant ses mouvements comme s'il devait exhumer non pas l'enveloppe mortelle de la défunte mais une captive impatiente de recouvrer sa liberté. Fourrageant dans la terre grasse, le comte Karnice ouvrit enfin le couvercle du cercueil. L'horreur elle-même l'y guettait : jaillie hors du tombeau, la main tendue de sa chère femme vint lui souffleter la joue ! Ainsi qu'on le déplora plus d'une fois en ces jours d'épouvante & de précipitation, l'épouse du comte Karnice avait été enterrée vive... S'éveillant dans les ténèbres de la tombe, la malheureuse avait gratté des ongles jusqu'à écorcher le bois pour tenter de se soustraire à une mort affreuse. Son corps épouvantablement déhanché s'était raidi tel un arc dans cet ultime effort vers la lumière.

Le comte Karnice s'était mis à courir, éperdu de terreur. Lorsqu'on le retrouva, il était fou.

Dietlev reprit conscience dans la soirée. De son brancard, près du feu, sa voix fit sursauter Elaine :

— Monsieur et madame Zeblouse ont une fille, dit-il d'une voix grave, comment s'appelle-t-elle ?

— Dietlev ! s'exclama Elaine en s'agenouillant aussitôt à son chevet. Tu m'as fait peur, mon gros ours...

— Réponds, comment s'appelle-t-elle ?

— Je n'en sais rien, Dietlev. Je m'en fiche un peu, tu sais.

— Agathe, dit-il en ébauchant un sourire...

— Je regrette, s'excusa Petersen. Mais c'est un peu compliqué pour moi... Comment ça va, *amigo* ?

Une ombre passa sur le visage du géologue. La fièvre mouillait encore ses tempes, il avait les yeux ouverts et semblait avoir retrouvé toute sa lucidité.

— Comme John Silver... *C'était une manière radicale de perdre du poids. Cinq kilos, dix kilos ? Ça pesait combien, une jambe ?*

— On a été obligés, dit Elaine en lui prenant la main. La gangrène était en train de s'étendre.

— Je sais, ne t'inquiète pas. Je m'étais déjà fait à cette idée. Enfin, presque... Comment ça s'est passé, c'est toi qui as pris la décision ?

— Non, c'est Herman qui m'a fait comprendre à quel point c'était devenu urgent. Il a été très bien, c'est lui qui t'a sauvé, lui seul...

Dietlev eut une seconde de perplexité, comme s'il cherchait à comprendre les motivations de Petersen.

— *Danke*, Herman, dit-il simplement.

L'emploi de la langue allemande exprimait plus de gratitude que le mot lui-même. Petersen y fut sensible :

— De rien, bredouilla-t-il, vous auriez fait la même chose à ma place.

— Où est Mauro ?

— Je suis là, dit le jeune homme en se déplaçant pour entrer dans son champ de vision. Vous nous avez foutu la trouille, vous savez !

— On ne se débarrasse pas si facilement de moi, mes étudiants en savent quelque chose ! Et puis je compte bien revenir dans le coin l'année prochaine...

Il ne croyait pas vraiment à ce qu'il disait, et nul d'entre eux n'eut le mauvais goût d'abonder dans ce sens.

— Vous avez l'air au bout du rouleau, reprit Dietlev après les avoir dévisagés. Il faut vous reposer, sinon vous ne tiendrez pas le coup.

— La journée a été dure, fit Elaine, les yeux fixés dans le vide. On patauge à la limite des marécages, ce n'est pas facile. Et encore, je ne porte pas la civière...

Mais disant cela, elle ne songeait qu'aux affres de l'amputation, à l'inquiétude qui lui avait taraudé le ventre.

— Alors, on est arrivés aux marais ?

— Ouais, *amigo*, répondit Petersen. Vous étiez dans les vapes, c'est là qu'on s'est aperçus de votre état. Il parut hésiter une seconde et continua : Faut qu'on parle sérieusement, vous savez... On va jamais y arriver dans ces conditions, je veux dire avec vous, et puis...

— Voilà qu'il remet ça, dit Mauro d'une voix excédée, il y avait longtemps...

— Laisse-le parler, s'il te plaît, insista Dietlev. Allez-y, Herman.

— Écoutez : je reste avec vous, et on envoie Yurupig en avant. Il connaît bien la forêt, il rejoindra le fleuve trois ou quatre fois plus vite que nous. Pendant ce temps, nous suivrons sa trace à notre rythme. En balisant le chemin, il peut nous éviter les détours qu'il aura fait lui-même et nous faire gagner du temps et de la fatigue. S'il fait vite, il guidera ensuite les secours à notre rencontre.

Sa logique imposa d'emblée cette suggestion dans les esprits. Mauro lui-même ne parvint pas à lui trouver quelque défaut.

— Qu'est-ce que tu en dis, Yurupig ? demanda Dietlev.

L'Indien tourna son regard vers Petersen qu'il fixa en inclinant la tête sur le côté, comme pour le jauger mieux :

— Je suis d'accord, mais il faudra vous méfier : quand le serpent propose d'aider le rat, c'est qu'il a trouvé un moyen plus rapide de le manger...

— Qu'est-ce qu'il faut pas entendre ! Tu peux vraiment pas me blairer, hein ?

— Alors c'est réglé, fit Dietlev après avoir interrogé Elaine et Mauro du regard. Tu prendras la boussole, nous n'en aurons plus besoin. Tu sais t'en servir, n'est-ce pas ?

Yurupig ferma les yeux pour manifester son assentiment.

— Des encoches sur les troncs pour indiquer le chemin, une croix pour interdire le passage. Tu penses y arriver ?

— Dans la forêt, ce sont les jaguars qui décident...

Dès le lendemain matin, à la première heure, Elaine et Mauro préparèrent le sac de Yurupig. Ils y rangèrent sa part de provisions, la boussole, un briquet à essence, un flacon d'alcool et une dose de sérum antivenimeux. Le moment venu, l'Indien prit l'une de leurs trois machettes et se tourna vers les membres de la mission :

— Allez-y doucement, dit-il, je reviendrai.

Abrégeant les adieux, il fit encore un signe de la main et s'en alla en trottinant. Dietlev avait décidé de lui laisser deux heures d'avance, si bien qu'on fit traîner le petit déjeuner après son départ.

Lorsque la colonne se remit en marche, Elaine en prit la tête, et le jeu de piste commença. Ici ou là une entaille laiteuse signalait un passage fraîchement ouvert dans la végétation, la piste était assez facile à suivre tant Yurupig avait multiplié les marques. Le seul fait de ne pas avoir à s'interroger sur le meilleur chemin à prendre leur simplifiait la tâche. Après deux heures de route, Elaine remplaça Petersen à la civière. Dietlev semblait recouvrer ses forces, si bien que Mauro lui confia la kalachnikov qui le gênait dans ses mouvements.

La journée s'écoula sans incident notable. Le soir venu, ils se retrouvèrent une fois de plus autour d'un feu. L'heure était au bilan : dans la mesure où l'on pouvait en juger, ils avaient progressé deux à trois fois plus vite que les jours précédents, au prix d'une fatigue accrue. Elaine, surtout, s'en ressentit. Courbatue, les muscles tétanisés par le port de la civière, elle dut se forcer à manger et à rester assise avec les autres.

— Mes dernières piles... dit Mauro en changeant les batteries de son walkman. Il va falloir que je rationne aussi la musique. Ses traits étaient tirés, comme ceux d'un coureur de fond après l'effort, mais il tenait plutôt bien le coup : Quand je pense, reprit-il, que la rentrée universitaire a lieu dans trois jours ! La gueule qu'ils doivent faire...

— Tu peux le dire, continua Dietlev. Il y a cinq ans, je suis rentré d'une mission deux heures avant mon premier cours ; un avion n'avait pu décoller à temps, une panne de voiture, des ennuis de douane... la totale, quoi. Quand je suis arrivé dans l'amphi, Milton était en train d'annoncer mon absence aux étudiants... J'ai cru qu'il allait avoir une crise d'apoplexie !

L'évocation de leur confrère disparu mit un voile sur son sourire.

— Pauvre type, dit Mauro, je ne l'aimais pas, mais quand même... C'était une sacrée figure...

— Un con, tu veux dire, fit Elaine d'une voix lasse. Si tu savais tout ce qu'il nous en a fait baver ! Sa mort n'excuse rien.

— C'est vrai, reprit Dietlev, mais s'il fallait tuer tous les incompétents, les cons, les corrompus... il ne resterait plus grand monde sur cette terre.

— Voilà une bonne parole, *amigo* ! dit Petersen en s'arrêtant de siffloter.

— Vous au moins, on ne peut pas dire que le voyage vous fatigue ! dit Elaine, un peu surprise par l'entrain du vieil Allemand.

— Question d'habitude, répondit-il après avoir reniflé bruyamment.

— Vous vous êtes enrhumé ? reprit Elaine. Je dois avoir quelque chose dans la pharmacie...

— Pas la peine.

— Je voulais vous dire... commença Mauro. J'ai été un peu dur avec vous, je vous ai mal jugé. C'était une bonne idée d'envoyer Yurupig en éclaireur.

Petersen fit un geste de la main pour signifier qu'il pouvait s'arrêter là dans ses excuses.

— Vous avez confiance en lui, malgré vos grands airs, n'est-ce pas ?

— Pas du tout. Il a fait ça pour vous tous, pas pour moi. C'est pour ça qu'il reviendra. Moi, il m'aurait laissé crever sans un remords. Et j'aurais fait pareil de mon côté. Normal.

— Je suis sûr que vous ne pensez pas ce que vous dites, rétorqua Dietlev sur un ton de léger reproche. On ne peut pas vivre sans les autres, vous le savez parfaitement...

— Vivre ? Vous me faites marrer, tiens ! Faut « survivre », tout le reste ne vaut pas tripette. Et pour ça, je préfère être à ma place qu'à la vôtre.

Dans le silence qui suivit, l'humidité les enveloppa comme une couverture mal essorée. Les moustiques s'affolaient.

— On ferait mieux de se mettre à l'abri avant la pluie, dit Mauro.

Le jour suivant, ils s'extirpèrent des hamacs avec l'impression d'être plus éreintés encore que la veille au soir. Pendant que Petersen et Mauro s'occupaient de rallumer le feu, Elaine fouilla dans les sacs pour préparer le petit déjeuner. Comme elle ne trouvait pas celui qui contenait la casserole, elle s'adressa aux deux hommes, avant d'admettre son échec :

— Il manque un sac, dit-elle gravement.

— Vous êtes sûre ? demanda Mauro en détaillant du regard l'emplacement où ils regroupaient chaque soir tous leurs bagages. Ce n'est pas possible, il doit bien être quelque part... C'est peut-être un singe qui l'a pris, ajouta-t-il après s'être convaincu de son absence.

— La nuit, les singes font comme nous, dit Petersen : ils dorment, ou ils essayent... Qu'est-ce qu'il y avait dedans ?

— Le café, les gamelles, la pierre à affûter... répondit Elaine en essayant de visualiser son contenu. Quelques boîtes de conserve... C'était le tien, Mauro...

— Les échantillons de fossiles, continua-t-il, les couverts... Je ne sais plus trop. Il faut regarder autour du camp.

— Regarde si tu veux, dit Petersen d'un air blasé, mais il n'y a aucune chance de retrouver quoi que ce soit.

Mauro inspecta quand même les abords du campement, tandis qu'Herman, à genoux devant le foyer, soufflait avec précaution sur les brindilles.

— J'y crois pas ! dit Mauro en revenant bredouille de ses recherches. Quel genre de bestiole peut bien s'intéresser à nos gamelles ?

574

— S'il n'y avait pas de nourriture, dit Petersen en grimaçant à cause de la fumée, ça ne peut pas être un animal.

— Et qui alors ? demanda Mauro sur un ton dubitatif. Il n'y a que nous dans cette jungle pourrie...

— Tu oublies Yurupig, petit...

— Yurupig ! s'exclama Elaine, il a certainement mieux à faire que de revenir sur ses pas pour nous voler. Que voulez-vous qu'il fasse d'un sac de gamelles, voyons ?

— On ne sait jamais ce qui se passe dans la tête d'un Indien, reprit Herman en haussant les épaules. De toute façon, va falloir trouver un truc pour faire chauffer l'eau, si on veut boire du café.

— Il n'y a qu'à ouvrir une boîte de conserve, fit la voix irritée de Dietlev. Allez, venez me sortir de là, je suis transi.

Au premier regard, Elaine vit que son état avait empiré. Il suait à nouveau abondamment et se montra incapable du moindre effort tandis qu'on le plaçait sur la civière. Il empestait l'urine.

— Je vais refaire ton pansement, dit Elaine. Ça n'a pas l'air d'aller très fort, ce matin... Mais c'est pareil pour nous tous, tu peux me croire ! Tu as entendu, pour le sac ? Qu'est-ce que tu en penses ?

— Pas grand-chose. Je ne crois pas que ça puisse être Yurupig. S'il avait voulu nous mettre dans le pétrin, ce n'était pas la meilleure méthode. En tout cas, il va falloir faire avec.

Il regarda sa jambe, tandis qu'Elaine lavait le moignon avec douceur :

— Je crois que la gangrène est repartie...

— Mais non, mentit la jeune femme, c'est une réaction normale après ce que tu as enduré.

— Elaine... dit-il à mi-voix. Si je ne reviens pas...

— Arrête ton cirque, je t'en prie.

— Je ne suis pas un gosse, tu sais. *Si* jamais je ne reviens pas, il faut que tu saches...

Il ferma les yeux pour mieux se concentrer. Après un début si maladroit, comment dire ce qu'il ressentait sans tomber dans la niaiserie ou le mélo ? Les mots qui se bousculaient dans son esprit n'exprimeraient rien, à l'évidence, de sa vénération pour cette femme, du désir qu'il avait d'elle depuis cette fois où elle s'était retrouvée presque par erreur entre ses bras. Dans l'aveu trop solennel de son amour, elle n'entendrait que sa peur de mourir, et elle aurait sans doute raison…

— Dietlev ?

— Trop tard, dit-il avec un sourire factice. Je suis exténué, oublie ça, tu veux ?

Ils étaient repartis sur la voie tracée par Yurupig. Elaine avançait de façon mécanique, arrachant chacune de ses enjambées à la succion du sol. Son esprit vagabondait loin de la jungle et du petit groupe qu'elle précédait. Comme un conducteur harassé de fatigue, elle décollait vers des plages de rêve de plus en plus longues où tourniquait son retour à Brasilia. Elle s'imaginait en train de répondre aux questions de ses collègues, à celles des journalistes. La première chose à faire serait de téléphoner à Moéma pour la rassurer, peut-être aussi à Eléazard, sous le prétexte de prendre de ses nouvelles… Non, c'était lui qui l'appellerait, ou il y aurait un message sur son répondeur. Quelques mots soucieux, une invite à tout recommencer… Sans savoir pourquoi, elle était persuadée que plus rien ne serait comme avant, que tout cela – pas seulement ce qu'elle vivait ici depuis des jours, mais tout le reste, sa souffrance, ses déceptions, son divorce – que cet imbroglio avait un sens caché, une charge positive qui se manifesterait tôt ou tard avec éclat. Qu'est-ce qui avait cloché avec Eléazard ? À quel moment ? Où était l'origine, le point précis à partir duquel ils avaient commencé à s'éloigner l'un de l'autre ? Il fallait revenir à cette bifurcation pour choisir délibérément l'autre chemin, rembobiner le film jusqu'au bonheur initial, jusqu'à l'image fixe qui nierait leur faillite, la rendrait impossible. Elle revoyait la petite terrasse de cette vieille maison où ils vivaient, une quinzaine d'années auparavant, lors de leur séjour en France. La table de bois sous la tonnelle, les guêpes autour du vin, la torpeur magnifique de la sieste à l'ombre tiède du platane...

Sa chute l'éveilla sans lui remettre les idées en place. Quelque chose de lourd dans son dos la clouait au sol ; ses muscles tétanisés lui faisaient mal à hurler.

Mauro était accouru :

— Vous vous êtes fait mal ? demanda-t-il en la déchargeant de son sac pour qu'elle puisse s'asseoir.

— Ce n'est rien... Je n'en peux plus... Je ne...

Il ramena en arrière les cheveux d'Elaine pour essuyer les traces de boue sur son visage.

— Reposez-vous, on va faire une halte. Je suis crevé moi aussi.

Mauro revint sur ses pas pour aider Petersen à ramener la civière. Dietlev avait toujours une forte fièvre, malgré les doses d'aspirine ingurgitées. La mine défaite de la jeune femme le préoccupa :

— Tu n'as rien ? Qu'est-ce qu'il t'est arrivé ?

— C'est ridicule, répondit Elaine en rougissant. Je crois que je me suis endormie en marchant... Je vais manger un sucre ou deux, et ça ira...

Elle avait les larmes aux yeux et luttait visiblement pour faire bonne figure.

— Ah ! On est bien montés, ironisa Petersen. Vous les aurez transpirés dans trois cents mètres, vos morceaux de sucre ! Si on stoppe toutes les dix minutes, on n'est pas arrivés, je vous le dis !

— Ça fait deux heures qu'on en chie, s'énerva Mauro, alors arrêtez vos conneries, d'accord ? On n'en peut plus, ni les uns ni les autres...

Dietlev les regarda d'un air navré :

— Vous gaspillez vos forces inutilement. On fait une pause, parce que *je* suis fatigué, parce que *j'ai* envie de pisser et que ce brancard me donne le mal de mer.

Petersen fouilla dans une de ses poches. Il en sortit une boîte de pellicule photo qu'il lança doucement vers Elaine :

— Tenez, dit-il, prenez-en un peu, ça vous redonnera des forces.

— Qu'est-ce que c'est ? demanda la jeune femme en attrapant la boîte au vol.

— *Cocaína*. C'est mieux que le sucre, je vous garantis.

Elaine comprit soudain pourquoi Herman reniflait si fréquemment. Et elle qui lui avait proposé de soigner son rhume ! Sans réfléchir plus avant, elle relança la petite boîte à son envoyeur :

— Merci, mais je préfère le sucre, si ça ne vous dérange pas...

L'espace d'une seconde, Mauro se persuada qu'il ne risquait rien à essayer : les Péruviens des hauts plateaux mâchaient bien des feuilles de coca pour tenir le coup... Il croisa le regard réprobateur de Dietlev et se tint coi.

Chemise collée à la peau, cheveux ruisselant de sueur, Elaine dirigeait toute son attention vers la jungle. Vexée de sa mésaventure, elle prenait à cœur d'anticiper sur les indications laissées par Yurupig, de manière à ne retarder en rien ceux qui peinaient à la civière. Elle ne savait plus depuis combien de temps ils crapahutaient ainsi, lorsqu'un mouvement de feuillage la figea sur place ; pour la première fois depuis qu'ils avançaient au cœur de la forêt, ce n'était pas le signe d'une fuite mais d'une approche, si bien qu'elle assura instinctivement ses doigts sur la courte poignée de sa machette. Dans la même seconde, un homme fut devant elle, un Indien nu, avec un trou noir à la place de la bouche ; une momie emplumée qui se dédoublait silencieusement.

— Ne bougez plus ! fit la voix de Petersen tandis qu'elle reculait, muette d'effroi. Faites-leur face !

Une vingtaine d'Indiens armés d'arcs et de sarbacanes s'étaient regroupés devant eux. Ils attendaient, dieux immobiles, conscients de leur puissance.

— Amis ! dit Elaine en étendant les bras pour montrer sa bonne volonté. Nous sommes perdus, vous comprenez ? Perdus !

Le simple timbre de sa voix parut les dérouter. Quelques cris fusèrent, suivis aussitôt par d'impressionnantes manœuvres d'intimidation. L'un d'entre eux se mit à piétiner sur place en montrant le bras de la jeune femme.

— Le fusil, s'énerva Herman, filez-moi le fusil, vite !

— Laisse tomber la machette, ordonna Dietlev de son brancard, doucement ! Amis ! *Yaudé marangatù*, nous sommes gentils !

Les Indiens réagirent au seul abandon de la machette. Celui qui semblait leur chef prononça quelques mots. Son compagnon le plus proche récupéra l'objet de leur convoitise aux pieds d'Elaine. Il fit ensuite un pas en avant pour s'adresser à Dietlev.

— Qu'est-ce qu'il dit ? demanda Mauro.

— Je n'en sais rien, avoua Dietlev sans cesser de sourire ostensiblement à son interlocuteur. Ça ressemble au guarani que j'ai appris, mais je ne comprends pas un traître mot de ce qu'il raconte. C'est peut-être une variante… En tout cas, ils ont l'air de s'être calmés. *Ma-rupi ?* essaya-t-il en montrant le chemin ouvert par Yurupig. Par où, le fleuve ? Les hommes blancs ?

L'Indien hocha la tête sur le côté, puis se gratta la cuisse pour se donner une contenance. Comme rien ne se produisait, il lança un ordre bref et deux des siens vinrent s'atteler à la civière.

— Je crois qu'ils ont compris, dit Mauro avec soulagement.

— Putains de sauvages ! répliqua Petersen. Je ne sais pas ce qu'ils ont compris, mais y a plus qu'à leur coller au cul.

Carnets d'Eléazard.

ENTENDRE ceux qui se taisent d'avoir trop hurlé...

AU BAR : « Les femmes sont comme les allumettes : dès qu'elles s'échauffent, elles perdent la tête. » *Mulher é como fósforo : cuando esquenta, perde a cabeza.*

« POURQUOI ne prévoit-on que des catastrophes ? demande Hervé Le Bras. Pourquoi ne pas voir que certaines conséquences de l'activité de l'homme pourraient le protéger au lieu de le menacer ? » S'il est vrai que nous nous dirigeons vers une nouvelle glaciation assez dure et brutale, les efforts de l'homme devraient consister à augmenter l'effet de serre de toute urgence, au lieu de chercher à le réduire.

LE XXIe SIÈCLE prendra l'exacte mesure de nos désillusions, il sera obscurantiste.

ÇA PEUT TOUJOURS SERVIR... Bouts de ficelle, de bois, de plastique ou de caoutchouc, petites pièces métalliques, moteurs cassés, objets dépareillés : parties d'un tout épars, d'un Osiris détaché, qui peuvent servir à réparer, à ressusciter une totalité dans l'univers des choses. Mais qui peuvent aussi en engendrer de nouvelles, imprévues et inédites, que le détournement fait vivre et auxquelles il confère une histoire.

L'accumulation et la récupération comme fondements de la créativité. Le chiffonnier comme démiurge d'un monde possible ; le grenier comme abri naturel de la poésie. Et quand bien même ces choses ne serviraient jamais, comme il arrive la plupart du temps, c'est le *peut-être* qui importe, la virtualité acceptée d'un avènement possible, ou à tout le moins d'une restauration de l'unité perdue.

LE JOUR OÙ NOUS NOUS LASSONS d'écouter notre conte préféré, d'en exiger, comme le font la plupart des enfants, le strict mot à mot, nous entrons dans l'âge de la profanation. Notre étonnement devant le mystère ne surgit plus de sa répétition, mais de sa transgression toujours renouvelée.

« PARMI LES MAMMIFÈRES, écrit A. Villiers, les chiens semblent particulièrement appréciés des crocodiles. Rose cite le cas d'un caïman dont l'estomac contenait, outre une bague de femme en diamant, 32 plaques d'identité de chiens. Ce qui, compte tenu des chiens démunis de plaque d'identité, représente évidemment un chiffre considérable. »

LA SCIENCE a ceci de commun avec les religions qu'elle ne produit, la plupart du temps, que des *effets de vérité*, mais elle est seule capable d'engendrer cela qui les dissipe. Là où rien ne peut être falsifié, rien non plus ne peut être prouvé.

DROGUÉ AU LSD ? Kircher aurait ingéré sans le savoir de l'ergot de seigle (*Claviceps purpurea*). Son voyage extatique ne serait qu'un mauvais *trip*... C'est ce que soutient le docteur Euclides après l'analyse de ses réactions au fortifiant envoyé par Yves d'Évreux. Parasite du seigle, et riche en acide lysergique, ce champignon minuscule provoquait des empoisonnements collectifs lorsqu'il était mélangé par inadvertance à la farine de cette céréale. Ce qu'on appelait autrefois « feu sacré » ou « feu Saint-Antoine ». Euclides avance des arguments très persuasifs pour soutenir que l'ingestion de l'ergot de seigle était au fondement des mystères d'Éleusis.

L'ART DE LA LUMIÈRE ET DE L'OMBRE contient tout un chapitre sur la fabrication du papier marbré. Dans sa *Magie Naturelle* (*Magia universalis naturæ et artis, sive recondita naturalium et artificialium rerum scientia*, Würzburg, 1657), Caspar Schott précise qu'il a appris la manière de « peindre le papier avec des couleurs variées à la manière des Turcs » en regardant travailler Athanase Kircher : « Il faisait sur le papier toutes sortes de dessins, des personnages, des animaux, des arbres, des villes et des régions, tantôt en vagues déferlantes, tantôt en marbres variés, tantôt en plumage d'oiseaux et en toutes sortes d'autres figures. » Les spécialistes de la question, et en particulier Einen Miura, reconnaissent à Kircher le privilège d'avoir été le premier à introduire l'art du papier marbré en Europe.

DATES de C. Schott ?

ATHANASE KIRCHER ne participe à aucune des controverses théologiques qui agitent son époque. Une attitude de retrait qui peut être portée à son actif. Il semble avoir fait sienne l'exhortation de Muto Vitelleschi, Père Général de la Compagnie durant la guerre de Trente Ans : « Ne disons pas : ma patrie. Cessons de parler un langage barbare. Ne glorifions pas le jour où la prière s'est nationalisée... »

DE GOETHE, dans son *Traité des couleurs* : « Grâce à Kircher, les sciences naturelles se présentent à nous d'une façon plus gaie et plus sereine comme chez aucun de ses prédécesseurs. Elles sont transportées du cabinet ou de la chaire dans un couvent agréablement équipé, entre des ecclésiastiques qui sont en communication avec le monde et qui ont une influence sur tout le monde, qui instruisent les hommes, mais qui veulent également les distraire et les amuser. Même si Kircher ne résout que peu de problèmes, il les mentionne et les touche à sa façon. Dans ses communications, il montre une intelligence, une nonchalance et une sérénité habiles. »

DE GOETHE, encore : « Chacun de nous cache en lui quelque chose, un sentiment, un souvenir, qui, s'il était connu, ferait haïr cet homme. » Sans doute le pire des hommes cache-t-il aussi, et plus profondément encore, quelque chose qui le ferait aimer.

L'INCONSCIENT n'est qu'une des stratégies possibles de la mauvaise foi.

Chapitre XXII

*Dans lequel est rapporté l'épisode
des cercueils à tube.*

Athanase Kircher ne put écouter sans frémir l'histoire du comte Karnice. Ce que l'imagination représentait d'horrible dans le réveil de son épouse au sein même du tombeau aiguillonna son génie, de sorte que deux jours seulement après cet effroyable événement, il me soumit les dessins du « révocateur tactile », une machine destinée à prévenir pour jamais ces lugubres méprises.

Il s'agissait d'un tube métallique, large d'une main, long de six pieds, qui se devait introduire par le couvercle à l'intérieur du cercueil au moment de l'inhumation, & ceci par un orifice de forme circulaire que les charpentiers n'auraient aucun mal à prendre ensuite pour règle dans la fabrication de leur ouvrage. Dans sa partie supérieure, celle qui émergerait de la terre, le tube se terminait par un coffret hermétiquement clos contenant les rouages nécessaires au fonctionnement du mécanisme. Sur un dessin en coupe, mon maître me détailla son ingénieuse simplicité. Fixée à un ressort très sensible, une tige descendait le long du tube jusque dans la bière ; vissée à cette extrémité, on trouvait une sphère de laiton conçue de telle manière qu'elle affleurait la poitrine du présumé défunt. Que ce dernier fît le plus léger mouvement, qu'il respirât un tant soit peu avant même d'avoir repris conscience, & la sphère effleurée actionnait le processus salvateur : le coffret s'ouvrait aussitôt, laissant pénétrer dans le cercueil un flot d'air & de lumière ; simultanément, un drapeau se dressait, une forte sonnerie retentissait, tandis qu'une fusée s'enlevait dans le ciel avant d'y exploser avec fracas en répandant audessus du cimetière l'éblouissante clarté de la résurrection.

Que le coffret restât fermé durant quinze jours, laps de temps convenable pour interdire tout espoir ultérieur, & il suffisait alors d'ôter le tube de la terre ; un clapet se refermait automatiquement sur l'orifice, si bien qu'on pouvait ensuite reboucher la tombe de façon définitive. Une fois le réformateur désinfecté, du moins dans sa partie touchant au cadavre, il pouvait servir sur-le-champ à une autre sépulture.

J'applaudis fort à cette nouvelle trouvaille de Kircher. Comme elle était d'un coût modique & d'une sobriété à toute épreuve, il serait aisé d'en pourvoir les cimetières afin de se prémunir contre le risque des enterrements précipités.

Il n'était plus possible, je l'ai mentionné plus haut, de trouver dans Rome un seul cercueil ; mais le cardinal Barberini, averti de cette machine providentielle, mit quatre des siens à notre disposition pour l'expérimenter. Travaillant jour & nuit, nous achevâmes en moins d'une semaine la préparation des tubes. Ils fonctionnaient à merveille & ne furent pas longtemps, hélas, sans qu'on en fît usage. Six de nos frères jésuites, en effet, furent emportés par le fléau en moins de temps qu'il ne fallut pour les pleurer. Deux d'entre eux, dont le délabrement du corps ne laissait aucun doute sur leur état, furent destinés à la fosse commune. On inhuma les autres dans le cimetière du collège en équipant chacune de leur tombe d'un réformateur tactile.

Rien n'advint durant les deux premières nuits ; & au commencement de la troisième, nous nous endormîmes l'esprit tranquille quant au sort de nos malheureux amis : ils reposaient en paix. Vers trois heures du matin, cependant, une effrayante déflagration nous éveilla en sursaut. Comprenant à l'instant de quoi il s'agissait, Athanase se jeta en chemise dans l'escalier, appelant à l'aide. Je le suivis, accompagné de plusieurs pères.

Nous parvînmes au cimetière presque en même temps que lui, mais il était déjà auprès d'une tombe au drapeau levé, maniant la pioche & hurlant des paroles de réconfort à celui dont le retour à la vie était responsable de ce branle-bas. Saisissant d'autres outils, nous nous joignîmes à lui pour déterrer au plus vite l'infortuné.

Je m'activais sur ma pelle, aussi rapidement qu'il était en mon pouvoir, lorsqu'un long sifflement, suivi d'une explosion qui embrasa la nuit, faillit nous faire mourir de terreur. À quelques pas de l'endroit où nous étions, un autre drapeau s'était levé ! La sonnerie échappée du coffret semblait provenir des profondeurs même de l'Hadès... Ceux qui ne faisaient jusque-là qu'observer coururent vers la tombe en toute hâte & entreprirent eux aussi d'en extraire le cercueil.

Alors même qu'ils s'affairaient, une troisième détonation, puis quasi dans le même temps une quatrième vinrent mettre le comble à notre émoi. Le collège tout entier s'était réveillé. Les uns priaient à haute voix, les autres criaient au miracle, & aucun cimetière ne retentit jamais d'autant de foi & d'espérance. Comme il y avait plus de bras que d'outils, on se mit à enlever la terre avec les mains ; les encouragements se mêlaient aux actions de grâce, & les torches, allumées en grand nombre par le frère portier, donnaient à ce tableau insolite un air de fantasmagorie.

Ayant commencé plus tôt, nous fûmes les premiers à exhumer notre cercueil ; muni d'un levier à tête fendue, Kircher s'empressa d'en ouvrir le couvercle. À la lueur des torches nous fîmes cercle autour de lui : le spectacle que nous entrevîmes défiait en répugnance la plus atroce de nos hantises. Un murmure de dégoût plus que de déception s'échappa de nos gorges. Plusieurs détournèrent la tête, invoquant Dieu, & un novice, pâmé soudain, faillit même s'abattre dans la fosse. Flottant sur une mer d'asticots, noir de gangrène, le père Le Pen semblait tout près d'éclater, tant il était gonflé de gaz & de sanie. C'était ce ventre tendu comme une outre qui avait ébranlé la sphère, déclenchant les alarmes de la machine… Les mêmes causes produisant les mêmes effets, le cimetière ne fut bientôt plus que lamentations & rumeurs d'épouvantement.

Une fois passée la stupeur générale, nous réenterrâmes les quatre défunts avec force prières pour avoir dérangé le repos de leurs âmes, puis nous revînmes dans nos chambres. Peu d'entre nous, néanmoins, réussirent à dormir cette nuit-là.

Remisées au département mécanique du musée, ces machines excellentes ne servirent plus jamais. Même après la peste, une fois que la corruption des chairs fut revenue à ses bornes naturelles, nul ne songea ensuite à les utiliser, soit superstition soit méfiance, tant ce premier essai avait imprimé de trouble dans les esprits.

À la fin novembre, le *Draco Pestis*, cette hydre insatiable qui s'était repue de si nombreuses vies humaines, choisit d'abandonner ses proies. Du jour au lendemain, on ne mourut plus de la peste dans les rues de Rome. Qu'il eût été généré par les Juifs pour se venger des chrétiens – comme le soutenait sans raison le cardinal Gastaldi, puisque huit cents d'entre eux étaient morts dans le ghetto – ou par Dieu lui-même, en châtiment de nos péchés, le fléau pouvait aussi n'avoir aucune justification : Dieu n'a point à légitimer ses actes, ni lorsqu'il nous châtie, ni lorsqu'il nous délivre.

Comme je l'ai déjà dit, quinze mille personnes étaient mortes à Rome en quatre mois ; mais ce nombre, aussi monstrueux fût-il, était encore bien inférieur à celui dont s'affligèrent les villes de Palerme, de Milan, ou plus tard la grande cité de Londres. Et en somme, les Romains devaient s'estimer assez heureux de se tirer à si bon compte d'une pareille épreuve.

En 1658, parut le *Scrutinium Pestis*. Tout au long de ces deux cents pages, mon maître examinait l'histoire de l'épidémie, ses causes possibles, ses différentes formes & symptômes, sans omettre un seul des remèdes qui lui furent opposés. « Mais, concluait-il, le meilleur remède contre la peste consiste à fuir très loin & très rapidement, & à rester éloigné des sources d'infection le plus longtemps possible ; toutefois, si vous ne pouvez faire cela, vivez alors dans une très grande maison bien ventilée, située au sommet d'une colline, écartée des égouts & des eaux stagnantes ; ouvrez les fenêtres de façon à purger l'air, & remplissez la demeure d'herbes aromatiques ; brûlez du soufre & de la myrrhe, & usez de vinaigre en abondance pour purifier aussi l'intérieur de votre corps... » Conseils précieux qui sauvèrent la vie à quantité de personnes par la suite.

FORTALEZA | *Mais c'était Lourdes, ou Bénarès...*

Roetgen reprit ses cours avec le sentiment scabreux d'avoir évité de justesse toutes sortes de complications. En transgressant les règles tacites liées à son statut de professeur, il s'était exposé à des ennuis professionnels dont il mesurait mieux la gravité.

Malgré les blessures de son amour-propre et l'image obsédante de Moéma, il s'étonnait de s'en sortir à si bon compte :

« Quelle folie, se disait-il, d'avoir cédé aux avances de cette fille. J'ai vraiment fait le con ! Qu'elle raconte seulement la moitié de ce qui s'est passé sur cette plage, et je n'ai plus qu'à faire mes valises. »

Sans rougir de ses actes – on devait prendre les êtres et les choses comme ils venaient, ne pas craindre le dérèglement des sens lorsqu'il favorisait l'ethnographie –, il se voyait en train de nier ses fautes mordicus, de clamer, l'air outragé, qu'on ne pouvait mettre en doute sa réputation à partir de médisances d'étudiants, que c'était trop commode... Mais les divers scénarios où il mettait en scène sa défense ne parvenaient pas à le rassurer, si bien qu'il se recroquevillait dans le souvenir flatteur de son équipée en jangada, réduisant son séjour au bord de la mer à cette seule prouesse.

Au hasard d'une rencontre sur le campus, il raconta ses aventures à Andreas.

— Tu es dingue, réagit ce dernier en souriant. Mais je crois bien que j'aurais craqué moi aussi... Fais attention quand même, ils ne peuvent pas s'empêcher de cancaner ! Pas par malice, d'ailleurs – c'est cela qui est bizarre – mais par goût, par plaisir des *fofocas*... Les ragots, c'est presque un art de vivre par ici ! On dirait qu'ils ne savent pas communiquer d'une autre façon. Je dois convenir que c'est assez plaisant : le mystère finit par donner une sorte de densité aux relations humaines... Tu peux être sûr qu'il s'en est dit sur ton compte mille fois plus que tu n'en feras jamais... Alors un peu plus, un peu moins, tu n'as pas à te faire de souci tant que tu ne couches pas avec la femme du recteur. Et encore, il faudrait te prendre sur le fait !

Il lui mit familièrement la main sur l'épaule :

— Dis-moi, je la connais cette petite ?

— Elle ne passe pas inaperçue. Moéma von quelque chose, je ne sais plus, un nom à consonance allemande.

— Moéma von Wogau ?

— C'est ça, fit Roetgen avec étonnement. Tu vois qui c'est ?

— Je connais son père. Un vieux copain de fac, il est journaliste, correspondant de presse à Alcântara. Je lui ai même refilé mon perroquet ! Il habite chez moi lorsqu'il descend dans la région pour son boulot. Il m'avait prévenu que sa fille viendrait à Fortaleza pour ses études, histoire de la surveiller un peu, mais j'avoue que ça m'était complètement sorti de la tête.

— Pourquoi est-ce qu'elle ne s'est pas inscrite à São Luís ?

— Ses parents sont en instance de divorce. Si ça se trouve c'est peut-être même déjà fait. D'après ce que j'ai compris, ça se passe plutôt mal avec la gosse. La mère est brésilienne, professeur à Brasilia ; elle est en train de se faire un nom en paléontologie. Toujours par monts et par vaux... C'est elle qui est partie. Quant au père, je l'aime bien, mais il est assez insupportable. Le genre préoccupé du monde et de lui-même, et avec ça, pas beaucoup de psychologie. Un type brillant, pourtant. Je n'ai jamais compris pourquoi il se gâchait la vie avec autant d'obstination. Et à t'entendre, la fille est mal barrée, elle aussi...

— Plutôt, oui ! acquiesça Roetgen.

En même temps qu'il retrouvait avec ce verdict le confort d'une position dominatrice, il commença de pardonner à Moéma sa foucade pour l'Indien.

Qu'elle eût des « problèmes » modifiait les choses ; d'allumée, elle passait au statut d'enfant à secourir.

Le soir même, après avoir tourné et viré dans le petit appartement qu'il louait sous le toit d'un immeuble moderne, Roetgen prit la décision d'aller voir Thaïs. La jeune fille lui avait donné son adresse, pendant leur retour en bus.

Trois jours s'étaient écoulés depuis leur retour de Canoa.

Il se préparait à repartir, après avoir vainement frappé à la petite porte de la rue Bolivar, lorsque le visage de Thaïs troua le rideau de cordes de la fenêtre :

— Ah, c'est toi ! dit-elle d'un air enjoué. Entre, j'en ai pour cinq secondes.

Roetgen remarqua les plaques rouge sombre sur ses joues et le haut de sa poitrine. Il avait dû la surprendre en plein milieu de ses ébats avec une nouvelle égérie. « Elle se console vite », songea-t-il avec un rien de mésestime. Il fut d'autant plus éberlué de la voir réapparaître, nouant un extravagant kimono à fleurs multicolores autour de ses formes épanouies, et précédant un jeune homme à fortes moustaches blondes, très maigre, que sa tenue sommaire – un simple caleçon – ne semblait gêner aucunement.

— Lui, c'est Xavier, dit Thaïs en chuintant le x à la manière des Portugais. Il a débarqué hier. Tu vas pouvoir parler français avec lui : si j'ai bien saisi, il a fait la traversée en voilier depuis Toulon. Je crois qu'il va loger ici pendant quelques jours...

Tous deux arboraient un sourire un peu niais. La pièce empestait l'herbe. Roetgen se présenta fraîchement à son compatriote.

— Quoi de neuf ? dit Thaïs en se roulant un joint.

— Rien. Les cours, la fac, le train-train, quoi...

Il la regarda dans les yeux et se lança :

— Tu as des nouvelles de Moéma ?

Le visage de Thaïs se rembrunit aussitôt :

— Aucune. Elle doit être à Canoa avec son Indien à la con… C'est pas croyable qu'elle nous ait fait ce coup-là !

Roetgen fut surpris, mais flatté d'être ainsi associé à leur relation.

— Ce sont des choses qui arrivent…

— Tu l'aimes aussi, hein ? Je veux dire, c'est sérieux, je ne me suis pas trompée sur ton compte ?

— Plus que tout, répondit Roetgen avec effarement.

Entre vérité et mensonge, ce sont souvent les lèvres qui décident. Roetgen ne savait pas encore s'il trichait pour se faire plaindre et se donner le beau rôle dans l'histoire, ou si cette réponse incontrôlée tenait du dévoilement. Il y discernait trop d'exaltation, de celle qui nous incite, lorsque nous sommes en situation d'aveu, à choisir résolument le pathétique plutôt qu'une souffrance banale et dénuée de gloire.

— Enfin, je crois, reprit-il en essayant de rassembler ses esprits. Elle… Comment dire ? Elle me manque.

— Je le savais, dit Thaïs en lui tendant la cigarette de *maconha*. Moi c'est pareil. On est dans la mouise, *caro*. Une sacrée mouise. Je ne l'ai jamais vue comme ça. On dirait que ce connard l'a envoûtée…

Xavier ne comprenait pas un mot de cette conversation, et cela semblait lui être parfaitement égal. Avachi sur les coussins, placide et radieux, il tirait sur sa cigarette en détaillant les murs de la petite pièce.

— Ce n'est pas normal, continua Roetgen, je n'arrête pas de penser à elle depuis que je suis rentré à Fortaleza. À toi aussi, remarque. C'est extraordinaire ce qu'on a vécu là-bas…

Contre toute attente, Thaïs l'excitait maintenant beaucoup plus qu'à Canoa. Une lueur dans ses yeux – et peut-être aussi le fait qu'elle ne refermait pas le haut de son kimono, lequel dévoilait un peu plus qu'il n'aurait dû l'opulence de sa poitrine – l'assura que ce désir était sans doute partagé.

Ils en étaient là de leurs agaceries, quand le rideau de la porte d'entrée s'entrouvrit : c'était Moéma. Les yeux gonflés, retenant ses larmes, elle fixait son amie dans une muette supplication. Thaïs se leva aussitôt. Sans se préoccuper des deux garçons, elle entraîna la repentante dans sa chambre.

— Y a de chouettes filles dans la région ! fit Xavier, dès que Thaïs eut refermé la porte. Et après un clin d'œil : Toi, je sens que ça fait un bon bout de temps que tu n'as pas mangé de moutarde française, je me trompe ? Mais j'ai aussi du whisky, si tu préfères : Johnnie Walker, carte noire. Ce n'est pas le Pérou, mais c'est tout ce qu'ils avaient au Cap-Vert.

Moéma eut toutes les peines du monde à récapituler la succession d'événements qui avait motivé son retour précipité. Une scène revenait avec insistance, et qui la torturait comme il n'est pas permis : Aynoré en train de faire l'amour avec Josefa, la fille du buggy... Elle les avait trouvés par hasard, au sortir de la sieste, à peine abrités derrière les dunes de la plage. Cette petite pute s'agitait sur lui en le tenant par les épaules !

— Qu'est-ce que tu fous ici ? avait craché Josefa en rejetant la tête en arrière. Tu vois pas que je suis occupée ?

Incapable de prononcer un mot, Moéma s'était contentée d'implorer l'Indien du regard. Serait-il venu vers elle à ce moment-là, qu'elle lui aurait pardonné, tant sa passion l'égarait. Il l'avait toisée d'un air faussement naturel :

— Faut être plus cool que ça, ma fille... Tu me laisses finir, tu veux !

Ce fut comme si l'Amazonie tout entière se volatilisait devant ses yeux. Elle s'était mise à pleurer, immobile et bête devant son rêve dévasté. Juste avant de partir, la rage lui extirpa une insulte qu'elle ne cessait depuis de regretter :

— Va te faire enculer, pouffiasse !

La réponse l'avait prise en traître, tandis qu'elle se mettait à courir vers la plage :

— Hé, gougnotte ! C'est ce que je suis en train de faire, figure-toi !

Et puis des rires. Deux rires qui la tourmentaient encore.

Elle rencontra Marlène sur la plage. En la voyant dans cet état, le travesti fit asseoir la jeune fille sur le sable. À force de caresses et de paroles consolantes, il lui tira le récit de ses malheurs.

— Je t'avais dit de faire attention... C'est un renard, un mec dangereux. Je parie qu'il t'a fait le coup du chaman ?

Elle l'interrogea du regard, redoutant déjà ce qu'elle allait entendre.

— C'est son truc pour emballer les filles. Un bouquin qu'il a trouvé : les légendes indiennes, les rituels chamaniques, le déluge... tout est dedans. Du pipeau, ma fille. Il est à peine indien, et pas plus chaman que toi et moi... Sa mère était entraîneuse dans un bar de Manaus, quant à son père, c'est même pas la peine d'en parler : elle a jamais su lequel c'était de tous les ivrognes avec qui elle couchait...

— C'est pas vrai, balbutia Moéma en redoublant de sanglots. Tu mens !

— Ne me crois pas, si ça t'arrange. C'est la stricte vérité. Tu n'as qu'à jeter un coup d'œil sur le bouquin ; je te le prêterai, si tu veux : *Antes o mundo não existia*, c'est un type – avec un nom à coucher dehors ! – qui raconte la mythologie de sa tribu. Aynoré, il n'en a rien à foutre des Indiens, c'est lui-même qui me l'a dit. Son look, c'est juste pour vendre sa camelote aux touristes de la *beira-mar* ! C'est une petite frappe, Moéma, un petit dealer de merde. Il ne mérite pas qu'une fille comme toi pleure à cause de lui.

Elle ne sécha ses larmes qu'après avoir reçu l'absolution de Thaïs et confirmé ses pires craintes sur la franchise d'Aynoré. L'ouvrage mentionné par Marlène – le premier texte totalement rédigé par un Indien du Brésil – était paru une vingtaine d'années auparavant ; Roetgen s'en souvenait avec précision pour l'avoir étudié en vue d'une conférence : la naissance du monde, le premier cataclysme de feu, tout, jusqu'à certains détails sur le chamanisme, se trouvait dans le livre utilisé par cet escroc.

Désenchantée, puis furieuse, Moéma ne fit plus allusion à lui, même en son for intérieur, qu'en inventant à chaque fois de nouvelles insultes : *ce bâtard d'Indien*, disait-elle d'un air désabusé, ou *ce faux cul, quand je pense à tout ce qu'il m'a fait gober... Le salaud !* Cela rendit les choses plus faciles, du moins au début.

Après les quelques heures qui furent nécessaires pour mettre à plat les déboires de la jeune fille, Roetgen fit une offre qui balaya les dernières tensions de la soirée. En fin de semaine commençait une période de dix jours de vacances : que diraient-ils d'aller tous ensemble au pèlerinage annuel de Juazeiro ? Pour Moéma et lui, ce serait l'occasion d'observer de plus près la survivance des cultes indigènes dans la dévotion des Nordestins au Padre Cícero ; quant aux autres – Xavier venait avec eux, bien entendu – il leur donnait l'assurance d'une superbe balade dans le Sertão. Il louerait une bagnole, on dormirait à la belle étoile en improvisant au fur et à mesure...

L'idée les enthousiasma. Trois jours plus tard, ils chantaient à tue-tête dans la Chevrolet prêtée par Andreas. Ils avaient tous des lunettes noires et reprenaient en chœur un refrain des Rolling Stones, hurlant par les fenêtres ouvertes leur impuissance à obtenir satisfaction.

Ce furent des jours déraisonnables, des jours de déglingue que l'alcool nimba d'une perversité obscure. La drogue, aussi, qu'ils prenaient à tout bout de champ, les éloigna du monde réel, les reléguant au pourtour de ce qu'ils vivaient. À peine plus âgé que ses compagnons – les sept ans qui l'éloignaient de Moéma, la plus jeune des quatre, pesaient plus qu'il n'en avait conscience –, Roetgen menait les opérations. C'était le seul à conduire, le seul à posséder de l'argent et à garder sinon la tête froide, du moins un certain sens des responsabilités. S'il aspira deux ou trois lignes de coke, fuma quelques joints, ce fut surtout pour ne pas se singulariser, et parce que son mépris pour la drogue lui affirmait que cette démesure n'était qu'une parenthèse tropicale dans sa vie, une expérience nécessaire dont il sortirait indemne. Il but beaucoup, en revanche, et ne dut qu'à sa bonne fortune d'éviter toute anicroche durant leurs déplacements en voiture. Par fidélité à ce qu'il s'était surpris en train d'avouer à Thaïs, il cultivait son « amour » pour Moéma. Une passion bizarre, qu'il ne cherchait plus à analyser, mais qui le faisait souffrir régulièrement ; chaque fois, par exemple, qu'elle couchait seule avec Thaïs, et qu'il tentait d'affadir cette humiliation en plaisantant avec Xavier.

Malgré son apparente insouciance, Moéma se ressentait de sa mésaventure avec Aynoré. Elle ne mentait pas en affirmant à Thaïs que rien ne pourrait plus la détacher d'elle, ou à Roetgen qu'elle n'envisageait pas de le perdre, tant elle était heureuse entre ses bras. Du fond de sa haine pour l'Indien, montait le sentiment de plus en plus net que sa liaison avec lui avait été d'un autre signe. Plus elle en éprouvait l'aigreur, plus elle se rapprochait des deux autres, comme pour se protéger du gouffre laissé ouvert à Canoa.

Contrairement à Roetgen qui ne comprenait rien à rien, Thaïs n'avait pas excusé l'écart de son amie. Elle savait, avec l'horreur de l'évidence, que derrière toutes ses affirmations le lien était brisé. Et si elle couchait avec Xavier par plaisir – mais en sachant que cela ne durerait pas –, c'était surtout pour essayer d'atteindre Moéma. Ni méchamment ni par rancœur, mais par désolation : de toute la troupe, c'était peut-être la seule qui souffrît réellement, parce que c'était la seule à aimer sans autre perspective que son amour même.

Quant à Xavier, le *Moustique atomique*, il était là sans être là, sans porter aucun jugement, sans posséder non plus la moindre conscience de ce qu'il leur arrivait à tous. Il ne dessoûlait pas, fumait joint après joint, riait beaucoup. Mouette aimantée par l'horizon, forcené de l'éphémère, il planait loin au-dessus d'eux. Un oiseau de passage très étrange, une sorte d'ange malingre, mais prêt à tout, que les trois autres choyaient avec la prescience de son envol imminent. Un ange, oui. Un fantôme d'ange. Un sourire à moustache digne des plus beaux songes d'Alice Liddell.

Quelles qu'en fussent les raisons, nos quatre écervelés se lancèrent dans une fuite en avant – comme on dit, lorsqu'on ne sait plus quoi dire pour rendre intelligible l'exubérance d'une conduite –, qui leur fit commettre les pires bêtises.

À Canindé, où ils s'arrêtèrent pour visiter le sanctuaire de Saint-François, ils obtinrent d'un curé la permission de choisir parmi les centaines d'ex-voto entassés derrière une grille. Déposés par les fidèles au pied de la statue miraculeuse, les simulacres de toutes les parties du corps s'amoncelaient jusqu'à hauteur de la taille : seins, jambes, crânes, intestins, sexes sculptés en bois ou en cire... Qu'on souffrît de la prostate ou d'un ulcère, qu'on redoutât une opération ou une nuit de noces, il suffisait de représenter l'élément mis en cause pour obtenir de saint François une guérison surnaturelle.

— Je suis obligé de tout brûler chaque mois, leur avait confié le vieux prêtre surpris à l'heure de la sieste, alors fermez derrière vous, prenez ce qui vous intéresse, et ramenez-moi le passe quand vous aurez fini...

Après s'être moqués des innombrables tableaux naïfs qui tapissaient les murs de l'église et attestaient les prodiges effectués par l'infatigable patron de Canindé – « Merci, são Francisco, d'avoir permis à ma petite fille de déféquer sans mal les clefs de la maison ! » –, les deux couples firent l'amour au beau milieu des ex-voto, à demi enfouis sous les têtes grossièrement taillées, les membres et les organes de ces corps fictifs. Ils en sortirent un peu dégoûtés, fiers d'un exploit qui fleurait bon le sacrilège.

Surréaliste ! Thaïs n'avait que ce mot à la bouche pour exprimer son étonnement devant tout ce qu'ils voyaient. Par une fente du cercueil de verre abritant la statue d'un Christ hâve et pâlichon, les pèlerins glissaient de petites coupures en guise d'offrande ; une tirelire transparente où surnageait à peine, soutenu par la moisissure verte des billets, l'ignoble cadavre d'un naufragé. Ils firent tomber sur lui des cartes à jouer, un préservatif, des papiers gras et plusieurs pages de carnet surchargées de vilenies blasphématoires.

Ivres morts, ils posèrent devant l'une de ces toiles peintes à l'effigie de saint François que des ambulants faméliques avaient tendues un peu partout sur le parvis. Ils s'étaient donné le mot pour prononcer en silence quelque secret intime à l'instant même où le photographe actionnerait le déclencheur. Sur les images en noir et blanc qui furent développées devant eux, à l'intérieur d'une cuve de tôle galvanisée munie de manchons, leur absence de lèvres les enchanta.

C'était Lourdes, ou Bénarès, comme on veut, et les foules du Sertão submergeaient la ville de leur misère. Lépreux traînant leurs supplications à deux genoux dans la poussière, grabataires noircis d'escarres, infirmes, invraisemblables mutilés, monstres irregardables, hommes et femmes aux yeux bouffis de larmes, ces infortunés faisaient la queue devant les confessionnaux adossés comme des pissotières de campagne aux murs extérieurs de l'église, luttaient entre eux pour se frayer un chemin vers l'idole de plâtre, s'évanouissaient devant la peinture écaillée de ses pieds nus. Les baraques vendaient des rubans porte-bonheur arrangés en brassées multicolores, des vignettes, des images pieuses, toute une pacotille pour laquelle les Nordestins gaspillaient leurs derniers cruzeiros. Il y avait dans tout cela un exhibitionnisme du malheur dont ils finirent par s'irriter.

Au zoo de Canindé, ils ne virent qu'une paire de tatous affolés à se masturber et un mouton peint en bleu. Avant de partir, on s'acheta des chapeaux en cuir et de longs coutelas de vacher.

La voiture était pleine d'un bric-à-brac d'ex-voto sélectionnés pour leur esthétique ou leur comique involontaire : têtes blanchies à la chaux, avec des graines à la place des yeux ou des touffes de cheveux humains collées sur le dessus, demi-corps torturés, fessiers furonculeux montés sur de frêles échasses... la Chevrolet ressemblait à un cabinet d'anatomies.

Un orage les surprit sur la route de Juazeiro. Ce fut un déluge si puissant, que Roetgen dut stopper la voiture sur le bas-côté. Surgi du néant, un âne au galop passa sous l'averse, brayant de terreur, dérapant des quatre fers sur la boue rouge qui recouvrait l'asphalte. Impressionnés par cette vision infernale, las de côtoyer l'indigence, ils se jetèrent sur le premier prétexte pour renoncer à leur projet :

— Si on allait dans les bordels de Recife ? avait dit Moéma.

Roetgen fit demi-tour et bifurqua vers le sud-ouest, direction Pernambouc.

FAVELA DE PIRAMBÚ | *On le verrait passer la nuit, entre les étoiles...*

— Qu'est-ce que tu veux faire avec ça, petit ?

— C'est mes affaires... Tu me le prêtes ou tu refuses, mais tu demandes rien, d'accord ?

Ça l'avait titillé, l'oncle Zé. Ses yeux s'étaient vidés d'une drôle de manière... Preuve qu'il se doutait de quelque chose. Mais de quoi ? Personne pouvait piger, pas même l'oncle Zé. Personne. Comme avec Lampião... On l'attendait à Bahia, et y se pointait dans le Sergipe ; on lui tendait une embuscade à Rio Grande do Norte, et il était tranquillement chez lui à se faire tirer le portrait par les journalistes du *Diário de Notícias*. Il les faisait tourner en bourrique, tous. C'était pas son but avec le vieux, mais valait mieux pas qu'il soit au courant. Heureusement qu'il l'avait apporté, son machin... C'était quand même plus facile avec, et on faisait du meilleur travail. Ça lui avait pris plusieurs jours, cette histoire... À cause du moule, surtout. Il s'était fait chier pour le moule, ça oui ! Mais il avait fini par trouver une solution, et le boulot était fini depuis deux jours quand le vieux avait rappliqué pour l'emmener manger une glace. Mangue rose et fruit de la passion... Si c'était que de lui, il mangerait plus que ça, tellement c'était bon ! Zé lui en avait même pas reparlé, tout occupé qu'il était à préparer la fête de Yemanjá : cette année, il organisait tout pour Dadá Cotinha, au *terreiro* de Mata Escura. Dadá, comme la femme de Corisco, non ? Ces salauds lui avaient explosé une guibole à la mitrailleuse. Six cents kilomètres à l'arrière d'un camion, ils lui avaient fait faire, avec la jambe qui lui tenait plus que par les tendons... Putain de merde ! Il fallait qu'il se rappelle. Pas oublier un meurtre, une humiliation, parce que les compteurs étaient pas remis à zéro, ça non alors ! Il avait des problèmes, l'oncle Zé. Pas des gros, c'était même que dalle à côté du camion et du reste, mais il arrivait pas à trouver une fille pour s'asseoir sur le trône de Yemanjá. Corta Braço, Beco de Chinelo, Amaralinha... tous les *terreiros* du quartier avaient déjà récupéré les plus belles filles. Restait plus que les vieilles et les boudins. C'est fou, qu'il disait, le vieux, tous les boudins qu'y a sur la terre ! Et elles viennent toutes me voir, les unes après les autres : prends-moi, Zé, avec la robe et la perruque, on verra pas que je suis un peu trop grosse... Et pis fallait entendre ce qu'elles lui proposaient pour qu'il les choisisse... C'était pas imaginable ! Plutôt mourir, qu'il leur répondait, le vieux, tu vois pas que tu fais peur aux petits enfants ? Si je te prends pour la procession, y aura plus personne à des kilomètres... Pas con, le vieux ! Il sait y faire quand il s'y met. J'aurais jamais dû accepter de m'occuper de tout ça, qu'il répétait. J'ai les costumes pour tout le monde, l'orchestre, la *cachaça*... Mais si je trouve pas une fille bien roulée pour Yemanjá, on va avoir l'air de quoi, hein ? C'était marqué sur l'almanach... Attends que je te montre... tiens, voilà, regarde : jours néfastes, le 12 janvier, le 4 mai, le 15 août ! Tu peux le garder, j'en veux plus de cet oiseau de malheur... *Jugement de l'année pour le Nordeste : horoscope pour tous.* Un gros cordel tout jaune, de ceux à 200 cruzeiros ! Dément ce qu'il pouvait y avoir dans cet almanach... Et pas que des prédictions, plein de choses, et pas piquées des vers... *Qui n'a pas Dieu au fond du cœur ne l'aura nulle part ailleurs.* Bien torché, non ? On avait beau tourner les mots comme on voulait, c'était imparable : Dieu au fond de la gorge, Dieu dans les poumons – ça devait faire tousser un max ! – Dieu derrière l'oreille, Dieu au fond du cul... Rien à faire. Que le cœur, y avait rien d'autre possible ! *L'homme intelligent : Une personne intelligente ne fume pas, ne boit pas, ne juge pas et ne discute pas.* Boire et fumer, d'accord, mais il pouvait pas s'en empêcher. Juger ? Comment faire pour pas juger ? Pas juger les riches, les abrutis, les amerloques, les assassins ? Pas juger les sorteurs d'yeux, et puis quoi encore ? ! Et discuter, c'était pareil... Il serait-y pas mort, par hasard, l'homme intelligent, ou c'est vraiment que je suis con ? *Les champions de la faim : La punaise – vit plusieurs mois sans s'alimenter. Le tatou – presque un an sans rien manger. Le serpent – plus d'une année à se repaître seulement de son venin. Le Nordestin – la vie entière à se nourrir d'espérance.* Le type qui avait pondu ça était intelligent, lui, y avait pas à dire. « La vie entière à se nourrir d'espérance... » C'était chié, comme phrase. Et y en avait plein d'autres du même genre, tout en bas de chaque page... *Sans manger, un homme vit jusqu'à trois semaines ; sans boire, huit jours ; et sans air, à peine cinq à six minutes. Il y a dans le corps humain 2 016 pores qui servent à la transpiration du corps et à rafraîchir le sang qui irrigue le cœur après avoir été filtré 120 fois par les reins. Le cœur bat 103 700 fois en 24 heures, et le cœur des femmes encore plus. À l'âge de 70 ans, le cœur humain a déjà battu une moyenne de 3 milliards de fois. La force dépensée pendant 70 ans d'existence est suffisante pour envoyer un train et dix wagons chargés de pioches à une altitude de cinq cents mètres. — Puxa !* Ça c'était parlant, au moins... Alors, lui aussi, tout estropié qu'il était... Et en s'y mettant tous, ceux des favelas, ceux du Sertão, on pouvait envoyer en l'air des milliers de trains chargés de pioches ! Le boxon que ça foutrait, non ? Le putain d'orage de ferraille en retombant... Ou peut-être que ça serait mieux de se grouper, et d'en expédier un seul, mais beaucoup plus haut. De se le balancer en orbite, ce con de train chargé de pioches. On le verrait passer la nuit, entre les étoiles. C'est le train de Pirambú, qu'on dirait... Il y aurait de grandes lettres sur les wagons, des messages, pareil que sur les poids lourds... *J'encule les riches ! signé : Nelson, l'aleijadinho.* C'est ça qu'il écrirait sur son wagon à lui. Et à la peinture phosphorescente, pour que ça se voie bien pendant la nuit... *Verseau (Mars). Tu es une personne idéaliste. Tu aimes la liberté, et tu fais tout pour ne pas être brimé. Quand tu es contrarié, ça te rend super nerveux, et tu t'exposes au danger. Tu as une peur panique de la misère, mais tu aimes te souvenir du passé. Méfie-toi de ton instinct d'indépendance. L'année reste dans l'ensemble très favorable à tes projets...* Si ça c'était pas un bon horoscope, bordel ! C'était écrit noir sur blanc, y avait plus qu'à laisser venir...

Nelson posa l'almanach sur le sable et s'endormit, le cœur en paix.

Chapitre XXIII

Où il est parlé du langage universel
& d'un message secret indéchiffrable.

En 1662, année de ses soixante ans, mon maître
redoubla d'activité. Stimulé par ses découvertes sur
le système symbolique des hiéroglyphes & les comparaisons qu'il en faisait avec les caractères chinois,
il se prit à penser à un langage par lequel les hommes de toutes nations pourraient communiquer
entre eux, sans avoir besoin pour cela de pratiquer
une autre langue que la leur.

— Vois-tu, Caspar, m'expliqua-t-il un beau matin,
s'il est aisé à un Allemand & à un Italien de correspondre en latin, puisque c'est là le langage commun
de tous les lettrés en Occident, cela est déjà plus
ardu entre un Allemand & un Syrien, ou *a fortiori*,
entre un Syrien & un Chinois. Dans ce dernier cas,
ou bien le Syrien doit apprendre le chinois, ou bien
le Chinois le syriaque, ou chacun des deux une tierce
langue qui puisse leur être commune. Tu conviendras que ces trois solutions, parce qu'elles supposent
un long apprentissage solitaire ou réciproque de
grammaires & d'écritures difficiles d'accès, ne pré-
disposent en rien ces deux hommes à se comprendre.
Comme je l'ai constaté en étudiant le chinois
avec mon ami Boym, même la connaissance de vingt

mille caractères – laquelle m'autorise la lecture de presque tous les écrits de la Chine – ne me permet point d'espérer pratiquer oralement cette langue avec un quelconque natif de Pékin : il y faut en plus un savoir & une pratique de ces accents, ou tons musicaux, qui découragent les plus zélés de nos missionnaires. En revanche, muni d'une plume & d'un papier, je puis m'exprimer parfaitement avec n'importe quel Chinois. De même, un Pékinois & un Cantonais, lesquels ont en commun la même langue chinoise, mais diffèrent si grandement par leur façon de la prononcer qu'ils ne sauraient s'entendre par la parole, ces deux hommes, dis-je, communiquent aisément avec un pinceau & un peu d'encre.

« Reprenons l'exemple de mon Indien des Amériques. Je lui ai dessiné une gondole flottant sur l'eau avec son batelier, lui manifestant ainsi qu'il s'agissait d'une espèce d'embarcation ; ce qui était somme toute assez aisé. Mais qu'arrivera-t-il maintenant si je désire lui faire concevoir une idée ou un genre au lieu d'un simple objet ? Que devrais-je dessiner pour exprimer "le Divin", "la Vérité" ou "les animaux" ? Tu conviendras, mon cher Caspar, que notre affaire se complique ici passablement. Et cela au moment même où il serait crucial de se comprendre avec le plus d'exactitude possible... Quelle est l'utilité d'une langue si elle ne sert qu'à nommer ou à manipuler des objets, & non ces idées qui sont en nous la marque de la divine création ? Du simple dessin, il nous faut donc passer au symbole ! Toi, Caspar, comment ferais-tu pour faire apercevoir à un Toupinambou que ce mystère qui s'écrit "Tupang" en leur idiome coïncide avec ce que nous entendons par "Dieu" ou "Celui qui est" ?

Je me concentrai un moment, énumérant dans mon esprit tous les symboles qui pourraient représenter la divinité & éclairer notre Indien, & proposai la croix...

— Cela vaudrait pour un Européen, reprit Kircher, mais pour un Chinois, tu n'aurais fait que tracer le nombre « dix » dans sa langue, quant au Toupinambou qui se trouve devant toi, il saisirait certainement autre chose, & ainsi de suite pour tous les peuples à qui ce symbole n'est guère familier.

— Comment faire, alors ? Faudra-t-il donc user à nouveau d'un dictionnaire ?

— Mais oui, Caspar, un dictionnaire, tout simplement ! Mais pas n'importe lequel. Comme toujours, c'est du complexe même que se nourrit l'extrême simplicité ; un dictionnaire, ou plus exactement deux en un, comme je vais essayer de te le démontrer.

« Que j'écrive : *Voudrais-tu, cher ami, avoir l'obligeance de m'envoyer un de ces animaux du Nil, qu'on nomme ordinairement "crocodile", afin que je puisse l'étudier tout à loisir ?* ou : *Toi envoyer crocodile pour étude,* mon correspondant m'entendra tout pareillement... Obéissant à cette règle, j'ai épuré le dictionnaire de façon à ne garder que les mots dont on ne peut se dispenser, 1 218 exactement, que j'ai groupés en 32 classes contenant chacune 38 vocables. Les 32 catégories symboliques sont notées en nombres romains, & les 38 vocables en nombres arabes. Le mot "ami", par exemple, est le cinquième vocable de la classe II des noms de personnes. Regarde...

Mon maître me montra une liasse de feuillets où se trouvait écrit à course de plume ce qu'il venait de m'expliquer. Sa polygraphie nouvelle contenait surtout un dictionnaire merveilleux sur lequel il avait dû veiller bien des nuits. Grâce à ce très simple procédé d'organisation, on trouvait sans peine, & pour huit langues différentes (latin, grec, hébreu, arabe, espagnol, français, italien & allemand), la traduction numérique des 1 218 mots nécessaires & suffisants à tout discours, fût-il fort métaphysique. Ce dictionnaire d'écriture, destiné à qui voulait interpréter sa pensée en langage universel, se doublait d'un second tome inversé, pour qui désirait traduire en sa propre langue un écrit déjà polygraphié.

— Cela n'est encore qu'une esquisse, continua Kircher, mais tu comprends bien qu'il sera fort aisé de constituer un pareil dictionnaire pour chaque partie du vieux & du nouveau monde. Et lorsque l'Asie, l'Afrique, l'Europe & les Amériques auront chacune le leur, il n'existera plus aucune barrière à la compréhension ; nous serons comme revenus à la pureté de la langue adamique, mère unique de toutes ces langues différentes que Dieu forgea, pour nous punir, après la chute de Babel...

Cette nouvelle invention me laissa muet d'étonnement. Le génie d'Athanase semblait inépuisable, & jamais homme ne fut moins atteint que lui des cruels ravages qu'exerce la vieillesse.

Interprétant peut-être mon silence comme une réserve, Kircher répondit à une question qui ne m'avait pas même encore traversé l'esprit.

— Oui, bien sûr, tu te demandes comment on peut écrire quoi que ce soit d'intelligible sans faire usage de désinences ou de conjugaisons ; à quoi je réponds sur-le-champ que j'ai prévu également cette difficulté : à chaque mot écrit numériquement, il suffira d'adjoindre un symbole de mon invention, lequel est destiné à indiquer, le cas échéant, un pluriel, un mode ou un temps de verbe. Mais que je te donne un exemple...

Prenant une plume, il écrivit en même temps qu'il parlait :

— « Notre ami vient » s'écrit XXX.21 II.5 XXIII.8, alors que « Notre ami est venu » se notera un peu différemment, soit : XXX.21 II.5 XXIII.8._E, lequel signe marque le passé proche... Tu peux voir ici la table qui contient ces quelques indicateurs indispensables.

Je fus si fortement enflammé par ce langage magnifique & les perspectives qu'il offrait à la vraie religion de se répandre par le monde, que j'engageai vivement mon maître à publier son travail. Il y consentit sous la condition que je l'aiderais, par des critiques sincères de cette ébauche, à mettre au point un dictionnaire réellement efficient. Pour ce faire, & sur son idée, nous convînmes d'échanger chaque soir des messages polygraphiés sur tous les sujets qui se présenteraient à notre fantaisie, de manière à vérifier le bon fonctionnement du procédé. Je remerciai Dieu pour cette insigne marque de confiance & mis toutes mes forces à essayer de m'en rendre digne.

Sur ces entrefaites, & alors que le collège ne bruissait que de nos mystérieuses épîtres – intérêt qui faisait sourire Kircher & le poussait à augmenter encore l'atmosphère de secret entourant ces expériences –, un événement inattendu vint mettre une fois encore ses connaissances à contribution : le 7 juillet 1662, il advint que les espions du Vatican s'emparèrent d'une lettre destinée à l'ambassade de France à Rome. Écrite en français, quoique manifestement codée, cette missive restait incompréhensible aux meilleurs experts dans ce domaine. En dernier recours, on s'adressa à Kircher comme au seul homme qui pût encore réussir dans cette entreprise.

Le texte codé se présentait ainsi :

Jade sur la prairie ; sens à l'ombre-chevalier ; échelle craquante ; bière de paille ; oui, le labyrinthe ; horde de choucas, hein ; l'ambre triste a entendu l'arum de France ; le rayon de la colombe a taillé en pièces le pisteur ; lardez son épave ; l'aisance verse le viol, Henri ; sel de loupe ; destin de Rancé, pourparlers, orphie, cheval de pont, singe dupe ; Parme épluche le trou ; badinerie rôde ; rat, si, vous ; l'œuf de lièvre anti-jet tue l'aura du dard ; les beaux jours invertissent ; taillez, dupes, l'âge récent du désordre ; entravez le péché ; germe de poule ; baigner la

*fourmi ; voir le moulin du doute ; senteur marine ; faire
la sauce de la fin ; signe jaune, vous, Eyck ; sève délivrée,
corde essentielle...*

Kircher y travailla nuit & jour durant deux semaines sans parvenir au moindre résultat, & il envisageait avec tristesse d'annoncer son échec lorsqu'il reçut la visite de son ami, le docteur Alban Gibbs.

SÃO LUÍS | *Poêle au charbon ardent
« Idéal » avec tuyau.*

— L'expédition aurait dû rentrer il y a deux jours, dit le docteur Euclides en essuyant ses lunettes, la comtesse Carlotta est réellement très inquiète pour son fils... Vous n'avez pas eu de nouvelles d'Elaine, par hasard ?

— Pas la moindre, répondit Eléazard. Cela dit, il n'y a pas de quoi s'alarmer ; de nos jours, on ne disparaît plus de cette façon...

Pour avoir souhaité sa mort quelques semaines plus tôt, il s'effraya tout à coup de ce qu'un mauvais génie pût avoir exaucé ce vœu futile de l'amour-propre touché au vif.

— Sans doute, sans doute, mon ami... reprit Euclides, je tenais simplement à vous avertir. À ce propos, comment va votre fille ? Elle me manque beaucoup, savez-vous. J'avais plaisir à la voir pousser.

— À vrai dire, je n'en sais rien. J'ai l'impression qu'elle n'a pas encore fini sa crise d'adolescence... Elle me raconte ce que j'ai envie d'entendre, et je suis bien obligé de la croire. Ce qui ne m'empêche pas de me faire du souci. Un de ces jours, je vais débarquer chez elle pour me rendre compte. J'arrive à comprendre qu'elle ait voulu s'éloigner de moi, mais ça complique sacrément les choses. Elle a même refusé que je lui fasse installer le téléphone.

— Il faut se montrer patient, j'imagine. Encore que... Déterminer le moment où l'indulgence est le seul moyen efficace d'intervenir, et celui où elle devient un abandon... – le terme est mal choisi, excusez-moi – disons, un renoncement, c'est cela qui doit être difficile.

— Je me pose la question à chaque instant, figurez-vous. J'essaye d'agir au mieux, mais les plus grossières des erreurs n'ont jamais que cette seule excuse, et ce n'est pas très rassurant.

— Allons, gardez confiance. Les choses finissent toujours par s'arranger. C'est même la condition pour que quelque chose d'autre puisse se détraquer.

— Ce que j'aime chez vous, c'est votre « optimisme », dit Eléazard sur un ton gentiment moqueur.

— Je me suis levé du mauvais pied, ce matin. Si vous êtes venu chercher du réconfort, j'ai bien peur que vous ayez frappé à la mauvaise porte. Qu'est-ce que je vous sers ? Vous allez bien m'accompagner, j'ai besoin d'un petit verre pour m'éclaircir les idées.

— Laissez, je vais m'en occuper, dit Eléazard en se levant. Cointreau, cognac ?

— La même chose que vous, dit Euclides en se rencognant dans son fauteuil.

Eléazard servit deux cognacs et revint s'asseoir en face de son hôte.

— À Moéma ! dit le vieil homme. Qu'elle ne s'assagisse pas trop vite, c'est mauvais pour la santé.

— À Moéma ! reprit Eléazard, l'air pensif. Et à vous, Euclides...

— Bien, si vous me disiez ce qui me vaut le plaisir de votre présence ?

— La biographie de Kircher, pour ne pas changer. J'espère que je ne vous embête pas trop avec ça.

— Au contraire, vous le savez bien. C'est le genre d'exercice dont je raffole... Et puis, c'est excellent pour mes derniers neurones ; il faut entretenir les vieilles machines avec plus de soin que les nouvelles…

— Vous n'auriez pas du Mersenne ou du La Mothe Le Vayer dans votre bibliothèque ? Je suis persuadé que le père Kircher, ou du moins Caspar Schott, les plagie dans certains passages…

— Qu'est-ce qui vous a mis la puce à l'oreille ?

— Une impression de déjà-vu, des tournures de pensée libertines, de petites anomalies qui ne cadrent pas avec mes souvenirs. J'ai écrit à un ami parisien pour qu'il fasse des recherches dans ce sens, mais je me suis dit que vous pourriez peut-être m'aider à gagner du temps.

Le docteur Euclides ferma les yeux. Il se concentra quelques secondes avant de reprendre :

— Non, désolé… Je n'ai aucun de leurs ouvrages. Je me souviens les avoir étudiés au séminaire, surtout Mersenne, comme vous vous en doutez. Bel esprit, d'ailleurs, et qui reste injustement dans l'ombre de son ami Descartes. Vous pourriez peut-être consulter le Pintard – *Les Érudits libertins au XVIIe siècle* – je ne vous garantis pas le titre, mais il doit être classé en histoire. J'ai aussi deux ou trois choses sur le rationalisme et Galilée, je doute que cela vous soit utile.

— Je n'aurais jamais dû accepter un tel travail, soupira Eléazard en secouant la tête… Il faudrait être à Paris ou à Rome pour étudier convenablement ce manuscrit. Je n'ai pas le centième des outils nécessaires.

— Je veux bien vous croire, mon ami. Admettons, puisque tout semble vous conduire à cette conclusion – le docteur Euclides se pencha vers Eléazard en posant les coudes sur ses genoux –, admettons que Schott ou même Kircher aient plagié tel ou tel auteur… Admettons que vous ayez la preuve formelle que vous cherchez : dites-moi, sincèrement, qu'est-ce que ça changerait ?

Déconcerté par la question, Eléazard rassembla ses pensées, attentif à choisir les mots de sa réponse :

— J'aurai montré qu'en plus de s'être trompé sur tout, ce qui reste excusable, c'était aussi un Tartuffe, quelqu'un qui grugeait son monde de propos délibéré.

— Et vous feriez fausse route... dans la mesure où vous confirmeriez ce dont vous êtes déjà certain, avant même d'avoir examiné votre hypothèse comme ce qu'elle doit rester jusqu'au bout : une *hypothèse*. Bien que je m'en explique mal les raisons, j'ai cru saisir que vous n'aimiez pas beaucoup ce pauvre jésuite. Chaque fois que vous parlez de lui, c'est pour lui reprocher ceci ou cela, en gros, de n'avoir pas été Newton, Mersenne ou Gassendi... Pourquoi voudriez-vous qu'il ait été autre chose que lui-même, Athanasius Kircher ? Portez votre attention sur La Mothe Le Vayer, par exemple : un libre-penseur, un sceptique comme vous les aimez. C'est ce que j'appelle, moi, un sale bonhomme ! Il a renié dix fois ses belles idées, par ambition, pour l'amour du pouvoir et de l'argent ! Newton, Descartes ? Cherchez bien, et vous verrez qu'ils sont loin d'être aussi blancs que l'histoire des sciences, cette nouvelle *légende dorée*, voudrait nous le faire croire. Dès qu'on s'intéresse à quelque chose ou à quelqu'un, ils deviennent intéressants. C'est un truisme. L'inverse est aussi vrai : décidez que quelqu'un est une fripouille, et il le deviendra aussi sûrement à vos yeux que deux et deux font quatre. C'est de la suggestion, mon ami. Toute l'histoire n'est faite que de cette autohypnose devant les faits... Si je vous persuade, grâce à une petite mise en scène, que vous avez gobé une huître pourrie, vous serez malade, physiquement malade. Je ne sais qui ou quoi vous a mis dans la tête que Kircher était méprisable. Il l'est devenu, et rien ne vous fera changer d'avis tant que vous n'aurez pas identifié le processus qui vous conduit à « somatiser » ce résultat.

— Vous en rajoutez, docteur... reprit Eléazard, un peu mal à l'aise. L'histoire, c'est ce qui s'est réellement passé. Kircher n'a pas réussi à déchiffrer les hiéroglyphes, il l'a cru ou l'a fait croire. Personne ne peut dire le contraire sans passer pour un illuminé. La plupart des savants de son époque s'en doutaient déjà, avant même qu'on puisse en apporter la preuve. Aujourd'hui, c'est un fait.

— Certes, mon ami, certes... Pourquoi insistez-vous là-dessus ? Si vous relevez cet échec, c'est uniquement pour apporter de l'eau à un autre moulin : vous voulez démontrer que le père Kircher était un faussaire. C'est cela qui tient du fantasme ; cet acharnement à établir qu'il usurpait sa réputation. Vous citiez Ranke, j'en ai autant à votre service. Relisez Duby : l'historien, écrit-il, est un rêveur contraint...

— Contraint par les faits à ne pas rêver, malgré sa propension à le faire !

— Non, mon cher, contraint à rêver devant les faits, à replâtrer les failles, à rétablir de chic le bras manquant d'une statue qui n'existe tout entière que dans sa tête ! Vous rêvez Kircher au moins autant qu'il s'est rêvé lui-même, autant que nous nous rêvons tous, chacun à notre manière...

— Peut-être, dit Eléazard en remplissant les verres avec nervosité, mais lorsque mon fantasme copie les meilleurs passages de Nobili ou de Boym sans les citer, comme dans *la Chine illustrée*, il n'en reste pas moins qu'il plagie effrontément, et que ce n'est pas à son honneur. Qu'est-ce que vous faites de ça ? Vous n'allez quand même pas justifier ce pillage en règle ?

Le docteur Euclides but une gorgée de cognac avant de répondre.

— Le plagiat est indigne, j'en conviens. Ma réaction première est la même que la vôtre. J'ai conscience en cela d'obéir à un poncif contemporain... Le nœud du problème est l'acte créatif lui-même, le fait qu'on ne puisse l'envisager sans recourir à l'imitation.

— L'imitation n'est pas, n'a jamais été la copie pure et simple d'un texte, elle...

— Je vous en prie, laissez-moi tenter de m'expliquer... Voltaire et Musset ont fustigé le plagiat avec vigueur – je crois me souvenir que vous avez une certaine admiration pour le premier, n'est-ce pas ?

— C'est vrai, confessa Eléazard sans se douter où le vieil homme voulait en venir.

— Voltaire a donné pour siennes des poésies entières de Maynard, quant à Musset : *Mon verre n'est pas grand, mais je bois dans mon verre*, vous vous en souvenez ? Ce sont des scènes de Carmontelle qu'il s'est appropriées ! Intégralement, à la virgule près ! Comparez *le Distrait* à *On ne saurait penser à tout*, et vous m'en direz des nouvelles... Vous en voulez d'autres ? Prenez l'Arétin : toute son *Histoire des Goths* est traduite de Procope, à partir d'un manuscrit qu'il croyait être seul à posséder... Machiavel ? Même scénario avec sa *Vie de Castruccio* où il met dans la bouche de son personnage les *Apophtegmes* de Plutarque... Ignace de Loyola ? Jetez un coup d'œil sur les *Exercices spirituels* de Garcia Cisneros, et vous tomberez des nues...

— Ignace de Loyola ? s'exclama Eléazard.

— Pas mot à mot, mais largement « inspiré de »... ce qui ne serait pas si grave, après tout, s'il avait avoué sa dette, comme La Fontaine à l'égard d'Ésope, par exemple.

— Dans ce dernier cas, il s'agit d'une recréation. La mise en forme de La Fontaine est plutôt supérieure à l'original, vous en conviendrez...

— Je vous y prends ! dit Euclides en le menaçant du doigt avec une expression taquine. Qu'on plagie du texte ou des idées, c'est exactement la même chose. Toute l'histoire de l'art, et même de la connaissance, est faite de cette assimilation plus ou moins poussée de ce que d'autres ont expérimenté avant nous. Personne n'y échappe depuis que le monde est monde. Il n'y a rien à en dire, sinon que l'imagination humaine est bornée, ce que nous savons depuis toujours, et que les livres ne se font qu'avec d'autres livres. Les tableaux avec d'autres tableaux. On tourne en rond depuis le début, autour du même pot, de la même gamelle !

— Je n'en suis pas si sûr... Quand bien même : qu'est-ce qui empêche les uns et les autres de mettre des guillemets lorsqu'ils utilisent le travail d'autrui ? Sinon le désir de gloire, l'ambition de se faire passer pour ce qu'ils ne sont pas.

— Réfléchissez un peu. Lorsque Virgile emploie un vers de Quintus Ennius comme s'il était de sa plume, et il l'a fait plusieurs fois, ne vous en déplaise... Non, excusez-moi, mais je ne vais pas m'en sortir avec cet exemple. Prenons plutôt la phrase de Ranke que vous citiez tout à l'heure : *L'histoire, c'est ce qui s'est réellement passé*. Vous avez eu l'élégance de marquer une pause et de manifester par votre intonation qu'elle n'était pas de vous. Bien. J'ai interprété ainsi votre attitude parce que je vous fréquente depuis des années. Quelqu'un d'autre aurait pu croire que vous veniez vraiment de produire cette définition. Et pourtant, vous ne vous considérez pas comme un plagiaire.

— Vous êtes injuste, je savais que vous la connaissiez...

— Je vous l'accorde, ce n'est pas le problème. Combien de fois cédons-nous à cette pente naturelle ? Ma propre citation de Duby, par exemple. Je n'ai jamais lu l'ouvrage dont elle est tirée. Je ne sais même plus si je l'ai vue citée quelque part, ou seulement entendue comme venant de lui. Peut-être même qu'il ne l'a jamais écrite, comme cela arrive souvent avec ce type de maximes qui voyagent de bouche en bouche, sans que personne se préoccupe d'en vérifier la source. Une rumeur, somme toute, une simple rumeur... Rendez-vous compte que la moindre conversation serait impossible s'il fallait justifier chacune de nos paroles. *L'histoire, c'est ce qui s'est réellement passé...* Pouvez-vous être certain que quelqu'un n'a pas écrit ou prononcé cette banale petite formule avant Ranke ? Pour nous permettre une seule phrase sans guillemets, il faudrait avoir en mémoire l'ensemble de ce qui a été écrit et prononcé depuis la nuit des temps ! Cette recherche en paternité serait infinie, elle conduirait au silence, tout simplement. Pour en revenir à Kircher, pourquoi ne devrait-on pas douter aussi des auteurs qu'il plagie ? Qui vous assure que Mersenne lui-même n'a pas dépossédé quelque étudiant de ses trouvailles ? Où s'arrêtent les guillemets ? Si j'écris : L'histoire, c'est ce qui a réellement disparu ; ai-je le droit d'affirmer ma propriété, ou dois-je écrire : « *L'histoire, c'est ce qui* [a] *réellement* disparu », avec une note en bas de page pour rendre à Ranke ce qui lui appartient ? Autant mettre chaque mot du dictionnaire entre guillemets, chacune de leurs combinaisons possibles, puisque au moment où je les produis, je ne peux être certain qu'elles ne sont pas déjà contenues dans un des milliards de livres que je ne lirai jamais... Vous comprenez ce que je veux dire, Eléazard : ce qui importe, c'est la matière grise universelle, pas les individus qui s'en trouvent par hasard, ou s'en rendent sciemment, propriétaires.

— Eh bien ! s'étonna Eléazard, pour quelqu'un qui ne se sentait pas en forme... Vous poussez le bouchon un peu trop loin, avouez-le. Je n'arrive pas à croire que vous fassiez si peu de cas de la propriété littéraire ou artistique.

— C'est bien là où le bât blesse, mon cher. Il y a eu un temps où ni les livres ni, en général, les œuvres de l'esprit ne rapportaient quoi que ce fût à leurs auteurs. Les procès en contrefaçon n'apparaissent qu'avec le mercantilisme industriel ! Vous ne trouvez pas cela étrange ?

— Et la gloire, docteur ? La gloire d'être Virgile ou Cervantès, d'être Athanasius Kircher, « l'homme aux cent arts », ce « génie » que tout le monde vénère ?

— Rome, Rome, l'unique objet de mon ressentiment, Rome à qui vient ton bras d'immoler mon amant ! Peut-être savez-vous qui a écrit cela ?

— Corneille, bien sûr, répondit Eléazard, presque offensé d'une colle aussi élémentaire.

— Que non, cher ami, que non ! C'est Jean Mairet, un pauvre homme qui aurait dû remercier Corneille de l'avoir plagié ; il ne doit qu'à ce hasard d'apparaître encore dans quelques commentaires érudits. Quand il eût porté plainte contre son voleur, rien n'aurait pu changer la triste réalité : sa tragédie était mauvaise, celle de Corneille réussie... Deux ou trois emprunts ne suffisent pas à assurer la gloire ; il est clair que certains vêtements ont beaucoup trop d'ampleur pour les écrivassiers qui les façonnent. Soyons sérieux, voulez-vous ? Le plagiat est nécessaire ! Tenez, même cette simple affirmation n'est pas de moi... C'est du Lautréamont : *On serre de près la phrase d'un auteur, on utilise ses expressions, on efface une idée fausse pour la remplacer par une idée juste...* Ce qu'il mettait lui-même en pratique en corrigeant les maximes de Pascal ou de Vauvenargues sans la moindre vergogne. *La poésie doit être faite par tous*, écrit-il un peu plus loin. Ce ne sont pas les mots qui importent, c'est ce qu'ils modifient autour d'eux, ce qu'ils font germer dans l'esprit qui les accueille. Idem pour tout le reste, Eléazard ! Beethoven plagie Mozart avant de devenir lui-même, comme Mozart l'avait fait avec Gluck, Gluck avec Rameau, etc. L'inspiration n'est qu'un joli terme pour imitation, lequel n'est lui-même qu'une variante du mot plagiat. « Voleur d'esclave », dit le grec... Mais aussi voleur de feu, tremplin vers les étoiles !

Ébranlé par le recours à Lautréamont, Eléazard avait baissé sa garde. Le docteur Euclides enchaînait des séries de comparaisons tirées des arts plastiques, invoquait Aristote et Winckelmann : Poussin avait reproduit une fresque romaine, disparue depuis, pour en faire le fond d'un de ses tableaux, Turner s'était acharné longtemps à rivaliser avec Poussin, Van Gogh copiait Gustave Doré, Delacroix et les estampes japonaises ; quant à Max Ernst, il en était venu logiquement à découper les gravures des autres pour les recomposer à sa manière. Picasso, Duchamp, pas un artiste véritable qui ne se fût nourri, au moins à ses débuts, du pastiche, de la parodie ou du plagiat...

Au bord du K-O technique, Eléazard tenta une esquive désespérée :

— Vous biaisez le jeu, docteur, et vous le savez... Je vois ce que vous voulez dire, même s'il y a une marge entre l'admiration avouée d'un artiste pour un autre et la fraude qui consiste à s'approprier une partie de son œuvre. Qu'un peintre essaye d'en imiter un autre pour apprendre le métier, je ne vois pas où est le mal. Nous sommes bien d'accord. Sauf que cela n'a rien à voir avec le plagiat. Est-ce qu'il est seulement possible en peinture ? Croyez-vous sérieusement qu'on puisse peindre aujourd'hui un verre d'eau posé sur un parapluie, sans être accusé aussitôt d'avoir plagié Magritte ?

— Vous appréciez Magritte ?

— Beaucoup, oui.

— Tant pis pour vous...

Le docteur Euclides se dressa avec un empressement où perçait une pointe d'irritation. Eléazard le suivit des yeux, tandis qu'il scrutait en marmonnant les rayonnages de sa bibliothèque, le nez collé aux livres.

— Voilà, dit-il en revenant s'asseoir avec une petite pile d'ouvrages qu'il garda sur ses genoux. Il posa sur la table un grand catalogue consacré au peintre belge : Cherchez-moi *l'Homme au journal,* s'il vous plaît...

Eléazard connaissait l'œuvre en question ; un homme s'y chauffait auprès d'un poêle en lisant son journal. Dans les trois autres compartiments du tableau, on retrouvait la même image répliquée, le même poêle, la même fenêtre et la même table, mais sans le personnage.

— C'est fait, dit-il avec un brin de condescendance.

Euclides lui tendit alors un autre volume relié pleine toile :

— Maintenant, veuillez trouver l'article : *Poêle au charbon ardent « Idéal »,* et regardez la figure qui le représente...

Sourire aux lèvres devant l'excentricité du vieil homme, Eléazard jeta d'abord un coup d'œil sur le titre – *Bilz. La médication naturelle* –, puis sur la couverture polychrome, rehaussée au fer comme sur l'ancienne collection Hetzel. Une jeune femme y diffusait ses rayons bienfaiteurs sur deux jeunes enfants assis en pleine nature. Eléazard nota le style fin de siècle des ornements et feuilleta l'ouvrage pour trouver l'entrée suggérée par le docteur : Pieds, doivent être chauds ; Pigeons rôtis ; Pisse-sang ; Place du lit dans la direction du ciel ; Plats de viande ; Pleurer est sain ; Pline ; Plombage des dents ; Poêle au charbon ardent...

Son étonnement amusé tourna d'un seul coup à la stupeur. Sans lui laisser le temps de réagir, le docteur Euclides mit le doigt devant sa bouche :

— Pas maintenant, je vous prie, dit-il avec lassitude. Emportez tout ça chez vous, nous reprendrons cette conversation une prochaine fois. Excusez-moi, mais il faut que je m'allonge une heure ou deux. Il insista, néanmoins, pour raccompagner Eléazard jusqu'à la porte : Saluez Kircher de ma part ! dit-il du coin des lèvres et en prenant une figure des plus sérieuses, affectation qui rendit cette aimable raillerie presque désobligeante.

En s'éveillant, au tout début de l'après-midi, Loredana eut quelque mal à rassembler ses souvenirs. Les rythmes de la *macumba* résonnaient encore en échos imprécis derrière sa migraine. Que s'était-il passé à la fin de la cérémonie ? Comment avait-elle pu regagner l'hôtel ? Le visage d'Alfredo verrouillait sa mémoire comme un masque de fer. La lumière sale filtrant à travers les persiennes semblait imprégner ses vêtements, éparpillés un peu partout dans la chambre, d'une moisissure grise. Toute sa volonté l'engageait à reprendre pied, à fuir la sensation d'étouffement et de tristesse de ce réveil, mais de légères somnolences la rejetaient au loin, vers d'infimes remous de rêves effilochés.

Lorsqu'elle réussit enfin à s'asseoir sur son lit, les images de la nuit passée n'offraient plus qu'un aspect grotesque. Elle avait cru ne rien attendre de cette expérience et s'aperçut, au sentiment grandi de sa détresse, qu'elle s'était trompée. Malgré une courte perte de conscience, mise sur le compte des drogues et de l'alcool, la consolation qu'elle avait espérée du monde des *orixás* restait inaccessible. Cette nouvelle défaite la submergea. La sueur mouillait ses tempes, ruisselait dans son dos en filets hostiles. Plutôt la mort, se disait-elle dans son désarroi, que l'incertitude d'être encore en vie, cette épouvante d'un sursis sans cesse ravivée.

Un peu plus tard, elle descendit manger quelque chose. À son grand soulagement, Alfredo n'était pas visible. Après avoir ronchonné que ce n'était pas une heure pour déjeuner, Socorró consentit à lui servir une assiette de la *feijoada* qui mijotait en cuisine. La vieille femme eut à peine le dos tourné, que Loredana recracha dans sa main la première bouchée. L'idée même d'avoir à ingurgiter quelque chose lui soulevait le cœur. Un début de spasme lui ayant fait craindre le pire, elle s'était levée, décidée à réintégrer sa chambre, lorsque Socorró s'approcha d'elle pour déposer une lettre sur la table. Avant même de l'ouvrir, Loredana sut ce qu'elle contenait.

— C'est pas bon ? demanda Socorró, visage fermé, en désignant l'assiette.

— Ce n'est pas ça... parvint-elle à répondre, mais je suis malade. Il faut que j'aille me reposer... Ne jetez rien, je... je mangerai tout ce soir. C'est très bon, je vous assure...

— Comment vous pouvez savoir ? Vous y avez même pas goûté...

— Excusez-moi, Socorró... Il faut que je monte. Je me sens mal...

Prise de vertige, agrippée au dossier de sa chaise, elle luttait pour ne pas s'évanouir.

— On ne doit pas jouer avec le dieu du cimetière, murmura la vieille femme en la prenant sous le bras, c'était pas une bonne chose d'aller là-bas... Alfredo ! cria-t-elle ensuite, viens par ici, la demoiselle se trouve mal !

— Ça va aller, ce n'est pas la peine, suppliait Loredana sans pouvoir faire un pas. Ça va passer...

Elle se laissa porter jusqu'à sa chambre. Alfredo avait les traits tirés, mais ni son attitude ni ses paroles ne laissèrent supposer qu'il fût gêné de la revoir. Il revint lui porter un Alka-Seltzer et se comporta avec elle comme à l'accoutumée. Loredana fut convaincue qu'il ne se souvenait de rien.

Allongée sur son lit, elle hésitait encore à ouvrir la lettre : ne pas se laisser influencer, peser encore le pour et le contre, jusqu'au moment où elle serait

absolument certaine de ne pas remettre en cause sa
décision. Des bribes de son tête-à-tête avec Soledade
lui revenaient, des images à la surface desquelles sa
propre mort déversait une marée noire de peur
brute.

ALCÂNTARA | *Je veux que justice soit faite,*
monsieur von Wogau !

— Comtesse ? Quel plaisir, dit Eléazard en levant
les yeux de son ordinateur.

— Je vous en prie, appelez-moi Carlotta. Je suis
navrée de m'imposer de cette façon, la petite a
insisté pour me faire monter sans vous prévenir.

Eléazard s'avança pour serrer la main qu'elle lui
tendait :

— Elle a bien fait. Que puis-je vous offrir, un jus
de fruits, du thé, un café ?

— Rien, je vous remercie...

Pendant un court instant, Eléazard avait pensé
qu'elle venait pour rencontrer Loredana, mais son
visage chiffonné, sa manière de crisper les doigts sur
son porte-documents, lui laissèrent présumer qu'elle
avait autre chose en tête.

— Vous êtes inquiète pour votre fils, n'est-ce pas ?
dit-il en l'invitant à prendre un siège. Euclides m'a
dit qu'on était sans nouvelles de la mission au Mato
Grosso...

— Inquiète, c'est peu dire... Je suis folle d'appréhension. Ils ont été officiellement portés disparus.
Un hélicoptère de l'armée commencera les recherches dès demain matin...

— Je vous comprends, mais j'ai confiance dans le
professeur Walde. J'ai eu l'occasion de le rencontrer
plusieurs fois, il m'a donné le sentiment d'un homme
qui ne s'engageait pas à la légère dans ce genre
d'entreprise. C'est tout sauf un aventurier, vous

savez... Ils ont dû avoir un contretemps quelconque, on peut imaginer n'importe quoi dans un coin pareil. Walde sera furieux d'apprendre qu'on a déclenché si vite des recherches.

— Je prie Dieu pour que vous ayez raison, monsieur von Wogau... Mais ce n'est pas le motif de ma visite. Je... Elle se mordit les lèvres, parut hésiter avant de franchir le pas : Les journalistes sont soumis au secret professionnel, n'est-ce pas ?

— Tout comme les médecins, répondit Eléazard, l'esprit soudain en éveil. Ou les curés, c'est comme on veut.

— Est-ce que vous avez lu les journaux de ce matin ?

— Pas encore, j'ai passé la matinée à São Luís, chez le docteur Euclides, et je me suis mis tout de suite au travail.

Carlotta déplia fébrilement le quotidien qu'elle avait apporté, puis désigna l'un des titres de la première page :

LE TRIPLE MEURTRE D'ALCÂNTARA

Eléazard parcourut l'article et tourna son regard vers Carlotta.

— C'est mon mari, dit-elle au bord des larmes. C'est lui le responsable... J'ai surpris une conversation téléphonique avec l'un de ses avocats.

Eléazard la laissa raconter, posa quelques questions et insista pour qu'elle se souvînt le plus fidèlement possible des paroles qui avaient été prononcées. Il ne doutait déjà plus, lorsque la comtesse lui montra les photocopies d'un dossier consacré aux achats de terrains par le gouverneur ; le nom de Carneiro y figurait avec un point d'interrogation suivi d'une notule manuscrite : *à régler de toute urgence !* Une seconde, il eut l'impression d'avoir une machine infernale entre les mains… Les liens unissant le projet de base militaire aux spéculations de Moreira s'entrelaçaient peu à peu dans son esprit.

— Qu'attendez-vous de moi ? finit-il par demander, après un temps de réflexion.

— J'ai déjà entamé une procédure de divorce, répondit-elle en essayant de recomposer son visage. Je le connais bien, il n'a pas voulu cela, il ne peut pas l'avoir voulu… Mais il arrive un moment où l'on doit répondre de ses actes devant les hommes, pour être à même d'en répondre devant Dieu. Il ne faut pas que ce crime reste impuni… Je veux que justice soit faite, monsieur von Wogau, par tous les moyens que vous jugerez nécessaires pour aboutir à ce résultat.

— J'y veillerai, dit Eléazard avec douceur. C'est très courageux de votre part.

— Ce n'est pas le mot, cher monsieur, protesta Carlotta, les sourcils levés. Non, je ne crois pas que ce mot convienne…

Chapitre XXIV

*De quelle façon inattendue Kircher parvint à
déchiffrer l'écriture sibylline des Français. Où l'on
fait connaissance avec Johann Grueber et Henry
Roth à leur retour de la Chine, & comment ils se
querellent à propos de l'état de ce royaume.*

De son œil exercé, Alban Gibbs remarqua sur
l'heure l'attitude soucieuse de son ami. Kircher
n'essaya point de le détromper ; cette affaire de message secret mettait en jeu sa propre réputation, mais
elle risquait surtout de porter atteinte au crédit de la
Compagnie, ce qui était autrement plus grave.
Détaillant au docteur les éléments du mystère, il en
vint à lui montrer le texte même du billet, & comme
Alban Gibbs n'entendait rien au langage français, à
le lui traduire :

— *Jade on lea sense at char ladder cracky*, commença-
t-il lugubrement, *chaff ale yea daw maze horde hey
amber sad heard France arum...*

Je vis Gibbs réprimer un léger sourire : mon maître possédait parfaitement la langue anglaise, mais il
n'avait jamais réussi – pour ne l'avoir point cherché –
à se départir d'un solide accent germanique dont on
ne laissait pas, ordinairement, de s'amuser. Kircher
y demeura indifférent & parut se renfermer sur sa
traduction. Loin d'affiner sa manière de prononcer,

il me sembla qu'il s'ingéniait au contraire à la déformer un peu plus...

— *Dove ray have heck tout lard her wreck ease pour rape Harry lens salt fate of Rancé parley gar deck horse dupe ape...*

Il cessa de parler, l'air pensif, comme s'il relisait mentalement les mots qu'il venait d'articuler. Puis il répéta « *parley gar deck horse dupe ape* », & son visage s'éclaira.

— *Danke, mein Gott*[1] !! s'écria-t-il brusquement, & en esquissant un pas de danse (ce que je ne lui avais jamais vu faire auparavant...). *Parley gar deck horse dupe ape* ! Ho, ho ! J'ai tout compris, mes amis, absolument tout ! Et grâce à vous, Alban...

Gibbs me jeta un regard inquiet, & je sentis moi-même un frisson d'angoisse à l'idée que mon maître pût avoir outrepassé les frontières de son intelligence.

— *Parma pare hole*, continua Kircher avec une exaltation croissante, *jape rove, rat if ye egg hare anti toss kill aura dace heyday invert hew dupe recent mess age* ! Cela fonctionne, mes amis ! *Fetter sin germ hen, lave ant see doubt mil sea scent sauce end do...* Et nous sommes déjà le 3 d'octobre ! *Sign yellow ye Eyck rid sap rope main...* Louis XIV, mon Dieu ! Il faut se hâter, nous n'avons déjà que trop tardé !...

Kircher parut sortir d'un rêve. S'apercevant de notre présence & de nos mines ahuries, il nous donna, tout en s'habillant pour sortir, la clef de son agitation.

— Excusez mon empressement, mais il s'agit d'une affaire gravissime. Je dois absolument communiquer au souverain pontife le contenu de cette lettre.

— Mais, le code ? ! osai-je demander.

---

1. *Merci, mon Dieu !*

— Rien de plus simple & de plus ingénieux. Écoute ce que je dis comme si je parlais français : *parley gar deck horse dupe ape.* Qu'entends-tu, sinon : « par les gardes corses du Pape » ? Tout le message est ainsi conçu, tu en retrouveras le sens aisément. Attendez-moi ici, je ne saurais tarder à revenir.

Dès que mon maître eut disparu, je me jetai sur la lettre & en démêlai le texte selon ses indications :

Je donne licence à Charles de Créqui, Chevalier de mes ordres & Ambassadeur de France à Rome, d'œuvrer avec toute l'ardeur requise pour réparer l'insulte faite aux Français par les gardes corses du Pape. Par ma parole, j'approuve, ratifie & garantis tout ce qu'il aura décidé en vertu du présent message. Fait à Saint-Germain, le 26 d'août 1662. Signé Louis & écrit de sa propre main.

Alexandre VII fut enchanté de la réussite de Kircher ; il fit pendre aussitôt les deux gardes qui avaient molesté le Duc & prit des dispositions pour faire surveiller les Français de Rome.

Cet épisode, dans lequel Athanase n'avait vu qu'un prétexte à exercer son habileté, prit dans les jours qui suivirent une autre dimension. Kircher réalisa, en effet, qu'un langage secret était aussi utile qu'un langage universel & lui correspondait de la même façon que l'ombre à la lumière. Et en cela, mon maître ne songeait pas un instant au service des rois ou autres personnages intéressés à camoufler leurs discours, mais au seul service de la vérité. Car s'il était bon de divulguer le savoir & de le propager, il n'était pas moins nécessaire, parfois, de réserver certaines connaissances aux seuls sages capables d'en user correctement. Ce à quoi s'étaient appliqués les anciens prêtres d'Égypte en inventant les hiéroglyphes, mais aussi quantité d'autres peuples comme les Hébreux avec la Kabbale, les Chaldéens, ou même les Incas du Nouveau Monde. En conséquence, mon maître décida d'inventer un langage qui fût réellement indéchiffrable ; & tandis que je mettais la dernière main à sa *Polygraphie*, il se consacra totalement à ce projet.

L'an 1664 fut marqué par le retour à Rome du père Johann Grueber. Ce père étant sur le point de s'en aller à la Chine, huit années auparavant, il avait promis à Kircher (sur la prière que celui-ci lui en avait faite) d'être ses yeux & d'observer tout ce qu'il verrait, jusques aux moindres choses qui pourraient servir à satisfaire sa curiosité sur ce pays.

À quarante & un ans, & malgré les fatigues de son voyage, Johann Grueber en paraissait beaucoup moins. C'était un homme robuste, avec une tête massive, mais harmonieuse, une barbe souple & de noirs cheveux assez longs qu'il rejetait en arrière. Sa peau était tannée par les déserts, ses gestes lents & mesurés. Ses yeux gris, comme bridés par sa fréquentation de la Chine, avaient un regard un peu timide, presque rêveur, & il semblait parcourir encore & toujours ces contrées merveilleuses qu'il avouait n'avoir laissées qu'avec grand regret. D'une complexion joviale, extraordinairement civil & d'une sincérité allemande fort agréable, il était si galant homme que quand même il n'aurait pas été jésuite, il n'eût pas laissé de s'attirer l'estime de tout le monde.

Le père Henry Roth offrait un contraste frappant avec Grueber : petit, chétif, le poil blanc & rare, il corrigeait cette apparente faiblesse de constitution par une rigueur morale & un dogmatisme qui en imposaient à tous.

Après les effusions des retrouvailles & quelques jours de repos, ces deux voyageurs entreprirent de raconter à Kircher tout ce qu'ils avaient observé durant leurs pérégrinations. Sachant que mon maître travaillait à un ouvrage majeur sur la Chine, ils estimèrent très humblement qu'il n'y avait pas lieu de publier leurs propres écrits sur ce sujet ; mais ne souffrant point que les aragnes & les vers rongeassent cette précieuse matière dans le recoin d'une bibliothèque, ils s'en remirent en toute confiance à Kircher pour incorporer à son livre leurs observations ; ce qui était en vérité la meilleure manière de les faire connaître au plus grand nombre.

La première nouvelle que nous apprîmes, par la bouche de Grueber, fut la mort de notre cher Michel Boym, laquelle affligea mon maître plus que je ne saurais dire...

Après avoir quitté Lisbonne au début de l'année 1656, le père Boym était parvenu à Goa un an plus tard. Retardé pour diverses raisons en cette ville, puis assiégé par les Hollandais, il n'avait atteint le royaume de Siam qu'en 1658. Une fois à Amacao, & comme il était toujours porteur des lettres du pape Alexandre VII destinées à l'Impératrice chinoise Héléna & au général eunuque Pan Achille, Boym se vit refuser la permission de retourner en Chine par les autorités portugaises, & cela par crainte des représailles que les Tartares auraient pu décider à leur encontre. Résolu à affronter tous les risques pour accomplir sa mission, le père Boym s'embarqua sur une jonque, accompagné du néophyte Xiao Cheng, & gagna le Tonkin, d'où il comptait passer en secret à la Chine. En 1659, après de nouveaux délais employés à trouver des guides susceptibles de les aider à franchir la frontière, les deux hommes réussirent enfin à entrer dans le Céleste Empire par la province de Kwangsi. Ce fut hélas pour y trouver toutes les passes bloquées par l'armée tartare. Devant l'impossibilité de continuer par cette route, Boym décida de revenir au Tonkin pour essayer une autre voie, mais le gouvernement de ce pays ne lui en donna point l'autorisation. Pris au piège dans la jungle où il se cachait des Tartares, découragé par l'échec de sa mission, Boym fut atteint du « Vomito Negro » & rappelé à Dieu après d'atroces souffrances. Fidèle à son maître jusques en ces instants d'extrême détresse, Xiao Cheng enterra le bon père au bord du chemin, avec les missives pour lesquelles cet infortuné avait donné sa vie, puis il planta une croix sur sa tombe & s'enfuit par les montagnes. Un an plus tard, il parvenait à Canton où Grueber était alors de passage, & à qui il avait conté la triste fin de cet excellent homme.

Kircher fit dire une messe à la mémoire de son ami ; en cette occasion, il prononça un sermon où il rappelait les nombreux ouvrages de Boym sur la botanique, tout en insistant sur les qualités humaines de celui qui pouvait être considéré d'ores & déjà comme un martyr de la foi.

Ces considérations sur les difficultés rencontrées par Boym dans l'accomplissement de sa mission rendirent nécessaire un état de la politique en Chine. Le père Roth s'en acquitta rapidement, mais d'une façon qui ne laissait point douter de ses connaissances en la matière. Pour épargner au lecteur de fastidieux détails, il suffira de rappeler que l'héritier des empereurs Ming, son fils, Constantin, & tous ses fidèles, dont l'eunuque Pan Achille, furent anéantis en 1661 par les armées tartares de Wou San-kouei ; cela, dans la province du Yunnan où ils s'étaient réfugiés. Depuis 1655, l'empereur tartare Shun-chih, fondateur de la dynastie des Ch'ing, s'efforçait avec succès d'asseoir son pouvoir sur une Chine enfin conquise en sa totalité. Souverain éclairé, protecteur des arts & des lettres chinois, il avait réussi à rétablir la paix dans son royaume & gouvernait avec prudence un peuple qui n'était guère favorable à sa race. D'envahisseur, il se transformait en défenseur de la Chine &, ce qui touchait l'Église sur la grosse corde, courtisait comme aucun monarque avant lui nos missionnaires jésuites. Attitude qui laissait entrevoir les plus grandes espérances quant aux progrès de la religion chrétienne en ces lointaines contrées.

Grueber tempéra néanmoins ce constat idyllique.

— Ce qui m'affligea le plus, dit-il, alors que je remontais un fleuve sur un vaisseau hollandais, fut de voir la cruauté que les Tartares exerçaient sur les Chinois qui traînaient notre embarcation, laquelle ne vient que d'une haine naturelle qu'il y a entre ces deux nations. Et à vrai dire, la haine n'a rien que de malin, de froid, de pernicieux & de funeste ; elle couve toujours quelques œufs de serpent dont elle fait éclore une infinité de désastres, ne se contentant pas de pousser son venin en certains lieux & en certains temps, mais se montrant jusques au bout du monde & à l'éternité. Ce qui nous apprend qu'il est malaisé de faire aimer un homme par un empire, comme si l'on prétendait introduire les amitiés à coups de canon. Que l'on ne me rebatte plus les oreilles d'un Néron, d'un Caligula, d'un Tibère, d'un Scylla ou d'autres empereurs romains ; que l'on ne me parle plus des Scythes, des Étrusques & d'autres peuples qui faisaient parade de leur cruauté ! Je dis, mais en vérité, que je n'ai rien vu de plus cruel, ni de plus félon que les Tartares envers leurs misérables captifs. J'ai vu ces êtres au cœur d'enclume sourire aux gémissements effroyables, voire à l'agonie & à la mort des pauvres Chinois accablés de faim, de coups & de travail. Vous diriez, père Athanase, que ce sont des hommes composés des instruments de toutes les tortures, ou plutôt des démons qui se sont glissés dans ce beau royaume pour faire une géhenne sur la terre. Ils pensent que les principales marques de leur pouvoir consistent à tirer goutte à goutte la vie de ces misérables corps : ne serait-il point plus assuré & plus utile à ces orgueilleux conquérants, pour dissiper la juste rancune de leurs vaincus, de se faire des mœurs plus douces, des plaisirs sans tant de débordements, de la splendeur sans tant de manigance, & de la dévotion sans tant de crimes & de supplices...

Le père Roth se récria, accusant d'exagération la peinture brossée par son collègue, mais Kircher intervint pour apaiser les esprits.

— Il y a, hélas, des amours & des haines qui ne se peuvent vêtir ou dévêtir aussi légèrement qu'une chemise. La colère est plus passagère, plus particulière, plus bouillante & plus aisée à guérir, mais la haine est plus enracinée, plus générale, plus triste & plus irrémédiable. Elle a deux propriétés notables, dont l'une consiste en l'aversion & en la fuite ; l'autre en la persécution & l'endommagement. Ces degrés de haine sont si généralement dans la nature, qu'ils se retrouvent jusque chez les bêtes brutes, qui ne sont pas plutôt nées qu'elles exercent leurs inimitiés & leurs guerres dans le monde. Un petit poulet qui traîne encore sa coque n'a point d'horreur d'un cheval ni d'un éléphant – qui sembleraient des animaux si terribles à ceux qui ignoreraient leurs qualités –, mais il craint déjà l'épervier, & aussitôt qu'il l'aperçoit, va se cacher sous les ailes de sa mère. Le lion tremble au chant du coq ; l'aigle hait tellement l'oie, qu'une des plumes de celui-là consume tout le plumage de celle-ci ; le cerf persécute la couleuvre, car avec sa forte respiration qu'il fait à l'embouchure de son trou, il la tire dehors & la dévore. Il y a aussi des inimitiés éternelles entre l'aigle & le cygne ; entre le corbeau & le milan, entre la taupe & la chouette, entre le loup & la brebis, entre la panthère & la hyène, entre le scorpion & la tarentule, le rhinocéros & la vipère, la mule & la belette, & bien d'autres animaux, plantes ou même roches qui se répugnent les uns les autres. Ces funestes contradictions existent aussi parmi les idolâtres, comme on voit, dites-vous, entre les Tartares & les Chinois, mais Dieu a voulu que nous puissions, à l'inverse des autres règnes de la nature, surmonter ces oppositions & résoudre les contraires par la miséricorde. Et il ne faut point douter que les progrès de la religion chrétienne en ce pays de Chine éteindront ces inimitiés, aussi parfaitement que l'eau versée détruit la haine immémoriale opposant la bûche au feu.

« Mais, dites-moi, ajouta-t-il en souriant, n'avez-vous point rapporté de la Chine quelques curiosités qui puissent servir à diminuer mon ignorance sur ce royaume & sur ce qui s'y trouve ?

Le père Roth acquiesça en hochant la tête, & sortant d'un sac une poignée de plantes séchées, les présenta à Kircher.

— Quoique cette herbe, qu'on appelle *cha* ou *thé*, existe en plusieurs endroits de la Chine, si est-ce pourtant qu'elle est meilleure en certains endroits qu'en d'autres. On en fait un breuvage qu'on prend tout chaud, & sa vertu est très connue, puisque non seulement tous les habitants du grand empire de la Chine, mais encore de l'Inde, de la Tartarie, du Thibet, de Mogor & de toutes ces régions orientales s'en servent jusqu'à deux fois par jour...

Kircher l'arrêta d'un geste :

— Ne vous donnez point la peine de poursuivre, dit-il affectueusement, car je connais déjà cette herbe remarquable. Je n'aurais jamais cru qu'elle ait tant de vertus si notre regretté père Boym ne m'avait obligé autrefois d'en faire l'expérience. Comme j'en use depuis fort régulièrement, je vous dirai donc qu'ayant une qualité purgative, elle élargit merveilleusement bien les reins & fait que ses conduits deviennent fort larges pour pouvoir donner passage à l'urine, au sable & à la pierre ; elle purge de même le cerveau & empêche que les vapeurs fuligineuses ne l'incommodent, de sorte que la nature ne saurait donner un remède plus efficace aux hommes savants & à ceux qui sont dans un embarras d'affaires qui les engage à des veilles continuelles, pour les rendre capables de souffrir ce travail & de fournir à ces fatigues, que la prise de cette herbe, laquelle ne donne pas seulement les forces nécessaires pour se passer du sommeil, mais encore procure tant de plaisir aux papilles, qu'après s'être habitué à son goût âcre & tant soit peu insipide, on ne saurait se priver d'en prendre le plus qu'on peut. En quoi nous pouvons dire que le *café* des Turcs & le *cocolat* ou *chocolatte* des Mexicains, qui semblent avoir le même effet, ne l'ont pas pourtant si absolument que celui-là, parce que le *cha* possède un tempérament & une qualité plus doux que les deux précédents ; car nous remarquons que le *cocolat* réchauffe par trop en été ; & que le *café* excite extraordinairement la bile, ce qui n'est pas ainsi du *cha*, puisqu'on peut s'en servir en tout temps, & avec avantage, quand on en prendrait cent fois le jour.

Le père Roth ne put s'empêcher de faire paraître sa déception pour n'avoir réussi à surprendre mon maître. Il ne l'en félicita pas moins & lui offrit ce *cha* qu'il avait porté de l'Inde, afin qu'il puisse en comparer la saveur & les vertus avec celui de Chine. Présent dont Kircher se montra très satisfait.

— J'ai aussi pensé à vous, dit Grueber en extrayant de sa soutane un petit paquet, voici une pâte constituée d'une certaine herbe de la province de Kashgar, laquelle est appelée *Quei* ou « Herbe dissipant la tristesse » par les Chinois & possède, comme son nom l'indique assez clairement, la faculté d'exciter le rire & la joie chez ceux qui la consomment. Bien mieux, elle est tonique & stimulante pour le cœur, qualité que j'ai pu constater par moi-même de nombreuses fois, lorsque j'en usai pour gravir les hautes pentes du Thibet.

— J'oserais croire, reprit Kircher, que nous avons une herbe semblable, savoir l'Apiorisus, & je n'aurais pas de peine à croire qu'une telle plante se trouvât en ce pays si on disait qu'elle est venimeuse : mais parce que vous dites qu'elle est du nombre de celles qui sont cardiaques & donnent la santé, c'est ce que je ne puis pas comprendre & à quoi je ne saurais souscrire sans l'avoir essayée.

— Qu'à cela ne tienne, mon révérend, mais il la faudrait mêler à de la confiture ou à du miel, à cause de sa consistance peu agréable au palais.

Sur un signe de mon maître, je m'apprêtais à faire le nécessaire lorsque le gong retentit : par le tube de communication, le frère portier annonça que le Cavalier Bernin sollicitait une entrevue. Kircher le fit monter aussitôt, enchanté à l'idée de revoir son vieil ami.

— Au travail, au travail ! s'écria ce dernier sur le seuil même de la bibliothèque où nous nous trouvions, Alexandre a besoin de nous !

Kircher se dirigea vers lui, non sans avoir excusé l'impétuosité du sculpteur auprès des personnes présentes.

— Alors, continua-t-il, m'expliquerez-vous les raisons de cette entrée fracassante ?

— Mais bien sûr, mon révérend, rien de plus aisé. J'ai appris ce tantôt, de très bonne source, que le souverain pontife, à l'imitation de feu Pamphile, désirait ériger un obélisque sur la place de la Minerva, & qu'il avait trouvé bon de nous associer une nouvelle fois à la conception de ce projet. Je me suis donc dépêché de vous apprendre cette nouvelle, sachant qu'elle vous ravirait autant que moi…

— J'en suis effectivement fort aise, mais êtes-vous bien certain de ce que vous avancez ?

Le Bernin s'approcha de mon maître & chuchota quelques mots à son oreille.

— Dans ce cas, reprit Kircher, la mine réjouie, cela ne fait plus aucun doute ; & je me félicite de votre bonne fortune, aussi bien que de la confiance que nous témoigne le Saint-Père. Mais venez que je vous présente les pères Roth & Grueber : ils arrivent de la Chine, & je ne me lasse pas de les entendre conter leurs aventures…

Ils clopinaient depuis deux heures, escortés par les Indiens qui s'étaient engagés sur le chemin tracé par Yurupig. Elaine se forçait à parler avec Dietlev ; elle le sentait inquiet à cause de sa fièvre persistante et tentait de le rassurer :

— C'est presque fini. Ils doivent connaître la forêt comme leur poche, nous serons rendus bien plus rapidement que par nos propres moyens. Si ça se trouve, il y a même une mission dans le coin...

Dietlev eut une moue qui exprimait son scepticisme :

— Je donnerais ma main à couper... Il s'arrêta, confondu par l'envergure inédite de cette locution : Enfin, peut-être pas... se reprit-il avec un sourire d'excuse. Disons, je jurerais que ces gens n'ont jamais eu de contact avec les Blancs...

— Ce n'est pas possible, voyons... Pas par ici, en tout cas. Qu'est-ce qui te fait dire ça ?

— Dans les réserves, ou même en forêt, il y en a toujours quelques-uns à qui les missionnaires ont réussi à faire porter un short. Mais c'est surtout leur façon d'agir, de nous regarder... Tu as vu comment ils reluquaient la machette ?

L'argument avait ébranlé Elaine.

— Tu crois que ce sont eux qui ont volé le sac ?

— Il y a de fortes chances, acquiesça Dietlev. Ils doivent nous surveiller depuis un bon bout de temps... Herman, vous avez une idée sur leur tribu ?

Petersen secoua la tête en guise de dénégation :

— Pas la moindre, *amigo*. Ça correspond à rien de ce que j'ai pu voir dans le coin ou en Amazonie. J'sais pas d'où ils peuvent sortir, s'ils ont déjà vu un Blanc, ça fait longtemps qu'ils s'en souviennent plus...

— Quand je pense qu'il y a des ethnologues qui payeraient pour être à notre place ! dit Mauro. Et votre fille en tête, non ?

— C'est sûr, répondit Elaine en tournant la tête vers lui. Je me demande comment elle aurait réagi... Ils m'ont fichu une de ces trouilles ! Tu as vu la couleur de leur bouche ?

— Ils chiquent du tabac, dit Petersen, même les gosses. C'est courant chez les Indiens.

— En tout cas, reprit Mauro, ils ont l'air de savoir où ils vont, c'est déjà beau...

— Pas évident, grogna Herman. Ça fait un bail que je ne vois plus les marques de Yurupig.

Emportée par la certitude d'être tirée d'affaire, Elaine s'était désintéressée de la route. Elle se rendit compte, en même temps que Dietlev et Mauro, qu'aucun d'entre eux n'aurait su dire s'ils étaient encore dans la bonne direction.

— Et ce n'est même pas la peine d'essayer de s'orienter, fit Dietlev avec dépit.

— On aurait dû se garder la boussole, dit Petersen sur un ton vague de reproche. Ils nous baladent, c'est tout ce qu'ils font !

— Vous voyez toujours le mauvais côté des choses, dit Mauro. De toute façon, ça ne peut pas être pire qu'avant leur arrivée. Ils nous auraient déjà massacrés trente-six fois, s'ils avaient voulu...

Cette idée n'avait jamais traversé l'esprit d'Elaine, même aux premiers instants de sa rencontre avec les Indiens. Alors même que Dietlev abondait dans le sens de Mauro et faisait remarquer leur empressement à les décharger de la civière, la jeune femme fut prise d'une crainte rétrospective dont elle ne parvint plus à se débarrasser.

Indifférents à leur conversation, les Indiens avançaient d'un pas rapide, cueillaient une herbe sur leur passage ou ramassaient une poignée de chenilles dont ils se régalaient avec force éructations et clappements de langue.

Plus personne ne parlait depuis une heure, lorsqu'ils débouchèrent sur une éclaircie où fumaient quelques huttes de palmes et de branchages. Des femmes, des enfants, d'autres Indiens se trouvaient là que l'apparition des étrangers figea sur place, bouche ouverte, chique à demi sortie. Ils regardaient sans en croire leurs yeux les animaux dénaturés que les chasseurs ramenaient de leur course dans la forêt. Un long murmure se fit entendre, puis un jappement autoritaire qui fit tourner tous les regards vers l'une des paillotes : le corps décharné d'un très vieil homme se profila devant le seuil. Une maraca emplumée dans la main droite, sa chique de tabac calée entre les dents et la lèvre inférieure, il marcha dignement jusqu'à la civière, tandis que les guerriers faisaient cercle autour de lui. Une fois là, il tira sur la barbe de Dietlev, comme pour s'assurer qu'elle n'était pas postiche, et se recula avec d'évidentes marques de satisfaction : ses éclaireurs n'avaient pas menti, l'envoyé de Dieu était venu, comme son père le lui avait annoncé, comme le père de son père l'avait toujours affirmé, et comme cela était prédit depuis toujours. Les temps étaient enfin accomplis. Pourquoi l'Envoyé n'avait-il qu'une jambe ? Pourquoi disait-il des choses incompréhensibles au lieu d'employer la langue des dieux, ces mots sans âge qu'il chantait à son fils comme son père les lui avait chantés jadis ? C'est ce qu'il ne lui était pas encore permis de comprendre. Mais cela avait un sens.

Le chaman secoua son hochet de graines, souffla sur l'Envoyé pour éloigner les mauvais esprits et prononça les paroles de feu :

— *Deusine adjutori mintende*, dit-il en montrant successivement sa tête, son ventre et ses deux bras, *dominad juvando mefestine !*

— Voilà une réponse à nos questions, dit Elaine en reconnaissant dans cet exercice le simulacre d'un signe de croix. Les pères blancs sont passés par là…

— C'est même mieux que ça, fit Mauro avec excitation. *Deus in adjutorium meum intendo ; Domine ad adjuvandum me festina* : « Mon Dieu, venez à mon aide ; Seigneur, hâtez-vous de me secourir ! » Psaume 69, je l'ai assez répété lorsque j'étais enfant de chœur. Ce type parle latin !

En entendant Mauro, le chaman s'était mis à tourner sur lui-même. Sa chique de tabac roulait dans son sourire comme une langue de perroquet.

— Nous allons au fleuve, continua Dietlev en rameutant avec difficulté ses souvenirs de latin. Les hommes blancs... La ville !

— *Gloria patri !* fit le chaman, ravi de reconnaître les sonorités de la langue sacrée. *Domine Qüyririche, Quiriri-cherub !*

Il exultait : le père était venu, lui le silencieux, le faucon royal ! Rien ne s'opposait plus à leur envol vers la Terre-sans-mal...

— *Quiriri, quiriri !* grommela Petersen en singeant le vieil Indien. Ça commence à m'énerver, toutes ces grimaces. Ce macaque est à moitié dingo... Il comprend strictement rien de ce que vous lui dites. À ce train-là, ce sera pas de la tarte, je vous le dis !

Ce fut à cet instant qu'Elaine repéra la seconde machette entre les mains d'un guerrier. Il pouvait s'agir d'une coïncidence, mais elle aurait juré que c'était une des leurs, plus exactement celle que Yurupig avait emportée. Petersen avait suivi son regard :

— *Amigo*, dit-il entre ses dents à Dietlev, vous feriez mieux de me passer la pétoire... C'est pas des gentils, ils ont eu Yurupig...

— Il n'en est pas question ! fit la jeune femme sans réfléchir. Qu'est-ce qui vous prouve que...

— C'est celle de Yurupig, dit Herman avec fermeté. Y a pas à tortiller, regardez comment il la tient : c'est la première fois que ce mec a une machette dans la main. Ça doit être lui qui l'a descendu, je suis prêt à le parier.

— Arrêtez votre parano, merde ! fit Dietlev en s'épongeant le front. Tous les deux ! Vous voyez bien qu'ils ne nous veulent pas de mal ! Quant au fusil, prenez-le si ça vous amuse : j'ai jeté le chargeur sur le chemin.

— Le con ! Non mais quel con ! Vous avez pas fait ça ?

— Je suis fatigué, Herman... Je n'en peux plus, alors essayez plutôt de trouver quelque chose pour communiquer avec eux. Je ne vais plus tenir très longtemps...

Elaine était au bord des larmes. Tout se compliquait à chaque fois un peu plus. Malgré les paroles de Dietlev – pour admirable qu'il fût, son courage faisait peine à voir –, elle était sûre qu'il était arrivé quelque chose à Yurupig.

— Il doit bien savoir comment vous soigner, dit Mauro sans trop de conviction. Regardez, continuat-il à l'adresse du chaman, il est malade, vous comprenez ? Et désignant le moignon de Dietlev : Il faut le soigner ! De l'eau ? Boire ? dit-il encore en faisant le geste de porter un verre à ses lèvres.

Les yeux du chaman s'illuminèrent. Moi, Raypoty, lointain petit-fils de Guyraypoty, songeait-il, je vais conduire mon peuple vers la Terre-de-l'éternelle-jeunesse. Cela venait de lui être confirmé avec évidence : Qüyririche, l'Envoyé, Celui-qui-a-des-poils-de-pubis-sur-le-visage, leur ferait boire à tous l'eau de jouvence. Aussi fallait-il l'accueillir dignement, l'honorer par une fête qui les réjouisse, lui et ses compagnons...

Il donna quelques ordres autour de lui ; deux jeunes guerriers s'emparèrent du brancard, la foule s'ouvrit pour leur laisser un passage vers la plus grande des huttes. En voyant Elaine y pénétrer, à la suite de ses compagnons, les hommes de la tribu firent entendre un murmure désapprobateur. Raypoty les fit taire aussitôt ; cette femme, c'était Nandeçy, la mère du Créateur, sa compagne, sa fille, son épouse. Un esprit immortel, à l'instar des autres étrangers. Elle pouvait pénétrer sans crainte dans la case des hommes et contempler les objets sacrés qu'elle avait elle-même légués au peuple Apapoçuva. On danserait pour attirer ses faveurs, pour la remercier d'être venue avec Qüyririche, puis l'on repartirait vers la Terre-sans-mal...

La maison des hommes était une grande case toute simple où les mâles de la tribu se réunissaient pour diverses occasions rituelles. Il ne s'y trouvait pas grand-chose, mis à part quelques nattes, un foyer, des calebasses de différentes tailles, de petits bancs et plusieurs parures de plumes suspendues au pilier central. L'enceinte de palmes grossièrement tressées laissait filtrer un demi-jour strié d'ombres chinoises. La chaleur y était suffocante.

Dès que les Indiens furent sortis, Elaine s'occupa de Dietlev. Après avoir délayé deux aspirines et le dernier comprimé de sulfamides dans le fond d'une gourde, elle força le goulot entre ses lèvres. Elle aurait voulu parler, le rassurer ; rien ne lui vint à l'esprit tant elle éprouvait elle-même le besoin d'un réconfort. Petersen la regarda faire avec une mine dubitative. « Il est foutu, de toute façon... » répétait chaque ride de son visage.

— Je n'arrive pas à y croire, dit Mauro à voix basse. Qu'est-ce qu'on va faire ?

Elaine fit un effort pour échapper au découragement qui l'avait saisie. Les paroles s'enchaînèrent dans sa bouche :

— On va attendre un peu avant de repartir... Du regard, elle indiqua Dietlev qui s'était endormi et respirait difficilement, paupières frissonnantes, mâchoire contractée : Il faut arriver à leur faire comprendre ce que nous voulons...

— Ça risque de prendre du temps, souligna Mauro sur un ton désabusé.

— Tu as une autre idée ? Elle avait parlé un peu sèchement, et s'en excusa aussitôt : Ne fais pas attention, s'il te plaît… Je ne sais plus où j'en suis.

— L'un de nous… Je veux dire, Petersen ou moi, se reprit-il, pourrait peut-être continuer tout seul ?

— Sans Yurupig pour vous guider ? Il n'y a aucune chance.

Le visage de Mauro s'était rembruni :

— Vous croyez vraiment que… qu'ils l'ont…

— J'espère que non, de toutes mes forces. Et pas seulement pour nous ; c'est un brave type, je ne voudrais pas qu'il lui soit arrivé quelque chose. Pour l'instant, il n'y a aucun moyen de le savoir.

La natte qui bouchait l'entrée de la case se souleva, et deux Indiens se faufilèrent à l'intérieur. Comme hypnotisés par Elaine, ils déposèrent devant elle un plat rempli de fruits, un autre plein d'une bouillie brune indéfinissable et une outre d'eau. L'un d'entre eux parla rapidement en montrant la nourriture, tandis que le second remettait avec les autres le sac à dos qu'on leur avait subtilisé. Il tira par le bras son compagnon que la vue des étrangers avait figé sur place et l'entraîna à l'extérieur.

— Il nous ont à la bonne, on dirait… fit Petersen que l'entrée des Indiens avait sorti de sa somnolence.

— C'est évident, répondit Elaine en se dépêchant d'ouvrir le sac et de vérifier son contenu. Ils n'ont rien pris, à part les fossiles… C'est bizarre, vraiment.

Mauro s'était agenouillé à l'entrée de la case. Il regardait depuis un moment à travers les interstices de la natte.

— Qu'est-ce qu'ils font ? demanda Elaine.

— Ils s'agitent beaucoup. Il y en a qui balayent, d'autres qui montent une espèce de bûcher… Les femmes pilent à tout-va… On dirait qu'ils préparent une fête, ou quelque chose de ce genre.

— Tu vois pas la marmite où ils vont nous faire bouillir, par hasard ? plaisanta Herman. Comme sa plaisanterie ne lui attira qu'un silence réprobateur, il se retourna sur sa couche en grommelant : Vous me faites chier, si vous saviez... Chi-er !

Les Indiens en étaient à se peindre les uns les autres ; chacun dessinait sur le visage de l'autre une variante rouge sang de motifs qui avaient probablement traversé le temps. Des écuelles gorgées de pâte d'*urucu* passaient de main en main ; accroupis à la queue leu leu, les enfants s'épouillaient, avides de grignoter les friandises dénichées sur la tête de leur voisin. On apprêtait aux épaules des plumes d'ara ou de toucan, les cheveux enduits de boue recevaient une pluie de duvet blanc, tous les hommes semblaient anxieux de se travestir au plus vite en oiseaux de la forêt... Mauro eut beau les observer, il ne vit pas un seul signe de leur contact avec la civilisation. Femmes et enfants étaient complètement nus ; quant aux hommes ou aux adolescents, un simple lien d'écorce passé autour des hanches maintenait leur prépuce fermé sur le bas-ventre. Hormis les deux machettes provenant de l'expédition, on ne distinguait aucun autre élément de métal : haches de pierre, couteaux de bambou effilé, calebasses ou grossières poteries d'argile faites au colombin... Préservée par quelque hasard historique ou géographique, cette tribu n'avait jamais connu autre chose que la solitude de la forêt, et c'était aussi émouvant que d'apercevoir un cœlacanthe vivant. Mauro se trouvait dans la même situation que les premiers explorateurs du Nouveau Monde, ces reîtres que fascinait l'Eldorado. Ou dans celle, plutôt, des premiers Blancs qui firent l'effort de s'approcher des Indiens autrement que pour les massacrer. Comment ces Occidentaux avaient-ils fait pour communiquer avec eux ? Par quoi avaient-ils commencé ?

— Elaine, dit-il tout à coup avec sérieux, on ne peut pas rester comme ça, à attendre… Je vais voir le chef du village. Il faut que je réussisse à lui faire comprendre ce que nous voulons. Vous, vous restez là avec Dietlev.

Il sortit de la case sans laisser le temps à la jeune femme de placer un mot.

Son apparition suspendit sur-le-champ toute activité dans la tribu. La sueur au front, Mauro marcha vers la cahute d'où ils avaient vu surgir le chaman une heure auparavant. Tandis que les femmes et les enfants restaient sur place, transformés en statues de sel, les hommes s'approchèrent de lui, l'entourant insensiblement au fur et à mesure de sa progression. Le silence qui l'accompagnait dut mettre en garde le chaman, Mauro n'était pas arrivé à vingt mètres de sa case qu'il se coula sous la natte pour venir à sa rencontre.

— Je m'appelle Mauro, dit le jeune homme en se désignant. Et toi ? ajouta-t-il en le montrant du doigt.

— *Mapélo maro ? Eta ?* répéta le vieil homme en haussant les sourcils.

Le jeune dieu voulait sans doute lui apprendre de nouvelles paroles efficaces ; il se concentrait pour les inscrire dans sa mémoire.

Mauro réessaya en simplifiant d'instinct son langage :

— Mauro ! dit-il avec le même geste du doigt, forçant son intonation. Toi ?

— *Maro-ta !* s'exlama aussitôt le chaman.

Mauro eut un soupir de lassitude. Peut-être fallait-il commencer plus simplement… Il chercha des yeux quelque chose d'élémentaire à nommer, et pris d'une inspiration soudaine, désigna son propre nez :

— Le *nez* ! dit-il en appuyant le doigt sur son appendice nasal. Le *nez* !

— *Léné !* répéta de son mieux le chaman.

Et il se demandait en quoi il était tout à coup si important de sentir, quelle odeur allait se manifester qui aurait une signification.

Mauro réitéra son geste, cette fois sans prononcer un mot.

— *Léné ?* fit le chaman en reniflant l'air autour de lui. *Léné, léné, léné ?*

Le résultat obtenu n'était guère concluant... Mauro se tritura la bouche de dépit. Avisant une natte chargée de fruits inconnus, il se déplaça jusque-là, suivi par le chaman et la foule des Indiens qui assistaient à l'entrevue. Il prit l'un des fruits qu'il se contenta de présenter sans dire un mot à son interlocuteur.

— *Jamacaru Nde*, fit le chaman avec gravité. Ce *jamacaru* est à toi...

— *Jamacaruendé ?* répéta Mauro en s'efforçant de reproduire exactement les sons qu'il venait d'entendre.

— *Naàni ! Jamacaru Nde !* Non, il est à toi, insista le vieil homme.

Si le jeune dieu voulait ce fruit, il pouvait le prendre, c'était à lui, comme tout ce qui lui appartenait, à lui et aux gens de la tribu.

— *Nani, jamacaruendé !* dit Mauro par automatisme, et en s'apercevant qu'il n'était pas plus avancé pour cela.

Ce fruit s'appelait-il *jamacaruendé ou nani* ? Sans compter que ces mots pouvaient tout aussi bien signifier, *jaune, mûr, manger*... ou quelque action à laquelle il ne songeait même pas.

Le chaman secouait la tête devant pareille insistance. Décontenancé, il accepta le fruit que lui tendait Mauro, mais s'empressa de lui en mettre deux ou trois autres entre les mains.

— Excuse-moi, mon vieux, mais j'en ai marre... dit gentiment Mauro, conscient de son échec. *Ciao !* Je crois que je vais aller dormir un peu, tu vois...

Il faisait demi-tour, lorsqu'il aperçut, tout près, l'un des Indiens à machette. Dans la seconde où il s'arrêta pour confirmer qu'il s'agissait bien d'un des outils emportés par l'expédition, il remarqua l'objet brillant qui pendait autour de son cou : la boussole ! La boussole qu'ils avaient confiée à Yurupig avant son départ...

— Où est-ce que tu as trouvé ça ? s'écria-t-il en prenant l'objet sur le torse de l'Indien éberlué. La boussole, putain !

Il y eut un mouvement de foule et des murmures d'indignation, le chaman les apaisa d'un seul mot. Nambipaia avait mal agi, expliqua-t-il. Il n'aurait pas dû s'emparer de cette chose ; le jeune dieu voyait cela d'un mauvais œil ! Il fallait la restituer tout de suite à son propriétaire...

Poussant l'Indien par l'épaule, il invita Mauro à les suivre. Le temps de se rendre à la lisière du village, et toute la troupe se retrouva devant une pique fichée dans le sol. Au bout de cette pique, il y avait la tête de Yurupig, bouche ouverte, paupières closes, comme un qui communie.

Sur un bref commandement du chaman, Nambipaia ôta la boussole de son cou et l'enfonça dans la bouche morte.

Carnets d'Eléazard.

PROVERBE ARABE mis en exergue par Kircher au début de sa *Polygraphie* : « Si tu as un secret, cache-le, sinon révèle-le. » (*Si secretum tibi sit, tege illud, vel revela.*)

VILLIERS DE L'ISLE-ADAM, comme en écho : « Et nul d'entre eux ne peut s'élever d'avance jusqu'à cette réflexion qu'un secret, si terrible qu'il soit, s'il n'est jamais exprimé, est identique au néant. »

À TRAVERS LES MATHÉMATIQUES, Kircher a cherché une mesure, un langage universel qui puisse rationaliser la multiplicité et résoudre les contradictions apparentes de l'univers. Il a rêvé d'un retour à la pureté de l'homme avant la fuite de l'Éden.

SELON MALONE, sur 6 043 vers de Shakespeare, 1 771 appartiennent à ses prédécesseurs, 2 373 sont remaniés par lui et seulement 1 899 lui restent attribués, faute peut-être d'éléments de comparaison (Lalanne).

« IL EN EST DES LIVRES, écrit Voltaire, comme du feu dans notre foyer : on va prendre ce feu chez son voisin, on l'allume chez soi, on le communique à d'autres, et il appartient à tous. » (*Lettres philosophiques.*)

SAUVÉ PAR UMBERTO ? « Kircher commet l'erreur, tout à fait excusable dans l'état des connaissances de l'époque, de croire que tous les signes hiéroglyphes avaient une valeur idéographique, et sa reconstruction est, par conséquent, totalement erronée. Il devient cependant le père de l'égyptologie, tout comme Ptolémée fut le père de l'astronomie, même si l'hypothèse ptolémaïque était fausse. En effet, dans sa tentative de faire cadrer une idée erronée, Kircher accumule du matériel d'observation, transcrit des documents, attire l'attention du monde scientifique sur l'objet hiéroglyphique. (...) Champollion a étudié lui aussi l'obélisque de la place Navona, en l'absence d'une observation directe, à partir de la reconstruction de Kircher, et, tout en se plaignant de l'imprécision d'un grand nombre de reproductions, il en tire des résultats intéressants et exacts. » (U. Eco, *la Recherche de la langue parfaite.*)

BIZARRE comme je retrouve tout à coup des citations en faveur d'Athanase...

À LA FIN DU XVIIIe SIÈCLE, il y aura encore d'éminents chercheurs pour soutenir que « les pyramides d'Égypte sont de grands cristaux ou des excroissances naturelles de la terre, tant soit peu façonnées par la main des hommes ».

PETITS MÉTIERS à la cour de Louis XIV : Contrôleur visiteur de beurre frais, Conseiller du Roi aux empilements de bois, Trésorier de l'extraordinaire des guerres, Grainetier ancien et biennal (travaille une année sur deux), Grainetier alternatif et biennal (travaille durant l'année où le précédent ne travaille pas), Angevin langueyeur de porcs (fait bastonner le cochon pour qu'il tire la langue « afin de voir s'il est ladre »)...

BABEL, TOUJOURS... Dans l'Allemagne du XVIIe siècle, le mythe d'une langue originelle conduisit d'honnêtes chercheurs à abandonner deux enfants dans un bois pour observer quel langage ils se mettraient à parler en l'absence de tout modèle linguistique. L'aphasie qui en résulta aurait dû les mettre sur la voie...

PETITS MÉTIERS kirchériens : ressusciteur d'huîtres et vernisseur de homards morts.

Chapitre XXV

*D'une pyramide javanaise, de l'herbe Quei
& de ce qui s'ensuit...*

Le Cavalier Bernin fut introduit auprès des deux voyageurs avec force compliments de la part de mon maître. Quoique d'un naturel fort opposé, Grueber & le sculpteur parurent d'entrée de jeu s'apprécier mutuellement. De même qu'un cordonnier ne se fût intéressé qu'aux chaussures des indigènes, ou un couvreur à leur façon d'assembler une charpente, Le Bernin porta aussitôt la conversation sur les statues & monuments de l'Asie, demandant s'il y en avait quelques-uns qui méritassent la comparaison avec ceux d'Occident ou de l'Égypte. Henry Roth se lança donc dans une description des édifices de la Chine & soutint fort savamment que si les Chinois, tout comme les Romains, excellaient dans la construction des murailles, des routes & des ponts, leurs statues, quoique souvent colossales, n'atteignaient jamais la finesse & la beauté propres à nos contrées. Ce n'étaient qu'idoles grossières ou monstres & démons dont le grotesque déplorable, & parfois même la lubricité, devaient si peu à l'art qu'on aurait dû bien plutôt les attribuer au Diable qu'aux humains...

— Je m'accorde avec ce qui vient d'être dit, continua Grueber, encore que j'ai aperçu en Chine

certaines statues qui ne méritent point la réprobation manifestée par le père Roth, car elles ont souvent une noblesse & une sérénité qui rejoignent, me
semble-t-il, les plus belles réussites du Grand Art.
Pourtant, ce n'est point à la Chine, mais dans les
îles de la Sonde que j'ai rencontré la plus divine
sculpture qui se puisse admirer. Et je suis persuadé, monsieur Bernin, l'eussiez-vous seulement
aperçue, que vous tiendriez cette merveille pour
l'une des plus accomplies.

— Voici qui est pour me mettre en appétit ! Et
vous me feriez un grand plaisir en me faisant sa description...

— Bien volontiers. Mais souffrez que j'en situe
d'abord les parages : lors de mon voyage vers la
Chine, j'embarquai au Tonkin sur un vaisseau à destination d'Amacao ; ce fut durant cette traversée
qu'une tempête nous jeta hors de notre route, & que
nous dûmes faire escale à Batavia, ou Jacquetra,
capitale de l'île de Java...

Voyant la mine ahurie du Bernin, Kircher vint à
son secours en approchant une grande sphère terrestre où Grueber put indiquer les endroits qu'il nommait au fur & à mesure.

— Il y a un si grand nombre d'îles dans les détours
de la mer Indienne, qu'il n'y a aucun moyen d'en
tenir un compte assuré. L'île de Sumatra, que voici,
est la plus grande ; Bornéo est la seconde ; Java, la
troisième. Elle fut nommée « l'abrégé du monde »
pour sa prodigieuse fécondité à pousser & à produire aisément toutes sortes de choses. Elle ne nous
donne pas seulement le poivre, le gingembre, la can-
nelle, la girofle & autres épiceries odorantes, mais
aussi nourrit toutes sortes d'animaux, tant sauvages
que privés, qu'on transporte en plusieurs terres
étrangères. On y trouve aussi de très riches mines
d'or & de pierres précieuses d'un prix inestimable.
Les étoffes de soie y sont en très grand nombre...

Bref, elle passerait pour l'une des plus riches & des plus aimables îles de l'Orient, si elle n'était trop souvent ébranlée par des tempêtes dont la seule attente porte la désolation & la terreur en tous lieux. Les habitants de cette île se disent être issus du sang des Chinois qui, se trouvant jadis fort incommodés par les perpétuelles courses & invasions des pirates, abandonnèrent leur patrie & se vinrent retirer en cette île pour y planter des colonies. Ces peuples sont de moyenne stature, ronds de visage, & la plupart vont tout nus, ou bien n'ont qu'une petite toile de coton qui leur prend de la ceinture & leur va rendre sur les genoux. Et je les tiens pour les mieux élevés & civilisés des Indiens...

— Un vrai paradis sur la terre ! s'exclama Le Bernin. Que ne suis-je plus jeune & plus argenté pour aller dans ce pays !

— Un paradis, peut-être, grommela le père Roth, mais peuplé de démons ! Car je sais, moi, qu'ils sont gourmands & écornifleurs ; qu'ils sont hardis, impudents, superbes, & mentent impunément pour attraper le bien d'autrui... Ces Indiens portent des mines morgantes, des langues dissolues, des doigts crochus & des mains exercées aux larcins & voleries. Ils flattent, ils promettent, ils jurent, ils appellent à témoin le Ciel, la Terre & Mahomet, au point que vous prendriez toutes leurs paroles pour de vrais oracles ; mais si vous leur parlez une heure après, ils vous nieront tout ce qu'ils auront dit avec un front d'airain ! La langue des hommes, disent-ils, n'est pas faite d'os ; voulant exprimer ainsi qu'on la peut plier à sa volonté sans la contraindre par le serment...

Grueber & Le Bernin furent stupéfaits par cette soudaine diatribe. Une gêne désagréable s'était installée entre nous, & je vis que le jeune jésuite, les yeux baissés, se mordait la lèvre pour ne point répondre à son aîné.

— Je ne savais point, reprit mon maître avec une feinte désinvolture, que vous aviez aussi passé par cette île...

— À vrai dire, répondit le père Roth en se troublant quelque peu, je n'y suis jamais allé, mais je tiens ce que j'avance d'un négociant hollandais, lequel a vécu plus de vingt ans à Batavia & m'a longuement décrit les Javanais.

Kircher fixa le père Roth avec sévérité.

— Demandez au loup ce qu'il pense des brebis qu'il dévore ou maintient dans son empire, & il vous répondra toujours que ces pauvres bêtes méritent leur infortune à cause de leurs nombreux défauts, & que c'est encore trop de bonté de s'intéresser à elles de la sorte. Pour cette raison, je me garderais d'ajouter foi aux dires de votre négociant. Que les Javanais soient idolâtres, & qu'il s'avère difficile de les convertir à la vraie religion, je le veux bien accroire ; mais qu'ils soient des démons à jamais insensibles à la raison & à la miséricorde divine, c'est ce que je ne puis accepter. Ni vous, j'en suis certain, mon révérend...

Le père Roth fit amende honorable, quoique de mauvais gré, puis demanda la permission de se retirer, invoquant son grand âge & les fatigues de la journée. Le Bernin ne cacha point sa joie de voir partir un semblable censeur, en quoi il se fit affectueusement rappeler à l'ordre par mon maître.

— Vous disiez, père Grueber ?

— Mon vaisseau se trouvant donc immobilisé dans le havre de Batavia, j'entendis conter merveilles d'une ville fort antique, & qu'on disait engloutie par la jungle, à quelques jours de mule d'une bourgade nommée Djokdjokarta. Poussé par la curiosité, autant que par ma promesse de vous rendre compte, mon révérend, de tout ce qui sortait de l'ordinaire, je fis en sorte de m'y transporter. Je laisserai de côté les fatigues & les désagréments de ce voyage, dont j'avais été prévenu qu'il serait aussi difficile que risqué, pour en venir au fait : Boeroe-Boedor, la « cité perdue »... La première vision que j'en eus, lorsque après un dernier détour mes guides me l'indiquèrent d'un doigt tremblant, fut d'une petite montagne noire, émergeant tel un volcan d'une mer de végétation luxuriante. Mais au fur & à mesure que je m'en approchai, je vis bien que pas un pouce de cette colline de pierre n'avait échappé au ciseau des sculpteurs ; & je ne crois point me tromper de beaucoup en affirmant que cette pyramide avait une base de cent vingt pas de large sur quarante de hauteur !

Je vis le visage de Kircher s'illuminer brusquement...

— Cette « pyramide », demanda-t-il avec excitation, diriez-vous qu'elle ressemblait à celles qui se peuvent contempler en Égypte ?

— Point exactement. Sa forme faisait plutôt penser aux constructions des anciens Mexicains, telles que les ont dessinées nos pères missionnaires. Représentez-vous quatre étages de plan carré surmontés de trois terrasses circulaires, le tout s'amenuisant de plus en plus vers le haut.

— Excusez mon impatience, révérend, mais vous ne m'avez toujours point décrit ces sculptures si admirables dont vous vantiez tantôt la perfection.

— Vous avez mille fois raison... J'ai pu observer tout au long des galeries ou chemins de ronde qui mènent de la base au sommet du temple quelque mille cinq cents bas-reliefs, lesquels, mis bout à bout, feraient une longueur de cinq lieues ! Ces sculptures représentent, à ce que j'ai pu en comprendre, la vie du Poussah ou idole Fo telle que les fables chinoises ou indiennes la racontent, mais vous jureriez, monsieur Bernin, qu'elles ont été produites par les plus talentueux d'entre les Grecs, tant les compositions sont parfaites & les ornements raffinés. Il y a là plus de vingt-cinq mille figures, au quart ou à moitié d'un haut-relief, lesquelles vivent d'une manière si naturelle devant vos yeux, qu'il n'y a rien de si beau qui se puisse admirer en ce monde. Hommes & femmes, toujours gracieusement campés, marchent, dansent, chevauchent ou prient dans les attitudes les plus nobles & les plus délicates. Des musiciens jouent de la flûte ou du tambour, des équipages entiers s'affairent sur leurs fiers bâtiments, de sublimes guerriers reposent, sabre à l'épaule, au milieu d'une végétation où l'on reconnaît aisément tous les arbres, tous les fruits, toutes les fleurs & les plantes de cette région, celles-là mêmes qui ont repris possession des pierres & s'entrelacent avec leur propre image inextricablement. Éléphants, chevaux, serpents, volatiles & poissons de toutes sortes s'y laissent détailler dans les attitudes particulières à leur espèce, & en un mot, je ne pourrais rien souhaiter de mieux que d'être à jamais le simple gardien de cette somptuosité...

Grueber se tut. Il semblait transporté à Boeroe-Boedor par le souvenir, poursuivant là-bas la contemplation des beautés qu'il venait de nous décrire.

— Que n'avez-vous pris quelques dessins de ces merveilles... dit Le Bernin d'un air pensif. Votre récit m'a mis l'eau à la bouche, & je donnerais cher pour vous avoir accompagné en cet endroit.

— J'en avais couvert, au lavis & à la sanguine, plusieurs cahiers que je comptais rapporter en Europe ; mais Dieu ne l'a point voulu ainsi, car ce fut lui sans doute qui inspira au jeune empereur de la Chine le désir de les garder par-devers lui...

— Cela n'est pas si important, reprit Kircher, car il me suffit de vous avoir entendu pour reconnaître dans ce temple l'influence manifeste de l'ancienne Égypte. On trouve partout en Asie, comme en votre île de Java, des pyramides mystiques & des temples superbes élevés selon la forme & le modèle de ceux que les Égyptiens avaient bâtis à leurs génies. Enfin, pour le dire en un mot, la Chine est la guenon de l'Égypte, tant il est vrai qu'elle l'imite & lui ressemble en tout avec naïveté...

Sans que je puisse expliquer pourquoi, le père Grueber blêmit soudain ; je vis se tendre les muscles de sa mâchoire, comme s'il résistait à une intense douleur.

— Êtes-vous souffrant ? lui demandai-je aussitôt.

— Non, point vraiment... Ne vous alarmez pas. Une simple... irritation de nerfs qui me prend parfois, lorsque j'évoque mes voyages.

— Allons, Caspar, dit mon maître avec empressement, cours vite chercher l'une de ces bouteilles de Ho-Bryan dont nous a fait présent monsieur Samuel Pepys ; & puis rapporte aussi des confitures : il est temps d'essayer, je crois, cctte famcuse herbe qui chasse la tristesse !

— Vous parlez d'or, mon révérend ! s'écria Le Bernin en se frottant les mains. Me direz-vous, cependant, quelle est cette herbe dont vous comptez nous régaler ? Car si vous ne mentez point sur ses pouvoirs, je veux en commander sur-le-champ toute une balle pour mon usage personnel !

Kircher lui expliqua ce qu'en avait dit le père Grueber juste avant sa venue, non sans le plaisanter amicalement sur ce qu'il n'avait aucun besoin de ce remède, étant d'un naturel enclin à la belle humeur. Nous mangeâmes donc de cette herbe *Quei*, tout en buvant & en conversant.

— Cette plante, disait Grueber – auquel le vin semblait avoir redonné quelques couleurs – ressemble fort au chanvre & croît en abondance dans la province de Xinjiang, mais on n'en fait pas le même usage que nous faisons, car les Chinois ne savent point tisser sa fibre pour en faire de la corde.

Sur une autre question de mon maître, Grueber continua à parler de la pharmacopée chinoise.

— Sachez, dit-il, qu'ils usent, selon leurs couleurs respectives, de cinq genres de quartz, de terre & de champignon. Nous nous servons du miel & des mouches cantharides, mais ils pensent que c'est là se priver des vertus merveilleuses des abeilles elles-mêmes, des guêpes, de leur cire & de leurs nids, des gales, des cocons, des mites de tapisserie, des cigales, des moustiques, des aragnes, des scorpions, des scolopendres, des fourmis, des poux, puces, cafards & morpions ! Lesquels insectes se préparent, se vendent & s'achètent tout comme on le fait ici de la rhubarbe ou de la mandragore...

— Crénom ! clama Le Bernin en riant, que n'avons-nous à Rome pareils apothicaires ! Car si je ne possède pas toute la collection de vos bestioles, j'en ai suffisamment de quelques-unes pour devenir riche...

Nous nous mîmes à rire, félicitant Le Bernin pour ce trait d'esprit, puis brindâmes joyeusement à sa prospérité.

— Vous vous amusez de cette liste, reprit Grueber, au comble de l'allégresse, mais que direz-vous alors de ce qui suit ? ! Car ces mêmes Chinois recueillent le venin qui se peut exprimer d'entre les sourcils des crapauds pour en faire de petites pilules, souveraines, disent-ils, contre l'hémorragie des gencives, le mal de dents & la sinusite – à condition, pour cette dernière, de mélanger la pilule broyée à du lait de femme & de se la faire dégoutter dans les narines ! Le jus du plus long des vers solitaires guérit le mal des yeux ou les furoncles ; l'ascaris de l'âne dissout la cataracte ; mélangé à de la peau de cigale & à de l'alcool, puis frotté sur le nombril d'une femme enceinte, le foie de lézard provoque l'avortement ! La bile du python clarifie la vision, sa chair guérit paralysie & rhumatismes, sa graisse, la surdité, & ses dents préviennent celui qui les porte des maladies. Les os de dragon, que l'on trouve communément dans la steppe, contractent le membre viril, dissolvent les sueurs nocturnes, apaisent l'esprit, exorcisent la possession par les diables, mais ils traitent également les diarrhées, les fièvres & la nymphomanie...

Toujours hilares, nous ne cessions de pousser des exclamations d'étonnement, tandis que le père Grueber, emporté par son discours, débitait tout d'une venue sa marchandise :

— La semence des baleines, ou ambre gris, chasse la neurasthénie, l'incontinence, l'eczéma du scrotum & favorise chez la femme le désir vénérien... Les ressources des Chinois sont bien grandes : toutes ces bêtes viendraient-elles à manquer, il leur resterait encore l'ensemble des créatures à poils & à plumes ! Ainsi, pour les animaux domestiques, ils emploient leurs moindres parties, sans en exclure les plus infectes, à de multiples usages. Quant aux bêtes sauvages, elles ne sont point non plus épargnées : lions, tigres, léopards, éléphants & fourmiliers servent à composer d'innombrables remèdes. La corne du rhinocéros empêche les hallucinations, favorise la robustesse du corps, soigne les migraines & les saignements de l'anus ; les paumes des pattes d'ours fortifient la santé, ses parasites guérissent la fièvre jaune & la cécité des nouveau-nés ; les bois de cerf terrassent la quasi-totalité des maladies, y compris les décharges vaginales des petites filles ; la cervelle des singes, mêlée aux fleurs de chrysanthème, fait grandir ; les lèvres du renard éliminent le pus ; & l'urine du chat sauvage, introduite dans l'oreille, en fait sortir incontinent tous les insectes...

— Puisse-t-elle nous épargner aussi le bourdonnement des innombrables fâcheux qui accablent notre ouïe de leur sottise ! dit Le Bernin en levant son verre. Je bois à l'urine des chats sauvages !

— À l'urine des chats sauvages ! reprîmes-nous en chœur, tandis que j'ouvrais une seconde bouteille.

Ils arrivèrent à Recife à la tombée du jour, après quelque mille kilomètres de voyage. *Rua do Bom Jesus*, où Roetgen finit par trouver une place, ils assistèrent à une métamorphose étonnante : situés dans les restes déliquescents de la splendeur coloniale, banques et commerces se vidèrent avec une rapidité qui semblait obéir à la chute du soleil. Les employés se hâtaient de quitter les lieux, les voitures de disparaître. Entre chien et loup, le quartier resta désert, évacué. Surgis d'on ne sait où, les rois de la nuit commencèrent alors à déambuler sur le trottoir : marins, malfrats, prostitués mâles et femelles, pupilles brillantes, couteau serré sous la chemise... toute une humanité à peau sombre, aux vêtements bariolés, que la ville rejetait en plein jour dans ses banlieues comme jadis elle excluait ses fous. Des bribes de marchandages fusaient, de louches propositions leur parvenaient. Pareille à ces images plastifiées qui changent de thème lorsqu'on en modifie l'inclinaison, la zone portuaire dévoilait sa nature secrète. Un à un, les bordels allumaient leurs petites lumières rouges, sambas et paso doble filtrant derrière leurs persiennes closes. Les vestibules ravagés s'ouvraient sur de vieux escaliers dont les ivrognes avaient marqué les diverses stations à leur manière, mais qui s'envolaient tous vers une apothéose de néons.

Ils montèrent au premier étage de l'Attila.

La patronne les accueillit, une ogresse à paillettes mauves et au chignon piqué de duvet noir d'où s'échappaient des tentacules de métal argenté, appendices que terminaient de petites boules fluorescentes. Lente par nature et par obligation – elle évitait tout contact afin de ne pas déranger l'ordonnance de sa coiffure –, l'imposante muraille de chair recompta soigneusement les billets que lui tendit Roetgen. Il imagina les heures de fièvre qui avaient précédé cette soirée, lorsque cette femme était encore assise au troisième étage de la maison, et qu'une nuée de putes demi-nues, piaillant d'excitation, la décoraient comme une reine mère avant le sacre de son fils. Installé sur une chaise haute, libidineux, bavant et geignant d'excitation, un trisomique sans âge observait l'étrange opéra qui chamboulait ses yeux. Auprès de lui, derrière le comptoir, une jeune mulâtre ondulait sur place en servant les boissons ; les putes virevoltaient ; celle des années trente, avec ses cheveux à la garçonne, sa minirobe verte et son réticule en bandoulière, l'Andalouse rose à pois blancs, la rayée arc-en-ciel, la transparente accoutrée de sacs-poubelle… Moéma dansa langoureusement avec une momie à perruque, toute en froufrous et en chichis, que le désir rendait belle malgré la fine ironie de son sourire et la parfaite maîtrise d'un jeu qui témoignait d'une longue expérience en ce domaine. Ils draguèrent des filles qu'ils s'offraient les uns aux autres, entrecoupant leurs parades amoureuses de courtes pauses devant le bar pour un verre de gin ou de *cachaça*, lancés dans une pure jouissance de la séduction où ils virent un gage nouveau de leur complicité.

Ensuite, il y eut la longue dérive sur les quais, la chasse aux rats entre les amarres, les écritures de cordages sous la muraille des cargos… À l'aube, lorsque parut dans sa splendeur le vermillon des grues, ils s'introduisirent à l'intérieur d'une énorme pile de tuyaux, passant de l'un à l'autre comme des abeilles dans une ruche de fonte, s'amusant à provoquer l'écho de leurs prénoms, à amplifier leurs cris.

Une patrouille militaire les trouva, stupéfaite, au beau milieu de cette conscience d'être. Elle les raccompagna jusqu'à leur voiture, bien au-delà de la zone interdite : ils avaient fait l'amour dans les arsenaux de Recife, ce fut comme s'ils avaient gagné une guerre.

De retour à Fortaleza, la fête continua. Ils dormaient le jour et sortaient à la nuit tombée pour étancher leur soif d'étourdissement. Les bars branchés où Arrigo Barnabe venait livrer les tout derniers accords d'une musique si révolutionnaire qu'elle flirtait avec l'inaudible, les bossas-novas langoureuses au petit matin, les *deals* d'herbe et de coke avec Pablo. Rendu fou par un alcool de bois, Xavier plongea sur l'asphalte, persuadé qu'il s'agissait d'une piscine. Malgré son arcade ouverte, le moustique ne voulut pas aller à l'hôpital, si bien qu'on le soigna chez Thaïs. Il ne souffrait que d'écorchures, mais garda des croûtes sur le visage et sur les bras jusqu'à son départ. Car il partait :

— Je mets les voiles dimanche matin à huit heures, avait-il annoncé, comme ça, sans raison particulière.

C'était irrévocable. Ils avaient bu une grande partie de son whisky à bord du bateau, dans le bassin du Yacht Club ; quant à la moutarde, il n'avait même pas essayé de la placer, tant son idée incongrue avait fait rire ses compagnons. Un mandat de sa grandmère était arrivé d'on ne sait où, il l'avait transformé aussitôt en herbe, pour sa consommation personnelle. Il comptait se rendre à Belém, ou plus loin, ce n'était pas très clair, même dans son esprit. Mais il partait.

Le samedi avant la date prévue de son embarquement, le Náutico organisait l'une de ses festivités mensuelles : tournoi de tennis, compétitions de natation, dîner et soirée dansante avec orchestre. Membre du club depuis son arrivée à Fortaleza – il avait été coopté par le recteur de l'université et payait très cher l'honneur de fréquenter une caste qu'il n'aimait pas –, Roetgen proposa de fêter là-bas la *despedida* de Xavier. Une soirée d'adieux, en quelque sorte, qui terminerait en beauté ces drôles de vacances à quatre. Sauf que Moéma s'était fait refiler une plaquette d'acide par Pablo, et qu'elle en prit la moitié avec Xavier, ce qui leur compliqua les choses avant de mettre le feu aux poudres.

Comme Andreas ne rentrait que le lendemain, ils se retrouvèrent dans sa maison, au bord de la mer. D'un commun accord, mais pour des raisons différentes, Thaïs et Roetgen s'étaient exemptés de LSD. Thaïs, parce qu'elle connaissait l'effet dévastateur de cette drogue et tenait à rester lucide pour parer à toute éventualité ; Roetgen, parce qu'il avait lu quelque part que le LSD détruisait une partie des neurones et qu'on pouvait en rester fou. Ce dernier fit le faraud, et déclara qu'il s'occuperait de Xavier, sans trop savoir ce à quoi il s'engageait. Au moment d'avaler son confetti de buvard rose – il y avait un Donald imprimé dessus –, Xavier confessa que c'était la première fois qu'il se livrait à cette expérience.

— T'inquiète pas, je t'en ai pas donné beaucoup, dit Moéma en s'asseyant sur l'un des transats de la véranda. Ça va prendre une bonne demi-heure avant de faire effet. Ensuite, c'est à toi de jouer. Si tu décides de te laisser aller dans un mauvais trip, ce sera un mauvais trip. Tu prends ça cool, et ça sera cool... Le truc, c'est de rester calme et de s'astreindre à des pensées positives.

— Pas de problème pour moi, dit Xavier d'une voix enjouée.

On sentait bien, pourtant, qu'au lieu de la réduire, ce petit laïus avait augmenté son appréhension.

Roetgen et Thaïs vinrent s'asseoir avec eux sous la tonnelle de verdure. Ils apportaient un plateau avec du vin blanc et de quoi grignoter. C'était le début de l'après-midi. De l'autre côté de la rue, à une cinquantaine de mètres devant eux, on voyait la *beira-mar* et, à travers une trouée dans le rideau des cocotiers, l'océan bleu-vert où courait une voile de jangada.

— J'espère qu'il a des provisions de vin, ton ami, dit Thaïs en s'adressant à Roetgen, parce que l'acide, ça donne soif.

— Il y en a plus qu'il n'en faut, dit Roetgen. Et sinon, j'irai en acheter...

— Tu verras, ça vient par vagues, continuait Moéma en s'adressant à Xavier. On dirait que ça s'arrête, mais ça repart de plus belle...

— Ça dure combien de temps ? demanda Roetgen.

— Vingt-quatre heures, à peu près... Pourquoi tu veux savoir ? Tu te fais du souci, pas vrai ?

— Un peu. Je pense surtout à Xavier...

— Ne t'en fais pas, dit le moustique d'un ton rassurant. Si je démarre pas le matin, ça sera le soir ou le lendemain. Je prends jamais de risques avec la mer, c'est trop dangereux.

Roetgen ne répondit pas. Quand on voyait avec quelle épave ce type avait traversé l'Atlantique, il y avait de quoi mettre en doute la prudence qu'il affichait.

— Tu sais qu'il est parti deux jours sur une jangada ? reprit Moéma.

Roetgen vit dans ses yeux qu'elle avait regretté aussitôt d'avoir mentionné cet épisode. À la question de Xavier qui lui demandait si cela n'avait pas été trop difficile, il répondit froidement :

— Pas vraiment, non. C'est le retour à terre qui a été le plus dur.

Cette réponse était manifestement destinée à Moéma, si bien que le moustique n'insista pas. Si ces deux-là avaient un contentieux à régler, ce n'était pas son problème.

Thaïs fit les gros yeux à Roetgen pour lui signifier qu'il valait mieux laisser courir, étant donné la situation.

— Excuse-moi, dit-il peu après en prenant la main de Moéma par-dessous l'accoudoir de la chaise longue. C'est sorti comme ça. Je ne t'en veux plus, c'est juré...

Pour toute réponse, Moéma se contenta d'une simple pression de la main. Elle semblait fascinée par un cargo, à peine visible sur l'horizon.

Ces premières heures furent paisibles, mais ambiguës ; languissantes, crayeuses comme celles qui nous retiennent auprès d'un malade, à l'hôpital. Thaïs et Roetgen chuchotaient, buvaient du vin blanc glacé à petites gorgées, tout en gardant un œil sur leurs compagnons murés dans l'isolement du LSD. Il y avait autour d'eux une fête de lumière et de tiédeur qui les tenait plaqués à leur transat.

La conversation elle-même s'écoulait avec l'interminable lenteur d'un goutte-à-goutte. Fascinée par la parapsychologie, et en général par tout ce qui semblait défier l'entendement, Thaïs abondait en anecdotes pour illustrer sa foi naïve dans le surnaturel. Des historiettes tirées d'expériences vécues, pour la plupart, qu'elle égrenait de sa voix chantante et sur un ton de confidence, d'attestation, plus captivant que leur contenu.

Roetgen était heureux de son émerveillement, de la franchise avec laquelle Thaïs lui parlait. C'était nouveau dans leur relation. À l'inverse de Moéma qui se braquait en de pareilles occasions et ne voulait même pas envisager le moindre accroc à ses croyances, elle faisait montre d'une souplesse d'esprit qui était tout à son avantage. Non qu'elle se laissât convaincre par la rhétorique que déployait Roetgen, mais elle écoutait, pesait le pour et le contre, et tentait de défendre sa position sans invoquer jamais l'existence *a priori* du *surnaturel* ou de ces *forces mentales* qui la fascinaient.

Leur conversation brassa donc tranquillement tous les poncifs liés à cette matière – tarots, voyance, horoscopes, télépathie, fleurs sensibles à la parole, et autres superstitions contemporaines –, sans provoquer chez Roetgen l'énervement habituel. Elle lui confia qu'elle désirait un enfant. Il avoua qu'il écrivait des poèmes. Cela avait pris un tour très équivoque, lorsque Moéma les interrompit :

— Quelle heure est-il ? demanda-t-elle sans cesser de regarder la tache de lumière qui tremblotait à ses pieds. Je veux dire, est-ce que les Indiens posent jamais ce genre de question ? Comment font-ils pour avoir une notion du temps ? C'est sérieux, *professor*, je ne rigole pas...

Roetgen répondit longuement, avec force illustrations tirées de ses lectures. Il parla surtout du calendrier banane, sans se rendre compte qu'il s'adressait à Thaïs, et non à celle qui attendait de lui des éclaircissements sur ce sujet.

Il y eut ensuite un coucher de soleil resplendissant sur la *beira-mar*, leur concentration à tous pour tenter d'apercevoir le « rayon vert ». Xavier, enfin, se leva en disant qu'il en avait marre de rester assis, et qu'il fallait peut-être songer à becqueter quelque chose si on ne voulait pas sécher à petit feu sur ces foutus transats...

— Cadavre, déclama-t-il avec emphase, ce je ne sais quoi qui n'a plus de nom dans aucune langue ! Tertullien, cité par Bossuet : Lagarde et Michard, XVIIe siècle, page 267...

— Qu'est-ce qu'il a dit ? demanda Thaïs.

— Trop long à t'expliquer, dit Roetgen en riant. Mais pour résumer, on change de boutique.

Avec Moéma et Xavier qui se comportaient comme des enfants attirés par le moindre objet de couleur sur les étals du bord de mer, ou s'abîmaient en d'interminables fous rires, ils n'arrivèrent au Náutico que vers neuf heures du soir. La prétentieuse bâtisse rose fourmillait de monde, des gens hurlaient autour de l'immense piscine où se déroulait une finale de natation. Plus loin, sous les projecteurs, de vieux Noirs roulaient la terre rouge des courts de tennis.

Moéma voulait absolument danser.

— Allez-y mollo, suggéra piteusement Roetgen, tandis qu'elle entraînait Xavier vers la musique, il y a des gens qui me connaissent par ici...

— C'est promis, juré ! dit Moéma sur un ton qui laissait présager le contraire.

— Vaut mieux les suivre, conseilla Thaïs...

Ils finirent par s'asseoir à une petite table d'où l'on pouvait jeter un œil sur la piste de danse. Roetgen commanda quantité d'amuse-gueules, une bouteille de vodka et du jus d'orange.

Après le deuxième verre, plus personne ne se souvint de la chronologie exacte des événements. Le fait est qu'il y eut un moment où ils trinquèrent tous les quatre au départ de Xavier, un autre où Roetgen, complètement soûl, fit à Thaïs une déclaration d'amour, et un dernier, beaucoup plus tard, où ils s'aperçurent qu'ils n'étaient plus que trois.

Allongée tout au bout d'une digue qui avançait loin dans la mer ses piles métalliques, Moéma regardait le ciel. Démesurée par l'acide, la houle de l'océan faisait vibrer la structure branlante du ponton. Elle la sentait se dérouler sous elle comme l'échine d'un tigre voluptueux. La Croix du Sud se mit à osciller d'un bord sur l'autre, puis à se rapprocher, entraînant à sa suite l'ensemble du zodiaque. Prise d'angoisse, Moéma rebroussa chemin. Le vent du large la flagellait d'étoiles.

Éviter les tiges de fer, marcher entre les brèches où l'Océan bouillonne, sortir de ce tableau rempli d'embûches... Thaïs et les autres devaient danser encore dans ce club de merde... *Náutico Atlético Cearense*... Tu parles d'un athlète ! Roetgen s'était détaché d'elle, définitivement. Elle l'avait entendu manger le morceau devant Thaïs... Le *professor*... C'était comme s'il l'avait embrassée avec des mots. Il n'y aurait pas eu de quoi en faire un plat, si elle n'avait lu dans les yeux de Thaïs cet abandon qu'elle réservait à leur seule intimité... Rien à voir avec son attitude lorsqu'ils couchaient ensemble tous les trois. Qu'ils dansent, qu'ils baisent à en crever ! Tout lui était égal, désormais. Est-ce que c'était bien ça « toucher le fond » ? Vouloir et ne plus vouloir ; mourir, et ne pas mourir ? Manquaient les garde-fous d'une perception première, immédiate, des apparences. Ce soupçon permanent, cette manière de ne jamais prendre les choses au pied de la lettre, d'y suspecter d'autres niveaux de compréhension ! Lorsqu'on ouvrait une porte, il y en avait encore une autre, et puis une autre, un infini de portes qui repoussait toujours plus loin la sereine correspondance d'un être avec son nom. Elle fut certaine, subitement, qu'un Indien ne se voyait pas en train de penser, qu'il ouvrait une porte, et une seule, pour trouver devant lui la chose nue, sans nouvelle pelure à écorcher. Qu'avait fait Aynoré, sinon lui écarquiller les yeux sur cette évidence ? Être plus cool... accepter cela qu'aucune loi ne prohibait... Tant que l'action d'un individu ne mettait pas en péril l'ordre du monde, elle lui était permise : pourquoi la désinvolture morale des tribus amazoniennes ne pourrait-elle s'appliquer à notre société ? Tel que nous le vivions, dans la souffrance, la jalousie et le ressentiment, l'amour tenait du mélodrame judéo-chrétien. Il était aussi dénué de sens que la dévotion romantique pour les ruines ou la patine des statues...

Revenue sur la *beira-mar*, déserte à cette heure tardive, Moéma avançait à grandes enjambées sous l'éclairage jaune d'or des lampadaires. Disséminés le long du trottoir, vaquant à leurs petites affaires de rongeurs, les rats s'écartaient à peine devant elle.

Semer le séquoia... Marcher, les poches pleines de graines, et l'air de rien, ensemencer l'asphalte, jusqu'au jour où les jeunes pousses disloqueraient la ville avec la puissance d'un cataclysme... Forcer d'innombrables coins gorgés de sève dans le béton des métropoles... L'écart entre les pierres, entre les gens, ce vide entre les os qui permet au maître boucher de découper la bête sans émousser le fil de son couteau. Dans l'interstice, le salut... En finir, Jésus ! avec les couillonnades mondialistes de l'Occident... Refaire une virginité de jungle à ces côtes souillées par la croix tumescente des jésuites et des conquistadores... Qu'avaient-ils fait de ce monde nouveau, improbable, impensé ! C'était comme s'ils avaient chié sur la pelouse en arrivant au paradis...

Un gros rat ne s'écartait pas assez vite de son chemin, elle fit mine de lui marcher dessus, comme on le fait ordinairement avec les pigeons, dans la certitude qu'ils s'envoleront avant d'être touchés. Mais son pied frappa l'animal sur la nuque ; elle le regarda agoniser sur place, dégoûtée par les soubresauts qui agitaient ses pattes. Les cocotiers se tordaient eux aussi, pris de convulsions reptiliennes. Étourdie par le retour en force des hallucinations, elle se coucha quelques instants sur le trottoir, amusée par l'idée qu'on puisse la trouver ainsi, au fond du caniveau. Puis elle se releva et reprit sa marche forcée vers l'extrémité nord de l'avenue.

Sortir de la ville, retourner vers la jungle des favelas... Aynoré lui avait dit qu'il fréquentait le *Terra e Mar*, elle irait jusque-là. C'était un but comme un autre, une raison de vivre plutôt meilleure que les autres. Rejoindre Aynoré, faire l'amour avec ce bel Indien si naturel dans l'exercice de sa liberté, reprendre son rêve là où elle l'avait laissé.

Elle avait l'impression de marcher depuis des heures. De petites rues bordées de maisons, des terrains vagues... Le sable et la poussière remplaçaient l'asphalte, des cahutes proliféraient sans ordre au milieu des immondices. Les rats devenaient arrogants.

— C'est pas un endroit pour toi, Blanche-Neige...

— Qu'est-ce que ça peut te foutre ? Dis-moi où c'est, je te file mon briquet : regarde, il est tout neuf.

— T'as pas les clopes qui vont avec, beauté ?... OK. Tu suis la voie ferrée, et c'est à gauche du signal. Un signal vert, tu verras, peut-être rouge, si ça lui chante.

Batailles de chats errants, effluves d'égouts et de poisson avarié. Emmurement à ciel ouvert. J'habite, se disait-elle, un lieu maudit que des nuages de sauterelles viennent ombrer de leur limaille. Une transpiration froide lui collait son débardeur à la peau... De quel séjour souterrain, plus noir encore, procédait cette détresse ? Thaïs s'était montrée trop vite étrangère à elle, à leur histoire à toutes les deux... Elle se vit porter un verre à ses lèvres et le briser avec ses dents, comme on mord dans une moitié d'œuf en chocolat. Le moignon de cristal faisait une sorte de poignard étincelant. Thaïs, nue sous sa robe de soie, un éclat de nacre habillant son front... Des aigles échappés couraient, maladroits, derrière son ombre.

Poussé par la brise, un papier se colla sur sa cheville. Elle se baissa instinctivement pour le ramasser. Un tract électoral... La clarté lunaire qui bleuissait la favela fit danser les lettres devant ses yeux :

LE CEARÁ MÉRITE
POUR DÉPUTÉ – PMDB

— UN CAMBRIOLEUR À MAIN ARMÉE
(Magasin SEARS. Rio de Janeiro)

— UN TERRORISTE
(Aéroport de Guarapes. PE)

— UN PIRATE DE L'AIR
(Avion de la Cruzeiro do Sul pour Cuba)

ANGELO SISOES RIBEIRA

Ce fut comme une lettre envoyée par les ténèbres. Un motif de papier peint traversait la page, marteaux et faucilles cernés de rouge. La certitude que ce type ne mentait pas, n'avait jamais menti. Il arborait ses forfaits comme des galons à la face du peuple... Elle plia le papier et sourit en le glissant dans la poche arrière de son short. Il y avait encore de l'espoir pour ce pays.

Et soudain, elle le vit qui sortait du *Terra e mar*, visiblement éméché, en compagnie d'une bande de copains. En apercevant la jeune fille, trois d'entre eux s'avancèrent aussitôt ; ils avaient la musculature et le geste élastique de ceux qui pratiquent la capoeira.

— Regarde un peu ce qui nous arrive... Une petite mignonne qui cherche le mâle...

— Et qui sait plus trop où elle en est, on dirait... Je suis sûr qu'elle a envie d'en fumer encore un p'tit dernier avant d'aller au lit...

— Il va où, comme ça, le Petit Chaperon rouge ? En plein Pirambú, et avec ces nibards à provoquer des accidents...

Ils l'avaient entourée. Des mains se posaient sur ses épaules, flattaient la cambrure de son dos. Un des types se touchait le sexe en la dévisageant.

— Aynoré ! supplia-t-elle, incapable de trouver une suite à son désespoir.

— Tu la connais, l'*Indio* ?

— Un vrai pot de colle, fit l'Indien en crachant par terre. Vous pouvez y aller, je vous la laisse...

Les silhouettes qui enlevaient Moéma laissaient derrière elles de longues trainées lumineuses. L'espace entre les corps s'était mis à vibrer, elle le ressentait tactilement comme une aura magnétique, un bouclier impossible à franchir.

Sur le talus où ils la couchèrent, un héron blanc semblait arpenter l'ordure avec des précautions d'hiéroglyphe égyptien.

FAVELA DE PIRAMBÚ | *La princesse du Royaume-où-personne-ne-va.*

Une bonne journée... Les gens avaient beau avoir des portefeuilles en peau d'oursin, ils finissaient toujours par en lâcher. Question de patience et de savoir-faire. Nelson recompta ses billets, partagea la petite liasse en deux parties égales et déterra la boîte en fer où il gardait ses économies. Il vérifia que l'humidité n'avait pas abîmé son pécule à l'intérieur du sac en plastique, rajouta son butin du jour, puis se hâta de recouvrir le tout. Cent cinquante-trois mille cruzeiros... Il s'en fallait encore de trois cent mille pour acheter le fauteuil roulant dont il rêvait. Une splendide machine qu'il avait vue en ville, dans les quartiers riches, trois ans auparavant. Enjoliveurs chromés, clignotants, moteur Honda quatre cylindres... un bijou qui se pilotait d'une seule main et atteignait le quarante à l'heure ! Nelson s'était démené pour trouver le magasin qui vendait cette merveille, il s'y rendait de temps à autre pour l'admirer derrière la vitrine et surveiller son prix : lorsqu'il avait commencé à économiser, presque aussitôt après l'avoir aperçu pour la première fois, ce fauteuil coûtait cent quarante-cinq mille cruzeiros. Il en valait aujourd'hui le triple. Penser qu'il aurait pu l'acheter avec l'argent qui se trouvait maintenant dans sa boîte lui donnait des nausées... C'était comme un fait exprès : plus il économisait, plus le fauteuil augmentait. À croire que quelqu'un s'échinait à le garder inaccessible. Pourtant, et contre toute logique, Nelson gardait confiance ; un jour, il poserait son cul sur ce damné fauteuil et partirait mendier comme un jeune lord. Zé l'aiderait à gonfler le moteur, il pourrait faire des pointes à soixante, peut-être même à soixante-dix ! Tout serait tellement plus facile... Sous la couverture, personne ne verrait qu'il avait ces pattes de veau mort-né à la place des jambes.

Cette vision de gloire l'avait énervé. Il décida d'aller voir passer le train de marchandises ; le spectacle de la locomotive éclaboussant la nuit d'étincelles et de lumières intermittentes avait le don de le rasséréner.

Il sortit de sa cabane, sans remettre en place la plaque de carton qui en bouchait l'entrée. On vivait dans un tel monde, que même les pauvres se volaient entre eux ; il valait mieux laisser ouvert, avec la lampe allumée, pour faire croire qu'on était à l'intérieur. La voie ferrée passait à trois cents mètres de chez lui, il s'y traîna rapidement, sans crainte des rats que sa difformité éloignait de lui presque autant que les humains.

Le meilleur endroit, c'était juste derrière la baraque de Juvenal. Du monticule de sable à peu près propre qui la bordait, on pouvait assister à l'approche du train, le voir ralentir sous le signal et passer à moins de trois mètres du lieu où l'on se trouvait.

Juvenal avait fini par s'habituer : rien n'était capable de le réveiller, à part l'odeur de la *cachaça*. Il rêvait de tremblements de terre et courait la nuit entière pour esquiver les failles abyssales qui entrouvraient le bidonville sous ses pieds.

Nelson en était à se remémorer ses propres victoires de marathon, toutes ces fois où il entrait seul dans un stade et accélérait sa foulée sous les acclamations, lorsqu'un fracas métallique fit sortir le train de l'incertitude des ombres. La motrice crachotait un jet compact d'obscurité, ses deux yeux jaunes épiant la voie ; les roues mastiquaient le rail, soufflaient de part et d'autre des gerbes rougeoyantes, de crépitantes fontaines de soudure à l'hydrogène...

Ce fut à cet instant que Nelson la vit jaillir du talus et attaquer le monstre. Elle donnait des coups de pied, frappait de toutes ses forces la carapace mouvante des wagons, prise de folie, acharnée à se détruire les poings sur cette masse brute. Chacun de ses assauts la rejetait en arrière, elle vacillait, levait les bras, hurlait encore et retournait tête baissée vers le duel. Le train haussa le ton, deux fois, trois fois, dans un sursaut de rage assourdissant. La jeune princesse allait se faire terrasser ! Nelson rampa vers elle le plus vite possible en lui criant de s'éloigner.

Lorsqu'elle vit surgir cet avorton de cauchemar, là, dans le vacarme infernal qui n'en finissait pas de moudre l'horizon, Moéma eut un instant de pure panique. Elle voulut s'enfuir, mais s'écroula vaincue, anéantie.

Nelson n'en crut pas ses yeux ; elle sanglotait, sa princesse, elle appelait sa maman d'une voix plaintive, couchée en chien de fusil, les mains cachées entre ses cuisses. Mis à part son T-shirt, déchiré sur toute sa longueur, et qui ne tenait plus que par la couture du col, elle était nue, complètement nue, le corps taché de sang, de graisse noire, partout, sur le visage, sur le ventre... De larges ecchymoses couleur d'aubergine lui déformaient les seins.

Allongé près d'elle, sans la toucher, Nelson parla longtemps, juste pour qu'elle entende le murmure de sa compassion, qu'elle se rassure peu à peu :

— Ne pleure pas, ça va s'arranger, tu verras... Je m'appelle Nelson, j'suis né comme ça, avec les guiboles de travers... Faut plus avoir peur, je peux rien te faire, de toute façon. Qui c'est l'enfant d'salaud qui t'a mise dans cet état ? J'le retrouverai, j'te jure, on lui fera payer... Tiens, prends mon maillot, couvre-toi, princesse. Viens, tu resteras chez moi jusqu'à demain... J't'assure, tu peux pas rester ici comme ça... J'irai avertir l'oncle Zé, et il arrangera tout, j'te promets... Reste pas là, voyons... J'te raconterai des histoires, j'en connais des tas... *Jean le courageux et la princesse du Royaume-où-personne-ne-va, Blanche-Neige et le soldat de la Légion étrangère, la Romance du paon mystérieux...*

Il s'éloignait de quelques mètres pour inciter la jeune fille à le suivre, puis revenait à la charge, bégayant tous les titres de *cordels* qui revenaient à sa mémoire, l'ondoyant de leurs promesses enluminées : *la Déesse du Maranhão, l'Histoire des sept cités et du roi des enchantements, Mariana et le capitaine de navire, Ronaldo et Susana sur le fleuve Miramar, les Souffrances de la fée Alzira, Rachel et le dragon, le Destin sans pareil de la princesse Eliza, l'Histoire de Chanson de Feu et de son testament, la Duchesse de Sodome, Rose de Milan et la princesse Christine, João Mimoso et le château maudit, le Prince Oscar et la Reine des eaux, Lindalva et l'Indien Juracy...*

Chapitre XXVI

Où se continue le récit de Johann Grueber
sur la médecine des Chinois.

Exclamations & mimiques de dégoût fusaient autour de la table. Le Bernin jurait ses grands dieux qu'il n'irait jamais à la Chine, par crainte d'y prendre une maladie & de devoir être soigné sur place. Kircher hochait la tête, invoquant Galien & Dioscoride ; & quant à moi, je priais Dieu pour que cette soirée merveilleuse ne prît jamais fin, tant j'éprouvais de bonheur à cette conversation.

— Cric, croc, taupe ! m'entendis-je clamer, avec un peu de surprise. Je bois à l'excrément liquide & aux vertus mirifiques du flux de ventre !

— Cric, croc, taupe ! reprirent mes compagnons avant de vider leur verre.

— Que diriez-vous maintenant, continua le père Grueber, de porter notre intérêt sur la maladie des os ? Un peu d'urine concentrée, tirée d'une fillette de trois ans, l'escamotera en un instant. Le diabète ? Faites boire à votre malade pleine tasse du même liquide puisé dans une latrine publique ! Perte de sang ? Idem, mais à proportion de cinq pintes ! Un fœtus mort à expulser ? Deux pintes suffiront. Sueur malodorante ? Applications sous les bras, plusieurs fois par jour...

674

— Grand Dieu ! fit Kircher en se pinçant le nez.

— Tout sert, vous dis-je... Et ce n'est rien encore ! Car vous devez apprendre que l'empereur T'ou Tsung coupa jadis ses propres favoris afin de soigner son cher Li Hsün, le « Grand Érudit pour l'Exaltation de l'Écriture Poétique », parce que leur cendre est bonne contre les phlegmons... Un serpent vous a mordu, & vous n'avez point de pierre *della cobra*, que faire ? N'ayez crainte : douze poils pubiens longuement sucés empêcheront le venin de se propager en vos viscères. Une épouse a un accouchement difficile ? Qu'à cela ne tienne, faites-lui avaler quatorze autres poils mélangés à du lard, & elle connaîtra une prompte délivrance...

— Mais que nous contez-vous là ? s'exclama Kircher en essuyant des larmes de rire. Sans l'absolue confiance que vous m'inspirez, je ne croirais pas un traître mot de ce que vous nous dites.

— Et vous auriez tort, car je ne fais ici que répéter des choses notoires & fort communes à tous les chirurgiens de la Chine.

— Si le père Roth vous entendait ! gloussa Kircher. Puis, se composant une mine courroucée, il désigna Le Bernin d'un doigt menaçant : Ô que ces païens-là furent sages qui défendirent par leur loi à un homme de cinquante ans de se servir de médecin, disant que c'était trop montrer d'affection à la vie ! Parmi les Chinois, aussi bien que les chrétiens, vous en trouverez à l'âge de quatre-vingts ans & plus qui ne veulent point entendre parler de l'autre monde, comme s'ils n'avaient pas encore eu un jour de loisir pour voir celui-ci ! Ignorez-vous que la vie a été donnée à Caïn, le plus méchant homme de la terre, pour punition de son crime ? Et vous voudriez qu'elle fasse figure chez vous de récompense ? !

— Mais il faut vivre, voir le monde... reprit Le Bernin sur le même ton de comédie, & comme un qui ne se défendait plus déjà que faiblement.

— Qu'est-ce que vivre, sinon s'habiller & déshabiller, se lever, se coucher, boire, manger & dormir, jouer, gausser, négocier, vendre, acheter, maçonner, charpenter, quereller, chicaner, voyager & rouler dans un labyrinthe d'actions qui retournent perpétuellement sur leurs pas, & être toujours prisonnier d'un corps, comme on l'est d'un enfant, d'un malade ou d'un fou ?

— Vous oubliez, mon père, quelque chose d'important & qui justifierait à lui seul mon existence...

— *Vade retro, Satanas !* hurla Kircher, les yeux pétillant de rire. Il faut voir le monde, dites-vous, & vivre entre les vivants ! Mais quand vous auriez été toute votre vie enfermé dans une prison & que vous n'auriez vu ce monde que par une petite grille, vous en auriez assez contemplé ! Que voit-on par les rues, sinon des hommes, des maisons, des chevaux, des mulets, des carrosses...

— Et des femmes, mon révérend... De beaux brins de fille, de gentils petits trognons qui vous redonnent le goût du pain !

— Des gourgandines qui sentent la marée ! Des hétaïres qui roulent comme des poissons ivres dans la mer & n'ont souvent d'autre mérite que la grosse vérole qui vous envoie dans l'autre monde ! Ô Dieu, que notre existence est vaine ! Est-ce bien cela pour quoi on trompe, on divorce d'avec le Seigneur & on cherche à vivre tant d'années qui ne sont tissues que de folies, de travaux & de misères ? Ah, ne ressemblez pas, chrétiens, à ces petits enfants qui hurlent quand ils sortent du sang & de l'ordure pour voir le jour, & néanmoins ne veulent jamais rentrer d'où ils sont sortis !

— Encore que... susurra Le Bernin d'un ton égrillard.

— Je vous en prie ! suppliai-je, rouge de confusion.

Les trois compères se moquèrent affectueusement de moi.

— Allons, Caspar, reprit mon maître, nous ne faisons que badiner, & je puis t'assurer qu'il n'y a rien en cela de répréhensible. Si l'on raille de tout, disait le pauvre Scarron, c'est parce que tout a un revers. Ris à la face du Diable, & tu le verras sur-le-champ tourner casaque, car il sait bien qu'il n'a aucune prise sur ceux qui perçoivent le côté grotesque de sa nature.

— Mais puisque nous en sommes là, chuchota Grueber en s'adressant au Bernin, je ne vous cacherai point qu'il existe une méthode éprouvée pour lutter contre le vieillissement ; aux dires, du moins, du Chinois qui mc la fit connaître. L'homme est dans l'air, assurait-il, & l'air est dans l'homme ; voulant ainsi exprimer la prééminence du souffle vital. Ce principe s'amenuisant avec l'âge, il convenait selon lui de le régénérer par adjonction d'une haleine encore juvénile... Régulièrement, il louait donc les services d'une jouvencelle ou d'un éphèbe, lesquels lui insufflaient leur surplus de vitalité par les narines, le nombril & le membre viril !

— Bon Dieu ! S'il ne s'agit que de cela, s'écria Le Bernin, au comble de la gaieté, je puis vous confier que j'obéis à ces prescriptions depuis fort longtemps, & sans avoir jamais noté d'autres effets qu'un surcroît de faiblesse...

La conversation entre Grueber & Le Bernin continua sur ce ton, mais j'y prêtai une oreille moins attentive ; mon maître avait le regard vague & semblait se recueillir en lui-même. Je crus à un peu de fatigue, laquelle eût été bien naturelle à cette heure tardive de la nuit. Ce que sembla confirmer son attitude, puisqu'il quitta bientôt la table pour se retirer dans une pièce attenante. Après un assez long temps, comme il ne revenait pas, je l'allai rejoindre, marchant avec précaution pour ne point céder au vertige dont j'avais été pris en me dressant. Debout près d'une bibliothèque, mon maître semblait ranger des livres ; mais comme je m'approchais de lui, je vis qu'il ne faisait qu'en aligner les dos méticuleusement... Malgré ma propre confusion, c'était une chose assez inaccoutumée pour que je m'en alarmasse aussitôt ; un rapide coup d'œil autour de la chambre vint fortifier mes doutes : pris d'une étrange manie, Kircher avait soigneusement groupé par ordre décroissant tous les objets capables d'obéir à cette classification. Plumes d'oie, encriers, bâtons de cire, manuscrits, & en un mot, toutes les choses qui se peuvent trouver dans un cabinet de travail, avaient été ajustées selon cet ordre, bizarrerie qui ne laissa point d'engendrer chez moi un profond malaise. Tu comprendras, lecteur, ma réelle frayeur, lorsque mon maître, faisant volte-face lentement, posa sur moi des yeux de poisson mort !

— L'esprit, Caspar, prononça-t-il d'une voix éteinte, l'esprit sera toujours supérieur à la matière... Il faut que cela soit ainsi, de gré ou de force, jusqu'à la fin des mondes ! Tu comprends, n'est-ce pas ? Dis-moi que tu comprends...

Dans l'état de fièvre où je me trouvais, j'aurais compris, à vrai dire, bien des discours plus ardus... Aussi me hâtai-je de rassurer Kircher, tout en l'engageant à aller dormir. Il se laissa coucher sans résistance, & je revins trouver nos deux visiteurs dans l'autre pièce.

— ... que les Incas, empereurs du Pérou, entendis-je conter Grueber, donnaient l'ordre de chevalerie en perçant les oreilles. Je ne dis rien de celles des femmes, parce que de tout temps & en tous lieux, elles en ont fait une de leurs plus grandes vanités. D'où vient la plainte de Sénèque qu'elles portaient deux à trois fois leur patrimoine au bout de chaque oreille. Mais quelle invective n'eût-il point lancée contre les femmes Lolo de la province du Yunnan, lesquelles se percent les extrémités de leurs plus secrètes parties pour y passer des anneaux d'or qui s'ôtent & se remettent comme bon leur semble ? ! Il est vrai que les hommes ne sont pas plus modestes, car ils portent de petites sonnettes, faites de différents métaux, liées à leur membre viril ou fourrées entre la chair & la peau du prépuce, les faisant sonner par les rues s'ils y voient passer quelque femme qui leur plaise. Certains prennent cette invention pour un remède contre la sodomie, ordinaire dans tous ces quartiers, mais je ne vois guère comment elle pourrait empêcher de s'y adonner.

Je profitai de cette pause pour informer le Cavalier Bernin & son compagnon de table des malheurs survenus à mon maître. Grueber n'en fut pas étonné un seul instant ; sourire aux lèvres, il m'expliqua que l'herbe *Quei* produisait parfois ce genre de désarroi, mais que cela était sans gravité aucune ; dès le lendemain il n'y paraîtrait plus. Tous deux s'excusèrent de m'avoir fait veiller si tardivement, puis ils prirent congé en me souhaitant la bonne nuit.

Leurs vœux, hélas, ne se réalisèrent point... Je fis en effet de tels cauchemars, que la rigueur du cilice n'empêcha point les succubes de me venir visiter scandaleusement.

Le lendemain, comme l'avait prédit Grueber, mon maître s'éveilla frais & dispos. Mentionnant l'herbe *Quei*, il assura qu'elle n'avait produit sur lui aucun effet. En tout état de cause, me dit-il, ce remède & ses semblables dissipaient moins notre morosité que notre raison ; ce faisant, il ne trouvait aucune excuse à leur usage, ni pour les esprits sains, lesquels devaient chercher à augmenter en eux cette clarté divine plutôt qu'à la diminuer, ni pour les fous qui en étaient déjà privés. Les songes sulfureux de la nuit écoulée se rappelant à mon souvenir, j'opinai de tout cœur à cette condamnation.

Nous reprîmes le cours de nos études, tout en continuant à voir les pères Roth & Grueber dans le but de compiler leurs réflexions sur la Chine.

Dans le passage de la comète, que nous observâmes en janvier 1665 avec les astronomes Lana-Terzi & Riccioli, nous eûmes lieu de voir le présage d'une grande destinée pour l'œuvre de mon maître & celui d'une terrible menace contre les infidèles & autres peuples du Levant : le *Mundus Subterraneus* venait de nous parvenir d'Amsterdam. Ce livre, que les savants attendaient avec autant d'impatience qu'ils avaient jadis espéré *L'Œdipe Égyptien*, provoqua un engouement extraordinaire.

Ce coup de tonnerre fut suivi en juin par l'impression de l'*Arithmologia*, l'ouvrage que mon maître avait commencé dès après sa *Polygraphie*. Outre une vaste partie historique consacrée à la signification des nombres & à leur utilisation chez les Grecs & les Égyptiens, Kircher y faisait un exposé clair & définitif de la Kabbale juive, telle qu'il l'avait apprise du rabbin Naftali Herzben Jacob avec lequel il étudiait assidûment le *Sefer Yesira* & le *Zohar*, livres où ce savoir est renfermé. Sa parfaite connaissance de l'hébreu & de l'araméen avait facilité une tâche bien au-dessus de mes faibles capacités, & je fus bien aise de comprendre enfin ce qui se cachait derrière cette science magnifique.

Enfin, alors même que l'effet produit par ces deux ouvrages ne s'était pas encore dissipé, parut également l'*Historia Eustachio Mariana* où mon maître contait les circonstances dans lesquelles nous avions découvert Notre-Dame-de-la-Mentorella & démontrait pas à pas que cette église était bien un endroit miraculeux. Grâce aux subsides des nombreux mécènes qui s'étaient intéressés à cette œuvre, les travaux de restauration & d'aménagement furent achevés le même mois. Voulant marquer dignement l'inauguration de ce nouveau lieu de pèlerinage, Kircher décida qu'elle interviendrait au jour de la Pentecôte, avec toute la pompe & le recueillement requis. Le pape Alexandre VII ayant promis de s'y déplacer pour consacrer l'église & donner sa bénédiction aux fidèles, toute la société romaine se prépara fiévreusement à l'accompagner dans ce voyage.

ALCÂNTARA | *Des trucs qui flottent sur la mer...*

Si Eléazard avait jamais douté que Moreira fût indigne d'occuper sa fonction de gouverneur, les éléments confiés par son épouse auraient suffi à l'en convaincre. Le fardeau qu'il venait d'accepter pesait déjà sur ses épaules – la différence est parfois ténue, se disait-il, qui sépare le vulgaire mouchard du redresseur de torts –, mais il s'était trop impliqué pour ce pays et ses habitants, trop insurgé contre la corruption et les magouilles de tous ordres pour reculer devant l'obstacle. Il agirait selon sa conscience, sans remords ni états d'âme. Faire justice... Certes, mais comment ? songeait-il en marchant à grandes enjambées vers l'hôtel Caravela.

— Il y a du nouveau, dit-il à Alfredo en le rencontrant dans le vestibule de l'hôtel. Il faut qu'on parle tous les trois... Où est Loredana ?

— Dans sa chambre. Elle a failli s'évanouir, Socorró m'a dit qu'elle n'avait rien mangé à midi...

— Qu'est-ce qu'elle a ?

— Je ne sais pas trop, mauvaise mine, en tout cas...

Sans qu'Eléazard pût en déterminer le vrai motif, il était essentiel pour lui de mettre la jeune femme dans le secret. Il sentait sa révolte plus forte que la sienne, mais aussi, et de façon paradoxale, plus maîtrisée. Il prit donc le risque de l'importuner en montant avec Alfredo jusqu'à sa chambre.

Loredana achevait de se maquiller. Contente de reconnaître la voix d'Eléazard, elle les fit entrer aussitôt.

— Ça n'a pas l'air d'aller très fort, on dirait...

— J'ai un peu trop forcé sur la *cachaça*, hier au soir, s'excusa-t-elle, mais je vais mieux.

— Alors, accroche-toi, dit Eléazard en posant sur le lit les photocopies préparées par la comtesse Carlotta. Conseil de guerre ! On a les moyens de faire tomber Moreira.

Deux jours plus tôt, Loredana se serait enthousiasmée à cette idée ; son univers avait basculé si totalement qu'elle écouta sans émotion le récit d'Eléazard.

— Quel fumier ! dit Alfredo, lorsque Eléazard eut fini de détailler le contenu du dossier. Ce coup-là, on va l'avoir ! Mais, faut pas se rater...

— C'est bien pour cette raison que je voulais votre avis à tous les deux. La marche à suivre ne me paraît pas si simple...

— Suffit d'aller à la police avec toutes ces paperasses, dit Alfredo en s'apercevant qu'il avait dit une bêtise. Enfin, peut-être pas la police, on ne sait jamais, avec eux... Les journaux, ça oui... On leur explique que c'est sa propre femme qui l'a dénoncé, et...

— Et quoi ? dit Loredana gentiment. Si l'affaire est rendue publique telle quelle, ils auront largement le temps de brouiller les pistes et de hurler à la diffamation. On dirait que tu ne les connais pas...

— Sans les types qui ont commis le meurtre, admit Eléazard, tout ce qu'on pourra faire ne servira pas à grand-chose.

— C'est déjà mieux, dit Loredana : il faut viser le mûrier pour avoir le sophora...

— Pardon ?

— Stratagème n° 26 des batailles d'union et d'annexion... Une ruse de Chinois, mais ça revient à atteindre le gouverneur par le biais de son avocat. Il faut donc commencer par ses hommes de main, et comme nous savons à peu près où ils se trouvent...

— Je me charge de les faire parler, si c'est ça que tu veux... dit Alfredo d'une voix résolue.

— Arrête avec tes âneries, s'il te plaît. Vous ne connaissez pas un procureur ou un juge en qui nous puissions avoir confiance, je veux dire, un type qui ne soit pas aux ordres ? Ça nous faciliterait la tâche...

— Il y a bien Waldemar de Oliveira, dit Eléazard. Un jeune procureur de Santa Inês. Je l'ai interviewé deux ou trois fois sur des affaires, c'est quelqu'un d'intègre... Il s'est fait une réputation d'incorruptible. Mais ce n'est pas vraiment de son ressort...

— Ça ira, au moins pour lancer la machine. Voilà ce que je propose...

Une fois qu'Alfredo eut quitté l'hôtel pour aller à São Luís avertir ses copains maoïstes du PC, Eléazard et Loredana retournèrent place du Pelourinho. Durant quelques heures, ils rédigèrent ensemble plusieurs textes destinés à vendre la mèche ; ils y exposaient avec force détails les spéculations de Moreira, dénonçaient le mécanisme ayant conduit au meurtre de la famille Carneiro et accusaient nommément Wagner Cascudo d'abriter les assassins dans sa maison de campagne. Les journalistes allaient sauter au plafond !

— Qu'est-ce que tu as ? demanda Eléazard, lorsqu'ils eurent fini de corriger sur l'ordinateur la dernière version du message réservé à l'avocat.

— Rien, je suis fatiguée, répondit Loredana en se servant un verre de *cachaça*. Des idées noires, ça arrive... Tu n'en as pas marre, toi, d'être dans ce pays ?

— Pas vraiment, non. J'aime les gens d'ici... Tout est possible, avec eux. Ils ne traînent pas de vieilles casseroles, comme en Europe. Ils ont quoi derrière : quatre cents, cinq cents ans d'histoire ? Ça va te sembler naïf, mais en les voyant je pense toujours au bouquin de Zweig, *Brésil : Terre d'avenir*... Tu l'as lu ?

— Oui, ce n'est pas mal. Cela dit, je trouve bizarre qu'un type ait pu écrire ça d'un pays où il a choisi de se suicider...

— Il est mort à cause de l'Europe, justement. Pas à cause du Brésil... Un peu comme Walter Benjamin. Ce sont des types qui ont poussé l'horreur du fascisme jusqu'au bout. Ils ont désespéré des hommes et de leur propre patrie à un point que nous pouvons difficilement imaginer...

— Où tu en es avec Kircher ?

— J'ai presque fini. Le premier jet, bien sûr. Mais ça devient pénible... Il y a des choses invérifiables, d'autres pour lesquelles je ne possède pas les matériaux suffisants. Le pire, c'est que j'en suis à me demander à qui ce travail peut bien servir...

Réfléchissant, il mâchouillait l'intérieur de sa joue.

— Arrête ça, lui dit Loredana en l'imitant. Excuse-moi, mais c'est énervant... Quel travail ? Le tien ou la biographie de Schott ?

— Les deux, répondit Eléazard, perturbé par la remarque de la jeune femme et les efforts qu'il faisait pour ne pas se mordre à nouveau la joue. C'est bien plus compliqué que je ne le pensais... Comment annoter une biographie – surtout lorsqu'elle est aussi peu objective que celle de Schott – sans établir une autre biographie ? Si je veux reconstituer la véritable nature des rapports entre Peiresc et Kircher, par exemple, je ne peux pas me contenter d'un ou deux jugements tirés de la correspondance du premier avec Gassendi ou Cassiano dal Pozzo. *A priori*, je n'ai aucune raison de lui faire confiance plutôt qu'à Schott ou à Kircher lui-même. Pour aller plus loin, il faudrait que je connaisse les moindres linéaments de leur relation, que j'étudie la biographie de Peiresc aussi scrupuleusement que celle de Kircher, puis celle de Gassendi, de Cassiano, etc., etc. C'est sans fin !

— Dans le *Tchouang-Tseu*, il y a une petite histoire qui résume bien ce que tu dis... C'est un empereur qui demande qu'on lui dessine une carte très précise de la Chine. Tous les cartographes se mettent à leurs pinceaux, sauf l'un d'entre eux qui reste tranquillement assis dans son atelier. Deux mois plus tard, lorsqu'on lui demande où se trouve le fruit de son travail, il se contente de montrer la vue qu'on aperçoit derrière sa fenêtre : sa carte est si précise qu'elle est aux dimensions de l'empire, elle est la Chine elle-même...

— Borges en parle aussi, dit Eléazard en souriant. C'est un joli paradoxe, mais qui veut dire quoi ? Qu'il ne faut rien faire ? Qu'on ne peut pas écrire une biographie de Kircher à moins d'être Kircher lui-même et tous les autres ensemble ?

— Pour moi, c'est clair, dit Loredana en se levant. Si c'est la vérité qui est en jeu, l'exactitude est à ce prix. La bonne question, c'est : une carte géographique, une biographie ou des notes sur une biographie, *perche no*, mais pour quoi faire ? Si c'est une carte, pour aller où ? Pour envahir quelle province ? S'il s'agit de tes notes, pour prouver quoi ? Que Kircher était un incapable, un génie, ou seulement que tu en connais sur ce sujet beaucoup plus que la plupart d'entre nous ? Ce n'est pas l'érudition qui importe, tu le sais bien, c'est ce qu'elle tend à démontrer. Une simple notice de quelques lignes peut toucher plus juste que huit cents pages consacrées au même individu...

— Toujours l'efficacité, hein ? Tu es vraiment étonnante avec ça ! J'avoue que tu m'as impressionné tout à l'heure : on fait ceci, on fait cela... Tu as vu la tête d'Alfredo ? Il aurait eu Evita Perón devant lui, que c'était pareil !

— Les gens ne sont pas si stupides que tu veux bien le croire. Alfredo est assez doué pour se laisser embobiner, mais c'est quelqu'un de plus complexe qu'il n'y paraît. Le jour où tu t'en rendras compte, tu auras peut-être moins de problèmes avec Kircher... Bon, il faut que je rentre. Je suis morte... Et toi aussi, tu ferais mieux de te coucher tôt si tu veux être en forme demain matin. N'oublie pas que tu dois aller à Santa Inês...

— Tu es sûre que tu ne veux pas rester ?

Loredana décrocha la main d'Eléazard de son épaule, discrètement, mais avec fermeté.

— Sûre et certaine, *caro*... Je me sens mal, tu comprends ?

— Encore un de tes stratagèmes chinois, n'est-ce pas ? dit Eléazard en souriant tristement. Il a quel numéro, celui-là ?

— Arrête avec ça, tu veux ? Tu te trompes... Sur moi, sur Kircher, sur presque tout... La stratégie, c'est ce qui reste quand il n'y a plus d'éthique possible. Et il n'y a plus d'éthique possible quand les valeurs absolues font défaut. Si tu crois en un dieu ou en quelque chose de similaire, tout est plus facile...

— Tu penses que ça ne suffit pas de croire en l'homme ?

— Tu parles d'une valeur absolue ! Autant d'hommes, autant de définitions de l'humain, et avec un grand H, s'il te plaît... La vie, à la rigueur, l'ensemble de ce qui est vivant, mais pas l'homme, pas le seul être qui soit capable de tuer pour le plaisir...

— Le seul aussi à disposer d'une conscience, non ? au moins pour ce qu'on en sait... Qu'est-ce que tu fais de la raison ?

— Conscience de quoi ? De lui-même, de sa liberté totale, de la relativité du bien et du mal ? Il n'y a pas un seul concept qui tienne le coup devant le simple fait que nous devons mourir, et s'il n'y a rien après, si nous en sommes persuadés, tout est permis. La raison ne produit aucune espérance, elle est à peine capable de donner un nom au désespoir...

— Tu noircis le tableau ! Je suis certain que...

— Je n'en peux plus, l'interrompit Loredana. Une autre fois, tu veux bien ?

— Excuse-moi, je te raccompagne...

Sur le chemin de l'hôtel, Loredana s'arrêta un instant pour observer le brouillard de lucioles qui éclairait les rectangles d'une façade ouverte sur la nuit.

— C'est beau, dit-elle. On dirait qu'on a allumé des chandelles pour une fête.

Revenue dans sa chambre, Loredana s'allongea sur le grand lit défait. L'espoir de trouver le sommeil l'abandonna presque immédiatement. Elle songeait aux ruines d'Apollonia et à cet instant magnifique où elle avait désiré mourir, quelques mois plus tôt, alors même qu'elle se sentait en meilleure forme qu'aujourd'hui. Elle s'était rendue en Cyrénaïque dans le but avoué de renouer une dernière fois avec sa plus petite enfance. Les Libyens qui travaillaient autrefois avec son père avaient vieilli, certes, mais moins qu'elle selon toute apparence, car elle les reconnaissait aussitôt, tandis qu'ils avaient tous un peu de mal à mettre le nom d'une fillette remuante sur cette femme aux gaucheries d'adulte. Sur les hauteurs, la Casa Parisi disparaissait maintenant sous les eucalyptus, ceux-là mêmes dont elle s'amusait à faire ployer le tronc pour les voir s'ébrouer ensuite dans le soleil. Shahat, la ville moderne, s'était dégradée : on aurait dit qu'elle avait hâte de se conformer aux ruines, d'obéir aux voix sombres de Cyrène et de l'antique nécropole qui la fondait. Cette vocation au vestige était surtout sensible à Mársa Súsa, dont le quartier italien, déjà défraîchi dans le souvenir qu'elle en gardait, semblait avoir souffert d'un véritable bombardement. L'immeuble des douanes, la capitainerie, l'hôtel Italia, les cafés et restaurants aux terrasses ombragées... tout cela n'existait plus, ou si peu : à l'intérieur des bâtiments éventrés – une syllabe écaillée sur la façade les identifiait parfois –, des troupeaux de chèvres gambadaient, fouillant les immondices. Carcasses de voitures ou de camions déjà ensablés jusqu'à mi-hauteur semblaient résolues, partout, à rejoindre une douteuse postérité. Sur la grève, tout autour du port, des lambeaux de sacs plastique s'accrochaient aux ossements des barques, blanchis sur la grève comme des mégaptères de musée. Ajouré par la rouille, un remorqueur dominait les quais du haut de son ultime cale sèche. De jeunes Arabes s'ébattaient, plongeant des superstructures d'une péniche et de trois immenses barges naufragées dans le bassin. Comparé à ce désastre couleur de ferraille, le site archéologique d'Apollonia semblait un modèle d'urbanisme et de propreté : visibles derrière le portail de cimetière qui verrouillait le port, juste sous le fanal, les fûts des colonnes byzantines annonçaient une sorte d'Éden où l'on avait hâte de se réfugier. Bien qu'il eût passé le plus clair de son temps à Cyrène, sur le chantier de l'agora, c'était dans ce havre de paix qu'elle se remémorait son père avec le plus de plaisir et d'émotion. Leur petite famille descendait ici tous les vendredis, par l'ancienne route qui serpentait entre les sarcophages et les sépulcres rendus à la caillasse des taillis, s'enroulait un moment dans la peau de panthère du djebel Akhdar et se précipitait soudain, tout en bas, vers la promesse de la mer. Elle se revoyait courant ensuite sur la plage, avec cette odeur de pain frais dans les narines, cette joie de vivre émanée du sable et du soleil, que l'appel du muezzin dilatait parfois jusqu'aux extrêmes limites du supportable. Sanglée dans un maillot de satin blanc, dorée comme une actrice de cinéma, sa mère lisait sous un chapeau à forme d'abat-jour, et il lui suffisait de lever la tête pour apercevoir son père assis sur un chapiteau à demi enterré, ou accroupi pour nettoyer l'un de ces mystérieux soubassements qui naissaient par magie sous sa truelle. Le professeur Goodchild venait les saluer, il montrait à son confrère italien les progrès de sa propre fouille archéologique et finissait toujours par l'inviter à boire un verre de bourbon dans l'ancienne redoute qui servait de base à la mission américaine.

Rien n'avait réellement changé, sinon que son père n'était plus là, ni Goodchild, ni les autres, et que cela modifiait en profondeur sa vision des choses. Seules les ruines étaient restées fidèles à l'enfant qu'elle avait été ; de cette fidélité sans faille dont témoignent les chiens et les tombeaux.

Elle avait attendu le vendredi pour revenir sur le site, avec la même impatience, le même désir douloureux qui la prenait autrefois, quand on chargeait son masque et ses palmes à l'arrière de la jeep. Les rails du Decauville apparaissaient encore, çà et là, entre les mottes de terre rouge que soulevaient les taupes. Vues de loin, avec leurs alignements réguliers de colonnes, les trois basiliques firent surgir du néant ces « cages à mouches » qui avaient fait froncer les sourcils du professeur Goodchild :

— Des cages à mouches ! Mes basiliques, des cages à mouches ! Alors, ça, vraiment ! *You, good for nothing child, I'll tell it to Miss Reynolds when she comes, you know, and what will you do, then?*

À lui seul, le souvenir de cet épisode l'avait payée de toutes les fatigues du voyage...

En arrivant au théâtre antique, à l'extrémité du site, elle s'était assise un moment sur la dernière rangée de gradins, à l'endroit même que préférait son père. Juste derrière la scène, en contrebas, la mer était si calme, si transparente, qu'on distinguait parfaitement la noire géométrie des ruines submergées. Un palmier touffu avait trouvé le moyen de pousser entre les blocs, à droite de l'orchestre. Tout près d'elle, sur le calcaire éblouissant, un minuscule caméléon la méprisait avec grandeur. En le regardant, elle s'était dit qu'il n'y aurait jamais circonstance plus convenable : c'était maintenant, au plus fort de midi, qu'il fallait tirer sa révérence. S'ouvrir les veines et attendre bien sagement de ressembler à ce petit animal qui semblait concentrer en lui toute la chaleur du soleil.

Elle mourrait loin de sa ville, loin de Rome, si agréable au printemps lorsqu'une tiédeur soudaine libère enfin les corps assoupis. On n'entend plus le brouhaha des voitures qui tournent autour du Colisée, ni le sifflet hargneux des carabinieri. À chaque pas, un bourgeon se découvre à la vue, puis se précise, se multiplie. De jeunes vendeurs à la sauvette s'enivrent de leur voix muée. Des étonnements de moineaux résonnent dans les ruelles. Sur la piazza Navona, l'eau chante sous le Nil...

Oui, avait-elle songé, en faisant sienne l'une des plus belles phrases qui eût jamais été écrite, c'était cela qu'elle voulait, *mourir lentement et attentivement, de la même façon que tète un enfant.*

Et puis un vol de flamants roses avait traversé le ciel au-dessus des îles, une masse vraiment rose de ces grands oiseaux dégingandés. Elle en avait reçu comme un électrochoc de splendeur. Quelque chose s'était griffonné sur l'horizon qui lui intimait l'ordre d'attendre encore, de guetter jusqu'au bout ces accomplissements que la vie lui réservait.

Au lieu de s'ouvrir les veines, elle était descendue au centre de la scène et avait déclamé, face aux gradins, le seul poème qu'elle savait par cœur :

In questo giorno perfetto
In cui tutto matura
È non l'uva sola s'indora,

Un raggio di sole è caduto sulla mia vita :
Ho guardato dietro a me,
Ho guardato fuori,
Nè mai ho visto tante e cosi buone cose in una volta...

Loredana ouvrit les yeux et regarda sa montre : plus que cinq heures avant le jour. Elle se sentait coupable vis-à-vis d'Eléazard. L'idée d'avoir à s'expliquer l'avait fait reculer au dernier moment, mais elle avait failli lui avouer qu'elle partirait par le premier avion à destination de Rome. Elle se demanda quel souvenir il garderait de sa brève intrusion dans son existence. Quatre ans plus tôt, elle aurait tenté le coup avec lui. Il était rassurant, solide, jusque dans sa manière de douter...

Après une analyse plus sérieuse de ses termes, Wagner rangea la lettre anonyme dans son coffre personnel. Ce message avait beau n'être qu'une mise en garde amicale, il ne constituait pas moins une menace : que quelqu'un ait pu savoir autant de choses sur son implication dans le triple meurtre qui défrayait la chronique restait traumatisant. Comme le conseillait son obscur informateur, il devait prendre des mesures avant que sa complicité ne soit connue de tous.

Wagner Cascudo laissa son cabinet entre les mains d'une secrétaire et sauta dans sa voiture. Tout le long du trajet, il se demanda mille fois ce qu'il convenait de faire avec les hommes de main réfugiés dans sa maison de campagne. Ces deux crétins l'avaient mis dans la merde, et jusqu'au cou ! L'idée que la police pût les retrouver lui donnait des sueurs froides... Il leur avait seulement demandé d'effrayer Carneiro pour obtenir l'acte de vente ; au pire, il ne risquait qu'une accusation de complicité. Sauf si ces connards le chargeaient pour sauver leur peau... Il fallait les faire gicler de chez lui au plus vite. Qu'est-ce qui avait bien pu lui passer par la tête ? Dire qu'il s'était cru très futé en les planquant au *sitio*... Il les mettrait dans le premier bus pour Belém, on aviserait ensuite. Dès son retour à Fortaleza, il téléphonerait au gouverneur. Ce serait bien le diable si Moreira n'arrivait pas à noyer le poisson. Peut-être même parviendrait-il à empêcher les journaux de publier cet article dévastateur dont parlait la lettre...

Lorsqu'il arriva au *sitio* de la Pitombera, deux heures plus tard, Wagner était presque persuadé d'avoir repris l'avantage. En poussant la petite porte du cabanon qu'il n'utilisait, à l'insu de sa femme, que pour des escapades amoureuses, il trouva Paulo et Manuel attablés devant une bouteille.

— Ramassez vos fringues, dit-il aussitôt, on s'en va...

Ce fut seulement après cette phrase, ressassée durant les derniers kilomètres de son voyage, qu'il remarqua leurs yeux fuyants et s'aperçut que quelque chose n'allait pas. Au même instant, des policiers en armes firent irruption dans la pièce.

De tout ce qui arriva par la suite, la seule chose que n'avait pas prévue Loredana fut sans doute le sort que la population réserva aux trois Américains de l'hôtel Caravela... Le jour même où la jeune femme revint de São Luís avec son billet d'avion confirmé par la Varig, elle rejoignit Eléazard et Soledade pour assister aux funérailles de la famille Carneiro. C'était une matinée pluvieuse qui rendait plus lugubre encore la tristesse de l'événement. Des centaines de personnes avaient tenu à suivre la procession organisée par le curé d'Alcântara. Sur leur passage, les gens ouvraient portes et fenêtres pour laisser libre accès aux âmes des défunts.

— Le repos éternel, donne-le-leur ! criait un proche ou un ami. La lumière perpétuelle, ô Splendeur ! Aidez-les à mourir !

Et l'on sortait toute affaire cessante pour se joindre au cortège.

— Viens, frère des âmes ! reprenait la foule pour accueillir le nouveau venu.

Nul ne pleurait, par crainte de mouiller les ailes du petit cadavre et l'empêcher ainsi d'accéder au paradis. Nicanor ! Gilda ! Egon ! On appelait les morts par leur prénom, pour qu'ils se sentent plus légers dans leurs cercueils de bois blanc. Excellence pour aider le défunt à mourir, excellence de l'heure de la mort, excellence du moment où le coq a chanté pour la dernière fois, excellence de l'aube où l'on chante les parties du corps inerte et chacun de ses vêtements : lamentations et litanies roulaient une seule plainte dont l'écho se répercutait sur les façades en ruine de la ville. Un long gémissement couleur d'ocre, une rouille blessant l'acier du ciel. Les hommes se soûlaient, un tambour sommait la pluie.

Eléazard soupçonna Alfredo d'être à l'origine de ce qui advint au retour du cimetière. Des rumeurs se propagèrent de bouche en bouche, l'exaltation gagna. Tel un banc de poissons subordonné à l'étrange magnétisme qui régit le moindre de ses mouvements, toute la foule se retrouva sur la place, devant l'hôtel Caravela. « Dehors les Yankees ! À mort la CIA ! » Une fureur quasi mystique tordait les gueules, levait des poings. On croyait les trois Américains barricadés dans leur chambre, mais Alfredo les aperçut qui revenaient d'un bar et s'approchaient de l'attroupement sans comprendre qu'ils étaient la cause même de ce tumulte. Une pierre fusa, suivie aussitôt par des dizaines d'autres projectiles. L'homme avait porté la main à son visage, il regardait le sang sur ses doigts avec ahurissement. À peine retenus par le prêtre qui les exhortait au calme, les gens d'Alcântara avançaient vers l'objet de leur colère. Les Américains reculèrent instinctivement, puis se mirent à courir, saisis de panique, vers l'embarcadère. Le *Dragão do mar* était en instance d'appareillage, on les laissa se réfugier à bord sans les poursuivre plus avant. Revenus en toute hâte, ceux qui avaient pénétré dans l'hôtel jetèrent les valises des étrangers vers le bateau : mal fermées, elles explosèrent avant d'atteindre leur cible. La mer se couvrit de vêtements et de dessous féminins qui firent hurler de rire les mioches agglutinés sur le rivage.

Visage tourné vers le rafiot qui s'éloignait, Loredana commenta ce départ avec une pensive résignation :

— Je suppose que ça devait finir de cette manière...

— Ça fait plaisir quand même, dit Eléazard en se méprenant sur le sens de ces paroles. Ils l'ont échappé belle, en tout cas... Tu as vu toutes ces culottes ?

— J'ai vu, acquiesça-t-elle d'un sourire, pour dire vrai, je ne pensais même plus à ces guignols...

Eléazard la regarda, un peu surpris. Son visage trahissait cette sorte d'embarras, empreint de trouble et de vulnérabilité, qui précède les confessions. Plus tard, lorsqu'il en serait à compulser ses souvenirs, il regretterait de ne l'avoir pas embrassée à ce moment précis. Le cours des choses en eût été sans doute modifié.

— Qu'est-ce que tu voulais dire, alors ? demanda-t-il avec douceur.

— C'est à cause des valises, répondit-elle de façon énigmatique. Il ne reste pas grand-chose d'une histoire, lorsqu'elle se termine. Des trucs qui flottent sur la mer, comme après un naufrage...

Toujours sans le regarder, elle chercha sa main et la prit dans la sienne avec naturel.

— Je suis ton amie, n'est-ce pas ?

— Plus que ça, dit Eléazard en essayant de dissimuler son émotion, tu le sais bien…

— Si un jour j'ai besoin de toi… Je veux dire, si j'appelle au secours, du plus profond… Tu seras là ?

Eléazard accueillit cette prière insolite avec le sérieux qui convenait. Il accentua la pression de sa main sur celle de Loredana, donnant à entendre qu'il répondrait, quoi qu'il arrive, à son attente. Tout à son bonheur de la voir enfin désarmée, il ne comprit pas que c'était justement en cette seconde qu'elle avait besoin de lui. Peut-être n'aurait-il fallu que cet éclair d'intelligence pour la retenir, pour l'empêcher de transformer en adieu leur halte silencieuse sur les planches de l'embarcadère. Peut-être aussi n'aurait-elle pas modifié sa décision, mais comment savoir ? Il avait eu peur de l'offenser en la prenant dans ses bras, peur d'être indiscret en lui demandant l'objet de sa tristesse, peur de la vexer en lui disant que ses angoisses n'en valaient pas la peine, que la vie était là et qu'il l'aimait.

Ils attendirent ensemble que le soir tombe sur la mer. Puis elle eut froid, à cause du crachin, et manifesta le désir de rentrer. Main dans la main, ils remontèrent vers la place. Ni l'un ni l'autre ne prononça un mot, tant la certitude qu'ils se mettraient aussitôt à sangloter leur serrait la gorge. Au moment de se quitter, elle l'embrassa sur les lèvres ; Eléazard la regarda s'éloigner vers son hôtel sans se douter un instant qu'il ne la reverrait plus.

En montant les marches du Palacio Estadual, le
colonel José Moreira da Rocha nota la mine
contrite des huissiers qui s'immobilisèrent pour le
saluer. Tout le monde était déjà au courant... Les
rats ! Ils ne croyaient quand même pas qu'il allait
se laisser faire sans réagir ! Toujours prêts à crier
misère, mais quand il s'agissait de défendre leur
patron, il n'y avait plus personne... OK. C'étaient
les règles du jeu, il les connaissait mieux que
n'importe qui. « Je vais leur montrer, se disait-il tout
en s'obligeant à sourire aux uns et aux autres, qu'on
ne me défie pas impunément ! » Lorsqu'il pénétra
dans son bureau, sacoche sous le bras, Anna elle-
même eut droit à un frôlement de reins appuyé.
Encore heureux qu'il n'ait pas attendu d'arriver au
palais pour lire les journaux ! Au moins avait-il
accusé le coup tout seul, à l'arrière de sa voiture,
sans avoir à se composer un visage devant ces hyè-
nes. Il avait eu également plus de temps qu'il n'en
fallait pour mettre au point une stratégie de contre-
attaque. Cela dit, les salauds qui avaient préparé ce
dossier contre lui avaient fait un excellent travail.
Certains détails n'étaient connus que d'un minimum de personnes, ils n'avaient pu sortir au grand
jour sans une complicité parmi ses proches. On ne
se méfiait jamais assez... Le type qui lui avait fait
ça renierait un jour jusqu'au nom de sa mère.

— La revue de presse est sur votre bureau, monsieur, dit sa secrétaire avec une intonation qu'elle
avait voulue professionnelle, mais où perça néanmoins une pointe de triomphe. Monsieur le ministre
Edson Barbosa Junior a téléphoné, il demande que
vous le rappeliez d'urgence. Il y a aussi une équipe
d'informations de TV Globo qui sollicite un entre-

tien... J'ai mis la carte du journaliste dans votre agenda.

— Merci, Anna, dit-il en posant ses deux mains à plat sur le bureau. Annulez tous mes rendez-vous pour la matinée, je ne veux voir personne. Dites à Jodinha et à Santos de venir ici dès qu'ils arriveront.

— Ils sont déjà là, gouverneur...

— Bon. Moreira regarda sa montre, décidément, même ces deux-là étaient en avance aujourd'hui : Je les verrai à dix heures, j'ai quelques coups de téléphone à donner. Je ne veux pas être dérangé jusque-là. Pour tout ce qui n'est pas strictement administratif – vous voyez ce que je veux dire, n'est-ce pas ? – vous aiguillez vers l'attaché de presse.

— Qu'est-ce que je dis aux gens de la télé ?

S'il avait suivi son premier mouvement, Moreira les aurait congédiés aussitôt, mais il songea qu'il serait bienvenu d'apporter un démenti officiel aux accusations dont il était l'objet :

— À onze heures, après la réunion. Ils peuvent déjà s'installer dans la salle de conférences, si ça les arrange.

Le gouverneur attendit qu'elle eût refermé la porte pour composer un premier numéro, celui du DOPS, le Département d'Ordre Politique et Social de l'État.

— Allô, commissaire Frazão ? Moreira da Rocha à l'appareil... Oui, commissaire, oui... Je suis même l'un des derniers à l'apprendre, et ça ne me plaît pas beaucoup. Comment se fait-il qu'une pareille bourde ait été commise ? Vous avez pourtant d'excellentes raisons de m'être agréable, si je me souviens bien... Non, pas d'excuses : des faits, commissaire, je veux des faits ! Qui est le responsable de ce merdier ? Comment dites-vous ? Waldemar de Oliveira... Il nota le nom pour s'en souvenir : D'où sort-il, celui-là ? Ça va, ça va, j'ai compris... Et maître Wagner Cascudo ?... Mais que voulez-vous qu'il dise, bon Dieu ! Il n'a strictement rien à se reprocher... À combien se monte la caution ? Deux cent mille ? Oui, je vous écoute... Je vais faire le nécessaire... Mais bien sûr que je compte sur vous, commissaire, et vous avez intérêt à me raconter exactement ce qui se passe... Je vous ai fait, je peux vous défaire. Quand ça me chante, Frazão, souvenez-vous-en !

Il raccrocha sèchement et alluma une cigarette. Celui qui avait manigancé tout ça n'y était pas allé de main morte. Et si vite, putain ! C'était à peine croyable... Il fallait sortir Wagner de prison avant que ce con lâche le morceau...

Il appela Vicente Biluquinha, ce jeune avocat qui lui devait, entre autres gâteries, son entrée au Lions Club :

— Bonjour, maître... Oui, un joli coup électoral. Ils ont mis le paquet, cette fois, mais vous verrez qu'ils ne l'emporteront pas au paradis... À ce propos, est-ce que vous pourriez vous occuper de notre ami Wagner Cascudo ? Vous me rendriez un grand service, maître. Vous avez toute ma confiance, vous le savez... Oui... Je vous envoie le montant de sa caution par porteur spécial... C'est cela. Vous me rappelez dès qu'il sera dehors et vous le gardez au chaud. Dites-lui bien que je m'occupe de tout. Il n'a pas à s'inquiéter... Merci mille fois, Vicente, je vous revaudrai ça... Avec plaisir, bien évidemment. J'en parle à mon épouse, et je vous donne une réponse... *Ciao*, Vicente, *ciao*. *Ciao* ; à votre femme également, *ciao*...

Il avait à peine reposé le combiné, que la sonnerie du téléphone le fit tressaillir :

— Allô, oui ? Ah, c'est toi Edson... J'allais justement t'appeler... Je sais, je sais bien, mais ils n'ont rien contre moi. C'est un coup de bluff de nos adversaires politiques. Tu verras que cette baudruche se dégonflera toute seule d'ici quelques jours... Ne t'en fais pas, je te dis. J'ai la situation bien en main. Je m'exprimerai tout à l'heure sur la Globo pour mettre les choses au point... Mais rien de rien, je t'assure.

C'est un coup monté de toutes pièces. Tu me connais, je ne pourrais pas faire un truc comme ça... La spéculation ? mais bien sûr qu'elle existe, Edson... Il n'est pas encore interdit de faire du profit dans ce pays, que je sache ? Sur ce point, excuse-moi de te le rappeler, tu n'as de leçon à donner à personne... Ce n'est pas ce que je voulais dire, Edson, mais si on me cherche, on me trouvera, tu le sais. Ni toi ni moi, ni le parti n'avons rien à gagner de ce tapage. Je te rappelle que les élections ont lieu dans trois semaines, alors si tu pouvais mettre un peu ton nez dans ce méli-mélo, ça m'arrangerait. C'est dans notre intérêt à tous, tu le sais pertinemment... Oui... De Oliveira, Waldemar de Oliveira... Un petit fouille-merde de Santa Inês. Je ne sais pas comment il s'est débrouillé, mais il a réussi à court-circuiter tous mes services... Ce serait l'idéal, Edson. Je suis ravi que nous parlions le même langage... OK. Je m'en occupe et je te tiens au courant...

Moreira se rejeta contre le dossier de son fauteuil en vidant ses poumons. Sourire aux lèvres, il respira longuement, tel un sportif après l'effort. Il s'en était tiré comme un chef ! Si le ministre de la Justice lui-même se penchait sur la question, il ne donnait pas cher de cet Oliveira... Il allait se retrouver à Manaus, vite fait bien fait ! La contre-offensive était amorcée, restait à verrouiller ses liens avec Wagner et à mettre en sûreté les papiers compromettants... Le projet de *resort* n'avait rien de sensible en lui-même. Qu'il l'eût gardé secret jusqu'à présent tenait de la simple diplomatie. L'objectif prioritaire consistait à gérer les médias ; il faudrait encore arroser pas mal de monde, mais on pouvait utiliser les fonds secrets mis en place à cet usage. Un ou deux éditoriaux bien sentis, une bonne affaire de mœurs au cul de ce procureur – en parler à Santos et Jodinha : ses conseillers trouveraient bien un camé quelconque pour soutenir qu'il s'enfilait des petits garçons – et le temps qu'il se dépêtre de ces calomnies, on pourrait repartir du bon pied... Le gouverneur se sentit pousser des griffes. Pour la première fois de la matinée, il voyait à nouveau l'avenir en rose.

— Moreira, dit-il en décrochant le téléphone. Ah, c'est toi, ma chérie... Une soudaine explosion de chaleur irradia sa nuque : Tu ne vas pas croire tout ce que racontent les journaux ? Pas toi, quand même ! Je te jure que je n'y suis pour... Carlotta ! Il n'en est pas question, je refuse, tu m'entends ? Je... Carlotta ! Carlotta ?

Il hésita à la rappeler aussitôt. Mieux valait lui laisser le temps de se calmer. On verrait ça ce soir, à la *fazenda*. Il ne manquait plus qu'elle se mette de la partie... L'absence de Mauro la rendait à moitié folle... Un pincement dans la région du sternum lui affirmait pourtant qu'il n'arriverait pas à la faire changer d'avis. Pas cette fois. Une seconde, il imagina sa vie sans Carlotta, puis balaya cette pensée tant elle outrageait son sens de l'ordre et de la symétrie.

Chapitre XXVII

Comment fut décidée l'érection d'un nouvel obélisque, & de la discussion qui s'ensuivit sur le choix d'un animal approprié.

Le lundi de Pentecôte, rien ne manqua à la célébration de la fête. À cette occasion, le souverain pontife exprima fort clairement son désir d'ériger un obélisque, & précisément, celui qui venait d'être exhumé lors des travaux effectués par les Dominicains autour de l'église Santa-Maria-sopra-Minerva. Kircher devait également travailler avec son ami sculpteur à la conception d'une statue qui fût digne de cette précieuse antiquité, mais aussi de la piazza Minerva dont elle serait le principal ornement.

Le Cavalier Bernin avait été appelé à Paris par le roi Louis XIV afin de remanier les plans de son palais du Louvre & de sculpter un buste le représentant à la tête de son armée. Comme il ne supportait ni les courtisans ni le climat maussade de cette ville, il revint à Rome à la fin du mois d'octobre, riche de trois mille louis d'or & d'un brevet de douze mille livres de rentes obtenu en récompense de ses ouvrages. Lorsqu'il se présenta au collège, avec l'intention d'exposer ses vues sur le monument de la Minerva, Kircher & moi étions en compagnie du père Grueber, occupés à prendre des notes sur son voyage à la Chine.

— Allons, reprit Kircher avec un sourire, pas de découragement ! Rome ne fut point construite en un jour, & avec l'aide de Dieu, j'en suis certain, nous parviendrons à restaurer l'antique sagesse des origines. Et puisque la chose vient sur le tapis d'une manière si opportune, dites-moi donc, Lorenzo, quels sont vos projets pour l'obélisque de la Minerve...

— Étant donné la petite taille de cet obélisque, il me paraît impossible de concevoir pour lui un monument comparable en majesté à celui de la fontaine Pamphile. J'ai donc pensé à le faire reposer simplement sur le dos d'un animal dont la valeur symbolique pût s'accorder à celle des hiéroglyphes. Ne connaissant point encore leur contenu, j'ai dû arrêter là ma réflexion, encore que certaines bêtes, comme la tortue & le tatou, me fascinent assez, du point de vue de l'art, pour que j'aie commencé déjà d'en établir quelques dessins.

Kircher fit une moue dubitative :

— Nous verrons plus tard pour le choix de l'animal... Il importe moins, par ailleurs, qu'il corresponde à l'enseignement des hiéroglyphes gravés sur l'obélisque qu'à celui de l'Église, & du souverain pontife, son emblème dans ce monde. Mais afin que vous soient connus tous les éléments nécessaires à votre étude, je m'en vais vous soumettre leur traduction.

Athanase prit une feuille sur sa table, & après s'être éclairci la voix, lut ce qui suit avec gravité :

— *Mophta, le suprême esprit & archétype, infuse ses vertus en l'âme du monde sidéral, savoir cet esprit solaire à lui assujetti. D'où provient le mouvement vital dans le monde matériel ou élémentaire ; & d'où surviennent l'abondance de toutes choses ainsi que la variété des espèces.*

« *De la fécondité du vase Osirien, il s'écoule sans cesse, attiré par quelque sympathie merveilleuse,*

& fort du pouvoir caché dans sa personne à deux visages.

« Ô clairvoyant Chénosiris, gardien des canaux sacrés, symboles de la nature aqueuse en laquelle consiste la vie de toutes choses !

« Par le bon vouloir d'Ophionus, ce génie adéquat pour l'obtention des faveurs & la propagation de la vie, principes auxquels cette tablette est consacrée, & avec l'assistance de l'humide Agathodæmon du divin Osiris, les sept tours des cieux sont protégées de tout dommage. C'est pourquoi l'image du Même doit être présentée circulairement dans les sacrifices & les cérémonies.

« La main gauche de la Nature, ou fontaine d'Hécate, savoir ce tournoiement qui est la respiration même de l'univers, est évoquée au travers des sacrifices & attirée par ce en quoi le démon Polymorphe produit la variété généreuse des choses dans le monde quadripartite.

« Les artifices trompeurs de Typhon sont brisés, préservant ainsi la vie des choses innocentes ; ce à quoi conduisent les pentacles & amulettes ci-dessus, à cause des fondements mystiques sur lesquels ils sont construits. C'est pourquoi ils sont puissants pour obtenir toutes les bonnes choses d'une vie enchanteresse...

— Par le sang Dieu ! s'exclama Le Bernin. Eussiez-vous parlé iroquois, que j'en aurais compris tout autant ! Vos prêtres égyptiens s'y entendaient mieux que quiconque pour entortiller leurs homélies...

— Ils avaient deux bonnes raisons pour cela : la première étant la profondeur même des mystères qu'ils exprimaient ; la seconde, par précaution de ne point livrer inconsidérément à des ignares un savoir si recherché. De simples arts, comme la musique ou la peinture, demandent une longue initiation ; bien plus longue & plus ardue est celle requise par la connaissance. Pythagore, ne l'oublions pas, engagea au silence ses disciples afin qu'ils ne divulguassent point les mystères sacrés, parce qu'on ne peut apprendre qu'en méditant & non en parlant.

— Au temps pour moi, reprit Le Bernin un peu vexé, je me contenterai donc des arts, sans plus chercher à déchiffrer de si précieuses allégories...

— Allons, allons, mon ami... Ne vous méprenez pas. La connaissance ne suppose que de l'application, & vous utilisez la vôtre à merveille dans un domaine où vous excellez. La vie est trop courte, hélas, pour que l'on puisse imaginer de se consacrer pleinement à plus d'un seul art. Socrate fut un piètre sculpteur avant d'être Socrate ; quant à Phidias, ce faiseur d'images divines, il peut bien avoir été muet pour ce que nous savons de sa philosophie... L'un accouchait les âmes, l'autre les pierres, voilà tout !

— À la bonne heure ! fit Le Bernin en riant ; comment ne serais-je point convaincu, dès lors que vous me comparez à pareil maître ? !

— Je ne me suis pas oublié non plus, reprit Kircher sur le même ton. Mais c'était pour les besoins de l'analogie, car je serais bien en peine de rivaliser avec Socrate. Si vous êtes sans conteste le plus grand sculpteur de notre siècle, je ne suis moi qu'un honnête tâcheron de la connaissance. Je n'ai rien d'autre à faire, tout mon temps m'appartient ; je puis donc me concentrer longtemps sur les choses sans aucune interruption. C'est là le seul génie qui me soit propre. J'ai appris par une longue expérience combien de temps demande un travail intellectuel si prenant, & à quel point l'esprit doit être complètement libre de toutes distractions pour le mener à bien... Mais revenons, s'il vous plaît, à notre obélisque. Comme vous l'avez certainement compris, malgré vos protestations devant son apparente obscurité, ce texte résume la doctrine égyptienne relative aux principes souverains qui gouvernent le monde. Remplacez Mophta par Dieu, Osiris par le Soleil, ou les sept tours des cieux par les sept planètes, & vous verrez que cette doctrine ne diffère d'avec celle de l'Église que sur des points de détail. En conséquence, vous conviendrez, je l'espère, que la tortue ou le tatou ne sont point des symboles aptes à représenter un système aussi complexe.

— Je vous le concède aisément, répliqua Le Bernin en fronçant les sourcils, mais vous avez certainement quelque autre bête à proposer...

— Je n'y ai point songé, à vrai dire. Il me semble, toutefois, que le bœuf ou le rhinocéros conviendraient parfaitement. Le bœuf, parce qu'il réchauffa de son haleine Notre Seigneur, mais aussi pour ce que les Grecs vénérèrent en lui le Soleil & la Lune, sous le nom d'Épaphus, & les Égyptiens l'âme d'Osiris & celle de Mophta, sous le nom d'Apis. Le rhinocéros, lui...

— C'est exclu, interrompit Le Bernin en secouant la tête, les Français l'ont déjà utilisé de cette manière pour l'entrée de Catherine de Médicis à Paris. Quant au bœuf, c'est un symbole intéressant, mais j'entends déjà les commentaires de nos Romains devant cette statue : ils trouveront mille plaisanteries graveleuses à propos de ses cornes ou de ses génitoires, & je doute fort que le souverain pontife les apprécie...

— Vous avez mille fois raison... Il ne faut pas négliger cet aspect du problème.

Grueber, qui avait écouté jusque-là fort respectueusement, prit part soudain à la conversation :

— Que diriez-vous, messieurs, de l'éléphant ?

— L'éléphant ? ! dit Le Bernin.

— Mais bien sûr ! s'écria mon maître en saisissant le sculpteur par les épaules. *Cerebrum in capite !*... Le cerveau est dans la tête ! Comprenez-vous, Lorenzo ? *L'Hypnérotomachie* & son énigme d'obsidienne... Comment n'y ai-je point songé plus tôt ? Nous tenons là notre symbole, car aucune bête, en vérité, n'est plus savante que l'éléphant !

Le Bernin en resta penaud tout comme un chat qu'on châtre :

— Hon ! fit-il, pris de court.

MATO GROSSO | *Comme des flèches empennées de songes...*

Elaine s'était inquiétée pour Mauro durant chaque seconde de son absence. Encore sous le choc de l'affreuse vision, le jeune homme éclata en sanglots durant son récit ; elle fut contente d'avoir à le consoler lorsqu'il vint enfouir son visage sur sa poitrine. Au réel chagrin qu'elle ressentait, se mêlait une peur viscérale qui la rivait à son banc. Dans sa tête, une aiguille tournait sur elle-même, affolée.

Les moustiques arrivèrent avec la nuit.

— Quand je pense qu'il a jeté le chargeur... marmonna Petersen.

Il réfléchissait à haute voix, et parce qu'elles disaient l'impasse où ils se trouvaient, ces bribes de phrases intempestives semblaient épaissir encore la pénombre.

Dietlev reprit conscience avec le nom d'Elaine sur les lèvres. La jeune femme s'empressa de lui répondre. Tout en nettoyant sa plaie, pour tromper son angoisse plus que par nécessité, elle décida de lui cacher la mort de Yurupig ; l'infection avait pris un tour alarmant, il aurait besoin de toutes ses forces pour y résister. Les Indiens avaient ramené le sac... On repartirait le lendemain... Il fallait tenir le coup... Pendant qu'elle lui parlait, ces pieux mensonges s'inversaient dans son esprit, si bien qu'elle n'entendait en les énonçant que la stricte vérité : Dietlev ne tiendrait plus très longtemps, ils ne repartiraient peut-être jamais de cette clairière. Craintes et incertitudes se condensaient en une sueur maligne sous ses aisselles.

— Il manquait quelque chose dans le sac ? demanda Dietlev d'une voix étouffée.

— Non, répondit Elaine. Enfin, oui... Les échantillons de fossiles ont disparu. Ils ont dû croire que c'étaient de vulgaires cailloux et les balancer...

On entendit Petersen renifler bruyamment dans l'obscurité.

— Lui et sa coke ! fit Dietlev avec agacement.

— Ne fais pas attention, essaye de dormir...

Les Indiens avaient allumé leur bûcher. Des lueurs d'incendie vinrent rougir l'intérieur de la case, zébrant les visages d'idéogrammes capricieux. Une mélopée stridente, répétitive, enfla soudain avec la lumière ; des flûtes au son aigre accompagnaient un chant plaintif : toute la tribu geignait en rythme, doucement, avec d'imprévisibles variations, d'occlusives attaques où s'enrouaient les gorges.

La natte d'entrée se souleva ; les mêmes Indiens qui leur avaient porté la nourriture engagèrent les étrangers à sortir de la hutte. Sans avoir le loisir de s'interroger, ils furent conduits devant l'énorme feu de Saint-Jean qui crépitait au milieu du village. De petits bancs pour s'asseoir, des plats chargés de nourriture, de grandes calebasses remplies de bière... on les traitait en hôtes de marque, si bien qu'Elaine se remit à espérer.

Bariolés d'encre rouge, luisants comme des nageurs à peine sortis de l'eau, plusieurs Indiens tournaient déjà autour du brasier. De longues queues d'ara jaillissaient du plumet jaune qu'ils portaient en brassard à la naissance de l'épaule. Cheveux mouchetés de duvet blanc, plume de martin-pêcheur au lobe des oreilles, ils mimaient on ne savait trop quoi d'animal et d'organique. Elaine eut un mouvement de recul : le chaman venait de se planter devant le petit groupe d'étrangers. Une morve noire coulait de ses narines en deux rigoles sirupeuses ; son torse frêle en était tout éclaboussé.

De s'être ainsi mouché sur lui-même, il avait l'air plus vieux, plus détraqué. Plus sauvage... songea Elaine avec répugnance, tandis qu'il entamait un long discours étrangement mélodieux :

C'était une fête en l'honneur de Qüyririche, une fête où ils avaient préparé pour l'Envoyé et sa divine parentèle toute la nourriture en leur possession. La bière de manioc était à point, on soufflerait beaucoup d'epena, des nuées de poudre magique, encore et encore, jusqu'à rejoindre les nuages invisibles où se tramait la destinée des mondes. Lui, Raypoty, avait su interpréter les signes : il connaissait la source d'où provenaient les poissons-pierres ! Durant de longues années, il avait cherché ailleurs l'orifice de l'univers, cette fissure secrète par laquelle son peuple pourrait échapper enfin, comme d'un cul brusquement relâché, au ventre mortel de la forêt. Mais voici que le dieu lui-même était venu pour lui ouvrir les yeux. Plus n'était besoin de planter ni de chasser, ils partiraient dès l'aube en abandonnant derrière eux tout ce qui pourrait les alourdir et empêcher leur envol définitif vers la Terre-sans-mal.

Il termina par quelques paroles occultes destinées à s'attirer les faveurs de l'Envoyé, afin qu'il continue à les guider lui et son peuple.

— *Agneau de Dieu qui effacez les péchés du monde*, traduisit sur-le-champ Mauro, *pardonnez-nous, Seigneur !* C'est dingue... Si on sort de là, je passe le reste de mon existence à inventer une langue universelle ! On dirait qu'il a pris son parti de ne rien entendre de ce que nous disons... S'il ne fait pas d'effort vers nous, toutes nos tentatives de communiquer avec lui ne serviront jamais à rien. C'est trop con !

— Ce n'est pas ça, fit Dietlev d'une voix altérée par la fièvre. Je crois plutôt qu'il est persuadé que nous le comprenons... Il faudrait essayer de parler à quelqu'un d'autre dans la tribu.

— Il faut se tirer, oui ! grogna Petersen. Je les sens mal, ces tordus...

Le chaman prit un long tube d'écorce, fin comme une sarbacane, introduisit un peu d'une poudre noire dans l'un des embouts qu'il tendit à un Indien accroupi. Il se mit dans la même posture et porta l'autre extrémité à ses narines. L'Indien coinça le tube entre l'index et le majeur, prit sa respiration et insuffla haut dans les muqueuses du chaman la dose d'*epena*.

— Vous voyez, il n'y a pas que moi ! jubila Petersen.

Il avait déjà observé cette pratique chez les Yanomami et savait qu'ils assistaient à une prise de drogue rituelle.

Les yeux fermés, le visage contracté par la douleur, le chaman prépara le tube puis insuffla la poudre dans les narines de celui qui venait de l'assister. L'Indien resta pétrifié sur ses talons, en proie à ce qui semblait une souffrance à peine supportable. Son nez se mit à dégoutter un jus noir sur son menton, de sinueux chemins de morve que l'Indien fit gicler soudain d'une brusque expiration. Le sang du vrai monde l'aspergeait ainsi, dessinant sur sa poitrine un horoscope que le chaman pourrait seul interpréter.

Ce fut comme un signal ; tous les Indiens de la tribu se mirent à respirer la substance magique. Entre chaque prise, ils s'abreuvaient de bière et mangeaient gloutonnement la nourriture qui se trouvait à leur portée. À la troisième ou quatrième inhalation, l'homme se mettait à hurler, battant des bras, puis se dressait pour une danse immobile qui le faisait tressauter sur place comme un écorché vif. Il finissait par tomber en syncope, terrassé par les visions. Les femmes le traînaient alors un peu plus loin, tandis que celui qui avait insufflé la drogue la recevait à son tour de quelqu'un d'autre.

Une heure après, la plupart des hommes gisaient sur le sol, allongés côte à côte, tels des cadavres en attente.

Gardiens du rêve, disait le chaman en déchiffrant les torses, *vivants abris de l'âme vraie, vos cœurs ne mentent pas. Je vois sur eux l'anaconda et le jaguar, la tortue d'eau et l'oiseau-mouche. Vous êtes comme des flèches empennées de songes, de grands oiseaux que leurs ailes de feu consument dans le ciel. La fin est proche de toutes vos misères, car l'Envoyé nous guidera bientôt vers cette montagne où les visions s'écoulent en cascade, sans jamais s'interrompre. Vos torses sont bavards : ils disent le retour à la terre natale, au bonheur souriant des nouveau-nés...*

Le chaman déambulait au milieu des corps, libérant de leurs fines entraves les sexes boursouflés par la divagation sensuelle des dormeurs, crachant des flèches magiques contre les ennemis invisibles qui tournaient autour d'eux comme des mouches. Énervé, à la limite de la transe, il revint se planter devant Dietlev. Petersen comprit le premier le sens de ses gesticulations :

— Il veut lui faire sniffer sa saloperie, dit-il sur un ton goguenard. Va falloir y passer, mon vieux...

Elaine se tourna vers Dietlev, effrayée :

— Ne le fais pas ! supplia-t-elle. Tu as vu dans quel état ça les met...

— Au point où j'en suis... Et puis on ne sait pas ce qui peut arriver si je refuse. C'est le meilleur moyen d'être dans leurs petits papiers... Si long, Carter ! Je te raconterai...

Il enfonça l'embout de cire dans une de ses narines ; le souffle du chaman le rejeta instantanément sur sa civière. Après quelques secondes d'une brûlure intense irradiant ses sinus, Dietlev eut l'impression très nette que la partie droite de son cerveau se congelait sans espoir de retour. Ouvrant les yeux, il vit avec angoisse les teintes sépia de la forêt : une harmonie d'ancienne photographie que de brusques éclairs déchiraient soudain, laissant apercevoir de prodigieuses perspectives où l'ambre et le mauve se dégradaient à l'infini. Un délire de Piranèse, une tumeur d'architectures proliférant sans cesse. Il entendait le lent fracas des icebergs, le chevauchement des plaques souterraines. Des tourbillons lointains commençaient à brasser l'espace de leurs volutes, la terre se craquelait, s'ouvrait comme un pain rond sous la poussée incoercible des montagnes. Les pierres levaient ! Avant de perdre conscience, Dietlev sut qu'il assistait à quelque chose de grandiose, un événement où se mêlaient le commencement des mondes et leur apocalypse.

Très tôt, le lendemain matin, Elaine fut réveillée par des bruits de voix que ponctuaient des pleurs d'enfants. Son premier geste fut de jeter un coup d'œil sur Dietlev : il dormait toujours et semblait respirer normalement. Puis elle sortit de son hamac pour regarder à l'extérieur de la case. La tribu tout entière pliait bagage... Réveillés par les soins de la jeune femme, Mauro et Petersen s'étaient approchés de la natte d'entrée.

— On dirait bien qu'ils s'en vont, dit l'étudiant avec un peu d'inquiétude.

— Et ils nous emmènent, ajouta Petersen en voyant approcher un petit groupe d'Indiens.

Une fois dans la case, les deux hommes qu'ils connaissaient déjà leur firent signe de prendre leurs sacs et de les suivre. Ils soulevèrent avec déférence le brancard, tandis que d'autres Indiens décrochaient du pilier central les divers ornements de plumes.

Le visage d'Elaine s'était illuminé : ils avaient enfin compris, on les ramenait vers quelque endroit civilisé où Dietlev pourrait recevoir une assistance médicale. Ragaillardi par cette perspective, Mauro lui rendit son sourire. Petersen avait les yeux enfoncés, le teint noir et la mine sévère. Il se contenta de secouer la tête devant la joie silencieuse des deux autres.

Toute la tribu s'enfonça dans la forêt. Les Indiens avaient abandonné leur village avec une indifférence déconcertante. Ils n'emportaient avec eux que le strict minimum, sacoche en peau de singe, boudins de tabac à chiquer, arcs, flèches et sarbacanes. Munies de hottes tressées qu'une lanière frontale maintenait sur leur dos, les femmes s'étaient chargées de quelques nattes, hamacs et récipients divers ; elles emmenaient aussi un tison du foyer, mais aucune n'avait prêté attention aux monceaux de nourriture encore éparpillés autour des cendres fumantes du bûcher. Lovés dans les bandeaux de portage, les nourrissons tétaient le sein des mères. Une population de réfugiés en route vers l'exode, songea Elaine sans s'y appesantir. Elle se sentait coupable d'avoir recommencé à espérer : aussi horrible fût-elle, aussi présente, la mort de Yurupig tendait à s'estomper devant l'imminence de leur sauvetage. Obsédé par l'image de sa tête martyrisée, Mauro s'évertuait à bannir de son esprit jusqu'au nom du malheureux Indien. Quant à Petersen, il n'évoqua son souvenir que bien plus tard, et pour se reprocher de n'avoir pas songé à lui reprendre la boussole.

Le chaman semblait savoir avec précision où il allait. La longue colonne progressait assez rapidement sous le couvert hostile de la jungle. Dietlev ne s'était toujours pas réveillé ; malgré ses efforts, Elaine ne parvint pas à lui faire ouvrir les yeux. Ce coma l'inquiétait, sans qu'elle pût déterminer s'il était un effet de la gangrène ou de son initiation à la poudre par le chaman. Les Indiens s'étaient remis assez facilement de cette expérience, mais le manque d'habitude justifiait sans doute une plus longue phase de récupération.

— Qu'est-ce qu'il a voulu dire, hier soir ? demanda Mauro en croisant le regard anxieux de la jeune femme. Il a parlé d'un certain Carver, ou Carter, non ?

Ce rappel fit sourire Elaine :

— Carter, corrigea-t-elle. C'est une vieille histoire entre nous… Je ne sais pas si tu as lu *Démons et Merveilles* de Lovecraft ? Le roman commence par l'équipée d'un type qui se rend dans un cimetière, une nécropole inconnue dont il a retrouvé la trace. Il emmène avec lui un copain qui s'appelle Carter. Ils soulèvent une dalle et trouvent l'entrée d'un escalier… Le type sait qu'il va devoir se battre avec « la chose », une espèce d'entité diabolique venue du fond des âges, etc., etc. Du Lovecraft, quoi… Pour résumer, il laisse Carter à la surface et descend dans le souterrain. Comme ils ont emporté un téléphone de campagne, Carter reste en contact avec son ami. Il l'entend s'affoler, puis tout va *crescendo*, jusqu'au moment où il devient évident qu'il ne remontera plus jamais à la surface. À la fin du premier chapitre, le type ordonne donc à Carter de refermer la dalle et trouve le moyen de prononcer une dernière phrase : *Si long, Carter. Je ne vous reverrai plus…* J'avais bien tiqué en lisant ça, mais sans plus. « Si long »… Qu'est-ce qui pouvait bien être si long ? Mais avec Lovecraft on pouvait s'attendre à tout ; je m'étais faite à cette énigme. C'est Dietlev qui m'a fait observer un jour qu'il s'agissait d'une erreur de traduction. Le texte anglais disait simplement : *So long, Carter.* Peu importe pour la suite, mais c'était une phrase qu'il aurait fallu traduire par : *Adieu, Carter. Je ne vous reverrai plus…* Tu connais Dietlev et son esprit mal placé… Il m'avait tellement fait rire, que nous avions pris l'habitude de nous dire au revoir de cette façon. Une espèce de clin d'œil entre nous, à une époque…

— Je vois, dit Mauro.

Après deux heures de marche, Petersen sortit du mutisme boudeur où il s'était complu depuis leur départ :

— Y a un os, dit-il simplement.

— Que se passe-t-il ? demanda Elaine.

— Il se passe qu'on s'éloigne du fleuve : regardez les mousses sur les troncs d'arbres...

— Je ne fais que ça, répondit Mauro avec un peu d'humeur. Elles ont tendance à pousser vers le soleil, et donc à indiquer le sud...

— Bien raisonné, fiston ! Sauf que tu te goures d'hémisphère, et que c'est exactement l'inverse. On fait du plein nord-ouest depuis le début. J'attendais d'en être vraiment sûr avant de vous le dire...

— Et qu'est-ce que ça peut faire ? répliqua Mauro. L'important, c'est qu'ils nous conduisent quelque part ; peu importe l'endroit pourvu qu'il y ait un dispensaire ou un moyen de prévenir les secours...

— Nord-ouest, vous avez dit ? demanda Elaine.

— Ouais, *senhora*. Et on ne dévie pas d'un poil...

Elle essaya en vain de visualiser la carte. Seul Dietlev aurait pu prédire ce qu'il y avait dans cette direction.

— Et vous avez une idée de ce à quoi on peut s'attendre par là-bas ?

— Pas la moindre, fit Herman en haussant les épaules. Plus on ira vers le nord-ouest, plus on s'enfoncera dans la forêt, point final. Y a jamais rien eu de ce côté-là, et y aura jamais rien. Du blanc sur la carte, il en reste encore pas mal dans le coin...

Elaine se souvint, en effet, de ces lacunes si attirantes ; elle en avait rêvé en préparant l'expédition avec Dietlev, et voici que leur voisinage lui mettait les larmes aux yeux.

Mauro luttait de toutes ses forces contre le découragement :

— En admettant que vous disiez vrai, reprit-il avec moins d'agressivité, pourquoi est-ce qu'ils nous emmèneraient avec eux dans la forêt ? C'est une question de logique : ils n'ont tout de même pas quitté leur village pour le plaisir, non ? Ça ne tient pas debout, votre histoire...

— Et Yurupig ? insinua Petersen, c'était pourquoi ? Tu sais, toi, ce qui leur passe par la tête ? Si j'avais une boussole, je te jure que je tenterais de leur fausser compagnie... Et le plus vite possible !

— Qu'est-ce qui vous en empêche, puisque vous savez si bien où nous allons ? Allez-y, ne vous gênez pas...

Petersen ignora la moquerie. Outre le fait qu'il était impossible d'avancer dans la jungle sans machette ni équipement, il se sentait fourbu. La machine commençait à cliqueter par tous les bouts... Si la cocaïne lui avait permis de faire bonne figure durant les premiers jours, elle le punissait maintenant bien plus qu'elle ne l'aidait. Quand son action s'atténuait, Herman tombait dans de tels abîmes de faiblesse et de neurasthénie qu'il lui fallait reprendre de la poudre, toujours plus fréquemment et en plus grande quantité.

— On en reparlera, finit-il par répondre, je veux bien qu'on me pende si on voit l'ombre d'un Blanc de ce côté-là !

Elaine se savait incapable de repartir vers le fleuve. Quelle que soit la destination des Indiens, il faudrait leur faire confiance ou se considérer, elle le réalisait tout à coup, comme leurs prisonniers. Malgré le sort qu'ils avaient réservé à Yurupig, elle ne parvenait pas à se sentir en danger auprès d'eux. Toute la tribu n'avait cessé de leur marquer une prévenance exemplaire ; il y avait même des hommes ou des femmes pour venir à leur hauteur et toucher la civière de Dietlev, dans un geste explicite de compassion. Elle essayait chaque fois de prononcer un mot aimable, de montrer un visage engageant ; les

Indiens étaient trop impressionnés, il n'y eut qu'une petite fille pour lui rendre son sourire.

Vers quatre heures de l'après-midi, on s'arrêta enfin ; toute la tribu s'égailla dans le sous-bois à la recherche d'un emplacement pour la nuit. Des sortes d'appentis s'élevèrent avec une rapidité stupéfiante – quatre perches supportant une grossière couverture de palmes sous laquelle chaque famille se hâtait d'installer nattes ou hamacs. Soufflant sur les tisons, les hommes allumèrent un feu au centre de ces abris. Trois singes hurleurs et un coati furent fléchés sur un coup de chance ; un tronc vermoulu dégorgea une abondance de grosses larves ; les fillettes rapportèrent des fourmis sucrées, du miel et la moelle des jeunes palmiers débités par les adultes. Des oranges sauvages apparurent comme par enchantement...

Dietlev ne se réveillant toujours pas, Elaine nettoya son moignon du mieux qu'elle put et se laissa aller à la fatigue. Mauro et Petersen s'affalèrent eux aussi près du feu, abattus par leur journée de marche. Harcelés par les insectes que la fumée n'arrivait pas encore à éloigner, ils grignotèrent en silence une boîte de haricots, sans se résoudre à manger la nourriture que le chaman leur avait fait porter. Mauro goûta aux oranges, mais elles étaient amères à vomir. Quant au miel, il servait de liant à une bouillie dont le frémissement vermiculaire suffisait à produire le même effet.

Les Indiens les observaient avec une discrétion proportionnelle à leur curiosité : plus les étrangers exhibaient de choses merveilleuses – boîtes de conserve, couteaux ou allumettes, objets fantasmagoriques qui traversaient leur champ de vision telles des comètes effarantes – plus ils feignaient de s'en désintéresser. Ceux-qui-sont-venus-de-la-nuit ne les intimidaient pas, la moindre des politesses envers les nouveaux venus, fussent-ils des êtres surnaturels, commandait cette réserve amicale. Regarder une femme dans les yeux, c'était déjà coucher avec elle ; fixer un homme faisait de lui un ennemi mortel ; entre la séduction ou le combat, il n'y avait aucune place pour l'élan, sauf à mettre en péril l'ordre du monde.

Elaine percevait cette fausse indifférence sans en comprendre les motifs. Trop fatiguée pour réfléchir, elle se laissait aller aux souvenirs, mêlant de vagues images d'Eléazard à celles de sa fille, mal à l'aise de se sentir épiée. Caetano Veloso au fond des oreilles, Mauro la regardait rêver ; les éclaboussures de boue sur son visage, sa chevelure sale, humide, emmêlée, la lassitude visible sous ses yeux rendaient Elaine plus belle encore, plus désirable. Il enviait Dietlev d'avoir serré cette femme entre ses bras, tout en s'interrogeant sur ce qui avait bien pu l'attirer chez un homme au physique si disgracieux. De ne pas réussir à se les figurer sans laideur dans un même lit, l'énervait contre elle, malgré une conscience claire de son dépit, de sa nature illégitime et puérile.

Petersen dormait déjà, ou faisait semblant.

Dans les dernières lueurs du jour qui s'étiraient entre les arbres, une volée de perruches ensanglanta l'espace au-dessus d'eux.

Un petit garçon s'était avancé, fasciné par le walkman de Mauro. Avec gentillesse, ce dernier lui mit les écouteurs sur la tête, provoquant chez l'enfant une réaction de frayeur, puis très vite, d'allégresse. Son père s'approcha pour lui intimer l'ordre de laisser tranquilles les étrangers, mais vaincu par sa curiosité, il ne résista pas lorsque son fils voulut lui faire partager sa découverte. À peine eut-il approché maladroitement les écouteurs de ses oreilles, qu'il jeta l'objet à terre, frappa l'enfant d'un coup de poing sur la tête et entra dans une véritable crise de fureur. Sidéré par la violence de ce raptus, Mauro se recroquevilla sur lui-même : l'Indien le menaçait de son arc comme d'un gourdin et en eût certainement fait usage si le chaman, alerté par ses vociférations, n'avait soudain bloqué son geste. Le vieil homme trouva sans doute les mots adéquats pour expliquer cette sorcellerie, car l'Indien s'apaisa presque aussitôt. Sa femme était accourue ; elle finit de le calmer en lui massant le cou et les épaules, tandis qu'il persistait à se curer les oreilles pour déloger ces voix qui infectaient sa mémoire de leur vermine.

Elaine s'éveilla durant la nuit. Les feux rougeoyaient à peine, un halo de lumière froide brillait à côté d'elle : effacé, méconnaissable sous le nimbe phosphorescent qui émanait de lui, le corps de Dietlev luisait comme un miroir sous le soleil !

Malgré son invraisemblance onirique, cette vision semblait si réelle qu'Elaine tendit la main vers la clarté. Une multitude de lucioles s'envola du cadavre, criblant l'obscurité de mille et un éclats de verre.

Carnets d'Eléazard.

LOREDANA parlant de Moreira : « Il a une tête à mettre dans un pantalon... » Tchouang-tseu vivant !

KIRCHER fréquentait Poussin, Rubens, Le Bernin... Quelqu'un que ces artistes d'exception avaient considéré comme leur maître et leur ami pouvait-il être foncièrement borné, ou simplement médiocre ?

NEWTON s'adonnait à l'alchimie, Kepler spéculait sur la musique des sphères...

« J'AI LE PROJET de reconstituer le musée rassemblé par le jésuite Athanasius Kircher, auteur de l'*Ars Magna Lucis et Umbræ* (1646), et inventeur du « théâtre polydiptyque » où la soixantaine de petits miroirs qui tapissent l'intérieur d'une grande boîte transforment une branche en forêt, un soldat de plomb en armée, en bibliothèque un calepin. (...) Si je ne craignais pas d'être mal compris, je ne serais même pas opposé à l'idée de reconstituer chez moi une chambre entièrement tapissée de miroirs, selon un projet de Kircher, où je me verrais marcher au plafond la tête en bas et m'envoler tout droit des profondeurs du plancher. » (Italo Calvino, *Si par une nuit d'hiver un voyageur*.)

QUE TOUT EST FAIT dans notre monde pour éliminer la parole le plus possible. Solitude de tous au milieu de tous : boîtes de notre nuit. Pratique de l'épilepsie comme alternative au désespoir. Que les miroirs, présents partout, permettent à chacun de danser seul devant lui-même. Parades sexuelles, anonymes, séduction narcissique du reflet. Quatre heures de gloire par semaine, et le reste du temps n'est qu'un suicide différé.

TROIS LIGNES des 200 pages du manuscrit Voynich :

« BSOOM. FZCO. FSO9.SOBS9.8OE82.8EO8
OE. SC9.S9.Q9.SFSOR. ZCO. SCOR9.SOE89
SO. ZO. SAM. ZAM.8AM.4O8AM.O.AR. AJ »

QUELLE CHIMÈRE a pu obliger un homme à crypter ses propres écrits jusqu'à les rendre illisibles par tout autre que lui-même ? L'absolue nécessité du secret. Quelle raison pouvait exiger de cacher à ce point leur contenu ? La peur de la mort ou celle d'être pillé. Il y avait différentes façons de risquer sa vie au XIIIe siècle, mais la plus certaine était sans doute l'hérésie. Quant à se voir dépossédé de quelque trésor, il fallait que cet homme eût accompli pour le moins la transmutation du plomb en or ou trouvé quelque élixir d'immortalité. Cosmogonie hérésiarque, traité d'alchimie ? Dans le premier cas, nous avons affaire à un lâche ; dans le second, à un ladre ; et dans les deux à un imbécile.

Était-il seulement capable de se relire ?...

BASSESSE. Je n'ai pas été sincère : mon sourire ne s'adressait à Alfredo que pour ricocher vers Loredana. Un vulgaire sourire de connivence destiné à renforcer ma propre supériorité.

MÊME ROGER CAILLOIS trouve dans les ouvrages de Kircher matière à stimuler son imagination : « Pour les mêmes raisons, je tiens en particulière estime une *Arche de Noé* qui illustre un des nombreux ouvrages du P. Athanase Kircher, grand maître méconnu en cet empire de l'insolite. Devant le hangar flottant, parmi des croupes, des membres d'hommes et de chevaux, agonisent des poissons monstrueux, bicéphales ou aux yeux circonscrits de pétales de crucifères, submergés eux-mêmes par l'irrésistible inondation et comme suffoqués par l'abondance de leur propre élément. L'horrible est qu'ils semblent épargnés par la pluie, dont le rideau tombant d'effrayantes nuées d'orage s'arrête mystérieusement devant la troupe apeurée de ces épaves. On ne songeait pas que le déluge avait dû détruire jusqu'aux êtres aquatiques. » (*Au cœur du fantastique*.)

FLAUBERT, CALVINO, CAILLOIS...

QU'AI-JE AIMÉ CHEZ KIRCHER, sinon ce qui le fascinait lui-même : la bigarrure du monde, son infinie capacité à produire des fables. *Wunderkammer* : galerie des merveilles, cabinet des fées... Grenier, cagibi, coffre à jouets où se lovent nos étonnements premiers, nos frêles destins de découvreurs.

« L'EFFET KIRCHER » : le baroque. Ou, comme l'écrivait Flaubert, ce désespérant besoin de dire ce qui ne peut se dire...

AVEC FORCE LAMENTATIONS, et pour l'aider à mourir plus vite, de jeunes garçons scient du bois – celui de son cercueil – devant la porte d'un agonisant. Ils *scient le vieux*.

J'AI TOUT MANQUÉ, faute de participer au monde...

IL EST GRAND TEMPS de me demander ce que j'attends de mon travail sur ce manuscrit... Schott est presque comique à force d'hagiographie ; je le suis probablement autant à force de mauvaise foi.

QUE LA SEULE TRANSCENDANCE POSSIBLE est celle où l'homme se surpasse pour trouver en lui-même ou dans les autres un surcroît d'humanité.

LOREDANA se trompe, pour une fois...

SUR LES INDIENS qui forcent chaque jour le soleil à comparaître : ce qui importe, c'est l'équanimité de l'être, la certitude de faire lever un monde pour les autres, alors même qu'ils sont persuadés que ce monde se lève tout seul. Battre le tambour de l'aube ; contre vents et marées, faire surgir le matin pendant que les gens dorment.

Chapitre XXVIII

*Où Kircher explique le symbolisme de l'éléphant,
reçoit d'alarmantes nouvelles de la Chine & tremble
pour ses collections par la faute du roi d'Espagne...*

— Aucune bête n'est plus savante que l'éléphant !
répéta Kircher. Mais il n'en existe point non plus de
si puissante sur la Terre, car le tigre lui-même doit
céder le pas devant sa force & ses défenses redouta-
bles. Cet animal ne mange pourtant que des herbes,
& telle est sa noblesse qu'il n'attaque jamais que
pour châtier ceux qui osent, par malice ou ignorance, déranger la paix de son royaume. Encore ne le
fait-il qu'avec la plus extrême prudence, sachant,
comme le devrait savoir tout monarque véritable,
qu'il importe de peser ses actes & ses paroles, de se
méfier de tous & de veiller à sa propre sécurité
autant qu'à celle de ses sujets. Jules César le comprit
parfaitement, puisqu'il fit graver sur ses médailles,
en lieu & place de sa propre effigie, celle du masto-
donte éthiopien. Emblème d'autant plus chargé de
sens que, selon Servius, « éléphant » se disait « kaï-
sar » dans la langue punique... Quant à Pline, il
regarde cet animal comme un symbole égyptien de
la piété ; ne nous assure-t-il pas, en effet, que les éléphants, mus par quelque intelligence naturelle &
mystérieuse, emportent des rameaux fraîchement

arrachés aux forêts où ils paissent, les élèvent avec leur trompe, & tournant leurs yeux vers la lune nouvelle, agitent doucement ces branches, comme s'ils adressaient une prière à la déesse Isis, afin de la rendre propice & bénévole ?

— Sans oublier, reprit Grueber, & c'est à cela que je songeais lorsque je me suis permis d'intervenir, la valeur que lui accordent les habitants de l'Asie. Car ils disent que l'éléphant, tout comme Atlas, soutient le monde : ses pattes sont à sa masse comme les quatre colonnes qui supportent la sphère céleste. Les brahmanes & les thibétains l'adorent sous le nom de Ganesh ; & les Chinois, dans la fable qui narre leur genèse, lui font enfanter le Dieu Fo-hi... Si, par conséquent, vous posez cet obélisque sur son dos, ainsi qu'on peut en voir l'illustration dans *le Songe de Poliphile*...

— Nous aurons, continua mon maître avec excitation, l'hiéroglyphe approprié, à savoir l'intelligence, la puissance, la prudence & la piété soutenant l'univers cosmique, mais surmontées par l'omniscience divine ; c'est-à-dire l'Église comme soutien de Dieu, ou encore, le souverain pontife lui-même, permettant par ses vertus & ses largesses de restaurer enfin la sagesse antique ! Et jamais symbole n'aura mieux honoré Minerve, à laquelle cette place est dédiée !

— Merveilleux ! s'écria Le Bernin. Mais où trouverais-je un éléphant ?

— Au Colisée, tout simplement, répondit Grueber, comme s'il s'agissait d'une chose très naturelle. Et devant la mine pantoise du sculpteur : Une troupe de bohémiens y montre pour quelques pièces des animaux sauvages ; vous y verrez celui que vous cherchez...

— Alors, j'y cours, dit-il sans plus considérer. J'ai hâte de me mettre à la besogne !

Après le départ du Bernin, mon maître loua grandement le père Grueber pour sa présence d'esprit.

Plus il y songeait, & plus l'animal choisi par eux lui semblait riche de symboles. À partir des trois premières interprétations, il en déclina d'autres, moins évidentes mais tout aussi rigoureuses, en insistant sur l'analogie entre le ministère papal & l'influence de Mophta, le suprême esprit, sur notre monde sublunaire.

— Si je n'étais certain de blesser la modestie naturelle d'Alexandre, nous confia-t-il pour conclure, j'appellerais ce monument « Osiris ressuscité », & tout serait exprimé en un sublime raccourci...

Deux semaines plus tard, le Cavalier Bernin avait assez de croquis d'éléphants pour que le projet pût être soumis au souverain pontife. Ce dernier l'accepta sans aucune réserve, & notre statuaire se mit aussitôt en quête d'un bloc de marbre adéquat dans les carrières de Florence. Quant à mon maître, il prit encore un peu plus sur le sommeil, afin de rédiger l'ouvrage qui devait accompagner l'érection du monument.

En février de l'an 1666, donc, alors même qu'on révélait au public l'œuvre magnifique du Bernin, parut l'*Obeliscus Alexandrinus*, opuscule dans lequel mon maître déployait à nouveau sa profonde connaissance de l'Égypte & des hiéroglyphes. On y découvrait, bien sûr, la traduction commentée du texte égyptien, mais aussi la reconstitution idéale du grand temple d'Isis à Rome, édifice auquel appartenait à l'origine cet obélisque. Désireux de ne point répéter ce qu'il avait déjà copieusement traité dans l'*Obélisque Pamphile* & l'*Œdipe Égyptien*, Kircher se contentait ici de restituer & d'interpréter de nombreux objets présents dans son musée ou d'autres collections, & soulignait l'importance des cultes égyptiens dans la Rome ancienne. Enfin, il s'étendait avec ampleur sur le symbolisme du monument lui-même, pour ce qu'il manifestait au monde entier les mérites du souverain pontife dans la sauvegarde &

diffusion du christianisme. *Cet obélisque des sages antiques*, écrivait mon maître, *érigé pour faire resplendir la gloire de ton nom, qu'il aille dans les quatre parties du globe & parle à tous d'Alexandre, sous les auspices duquel il a recommencé à vivre !*

Grâce au Vicaire du Christ & à ses missionnaires, Rome resplendissait alors sur le monde comme naguère Héliopolis... Et je puis affirmer, cher lecteur, que le dévouement & le génie d'Athanase n'étaient pas étrangers à cette réussite.

Grueber nous ayant quittés pour retourner en Autriche, Kircher continua de mettre en place son livre sur la Chine. Le père Heinrich Roth se révélait précieux par sa connaissance de l'Inde & du *hanscrit*, la langue des brahmanes, mais mon maître m'avoua bien vite que sa conversation austère lui faisait regretter chaque jour davantage celle du jeune Grueber.

Ce fut à cette époque que nous arriva une lettre fort alarmante du père Ferdinand Verbiest, l'auxiliaire le plus proche d'Adam Schall en notre mission de Pékin.

Kircher fut très affecté par les mauvaises nouvelles qu'elle contenait. La disparition d'Adam Schall, ce vieil ami qu'il avait si sincèrement désiré accompagner en Chine à l'époque de sa jeunesse, lui tira plusieurs fois des larmes de tristesse. Tristesse sous laquelle perçaient parfois de brusques accès de rage.

— Te rends-tu compte, Caspar ? s'écriait-il alors. Nos pères les plus éminents, des hommes qui font honneur comme aucuns à la religion & aux sciences les plus ardues, ces hommes-là supportent sans faiblir les mille tourments que leur inflige l'ignorance diabolique des païens, ils vont en souriant au martyre le plus affreux, résolus à mourir pour la foi & l'avenir du monde, & quelle est donc leur récompense ? ! L'oubli, dont ils souffrent tant, serait déjà profondément injuste, mais y joindre le dénigrement, la calomnie ! Comment ne point se révolter lorsque des jansénistes, des Dominicains & jusqu'aux Franciscains, lesquels ne connaissent rien aux rites & aux coutumes des Chinois, accusent nos compagnons de propager l'idolâtrie & se mêlent, du fond de leur confortable ignorance, de fustiger les vrais apôtres de la foi ! Si la religion a été donnée aux hommes pour les sauver, il faut la rendre hospitalière... Les Arnauld, les Pascal & autres Caton de pacotille ont-ils jamais sauvé une seule âme des griffes de Lucifer ? Que nenni, car ils sont comme des mouches importunes qui volent sur tout ce qui est gras, tâchant d'obscurcir l'éclat des choses les plus parfaites & les plus sincères, & de noircir incessamment par des discours insolents & des médisances tout à fait noires ce qui est en soi très pur & très beau ! Jusques à quand devrons-nous souffrir la morgue méprisable de ces pantins ? !

Puis il se calmait, repris soudain par le souvenir de son ami, & relisait, sourcils froncés, le tragique récit du père Verbiest.

Informé des événements survenus à la mission de Pékin, le père Paul Oliva, onzième Général de notre Compagnie, désigna incontinent le père Verbiest en lieu & place du regretté Adam Schall. Comme on le verra par la suite, il n'eut point à regretter une décision si capitale.

Quelques jours, bien sombres en vérité, se succédèrent sans que mon maître parût se consoler de ces malheurs. Il semblait se désintéresser des travaux en cours & s'abîmait dans la prière & la méditation. J'en étais à concevoir les plus grandes craintes sur sa santé, lorsqu'il m'apparut un beau matin, sourire aux lèvres, & comme régénéré.

— Béni soit le Seigneur ! m'écriai-je en joignant les mains, tout à la joie de le trouver en de semblables dispositions.

— Béni soit-il… Car nous ne sommes rien sans lui, & il faut certainement reconnaître sa volonté dans cette soudaine lumière qui s'est produite en mon esprit.

Mais comme il se préparait à me confier la nature de cette révélation, on annonça l'arrivée impromptue du jeune roi Charles II d'Espagne, âgé à peine de cinq ans, & de sa mère, Marie-Anne d'Autriche, épouse & veuve de Philippe IV, qui gouvernait l'empire en attendant la majorité de son illustre fils. Quoique nous ayons su qu'ils se trouvaient à Rome pour produire l'enfant royal devant le souverain pontife, nous étions à cent lieues d'imaginer cette visite. Mais mon maître ne s'en étonna point outre mesure, tant la réputation de son muséum tirait jusque vers lui les têtes couronnées.

Ils parurent, accompagnés de plusieurs duègnes richement chamarrées, du R. P. jésuite Nithard, nommé depuis peu (grâce aux faveurs de la reine mère) inquisiteur général & premier ministre, & de son neveu Don Luis Camacho. Ce dernier n'avait alors que treize ans, mais brillait d'une précoce vivacité d'esprit, laquelle faisait à juste titre l'orgueil de son oncle.

Kircher ne s'était point mépris sur les raisons de leur présence au collège, & sous sa conduite, tout ce monde parcourut longuement les galeries du musée. L'enfant roi s'amusait fort cavalièrement avec les squelettes, les momies & les animaux empaillés ; empoignant avec une nerveuse maladresse ce qui était à sa portée, sans que personne de sa suite s'avisât de lui en faire remontrance, il faillit gâter plusieurs pièces inestimables… Mon maître bouillait intérieurement, & il sut gré à Don Luis Camacho d'éloigner le garnement avec douceur chaque fois qu'il menaçait de commettre l'irréparable.

Un peu plus tard, lorsque nous fûmes réunis dans la grande galerie pour une collation improvisée, l'inquisiteur général demanda à Kircher des précisions sur les récents malheurs de nos missions à la Chine. Ce dernier lui fit lire la dernière lettre du père Verbiest, & la conversation roula bientôt sur l'idolâtrie, puis sur les points de doctrine critiqués par les Chinois.

— Fort bien, reprit le père Nithard, mais j'oserais vous prier de m'accorder une faveur : mon neveu que voici n'a guère l'occasion de mesurer son savoir à des intelligences comme la vôtre, & je serais bien aise de l'affronter à vous sur cette question. Quoi qu'il arrive, cela lui sera une leçon d'humilité très profitable, & je ne doute pas qu'il en saura tirer les meilleurs enseignements...

— Rien ne me serait plus agréable, mon père... J'ai eu l'occasion de l'observer tantôt, & me suis fait une haute idée de ses capacités. Cela dit, ajouta-t-il en s'adressant au jeune Don Luis Camacho, permettez-moi d'en user avec vous comme Socrate avec Phédon, & de vous accoucher d'une vérité dont vous êtes riche sans le savoir. Croyez bien qu'il n'y a point là simple caprice de ma part, mais exemple ou expérience de cela qui me réjouit le cœur depuis que Dieu m'en fit présent.

L'enfant, qui prêtait une oreille attentive au conciliabule de ses aînés, opina de bonne grâce & s'efforça, dans le dialogue qui suivit, de correspondre au plus près à ce que mon maître attendait de lui.

FAVELA DE PIRAMBÚ | *Il n'y a que la loi qui sauve !*

Lorsque Moéma s'éveilla, dans la pénombre étouffante de la cahute, l'étrangeté du lieu prolongea l'abrutissement dont elle tentait de s'extirper. Derrière le feuillage flou des cils, elle entrevit de grandes lettres rouges sur les cartons du toit – HAUT BAS –

et le verre rompu qui signalait, sans besoin de recourir à aucune langue, l'extrême fragilité d'un contenu privé de sa substance. Un corps, son propre corps, portait une tenue de footballeur, maillot et short aux couleurs de l'équipe du Brésil. Penché sur elle, une sorte d'ange lui épongeait le front, un jeune homme au visage sombre, avec de grands yeux tristes, la barbe duveteuse et clairsemée, l'un de ces *ragazzi* napolitains qu'on voit, peints à l'encaustique, sur les momies romaines du Fayoum. Elle ferma les yeux. Rester couchée, ne rien dire, continuer à faire la morte pour éviter les coups... Cet ange parlait sans cesse, à voix basse, égrenant un chapelet de phrases calquées sur le jeu erratique de la poussière. Le mot « princesse » y revenait de manière obsessionnelle, gorgé d'une chaleur consolante. Moéma se souvenait d'avoir suivi cette même cantilène, aimantée comme un navire en perdition par la lointaine promesse d'une eau calme. Avant, il y avait eu l'acide, chez Andreas, puis cette fête où elle s'était sentie si misérable, le rat, les détours de la favela... Une dentelle de souvenirs dont elle gardait le sentiment d'un malheur intense et inconnu jusque-là. De tous ces instants isolés par d'obscurs accrocs, un seul se rappelait à sa mémoire avec un relief insupportable : celui où le héron blanc avait brisé ce rempart de lumière qui la protégeait du monde. Elle revoyait les traits de chacun des salauds qui l'avaient violée, entendait chacune de leurs insultes, endurait un à un les sévices qu'ils lui avaient infligés en riant de ses supplications. L'effet du LSD ne s'était pas encore dissipé ; presque indécelable, cette rémanence accentuait les brusques plongées de son esprit vers les horreurs de la nuit passée. Les larmes lui revenaient. La tête entre les mains, elle essaya de se faire toute petite, de réunir coûte que coûte les morceaux épars de cette chose broyée en elle par la horde des loups.

Elle dormit encore.

Plus tard dans la journée, elle se retrouva seule et en profita pour uriner dans un coin de la cabane. Allongée sur le côté, elle scruta longtemps l'ovale de lumière que projetait sur le sable un trou dans la toiture. Des nuages y défilaient avec lenteur. Le « dehors », là, tout de suite derrière l'abri de planches et de cartons, la terrorisait. Puis elle considéra les photos de magazine en noir et blanc qui tapissaient, près de sa tête, le mur de torchis : des images de Lampião, pour la plupart, et quelques autres d'un personnage dont on avait gratté les yeux à la pointe du couteau. Sous le portrait d'une petite Américaine souriante, assise sur son lit à baldaquin avec une perceuse sur les genoux – l'enfant était entourée d'un monceau de ferraille au sommet duquel on distinguait un baigneur en celluloïd troué comme une passoire –, on pouvait lire :

Instinct de destruction. Robin Hawkins, deux ans à peine, est déjà tenue pour un cas exemplaire par les psychanalystes. L'un de ses jouets préférés est cette perceuse qu'elle défend bec et ongles contre tous ceux qui voudraient la lui subtiliser. Ces dernières semaines, la mignonne petite fille a détruit une quantité de choses (comme la télévision, le réfrigérateur, la machine à laver, etc.) estimées à plus de 2 000 dollars. Fiers de sa précocité, monsieur et madame Hawkins encouragent leur enfant à pratiquer cette nouvelle forme d'expression. Ils se sont contentés, pour l'instant, de faire blinder la porte de leur chambre à coucher.

Moéma ne parvint ni à sourire de cet écho ni à s'en attrister. Elle regardait, voilà tout. L'extérieur semblait rebondir sur ses pupilles. Humiliée jusque dans sa relation aux choses, elle se sentait impure, indécente, mouche languide à la surface du lait. Elle aurait voulu qu'on l'anesthésiât durant ces jours qu'elle pressentait impossibles à vivre, se réveiller un an, deux ans plus tard – est-ce qu'on en guérissait seulement ? – débarrassée de cette haine des hommes qui lui tétanisait les cuisses, de cet écœurement où Aynoré, Roetgen et tous les autres s'amalgamaient en une même détestation.

L'ange revint, et elle vit cette fois la difformité qui l'obligeait, pour se mouvoir, à labourer le sol. « Ses ailes de géant l'empêchent de marcher », songea-t-elle sans émotion, comme si pareille métaphore – tirée, lui avait affirmé Thaïs, de *Jonathan Livingston le goéland* – eût été d'une évidence familière. La bouche du chérubin s'agitait toujours en un sourire attendrissant, on aurait dit un personnage de film muet, tant il exprimait avec outrance de béat émerveillement. Elle le laissa badigeonner de mercurochrome ses plaies visibles. Le rouge piquait un peu sur les écorchures, mais elle put vérifier en suivant ses gestes qu'elle n'avait aucune blessure sérieuse. Elle mordit ensuite dans le sandwich qu'il lui tendit, but à une bouteille d'eau minérale décachetée maladroitement et observa ses mains calleuses, tandis qu'il faisait mine de se frotter les épaules et la poitrine avec un tube de pommade.

Allongée sur le dos, elle l'écoutait. Sa voix traçait derrière ses yeux une arabesque sans fin, une calligraphie musicale qu'il suffisait de suivre pour ne penser à rien.

Puis l'ange ne fut plus là. C'était son privilège d'ange, elle commençait à s'y habituer. Il avait laissé auprès d'elle des vêtements neufs, un T-shirt barré d'une publicité pour une marque suisse de crème fraîche et un short beige, pliés sous une pellicule transparente. Il y avait aussi un beau savon rouge et or sur une serviette neuve.

Prendre une douche, récurer son corps de fond en comble, le désinfecter comme une cuvette de W-C... Sans hésiter une seconde, elle se faufila dans le réduit à ciel ouvert qui s'adossait, derrière un plastique vitreux, au fond de la bicoque. Trois palettes fichées verticalement dans le sable, un fût rouillé rempli d'eau, une boîte de conserve... Habituée à l'inconfort de Canoa, elle ôta ses vêtements et s'accroupit.

Il n'y eut que la douleur des crampes pour mettre fin au nettoyage maniaque de son corps.

Revenue dans la pièce, elle enfila les vêtements préparés par son ange gardien, non sans s'être enduite d'arnica comme il le lui avait conseillé. Un petit miroir bordé de plastique vert pâle reposait sur une caissette, elle le prit machinalement. Malgré ses paupières bouffies et une petite meutrissure sous la lèvre inférieure, son visage n'avait pas souffert. Elle était coiffée comme l'as de pique... Éloignant le miroir à bout de bras, elle tenta d'observer son allure générale.

Nata Suiça Nata
Suiça Nata Suiça
Nata Suiça Nata
GLORIA
Suiça Nata Suiça
Nata Suiça Nata
Suiça Nata Suiça

Son cœur eut une espèce de lourd soubresaut. Reflétée à l'envers sur le miroir, l'inscription de son T-shirt livrait un message qui lui était de toute évidence destiné : Athanasius... Comment s'appelait ce type dont son père ne cessait de raconter la vie, à une époque... Karcher ? Kitchener ? Un curé plutôt sympa qu'elle imaginait jadis avec la gueule de

Fernandel dans le rôle de Don Camillo. L'orgue à chats, la lanterne magique, tous les jouets merveilleux qu'il avait inventés pour elle, nuit après nuit, s'enluminèrent à nouveau des couleurs clinquantes de l'enfance. Dans son imagination de petite fille, Athanasius avait été aussi vivant, aussi extraordinairement réel que le baron de Münchhausen, Robinson Crusoé ou le capitaine Nemo. Malgré l'orthographe approximative du reflet, la coïncidence troubla Moéma au-delà de toute mesure. Dilatée par cette rencontre, même la marque « Gloria » prenait l'allure d'un hiéroglyphe en attente de traduction.

Par analogie, sans doute, elle se souvint de l'anecdote que relatait son père chaque fois que la conversation roulait, comme il advient souvent après boire, sur les signes du destin. Un jour qu'il se préparait à embarquer sur le paquebot *Général Lamauricière*, un écrivain dont elle avait oublié le nom s'était senti ébranlé par un avertissement surnaturel : au lieu de *Lamauricière*, il avait lu, l'espace d'une seconde d'extrême angoisse et de clairvoyance, « La mort ici erre »... Commotionné par cette lecture, il s'était convaincu d'attendre le prochain bateau. Une semaine plus tard, on apprenait que le *Général Lamauricière* avait bel et bien coulé lors de sa traversée... Après avoir laissé son auditoire apprécier cette chute, son père rajoutait généralement que le même cas de figure s'était présenté pour Samuel Beckett : « Le commandant Godot a le plaisir de vous accueillir à son bord », avait dit le haut-parleur, tandis que l'avion où il se trouvait manœuvrait sur la piste d'envol... Saisi de panique, Beckett en avait fait une véritable crise de nerfs ! À force de vociférations, il avait contraint l'équipage à faire demi-tour et à le laisser descendre de ce qui ne pouvait devenir que son cercueil... Cette fois-là, en revanche, il n'y avait pas eu de tragédie. Ce qui prouvait selon lui – si forte est parfois notre impression d'avoir percé à jour quelque ressort secret dans nos vies, et si pressant notre désir d'authentifier cette hantise prémonitoire –, non point que sa peur avait été sans objet, mais qu'en descendant de cet avion il avait déjoué un plan fatal et sauvé in extremis la vie des passagers.

Si l'inscription sur le miroir était un phénomène du même ordre, de quoi l'avertissait-on ainsi, de quel naufrage menaçant ? Moéma s'était recouchée. Prise de malaise, elle chavira vers de confuses profondeurs où clignotait l'énigme dissimulée par son T-shirt. Des nébuleuses se pulvérisèrent dans son cerveau, et au terme d'un lent fondu enchaîné, le visage d'Eléazard élucida le message qu'elle s'efforçait de déchiffrer : c'était un cri, un appel qui lui serra le cœur au point de rendre sa respiration difficile. Après la rupture de ses parents, elle s'était mise d'emblée du côté d'Elaine, sans se préoccuper une seule seconde de ce que pouvait éprouver son père. Elle n'avait pas essayé de l'aider, ni même de le comprendre. *Tu dois vivre ta vie, Moéma,* lui avait expliqué sa mère en refusant de l'emmener à Brasilia, *couper le cordon. Ce n'est pas sain de rester dans mes jupes. On va devenir de vraies amies, tu verras, entre adultes. Mais il faut que tu fasses comme moi, que tu te libères, que tu vives...* Le problème, Moéma formulait cela pour la première fois, c'était qu'elle ne se sentait pas du tout adulte, qu'elle voulait un père, une mère, pas des « amis » ! Qu'Elaine ait pu lui dire de telles absurdités lui semblait tout à coup monstrueusement égoïste. Tout devenait suspect, y compris son insistance à se faire appeler par son prénom, comme si elle avait honte d'être sa mère... Elle-même n'était pas innocente de ce point de vue, puisqu'elle avait trahi l'amour de son père – un amour que ni ses caprices ni son ingratitude n'avaient pourtant réussi à entamer ! – avec au moins autant de légèreté. Mais, peut-être était-il temps de rattraper les choses, de lui dire maintenant ce qu'il aurait dû entendre il y a six mois. Elle le rejoindrait à Alcântara. Il saurait la remettre sur les rails, débrouiller le méli-mélo qu'était devenue son existence. Tant pis pour cette année de fac, perdue, de toute façon. Lui écrire au plus vite, l'avertir du renversement qui venait de s'opérer. Dans son désarroi, elle crut avoir trouvé la solution et s'y agrippa comme à une bouée de sauvetage. *Mon cher papa, si tu es toujours d'accord, je vais revenir habiter avec toi. C'est dur d'écrire à son père sans avoir quelque chose à lui demander, mais je t'expliquerai tout ça bientôt... Cette fois, je te supplie seulement de me pardonner. Je t'embrasse très fort,*

— Moéma.

— Moi, c'est Nelson, répondit l'ange. J'croyais que t'étais muette, tu sais... L'oncle Zé peut pas venir avant demain, mais on va s'arranger.

La nuit était tombée, une petite lampe à pétrole brillait dans la cabane. Moéma s'excusa auprès de celui qui s'acharnait depuis des heures à lui demander son nom. Elle essuya ses larmes et se fit tout réexpliquer depuis le début.

Thaïs et Roetgen ne commencèrent à s'inquiéter que deux jours après l'épisode du Náutico. Ils passèrent chez Moéma le lendemain vers midi, puis dans la soirée, sans s'alarmer outre mesure, persuadés qu'elle cuvait son LSD. Ils y retournèrent le jour suivant, juste après le départ de Xavier. Trouvant une nouvelle fois porte close, l'idée leur traversa l'esprit qu'elle était peut-être incapable de leur répondre ; ils interrogèrent un voisin de palier et finirent par enjamber son balcon pour accéder à l'appartement. Roetgen vérifia ainsi que Moéma n'était pas chez elle. Il y avait même de fortes présomptions pour qu'elle ne fût pas rentrée depuis la fameuse soirée.

— En un sens, ça me rassure, dit Thaïs. Ce n'est pas la première fois qu'elle découche...

— Mais pour aller où ?

— Si ça se trouve, elle s'est installée dans un hôtel pour pas qu'on la trouve, ou elle est retournée à Canoa... On ne peut pas savoir. Ce qui est sûr, c'est qu'elle a toujours du fric sur elle, faut pas s'inquiéter...

Tous deux se sentaient coupables vis-à-vis de Moéma. Ils n'en blâmaient son apparente désinvolture qu'avec plus d'acrimonie :

— Elle devait quand même se douter qu'on allait se faire un sang d'encre, disait Thaïs.

— Oui, ce n'est pas sympa. Elle aurait pu au moins laisser un mot.

Une sorte d'euphorie, tout aussi malsaine, avait remplacé la sidération du premier jour. Moéma se sentait renaître. Galvanisée par sa décision de quitter Fortaleza pour renouer avec son père, elle s'affranchissait de son ancienne peau avec la vigueur d'une ressuscitée. Son traumatisme lui inspirait encore des visions d'effroi, comme ce rêve où elle tournait des ossements humains dans un énorme chaudron puant la graisse chaude et le cadavre. Dans sa tentative pour expliquer à Nelson ce qu'elle avait subi, Moéma s'était surprise à hésiter. Elle n'en conservait que des images disparates et paradoxalement dénuées de violence – le héron, une dent en or, l'étiquette d'une bouteille de bière –, celles d'un cauchemar dont on était certain, sur le moment, qu'il resterait gravé dans notre mémoire, mais dont on ne parvient plus, au matin, à dérouler le fil.

Elle s'accusait maintenant d'avoir voulu revoir Aynoré, de s'être crue assez invulnérable pour affronter de nuit le labyrinthe hasardeux des favelas. Le châtiment était certes disproportionné par rapport à la faute, mais tout aussi légitime, finalement, qu'une mauvaise note à une dissertation bâclée. L'idée d'avoir à quitter un jour le camouflage d'ombre et de tendresse où elle se terrait, par pur instinct de mimétisme animal, devenait presque envisageable. Pour mieux reculer cette éventualité, elle éludait avec rigueur toute question portant sur son adresse ou son identité. Il y avait le monde d'avant et celui d'après ; elle ne voulait plus entendre parler du premier, tout en n'étant pas encore prête à affronter le second.

Son entretien avec l'oncle Zé fut une étape cruciale dans sa métamorphose. Il vint la voir chez Nelson, une fin d'après-midi, et resta toute la soirée avec eux.

— Salut, princesse ! avait-il dit simplement. Il paraît que tu l'as échappé belle, on dirait...

Moéma avait tout de suite apprécié sa bonhomie. Prévenue en sa faveur par Nelson, elle transforma cette estime préalable en une sincère admiration. Ce fut grâce à lui, surtout, qu'elle put mettre un nom sur ce qui bouleversait son être. Avec des mots simples, et sans se départir d'une douceur plus éloquente que ne l'eût été la manifestation de sa révolte, il souleva le voile des favelas. Cette marge dont elle regrettait l'existence, ce monde noir, indigne, avait pris toute son ampleur, s'était incrusté dans la matière du réel jusqu'à désagréger sa bonne conscience d'autrefois. Ce que Nelson lui montrait, par sa seule existence de petit mendiant, Zé l'avait multiplié par de tels nombres qu'elle s'était sentie en minorité dans sa propre ville. Rien qu'à Fortaleza, les bidonvilles abritaient plus de huit cent mille habitants voués au sable, à l'insalubre précarité des dunes. Condamnés à l'enfer bleu azur des tropiques, irradiés de misère, ces bas-fonds propageaient le malheur avec une énergie sans cesse renouvelée : les bordels d'enfants, l'inceste, les maladies endémiques – celles-là mêmes qu'on se vantait ailleurs d'avoir éradiquées ! –, la faim qui poussait à becqueter les rats ou à mâcher la terre sèche des ornières, les privations inconcevables pour acquérir le lot de tuiles nécessaire à la simple survie d'une famille : *Avec un toit*, lui avait appris l'oncle Zé, *il faut une procédure de six mois pour raser une habitation illégale, sans toit, il suffit d'envoyer un bulldozer.* Ces engins-là venaient sans prévenir, comme une colique ou une crampe à l'estomac, ils avalaient tout sur leur passage pour rendre la dune aux promoteurs et leur permettre de continuer l'immense barrière de béton qu'ils édifiaient sur le rivage. Un murmure, une protestation ? On tirait sur la foule avec la même indifférence que sur une volée de moineaux. Comme si cela ne suffisait pas, il y avait aussi les rixes continuelles entre miséreux, l'alcool, l'héroïne, les morts enterrés assis – des fois, on butait sur leur tête en allant pisser ! –, les fous innombrables, le papier hygiénique sur lequel les voyous qui s'improvisaient propriétaires de votre taudis griffonnaient une quittance de loyer, les nourrissons vendus aux rupins, à toutes les bonnes âmes en mal de progéniture, la plage des harponneurs où l'on baissait culotte devant tout le monde pour faire ses besoins, les enfants, garçons et filles, nus jusqu'à l'âge de huit ans, qui s'éteignaient soudain, le ventre creux, après de vaines prouesses de yogis… quatre-vingt-dix millions de mal blanchis sans acte de naissance ni carte d'identité, plus de la moitié de la population brésilienne réduite aux dernières extrémités.

— … Même pas des esclaves, à peine des hommes, mais toujours des hommes… C'est ça, le Brésil, princesse. Pas ce que tu vois de ta fenêtre.

— La dernière fois qu'ils ont envoyé les bulls, rajoutait Nelson, on a tous cru qu'ils venaient pour ramasser les ordures. Mais les ordures, c'était nous, tu comprends ?

Ce qu'elle avait tenu pour le comble du dénuement chez les pêcheurs de Canoa lui apparut soudain comme un état enviable, un luxe inaccessible.

Un semblant de résistance, toutefois, se dessinait. Grâce au travail de quelques illuminés – des saints, princesse, de vrais saints ! – qui s'étaient établis au cœur de la favela et partageaient la misère de ses habitants, des postes de secours s'implantaient vaille que vaille, des embryons de dispensaires où l'on pouvait consulter gratuitement, se réunir, parler. Des associations comme le Trou du Ciel, Notre-Dame des Grâces ou la Communauté de la Goyave prenaient en charge l'alphabétisation des enfants, distribuaient de la nourriture aux dix familles de Nordestins qui arrivaient chaque jour sur la dune, poussés à l'exil par la sécheresse du Sertão ou la rapacité des propriétaires terriens. On les aidait à construire des abris de fortune pour occuper le sol. Peu à peu, les gens de Pirambú redécouvraient la solidarité, la force de l'union. Des âmes charitables donnaient des vivres, des médicaments, de grands plastiques d'emballage destinés à l'isolation des toits ou, tendus entre quatre perches, à fabriquer les murs d'une énième cabane. Dans la favela de Cuatro-Varas, justement, il y avait un conseil général, le premier du genre ; un petit groupe élu qui réglait les problèmes internes et défendait les intérêts du bidonville auprès des pouvoirs publics. Tout cela n'était pas grand-chose, mais avait l'immense mérite d'exister.

— C'est lui qui m'a construit la maison. Et des fois, il fauche des tuiles dans les camions, au dépôt. Comme ça, pour les autres... Il donne même la pièce à Manoelzinho pour qu'il me remplisse la citerne tous les jours !

Gêné, l'oncle Zé fit signe à Nelson de se taire et changea de sujet. C'était pourtant la vérité. Parmi les insensés que le destin du monde ne laissait pas indifférents, il y avait ceux qui s'engageaient d'une façon ou d'une autre pour essayer de transformer les choses, et ceux qui se contentaient de les modifier autour d'eux, par petits bouts, à leur façon. Les deux attitudes étaient probablement complémentaires, Moéma s'en rendait compte à présent ; elle n'avait adopté ni la première ni la seconde, et cela aussi, il faudrait se le faire pardonner un jour. Ces Indiens dont elle dénonçait le génocide avec tant de complaisance, qu'avait-elle fait pour eux, sinon les prendre pour prétexte de son propre mal-être et de ses jérémiades ? Y avait-il une chose, une seule, qu'elle puisse porter à son actif pour mériter le droit à la parole, pour en user avec un minimum de décence ?

— C'est pas Dieu possible, disait l'oncle Zé, on est rendu à l'an 2000, et les trois quarts des hommes en sont encore à crever la dalle ! Ça sert à quoi, dis-moi, l'an 2000 ? Tout ça va mal tourner, petite, plus mal encore que ce qu'ils croient. On n'avance pas d'un poil, pas d'un seul. Alors, c'est obligé que ça finisse en eau de boudin...

Ce n'étaient plus seulement les Yanomami ou les Kadiwéu, mais l'innombrable tribu des miséreux qui hurlait sa révolte dans la conscience fautive de Moéma. Sa tâche devenait évidente ; il fallait sauvegarder ce qui restait d'humain en nous et sur la terre, coûte que coûte, pour qu'un vrai monde soit permis, pour que personne ne nous méprise un jour de n'avoir rien fait au moment où tout était encore possible.

— Même le père Leonardo s'est fait virer... Un Franciscain, pourtant, un vrai. Ce con de pape – excuse-moi, princesse –, on devrait lui arracher les couilles pour avoir fait ça ! C'est criminel... Y a des milliers, des millions de gens qui sont morts à cause de lui !

Moéma n'en finissait pas d'ouvrir les yeux, elle se sentait coupable de non-amour, de négligence criminelle. Mais l'oncle Zé l'avait gentiment secouée pour cette complaisance à l'autoflagellation :

— Quand tu casses un verre, princesse, tu as beau en recoller les morceaux, ça reste un verre cassé. Le mieux c'est d'en acheter un autre, si tu vois ce que je veux dire...

Elle voyait. Réparer sa vie, son illusion de vivre, c'était fonder quelque chose de nouveau, changer du tout au tout sa façon d'être avec les autres. Comment ? Ce n'était pas encore très clair dans sa tête, mais cela passait par un retour chez son père, à la maison. Ensuite, elle reviendrait proposer ses services, dans cette favela ou dans une autre, travaillerait pour la FUNAI auprès des Indiens, dans la réserve du Xingu. Les ONG, l'UNESCO, l'ONU, peut-être ? *C'est fou ce qu'ils peuvent nous envoyer comme merdes... des chaussures dépareillées, des ours en peluche, des lunettes qui ont vu le Christ marcher sur l'eau... Tout ce qui leur sert plus ! Pourquoi que ça devrait nous servir à nous, hein ? Et quand c'est du fric, on voit le chèque que sur les journaux...* Mais il y avait mille façons de se rendre utile. Et elle pensait : « de se faire pardonner », sans s'apercevoir qu'il fallait tout d'abord qu'elle se pardonne à elle-même, que ses bonnes résolutions n'auraient jamais d'effet, ni même de sens en dehors de cette nécessaire priorité.

D'avoir endossé l'uniforme prestigieux des combattants humanitaires la rédimait déjà. Son enthousiasme s'exaspéra. Des expressions comme « prendre un nouveau départ » ou « recommencer à zéro » lui trottaient dans la tête avec autant d'obstination que la conscience lancinante de sa responsabilité. Lorsque Zé lui parla de la fête de Yemanjá et de ses difficultés pour trouver une jeune fille qui fût digne de représenter la déesse, Moéma offrit aussitôt son concours. L'oncle Zé lui expliqua ce à quoi elle s'engageait et lui donna rendez-vous pour le surlendemain, au *terreiro* de Mata Escura.

Quand l'oncle Zé eut ramené Moéma dans le centre-ville, Nelson se rencogna dans son hamac. Il aurait dû profiter du camion pour aller mendier sur le front de mer, mais le départ de sa princesse l'avait pris au dépourvu : « J'suis comme un loup-garou à la pleine lune, se disait-il, désorienté, j'marche plus en moi-même… » Tout dans sa cabane lui rappelait le séjour de la jeune fille, d'infimes modifications, quelques objets qu'il s'était bien gardé de déplacer afin de prolonger l'enchantement de sa présence. Fronçant les sourcils, les yeux tournés vers le haut, il essaya de récapituler son bonheur passé, visualisa deux ou trois scènes plus précises ; l'ensemble de ces journées tint en définitive dans le seul sentiment que le monde s'était brièvement éclairé, et que maintenant il faisait noir. C'était pas possible que sa mémoire lui joue des tours à ce point, pas pour ça, quand même ! Il se tortilla au fond de la toile, changea de place. Et comment y ferait, hein ! si la police se pointait pour l'interroger ? Pourrait pas se contenter de leur cracher les quatre merdes qui lui restaient dans la tronche : y faisait jour, et y fait noir… Le flic lui filerait tout de suite une mornifle, c'était sûr. Et puis une autre, tout de suite après, pour lui remettre les idées en place.

— Alors, ça t'a rallumé l'ampoule, nabot ? T'y vois un peu plus clair, maintenant ? Qu'est-ce qu'elle foutait chez toi, une gonzesse pareille ?

— J'suis allé voir passer le train, et elle était là qui se battait contre personne. Ça se voyait qu'on lui avait fait du mal.

— À quoi tu as vu ça ?

— Elle avait plus rien sur elle, et puis elle pleurait. Elle était comme folle…

— Et toi, bien sûr, tu as essayé de la niquer…

— J'vous jure que non, commandant. Pour moi, c'était comme si elle avait une robe de satin bleu avec des volants… Une fille de roi, belle à en tomber sur le cul… Pour rien au monde, je l'aurais touchée ! Elle allait pas bien, pas bien du tout… Alors, je l'ai ramenée chez moi, pour la protéger du dragon…

Vlan ! Une autre baffe. Celle-là non plus, il l'aurait pas volée… Y pourrait pas comprendre, ce putain de flic, qu'elle sortait d'un *cordel*, qu'elle était la princesse du Royaume-où-personne-ne-va. Et en même temps, il était pas fou, y savait bien aussi que c'était pas elle. Mais qu'elle soit de Pirambú, ça lui avait jamais traversé l'esprit : on voyait bien, même toute nue comme elle était, qu'elle faisait partie de la *soçaite*, du gratin…

— Quelle heure il était ?

— J'sais plus… Trois, quatre heures du matin… Je pouvais pas la laisser comme ça… En tout cas, je l'ai pas touchée, même pas regardée… J'y ai mis mes seules affaires en dehors de celles que j'ai sur le dos, ma tenue de buteur, avec le numéro de Zico ! Et dès qu'il a fait jour, j'suis parti en ville pour lui acheter ce qu'il y a de mieux. Jamais j'ai dépensé autant de toute ma vie, commandant ! Le T-shirt, je l'ai eu pour presque rien, à la *Légion d'Assistance contre la Diarrhée Infantile*, mais le short, la serviette… *Puxa !* Y avait même un savon parfumé à la rose. Phebo de luxe, fabriqué par le système anglais, la plus fameuse spécialité de l'industrie nationale. Préféré par les personnes de goût, y avait écrit sur le papier, il enveloppe le corps d'une auréole distinguée. Auréole, commandant, j'ai pas pu l'inventer un truc pareil ! Exigé par le Monde Élégant, j'vous mens pas !

Pris d'une inspiration soudaine, Nelson alla chercher le savon et revint dans le nid propice du hamac. Le nez sur le pain transparent et la serviette dont s'était servie Moéma, il se pressa de retourner à son évocation.

— Ça me reviendra mieux, je vous assure...

— Qu'est-ce que tu as fait ensuite ?

— Je l'ai soignée comme j'ai pu, et je l'ai regardée dormir. Quand elle s'est réveillée, je lui ai montré l'endroit pour se laver. Je lui ai dit qu'il fallait qu'elle se passe de la pommade sur ses bleus, que si je l'avais pas fait, c'était pour la respecter, enfin, vous comprenez... Y avait pas moyen de lui sortir un mot. Elle regardait à travers moi, comme si j'étais une vitrine ou un pare-brise. Là, j'ai vu qu'elle avait l'*encosto*. Elle était possédée, malade... J'ai même cru qu'elle avait jamais parlé de sa vie... Alors j'ai parlé pour deux. J'faisais les questions et les réponses, et puis je lui ai raconté toutes les histoires que j'avais promis... Pasque c'est ça, j'suis sûr, qui l'avait décidée à venir. Comment tu t'appelles, princesse ? D'où est-ce que c'est ton royaume ? et des choses comme ça... Elle ouvrait les yeux, et puis elle se rendormait. Ils avaient dû être plusieurs à passer sur elle...

— Ah ouais ? Et pourquoi tu as pas prévenu la police ?

— Sauf votre respect, commandant, les policiers, moins on les voit, mieux on se porte, comme on dit. De toute façon, y seraient pas venus : c'est des enculés... (Cette fois, y baisserait la tête juste au bon moment, et la baffe passerait au-dessus !) J'ai fait téléphoner à l'oncle Zé, d'une cabine. C'était même une chance qu'y soit au dépôt. Je pourrai passer que demain soir, qu'il avait dit, j'ai une livraison pour João Pessoa. Occupe-toi bien d'elle, en attendant... Alors j'suis revenu dare-dare à la maison, par-derrière, pasque c'est plus court. Et là, j'ai vu qu'elle était à se laver : y avait son bras qui dépassait pour prendre l'eau dans le bidon... À travers les palettes, on voit un peu ce qui se passe, si on regarde...

— Tu t'es rincé l'œil, *viado* !

— C'est pas vrai, m'sieur. C'était pas pareil que la première fois... Je la voyais et je la voyais pas... J'sais pas vous expliquer. Elle arrêtait pas de s'astiquer, faisait pas attention à aut'chose... Mais je voyais que des bouts, et je pouvais pas rentrer, à cause du rideau. J'voulais pas qu'elle croie que je l'avais regardée...

— Mais tu bandais quand même, hein, mon cochon ?

Alors là, il sortait son cran d'arrêt, et il le perçait, ce con de flic, dans le bide, de bas en haut ! C'était pas possible de laisser dire des choses pareilles... Pour être honnête, ça lui avait fait des choses de la voir comme ça. Mais pas comme pour l'avion de la VASP. Il s'était senti un homme, comment dire, un homme qui se maîtrise... Zé lui avait dit que ça lui était arrivé, une fois, devant la statue de la Vierge. Eh ben, c'était un truc de ce genre. Du sentiment, quoi... Et merde ! Ça l'empêchait de penser, les intestins du flic dans le hamac... Ce putain de mort prenait toute la place... Fallait le remettre debout, avec le couteau dans le ventre, comme si de rien n'était...

— Admettons... Y a bien un moment où elle a fini de se laver, ta Madone, non ?

— Oui, mais j'ai attendu encore. Pas mal de temps même, pour la laisser s'habiller, et pas faire celui qui faisait semblant de rien... Enfin, j'me comprends. Quand je suis rentré, elle s'était recouchée. C'était tout pareil, sauf qu'elle sentait bon, *meu Deus* ! Le bébé tout propre, l'arnica... Mais ça la tenait toujours, elle me voyait pas... Alors, je lui ai parlé encore et encore, jusqu'au soir... Et puis voilà que tout d'un coup elle me répond : Moéma... C'était encore mieux qu'Alzira ou Theodora. Elle se souvenait de presque rien. Moi, j'y ai raconté ce que je savais, comment j'l'avais trouvée, et pis ce que je vous ai dit. Mais elle, c'était bloqué. Elle voulait juste

745

rester là. Elle avait peur de sortir, peur qu'on la trouve... Une bête mal fichue, qu'on aurait dit. Voulait que je raconte... Alors, j'ai raconté. Tout, mon père qu'était mort converti en rail, les économies pour le fauteuil, j'y ai même montré l'endroit, pour qu'elle sache que j'avais confiance...

— Et le pistolet ? Tu lui as parlé du pistolet ?

Y pouvait pas savoir ça, ce gros lard... C'était idiot. De toute façon, l'histoire du pistolet, il l'avait gardée pour lui. Qu'est-ce qu'elle aurait pu penser, hein ? C'était pas bien de lui avoir caché ça, mais il voulait surtout pas l'effrayer...

— Bon... Et une fois que tu as fini de lui raconter ta vie ?

— Après, y a eu l'oncle Zé. C'est lui qui a tout fait... Je veux dire, il est un peu *païe de santo*, il sait y faire avec les esprits. Il lui a parlé de Pirambú, d'un tas de choses sur nous tous, les *faveleros*. Et j'sais pas comment, mais il lui a levé le mal. Elle arrêtait pas de dire qu'elle reviendrait, qu'elle avait trouvé quoi faire de sa vie. Zé, je le connais, il y croyait pas trop, sans doute que c'était bon pour elle, pasqu'il lui disait pas le contraire, moi, je suis certain qu'elle mentait pas. Et puis voilà... Il est revenu la chercher ce matin. En partant, elle a dit qu'elle me rapporterait les fringues que je lui ai achetées. Pour moi, c'était un cadeau, mais j'ai rien dit, pour être sûr qu'elle revienne...

Un bruit de haut-parleur désintégra la baudruche de ses souvenirs : ils avaient quand même pas décidé de tout raser aujourd'hui ! Nelson se précipita aux nouvelles, ce n'était qu'un agent électoral, mégaphone à la main, qui venait vendre sa pacotille. Sachant qu'il y avait toujours des largesses à la clef, les gens se pressaient autour de la camionnette.

— Qui a fait construire l'abribus de Goiavera ? disait le type, avec les joues toutes mangées par la variole. Edson Barbosa Junior ! Qui se bat depuis quatre ans pour installer le tout-à-l'égout à Pirambú ? Edson Barbosa Junior ! Qui a permis la construction du Centre de Santé pour Tous ? Edson Barbosa Junior ! Qui est-ce qui a parlé au pape de votre situation, et en tête à tête, s'il vous plaît ? C'est encore Edson Barbosa Junior ! Les autres candidats promettent n'importe quoi, mais ils ne font rien. Seul le gouverneur Barbosa s'est décarcassé pour améliorer votre vie à tous ! Et ce coup-ci, il a une grande, très grande nouvelle à vous annoncer : si vous voulez savoir laquelle, venez tous au grand meeting qui aura lieu demain sur la plage du Futur ! Je vous certifie que vous ne serez pas déçus ! Tous ceux qui porteront une de ces casquettes ou un de ces magnifiques T-shirts auront droit en plus à un panier alimentaire ! C'est ça, Edson Barbosa Junior ! La générosité à l'état pur ! Votez pour lui ou faites voter pour lui, et ces paniers se multiplieront ! Vous ne saurez plus quoi en faire, tellement il y en aura ! Venez tous au meeting de Edson Barbosa Junior, pour la fête de Yemanjá, la patronne de Pirambú ! Même le gouverneur du Maranhão s'est déplacé ! Vous vous rendez compte, un peu ? L'excellentissime José Moreira da Rocha sera présent pour soutenir votre candidat ! L'industriel José Moreira da Rocha, le milliardaire qui parle à notre bien-aimé président comme je vous parle ! Celui qu'on a surnommé « le Bienfaiteur », parce qu'il a supprimé les favelas de São Luís ! C'est pas des bobards ! Allez voir là-bas, si vous voulez : plus un bidonville, plus une cabane ! Que Dieu me fasse crever du choléra, si je vous baratine ! Tous les pauvres ont été relogés dans des pavillons en dur, chacun a un salaire, tout le monde mange à sa faim ! Et c'est cet homme-là qui vient conseiller notre gouverneur, pour faire la même chose à Fortaleza ! José Moreira da Rocha et Edson Barbosa Junior, sur la plage du Futur, de votre futur, mes amis ! Pas plus tard que demain...

Nelson n'essaya même pas de récupérer une casquette dans la cohue qui s'était faite autour du bonimenteur. Il s'était réfugié dans sa cahute, tremblant d'émotion. Moreira da Rocha... L'almanach n'avait pas menti... *Laudato seja Deus !* La roue de son destin venait de s'engrener comme un rouage de boîte de vitesse. Une joie terrible le grisa, c'était comme une chaudière qui ronflait dans sa tête, tandis qu'il essayait de se calmer en lacérant les photos du gouverneur.

— Sous prétexte que les communistes se sont cassé la gueule en URSS, avait dit l'oncle Zé pas plus tard qu'hier, il faudrait cracher sur le marxisme, rejeter la lutte contre l'oppression, l'espoir du Grand Jour ? Non, princesse, ça arrangeait trop de monde, cette histoire. C'était pas net du tout. Ils se pavanent aujourd'hui, mais ils ont développé que le sous-développement, si tu veux mon avis. Même l'aide aux pays du tiers-monde, tu sais comment ça marche ? On prend du fric aux pauvres des pays riches pour le donner aux riches des pays pauvres... Ça tourne en rond... Je suis pas communiste, mais la seule politique pour une mouche, c'est de sortir de son piège à mouches, on m'ôtera pas ça de l'idée...

J'suis pas communiste non plus, se disait Nelson, j'suis pas grand-chose... J'suis rien, même pas une mouche... J'suis qu'un cafard. Mais je vais leur montrer comment qu'il se débrouille, le cafard ! Comment qu'il fait pour sortir de sa boîte à glu !

Les paroles de la seule chanson jamais composée par Lampião lui revenaient : *Olé, Mulher Rendeira, olé Mulher renda ! Tu me ensinas a fazer renda, que eu te ensino a namorar...*

La plage du Futur ? Pour sûr, qu'il y serait !

Chapitre XXIX

*Qui fait voir comment Kircher accouche le jeune
Don Luis Camacho de quelques vérités essentielles
dont il était savant quoique sans le savoir.*

— Je ne saurais mieux commencer, continua Kircher après un court instant de concentration, qu'en vous posant une question très simple : quelle est, selon vous, la tâche d'un professeur ? Essayez de répondre avec innocence, & sans faire usage d'autre faculté que le sens commun…

— Je ne crois pas me tromper, répondit avec sérieux Don Luis Camacho, en affirmant que sa tâche consiste à enseigner. N'est-ce pas cela, en effet ?

— Fort bien ; mais à enseigner quoi ?

— Un savoir quelconque… ou, du moins, celui qu'il est censé maîtriser.

— Certes. Et je ne pense pas qu'on puisse nous reprocher jusqu'ici la moindre erreur. Cependant, il y a mille & un savoirs dont vous accorderez, j'imagine, qu'ils ne sont point tous de même importance. Tel homme connaît l'art de fabriquer les miroirs, tel autre celui de tailler un bel habit ou de concocter un remède souverain contre la goutte… Desquels diriez-vous qu'ils sont essentiels au disciple pour accéder à la connaissance ?

— Pour qui veut apprendre un métier, celui d'apothicaire, de tailleur ou de lunetier, chacun de ces savoirs est essentiel. Mais pour qui veut s'élever à une connaissance universelle des choses & posséder, pour ainsi dire, la source d'où procèdent ces fleuves & leurs innombrables affluents, il est clair qu'il devra apprendre les sciences...

— Bien raisonné, Don Luis ! Mais qu'entendrons-nous par « sciences » ? Parleriez-vous, par hasard, de l'alchimie, de la magie ou de l'art de prédire le futur ?

— Évidemment, non. J'ai en vue les sciences certaines, celles que l'on peut vérifier par expérience ou par raison, & dont nul ne saurait douter, comme les mathématiques, la logique, la physique, la mécanique...

— Hé ! oui, absolument. Cependant, il faudrait aussi préciser ce que signifie « vérifier par expérience & par raison », & cela pour ne point donner prise à la critique.

— C'est retourner de l'effet vers la cause, afin de connaître les vrais principes en œuvre dans l'univers. Je ne fais que répéter ce que j'ai entendu dire, mais il me semble que cela est juste.

— Tout à fait juste, mon enfant ! On ne pourrait donner, mieux que vous ne l'avez fait, meilleure définition de la science. Dieu, tirant le monde du chaos, a créé par là même les principes nécessaires qui maintiennent cet univers & règlent harmonieusement son cours. Ainsi, ce professeur ne sera-t-il point fautif s'il s'arrête en chemin, sans remonter à l'origine céleste des principes ? Ne devra-t-il point s'appliquer, au contraire, à démontrer comment les lois de la physique, comme celles des autres sciences, reposent en définitive sur la seule volonté du Créateur ?

— Effectivement...

— Et qui donc nous apprend cette vérité sacrée, plus essentielle que toutes les autres ? Sont-ce les mahométans, les bonzes ou les brahmanes de la Chine ?

— Certes, non ! Car ce sont la Bible & les Évangiles qui contiennent seuls la parole de Dieu, l'Église, en ce qu'elle est le principal soutien de la religion chrétienne, & ses théologiens, lesquels sont mieux armés que quiconque pour en comprendre les mystères...

— Eh bien, mon enfant, vous ne pouviez déterminer avec plus de rectitude la tâche d'un professeur : un maître digne de ce nom n'est pas seulement quelqu'un qui enseigne les vraies sciences à ses disciples, il doit aussi les instruire de la vraie religion, laquelle est au fondement même des lois & des principes naturels. Imaginons que vous soyez un de nos missionnaires. Vous voici donc à Pékin, chargé de pratiquer & d'inculquer cette vraie science qu'est l'astronomie. Mais voici qu'un Chinois de vos disciples se trompe dans la prédiction d'une éclipse de Lune... Que devrez-vous donc lui enseigner ?

— La manière correcte d'exercer l'astronomie ; soit les lois qui régissent les mouvements des planètes & permettent d'en supputer la course.

— Fort bien. Mais cela suffit-il ? Votre élève ne se trompera-t-il point si, prédisant ensuite avec justesse une nouvelle éclipse, il attribue la cause ultime de ce phénomène à quelque pouvoir occulte du dieu Fo-hi ?

— Évidemment. Il m'appartiendra de lui faire reconnaître qu'il se trouve dans l'erreur en sa croyance à un faux dieu, comme il l'était dans sa fausse astronomie.

— Très bien. Et comment procéder, sinon en utilisant la même règle de retour à l'origine, aux principes premiers de toutes choses ? Car ce qui vaut pour les sciences, vaut également pour la théologie.

Comment ferez-vous, par conséquent, pour lui faire apercevoir son égarement ?

— Il me semble que je remonterais le temps & l'histoire des hommes pour me placer à l'époque de la création du monde, afin de lui montrer par évidences successives que son dieu Fo-hi est une invention postérieure & qu'il n'a jamais eu d'existence que dans la fantaisie des ignorants.

— Certes. Mais parlons-nous ici de l'histoire telle que la concevaient Hérodote ou Pausanias, c'est-à-dire de récits véridiques, mais somme toute assez récents ? Non. Ce qu'il nous faut, vous l'apercevez, c'est un savoir des origines, ou pour le dire en grec, une « archéologie » ! Et cette science des principes, à qui ou à quoi nous adresserons-nous pour l'acquérir ?

— À la Sainte Bible, & plus particulièrement au chapitre de la Genèse qui traite de ces questions...

— Parfaitement. Mais il nous faut continuer encore & demander quels sont, dans la Genèse, les moments cruciaux, ceux qui donnent le branle à tout le reste ?

Don Luis Camacho se concentra longuement, tout en comptant sur ses doigts les jalons qui revenaient à sa mémoire.

— Ils sont cinq, reprit-il avec l'assurance de son jeune âge, la création de l'homme par Dieu, le péché originel, le meurtre d'Abel par Caïn, le déluge universel & la confusion des langues après la chute de la tour de Babel...

— Bravo, mon enfant ! Votre réponse est digne du plus éminent théologien. Cela dit, parmi ces moments originels, n'en distinguez-vous point que nous puissions établir avec toutes les marques de la certitude, savoir avec le même degré d'assurance qui nous fait accroire les récits d'Hérodote, dès lors que nous apercevons aujourd'hui encore ces animaux ou ces monuments qu'il décrivait quatre cent quarante-cinq années par-devant la naissance de Notre Seigneur ?

— Non, je l'avoue. Mon esprit s'embrouille soudain, &...

Le joli visage de Don Luis Camacho s'empourpra, exprimant le trouble dans lequel son impuissance l'avait jeté.

Kircher se leva pour fureter dans la galerie où nous nous trouvions. Il revint vers nous, chargé de divers objets qu'il déposa sur la table.

— Voici, dit mon maître en présentant à Don Luis Camacho le choix qu'il avait fait dans ses collections, voici quelques pièces qui devraient vous aider à résoudre le problème posé précédemment. Ces poissons & coquilles de pierre ne semblent-ils pas sculptés en creux par un artiste magnifiquement habile à représenter ce genre de créature ?

— Certes ! répondit l'enfant avec admiration, je n'en ai jamais vu d'aussi parfaitement imités !

— Et pour cause ! continua Kircher en souriant, car ce sont là de vrais animaux marins que m'ont rapportés divers missionnaires de mes amis. Ils ont été trouvés, pris dans la roche, au sommet de quelques-unes parmi les plus hautes montagnes de la terre ; en Asie, en Afrique & aux Amériques. Comment expliquez-vous leur présence si loin de leur élément accoutumé ?

— Je ne sais... Il faut qu'on les y ait portés pour quelque raison... ou que la mer, à une époque très ancienne, eût été bien haute, & que... Mon Dieu, j'ai deviné, je crois ! S'agirait-il du déluge ? !

— À la bonne heure ! Ne vous avais-je point prédit que vous trouveriez par vous-même, sous la condition de posséder une matière propice à faire jouer à plein votre intellect ? Le déluge, en effet. Car il n'est point possible d'expliquer autrement la présence sur les cimes de si nombreuses bêtes aquatiques. Il y a là une relation évidente de cause à conséquence, laquelle vérifie le texte de la Bible, mais aussi tous les écrits postérieurs qui ont gardé mémoire de ce terrible cataclysme. Je songe, bien sûr, à Platon qui nous décrit dans ses dialogues du *Critias* & du *Timée* l'engloutissement de l'Atlantide, mais aussi à quantité de traditions qui racontent ce même déluge, quoiqu'en le déformant. Les brahmanes, aux dires du père Roth, l'attestent en leurs rituels, & les prêtres de Zoroastre ne font pas autrement au royaume de Perse ; le père Walter Sonnenberg, qui est à Manille, le dit de toutes les peuplades des archipels de l'Asie ; saint François Xavier, des nègres de Malacca ; Valentin Stansel, des Toupinambous du Brésil ; Alejandro Fabiàn, des Mexicains ; Lejeune & Sagard, des Hurons du Canada... Car Dieu a voulu que tous ces peuples, du fond même de leur idolâtrie, gardent mémoire du châtiment jadis infligé aux hommes pour leur désobéissance. Ces preuves sont largement suffisantes, mais quand bien même elles ne suffiraient point, voici quelque chose qui emporterait l'adhésion du plus forcené des incrédules...

Ouvrant un coffret précieux & défaisant avec des précautions infinies l'étoffe qui le protégeait, Kircher exhiba un bois très ancien.

— Ce morceau de cèdre, à première vue si peu intéressant, le père Boym l'a prélevé, lors de son voyage d'Arménie, d'une fort ancienne épave découverte par lui tout en haut d'une montagne nommée Ararat par les peuples de ce pays-là...

— Le mont Ararat ? ! Voudriez-vous insinuer qu'il s'agit là...

— D'un véritable morceau de l'arche de Noé... oui, mon enfant ! Cette arche qui fut le miracle du monde, le condensé du cosmos, le séminaire de toute la nature vivante & sentante, l'asile d'un monde sur le point de périr & l'heureux auspice d'un monde qui renaît. Souvenez-vous ! Sa longueur était dix fois celle de sa profondeur, rapports de proportions qui sont exactement ceux d'un corps humain aux bras étendus, ou pour mieux dire, d'un crucifié ! Le bois de l'arche est comparable à celui de la croix : pour Noé comme pour le Christ, il fut l'instrument du salut, de la rédemption offerte au genre humain... Et cette arche hors de laquelle il n'y a point de salut, c'est l'Église ! Ballottée comme une nef fragile dans la tourmente des siècles & des hérésies, chargée d'hommes qui ont en vérité la férocité des lions, la gloutonnerie des loups, l'astuce des renards, qui sont luxurieux comme des porcs & irascibles comme les chiens, l'Église résiste au déluge des passions & demeure, grâce à Dieu, libre, intacte & invincible...

— Magnifique, c'est réellement magnifique ! s'écria le père Nithard. Que vous en semble, Votre Altesse ?

La reine mère, dont je ne parvins pas à savoir si elle comprenait assez le latin pour saisir toutes les finesses de cette argumentation, approuva en hochant gravement de la tête.

— Je poursuis donc... Si nous prouvons, comme je viens de le faire, la réalité du déluge, savoir que la totalité des terres fut effectivement submergée & que l'humanité disparut corps & biens durant une année, à l'exception de Noé & de sa famille, ne faudra-t-il point considérer que l'histoire du monde recommence véritablement à partir de cet instant, c'est-à-dire, selon mes calculs, en l'an 1657 de la création, soit l'année 2396 par-devant la naissance de Notre Seigneur ?

— Il me semble bien...

— Ce même raisonnement, nous pouvons le tenir à partir des ruines de Babel, dont voici un moellon que le sieur Pietro della Valle me rapporta en témoignage de sa découverte... Prouver que la tour de Babel a véritablement existé, c'est aussi démontrer la vérité des textes bibliques pour ce qui précède & ce qui suit ! Plus que nulle autre science, c'est l'archéologie qui changera la face du monde en restaurant l'unité perdue, le paradis originel ! Voici ce que j'ai compris, la nuit dernière, alors que je me trouvais plongé dans le doute le plus affreux...

— Excusez mon intrusion, osa le père Nithard, mais comment ferez-vous pour démontrer la réalité de Babel aussi certainement que celle du déluge ? Car une simple pierre, aussi avérée fût-elle, ne suffira point, vous le savez, à persuader les incrédules...

— Certes, non, & je salue votre perspicacité. Mais si, partant de l'actuelle diversité des langues & de leur multiplicité prodigieuse – j'en ai recensé mille soixante-dix différentes ! –, si donc j'arrivais à montrer qu'elles dérivent toutes de cinq racines infusées par les anges après la destruction de la tour, soit l'hébreu, le grec, le latin, l'allemand & l'illirien, lesquelles dérivent elles-mêmes de ce langage adamique que parlaient encore Noé & ses descendants, n'aurais-je point montré la vérité historique de la confusion des langues ? Et par cette déduction que les hommes se trouvèrent séparés en familles à cause de l'impossibilité soudaine de se comprendre, n'aurais-je point démontré aussi la dispersion des peuples qui s'ensuivit, laquelle favorisa dans les consciences l'abâtardissement de Dieu & de la Bible ?

— Qui en saurait douter, mon révérend ? !

— En conséquence de quoi, & pour asseoir sur des fondements solides les chapitres historiques de mon livre sur la Chine, j'ai décidé d'occuper mes derniers jours à deux ouvrages d'archéologie sacrée qui fermeront la bouche aux plus obstinés des idolâtres : l'un consacré à l'arche de Noé, l'autre à la tour de Babel. Ces livres seront comme les pierres de touche de toute mon œuvre... – Kircher se tourna vers la reine Marie-Anne d'Autriche – & si Votre Altesse veut bien m'accorder cette insigne faveur, ils seront dédiés au roi, votre fils.

Au nom de son fils, la reine mère se déclara honorée de cet hommage. Elle en remercia mon maître avec chaleur & promit de commanditer l'édition desdits ouvrages. Kircher félicita vivement Don Luis Camacho pour l'excellence de sa dialectique. En témoignage de leur dialogue, il lui offrit l'un des poissons fossiles dont il avait su apprécier la valeur & enjoignit à l'enfant de s'appliquer à l'étude de la nature.

En cette fin de mois d'octobre, les épreuves de *la Chine Illustrée* affluèrent à un rythme soutenu. Kircher y vouait ses journées, tout en préparant les matériaux destinés à *l'Arche de Noé* & à *la Tour de Babel*. Je ne le vis jamais prendre autant de plaisir à la conception de ses ouvrages & ne me trompai point en augurant de celui qu'ils offriraient aux lecteurs quelques années plus tard.

L'année suivante fut remarquable à bien des égards ; au moment même où *La Chine Illustrée,* enfin sortie des presses, circulait de mains en mains, provoquant un concert sans faille de louanges, Alexandre VII, notre Saint-Père, rendit son âme à Dieu avec un renoncement & une obéissance dignes d'éloges. Grande fut l'affliction de sa famille, & en particulier du cardinal Orlando Chigi, son frère bien-aimé. Je me souviens des belles paroles de consolation que mon maître lui adressa en cette pénible circonstance : « *Vous avez fait une grande perte, écrivait-il, je l'avoue, & l'Église plus encore, mais quel droit aviez-vous d'espérer que vous ne la feriez jamais ? J'ai ouï parler de plusieurs personnes qui avaient reçu du Ciel des dons extraordinaires ; cependant, vous ne pouvez pas dire que Dieu leur ait donné celui de ne pas mourir. Je vous supplie, Monseigneur, de vous mettre devant les yeux toutes les familles que vous connaissez, vous n'en trouverez pas une seule où vous n'ayez*

vu couler des larmes pour le sujet qui cause les vôtres.
Il y a des sondes pour les abîmes de la mer, il n'y en a
point pour les secrets de Dieu, ne les examinez pas ;
recevez avec vénération ce qui vous en est arrivé, &
vous calmerez le trouble de votre esprit. Je ne vous dis
rien que vous ne sachiez mieux que moi, mais les mar-
ques d'estime que vous m'avez toujours données
m'obligent de contribuer au soulagement de votre dou-
leur, & de vous témoigner avec quel zèle & quelle
reconnaissance je suis, etc. »

Le 20 juin 1667, Son Éminence le cardinal Jules
Rospigliosi fut élu par le conclave sous le nom de
Clément IX. Mais son âge avancé fit redouter qu'il ne
restât bien longtemps sur le trône de saint Pierre.

Outre *la Chine Illustrée* – livre auquel mon maître
avait adjoint le premier dictionnaire latin et chinois
qui fût jamais paru en Occident, & dont la lecture
fut d'un grand secours à ceux de nos pères qui pré-
paraient un séjour à la Chine – Kircher soumit aux
lettrés un *Magneticum Naturæ Regnum* fort extraordinaire malgré sa concision. Il y avait rassemblé à
des fins pédagogiques toutes les expériences possibles concernant l'attraction des choses entre elles, si
bien que ce livre connut un grand succès pour la
facilité qu'il donnait aux néophytes, comme aux
savants, de se livrer sans autre appui à l'étude de ces
matières.

ALCÂNTARA | *Il marchait en crabe, avec parfois une*
embardée qui le faisait ricaner tout seul...

Pour avoir veillé devant ses notes jusqu'à deux
heures du matin, Eléazard se leva plus tardivement
que de coutume, mais avec la sensation d'avoir franchi un cap : l'œuvre d'Athanase Kircher, le personnage lui-même s'étaient remodelés dans son esprit
avec assez de contraste pour lui faire apercevoir

combien il les avait caricaturés jusque-là. Cet ajustement devait beaucoup au docteur Euclides, plus encore à la spontanéité de Loredana ; elle avait su poser les bonnes questions, celles qui mettaient en cause sa propre attitude vis-à-vis de Kircher, et non le génie ou l'hypocrisie supposés du jésuite allemand. Il avait hâte de la revoir pour en parler, hâte d'aller plus loin avec elle dans cette sorte d'intimité amoureuse où s'était engagée leur relation.

Il prit son petit déjeuner dans la cuisine. L'affaire Carneiro faisait toujours la une des quotidiens : l'un des deux meurtriers présumés avait fini par avouer sa présence sur les lieux au moment de l'assassinat. Il chargeait son acolyte dans l'espoir d'alléger sa peine, tout en attestant qu'ils avaient été envoyés par Wagner Cascudo pour convaincre leur victime de lui abandonner sa propriété. Cela dit, l'avocat venait d'être libéré sous caution et clamait son innocence. Il s'en tenait à sa propre version des faits, à savoir qu'il ne connaissait les deux hommes ni d'Ève ni d'Adam et que toute cette histoire avait été mise en scène par la police. Quant au gouverneur, on citait longuement son démenti offusqué à la télévision : cette cabale contre lui était organisée à des fins bassement électorales, elle n'avait pour but que de déstabiliser le parti en place. Si la presse se mettait à soupçonner tous les honnêtes hommes de ce pays, on courait à la catastrophe. Il connaissait Wagner Cascudo depuis des années, c'était non seulement un avocat hors pair, mais aussi un ami, quelqu'un qu'il savait incapable de la moindre mauvaise action.

Et il n'y avait plus un seul mot sur ses combines !

Pour être du métier, Eléazard sentit qu'une espèce de revirement était à l'œuvre, le résultat d'une adroite manipulation. Il essaya de se tranquilliser en songeant que le procureur de Santa Inês ne lâcherait pas si aisément, surtout après les aveux qui impliquaient Wagner Cascudo.

Il se préparait à sortir, avec l'idée d'aller retrouver Loredana, lorsqu'un claquement de mains significatif lui annonça la visite d'Alfredo.

— Eh bien ! Tu en fais une tête ! Qu'est-ce qu'il arrive encore ?

— Elle est partie…

— Qui ça, elle ? l'interrompit Eléazard, une boule au creux de l'estomac.

— Loredana… Elle a pris le premier bateau ce matin. Il n'y a que Socorró qui l'a vue. Elle a payé sa note, et elle est partie…

Eléazard s'était assis. Son cœur battait à tout rompre :

— Sans même nous dire au revoir, lâcha-t-il bêtement.

— Socorró lui a fait le même reproche… Elle a répondu que c'était mieux comme ça, que de toute manière elle avait juste le temps d'attraper son avion. T'a laissé une lettre. Tiens, si tu veux la lire…

Elle savait qu'elle partait aujourd'hui, se répétait Eléazard en observant la grande enveloppe que lui tendait Alfredo, elle le savait, et elle n'a rien dit…

— Mais qu'est-ce qui lui a pris, bon Dieu ? explosa-t-il soudain. C'est pas possible, des choses pareilles !

— J'en sais pas plus que toi, Lazardinho… Elle m'a écrit un petit mot pour s'excuser, et pour dire qu'elle était obligée de rentrer en Italie. Je me sens tout bizarre, moi aussi.

Eléazard lui montra la pile d'articles qu'il venait de découper en vue de leur classement :

— Sers-toi un verre et jette un coup d'œil là-dessus pendant que je lis, tu veux bien ?

— J'ai plus que ça à faire, dit Alfredo, l'air abattu. De toute façon, l'hôtel est vide, alors…

L'enveloppe contenait un dossier volumineux et une lettre rédigée en italien, avec une ample écriture ronde qui semblait s'acharner à couvrir le moindre espace de la page :

Eléazard, tu seras sans doute surpris – et peiné, je le sais – d'apprendre mon départ de cette manière, mais je n'ai plus le courage ni la force de te dire ces choses face à face. Alors, voilà : il se trouve que je suis malade, une sorte de cancer du sang auquel les médecins ne comprennent pas grand-chose. Une maladie contagieuse, en tout cas, qui commence à faire des ravages tant son évolution est expéditive. Mon espérance de vie se limite à quelques mois, un an ou deux si mon corps résiste un peu mieux, comme il semble que cela se produise parfois... Bizarrement, ce n'est pas le fait qu'on doive mourir bientôt qui pose le plus de problèmes – cette conscience est tellement insupportable que le cerveau disjoncte au bout de quelques secondes. Tout se passe comme s'il fabriquait des endomorphines d'espérance, histoire de se gruger lui-même, de nous permettre de faire semblant jusqu'à la prochaine plongée. Non, le plus atroce, je m'en suis rendu compte ici plus qu'en Italie, c'est justement cette illusion qu'on va survivre malgré tout. Je te passe les détails quant au retour sur soi-même que tout cela engendre, la nostalgie, la frousse, l'urgence de durer, d'exister encore... Mais, basta.

Je te laisse aussi mon livre de chevet. C'est de lui que vient toute ma science sur les stratagèmes. Le traducteur est un bon copain à moi, tu apprécieras, je l'espère, son pseudonyme...

Voilà. Je ne sais plus quoi te dire, sinon te supplier de ne pas m'en vouloir. Oublie un peu Kircher, embrasse Soledade de ma part et fais chier Moreira jusqu'à la fin...

Je t'embrasse, comme tout à l'heure, lorsque je t'ai laissé.

Loredana

761

— Alors ? demanda Alfredo qui n'avait pas réussi à le quitter des yeux durant toute sa lecture.

— Tu étais au courant ?

— De quoi ?

— Qu'elle était gravement malade...

— Qu'est-ce que c'est que cette histoire ? Je ne savais rien, je t'assure...

Eléazard lui tendit la lettre pour qu'il se rende compte par lui-même.

— Excuse-moi, dit Alfredo après un bref coup d'œil, mais l'italien, tu sais...

Il lissa ses cheveux des deux mains. Sans s'en apercevoir, il avait recommencé à mâchouiller l'intérieur de sa joue.

— Elle n'a pas laissé un bouquin avec la lettre ?

— J'allais oublier, s'excusa Alfredo en extrayant un livre rouge et noir de sa besace. Je sais plus où j'ai la tête...

Eléazard lut rapidement la première de couverture :

Les 36 stratagèmes
Traité secret de stratégie chinoise,
traduit et commenté
par François Kircher

— Je crois que je vais boire un coup, moi aussi... dit-il d'une voix neutre.

Après le départ d'Alfredo, il continua à remplir son verre au fur et à mesure qu'il se vidait. Dans un état proche de l'hébétude, il relisait la lettre de Loredana, étudiant chaque formule comme si l'une d'entre elles devait finir par lui livrer le secret de sa disparition. Mais plus il sondait les mots, plus il en mesurait l'inconsistance.

Il feuilleta machinalement le livre laissé par la jeune femme. Des passages étaient signalés ici et là par des accolades ; rien ne laissait supposer, comme il l'espéra une seconde, qu'ils avaient été soulignés à son usage. Une différence de teinte indiquait deux lectures espacées dans le temps, chacune dévoilant des préoccupations distinctes. Sans l'avoir cherché, Eléazard tomba sur le principe mis en avant par Loredana pour s'attaquer au gouverneur du Maranhão : *La haute silhouette du sophora abrite à l'ombre de sa ramure le chétif mûrier, de même que les grands personnages s'entourent d'une cour de clients et de protégés. S'attaquer à l'un de ses séides pour menacer directement son maître est une pratique courante...* Le trente-sixième stratagème était seul à être encadré ; Eléazard eut la certitude qu'il faisait partie de la seconde lecture, celle que Loredana avait pratiquée dans sa chambre d'hôtel, ces jours derniers. *La fuite est la suprême politique,* lut-il, avec un serrement de cœur, *si le triomphe de l'ennemi est assuré et que je ne peux plus le combattre, trois solutions s'offrent à moi : me rendre, négocier ou fuir. Capituler revient à subir une défaite complète. Négocier, une demi-défaite. Mais fuir n'est pas une défaite.*

Las de tourner en rond, il chercha Soledade pour l'interroger. Elle était assise sur le plancher dans le coin le plus reculé de la véranda, jambes pendant à l'extérieur à travers les balustres. Elle répondit à son appel sans se retourner ; au son de sa voix, il sut qu'elle pleurait.

— Qu'est-ce que tu as ? dit-il en s'asseyant à côté d'elle. Tu sais, pour Loredana ?

De profil, il la vit s'essuyer les yeux du revers de la main et s'évertuer à contrôler sa respiration.

— Je sais, finit-elle par répondre. Alfredo me l'a dit en montant te voir.

— Et c'est pour ça que tu pleures ?

Elle fit non de la tête et colla sa figure entre les barreaux.

— Pourquoi, alors ? insista Eléazard. Qu'est-ce qui te rend malheureuse ? Tu n'es pas bien, ici ?

— Je vais partir moi aussi...

— Qu'est-ce que tu racontes ? Tu ne vas pas me laisser tout seul, hein ?

Eléazard était habitué à ces coups de cafard. Soledade ne mettait jamais ses menaces à exécution, si bien qu'il ne les prenait plus vraiment au sérieux.

— Le Brésil a perdu... dit-elle en grimaçant. J'avais promis de m'en aller si on n'arrivait pas en finale... Alors je retourne à Quixadá, chez mes parents. Je... Je pourrais emporter la télé, dis ?

— Arrête, Soledade ! Tu peux emporter ce que tu veux, ce n'est pas la question. Ce que je te demande, c'est de rester avec moi, tu comprends ?

— Ouais, reprit-elle en imitant son accent, qui est-ce qui va me laver mon linge, me faire les courses et la cuisine, me porter mes *caipirinhas* ? Je te sers qu'à ça ! C'est elle que tu aimes...

— Ce n'est pas la même chose... Je t'aime beaucoup aussi, tu le sais bien. Et de toute façon, elle est partie, alors... Il n'y a rien de changé. Tout est comme avant...

Soledade s'était remise à pleurer.

— Sauf qu'elle t'aime aussi, parvint-elle à dire entre deux sanglots. Elle me l'a dit.

— Je ne te crois pas, reprit-il, sans savoir si cette confidence apaisait un peu sa tristesse ou, au contraire, l'augmentait. C'est absurde... Qu'est-ce qu'elle t'a dit exactement ?

— Que tu étais un sale exploiteur de Français, que... qu'elle te détestait !

Elle avait aboli son mensonge en l'accompagnant d'une grimace pitoyable.

— Sérieusement, Soledade... C'est important pour moi...

— Elle a dit qu'elle t'aimait, mais qu'elle allait mourir, et que ça servait à rien de se monter le bourrichon. Les larmes lui jaillirent carrément des yeux, tandis qu'elle finissait sa phrase : Et moi, je lui ai dit qu'on crevait tous... Mais c'est parce que j'étais jalouse, tu comprends ? Et maintenant, elle est partie, et c'est à cause de moi...

— Mais non, essaya-t-il de la consoler, on ne peut pas savoir ce qu'il y a dans la tête des gens... Elle a eu peur de nous faire souffrir – tout en parlant, Eléazard pressentit qu'il s'approchait enfin de la vérité –, peur de nous contaminer avec sa propre souffrance. Elle s'est aperçue qu'elle avait essayé de négocier avec sa maladie, et puis elle s'est reprise, par orgueil, pour mieux se battre...

— C'est ma faute, pleurait Soledade. Je l'ai emmenée au *terreiro*... Le perroquet n'avait pas peur d'elle, tu comprends, c'était un signe... Et Omulú l'a choisie, elle, et pas moi...

Eléazard ne comprenait plus rien :

— Qu'est-ce que c'est cette histoire de *terreiro* ?

Soledade mit sa main devant la bouche, roulant des yeux apeurés.

— Dis-moi, insista Eléazard, s'il te plaît...

Pour toute réponse, Soledade se leva prestement et s'enfuit vers sa chambre.

Eléazard aurait aimé pleurer comme elle, se laver l'esprit. Il resta sur la terrasse, les yeux secs, sa bouteille à portée de main. Un peu plus tard, il entendit sans broncher la sonnerie du téléphone puis le message dicté d'une voix cassante par le docteur Euclides sur son répondeur.

Lorsque les moustiques firent leur apparition, il se réfugia dans la salle de séjour ; il marchait en crabe, avec parfois une embardée qui le faisait ricaner tout seul.

Au lendemain de cette soirée, son réveil le jeta hors du lit beaucoup plus tôt qu'il n'aurait fallu. La *cachaça* lui serrait le front dans un étau, et la perspective de se rendre à São Luís pour répondre à l'appel du docteur Euclides ne le réjouissait pas du tout. Mais le vieil homme ne pardonnait pas la moindre infraction en cette matière : de ceux qui lui avaient fait faux bond, ne fût-ce qu'une seule fois, nul ne pouvait se targuer de l'avoir revu.

Il resta sur le pont durant la traversée, si bien que la brise marine atténua quelque peu son mal de crâne. Parvenu à São Luís, Eléazard acheta le *Courrier du Maranhão* et s'octroya un café. L'affaire Carneiro occupait encore une bonne part de la troisième page ; un journaliste connu pour ses opinions réactionnaires y laissait libre cours à son venin. Les autorités, écrivait-il, avaient la preuve formelle qu'il s'agissait d'un complot destiné à salir le PDS. Le procureur Waldemar de Oliveira avait outrepassé les limites de sa juridiction : l'affaire ayant eu lieu à Alcântara, elle était de la compétence du parquet de São Luís, et non du municipe de Santa Inês. On connaissait les sympathies communistes du personnage, sans parler de ses mœurs homosexuelles notoires... Certaines fuites, de source officieuse, parlaient d'une mutation disciplinaire et même d'une prochaine mise en examen pour pédophilie. Le gouverneur de l'État avait été dénigré d'une façon d'autant plus abjecte que son fils était porté disparu dans le Mato Grosso, probablement mort pour la science et l'honneur de son pays !

Moreira avait dû payer le prix fort, cette plaidoirie était convaincante ; elle produirait le résultat escompté. Et voilà, se disait Eléazard, toute cette histoire allait passer à la trappe, une fois de plus. Moreira en tirerait même un avantage pour les élections. Les stratagèmes chers à Loredana ne marchaient pas si bien, en fin de compte. Tel que c'était parti, le sophora se préparait non seulement à disculper le mûrier, mais à écrabouiller tous les vers à soie qu'il trouverait sur son chemin.

— Alors, vous en avez fait de belles... dit le docteur Euclides en l'accueillant chez lui.

Eléazard sentit le parfum de la comtesse Carlotta avant même de l'apercevoir dans le salon. Il la salua et prit un siège en face d'elle.

— Vous lui avez raconté ? demanda-t-il. Et sur le signe de tête affirmatif qu'elle lui adressa : De toute façon, pour ce à quoi ça a servi... Vous avez lu le journal, ce matin ? Il va réussir à étouffer l'affaire, c'est gros comme une maison...

— Toujours aussi défaitiste, n'est-ce pas ? dit le docteur Euclides en triturant sa barbe. Rien n'est encore joué, croyez-moi. Il se démène, c'est de bonne guerre. Mais si Carlotta elle-même le charge, sa carrière est finie...

— Ça n'a aucune valeur juridique, non ? Ce serait sa parole contre la sienne...

— Sans doute, mais il perdrait à coup sûr les élections. Ses amis politiques le lâcheraient les uns après les autres...

— Vous seriez prête à faire ça ? demanda Eléazard en se tournant vers la comtesse.

Carlotta semblait au bord de l'épuisement, mais l'assurance de sa voix démontrait une résolution inébranlable :

— S'il le faut, je l'accuserai personnellement. Je n'ai plus grand-chose à perdre, vous savez...

— Toujours pas de nouvelles de l'expédition ? dit Eléazard avec un détachement qui l'étonna lui-même.

— Ils sont vivants, expliqua le docteur Euclides. L'hélicoptère a survolé leur embarcation : ils se sont manifestement échoués à la suite d'une avarie. On pense qu'ils ont dû s'enfoncer dans la forêt, c'est tout pour le moment. Il faudra des semaines pour monter une équipe de secours...

— Quand je vous disais qu'il fallait faire confiance à Dietlev ! C'est quand même une bonne nouvelle, non ?

— Si on veut... dit Carlotta. Personne ne s'explique pourquoi ils ne sont pas restés près du bateau, et je ne peux m'empêcher de voir les choses en noir. Vous devez comprendre mon inquiétude, puisque vous êtes dans la même situation... Mais ne parlons plus de cela, voulez-vous ?

Eléazard se tint coi durant quelques secondes, le temps de réaliser qu'Elaine avait disparu de sa vie bien avant de s'évanouir dans le Mato Grosso... L'annonce officielle de sa mort ne lui tirerait, il croyait en être persuadé, que des paroles de circonstance.

— Loredana est rentrée en Italie... dit-il, sans s'apercevoir de sa goujaterie.

— Nous savons, dit simplement le docteur Euclides, c'est pour cette raison que je vous ai fait venir si tôt aujourd'hui. Trop tôt, d'après la façon dont j'interprète votre transpiration : vous empestez l'alcool de canne, mon cher, autant qu'un autobus...

— Laissez-le tranquille ! intervint Carlotta. Ce n'est pas vrai, monsieur von Wogau, je vous l'assure...

— Je suis habitué... dit Eléazard en rougissant malgré tout. Comment est-ce que vous l'avez su ?

— Elle est passée me saluer avant de prendre l'avion. C'est une gentille fille... Ne lui jetez pas la pierre ; il faut parfois plus de cran pour sortir du jeu que pour y rester...

— Elle vous a tout raconté ?

— Si vous entendez par « tout » sa maladie, effectivement...

— Vous croyez que...

— Non, l'interrompit aussitôt Euclides. Je sais à quoi vous pensez, mais c'est exclu. Il faut accepter sa décision pour ce qu'elle est, un refus de se leurrer sur soi-même et sur les autres. Et par conséquent, un refus de vous revoir. Elle n'a pas agi sur un coup de tête, vous savez...

— Je comprends, dit Eléazard avec tristesse, mais je n'approuve pas.

— Alors c'est que vous ne comprenez rien du tout, conclut Euclides sèchement.

SÃO LUÍS | *Quelque chose de simple, de rationnel...*

— Je le lui ai dit et répété : finis d'abord tes études, ensuite tu feras ce que tu voudras... Mais vous savez ce que c'est, surtout à cet âge-là : parle à mon cul, comme on dit vulgairement, ma tête est malade... Il ne s'est même pas présenté aux examens de licence ! Eh bien, eh bien ! Vous fumez toujours autant, à ce que je vois... On va en avoir pour une grosse demi-heure... J'aurais préféré faire ça en deux fois, mais, bon. Ça risque de vous faire un peu mal, à la longue : prévenez-moi si vous avez besoin d'une petite pause. Kátia, l'aspiration, s'il vous plaît... La guitare électrique, il n'y a que ça qui l'intéresse. Cela dit, il m'a l'air doué, le bougre, et sacrément... Je n'y connais pas grand-chose, c'est vrai, mais ça vous remue les tripes quand il joue... Il faut dire qu'on lui a payé une Gibson, ce n'est pas rien comme instrument... Vous n'imaginez pas le prix d'un engin pareil ! Entre nous, je me suis débrouillé, je l'ai fait acheter par un ami, à Hong Kong... Alors, quand je pense qu'ils n'ont pas voulu de lui au conservatoire ! Vous comprenez ça, vous ?

Allongé sur le dos, les mains reposant sur sa poitrine, Moreira fixait le soleil de verre et d'inox au-dessus de lui. Ce fauteuil était sans doute le seul endroit du monde où l'on pouvait se permettre de ne pas répondre aux questions d'un imbécile. Le ronron de sa voix, tout autant que la tache lumineuse derrière la vitre dépolie plongeaient le gouverneur dans une somnolence voisine de l'hypnose. Il ferma les yeux. C'était l'idéal pour jouir en toute quiétude de soi-même.

La bonne nouvelle du jour tenait en un seul mot : Petrópolis. *Voilà, c'est fait*, avait dit Barbosa au téléphone, *cela n'a pas été facile, mais il est officiellement déchargé de l'affaire et muté à Petrópolis. Avec une belle promotion en prime... Grâce à toi, j'ai les syndicats de la magistrature sur le dos...* Je les ai eus, se répétait Moreira avec une satisfaction inexprimable, je les ai eus jusqu'au trognon ! Contrairement à son habitude, maître Biluquinha avait été catégorique : l'affaire ne serait pas jugée sur le fond, puisqu'il y avait eu vice de procédure lors de l'arrestation. On allait droit vers un non-lieu. À coup sûr pour Wagner, et avec de bonnes chances pour les deux autres, dans la mesure où l'un des hommes de main était revenu sur ses aveux en jurant qu'ils lui avaient été extorqués sous la menace.

Ce renard de Edson n'avait pas été long à lui demander un premier service. Les sondages le donnaient en tête dans l'État du Ceará, mais avec une marge trop faible pour avoir partie gagnée. À sa demande, il irait donc le soutenir dans son fief, histoire de rameuter les indécis. La perspective de se rendre à Fortaleza ne l'enthousiasmait pas outre mesure, mais il fallait bien renvoyer l'ascenseur. C'était même la moindre des politesses, après la manière dont Barbosa lui avait sauvé la mise.

Moreira se tétanisa une fraction de seconde sous la douleur. Ce fut comme si Carlotta se rappelait brutalement à son souvenir. Carlotta... Plus les choses s'arrangeaient, plus elle s'entêtait à vouloir divorcer. Il avait encore essayé de l'amadouer, hier au soir, mais elle ne le laissait plus argumenter. Elle était restée silencieuse, enfermée à clef dans sa chambre, jusqu'à le fiche en rogne pour de bon. Lorsqu'il avait essayé de forcer sa porte, le jaguar s'était mis à rugir, échine tendue, comme s'il prenait ouvertement parti contre son maître. L'enfant de salaud ! Il avait bien été obligé de se calmer... Jamais il n'aurait soupçonné chez sa femme une pareille force de volonté. Elle avait fini par lui adresser la parole, juste pour l'avertir qu'un avocat, « son avocat » !, se mettrait bientôt en rapport avec le sien. Qu'elle eût déjà pris contact avec l'un de ces pingouins l'avait abasourdi. Elle qui ne savait même pas remplir une feuille d'impôt ! C'était à peine croyable...

Un profond sentiment d'injustice lui serrait la gorge. Il n'avait pas travaillé comme un nègre toute sa vie pour en arriver là ! Elle est en pleine déprime, songeait-il, c'est Mauro qui la rend folle... Dès qu'il reviendra de son voyage à la con, tout s'arrangera. Mais une petite voix aigre lui ressassait qu'il avait tenu à se marier sous le régime de la séparation de biens. Une grandeur d'âme qui risquait de le renvoyer bientôt à sa condition de rustre désargenté ; si Carlotta restait inflexible, les vrais ennuis allaient commencer. D'un point de vue affectif, l'idée de ce divorce lui paraissait pénible mais envisageable, voire attrayante pour ce qu'elle supposait d'indépendance retrouvée ; sur le plan politique, elle restait fâcheuse ; financièrement, elle était inadmissible. Il devait bien y avoir une façon de s'en sortir, se disait-il, les doigts crispés sur son ventre, quelque chose de simple, de rationnel...

— Une place de secrétaire ou même d'appariteur... N'importe quoi, pourvu qu'il soit fonctionnaire. Vous me comprenez, n'est-ce pas, un petit salaire, mais régulier... Je m'en porte garant : il ne vous causera aucun souci... Et voilà, c'est terminé. Vous pouvez vous rincer la bouche...

Moreira but le contenu d'un gobelet en plastique avant de cracher dans le bassin. Il fit jouer sa mâchoire, puis lécha ses dents fraîchement détartrées :

— Qu'il m'envoie un CV dit-il tandis que le fauteuil se redressait avec un ronflement électrique, je verrai ce que je peux faire. Mais n'escomptez rien avant les élections.

Chapitre XXX

Comment d'une fièvre peut s'engendrer un livre.
Où l'on décrit également une machine
à penser fort digne de louanges.

Nous venions de fêter la nouvelle année, lorsque mon maître fut pris d'une fièvre maligne dont il faillit passer de vie à trépas. Il s'éveilla un matin privé de forces, sans qu'aucune indisposition antérieure ait pu expliquer cette soudaine fatigue. Quand je le vis alité pour la première fois, son visage hâve & son teint blême m'apitoyèrent ; moins, cependant, que cette altération certaine & inusitée de son maintien : l'air étonné, comme en proie à une rêverie badine & sourde, il paraissait s'occuper profondément de quelque chose, alors qu'il n'était déjà plus capable de penser à quoi que ce fût. De brusques mouvements convulsifs agitaient les muscles de son visage, mais aussi ses bras & ses mains, si bien qu'il semblait chasser aux mouches...

Mandé aussitôt, le père Ramón de Adra, chirurgien du collège, lui trouva les urines laiteuses, le bas-ventre tendu & la langue chargée d'un sédiment jaune-brun. Quant au pouls, il battait bien plus vite que dans l'état naturel & de façon désordonnée. Sur quoi il recommanda une diète aigre & légère, à base de bouillons farineux. On pouvait y adjoindre du jus d'oseille ou de citron, des griottes & des grenades. Le père Ramón pratiqua ensuite une saignée préventive, tout en me rassurant sur les suites de la maladie.

Le lendemain, aucune amélioration ne s'était manifestée, bien au contraire : Kircher présentait des ulcères d'un rouge livide, durs au toucher, dans l'intérieur de la bouche, sur les lèvres, comme aussi sur les glandes qui sont aux aines & sous les aisselles. Une diarrhée noire & fétide s'était installée, produisant chez le malade un tel abattement de l'âme qu'il en restait insensible à tout, sauf à un violent mal de tête qui lui serrait le front à la torture. À la vue de ces nouveaux symptômes, caractéristiques de la fièvre maligne, le père Ramón ne parvint pas à me cacher son angoisse ; si le Révérend Père Kircher n'était point emporté d'ici sept à huit jours, il y aurait peut-être quelque espoir de le voir guérir. Par acquit de conscience, il ordonna quand même des petites prises de crème de tartre mêlée d'ipécacuana – pour endiguer les coliques & favoriser la transpiration – avec, en alternance toutes les deux heures, une demi-drachme de racine de serpentaire & dix grains de camphre, afin de rétablir ses forces. Sans regarder à la dépense, il me donna également une once du meilleur kina, en poudre très fine, & plusieurs têtes de pavot à administrer en doses minimes durant les accès de fièvre. Puis il partit, non sans m'avoir recommandé de purifier l'air de la chambre, en tenant la fenêtre ouverte & en y faisant brûler du vinaigre en permanence.

Le septième jour, comme il n'y avait aucun mieux, le père Ramón m'autorisa d'essayer un remède contre lequel Athanase s'était toujours élevé, mais que l'aggravation de son état & l'échéance de sa fin ne permettaient plus d'écarter. Je fis donc venir un mouton vivant que nous attachâmes au pied de son lit... Et bien m'en prit, car le neuvième jour, soit que cet animal eût respiré le venin qui s'exhalait du corps de mon maître, détournant ainsi le mal de sa victime, soit qu'il y ait eu heureux hasard en cette circonstance, nous trouvâmes le mouton mort & Athanase en bonne voie de guérison.

Une autre semaine ne s'était pas écoulée qu'il projetait déjà de se remettre à ses travaux ! Le père Ramón l'en dissuada fortement, arguant que les fièvres malignes provenaient en premier lieu d'un air enfermé & du confinement excessif dans l'étude. Ce pourquoi il lui ordonna de fréquentes promenades à la campagne, ainsi qu'une vie saine & réglée sur la course du Soleil.

Dès notre première sortie, toutefois, lorsqu'il me présenta élogieusement Agapitus Bernardinis, le jeune graveur qui devait nous accompagner hors des murs de la ville, je compris que mon maître voulait faire d'une fille deux gendres & ne s'était laissé fléchir que pour mieux tirer profit du désœuvrement que lui imposait la Faculté. Sur une question que je lui fis, il m'avoua sans peine le fond de sa pensée ; obsédé par l'urgence de mener à bien son projet d'archéologie, il avait décidé de parcourir l'ancien Latium afin de reconstituer l'image de la Rome antique & de prouver la parfaite correspondance de l'histoire latine avec celle de la Bible... Malgré mes inquiétudes quant aux possibles répercussions d'un tel propos sur sa santé, je m'efforçai de l'aider au mieux dans son entreprise.

Jusqu'au mois de mai, nous parcourûmes ainsi toutes les ruines de la cité, aussi bien en dedans qu'en dehors des murs, dressant cartes & plans de tous les lieux ou édifices qui témoignaient encore de leur ancienneté. Rien n'échappa à la curiosité minutieuse de mon maître, ni les restes magnifiques de la *Domus Aurea* ni ceux, plus modestes, du temple de la sibylle tiburtine dont les oracles avaient annoncé en vain à César la venue de notre

Sauveur. À Tusculum, où Tibère & Lucullus s'étaient protégés autrefois des pestilences de la cité, nous visitâmes nombre de villas édifiées sur le même emplacement par les nobles familles de notre siècle. Kircher fut accueilli partout en hôte de marque, & chacun se hâtait, par mille gracieusetés, de faciliter ses recherches. Personne, cependant, ne nous traita aussi affectueusement que le vieux cardinal Barberini. Sa demeure étant bâtie sur les ruines du temple de la Fortune, Athanase put ainsi restituer fidèlement l'allure de cette construction, la plus imposante & la plus réussie de l'architecture romaine. Dans les caves, il fit même relever par Agapitus une mosaïque originale, laquelle décrivait avec précision les bienfaits de la déesse sous l'aspect d'une très belle scène nilotique. Nous terminâmes nos studieuses promenades par une excursion sur les pentes du mont Gennaro, ceci afin d'y observer la récolte de la manne, du styrax & du baume de térébinthe.

Lorsque nous regagnâmes le Collège Romain, les cartons d'Agapitus regorgeaient de dessins, & ceux de mon maître d'une quantité de notes suffisante pour écrire dix volumes sur le Latium. Mais si estimable fût-elle pour la connaissance de l'histoire romaine, l'étude menée par Kircher n'atteignit toute sa splendeur qu'avec les conclusions sagaces que lui dicta son génie : la tribu de Noé, tout l'attestait, avait été le premier peuple à s'installer en Italie, juste après la chute de Babel ; quant aux dieux des Romains, ils n'étaient que des avatars de Noé lui-même, ce saint homme dont la mémoire, travestie par la légende & les mythes, s'était perpétuée jusque dans les mille facettes d'un panthéon ridicule.

— Saturne, me dit Kircher, un soir que nous parcourions le Capitole en devisant, ce dieu qui a donné son nom au Latium lui-même – quand l'Italie s'appelait encore l'Ausone –, Saturne fut révéré pour l'âge d'or que son gouvernement juste & paisible avait offert aux aborigènes, c'est-à-dire à l'humanité. Lequel âge d'or correspond évidemment à cette ère d'abondance établie par Noé au sortir de l'arche. Et de même que Cham, fils de Noé, manifesta son esprit de rébellion en ne recouvrant point la nudité de son père – cette nuit où celui-ci s'était enivré de vin pour la première fois – de même Jupiter, fils de Saturne, mutila son père à l'endroit des organes de génération, détruisant par cet acte insensé les temps heureux de l'origine... Les dieux du paganisme, sache-le, Caspar, sont seulement des hommes, supérieurs par leurs qualités ou leurs faiblesses au commun des mortels, que l'ignorance d'autres hommes a divinisés. Les deux autres fils de Saturne, Neptune & Pluton, sont ainsi les images de Sem & de Japhet, & cette analogie se peut vérifier entre toutes les grandes figures de la Bible & toutes les idoles passées ou présentes des peuples de la terre.

La fièvre qui avait terrassé mon maître n'était déjà plus, on l'aura vérifié avec bonheur, qu'un lointain souvenir...

Kircher fêta ses soixante-six ans au collège, & en cette occasion, il stupéfia tout le monde par sa vigueur retrouvée. Hâlé par le grand air & le soleil de la campagne romaine, robuste comme jamais d'esprit & de corps, il ne cessa de plaisanter aimablement nos jeunes novices sur leur faible complexion, tout en buvant force de ce vin blanc que le père Ramón l'obligeait à prendre afin de parfaire sa guérison & prévenir une éventuelle rechute. Provoqué au bras rompu par les plus vaillants d'entre nous, il défit un par un ses adversaires sans paraître affecté le moins du monde par ces efforts répétés ! Je fus si heureux de le voir en cette disposition d'humeur, que je rendis grâce à Dieu, cette nuit-là, jusqu'au matin.

Après avoir résolu l'énigme liée à l'empoisonnement de la fontaine Pamphile & inventé le « Tructomètre » qui empêcherait semblable mésaventure de se reproduire, mon maître se replongea dans le travail. En même temps que *l'Arche de Noé*, il s'était mis en tête d'écrire une apologie des Habsbourg d'Autriche. Relisant à cet effet la copieuse correspondance qu'il avait entretenue avec quelques-uns de ces illustres personnages, Kircher retrouva une lettre de feu l'empereur Ferdinand III, lequel avait été son mécène & ami avec une constance exemplaire. Un passage de ladite lettre fit à mon maître l'effet d'un coup de foudre...

— Il était dans le vrai, murmura Kircher en posant la lettre sur une table déjà encombrée de livres ouverts & de papiers. Comment ai-je pu ne point l'apercevoir aussitôt !

Intrigué par la brusque perplexité de mon maître, j'osai lui demander quelques éclaircissements.

— Je songeais à l'*Art* lui-même, Caspar, & à la merveilleuse intuition de son inventeur : l'*Ars Magna*, ce « Grand Art » qui permet de combiner aussi bien les choses que leurs idées grâce à trois instruments divins : la synthèse, l'analyse & l'analogie. Par la synthèse, je puis réduire le multiple à l'unité ; par l'analyse, je vais de l'unité vers le multiple ; & par l'analogie, je reconnais non seulement l'Unité originelle, divine & métaphysique du monde, mais aussi celle du savoir, car je découvre la miraculeuse concorde des forces & des propriétés qui le constituent ! L'*Art* de Raymond Lulle est imparfait. C'est pourquoi sa découverte s'est montrée inutilisable... Mais je prétends, moi, que cet art est possible ! Voici bien longtemps que j'en ai entrevu les principes & que je les utilise dans la pratique de chaque jour ; il est urgent, toutefois – je l'ai compris soudain en relisant la lettre du regretté Ferdinand III – de satisfaire enfin l'appétit des moins favorisés d'entre nous & de donner aux plus savants ce moyen infaillible de parvenir à la vérité. Tout homme sensé, je l'affirme, est capable d'acquérir en peu de temps une vision véritable, quoique sommaire, de la totalité des sciences ! Je suis un vieil homme, Caspar, mais j'emploierai les jours que Dieu voudra bien encore m'accorder à construire ce à quoi nul n'a jamais osé rêver : une machine à penser ! L'équivalent, dans l'ordre des concepts, de ce musée qui porte mon nom, lequel n'est point autre chose qu'une encyclopédie, une grammaire visible & comme qui dirait palpable de la réalité universelle !

Je restai étourdi par l'enthousiasme communicatif de mon maître & par ce qu'il laissait pronostiquer de réussite. Pressé d'œuvrer à la rénovation de l'*Ars Magna* de Raymond Lulle, Kircher me confia la dernière mise en place de *L'Arche de Noé* & de l'*Archetypon Politicum* pour s'absorber entièrement dans l'écriture de ce nouvel ouvrage. Il lui fallut organiser l'intégralité du savoir humain selon un certain ordre, imité de l'ordonnance divine, avant d'instaurer les règles analogiques & le système de combinaisons qui permettraient à chacun de le déployer pour son propre usage. Un exercice on ne peut plus ardu, mais dont mon maître s'acquittait avec une aisance déconcertante, sans faiblir un instant dans la résolution qu'il avait prise.

Au tout début de l'an 1669, alors qu'Athanase faisait porter à l'imprimeur, au fur & à mesure qu'il les achevait, les pages de son futur *Ars Magna Sciendi*[1], survint une controverse aussi détestable qu'éhontée. Deux écrits furent adressés à Kircher par le père François Travigno, son collègue & ami de Padoue : le premier consistait en un livre de Valeriano Bonvicino, professeur de physique dans la même université que le père Travigno, & l'autre en une copie d'un pamphlet, cautionné par certains membres de la

_____
1. *Le Grand Art du savoir.*

Royal Society de Londres & signé... Salomon Blauenstein !

En son *Lanx Peripapetica*[1], Bonvicino critiquait vertement Athanase sur le chapitre XI du *Monde Souterrain* – où Kircher, on s'en souvient, vouait l'alchimie transmutatoire aux gémonies – tout en affirmant qu'il fabriquait lui-même de l'or depuis des lustres dans sa maison de Padoue. Quant à Salomon Blauenstein, ce fieffé escroc qui avait bien failli ruiner autrefois le trop naïf Sinibaldus, il reproduisait les mêmes critiques à l'encontre de mon maître, mais avec une ironie mordante & une hargne indigne de tout homme de science...

Aussi injustes fussent-elles, ces attaques atteignirent Kircher au plus profond de son amour-propre. Il ne décoléra point durant plusieurs jours, jusqu'à ce que la justice divine frappât l'un de ses détracteurs & que de nombreuses lettres de soutien, émanant des docteurs les plus renommés, commençassent à lui parvenir.

Athanase ne s'endormit point sur la besogne, si bien que son *Ars Magna Sciendi* & son *Archetypon Politicum* parurent simultanément à l'automne de cette année-là, déclenchant une vague d'admiration qui déferla soudain sur l'Europe des honnêtes hommes.

L'incomparable succès de ces ouvrages fut pourtant gâché par une double infortune, laquelle sonna dans toute la chrétienté comme l'avertissement divin de ne point mésestimer un seul instant les diaboliques menées des idolâtres...

---

1. *Le plateau (de balance) péripatéticien.*

Ayant perdu le compte des jours, des nuits, de tout ce qui n'était pas le recommencement mécanique de leurs gestes, ils avançaient dans l'épaisseur verdâtre de la forêt. La mort de Dietlev était responsable en grande partie de cette résignation : elle les avait privés d'un chef, et d'un ami pour certains, mais également ment du seul motif qui eût justifié de résister encore au désespoir. Elaine, surtout, ne s'en relevait pas. Pour une raison qui leur échappait à tous, le chaman avait refusé d'inhumer le corps et persistait à lui tenir de longs discours passionnés. Ajoutant l'horreur à l'aberration, il continuait à le faire transporter sur la civière, malgré la pestilence qu'il n'avait pas tardé à dégager. Omniprésent, le signe formel et pourtant nié de cette mort hantait la jeune femme. Poursuivie par ce défunt qui n'était plus l'homme qu'elle aimait, mais pas encore celui dont elle chérirait un jour la mémoire, elle comprenait mieux la hâte que nous mettions à faire disparaître les cadavres ; leurs funérailles visaient à escamoter la pourriture, à empêcher cette angoisse tangible, inhumaine, de venir polluer le monde des vivants. Sans une sépulture pour fixer dans l'absence ces êtres sans état, les morts revenaient.

À l'aube de ce matin-là, tandis qu'ils étaient tous en marche depuis une heure, enveloppés de brumes glaciales et de sommeil, un murmure parcourut la colonne, enflant au fur et à mesure de sa progression. On s'arrêta. Intrigué, Mauro remonta en tête de file et aperçut la paroi de pierre noire qui barrait la piste taillée dans la forêt. Le chaman se livra devant elle à de bruyantes invocations, puis se remit en route. Il longea la falaise jusqu'à la brèche qu'il connaissait ; quoique repris par la végétation, un passage abrupt se devinait, on l'avait même consolidé par endroits pour faciliter son escalade. La colonne s'y engagea à la suite du chaman qui hâtait le pas, saisi d'une impatience manifeste.

Après un premier effort harassant, ils parvinrent à la hauteur des plus grands arbres et découvrirent un spectacle à couper le souffle. La montagne s'élevait en pain de sucre dans le ciel propre, comme sur un fond de tableau flamand ; une masse nue, noirâtre, salie de traînées blanches, mais surmontée tout en haut d'une couronne de verdure qui suintait par les moindres failles du rocher. Sous eux, la jungle qu'ils avaient parcourue depuis des jours s'étendait à perte de vue. Houle sombre, moutonnante, infinie, aussi impénétrable que la surface des océans.

— Un inselberg ! murmura Elaine, saisie par le contraste entre les flancs stériles de la montagne et la luxuriance du sommet.

— C'est vrai qu'on dirait une île... fit Petersen, un peu étonné d'avoir compris ce que disait la jeune femme. Jamais entendu parler d'un truc pareil...

Elle soupira, les yeux plissés, l'esprit ailleurs :

— On ne voit même pas le fleuve...

— Mais on peut enfin s'orienter, dit Herman, le regard fixé sur sa montre. Tournant son poignet de façon à pointer le 12 vers le soleil, il traça une droite imaginaire entre ce chiffre et l'aiguille marquant les heures : Le nord est par là, ce qui fait que le Rio Paraguay doit se trouver à peu près dans cette direction.

Il indiquait du doigt une ligne de feuillages à peine plus foncés, très loin vers le sud-est.

— À vue de nez, reprit-il, je dirais qu'on est à l'ouest de Cáceres. Pas sûr du tout qu'on soit encore au Brésil...

— Vous aviez raison... dit Mauro après avoir scruté le paysage autour de lui. S'il y avait une mission dans le coin, on verrait au moins une fumée, quelque chose... Dieu sait où ils nous emmènent...

Sa remarque n'attendait pas de réponse, elle n'en eut aucune ; il lut dans les yeux bleus du vieil Allemand celle qui s'imposait : Dieu lui-même n'en savait rien.

Ils continuèrent à gravir la pente escarpée de la montagne. La file y cheminait en zigzag comme sur les rampes d'une tour de Babel. Elaine restait fascinée par la mer de végétation qui allait s'élargissant en contrebas. Ils étaient bien sur une île plantée au milieu de la forêt, une anomalie géographique peut-être recensée par satellite, mais que nul Occidental, elle en était maintenant convaincue, n'avait jamais explorée.

Après trois heures d'une montée épuisante, ils pénétrèrent dans la jungle sommitale, ce qui leur fit perdre à nouveau tout sens de l'orientation. Elaine se sentit frustrée d'avoir entrevu si peu de temps l'air libre et le soleil. Ce fut Mauro qui remarqua le premier les changements intervenus dans la composition de la forêt ; une flore inhabituelle prospérait autour d'eux, un véritable jardin botanique peuplé d'un nombre considérable d'insectes et d'animaux singuliers. Champignons écarlates, grenouilles bariolées comme des poissons d'aquarium, fougères arborescentes dont les crosses d'évêque se déroulaient agressivement au-dessus de leur tête... presque rien de ce qu'ils voyaient ne coïncidait avec ce qu'ils avaient aperçu jusque-là. Rassemblant à haute voix ses souvenirs, Elaine donna l'explication de ce curieux phénomène :

— Il y a la même chose en Guyane française : un piton assez isolé pour avoir son propre écosystème. Le genre de truc qui a servi à Darwin pour vérifier sa théorie... La sélection naturelle a bien eu lieu, mais elle s'est développée en marge, un peu comme sur un atoll. Certaines espèces de la forêt humide ont pu évoluer dans cette bulle d'une manière différente, à l'abri des bouleversements qui affectaient la plaine...

Elle leur fit imaginer une arche de Noé qui aurait continué à naviguer durant des millénaires, sans jamais aborder la terre ferme. Les espèces contenues dans ce vaisseau fantôme seraient plus ou moins semblables à celles embarquées au tout début ; quelques-unes se seraient transformées pour mieux s'adapter à la vie sur le bateau, tandis que d'autres n'y auraient pas survécu...

— C'est magnifique ! dit Mauro en ramassant un énorme coléoptère hérissé de cornes. On dirait le paradis terrestre...

— Vous allez avoir tout le temps d'admirer ces merdes, fit Petersen avec dédain. On est arrivés.

Toute la tribu s'installait en effet à la limite de la brousse, sur un plateau découvert qui s'appuyait d'un côté au mamelon de granit, et s'ouvrait de l'autre sur un à-pic vertigineux. Contrairement à l'habitude prise ces derniers jours, les Indiens soignèrent la construction du camp. Après l'approvisionnement en eau et la récolte coutumière de larves, de palmite et autres produits de la cueillette, les femmes mirent à macérer du manioc dans les grands paniers cirés où l'on brassait la bière. Une bande de jeunes hommes partit chasser gaillardement ; le bois de chauffage affluait en masse... Tout indiquait que cette station au sommet de l'inselberg n'était pas une simple halte, mais le terme de leur équipée.

— On ne va quand même pas rester ici ? dit Mauro sur un ton qui laissait entrevoir ses craintes.

— Tu peux aller leur demander, si tu veux... répliqua Petersen en défaisant sa ceinture de cocaïne.

Elaine s'était assise sur son hamac. Du fond de son épuisement, une seule certitude émergeait : rien, y compris l'attente passive, n'était plus en mesure d'influencer le cours des choses. Elle ne pouvait s'empêcher de songer au cadavre de Dietlev, tel qu'il lui était apparu, nimbé de lumière, en majesté.

Sa mort s'enracinait peu à peu dans cette part de nous-mêmes où blessure après blessure la vie trame sans hâte sa propre disparition. Elle n'avait plus peur.

Le chaman avait attendu, immobile face à la montagne, que les Indiens lui bâtissent une cabane. Il s'y réfugia quelques minutes, le temps de cacher à la vue les instruments de sa charge. Cela fait, il adressa un interminable sermon à ses congénères et partit seul vers le sommet. Les Indiens le regardèrent s'éloigner jusqu'à ce qu'il se dérobe à leur vue, puis chacun retourna à ses activités.

— Ils préparent une nouvelle fête pour son retour... dit Petersen.

Sa réflexion – il s'avéra ensuite qu'elle était pertinente – n'obtint pas même un commentaire. La *professora* von Wogau était prostrée, les yeux dans le vague. Quant à Mauro, il ne cessait de s'extasier tout seul sur les bestioles qu'il dénichait un peu partout. Herman sniffa une pincée de poudre et s'allongea pour réfléchir. Une sirène d'alarme mugissait dans sa tête, le sommait de déguerpir en vitesse, loin de ces sauvages imprévisibles ; quand bien même il réussirait à s'éclipser durant la nuit – et à mettre assez de distance entre les Indiens et lui – ses probabilités de survie dans la jungle avoisinaient le zéro. La saison des pluies était imminente ; plus le temps passait, plus il deviendrait difficile de se nourrir dans la forêt. En admettant qu'il parvînt à s'orienter sans boussole, il faudrait marcher des jours, voire des semaines, et ses membres noués de fatigue lui faisaient mal à hurler... Furieux contre lui-même, Herman se reprochait d'avoir cédé comme les autres à l'espérance ; il aurait fallu fuir dès l'apparition des Indiens, au lieu de compter sur ces cannibales pour les reconduire vers la civilisation. Mêlant le souvenir de Dietlev à celui de l'arme inutilisable, de rage il serrait les poings dans son hamac.

Parvenu au point le plus élevé de la montagne, le chaman des Apapoçuva s'assit en tailleur sur une roche plate et attendit. Rien de ce qui l'entourait, ni la source des pierres sacrées – matrice connue de lui seul, ventre secret où mûrissaient les embryons de tout ce qui viendrait un jour à l'existence – ni la beauté du panorama ne le détournaient de son angoisse. L'âme de Qüyririche volait autour de lui, son lourd froissement d'ailes emplissait l'espace, mais elle refusait obstinément de lui parler... *J'ai rassemblé ton peuple là où les signes l'ont commandé, j'ai ignoré les femmes, la viande d'agouti et celle du grand fourmilier ; chaque nuit, depuis que tu l'as quitté, j'ai tenu compagnie à ton corps sans ménager mes chants ni ma salive... Qüyririche, Quiriri-cherub ! Pourquoi me priver du secours de ta parole ?* Il avait obéi, et le dieu à peau blanche restait muet ! Le tatou invisible en avait profité pour se glisser dans son ventre comme dans un terrier, et maintenant le chaman se sentait malade, affaibli. La bête le rongeait de l'intérieur, elle lui caillait les sangs.

Autrefois, dans sa première jeunesse, il avait bien failli mourir de ce même mal. Son père avait rendu l'âme, et le tatou invisible s'était mis dans les entrailles du fils. Le père, on l'avait assis à sa place habituelle dans la maison, tout droit, avec son arc et ses flèches, sa gourde de bière et son sifflet à toucans. Et puis les hommes avaient construit autour de lui une seconde maison, une palissade très serrée de jeunes hévéas, en laissant une ouverture à hauteur du nombril. Par ce trou, ils avaient introduit ensuite la sarbacane du père et forcé jusqu'à ce qu'elle s'enfonce dans son ventre. Et lui, Raypoty, était resté tout seul dans la forêt, sans boire, sans manger, sans courage pour s'approcher... Au milieu de la troisième nuit, le tatou invisible lui avait mordu le cœur, si fortement qu'il s'était cru sur le point de mourir. Et il s'était soumis... Terrorisé par l'épaisseur des ténèbres, implorant la clémence des âmes errantes qui haletaient dans ses oreilles, il avait marché vers la maison du père. Sans distinguer sa propre main devant ses yeux, il était entré dans la maison du père. Et à force de tâtonner, il avait fini par retrouver la sarbacane, et il l'avait suivie jusqu'à effleurer du doigt le nombril où elle était fichée. Au même instant, il avait dit : « Père, je suis ton fils ! », et son cœur s'était mis à battre très fort, comme après une course derrière un jaguar blessé, et une boule de feu avait roulé dans sa tête, et le tatou invisible s'était précipité hors de ses entrailles.

Le temps que jaunisse un régime de bananes, et le serpent surucucu l'avait mordu à la cheville sans réussir à lui ôter la vie, preuve qu'il était *pajé* lui-même, héritier de la puissance occulte de son père, digne de lui succéder.

Raypoty savait ce qu'il devait faire : jeûner, mâcher du datura et attendre là, sur cette roche, que la boule de feu se manifeste. Qüyririche lui parlerait à nouveau, il lui dirait enfin comment rejoindre la Terre-sans-mal. Plutôt mourir que d'avouer l'échec de toute sa vie aux membres de la tribu ! Qüyririche, Quiriri-cherub ! L'Envoyé de Tupan, le Grand Vautour !

Malgré son expérience de chaman et sa provision de fléchettes magiques, il éprouvait la même terreur que dans son jeune âge. Il se sentait sans courage, sans aucun courage...

C'est avec une voix douce, mais altérée par l'émotion, que Mauro lui annonça la nouvelle : ils avaient inhumé Dietlev... L'espace d'une seconde, Elaine eut l'air d'une vraie folle, ses yeux s'égarèrent, cherchant à s'agripper aux choses.

— Comment... comment ont-ils fait ? parvint-elle à dire, la gorge nouée.

Mauro la prit entre ses bras. Il était aussi au bord des larmes, tant le souvenir de l'enterrement pesait encore sur sa poitrine. La position fœtale du cadavre, accroupi dans son puits comme une bête en cage, la branche passée sous ses aisselles de façon à ramener les mains de part et d'autre du visage, les nattes, la terre noire par-dessus, et le cercle d'épieux, si petits, si effilés qu'ils ressemblaient à un piège tendu vers quelque proie épouvantable... Les Indiens avaient fait cela très vite, du bout des ongles, à cause de la puanteur et de la décomposition. « C'est fini, Elaine, c'est fini... » disait Mauro se berçant lui-même dans le roulis qu'il imposait à la jeune femme.

Cette nuit-là, elle le rejoignit dans son hamac, et ils firent l'amour, par peur panique de la mort, pour se rassurer l'un l'autre. Petersen faisait un mauvais rêve. Plusieurs fois, ils l'entendirent geindre à côté d'eux.

Au soir du troisième jour, le chaman réapparut sur le versant de la montagne. Il descendait la pente, les bras chargés de pierres, sous le regard médusé de tout son peuple. Dès son arrivée dans le campement, il se dirigea vers le petit groupe des Peaux-blanches et déposa devant eux son fardeau insolite. D'un geste impératif, il les invitait à examiner les étranges nodules enfantés par la mère de toutes les montagnes... Parmi divers fossiles d'oiseaux et de poissons, Elaine reconnut aussitôt les échantillons que Dietlev avait emportés. Le temps de saisir un fragment plus aplati, et elle s'agenouilla en poussant un juron de surprise ; il y avait là un assortiment de ce qu'ils étaient venus chercher au Mato Grosso : des exemplaires entiers et parfaitement conservés d'un fossile antérieur à la corumbella !

— C'est bien ça, disait-elle, le visage illuminé de bonheur, même pédoncule, mais beaucoup plus de polypes secondaires. La chitine est différente, plus grossière... Et puis, regarde, la structure des sclérenchymes... Il faut apprendre leur langue et se sortir de là, Mauro ! Tu te rends compte de ce qu'on a trouvé ?

Et déjà, elle songeait à nommer la chose dont ses doigts parcouraient l'empreinte. Ce fossile serait une stèle à la mémoire de Dietlev... Demain, on irait voir au sommet de la montagne ; il y avait de fortes chances d'y rencontrer d'autres espèces inédites. La paléontologie allait faire un bond de plusieurs milliers d'années vers l'origine !

— Alors c'est ce truc qui vaut tant de fric ? marmonna Petersen, captivé tout à coup par la tournure que prenaient les événements.

Il y avait certainement un moyen, songeait-il, d'embobiner les Indiens pour qu'ils transportent le plus possible de ces caillasses à travers la forêt...

Satisfait de leur réaction, Raypoty esquissa quelque chose qui ressemblait à un sourire. Il avait bien interprété les signes, la compagne du dieu était contente. Qüyririche lui était apparu, tandis qu'il maniait les pierres sacrées sur la montagne, celles qu'on pouvait voir, identiques, sur l'*aracanóa* légué par ses ancêtres. La boule de feu s'était manifestée comme dans son enfance, et l'Envoyé avait parlé distinctement au fond de sa tête : *Maëperese-kar ?* Que cherches-tu ? *Marapereico ?* Que demandes-tu ? *Ageroure omano toupan ?* Je demande : Comment se fait-il que le dieu soit mort ? Quand volerons-nous aussi haut que l'urubu ? Que faut-il dire au jaguar pour qu'il cesse de pisser sur la forêt ? Et Qüyririche avait répondu clairement à chacune de ces questions... Le tatou invisible ne reviendrait plus. Tout était en ordre parmi les choses, chaque objet, chaque être en son lieu respectif. Cette nuit, ils s'envoleraient tous vers la Terre-sans-mal, ils rejoindraient enfin ce nœud obscur où l'univers s'emboîtait, se fermait sur lui-même comme la carapace du tatou.

Qüyririche les avait précédés afin d'y préparer leur natte sous le grand auvent du ciel. Il les attendait. Sa vie de chaman n'aurait pas été vaine ; son peuple allait enfin sortir du cercle de souffrance et de solitude où l'avait enfermé l'histoire. Il avait su invoquer le dieu correctement, le forcer à lui parler. Dès ce soir, le peuple des Apapoçuva reviendrait au tout début, à ce moment où toutes les choses s'équivalent, parce qu'elles sont toutes également possibles, et l'on pourrait n'avoir jamais choisi, ô dieu ! d'être celui que nous étions...

— *Etegosi xalta*, dit-il en s'adressant à Elaine, *fuera terrominia tramad mipisom !*

Mauro leva les sourcils en reconnaissant l'intonation ecclésiastique du chaman. Après un instant de concentration pour détacher les syllabes et les replacer correctement, il traduisit :

— *Et moi, quand je serai élevé de terre, j'attirerai à moi la totalité du monde...* Mais là, je ne sais pas où il est allé piquer ça !

— C'est délirant, dit Elaine en regardant le chaman s'éloigner. Je n'en reviens pas... On est au bout du monde avec des types nus comme des vers, qui n'ont jamais vu de Blancs, et qui parlent latin en nous offrant les fossiles qu'on était venus chercher... Je sens que je vais attraper le fou rire !

— Ce n'est pas le moment, fit Mauro en essayant de maîtriser la même hilarité.

Tout à ses rêves de richesse, Petersen lui-même souriait.

Le chaman revint les voir, accompagné cette fois de quelques Indiens. Son allure effrayante, la morve noire maculant son torse dénonçaient une prise récente d'*epena*. D'autorité, il mit entre les mains de Mauro et Petersen l'extrémité de ces tuyaux par lesquels on insufflait la poudre rituelle. Herman fit mine de refuser, mais le chaman parut si mécontent de son dédain, qu'il obtempéra immédiatement.

Mauro ne s'était même pas posé de question, tout à son envie de rire, il avait choisi d'aller jusqu'au bout de l'absurde et de se laisser faire. Ils eurent droit à une prise dans chaque narine. La violence de l'effet les laissa tous deux abasourdis. La tête entre les mains, ils gémissaient, les sinus chauffés à blanc, le cerveau ébloui d'explosions lumineuses.

Elaine se réjouit d'avoir été oubliée dans l'honneur qu'on faisait à ses compagnons. Les flûtes avaient recommencé leurs plaintes aigrelettes, des torches de copal s'allumaient dans la nuit tombante.

— Qu'est-ce que ça dégage ! fit Mauro en essuyant l'épais mucus qui s'écoulait sur ses lèvres. C'est pas croyable !

La drogue avait troublé sa vision. Un léger flou estompait les choses autour de lui, accentuant les effets de la chimie au plus profond de ses cellules cérébrales. C'était comme si on lui avait mis des lunettes bicolores à l'intérieur du crâne, tenta-t-il d'expliquer à Elaine, celles qu'on utilise pour rétablir les anaglyphes... Il voyait tout en vert et rouge, avec des distorsions, des chevauchements qu'il ne se lassait pas de commenter en riant. La même euphorie avait gagné Petersen. Moins expansif que Mauro, il se contentait de rire tout seul, en longs spasmes silencieux.

— Et en plus, ça fait bander ! s'exclama Mauro en plaçant la main d'Elaine entre ses jambes avec le naturel qu'on met ordinairement à faire tâter une ecchymose. Tu devrais essayer, je te jure !

Elaine retira sa main d'un geste brusque. Mauro perdait toute retenue, son attitude devenait grotesque. Les muscles faciaux agités de crispations intempestives, il se montrait de plus en plus entreprenant et s'acharnait à essayer de lui toucher les seins. Elle fut contente de la nouvelle intervention du chaman :

— Rejoindre les oiseaux, disait-il en agitant des peaux de toucan et de martin-pêcheur, s'alléger le corps pour s'alléger l'esprit...

Lorsque Mauro comprit que les Indiens voulaient le transformer à leur image, il se dévêtit sans aucune gêne et les laissa peindre son corps à la teinture de roucou, puis à celle du génipa. On lui noua de longues touffes de plumes sur les épaules, ses cheveux furent enduits de glu et parsemés de duvet blanc. Un lacet d'écorce serra enfin son prépuce sur le bas-ventre. Petersen, quant à lui, sentait ses membres s'engourdir. Incapable de penser ou de réagir, il se laissa déguiser sans rechigner. Boule de glaise entre leurs mains, il vit sans émotion aucune l'un de ses paquets de cocaïne s'éventrer sous le pied de l'Indien qui l'attifait.

— C'est super ! s'exclama Mauro lorsque la transformation de Petersen fut achevée. Tu ressembles à un vieux perroquet, Herman ! Un vieil ara déplumé !

Et il se tapait les cuisses, tant cette métaphore le ravissait.

Le chaman déposa aux pieds d'Elaine une sorte de gros paquet enveloppé de fibres végétales. Durant quelques minutes, il lui parla avec gravité, entrecoupant son discours de mélodies chantées, de gloussements et d'expirations malodorantes.

Il lui rendait l'*aracanóa*, ce rêve saur, cette parole boucanée, la preuve, la garantie de l'Autre Monde. Sa matière était mystérieuse, son antiquité notoire. Par un miracle connu du seul Tupan, l'univers y était représenté dans sa totalité. Pas un brin d'herbe qui n'ait été omis, pas un insecte. Tout y était indéchiffrable, sauf ces œufs de pierre qui attendaient la saison des pluies pour éclore dans les rivières. C'était à elle, grande sœur de Qüyririche, de l'emporter. Qu'elle voie comme ses pères et lui-même en avaient pris soin. Des hommes et des hommes et des hommes étaient morts pour que vive cette chose magnifique. Qu'elle sache, qu'elle se rende compte par elle-même.

Sur ce, il lui tourna le dos et s'éloigna, entraînant à sa suite Mauro et Petersen. Restée seule, Elaine les vit prendre encore de l'*epena* et commencer à s'agiter autour d'un brasier dont les hautes flammes pétillaient, assez loin de l'endroit où elle se trouvait. Toute la tribu dansa bientôt dans une lueur d'embrasement criblée d'insectes et d'escarbilles. Ils avançaient, reculaient, levant les bras. À leurs gestes gourds, elle reconnaissait Mauro et Petersen dans la foule. La bière coulait avec outrance. Les femmes, et plus ahurissant encore, les enfants eux-mêmes, s'étaient mis à faire usage de la drogue...

Un changement de rythme dans la musique focalisa son regard sur la vision rougeoyante du brasier. Elaine vit le chaman sortir du groupe des danseurs et venir dans sa direction en compagnie de trois porteurs de torches. L'idée qu'on puisse la contraindre à cette fête barbare l'affola soudain ; profitant de l'obscurité, elle se mit à couvert derrière un arbuste qui poussait en bordure du précipice. Le chaman ne manifesta aucune surprise. Il ne la chercha même pas du regard : l'Envoyée était partie rejoindre Qüyririche. Il s'était attendu à son départ et leva les bras au ciel pour la remercier. Ses fils les guideraient, lui et son peuple. Le moment était venu.

Elaine les vit revenir vers le centre de la clairière. La musique cessa brusquement, les corps se figèrent dans la lueur des flambeaux. Le chaman harangua brièvement sa tribu et s'agenouilla pour embrasser la terre. Puis il arracha une torche, en fit donner une à Mauro et Petersen, et se plaça entre eux, tandis qu'un Indien s'alignait de part et d'autre. Il y eut un court moment d'hésitation quand ils commencèrent à courir, mais les Indiens saisirent le bras des étrangers et les forcèrent à la course. Se piquant au jeu, Mauro se dégagea et entreprit de dépasser tout le monde. Elaine songea qu'ils allaient passer devant elle ; amusée, elle admirait les longs rubans rouges que dessinaient les flammes, quand elle vit la torche de Mauro vaciller, s'incliner puis disparaître en une courbe vagissante. Loin de ralentir, les autres coureurs franchirent le pas de manière délibérée, entraînant Petersen dans leur chute. Durant cette même seconde d'inanité, le chaman battit des bras comme pour tenter de s'envoler ! Aussitôt après, toute la foule des Indiens se rua vers l'abîme. Un incendie se lançait à l'assaut de la nuit, les torches virevoltaient, crépitaient, s'engloutissaient dans la jungle invisible où elles continuaient à luire, comme des fusées de phosphore sous la mer. Les torses emplumés flottaient un instant, enveloppés de lumière rémanente, d'étincelles et de duvet... Des anges tombaient.

Carnets d'Eléazard.

OBJECTIF DU PROFESSEUR CHRÉTIEN : conduire le disciple à un retour dans le temps pour apercevoir les véritables origines de sa croyance erronée. Proche de l'anamnèse platonicienne.

GLOSSOLALIE... Tout commence avec le mythe de la Pentecôte : descendu sur les apôtres, l'Esprit Saint leur offre le don des langues pour mieux convertir les infidèles. En termes de rendement, d'efficacité rhétorique, parler toutes les langues ou les réduire toutes à une seule, c'est bonnet blanc et blanc bonnet.

ITE ET INFLAMMATE ! *Allez et incendiez !* ordonne Ignace de Loyola aux membres de la Compagnie. Soyez bavards, et faites feu de tout patois : rien n'est si combustible que la langue de bois.

LA CHINE ILLUSTRÉE reste un des plus beaux livres qu'il m'ait été donné de tenir entre les mains. Comme pour l'*Œdipe Égyptien*, Kircher y accomplit des prouesses typographiques qui inspirent le respect.

UNE FOIS DÉCOUVERTE L'HORLOGE, nul n'est jamais revenu au sablier, sinon pour faire cuire des œufs à la coque. Il n'y a pas d'alternative : nous devons prendre en compte d'une façon définitive le caractère sacré de la solitude humaine et de son combat. Une éthique n'a de sens qu'à l'intérieur de ce champ clos. Celui d'une lucidité non pas désespérée, mais affranchie des faux espoirs de la transcendance.

EN TOURNANT LE DOS à la source, comme les tigres du Bengale...

ARCHÉOLOGIE DU SAVOIR. Kircher écrit une encyclopédie involontaire de tout ce qui va disparaître ou s'infirmer après lui. En ce sens, il est conservateur d'un savoir d'ores et déjà momifié de son vivant, bien plus que du premier muséum digne de ce nom. La révolution copernicienne, puis galiléenne en astronomie, l'amplification soudaine de la chronologie terrestre bouleversent les idées reçues avec la violence d'un raz-de-marée. Kircher choisit de ne pas embrasser cette nouvelle conception du monde, mais de sauvegarder l'ancienne coûte que coûte. C'est le Noé de son temps. Son œuvre est l'arche d'un univers submergé.

LA MYGALE S'EST COUVERTE d'une fine toile d'araignée. Curieux. Redondant, piège à mouches tendu sur le piège à mouches.

« D'OÙ PROVIENT DONC UNE CHOSE, si elle n'est pas déjà prête depuis longtemps ? » Le père Kircher, dit Goethe, réapparaît toujours au moment où l'on s'y attend le moins. C'est un intercesseur, il nous fait toucher du doigt, comme à des enfants, ce qui pose problème.

« MACHINES À PENSER » : celles de Lulle, de Kircher ou de Jonathan Swift dans le chapitre consacré aux académiciens de Laputa. Même désir de combiner les mots ou les concepts de façon automatique, de puiser dans l'énorme réservoir de leurs potentialités. Muni d'un ordinateur, Kircher l'aurait probablement utilisé pour jouer aux échecs, produire des sonnets, des cantates ou mélanger à l'infini les lettres de la Thora. Il aurait écœuré les nombres avec l'espoir de leur faire vomir plus rapidement ce qui en vaut la peine parmi les choses possibles.

DÈS QU'ON SE MÊLE DE BIOGRAPHIE, il faut se résigner au rôle de Sancho Pança.

NE JAMAIS REGARDER LES CHOSES EN FACE, mais toujours de biais, la seule façon de mettre en relief leur beauté ou leurs défauts. Appris de Heidegger. Le perroquet, pas l'autre. Quoique...

JE CONTINUE, résolument, sans savoir si le chemin suivi m'éloigne ou me rapproche de l'essentiel, sans même savoir si c'est bien un chemin orienté.

ÉTONNEMENT DE LA ROCHE : procédé qui consiste à chauffer violemment au feu la surface de la pierre, puis, en l'arrosant d'eau, à la faire éclater. Loredana... J'en reste éparpillé.

ALFREDO, POUR ESSAYER DE ME CONSOLER : La vie est un soutien-gorge, mets-y les seins ! *La vida é um soutien, meta os peitos !*

36ᵉ STRATAGÈME. Conseillé par Kircher, le vrai, comme ultime recours contre la peste...

SI PAR UN LIVRE toute certitude a été perdue et l'alliance trahie entre les choses et nous, c'est par un autre livre que l'alliance est rétablie. Nous narguons si souvent cette évidence et avec tant de mauvaise foi, qu'il faut que nous soyons aveugles, ou heureux d'un bonheur de bête dans la déréliction.

UNE PETITE AFFICHE, sur la navette qui me conduit à São Luís : « Homme à la mer : si l'on voit tomber une personne en mer, ou de toute façon une personne à la mer, crier : Homme à la mer à tribord. » J'ai dû tomber à bâbord.

« LA PIERRE EST DIEU, mais elle ne sait pas qu'elle l'est, et c'est le fait de ne pas le savoir qui la détermine en tant que pierre. » Maître Eckhart. À rapprocher de Lichtenberg et des rêves d'éléphants ivres : « Peut-être un chien, ou un éléphant ivre, ont-ils juste avant de s'endormir des idées qui ne seraient pas indignes d'un maître de philosophie ; elles sont d'ailleurs inutilisables pour eux et sont aussitôt effacées par des outils sensoriels excessivement excitables. »

DÉPÊCHE : En Australie, six hommes sont devenus amnésiques après avoir mangé des moules…

Chapitre XXXI

De l'entretien qu'eut Athanase avec le nègre Chus,
& des conclusions merveilleuses qu'il en tira.

Quoique ayant été décimées en 1664 au Saint-Gothard, les armées turques de Mahomet IV volaient depuis peu de victoire en victoire. Après avoir enlevé aux Vénitiens les îles de Ténédos & de Lemnos, Kouprouli Ahmed, fils du sultan, s'empara successivement de la Galicie & de la Podolie. Assiégée depuis plusieurs mois, la Crète résistait vaillamment aux assauts des hordes infidèles ; mais, durant l'hiver de 1669, nous apprîmes avec désespoir la prise de Candie & la complète déroute des soldats de la vraie foi. *Post hoc, sed propter hoc*[1], l'Église perdit soudain son plus ardent défenseur en la personne du pape Clément IX, lequel mourut de chagrin en apprenant cette nouvelle.

Le cardinal Emilio Altieri lui succéda, sous le nom de Clément X.

En 1671, la sortie du *Latium* valut à Kircher un concert d'éloges universel. Rien n'était beau comme les planches de cet ouvrage, si bien qu'il fut épuisé en peu de temps. Mon maître parla souvent de lui donner une continuation plus savante, & cela sous la

---

1. *À la suite de cela, mais à cause de cela...*

forme d'un *Voyage au pays des Étrusques*, mais ce livre resta en friche.

Ce fut cette année-là qu'Athanase prit l'habitude de se retirer chaque automne à la Mentorella. Il y trouvait le bon air prescrit par les médecins & un calme propice au recueillement. Mais si loin qu'il fût de la vaine agitation du monde, le harcèlement des hommes ne laissait pas de l'y rejoindre, parfois même avec virulence.

C'est ainsi qu'une nouvelle controverse, plus sérieuse que la précédente, le vint bouleverser jusque dans sa retraite. En janvier 1672, dans le bulletin de la Royal Society de Londres, il lut un article intitulé comme suit : « *Résumé de la Trompette Parlante, telle qu'elle a été inventée par Sir Samuel Morland, & présentée à sa très excellente majesté le roi Charles II d'Angleterre.* » Cette trompette, ou « Tuba Mécologique », était décrite comme un instrument capable de transmettre la voix humaine jusqu'à deux ou trois milles de distance, & « utile aussi bien sur la mer que sur la terre ». Simon Beale, premier trompettiste du roi, l'avait fabriquée selon les plans du baronnet Sir Samuel Morland & la vendait déjà avec grands profits au prix de trois livres l'unité...

Toujours enclins à ignorer tout ce qui se fait hors de leurs frontières, les Anglais s'étaient donc attribué l'invention du mégaphone, l'une des plus évidentes réussites de Kircher ; & non contents de joindre l'arrogance à la volerie, voici qu'ils prétendaient tirer profit de leur indigne brigandage !

L'affaire étant de taille, j'engageai Athanase à protester sur-le-champ d'une pareille iniquité. Kircher consulta ses collègues & amis ; fort de leur soutien, il résolut de ne pas se contenter d'une simple réfutation en priorité, mais de publier un ouvrage entier sur la question du mégaphone, démontrant par là une pratique & un savoir supérieurs en ce domaine.

Au mois de mai 1675, année sainte du jubilé, Kircher décida enfin de publier son *Arche de Noé*. Fidèle à son propos initial, il y traitait successivement de l'histoire humaine depuis le péché originel jusqu'à la construction de l'arche, des circonstances du déluge, & de la geste de Noé, puis de ses descendants, après le châtiment divin. L'ouvrage s'achevait par une explication minutieuse des origines de la science hermétique. Mon maître avait porté un soin particulier à la qualité des figures accompagnant le texte, & le monde entier s'accorda pour saluer la parution d'une semblable merveille. Le jeune souverain d'Espagne, alors dans sa douzième année, sut apprécier à sa juste valeur une œuvre qui lui était si brillamment destinée ; joignant la munificence aux félicitations les plus sincères, il donna ordre de faire prendre en charge par la couronne tous les frais d'imprimerie de *La Tour de Babel*, cet ouvrage qui devait être le pendant de *L'Arche de Noé* & faisait tous les doctes ronger leur frein.

Son ouvrage sur les tombes égyptiennes étant déjà chez l'imprimeur, Kircher aurait pu se dédier entièrement à *La Tour de Babel*, mais sa trop grande bienveillance & son hospitalité ne lui en laissaient guère le loisir. « *Si vous connaissiez le continuel fardeau de mes occupations*, écrivit-il au Provençal Gaffarel – en réponse à une lettre où celui-ci lui reprochait son silence épistolaire – *vous ne m'accuseriez point de la sorte. En cette époque de jubilé, une grande multitude de visiteurs, de dignitaires & de savants viennent à moi sans interruption pour voir mon musée. Je suis si absorbé par eux que je n'ai quasi plus de temps à dévouer, non seulement à mes études, mais aussi à mes devoirs spirituels les plus normaux...* »

Ce fut par conséquent avec une joie fort compréhensible qu'Athanase vit revenir l'automne, & avec lui la perspective de se retirer à la Mentorella. Nous méditions de nous y installer, lorsqu'un événement inattendu offrit une fois de plus à mon maître l'occasion de se distinguer...

De retour des Amériques, un bâtiment portugais ramena en Italie un sauvage tout à fait étrange. Non point par sa couleur, qui était noire comme le charbon – merveille à laquelle nous étions accoutumés depuis quelques années – mais bien par le mystère de son langage & de ses origines. Aux dires du capitaine, ce nègre avait été rencontré au grand large des côtes de Guinée, dérivant, à demi mort de faim, sur une petite barque qui n'était faite que d'un arbre creusé. Après avoir retrouvé ses forces, cet homme avait montré tant d'ingratitude & de mauvaise volonté à apprendre la langue de ses sauveurs, que les marins voulurent le remettre à l'eau incontinent, pour punition de sa barbarie. Heureusement pour lui, se trouvait à bord un savant jésuite, le père Grégoire de Domazan ; remarquant chez ce nègre un certain air d'orgueil & de noblesse, il le sauva d'une mort certaine. Une fois à Venise, il prit le naufragé sous sa protection & s'intéressa aux bizarreries de son langage : quoique cet homme se montrât capable d'écrire l'arabe avec une facilité qui ne laissait aucun doute sur son habileté à maîtriser cette langue, il ne parlait point du tout l'idiome des infidèles, mais un jargon inconnu de ceux qui l'entendirent. Bien plus, lorsque le père Grégoire présenta les feuilles écrites par son sauvage à quelques docteurs en langues orientales, il s'avéra que ces écritures ne possédaient aucune signification...

Après des circonstances que je tairai, pour ne point ennuyer le lecteur, le nègre Chus, ainsi nommé à cause de sa couleur de peau, fut emmené à Rome pour y être examiné par Athanase Kircher.

Un beau matin, nous vîmes donc arriver au Collège Romain le docteur Alban Gibbs, accompagné de Friedrich Ulrich Calixtus, professeur de langues orientales à l'Université & délégué, en cette occasion, par l'académie *dei Lincei*. Haut de six pieds, avec un visage étonnamment fin & harmonieux, le nègre Chus marchait, fers aux poignets, entre deux gardes chargés de l'escorter ; précaution que justifiaient ses nombreuses tentatives pour soustraire sa personne à la curiosité des honnêtes hommes. Kircher reçut ses visiteurs dans la grande galerie de son musée. Son premier soin fut de faire délivrer le prisonnier de ses entraves, & ce malgré les avertissements réitérés de Calixtus. Surpris, mais apparemment fort aise de cette initiative, Chus s'inclina vers mon maître ; puis, se tournant avec morgue vers Calixtus :

— *Ko goóga !* lança-t-il de sa voix grave, *ò ò maudo no bur mâ 'aldude*[1] *!*

L'interpellé recula avec frayeur devant la violence menaçante de ces paroles, mais le nègre se calma aussitôt. Séduit, semblait-il, par le spectacle des collections qui l'entouraient, il ne cessait de rouler son terrible regard d'une chose à l'autre. Kircher l'invita du geste à prendre un siège, mais Chus refusa en souriant :

— *Si mi dyôdike, mi dânoto...*[2] Puis montrant les livres garnissant l'une des bibliothèques : *Miñ mi fota yidi wiñdugol dêfte...*[3]

Kircher parut fort aise de cet intérêt :

— *Libri !* prononça-t-il en latin & tout en désignant ce qu'il nommait. Les livres !

— Libi, libi ? répéta le nègre avec étonnement.

— Li...bri... insista mon maître en décomposant le mot.

— Li-bi-li... *Libilibiru*[4] ! s'écria-t-il, tout à la joie d'avoir réussi à contrefaire un mot si difficile.

---

1. *En vérité, ce notable est plus riche que toi !*
2. *Je m'endormirai, si je m'assieds...*
3. *Moi aussi, j'aime écrire des libres...*
4. *Le chant de l'hirondelle !*

— C'est cela ! dit mon maître en congratulant son invité, *libri*, les livres ! Je crois que nous commençons à nous comprendre. Plus difficile, cette fois : *millia librorum*, des milliers de livres !

— Mi yâ libilibiru ? *Mi yâdii libilibiru*[1] *!* répéta le nègre en se frappant les cuisses d'hilarité. Puis il secoua la tête avec une mine de grande compassion : *Lorra 'alaa... Ha'i fetudo no'àndi bu'ataake e dyâlirde...*[2]

— Vous avez bien fait de m'amener cet homme, dit Kircher en s'adressant à Gibbs, son patois m'est inconnu, quand bien même je crois y déceler quelques ressemblances avec d'anciens idiomes. Mais procédons par ordre. Vous m'avez laissé entendre qu'il connaissait l'écriture arabe, & c'est par là, sans nul doute, que nous trouverons quelque moyen de progresser. Caspar, je te prie, une écritoire & du papier...

Tandis que je m'affairais, Chus s'était immobilisé devant une hyène empaillée & manifestait sa joie à grands renforts d'exclamations & de claquements de cuisses.

— Heï, *Bonôru ! Ko dyûde hombo sôdu dâ*[3] ?

— Voyez, commenta Kircher, il a reconnu un animal de sa contrée... Cela n'est pas la moindre utilité de mes collections, & je suis bien certain que tout homme, de quelque nation qu'il fût, se retrouverait ici en pays de connaissance, tant il est vrai que la nature est notre seule patrie...

Mon maître s'avança vers Chus en lui présentant l'écritoire, & manifesta son désir de lui voir décrire sur le papier l'animal qui provoquait ainsi son allégresse. Le nègre parut content de cette

---

1. *J'ai accompagné le chant de l'hirondelle !*
2. *C'est comme tu voudras... Même le fou sait qu'il ne faut pas chier dans une mosquée...*
3. *Holà, une hyène ! De quelles mains as-tu acheté cela ?*

invite. Il se concentra un instant, puis s'asseyant à
même le sol, écrivit un court paragraphe dans une
langue qui avait l'exacte semblance de l'arabe. Il
tendit son œuvre à Athanase avec un air évident de
satisfaction.

جند فُعْ بُنُور قَرِ تو يِمْب نَهوِّس تَپِ دُ وِع عُكْرِبتَن تَـُو يوِع بُعُّكتا
سوُنّا بُنُور دُنْ لمتب حا تِمّ سَّب هَردُ وقال فُعُ بُنُور دُنْ مِيذِ بِيطا
دُ وِع كُنْ سِملِي هَا بُنِ شَّب هَر سِوقال فُعُ مِهبَى تَـُو يوِع عَهبَى دُ
وِع بِع طا! فِرْقَلْ دَارِ سِوُنّا شَّب يوِع كُسَّب بُعُكدُ تَـُو دُبِذ
هَابِن جُيطُ نُمبِ بُوَلُد

— Vous aviez raison, continua mon maître après
avoir parcouru le texte, cette langue est bien de
l'arabe quant à la forme des lettres, mais elle ne
signifie rien ; & je me vante de savoir, outre le
syrien, le copte & le persan, tous les dialectes qui
font usage de ces caractères. Faisons maintenant
l'essai inverse... Prends bien garde, Caspar, de noter
exactement tout ce qui se dira.

S'exprimant par gestes, Kircher demanda à Chus
une lecture à haute voix du texte rédigé par ses soins.

— *Gnyande go'o bonôru*, commença le nègre, dès
qu'il eut compris ce qu'on attendait de lui, *'arii tawi
yimbe no hirsi nagge*[1] : (à ce point de son discours, il
changea de voix pour une tessiture plus aiguë, tout
en mimant quelqu'un qui demanderait par le geste
de quoi manger) *'okkorè lan tèwu*[2] ! (puis, reprenant
sa voix normale) *Be wi'i be 'okkataa si wonaa*

---

1. *Il arriva un jour qu'une hyène se trouva nez à nez avec des gens
qui égorgeaient un bœuf. Elle leur dit :*
2. *Donnez-m'en donc un morceau.*

bonôrudün limana be hâ timma sappo, hara du wi'aali go'o…[1]

— Très bien, dit Kircher en l'interrompant, tout semble indiquer qu'il s'agit là d'une façon originale de traduire, par le biais d'une écriture empruntée, les sons d'un langage qui n'en posséderait point en propre. C'est, en quelque sorte, une stéganographie comparable à…

— *Mi lannaali woulande ma*[2] ! s'écria Chus, interrompant mon maître à son tour. *Wota dâru fuddôde, daru timmôde*[3] !

Nous restâmes si abasourdis par ce soudain accès de fureur, que notre homme eut tout le loisir de poursuivre sa lecture :

— *Bonôrudün mîdyii sèda du wi'i : Kono si mi limii hâ yonii sappo hara mi wi' aali go'o mi hebaï tèwu ? Be wi'i : 'a hebaï. Du wi'i : Be'i didi e gertogal dâre si wonaa sappo be wi'i ko sappo. Be 'okkidu tèwu, du feddyi*[4].

Après une pause, & comme s'il nous livrait là un important secret : *Hâden dyoïdo*, conclut-il en nous montrant toutes ses dents, *no metti fó lude…*[5]

— On ne m'a pas menti non plus, reprit Kircher, en me rapportant la fierté de cet homme. Il est clair qu'il n'a point apprécié d'être interrompu tandis qu'il parlait… Je disais donc, au moment où il me rendit la monnaie de ma pièce, que ce langage entretient avec l'arabe écrit les mêmes relations que la musique

_____

1. *Ils lui répondirent : « Nous t'en offrirons si tu peux compter pour nous jusqu'à dix sans dire un. »*
2. *Je n'ai pas fini de te parler !*
3. *Ne regarde pas le commencement, regarde la fin !*
4. *La hyène réfléchit un instant, puis leur dit : « Et s'il arrive que j'aie compté jusqu'à dix sans dire un, aurais-je de la viande ? » « Tu en auras. » « Eh bien, deux chèvres et la poule, regardez donc si ça ne fait pas dix… » « Tu as raison, reconnurent-ils, cela donne bien dix ! » Ils dirent et donnèrent de la viande à la hyène qui s'en alla.*
5. *L'homme d'esprit se tire à bout de tout…*

avec un système quelconque de notation. Je m'explique : les Toupinambous du Brésil ne savaient pas écrire leur langue quand nous les rencontrâmes pour la première fois ; mais nos pères leur apprirent à utiliser le syllabaire latin pour en reconstituer les sons, si bien que ceux d'entre ces sauvages qui en firent l'effort sont aujourd'hui capables de mettre leurs discours par écrit dans le langage qui appartient à leur nation. Que des mahométans eussent abordé au Brésil en lieu & place des Portugais, & les Toupinambous transcriraient aujourd'hui leur langue en arabe, exactement comme ce nègre ici présent...

Nous nous tournâmes instinctivement vers Chus ; accoudé à la fenêtre, il se désintéressait de nous pour observer le ciel & semblait attristé de n'y apercevoir que de lourds nuages plombés qui présageaient l'orage.

Kircher reprit la transcription phonétique que j'avais faite tandis que Chus lisait son texte. Il parcourut la page longuement, puis souligna quelques mots qui parurent attirer son attention.

— Se pourrait-il que... marmonna-t-il pour lui-même. Tout est possible... Mon Dieu, je suis entre vos mains !

— Auriez-vous découvert quelle langue parle cet homme ? demanda Gibbs avec intérêt.

— Peut-être, mais c'est une hypothèse tellement folle que je voudrais vous montrer d'abord comment elle est parvenue à se formuler dans mon esprit. Regardez, je vous prie, les mots que j'ai soulignés sur cette feuille : en décomposant celui-ci, « *bonôru* », j'obtiens *bonô* & *ru*, soit l'adjectif « bon », en italien, & le mot « souffle » ou « esprit », tel qu'on l'exprime en langue hébraïque. Ce que je serais tenté de traduire par « l'esprit bon » ou, mieux encore, par « l'esprit saint »...

— C'est ma foi vrai, commenta Calixtus avec admiration. Cette langue paraît être constituée d'un merveilleux mélange de toutes les autres, & il faut votre savoir unique & multiforme pour l'avoir si vite remarqué... Mais qu'en déduisez-vous ?

— J'en déduis ses origines, monsieur, ou du moins je les suppose, avec une acuité qui me paraît à chaque seconde plus vraisemblable ! Comme on ne peut logiquement supposer que cette langue se soit formée au contact de toutes les autres, ce qui supposerait que son peuple eût parcouru toute la terre sans savoir parler, il faut admettre alors sa préexistence : ne serait-ce pas de ce langage premier que les anges ont tiré la substance des cinq langues infusées aux hommes après la chute de Babel ?

— Insinueriez-vous que cet homme parle la *Lingua Adamica* ? !

— Oui, monsieur Calixtus, la langue adamique elle-même, telle que Dieu en fit présent au premier homme, & telle qu'elle fut parlée sur toute la terre jusqu'à l'écroulement des folles présomptions humaines...

Un terrible roulement de tonnerre ponctua la phrase de Kircher ; il fut si soudain que nous ne pûmes nous garder d'y reconnaître comme la marque de l'assentiment divin. Toujours proche de la fenêtre, Chus détourna les yeux du rideau de pluie qui assombrissait le jour :

— *Diyan dan fusude*, dit-il tristement, *doï doï*[1]...

Et bien qu'il ne fût encore que trois heures de relevée, Kircher fit allumer les lustres.

— Il me faudra plusieurs semaines de travail pour arriver à une certitude, mais je puis assurer dès maintenant que la langue de cet homme, quand bien même elle ne serait point la matrice de toutes les autres, se trouve être plus ancienne encore que le chinois, laquelle est elle-même la plus antique transformation de la langue de Cham. Et il ne me

---

1. *Il pleut lentement, lentement...*

surprendrait pas que nous découvrions par la suite des corrélations directes entre ces deux idiomes.

Voyant mon maître porter sa main au front & fermer les yeux un instant, je sus que ses maux de tête – de plus en plus fréquents ces derniers mois – l'avaient repris. J'engageai donc nos visiteurs à abréger l'entretien pour laisser reposer leur hôte. Mais tout en convenant de sa grande lassitude & en priant Gibbs & Calixtus de l'en excuser, Kircher voulut à toute force tenter une ultime expérience. Se saisissant du second tome de *L'Œdipe Égyptien*, il l'ouvrit à une certaine page marquée d'avance par une petite bande de papier.

— Cette figure en forme de soleil, dit-il à l'adresse de Calixtus, contient les soixante-douze noms de Dieu, répertoriés par moi selon les principes de la Kabbale, ainsi que les différentes manières qu'ont soixante-douze peuples de nommer la divinité. Et si toutes les langues du monde ne sont pas représentées dans cette roue, elle contient du moins les racines essentielles hors desquelles le nom de Dieu ne saurait être exprimé.

Ayant dit cela, mon maître se dirigea lentement vers Chus. Ce dernier semblait fasciné par l'orage qui ne faiblissait point, mais à l'approche de Kircher, il se tourna vers lui. Ses yeux blancs étincelaient dans le demi-jour, & sa silhouette imposante, parfaitement détachée sur un ciel zébré d'éclairs, me parut celle d'un géant sorti tout droit de la Genèse.

— *Ko hondu fâlâ dâ*[1] ? demanda-t-il avec sévérité.

Kircher se contenta de baisser les yeux sur son livre :

— Dieu ! clama-t-il avec force, & en laissant chaque fois un temps de silence entre les mots, Yahvé ! Théos ! Gott ! Boog ! God ! Adad ! Zimi ! Dio ! Amadu !...

---

1. *Que veux-tu ?*

À ce dernier nom, une chose extraordinaire se produisit : poussant un hurlement qui me glaça les sangs, le nègre Chus leva les mains au ciel avant de se laisser tomber sur les genoux.

— *Mi gnâgima, Ahmadu*[1] *!* dit-il en se prosternant avec toutes les marques de la plus intense vénération, *kala dyidu gôn yèso hisnoyé. Mi yarnè diyan bégédyi makko, mi hurtinè hümpâwo gillèdyi haamadâ*[2] *!*

Après avoir baisé le sol par trois fois, il se releva puis regarda mon maître avec mépris, en secouant la tête de droite à gauche. Kircher revint vers nous ; un sourire de triomphe éclairait son visage creusé par la fatigue.

— Amadu, ou Amida... C'est sous ce nom que les Japonais adorent le dieu Poussah ! Lequel devient Amitâbha chez les Indiens, & n'est autre pourtant que ce Fo-hi dont les Chinois ont fait leur divinité, sans savoir qu'il est la même chose qu'Hermès & Osiris. Si l'on se souvient que « Chine » se dit : *Shen shou*, savoir « le royaume de Dieu », il devient évident que notre Chus adore l'un des plus proches avatars de Yahvé ou Jéhovah ; & je ne désespère pas d'apprendre ultérieurement que ces vocables sacrés lui sont non seulement connus, mais également plus précieux encore que celui d'Amida... Et c'est pour cette raison que je vous prierai de bien vouloir revenir demain, à la même heure si cela vous convient. J'entreprendrai l'étude circonstanciée de ce langage, & avec l'aide de Dieu, nous ouvrirons de nouveaux chemins vers l'origine...

Dès que nous fûmes seuls, Athanase se retira dans son cabinet, non sans emporter avec lui les minutes

---

1. *Je t'ai prié, Mahomet !*
2. *Tous ceux qui ont vu ce visage seront protégés. Je serai abreuvé de l'eau de ses lacs ; je me mêlerai, je m'honorerai d'être au nombre des fidèles de Mahomet !*

de son entretien avec Chus. Malgré leur pâleur, ses yeux brillaient d'exaltation, & je n'eus pas besoin de l'interroger pour savoir quelles espérances il fondait sur ces prochaines rencontres.

Un funeste événement vint, hélas, contrarier notre attente ; & si tu veux savoir, lecteur, ce qu'il advint du nègre Chus, cela te sera conté dans le prochain chapitre...

FORTALEZA | *Comme sur un vieux film*
aux couleurs passées...

En poussant la porte de son appartement, Moéma découvrit le petit mot que Thaïs et Roetgen avaient rédigé ensemble pour se rappeler à son souvenir. Elle n'en lut que les signatures et le mit à la poubelle. Son ressentiment à leur égard avait empiré avec d'autant plus d'aigreur qu'il semblait désormais illégitime. Ils étaient restés en arrière, très loin, beaucoup trop loin de ce qu'elle avait enduré ces jours derniers. Elle ne les reverrait pas.

Son premier geste fut de se faire couler un bain. En introduisant dans la machine à laver les vêtements que lui avait achetés Nelson, elle décida de les conserver en mémoire de Pirambú : le T-shirt « Gloria » avait pris valeur de relique, il témoignait d'un revirement qui allait faire changer sa vie. Elle rendrait du linge neuf à ce garçon, puis demanderait à son père de lui offrir le fauteuil dont il rêvait. C'était la moindre des choses pour le remercier de tout ce qu'il avait fait pour elle.

Plongée dans la mousse jusqu'au menton, elle se vit en train d'accompagner Nelson au magasin d'orthopédie. Elle ferait en sorte de payer le fauteuil hors de sa présence, pour qu'il ait la surprise de repartir avec. De toute façon, elle ne le laisserait pas tomber. Elle allait s'occuper de lui. Eléazard se décarcasserait pour lui trouver un job, peut-être même le ferait-il venir à Alcântara.

Plus Moéma s'accrochait à ses images de bonheur, plus elle sentait resurgir les ombres qui l'habitaient. *Ces salauds m'ont peut-être filé une maladie... songeait-elle avec une inquiétude amorphe. Et si je restais enceinte ?* L'idée de porter plainte contre ses agresseurs lui avait traversé l'esprit, mais elle s'y refusait tant la paralysaient l'épreuve du tribunal et la certitude qu'aucun verdict ne parviendrait à édulcorer le sentiment de sa propre déchéance. Elle irait quand même voir un médecin ; plus tard, au moindre signe suspect.

Vêtue d'un peignoir de bain, les cheveux entortillés dans une serviette blanche, elle s'allongea sur son lit. *Demain, il y aurait la fête de Yemanjá.* L'oncle Zé lui avait bien expliqué comment se rendre au *terreiro*, cela ne posait pas de problème. Avec un peu de chance, l'argent que lui envoyait son père tous les mois arriverait le lundi ou le mardi suivant. Il lui restait à peine de quoi tenir jusque-là ; ensuite, c'était tout vu : le bus jusqu'à São Luís ! Elle serait là-bas dans trois jours, peut-être moins. Ce n'était plus la peine d'écrire, elle arriverait avant sa lettre.

Sur la table de nuit, il y avait encore les deux seringues dont elle s'était servie avec Thaïs, la veille du rendez-vous chez Andreas. Sa détresse s'en raviva. Dans le même temps, elle sut, avec cette évidence propre aux solutions factices – celles qui intensifient un problème au lieu d'aider à le résoudre – qu'une petite ligne de coke ou un simple joint réussiraient à l'apaiser. *Dépendance psychologique,* se dit-elle avec un ricanement... Elle n'était pas malade, ne ressentait aucune des souffrances physiques liées à un réel état de manque ; lui faisait soudain défaut, et avec force, la sensation d'être au-dessus, de maîtriser parfaitement son corps et son esprit. Chaque fois que cette urgence s'était manifestée, elle lui avait obéi aussitôt, comme on contente innocemment une envie de cigarette ou de chocolat. Au pire, elle allait voir Paco, et tout était réglé ; aujourd'hui les choses étaient beaucoup moins simples... Elle se leva pour fouiller tous les endroits où elle avait coutume de cacher la drogue. Il ne lui en restait plus, elle le savait, mais quelque chose la poussait à exorciser la pénurie, comme si le fait de chercher quand même devait faire apparaître une miette de haschisch ou quelques brindilles oubliées de *maconha*. En désespoir de cause, et avec la nervosité qui accompagne l'intuition d'essayer enfin la bonne clef, elle démonta l'encadrement du miroir qui servait à partager la coke ; il n'y restait qu'une infime poussière de cristaux, juste de quoi frotter sa gencive et augmenter encore son impatience. D'un seul coup, cette nécessité s'exacerba : il fallait qu'elle se procure ce qui lui manquait avec tant d'exigence, il le fallait absolument. Elle eut beau essayer de se raisonner, son insatisfaction la tenait captive. S'adresser à Roetgen, le seul qui eût été capable de lui prêter de l'argent parmi ses connaissances, il n'en était pas question. Demander à Paco de lui faire crédit ? C'était encore moins envisageable, il savait trop à quoi s'en tenir avec ses clients... Moéma en était à explorer les transactions les plus absurdes, lorsque les économies de Nelson se présentèrent à sa mémoire. Elle fut certaine qu'il ne refuserait pas de lui rendre ce service. N'importe comment, il fallait qu'elle sorte, qu'elle se change les idées.

Elle enfila un jean, un chemisier qu'elle choisit moins pour son élégance que pour l'opacité de son étoffe, puis fouilla dans le désordre d'un tiroir jusqu'à retrouver la petite bombe lacrymogène que son père l'avait obligée à emporter. Elle la mit dans une de ses poches et se pressa de quitter l'immeuble.

Il lui fallut près d'une heure de bus pour retourner à Pirambú. Devant la cahute de Nelson, elle frappa des mains plusieurs fois sans obtenir de réponse, puis entra, décidée à attendre son retour. Le savon et la serviette au fond du hamac, les photos déchiquetées, le sable parcouru de sillons, comme si quelque boa s'était tortillé partout dans la pièce, lui parurent malsains, sans qu'il en résultât autre chose qu'un accroissement de sa fébrilité. Les cinq premières minutes furent interminables ; son agacement fit le reste. À peine contrariée à l'idée que Nelson pût la surprendre ainsi, elle creusa à l'endroit qu'il lui avait lui-même indiqué et mit au jour le sac en plastique. La présence de l'arme l'étonna, mais elle la laissa en place, se contentant de prendre la liasse de billets qu'elle convoitait ; elle combla le trou, égalisa le sable rapidement et déguerpit.

Elle rembourserait la somme dès qu'elle aurait encaissé le chèque de son père. D'ici là, il n'y avait pratiquement aucune chance pour que Nelson s'aperçoive de son emprunt. Car c'était un emprunt, on était bien d'accord, pas un vol. Un cas de force majeure. À la limite, il n'aurait même plus besoin de cet argent, puisqu'elle avait décidé de lui offrir son fauteuil roulant.

Malgré toutes les excuses que lui dictait sa mauvaise conscience, Moéma ne se tranquillisa qu'au sortir de Pirambú. Si Nelson ne lui avait pas menti, elle était en possession de cent cinquante mille cruzeiros, une somme suffisante pour enterrer en beauté son ancienne vie et en finir avec la came. Après la fête de Yemanjá, elle n'y toucherait plus, quoi qu'il arrive. Si son père le lui demandait, elle accepterait même de se faire désintoxiquer. Mais cela ne serait pas nécessaire, elle se sentait forte, maîtresse de son avenir et de sa volonté. Elle irait jusqu'au bout de la coke, le plus loin possible, pour bien manifester qu'elle avait touché le fond. Et puis elle remonterait, toute fraîche, neuve, purifiée d'une faute qui resterait enfouie à jamais dans la nuit de sa jeunesse.

Sur le chemin du retour, elle s'arrêta chez Paco pour passer commande. Une heure plus tard, une première injection colmatait enfin les plus larges fissures de son mal-être.

À la nuit tombée, elle entendit frapper à sa porte :

— *Carinha !* C'est nous, fit la voix de Thaïs. Ouvre, on sait que tu es là...

Moéma se sentit prise au piège. Rester immobile, faire la morte. Un seul mot, et ce serait foutu, elle finirait par les faire entrer.

— Ouvre-nous, s'il te plaît, dit Roetgen d'une voix raisonnable. On a vu la lumière... Il faut qu'on s'explique, tous les trois, c'est idiot de rester comme ça...

La lumière... Elle aurait dû penser qu'ils finiraient par l'apercevoir. Eux ou quelqu'un d'autre... Elle ne voulait pas, ne voulait plus en entendre parler ! C'était sa nuit à elle, sa veillée solitaire avant ses prochaines noces avec la vie. Ça ne leur suffisait pas de l'avoir trahie, de l'avoir abandonnée à l'ordure des talus ?

— Moéma, insistait Thaïs, qu'est-ce qu'il t'arrive ? On était torchés, tu peux comprendre ça, quand même... Je sais pas ce que tu te fais comme idées, mais elles sont fausses. Ne sois pas bête, ouvre, on t'invite à boire un pot sur la *beira-mar*...

Un tourbillon s'était mis en marche dans sa tête, aspirant tout sur son passage. La voix de Thaïs, le sourire de Thaïs, le corps de Thaïs... C'était sa sœur, son amante, la seule amie qui ait su partager ses espérances et ses angoisses. Pardonner, ne pas fonder sa nouvelle vie sur une intransigeance ?

— Ouvre-nous, voyons... dit Roetgen sur un ton suppliant. On s'est fait du souci pour toi...

Quel con ! S'il n'avait pas été là, elle aurait au moins entrebâillé la porte, juste pour lire la vérité dans le regard de Thaïs... Ce type la débectait ! Il avait profité d'elles comme un malpropre... Lui dire cela. Lui dire que les mecs étaient tous des salauds, des égoïstes qui ne pensaient qu'à baiser pendant que le monde s'écroulait autour d'eux... Oui, ouvrir la porte, lui dire de foutre le camp, et faire entrer Thaïs...

Elle respira deux ou trois fois profondément, vérifia d'un coup d'œil qu'elle était présentable et ouvrit la porte, résolue au plan qu'elle s'était fixé. Personne. Ces crétins s'étaient lassés d'attendre... Tant mieux, après tout. « Qu'ils crèvent ! dit-elle à voix haute et en sentant monter les larmes, qu'ils crèvent la bouche ouverte ! »

Au matin de la fête de Yemanjá, des milliers de personnes se mirent à converger vers la plage du Futur pour honorer la déesse de la mer. Embarqués sur des camions ou des charrettes, les *terreiros* de Fortaleza se déplaçaient en masse, entraînant l'ensemble des fidèles derrière leurs chefs spirituels. Une fois l'an, cette cérémonie rassemblait ainsi toutes les mouvances de l'Umbanda et du Candomblé en une seule ferveur. Pour aller à son rendez-vous, Moéma dut remonter le flux de circulation qui emplissait la *beira-mar*. Un peuple chamarré se pressait déjà sur les trottoirs, une véritable migration d'Hébreux – des *faveleros* pour la plupart – engagée dans sa longue marche vers la fête.

Le *terreiro* de Dadá Cotinha ressemblait à une nef des fous. Travestis de carnaval, musiciens vérifiant haut et fort leurs tambours, mulâtresses en robe bleu ciel, cartons de *cachaça*, bouquets de roses et d'œillets, cris, pleurs et gesticulations... une effervescence de noces secouait la demeure de bas en haut. Déguisé en prince Roland, casque à panache et cape rouge, l'oncle Zé donnait de la voix pour le chargement de son camion.

— Ah te voilà, princesse ! dit-il lorsqu'il aperçut Moéma. Il avait l'air soulagé et agréablement surpris de quelqu'un qui voit ses pires craintes détrompées : Comment ça va, aujourd'hui ? J'espère que tu as bien dormi, ça va être une rude journée...

Moéma avait passé une nuit blanche, entièrement dédiée aux pitoyables miracles de la coke. Elle portait des lunettes noires, mais débordait d'une énergie tendue, presque douloureuse.

— Viens, viens que je te présente. C'est Dadá elle-même qui va te préparer.

Ils se faufilèrent dans une petite pièce où de vieilles femmes s'agitaient en riant auprès des fillettes qu'elles pomponnaient. Dadá Cotinha, une grand-mère plantureuse et enjouée, aux allures de nounou pour enfant de général sudiste, loua Zé pour son choix, puis le chassa gentiment. Le temps pressait, il fallait habiller la jeune fille...

Livrée debout à l'escadrille de mains qui voltigeait autour d'elle, Moéma se laissa costumer sans broncher. Elle s'insinua dans un maillot de nageuse couleur chair qui épousait parfaitement ses formes. Cousues au bon endroit, deux tétines de caoutchouc soulignaient avec emphase ses bouts de seins. Elle piqua un fard lorsque les vieilles femmes s'extasièrent sur l'opulence de sa poitrine. Ce fut ensuite un pantalon en lamé argent qui simulait des écailles. Lorsqu'on serrait les jambes, deux triangles de même matière formaient à hauteur des chevilles une queue de poisson.

— Tu devais avoir de beaux cheveux, lui reprocha Dadá Cotinha, quel malheur de les avoir ratiboisés... Si je tenais le sagouin qui t'a fait cette tête d'ananas !

— Je voulais changer un peu, dit Moéma en faisant la grimace, mais je ne me suis pas adressée à la bonne personne... C'est vraiment si terrible ?

— T'en fais pas, ma fille, on va arranger ça, tu vas voir...

Du carton où elle puisait chaque élément de la panoplie, Dadá sortit une perruque de très longs cheveux noirs qu'elle ajusta sur le crâne de Moéma.

— Ce sont de vrais cheveux... Ceux de Fatinha. Ils descendaient jusqu'aux talons ! Un beau sacrifice qu'elle a fait là...

Épingles, mascara, poudre de riz, rose aux pommettes, rouge à lèvres, lorsque tout fut terminé et qu'elle parut dans la grande salle, escortée par ses vieilles fées, Moéma provoqua un concert d'exclamations et de tambours :

> *Yayá, Yemanjá ! Odó Iyá !*
> *Saia do mar,*
> *Minha sereia !*
> *Saia do mar*
> *E venha brincar na areia !*

Pour tous, elle n'était déjà plus que Yemanjá, la sirène-aux-seins-volumineux, celle qui sortirait aujourd'hui même des profondeurs de la mer. Dadá Cotinha fut obligée d'intervenir pour empêcher les plus fervents adeptes de la toucher. Sur un petit signe d'elle, l'oncle Zé donna l'ordre du départ.

— Et Nelson, demanda Moéma, il ne vient pas ?

— Je ne sais pas ce qu'il fabrique, dit l'oncle Zé, l'air fâché. Il aurait dû être là depuis longtemps... On ne peut plus l'attendre. De toute manière, il sait où ça se passe...

Il a découvert que je lui ai emprunté son fric ! s'effraya Moéma. Impossible : il aurait rappliqué aussitôt pour se confier à son ami. Elle s'alarmait inutilement...

— Faut y aller, princesse, dit l'oncle Zé en l'aidant à grimper sur la remorque, débâchée pour l'occasion.

— Tu savais qu'il avait un pistolet chez lui ? fit Moéma, sans penser à mal.

— Un pistolet ? Un vrai pistolet ?

— Oui. Je n'y connais rien, mais ça ressemble à une arme de flic...

— Comment tu le sais ? Il te l'a dit ?

Elle regrettait déjà d'avoir parlé. Sa négligence l'entraînait sur un terrain périlleux :

— Non, il l'avait caché. Il ne sait pas que je l'ai vu...

— On réglera ça plus tard, dit l'oncle Zé, visage fermé, en s'éloignant pour rejoindre la cabine du semi-remorque.

Des camions comme le leur, il y en avait des centaines, de toutes les tailles, de toutes les couleurs, qui bringuebalaient en longues files sur les routes. Entassés à l'arrière, au milieu d'une quantité invraisemblable de passagers, les orchestres de samba étouffaient le vrombissement des moteurs. Hommes et femmes se trémoussaient au rythme des accordéons et des marimbas ; accrochés aux ridelles, les gens riaient, chantaient, s'interpellaient : Yayá, Yemanjá ! Qu'elle vous bénisse ! Qu'elle exauce vos prières ! Moéma regardait de tous ses yeux. La force de ce peuple, sa joie communicative, mais son impertinence aussi, le cynisme désabusé qu'enfante la misère, elle les lisait sur les cartouches des camions. Tout au long de la route, ces jeux de mots et ces maximes défilaient comme les pages d'un livre impalpable : Quatre pneus pleins pour un cœur vide... Ami de la nuit, compagnon des étoiles... La tristesse, c'est la rouille de l'âme... De l'Amazonie au Piauí, je m'arrête juste pour faire pipi... J'ai vu les seins de la mélancolie dans le décolleté de la distance... Un baiser de gamine, c'est plein de vitamines... Millionnaire, ton dieu c'est le mien... Heureux Adam qui n'eut ni belle-mère ni brosse à dents... Pour que les pauvres aillent de l'avant, faut que la police leur coure après... Je stationne dans le garage de la solitude... Si ma mère vous demande de mes nouvelles, dites-lui que je suis heureux... Que ton père soit pauvre, c'est la faute au guignon ; que ton beau-père le soit, c'est que tu es un couillon... Si le monde était parfait, son créateur y habiterait... Lumière de mes yeux... La bonne vie, c'est celle des autres... En courant partout, y a que Pelé qui a gagné des sous...

C'est aujourd'hui le premier jour de ma vie ! disait le panneau près duquel stoppa enfin leur propre véhicule. Moéma en conçut un regain d'assurance ; tout faisait signe, lui faisait signe de renaissance.

Des milliers de gens, fidèles des *terreiros*, citadins férus de folklore, touristes ou jeunes désœuvrés piétinaient sur la plage du Futur. Divisée en parcelles innombrables, en enclos de fortune d'où saillaient des autels improvisés, la grève disparaissait sous le vibrant désordre de la foule. De la route où le camion de Zé venait juste de se ranger, on aurait dit une gigantesque manifestation coincée dans le large couloir qui séparait les dunes de la mer. Enluminée par un soleil qui semblait chaque seconde prendre de nouvelles forces, cette masse grouillante, tumultueuse, contrastait avec le vert pâle de l'Océan. D'incessantes cohortes ruisselaient vers ce magma tonitruant. Tendues sur leur mât, des bannières flottaient au vent comme des voiles de caravelle ; de sommaires abris de toile faseyaient avec violence, menaçant de s'envoler. Laqués, luisants, pareils à des réclames de café dans le ciel radieux, de grands drapeaux claquaient les trois couleurs du Brésil.

Les nouveaux venus se frayèrent un chemin vers l'emplacement que Dadá Cotinha avait choisi deux jours plus tôt. Entourée par des femmes chargées de fleurs et de guirlandes, par de petites filles sérieuses dans leur robe immaculée – sans cesse, elles remettaient en place le pschent blanc qui les coiffait –, par les hommes, enfin, tout encombrés de couffes et de panières, Moéma-Yemanjá marchait la tête haute.

Comme sur un cristal à facettes, la sirène divine se démultipliait : jeunes filles travesties avec plus ou moins de bonheur, géantes de papier mâché ou modestes statuettes votives, chacune de ces idoles concentrait autour d'elle son peuple de fidèles. Autant de nébuleuses, autant de musiques syncopées, de bénédictions, de rires s'entrechoquant sans produire jamais de dissonance. Sortie des *cordels* et des *congadas*, l'armée de Charlemagne déployait ses fastes de carton bouilli. La plage foisonnait de panaches miteux et de sabres de théâtre ; ceux des avatars de Roland, à l'image de l'oncle Zé, d'Olivier, de Guy de Bourgogne, mais également des Sarrasins, Fierabras en tête, ou même de *Galalão*, le Ganelon de la geste médiévale, que leur rôle expiatoire ne semblait guère déranger. Ces derniers faisaient mine d'attaquer les spectateurs pour donner occasion aux preux de les défendre. Manège qui donnait lieu à de violents combats singuliers, des assauts de marionnettes siciliennes au cours desquels ces paladins souffreteux s'entre-égorgeaient pour rire avant de mordre la poussière. Un peu effrayés malgré tout, quelques touristes à cheveux jaunes et à peau rouge souriaient bêtement, une main sur la fermeture à glissière de leur ceinture, l'autre assurant la bandoulière d'un Nikon.

Lorsque les gens de Dadá Cotinha eurent rejoint le petit groupe qui les avait attendus toute la nuit sur la grève – des hommes de confiance chargés d'entretenir les bougies allumées le long du rivage à l'adresse de Yemanjá –, ils se hâtèrent d'installer leur attirail de bateleurs. Moéma dut s'établir au sommet d'un grand escabeau de bois d'où elle dominait la foule. On décora les marches de fleurs et d'étoffes, puis une grande corbeille fut déposée à ses pieds.

> *Yeyé Omoejá*
> *ô mère-dont-les-fils-sont-des-poissons !*
> *Yemanjá !*
> *Janaína, Yemanjá !*

Un nouveau centre du monde venait d'éclore, analogue à tous ceux qui emplissaient la plage, et néanmoins différent, unique, irremplaçable par aucun d'eux.

Assise face à la mer qui déferlait à une trentaine de mètres devant elle, Moéma respirait à pleins poumons l'écume portée par le vent. Ses seins s'étaient gonflés d'excitation, l'étoile surmontant son diadème de perles éblouissait. Dans le panier, les damnés de la terre venaient un à un déposer leurs offrandes. Des heures durant, ils levèrent des yeux embués vers ce qu'elle représentait d'espoir et de miséricorde. Émue, consciente de sa charge, elle écouta ces gens qui l'imploraient :

— *Yemanjá Iemonô*, toi la plus âgée, la plus riche, la plus lointaine en mer ! Fais que mes enfants aient toujours de quoi manger. Je te donne cet échantillon de parfum, pour que tu sentes bon…

— *Yemanjá Iamassê*, toi la violente aux yeux bleus, toi qui vis sur les récifs ! Fais que mon mari trouve du travail et qu'il arrête de me fiche des trempes. Je t'offre du sel et des oignons, parce que je n'ai pas assez pour un canard…

— *Yemanjá Yewa*, toi la timide ! Fais que Geralda réponde à mes avances. Voilà un peigne pour tes longs cheveux et un tube de rouge à lèvres…

— *Yemanjá Ollossá*, toi dont le regard est insoutenable, toi qui restes toujours de profil, pressée que tu

821

es de te détourner devant la laideur du monde ! Fais que ma petite fille retrouve la vue. Elle te donne sa seule poupée pour que tu la reconnaisses. Ne t'inquiète pas, je lui en ferai une autre...

— *Yemanjá Assabá*, toi qui vis dans le ressac de la plage, vêtue de vase et d'algues couleur de groseille ! Fais que je gagne à la loterie pour pouvoir retourner dans le Sertão avec ma famille. Je te laisse du savon et un joli bracelet...

— *Yemanjá Ogunté*, toi qui soignes les souffrants, toi qui sais les remèdes ! Guéris mon époux de la *cachaça*, ou fais qu'il meure, on ne peut plus continuer à vivre comme ça. Je te donne cette pièce de tissu pour te faire une robe ou ce que tu veux avec...

— *Yemanjá Assessu*, toi qui vis dans les remous ! Je t'offre cette carte postale avec un canard dessus, parce que je sais que tu les aimes. Fais que ça change, je t'en prie ! Tu sais bien ce que je veux dire... Je te donne aussi mon déjeuner d'aujourd'hui et ce collier de coquillages...

D'autres laissaient leurs vœux sous forme de petits mots pliés en quatre, on jetait dans la corbeille des brassées de roses ou de bougainvillées, des rubans, des dentelles et des miroirs, tout ce qui pouvait plaire à la déesse-aux-sept-chemins et induire ses faveurs.

De temps en temps, l'oncle Zé venait prendre des nouvelles de Moéma et lui tendre une bouteille de soda remplie de *cachaça*. Il repartait satisfait ; la jeune fille était resplendissante sur son trône, elle avait l'air heureux. Comme Nelson ne s'était toujours pas montré, il interrogeait les gens autour de lui avec une inquiétude grandissante. Dans son dos, Moéma tirait de sa musette de petites pincées de poudre qu'elle aspirait en faisant mine de se moucher. Un petit goût amer au fond de la gorge, elle ne se lassait pas d'observer la multitude humaine, d'y sentir monter une sorte d'énervement, de tension charnelle et contagieuse. Dadá Cotinha bénissait les fidèles en les faisant passer sous son épaule ; un jeune homme – affublé d'une chemise de satin jaune et d'un turban de maharadjah que surplombait une incroyable plume d'autruche – dansait sur place en un roulis convulsif. Bras tendus, paumes ouvertes, il chavirait des prunelles de martyr. Le front ceint d'un ruban porte-bonheur, leurs longs cheveux lâchés au vent, de grosses femmes tournoyaient dans l'indifférence la plus complète. De superbes créatures de plage ondulaient des hanches lisses et bronzées comme des pains viennois, bikini dérisoire brasillant sous le soleil. Des pêcheurs aux boucles décolorées se soûlaient majestueusement, des vieux passaient, leur âne ou leur vélo à côté d'eux, celui-là priait debout, la tête entre les mains, saisi d'une obscure migraine. Des transes se déclenchaient tels d'imprévisibles départs de feux, un saint Georges à cape rouge garnie d'étoiles et de paillettes tentait d'apercevoir quelque chose au loin, main en visière au-dessus des yeux. Une maigrichonne agitait de grosses maracas bicolores, des gamins se baignaient, jouant dans les rouleaux. Des corps lascifs s'excitaient au rythme des sambas, des nègres titubaient…

De cette marée humaine montait une sauvage odeur de fauve et d'eau de Cologne bon marché.

Moéma eut peur, tout à coup, de reconnaître ses agresseurs parmi la foule. Hier, en retournant dans la favela, cette idée ne lui était pas venue, tant la pressait l'appel de la poudre. Elle l'envisageait maintenant avec angoisse. Que faire en pareil cas ? Les livrer à l'oncle Zé, au lynchage probable qui s'ensuivrait ? Cela ne résoudrait rien, elle le savait pertinemment. Mais son désir de vengeance restait présent, autoritaire ; malgré elle, une instance inconnue demandait justice, et ce paradoxe la perturbait.

La chaleur était devenue intolérable, Moéma ruisselait sous sa perruque et son déguisement. L'oncle Zé n'étant plus visible, elle attira l'attention d'un homme avec lequel il conversait encore quelques minutes auparavant :

— Tu as vu Zé ?

— Il vient juste de partir...

— Où ça ?

— J'sais pas trop. Peut-être au meeting du gouverneur, à l'autre bout de la plage... Je lui ai raconté que j'avais vu Nelson, ce matin. Il faisait du stop pour aller de ce côté-là. M'sieur Zé a dit qu'il filait chercher le gosse et qu'il revenait.

Moéma connaissait tous les termes du problème, mais pas un instant elle n'établit entre eux cette relation qui avait précipité le départ de l'oncle Zé. Elle fut contente, simplement, à l'idée de revoir bientôt son ange gardien.

Venue d'on ne sait où, une flottille de jangadas s'était mise à glisser sur une parallèle proche du rivage. Régulièrement, l'une d'entre elles se détachait du groupe et surfait avec maestria jusque sur la grève. Le grand moment de la fête était arrivé. Sambistes et *violeiros* redoublèrent d'efforts sur leurs instruments ; au milieu du tumulte, des couloirs s'ouvrirent pour les filles de saint qui portaient en cortège les paniers d'offrandes à bord des voiliers. S'échappant d'une cohue monstrueuse, Dadá Cotinha parvint à grimper sur l'embarcation qu'elle convoitait : comme tous les chefs spirituels de la plage, elle devait escorter jusqu'au bout la corbeille de son *terreiro*. Sans qu'on pût comprendre à quel signal elles obéissaient, toutes les jangadas reprirent la mer dans un bel ensemble, accompagnées dans les vagues par une multitude en délire ; elles cinglaient vers le large à la rencontre de Yemanjá. On y déposerait là-bas, loin dans la houle, les piteuses offrandes des fidèles ; si aucune d'entre elles n'était retrouvée sur la plage le lendemain, on en déduirait qu'elles avaient été agréées par la princesse de la mer, et leurs vœux à tous seraient exaucés.

Moéma sortit la seringue qu'elle avait préparée le matin même, en prévision : une dose de coke, la dernière, mais bien tassée, pour fêter son renoncement. L'instant ne pouvait être mieux choisi, la foule lui tournait le dos, occupée à suivre des yeux le départ des jangadas. La plage ressemblait aux rives du Gange en période de rite ; la mer, les gens eux-mêmes, rien n'avait jamais resplendi avec autant de vigueur sacrée. Être en adéquation avec le monde, songea-t-elle en s'injectant le contenu de la seringue. Fais que ça réussisse, Yemanjá ! que je retrouve le goût des choses, que je renaisse au seul plaisir d'être en vie...

Cette impression d'être plongée toute nue dans un torrent de montagne, de sentir ses veines se congeler, elle eut à peine le temps de l'identifier. Les images se mirent à papilloter, comme sur un vieux film aux couleurs passées. Un homme buvait de l'eau de mer en riant. Les vagues roulaient des robes de mariée, il y avait des lueurs orange sur les bords. Puis le film cassa brusquement, et elle ne vit plus qu'une sorte de ciel blanc, saturé d'hirondelles, que striait de plus en plus vite l'entame d'une bobine. Rien ne défilait dans sa tête, aucun mot, nulle vision ni souvenir, juste le sentiment d'avoir raté le coche. Une seconde, elle sut qu'elle avait besoin d'aide, voulut crier, mais un gant de fer lui serra les mâchoires à les faire craquer.

Quelque chose d'épouvantablement précis descendait sur elle.

Nelson avait passé l'après-midi à la Barre –
l'estuaire marécageux du fleuve Ceará – sur la rive
d'une lagune où les femmes de Pirambú venaient
laver le linge qu'on voulait bien leur confier. Dans
l'eau jusqu'à mi-cuisses, les lavandières frappaient
des toiles rouges à grands coups de battoir. Moulées
par les robes humides, leurs fesses se tendaient vers
lui. Un peu plus loin, des enfants nus jouaient au
foot avec une boîte de conserve. Nelson ne voyait ni
le cadavre de porc, gonflé comme une outre sur le
sable, à quelques mètres de ces autres femmes puisant de l'eau pour la cuisine, ni les mouches, ni
l'allure désolée de cette mare où la mort grouillait
sous toutes ses formes infinitésimales. C'était la vie,
celle qu'il avait toujours connue, et il regrettait
d'avoir à l'abandonner, aussi indigne fût-elle. Le souvenir de Moéma, également, l'attendrissait. Il était
amoureux fou de sa princesse sortie de nulle part et
ne cessait d'imaginer le moment où il la reverrait.

Lorsqu'il rentra chez lui, au coucher du soleil, il
aurait suffi d'un mot de l'oncle Zé ou de la jeune fille
pour qu'il renonçât. Il se sentait seul, parlait au
savon et à la barre de fer, espérant un signe qui fît
pencher la balance une bonne fois pour toutes. Par
désœuvrement, et pour mieux peser les deux termes
de son dilemme, il déterra le sac de plastique.

La disparition de ses économies le laissa de marbre. Pas un instant, il ne voulut songer à celui qui
avait fait le coup ; il cherchait un signe, il l'avait.
Quelqu'un avait statué pour lui et scellé son destin à
celui de Moreira. La possibilité de rassembler à nouveau son pécule ne l'effleura même pas. Une lassitude extrême, insinuée dans les moindres recoins de
son être, lui disait qu'il serait trop dur de tout
recommencer. Ce fut comme si le colonel en per-

sonne était venu s'emparer de son fauteuil roulant, lui enlever – après son père – la seule raison qui lui restait de vivre. Il irait au meeting, ferait son devoir de fils, et on n'en parlerait plus.

Vérifier à vide la percussion, astiquer les balles encore et encore... Sa nuit fut une veillée d'armes entièrement consacrée aux mille et une morts du gouverneur.

Le lendemain matin, Nelson partit en direction de la *beira-mar*. Posté sur le bord de la route, il trouva place à bord d'un camion qui le laissa au premier tiers de la plage du Futur. Ce fut à cet endroit qu'il rencontra Lauro, remonté sur la dune pour attendre Dadá Cotinha. Personne n'était encore arrivé, heureusement. La seule pensée de rencontrer l'oncle Zé ou Moéma le faisait transpirer. Il avait peur de flancher devant le regard du vieux, peur de lire dans celui de Moéma l'aveu qu'il redoutait. Il répondit d'une manière évasive aux questions de Lauro et trouva un autre véhicule pour la suite du trajet.

Lorsqu'il parvint à hauteur des pancartes annonçant le meeting du gouverneur, il était encore à un kilomètre de la tribune. En descendant vers elle, il ne la quitta pas des yeux, de façon à perdre le moins possible de terrain. Ensuite, ce fut la foule et cette jungle de jambes qui lui barrait l'horizon. Il s'y fraya un chemin, lentement, sans cesser de demander le passage, par crainte de se faire piétiner. Une ou deux personnes s'écartaient, puis il fallait recommencer. Le plus difficile était de ne pas céder à la tentation d'avertir les gens en les touchant au mollet : ce geste provoquait une réaction instinctive de frayeur qui se soldait par un coup de pied instantané. Nelson se guidait au son des haut-parleurs très puissants qui diffusaient des sambas en attendant la prise de parole des leaders. Il avait laissé flotter son maillot « à la Platini », pour éviter qu'on puisse soupçonner la présence de l'arme. Coincé entre sa peau et l'élastique de son short, le pistolet mordait sa chair à chacune de ses reptations. La froideur du métal, son poids d'organe tumescent anesthésiaient en lui la douleur même d'exister.

La foule commençait à danser autour de lui, menaçant de l'écraser. Pour n'avoir jamais affronté seul pareille cohue, Nelson paniqua. La musique semblait venir de tous les côtés à la fois, des jambes le heurtaient, il respirait du sable. Dans un mouvement de recul, une grosse femme s'écroula en arrière sur sa poitrine et manqua lui écraser les côtes...

— Où tu vas comme ça ? fit la voix d'un matamore inconnu, un grand nègre musclé dont les biceps étaient aussi larges que la tête.

— Au meeting, réussit à répondre Nelson, le souffle coupé. Je veux aller au meeting...

— Allez, monte. Je t'y emmène, moi, au meeting...

Le nègre souleva Nelson et le prit entre ses bras aussi facilement qu'une chemise sortant du pressing.

— Qu'est-ce que tu veux faire là-bas ? T'as pas encore compris que ce sont tous des menteurs, les politiciens ? Tu vas quand même pas voter pour ces salauds ?

— Non, protesta Nelson. J'veux juste un T-shirt... Ils ont dit aussi qu'il y aurait de quoi bouffer...

— J'vais me débrouiller, dit le nègre en secouant la tête d'un air navré. Tu vas l'avoir, ton T-shirt, aussi vrai que je m'appelle Walmir da Silva !

Jouant des coudes et des épaules, Walmir parvint rapidement au pied même de la tribune, une grande estrade sur laquelle on avait dressé l'une de ces tentes de location qui servent pour les mariages champêtres des nantis. Disposées de part et d'autre du plancher, des enceintes gigantesques vibraient sous le martèlement de la musique. Il y avait aussi un micro monté sur pied, des fleurs et des drapeaux qui rabâchaient le nom du gouverneur. Sous la tente, l'équipe des agents électoraux s'affairait autour d'un amoncellement de cartons. Ils étaient tous vêtus de blanc et arboraient un T-shirt marqué au nom de Edson Barbosa Junior. Sur le devant de l'estrade, quatre costauds composant le service d'ordre surveillaient les abords de la tribune et l'escalier de bois qui en permettait l'accès. On les sentait inquiets, déjà dépassés par l'affluence des miséreux qui exigeaient la distribution de ce qu'on leur avait promis.

Fort de sa stature, Walmir se fraya un chemin jusqu'à l'escalier, grimpa souplement les quelques marches et se retrouva sur l'estrade. Après avoir déposé Nelson derrière lui, il fit face aux gardes qui s'étaient précipités à sa rencontre.

— Interdit de monter ici ! Allez, fous-moi le camp ! On vous préviendra quand ce sera le moment...

— Le gosse veut un T-shirt et sa part de bouffe, dit le nègre calmement. S'il reste en bas, il va se faire écrabouiller...

Walmir dépassait tous les autres d'une vingtaine de centimètres ; sa main était posée négligemment sur le manche d'un long coutelas passé en travers de sa ceinture.

— Va avertir le chef, dit l'un des gardes, pressentant une rixe dont il n'était pas certain que le service d'ordre pût sortir à son avantage. Sois raisonnable, *compadre*... Descends de la tribune, ou ça va mal se terminer...

— Laisse tomber, disait Nelson, je veux juste voir... J'attendrai en bas, y a pas de problème...

— Tu fais ce qu'on t'a dit, oui ? ! fit un autre garde en s'approchant de Walmir d'un air menaçant.

Le nègre se contenta de pousser un cri terrible, un véritable rugissement qui stoppa net son avance.

— On se calme, s'il vous plaît, on se calme ! Qu'est-ce qu'il se passe ? dit la demi-portion qui arrivait sur les lieux à petits pas véloces, un chauve en complet-veston, avec la peau moite et l'air congestionné d'un pizzaïolo à l'heure du coup de feu.

En une seconde, tandis que Walmir réexpliquait succinctement ce qu'il désirait, le chef jaugea la situation : il vit le couteau, la mine anxieuse de ses hommes, et comprit que l'éclopé pouvait servir l'image de son patron.

— On va arranger ça, dit-il d'un ton aimable, et avec l'un de ces sourires que l'expérience rend parfois presque crédibles. Tonho, va chercher deux T-shirts... Comment tu t'appelles, petit ?

— Nelson...

— Bon, écoute-moi, Nelson : les paniers-repas, je peux pas y toucher pour l'instant. Si tu en avais un et pas les autres, ce serait l'émeute, tu comprends ça, hein ? Mais je te donne ma parole que tu auras le tien. Je le mettrai de côté per-son-nelle-ment... Non, mieux que ça... se reprit-il, le visage illuminé par sa trouvaille, c'est le gouverneur lui-même qui te le remettra. Tu te rends compte ? Le gouverneur !

Et comme Tonho était revenu avec les maillots :

— Tiens, voilà ton T-shirt. Enfile-le et mets-toi par là, près des enceintes. Si tu promets de rester tranquille, on ne t'embêtera plus, et tu seras aux premières loges...

« Quant à toi, dit-il en remettant le deuxième T-shirt à Walmir, il y a deux cents cruzeiros pour ta pomme si tu restes ici et que tu empêches les gens de monter sur la tribune. C'est d'accord ?

Sans même lui répondre, Walmir déposa le second T-shirt aux pieds de Nelson et lui passa la main dans les cheveux :

— Salut, petit, à la revoyure...

L'agent électoral haussa les épaules en le voyant descendre l'escalier, puis se perdre dans la foule.

— Allez, allez... Au boulot ! dit-il avec colère à ses hommes de main. Et si un de ces merdeux monte encore sur cette estrade, vous pouvez dire adieu à votre fric, c'est moi qui vous le dis !

Chapitre XXXII

Ce qu'il advint du nègre Chus...

Le lendemain, nous conta ensuite Ulrich Calixtus, lorsque les gardes pénétrèrent dans la cellule du nègre Chus, ce fut pour le trouver pendu aux barreaux de sa fenêtre... D'une blessure qu'il s'était faite au bras avec la boucle de sa ceinture, le malheureux avait tiré assez de sang pour barbouiller sur la cloison, & dans sa langue énigmatique, un suprême message.

À cette annonce, Kircher s'emporta :

— Par la faute de votre incroyable incurie, monsieur Calixte, ce n'est pas seulement un homme qui disparaît, mais une langue, que dis-je, La Langue tout entière ! Fasse le ciel pour votre salut & celui de l'humanité qu'il se trouve un autre de ces primitifs de par le monde ! Dans le cas contraire, nous serions à jamais dans l'impossibilité de renouer le lien avec l'origine, & il faudrait y voir le signe certain de notre commune damnation...

Calixte n'essaya même pas de se disculper, se contentant de remettre piteusement à Kircher le papier où il avait recopié les deux lignes tracées par le nègre Chus.

— *Tyerno aliou de fougoumba. Gorko mo waru don…*[1] lut Athanase avec intérêt, repris soudain par sa passion du déchiffrement. Curieux, très curieux…

Il se concentra longuement sur ce texte, tandis que le professeur m'implorait du regard pour que j'intervinsse en sa faveur. Je l'eusse fait bien volontiers, tant j'étais navré de la triste position où sa négligence l'avait placé, mais ce fut inutile car le visage de Kircher s'éclaira bientôt d'un sourire réconfortant.

— Allons, mon cher, reprenez-vous… Ces lignes m'apprennent que vous n'êtes point à blâmer & qu'une décision divine est seule responsable de ce qui a pu m'apparaître un instant comme le plus funeste des malheurs. Les temps n'étaient pas encore venus ; ainsi en avait décidé celui qui gouverne si miséricordieusement nos destinées. Ces mots qu'Il a bien voulu, dans son infinie bonté, laisser entre nos mains, ces mots, sachez-le, parlent d'espoir & nous enjoignent la patience. Patience, donc. Et soyez sans crainte : le jour n'est pas si lointain de la réconciliation. Ce qui est divers & éparpillé retrouvera sous peu sa cohésion originelle. Dieu en a décidé ainsi. Tout comme le nègre Chus, nous ne sommes entre ses mains qu'un instrument passif de sa sublime volonté.

Sur ces bonnes paroles, nous en terminâmes avec ce surprenant épisode sans que mon maître eût perdu son assurance de rétablir dans sa plénitude cette « langue adamique » qu'il n'avait fait que pressentir.

L'année 1676 vit la parution du *Sphynx Mystagoga*, l'ultime ouvrage consacré par Kircher à l'Égypte & aux hiéroglyphes. Il y donnait pour la première fois une image fidèle des pyramides & des cimetières

---

1. *Tyerno Aliou de Fougouma* [le nom du nègre Chus], *l'homme que vous avez tué…*

souterrains qui se peuvent observer dans la région de Memphis.

Incommodé par la sévère décadence de son ouïe, torturé par des insomnies & des maux de tête de plus en plus fréquents, Athanase Kircher voyait, non sans quelque dépit, ses forces décliner. Sa main s'était mise à trembler de telle façon qu'il ne parvenait plus à écrire qu'avec la plus extrême difficulté, traçant des lettres informes ou incomplètes, & ruinant par des lignes irrégulières, des ratures ou même des taches d'encre l'ordonnance autrefois si parfaite de ses manuscrits. Il prenait toutefois ses maux avec une patience toute hollandaise & remerciait Notre Seigneur de lui avoir laissé tout le loisir d'achever son œuvre.

L'été venant, nous partîmes, comme chaque année, faire retraite à la Mentorella. Kircher espérait beaucoup pour sa santé de ce séjour à la campagne, mais l'extrême chaleur qui s'abattit sur la contrée envenima ses maux. Accablé par sa migraine & un accès de goutte qui se prolongea durant plusieurs mois, mon maître ne put se livrer à aucune de ces promenades champêtres qui avaient le don de régénérer ses forces aussi bien que son esprit. Le front en feu, les jambes enflées affreusement, il passait ses nuits à prier jusqu'à ce que la fatigue & l'opium qu'il prenait à doses de plus en plus fortes lui accordassent enfin quelques heures de repos. Et chaque fois qu'un répit de sa maladie lui en offrait le loisir, il consacrait son temps aux pèlerins ou aux visiteurs, les accueillant avec une bonne humeur & une jovialité qui semblaient s'accroître jour après jour, comme par défi à l'aggravation de ses souffrances physiques.

À l'automne 1677, après que nous étions tout juste revenus à Rome, mon maître me fit part d'une invention imaginée par lui au cours de ses insomnies. Résolu à lutter contre son affaiblissement physique, il avait mis au point les plans d'un ingénieux fauteuil propre à mouvoir ses membres sans le secours des muscles. Montée sur des ressorts à boudin destinés à ébranler verticalement ses nerfs endurcis, cette machine ou « trémoussoir » était mue par un mouvement d'horlogerie qui vous faisait lever bras & jambes alternativement, au rythme d'une marche forcée. Je me mis aussitôt à l'œuvre, & dès qu'elle fut construite, quelques semaines plus tard, Kircher put enfin se donner du mouvement sans avoir à sortir de sa chambre. Et c'était véritablement un très curieux spectacle de le voir gigoter tout assis, quoique grave, tandis qu'un jeune novice lui lisait saint Augustin... Si est-ce, néanmoins, que cette gymnastique lui fit le plus grand bien à la tête, & que vers la Noël il marchait à nouveau normalement.

Kircher était trop fin, cependant, pour oublier que la santé du corps, aussi importante fût-elle, n'était rien au regard de la disposition de l'âme. Fidèle à saint Ignace & aux préceptes de notre congrégation, il se lança de tout son cœur – & pour ce qu'il pensait être la dernière fois – dans la pratique des *Exercices spirituels*. Par manière d'examen général, & afin de mieux disposer son âme à comparaître devant Dieu, il jugea nécessaire de revenir sur les moindres détails de sa vie passée, demandant à son âme de lui rendre compte, heure par heure & période par période depuis le jour de sa naissance, de ses pensées, puis de ses paroles & de ses actions. Pour aider à cette sainte entreprise, il commença, malgré les grandes difficultés qu'il éprouvait désormais à écrire, de coucher lui-même sur le papier l'histoire de son existence. Ce en quoi j'admirai, une fois de plus, la force magnifique de sa volonté.

Au premier jour de l'année 1678, il s'appliqua le cilice & se contraignit à un jeûne régulier, puis il laissa pousser sa barbe & ses cheveux en signe de contrition. J'eus beau le mettre en garde contre les dangers d'une austérité incompatible avec son grand âge, il s'en tint à ce régime sans faillir, alternant les séances de discipline avec celles de trémoussoir, s'humiliant toutes les nuits dans le froid & la prière, sans cesser pour autant d'accueillir visiteurs & amis avec une abnégation & une cordialité qui tiraient aux plus endurcis des larmes d'émerveillement.

C'est vers cette époque de l'année, au mois de novembre 1678, que mon maître termina d'écrire ses Mémoires. Il désirait qu'ils ne fussent publiés qu'après sa mort, mais par une preuve d'affection qui me toucha grandement, m'autorisa le premier à les parcourir. Ceux d'entre vous, lecteurs, qui ont lu ces pages merveilleuses, imaginent sans peine mon admiration. Le style de Kircher s'y révèle dans toute sa noblesse & fait honneur à ce que nous apprécions le plus chez les Anciens, savoir leur sobriété de ton & leur mesure. Mais plus encore que leur perfection littéraire, ce qui dans ces lignes provoque le ravissement & en fait tout le prix, c'est leur accent de sincérité, de confession véritable & inspirée. Kircher ouvre son cœur à Dieu, il dit ce qu'il a vu, ce qu'il a fait, mais il le dit avec simplicité, dans la ferveur & l'effusion. Si fort est son amour de la vérité, que par crainte de la dénaturer, il se refuse à l'embellir. La coquetterie, on le sait, ne fut jamais de ses défauts. Mon maître examine sa propre vie avec lucidité, sans fausse honte ni faux-semblants ; & si un juste orgueil s'y manifeste parfois – celui d'avoir été l'instrument par lequel Notre Seigneur a permis le déchiffrement des hiéroglyphes – c'est l'humilité profonde de ce texte qui retient notre attention. Rien de plus beau que ces aveux, que cet amour réitéré pour la Sainte Vierge, rien de plus émouvant que ce retour tranquille sur ses jeunesses & son passé d'un homme aux portes de la mort...

Ceux qui ont lu cette confession, j'y insiste, ne trouveront point que j'enjolive ses beautés ; ils connaissent la prière sublime qui la termine & la mettent sans doute au rang des plus belles paroles qui eussent jamais été prononcées en l'honneur de notre Sainte Mère. Ce qu'ils ne peuvent savoir, en revanche, c'est que cette profession de foi, Kircher l'écrivit de son propre sang, afin qu'on la suspende après sa mort à la statue de la très Sainte Vierge de la Mentorella, en gage d'amour & de reconnaissance... Qu'on s'agenouille, comme je le fis moi-même, à la vue de ces lignes teintées de pourpre ! Et que le sang versé par mon maître en témoignage de sa foi serve d'exemple aux tièdes, à tous ceux-là dont le cœur s'est éteint jour après jour telle une lave que sa course fige.

Ce fut au commencement de l'année 1679 que parut enfin à Amsterdam le dernier ouvrage d'Athanase, *La Tour de Babel*. Fidèle à son propos initial, Kircher continuait dans ce livre la vaste étude commencée avec *L'Arche de Noé*. Il y donnait pour la première fois de nombreuses images des merveilles architecturales du monde ancien & la preuve mathématique que la tour de Babel n'aurait jamais pu atteindre la Lune, attestant ainsi que sa destruction résultait plus de la folie de son entreprise que de la volonté divine.

Après bien des disputes épistolaires avec le Français Jacob Spon à propos du mot qui se devrait employer pour qualifier la science traitant de l'histoire des origines, Kircher s'était résolu à parler d'*archontologie* ; Jacob Spon en tenait pour le terme *archéologie*, mais mon maître jugeait, avec raison, que ce mot ne rendait point compte de l'histoire politique ou religieuse & n'avait donc aucune chance d'être adopté par le futur.

Au moment même où la parution de cet ouvrage provoquait l'assentiment & l'admiration de tous, la santé d'Athanase déclina brusquement. Son corps avait toujours été robuste & résistait assez bien aux misères de l'âge, mais ses maux de tête, de plus en plus fréquents, de plus en plus insupportables, défiaient la compréhension des médecins.

— C'est comme si ma pensée rongeait mon cerveau de l'intérieur... me confia Kircher, un soir où il m'avait appelé à son chevet. Comprends-tu, Caspar, ma pensée ! mon âme elle-même ! Elle est aujourd'hui comme un petit animal captif qui mordille les barreaux de sa prison, cherchant à détruire ce qui l'étouffe & la retient pour recouvrer plus vite sa liberté. Elle n'a plus d'intérêt dans le présent ; elle a tout oublié des jours anciens & n'attend de ceux à venir que l'opportunité de rejoindre Notre Seigneur...

Effrayé par la façon que mon maître avait de prendre au sérieux cette comparaison, je tentai de le rassurer en ramenant son mal à de simples causes physiques : l'âme était par nature impalpable, aussi diffuse & vaporeuse que l'Esprit dont elle provenait ; elle ne pouvait donc affecter le corps si directement.

— En es-tu vraiment certain ? répliqua mon maître avec un brin d'amertume. Nous sommes des créatures, & comme telles ne possédons rien que d'analogique à l'essence divine. D'analogique, Caspar ! Il y a dans la semence d'où nous provenons quelque chose de la semence universelle, de cette panspermie qui anime le monde, mais ce mystère, si impalpable fût-il, a besoin pour exister d'un tant soit peu de matière... Cette semence universelle – que j'appellerai volontiers *Primigenia lux*, ou « Lumière primitive engendrée » – possède des propriétés séminales & magnétiques. Selon les dispositions & altérations infinies de sa matière, elle organise tout, dégage les formes des choses, anime, entretient, nourrit, conserve tout. Dans la pierre elle est pierre, dans la plante elle est plante, animal dans l'animal, élément dans les éléments, ciel dans les cieux, astre dans les astres ; elle est toute chose selon le mode de chacune, et, sur un plan plus élevé, elle est homme dans l'homme, ange dans les anges, & enfin en Dieu, pour ainsi dire, Dieu lui-même.

Et comme j'avais du mal à saisir comment cette lumière séminale pouvait s'implanter dans les corps pour agir sur eux :

— Mais par l'âme, Caspar ! me répondit-il en souriant. Pour l'homme en tout cas, puisqu'il est seul de toutes les créatures à en posséder une. Et quant aux autres, c'est par le sel, cette matière première de tous les corps constitués. Car le sel est, en vérité, le corps central de la nature, la vertu, la vigueur, la force de la Terre, le résumé de toutes les vertus terrestres, le sujet de tous les principes de la nature. De son essence centrale dépendent la science & la connaissance absolue de toute la nature ; il est la matière dont toutes les choses sont faites & en quoi, une fois détruites, elles se résolvent. Il est le premier & le dernier, l'alpha & l'oméga des corps mixtes, le puits de la nature et, comme l'atteste Homère, une chose presque divine ! La Terre, c'est-à-dire le centre & la matrice de toutes choses, le lieu où les éléments projettent leurs semences qu'elle échauffe, cuit & digère en son sein, n'est rien d'autre qu'un sel coagulé par la semence universelle ; un sel au centre duquel se cache cet esprit qui, par sa vertu, forme, condense & anime le tout, de sorte qu'il peut être dit à bon droit une sorte d'âme de la Terre...

Jamais Kircher n'avait atteint de pareils sommets, & quoique flatté qu'il pût me juger digne de l'y rejoindre, je lui avouai la confusion qui régnait dans mon esprit. L'âme, c'est-à-dire le sujet initial de notre conversation, me semblait perdue de vue depuis bien longtemps, aussi tentai-je d'y faire retour.

— Homme de peu de foi ! me gronda Kircher avec douceur, tu n'as donc plus confiance en mes capacités ? Sache bien, au contraire de ce que tes questions laissent supposer, que nous n'avons jamais été si proches de ce qui te préoccupe, car ce que je disais des astres, de la Terre ou des plantes, tu peux maintenant l'appliquer à l'homme. Il est notoire que le céleste agriculteur a laissé dans notre cerveau, à sa naissance, une certaine panspermie, laquelle se trouve concentrée dans la glande pinéale & se confond avec ce que nous avons coutume d'appeler *âme*. Selon que chacun cultive telles ou telles semences, celles-ci seront seules à pousser. Si ce sont des semences végétales, l'homme deviendra une plante ; des semences sensorielles, il deviendra une brute ; des semences rationnelles, il deviendra un vivant céleste ; des semences intellectuelles, il sera un ange, etc. Mais si, insatisfait de toute créature, l'homme se recueille dans le centre de son unité, devenu un seul esprit avec Dieu dans la ténèbre solitaire du père, il dépassera toutes choses. De sorte qu'il n'y a rien dans l'univers qu'on ne puisse retrouver dans l'homme, fils du monde, pour qui tout a été fait...

Il me sembla commencer enfin à comprendre où mon maître voulait en venir : si l'âme humaine, malgré sa nature divine, possédait une corporéité semblable à celle du feu, pour les astres, ou du sel, pour la Terre, elle était donc, tout comme eux, sujette à mutations !

— Si fait, Caspar, à mutations, mais aussi à fermentations, coagulations & autres mouvements propres à la matière lorsqu'elle atteint ce niveau de subtilité... Songe à l'alchimie, & tu verras que ce qui a lieu en notre âme est comparable aux transmutations mystérieuses qui s'opèrent parfois dans le creuset. J'ai beaucoup réfléchi, au cours des mois écoulés, sur la nature de l'âme, j'ai examiné toutes les doctrines jusqu'à ce jour, & Dieu a bien voulu m'apporter le secours de ses lumières : Pythagore, Démocrite, Platon, Aristote & les autres ont tous donné une définition différente de ce qui nous occupe, mais bien que chacun d'entre eux eût approché la vérité d'une façon particulière, ils se sont tous trompés à cause de l'étroitesse de leurs vues. Car l'âme n'est ni un nombre, ni un souffle, ni une étincelle du feu divin ; elle ne consiste point en une réunion d'atomes déliés, ni en une trinité immatérielle de la sensibilité, de la volonté & de la raison ; elle n'est pas non plus forme du corps ou pensée pure, mais tout cela à la fois ! Oui, Caspar, tout cela, sans exception ! Et je ne saurais rendre grâce à Dieu suffisamment pour m'avoir permis de comprendre cette vérité sublime, même si tard dans mon existence...

— Mais comment se peut-il que quelque chose soit à la fois mortel & immortel, matériel & immatériel ? ! osai-je argumenter, effrayé soudain par cette doctrine composite. N'y a-t-il pas contradiction ?

— En apparence seulement ! reprit mon maître, les yeux brillants d'excitation. La mort n'est pas moins mystérieuse que la naissance, mais elle obéit aux mêmes principes. De deux hommes atteints de la peste au même degré, pourquoi l'un meurt-il & l'autre non ?

— Parce que telle est la volonté de Dieu.

— Certes. Mais tu accordes ainsi qu'une même cause physique peut ne pas produire les mêmes effets selon les circonstances. Et si la peste n'a pas réussi à emporter l'un des deux hommes, il faut admettre également que ce n'est pas elle non plus qui a emporté l'autre ! Alors, qu'est-ce que mourir, Caspar, sinon être privé de son âme par la seule volonté divine ? Car ni la peste ni le choléra ne sauraient tuer un homme à qui Notre Seigneur a décidé de conserver la vie ; & rien ne saurait sauver celui qu'il veut enlever à notre monde. Et dans ce processus, l'instrument de Dieu, ce sur quoi & par quoi il agit n'est point la maladie, mais l'âme, cette parcelle de la semence universelle qu'il a déposée en nous. Nous ne sommes point des anges immatériels, tu le sais, par conséquent il faut bien que l'âme ait une forme & une substance pour exister en nous, tout comme dans la Terre ou le métal dont je parlais précédemment ; il faut aussi qu'elle soit placée en quelque lieu de notre corps, réellement, à l'image d'un papegai ou d'un écureuil dans sa cage... Aristote dit que cet emplacement se trouve dans le cœur, d'autres proposent le foie ou la rate, mais comme monsieur Descartes, j'affirme moi qu'il ne se peut trouver que dans la tête, cette acropole du corps, & plus précisément dans cette glande pinéale qui est située en sa partie postérieure. Souviens-toi de Pietro della Valle : n'as-tu jamais remarqué cette chose étrange qu'il portait à son doigt ? C'était la glande pinéale de sa femme Sitti Maani ! Il l'avait fait enchâsser dans le chaton d'une bague en or qu'il ne quitta plus de toute sa vie & emporta jusque dans le tombeau... Cette façon de faire est critiquable dans la mesure où il est vain de s'attacher au squelette d'une âme désertée de sa semence, mais elle témoigne cependant d'une vue juste sur la nature & la fonction de cette infime partie de notre cerveau. Mortelle & matérielle est cette enveloppe qui abrite notre âme & lui permet d'agir sur notre corps ; immortelle & immatérielle notre âme elle-même, cette force spermatique, ce souffle d'aile qui est en nous comme le frôlement des anges... Ne dit-on pas « exhaler » son âme ? Les Égyptiens & les Grecs ne l'ont-ils pas représentée sous la forme d'un oiseau s'échappant par la bouche des mourants ? Je te le dis, Caspar : il y a quelque chose dans cette glande qui ne s'y trouve plus après la mort. Et si nous ne pouvons rien dire sur la nature profonde de cette chose, du moins nous est-il permis de supposer qu'elle possède une masse, aussi infime soit-elle, & donc de la mesurer...

— Mesurer l'âme ! m'écriai-je, éberlué.

— Ou plus exactement la soupeser, Caspar ! N'oublie pas que le Christ lui-même ne fera point autrement lorsqu'il évaluera sur sa balance le poids de nos péchés... Pour ma part, je tiens pour assuré que notre âme est pondérable, tant qu'elle réside dans notre corps & fait partie d'un monde où rien n'échappe aux lois physiques instituées par Dieu. Non point quant au rapport de nos péchés, mais bien quant à la quantité de matière requise pour habiter un corps humain... Et cela, je puis le vérifier, avec ton aide... Je vais bientôt mourir, Caspar, tout m'en convainc jour après jour. Aussi, quand le moment sera venu, il faudra faire placer un... une...

Ici, mon maître s'arrêta un instant, comme pour rassembler ses idées. Mais l'angoisse que je lus au fond de ses yeux, toujours fixés sur moi, me pétrifia de terreur.

— Ma tête ! hurla-t-il soudain en essayant de porter les mains vers son front.

Son geste s'arrêta en chemin, je vis le sang affluer à son visage, & il s'abattit en arrière sur sa couche... Mon maître s'étant mis à râler, les doigts crispés affreusement sur son drap, je me précipitai hors de sa chambre pour chercher du secours. Réveillé par mes soins, le père Ramón de Adra fut le premier sur les lieux. Après avoir examiné le pouls d'Athanase, il diagnostiqua une attaque d'apoplexie &, les larmes aux yeux, me fit comprendre qu'il était préférable de lui administrer au plus vite les derniers sacrements.

Carnets d'Eléazard.

RÉVEIL AVEC DES IDÉES INDIGNES d'un chien ou d'un éléphant...

QU'UN FEU puisse continuer à brûler lorsqu'on ne le regarde plus, c'est une chose qui m'a semblé, tout à coup, proprement miraculeuse.

UNE AUTRE VOIE ? Un monde possible ?

SUITE DE LA CITATION DE FLAUBERT, dans les carnets :
« L'art est la recherche de l'inutile, il est dans la spéculation ce qu'est l'héroïsme dans la morale. » Je
n'avais rien compris... Si Kircher ressemble à Bouvard et Pécuchet, c'est par sa tentative héroïque,
désespérée, d'harmoniser le monde.

TOUT CE TRAVAIL pour aboutir au résultat qu'il n'était
ni meilleur ni pire que n'importe qui d'autre ? Identique à chacun de nous dans sa façon d'improviser sa
vie, de l'habiter. Un homme ?

KIRCHER : « Le sel abonde dans les lieux vils, et surtout dans les latrines. Tout vient du sel et du Soleil. »
In sole et sale sunt omnia. (*Mundus Subterraneus*, II,
p. 351.)
Rimbaud : « Oh ! le moucheron enivré à la pissotière
de l'auberge, amoureux de la bourrache, et que dissout un rayon ! »

SENTIMENT que je suis tout près du but, que je vais,
d'une seconde à l'autre, « soulever le voile »...

UNE TELLE MOISISSURE s'est mise sur les livres de Heidegger, que j'ai été obligé de les faire sécher au
soleil, de les brosser, puis de les vaporiser, sur les
conseils d'Euclides, d'acide formique. Ils en ont
gardé quelques roussures suspectes, comme des
marques de vieillesse sur la peau ; de « crasse
sénile », disent les médecins dans leur jargon.

DYSARTHRIE, tremblement labiolingual, signe d'Argyll
Robertson, aphasie transitoire, confusion mentale,
symptômes amnésiques, paralysie générale, et dans
un tiers des cas, ictus. Le diagnostic du docteur

Euclides est sans appel : Kircher est au dernier stade d'une syphilis du système nerveux.

« Les syndromes psychiques et neurologiques me font penser à la maladie de Bayle. Je suis sûr qu'il avait un Bordet-Wassermann positif, mais bon... Hérédosyphilis cérébrale ou syphilis acquise, ça j'en donnerais ma main à couper. Alors à vous de choisir, n'est-ce pas. »

TRÉPONÈME : *trepô*, « je tourne », *nêma*, « fil ». Kircher est pris dans la spirale de la régression ; il est malade de l'origine.

ÊTRE À LA POINTE DU TEMPS ? Kircher est contemporain de Noé : il vit dans un temps fluide où présent et passé s'enchevêtrent. Le critiquer au nom de la science moderne n'avance strictement à rien. Ses batailles contre la guerre, contre la dissémination, contre l'oubli sont plus importantes que les solutions qu'il nous propose.

DELACROIX : « Ce qui fait les hommes de génie, ce ne sont pas les idées neuves, c'est cette idée, qui les possède, que ce qui a été dit ne l'a pas encore été assez. »

D'UN PIÉMONTAIS, le chevalier de Revel, qui remplissait alors à La Haye les fonctions d'envoyé de Sardaigne : « Il prétend que Dieu, c'est-à-dire l'auteur de nous et de nos alentours, est mort avant d'avoir fini son ouvrage, qu'il avait les plus beaux projets du monde et les plus grands moyens ; qu'il avait déjà mis en œuvre plusieurs des moyens, comme on élève des échafauds pour bâtir, et qu'au milieu de son travail il est mort ; que tout à présent se trouve fait dans un but qui n'existe plus, et que nous, en particulier, nous nous sentons destinés à quelque chose dont nous ne nous faisons aucune idée ; nous sommes comme des montres où il n'y aurait point de cadran, et dont les rouages, doués d'intelligence, tourneraient jusqu'à ce qu'ils fussent usés, sans savoir pourquoi, et se disant toujours : Puisque je tourne, j'ai donc un but. Cette idée me paraît la folie la plus spirituelle et la plus profonde que j'aie ouïe, et bien préférable aux folies chrétiennes, musulmanes ou philosophiques des premier, huitième et dix-huitième siècles de notre ère. » (Benjamin Constant, lettre du 4 juin 1780, *Revue des Deux Mondes*, 15 avril 1844.)

QU'IL NE S'AGIT ni de nier le divin ni de l'affirmer, mais de désespérer de lui. Laisser à sa place l'indécidable, ne pas s'en préoccuper comme on se fiche de savoir le nombre exact des acariens qui se repaissent de nos peaux mortes.

TOUTE MODERNITÉ, lorsqu'elle souffre les douleurs d'une métamorphose et s'interroge sur elle-même, a besoin de se chercher un grand frère dans les siècles précédents, de s'identifier à lui. Cet âge d'or devient à l'improviste précurseur du nôtre, ou même fondateur, selon l'habileté rhétorique de celui qui entreprend ce type de démonstration. Comme s'il fallait absolument rechercher les causes d'une maladie ou d'un bien-être pour être capable de la soigner ou de le comprendre. Ce retour à l'origine du mal est symptomatique de nos sociétés, symptomatique de Kircher. Mais il n'explique rien. Savoir où tout a commencé à mal tourner : cela seul fascine ceux qui vont mal.

KIRCHER aura été ma Toison d'or, ma propre quête de l'origine.

« C'EST QUELQUE CHOSE QUE JE PEUX VOUS DÉMONTRER, concède Alvaro de Rújula, mais que je ne peux pas vous expliquer. C'est une de ces choses profondes

qu'on ne comprend pas vraiment dans ses tripes. »
Il est devenu impossible, y compris pour les physiciens eux-mêmes, de se représenter l'univers autrement que par le calcul, c'est-à-dire par un artifice
qui permet tout ce que l'on veut sauf de *voir*, de saisir la réalité par les sens ou l'intellect. Jusqu'à la
théorie de la relativité, chacun pouvait se figurer le
réel, l'appréhender avec plus ou moins de transparence. La vision du monde d'Élisée Reclus ou
d'Aristote ne différait guère de celle d'un marin ou
d'un paysan de leur époque. Même « fausse », elle
avait l'avantage d'être précise, de faire image dans
la tête des gens. Notre connaissance de l'univers est
certainement plus proche de la « vérité », mais
nous devons nous contenter de croire sur parole les
quelques élus qui parviennent à maîtriser les équa-
tions fondant cette certitude. Pour tout potage,
nous n'avons à l'esprit qu'une petite brassée de
métaphores : de puériles histoires d'explosion première, de cosmonautes rajeunis ou grandis durant
leur séjour dans l'espace ; des ascenseurs fous, des
cannes à pêche qui rétrécissent lorsqu'on les tourne
vers le nord, des coups de poing qui n'arrivent pas,
des étoiles dont la lumière elle-même ne parvient
pas à s'échapper – et dont on ne sait rien, sinon
qu'elles pourraient contenir à peu près n'importe
quoi, y compris les œuvres complètes de Proust...
Toute notre conception du monde se résume à la
série de fables que les scientifiques distillent de
temps à autre pour nous expliquer, comme à des
gamins, que le résultat de leurs travaux passe notre
entendement. Kircher, Descartes ou Pascal étaient
encore en mesure de manier les sciences de leur
temps, d'en falsifier eux-mêmes les hypothèses,
d'en formuler de nouvelles. Mais qui peut se targuer d'embrasser suffisamment les sciences actuelles pour être en mesure de se représenter l'univers
dont elles rendent compte ? Que dire d'une huma-

nité incapable d'avoir une vision du monde dans lequel elle vit, sinon qu'elle court à sa perte, faute de repères, de point d'appui. Faute de réalité... Cette façon dont le monde résiste désormais à nos efforts de représentation, cette malice qu'il met à nous échapper ne sont-elles pas un symptôme du fait que nous l'avons déjà perdu ? Perdre de vue le monde, n'est-ce pas commencer à se satisfaire déjà de sa disparition ?

NOUS AVONS LE MONDE exact que nous méritons, ou du moins que mérite notre cosmologie. Que pouvions-nous espérer d'un univers où foisonnent les trous noirs, l'antimatière, les catastrophes ?

FAIRE office de télévision, de calculette, d'agenda, de livre de comptes, de catalogue commercial, d'alarme, de téléphone ou de simulateur de conduite automobile, c'est ce qui pouvait arriver de pire à l'ordinateur. Ernst Jünger nous avait pourtant prévenus : « L'importance des robots, écrivait-il en 1945, croîtra à mesure que se multiplieront les cuistres, donc dans d'énormes proportions. »

EN SOULEVANT la mygale pour la nettoyer, j'ai libéré sa déconcertante progéniture. Une myriade de minuscules araignées qui se sont évanouies dans la maison avant que j'aie pu réaliser à quel enfer domestique leur fuite m'exposait. Soledad fait ses bagages...

VERS FORTALEZA | *Lifejacket is under your seat*.

— Vous dormez, gouverneur ? demanda Santos en se penchant par-dessus le dossier qui lui faisait face. Je peux vous parler ?

Moreira leva des yeux fatigués vers son assistant. Il avait l'air soucieux, mais disposé à lui accorder quelques minutes d'entretien.

— Le programme des réjouissances... Vous voulez bien jeter un coup d'œil ?

— Bien sûr... Venez vous asseoir à côté de moi.

Santos changea aussitôt de place, déplia la tablette du fauteuil et ouvrit le dossier contenant ses notes :

— L'atterrissage à Fortaleza est prévu pour dix heures trente, commença-t-il en ajustant sur son nez une paire de petites lunettes rondes, puis transfert à l'hôtel Colonial. Treize heures, déjeuner à l'hôtel de ville avec le maire – voilà le résumé des fiches que vous m'avez demandé. Seize heures, remise du diplôme de docteur *honoris causa* à Jorge Amado, en présence de Edson Barbosa, puis réception au rectorat. Je vous ai préparé un petit speech, mais c'est à vous de voir...

— Sur quoi, le speech ?

— Littérature et réalisme populaire... Quelque chose de simple, mais d'assez percutant. Du genre : intellectuels et politiques doivent se tenir les coudes pour sortir le pays de la misère, etc.

— Je vous fais confiance, Santos. Vous réussissez très bien ce type de sermon... Il y aura la télé ?

— Régionale, seulement.

— Ça ne fait rien, j'interviendrai quand même. On ne sait jamais, ils reprendront peut-être la cérémonie aux infos...

— C'est noté. Je continue... Après-demain, vers sept heures, petit déjeuner de travail avec le ministre, suivi d'une réunion avec les élus du PDS et quelques patrons locaux. Thème : l'investissement et le Nordeste. Vous parlez à dix heures. Télés, journalistes, c'est le gros morceau...

Le gouverneur hocha la tête, avec la lippe d'un homme parfaitement conscient de ses responsabilités.

— Ensuite, déjeuner au Palacio Estadual avec le ministre et le secrétaire d'État à l'Éducation. De là, vous partez ensemble pour donner le départ d'une régate de jangadas, et vous ne vous quittez plus jusqu'au meeting électoral. Ce sera en plein air, d'après ce que m'a dit le chef du protocole. Comme la télé sera présente, ils ont prévu tout le tralala : bain de foule, distribution de colifichets, la totale, quoi... Mais le service d'ordre sera en conséquence.

— Mon discours est prêt ?

— Jodinha est en train de le peaufiner, vous l'aurez ce soir. Après le meeting, dîner dansant au club nautique avec tout le gratin de Fortaleza, et retour à São Luís le lendemain matin, à huit heures cinq...

— Le vol est confirmé ? J'ai un rendez-vous très important à onze heures, vous le savez.

— Tout est OK, gouverneur. J'ai appelé moi-même la VASP...

— Eh bien ! soupira-t-il, je ne vais pas chômer, on dirait...

— Pas vraiment, non, acquiesça Santos en souriant. Je préfère être à ma place qu'à la vôtre...

Moreira leva les yeux au ciel, par pure convention. Il savait se faire plaindre, de temps à autre, pour resserrer les liens avec ses subordonnés.

— Excusez-moi de vous embêter avec ça, reprit-il, mais je préférerais repartir le soir même. Peu importe l'heure, je ne veux pas risquer d'arriver en retard à São Luís... Vous voudrez bien faire le nécessaire ?

— Je m'en occuperai, dit Santos, d'un ton accommodant, ne vous en faites pas...

Une hôtesse de l'air s'arrêta à leur hauteur, spécialement dépêchée vers Moreira avant le début du service pour les autres passagers. C'était sans conteste la plus mignonne de l'équipage :

— Une boisson, monsieur le gouverneur ? dit-elle avec un sourire de cover-girl. Café, jus de fruits, apéritif ?

— Un verre d'eau, s'il vous plaît, répondit-il en saisissant la serviette brûlante qu'elle lui tendait au bout d'une pince.

— Et vous, monsieur ?

— La même chose, je vous prie… murmura Santos, avec une pointe de dépit.

Voyager en première classe et boire de l'eau, il n'y avait que les riches pour se permettre ce genre de caprice.

Moreira inclina son fauteuil, puis s'épongea le front avec la serviette :

— Je vais essayer de me reposer un peu…

— À tout à l'heure, fit Santos en se levant pour réintégrer sa place. Je vous avertirai cinq minutes avant l'atterrissage…

— Merci, Santos, merci…

L'étiquette rouge fixée à hauteur de ses yeux le replongea dans la bourbe de ses remords : *Life-jacket is under your seat…* Ce qu'il allait faire lundi matin lui brisait le cœur, mais c'était une question de survie, la dernière chose qui pût lui éviter un désastre couru d'avance. Alors même qu'il finissait de colmater les dégâts occasionnés par le meurtre des Carneiro, une autre brèche s'était ouverte qui menaçait de l'engloutir. Les Américains commençaient à s'alarmer : pression des écologistes brésiliens – manipulés par ces connards du PT, ça crevait les yeux… –, assassinats, émeutes sur le terrain, rumeurs de spéculation foncière… le contexte ne semblait plus aussi favorable à leurs projets. Une commission d'étude se préparait à rendre un rapport hostile à Washington. « Ça sent le roussi, lui avait confié son contact au ministère de la Défense. D'ici à ce qu'ils choisissent un autre site, il n'y a pas loin, tu sais. Le Chili s'est mis sur les rangs, et ça risque d'aller très vite. Tu as intérêt à te tenir à carreau : il y avait un petit pactole à la clef, le président ne décolère pas… » C'était ce qui pouvait arriver de pire, une éventualité qu'il n'avait jamais envisagée, même dans ses cauchemars. La ruine, sa ruine personnelle... Une éventuelle réélection ne changerait rien au problème ; sans les plus-values sur lesquelles il comptait, tout le montage s'effondrait. Les banques étrangères allaient se jeter sur lui comme des piranhas pour récupérer leurs billes. Ses propres avoirs ne suffiraient jamais à éponger ses dettes...

— Tout y passera, avait confirmé Wagner en baissant les yeux, la *fazenda*, les meubles, les voitures... Sauf si vous pouviez continuer à gérer la fortune de votre femme, bien entendu... Mais pour ça, malheureusement, il faudrait... Non, ce n'est pas envisageable...

— Il faudrait quoi... Wagner ? Cessez de tourner autour du pot.

Pour ça, lui avait suggéré l'homme de loi, il suffisait de déclarer Carlotta irresponsable. Constat médical, internement – pas chez les fous, entendons-nous bien, dans une clinique ou une maison de repos –, on obtenait l'annulation de la procédure de divorce, et il aurait non seulement le droit, mais le devoir de gérer l'épargne de son épouse en attendant sa guérison.

Lundi, à onze heures... Il devait être présent à l'arrivée des deux psychiatres... Que Wagner ait pu trouver aussi vite de pareils loustics le sidérait. Mais il ne la laisserait pas longtemps à l'hôpital, juste le temps de mettre ses affaires en ordre, se disait-il pour échapper au dégoût de soi qui lui chauffait la nuque. Il tendit son bras vers le haut pour essayer de ventiler un peu d'air frais sur son visage. Une petite cure de sommeil ne pouvait pas lui faire de mal, cela lui donnerait le temps de réfléchir. Peut-être même reviendrait-elle sur sa décision... C'est la seule façon de m'en sortir, songea-t-il en tournant sa tête vers le hublot, la seule et unique façon...

L'avion traversait une kyrielle de nuages pommelés, incongrus dans le ciel bleu comme des éclats d'obus.

Triste épilogue

Comme son nom l'indique, hélas...

Je sais trop ce que je dois à Kircher, puisque je lui dois tout après Dieu, pour ne pas redouter la tâche qui m'incombe à présent, & l'on ne peut être plus vivement touché que je le suis au moment d'évoquer les circonstances de sa mort. Mais il faut porter sa croix comme un trésor, car c'est par elle que nous nous rendons dignes de Notre Seigneur & conformes à son exigence.

Quinze minutes ne s'étaient pas écoulées depuis l'attaque dont mon maître avait été victime, que je lui administrai les derniers sacrements dans la douleur & l'affliction qu'on imagine. Le père Ramón ne se tenait jamais pour vaincu, & malgré son mauvais pronostic il tira du bras de Kircher une pinte & demie de sang pour désengorger, autant qu'il se pouvait, son cerveau de ses humeurs. Après avoir placé un petit crucifix d'ivoire entre ses mains, je commençai à prier en compagnie du médecin, tandis que tous nos pères & novices faisaient bruire le collège de leurs oraisons.

Au petit matin, les râles de mon maître s'espacèrent progressivement jusqu'à disparaître, puis il ferma les yeux, ses doigts se détendirent, & je les vis lâcher la croix qu'ils agrippaient jusque-là. J'éclatai en sanglots, persuadé d'avoir assisté à son dernier soupir ; & plût à Dieu qu'il en eût été ainsi... Mais le père Ramón, qui s'était aussitôt penché sur lui, me tira bien vite du désespoir dans lequel je m'étais abîmé : Kircher venait de s'endormir ; son pouls, quoique faible & dilaté comme il est naturel chez les vieillards, avait perdu son caractère convulsif, ce qui autorisait, contre toute attente, l'espoir d'une guérison !

Notre Seigneur ayant voulu imposer à son plus fidèle serviteur la pire des épreuves, Kircher ne mourut point cette fois là ; mais il ne revint pas non plus à la vie. Ουκ ελαβον πολιν, dit Hérodien avec raison, αλλα γαρ ελπις εΦε κακα[1]. Au sortir de son sommeil, lorsqu'il ouvrit les yeux sur moi, je réalisai avec horreur qu'il demeurait incapable de se mouvoir ou même de parler. Paralytique ! mon maître était paralytique...

Rien ne fut plus insupportable, durant la semaine qui suivit, que mon impuissance devant ce regard tour à tour angoissé, furieux ou implorant ; je croyais voir Kircher concentrer toute sa volonté pour échapper au carcan épouvantable du silence & de l'immobilité, je l'entendais gémir comme un enfançon des heures entières, mais quoi qu'il fît, & aussi prolongé que fût son effort, il ne parvenait jamais à prononcer que ces seules paroles : « Peau d'hareng ! » Et de s'entendre dire malgré lui ces mots de gueule si insolites dans sa bouche, des larmes lui coulaient sur les joues...

Comme je m'étais aperçu que ses paupières semblaient obéir encore à sa volonté, j'eus l'idée d'utiliser ce moyen pour converser avec mon maître : un battement pour « oui », deux pour « non », & autant qu'il en fallait pour indiquer la place d'une lettre dans le syllabaire. Malgré la difficulté & les lon-

---

1. *Ils ne prirent pas la ville, mais l'espoir révéla des malheurs.*

gueurs de cet artifice, je pus constater que mon maître avait toujours toute sa pensée, ce qui rendait son malheur plus tragique encore. Le premier mot qu'il me transmit de cette façon fut « trémoussoir ». Je compris par là qu'il désirait utiliser cette machine & le fis installer sur son fauteuil mécanique. Ce fut ainsi qu'il obligea son corps inerte au mouvement, à la fureur des chirurgiens qui prédisaient les pires conséquences de cet exercice. Le père Ramón, approuvé en cela par le docteur Alban Gibbs, m'ayant assuré que si un tel remède avait peu de chances d'être efficace, il ne présentait du moins aucun danger, je persévérai dans ma décision d'obéir coûte que coûte aux ordres d'Athanase. Et bien m'en prit, puisque trois semaines seulement après le début de cette gymnastique matinale, mon maître m'offrit l'une des plus grandes joies qu'il m'eût été donné de connaître : une après-midi, alors que je lui faisais la lecture sans prêter l'oreille à ces « Peau d'hareng ! » qui fusaient de temps à autre dans la pièce, Kircher prononça distinctement mon nom ! Il le répéta aussitôt plusieurs fois, sur tous les tons & de plus en plus haut, tel un marin qui découvre la terre après un long & périlleux voyage. Et comme si pareille formule avait rompu l'enchantement qui muselait ses lèvres, il tendit la main vers moi.

— J'ai... pensé, me dit-il d'une voix tremblante & en hésitant sur certains mots, j'ai pensé à une... un nouveau moyen de prendre les plo... les places fortes ! Il suffit de les enta... de les entourer d'un mur aussi peau d'ha... haut, aussi haut que son édifice le plus haut, puis de menacer les assiégés de les en... ren ! de les remplir d'eau...

Je l'engageai sur-le-champ à se taire pour ménager ses forces, tout en admirant à part moi la puissance d'un génie qui n'avait cessé de fonctionner au sein même de la plus éprouvante des maladies.

Nous étions au premier septembre de l'année 1679 ; dès cet instant, Kircher ne cessa de progresser dans le recouvrement de sa santé. Le mois d'octobre le vit faire ses premiers pas hors de son lit, si bien qu'il fut bientôt capable de se mouvoir à nouveau comme par-devant. Sa faculté d'élocution, hélas, ne se récupéra point totalement, & il garda jusqu'à la fin un certain tremblement de langue qui le faisait légèrement hésiter sur les mots, ou quoique plus rarement, les lui faisait intervertir. Quant à écrire ou à se consacrer à un travail quelconque, il n'y fallait plus songer, tant il était affaibli. Mais enfin, il vivait, pensait, parlait ! Comment n'aurais-je point remercié Dieu chaque jour de m'avoir accordé cette consolation ? !

Je dois dire cependant que d'infimes changements s'étaient produits dans sa personne, modifications que je ne remarquai point sur le moment, mais qui prirent tout leur sens par la suite. Kircher se montrait aussi jovial, sinon plus, qu'avant son accès d'apoplexie, & son apparence physique ne trahissait que les contrecoups de sa longue réclusion. Il était hâve, ses dents branlaient, se déchaussant les unes après les autres ; son poil & ses cheveux, blanchis depuis longtemps par l'étude, s'éclaircissaient... Mais il n'avait rien là que de commun avec les hommes de son âge, ou même, hélas, moins chenus. Non, ce qui changea insensiblement au fur & à mesure qu'il se rétablissait fut son comportement. Quinze jours avant Noël, alors qu'il finissait de m'expliquer comment construire une pipe à eau de son invention, laquelle était destinée à rafraîchir la fumée d'opium & à la parfumer selon son goût, il se mit à employer la troisième personne pour se désigner lui-même...

— Il désire donc, me dit-il sans badiner, que tu fasses réaliser au plus vite cette machine dont son organisme a tant besoin pour se remettre de ses faiblesses.

Je restai interloqué une seconde & faillis même lui demander « qui » lui avait enjoint d'adapter ainsi cet instrument déjà connu des barbaresques... Il feignit de ne pas s'apercevoir de mon étonnement, mais continua en me donnant, comme par parenthèse, la clef de cette nouveauté :

— Car celui qui reste n'est plus le même... *Je* est mort au mois d'août dernier, Caspar, & *il* aura besoin de tous les artifices pour espérer un jour lui ressembler.

Cette lubie, & ce qu'elle supposait de lucidité sur son état, me firent froid dans le dos. Heureusement, mon maître revint à sa façon de parler habituelle, n'employant cette troisième personne qu'en de rares occasions, chaque fois qu'il voulait souligner son amoindrissement par rapport à l'homme qu'il n'était plus.

Dans le même ordre d'idée, je notai chez mon maître une tendance toute nouvelle à parler de sa mort prochaine. Non qu'il eût tort en cela, puisque son âge & sa maladie rendaient ce grand malheur fort prévisible, mais choquante était sa manière de l'évoquer : tout sourires, comme à son habitude, il me décrivait minutieusement & avec force détails macabres ce qu'il adviendrait de son corps une fois que les vers commenceraient de l'attaquer, insistant comme à plaisir sur les grouillements monstrueux que provoque la corruption.

Ce fut à cette occasion que mon maître me confia le fin mot du discours que son attaque avait si malencontreusement interrompu. Son idée consistait à peser le corps d'un mourant en continuité, afin de vérifier si le fait d'exhaler son âme réduisait son poids, & le cas échéant, de quelle quantité. L'expérience étant singulière, pour ne pas dire malséante, il se proposait de la tenter sur lui-même, assuré qu'il était de mon amitié & de mon concours.

— Ce sera mon ultime contribution aux sciences, ajouta-t-il gravement, & je te charge d'en recueillir les enseignements à fin de les divulguer après mon trépas...

Sur les indications d'Athanase, le père Frederick Ampringer & moi-même commençâmes donc la construction d'une balance qui convînt à cet usage. Le génie de Kircher faisant toujours merveille, nous réussîmes à installer dans sa chambre un système de poulies capable de supporter son lit & d'en estimer la masse au moyen d'un certain nombre de pesons étalonnés à cet effet. En cas qu'il passerait durant la nuit, mon maître m'ordonna de venir équilibrer la balance chaque soir après son coucher ; si je le trouvais mort dans son lit, il me suffirait de compenser l'équilibre rompu pour connaître le poids exact de son âme. Car il ne doutait pas un seul instant que la machine ne dût enregistrer quelque variation.

Le mois de janvier n'était pas écoulé, que ses maux de tête réapparurent avec plus de force encore que précédemment. Mon maître ne quittait guère sa pipe à opium, le seul remède à ses tourments ; son esprit voguait au gré des songes produits par cette fumée, & si je m'attristais quelquefois de son regard absent & de l'indifférence qu'il marquait à mon endroit, comme à ma promptitude à le servir, du moins savais-je qu'il ne souffrait pas.

Le 18 de février, l'un de nos plus jeunes novices revint d'une promenade dans les rues de Rome avec une assez plaisante babiole, achetée seulement une livre à un marchand d'Augsbourg qui s'enrichissait savamment en mettant à profit le goût des gens pour la curiosité. Il s'agissait d'une puce, enchaînée par le cou avec une chaîne d'acier. Lorsqu'on la lui montra, Kircher fut si enchanté de cette puce & manifesta si fortement son désir d'en posséder une semblable, que notre novice lui en fit présent de bonne grâce. Dès cet instant, mon maître devint inséparable de cette infime compagne. Il passait de longues heures à l'observer sous la lentille d'un microscope, fasciné par la perfection de l'insecte lui-même aussi bien que par l'art merveilleux de celui qui avait réussi à l'enchaîner. Le reste du temps, il la tenait sous sa chemise, à même sa poitrine, non sans avoir fixé la chaînette à une boutonnière. Pour sa nourriture, il la menait « paître », comme il disait, sur les plus riches prairies de son corps, c'est-à-dire dans les plaies ouvertes que le cilice occasionne chez tous ceux qui le portent avec rigueur.

— Viens, m'amie, lui disait-il avec une grande douceur, viens prendre ta pitance & te gorger du meilleur nectar qui fût jamais. Tu as là pour toi seule une provision qui suffirait à contenter des milliasses de tes semblables, profites-en sans honte ni remords, sachant que chacune de tes morsures me rapproche un peu plus du paradis...

Un jour qu'il devisait ainsi devant le père Ampringer venu le visiter, ce dernier ne put retenir assez un mouvement de doute sur le bien-fondé d'une telle pratique. Mon maître s'en aperçut, pour le malheur du pauvre père, lequel était au demeurant un fort bon homme & se reprocha par la suite d'avoir contrarié Kircher dans ses efforts admirables pour gagner la sainteté.

— Laissez-moi vous conter l'histoire du moine Lanzu, commença mon maître assez calmement, telle que me la rapporta un voyageur hollandais digne de foi & de respect. Ce Lanzu, selon l'ancienne tradition des Chinois, était regardé il y a huit cents ans comme un parfait modèle de toutes les vertus ; il quitta de bonne heure le bruit des villes pour se retirer dans les plus sombres cachots des gorges de Nanhua. Les viandes n'avaient pour lui de saveur, la boisson point de goût, & le sommeil point de repos.

Il avait une telle horreur de l'impudicité, il aimait tant la pénitence, la mortification du corps, l'habit âpre & rude, qu'il se fit fabriquer une chaîne en fer de laquelle il chargea ses épaules jusqu'à sa mort. Il regardait sa chair comme la prison d'un esprit immortel & pensait qu'en la flattant il étouffait le meilleur de lui-même, qui consiste en l'entendement. Et lorsqu'il voyait tomber des vers de sa chair toute pourrie & corrompue par le travail de la chaîne, il les ramassait avec douceur & leur faisait une petite harangue : « Chers vermisseaux, leur disait-il, pourquoi m'abandonnez-vous si lâchement, alors que vous trouvez encore de quoi vous repaître ? Reprenez, je vous en conjure, reprenez votre place, & si la fidélité est la base des vraies amitiés, soyez-moi fidèles jusqu'à la mort & disséquez à votre gré ce qui vous est dédié dès la naissance & à tous ceux de votre espèce ! »

Fort échauffé par ce discours, Kircher eut une telle montée de sang qu'il fut nécessaire d'aller quérir en toute hâte le chirurgien. Après l'avoir saigné en plusieurs endroits, ce dernier recommanda de ne plus contester mon maître si nous désirions lui conserver la vie plus longtemps. Je pris ce conseil très à cœur & veillai par la suite à ce que nul ne risquât, par ignorance ou par méprise, d'empirer son mal.

Kircher continua de se mieux porter durant trois semaines, & rien ne laissa présager la seconde crise qui le frappa plus sévèrement, hélas, & plus durablement que la première : au matin du 12 mars, alors que je venais rallumer son feu, je le trouvai assis sur son lit & occupé – pardonnez-moi, mon Dieu, mais j'ai juré de tout dire – à faire de petites boulettes avec ses propres excréments…

— Pas laisser perdre, Caspar… me dit-il avec un sourire candide. Une fois séchées, remplacer bois dans cheminée ! Épargne conséquente à visée charitable…

J'essayai aussitôt de lui parler, mais quels que fussent les truchements que j'employai à cet effet, je m'aperçus bien vite que mon maître était devenu complètement sourd.

J'étais atterré... Le père Ramón, que je fis venir aussitôt, ne voila point sa tristesse devant un spectacle aussi affligeant. Ce jour-là & les suivants, il eut recours à toutes les finesses de son art pour tenter d'améliorer l'état de mon maître ; sans succès malheureusement. Conséquent au sein de ses lubies, Kircher refusa bientôt toute toilette, & les tentatives que je fis pour l'obliger à se laver ou même lui donner une figure présentable se soldèrent par de tels accès de fureur, que j'abandonnai mes tentatives en la matière. Chaque matin, après une session de trémoussoir, il urinait dans un grand pot de terre qu'il interdisait formellement d'aller vider. Une mousse nauséabonde s'y était formée :

— Savon souverain pour cheveux longs, ainsi qu'Incas font à Cuzco ! avait-il consenti à me dire, sur un ton de confidence, un jour que je m'étais mis à pleurer en le voyant plonger ses mains dans ce cloaque pour en vérifier la consistance...

En quelques semaines, son corps s'infesta de vermine. Mais Kircher utilisa cette calamité pour s'inventer une nouvelle occupation ; il s'était mis dans la tête, en effet, que ces animalcules n'étaient autres que les atomes peccamineux s'échappant de son corps comme des rats d'un navire tout près de faire naufrage. À l'imitation des Indiens Uros, il comptait donc soigneusement les poux & autres insectes qu'il recueillait sur lui pour en emplir des tubes de bambou que je devais sceller ensuite à la cire chaude ; ceci afin d'empêcher ces « nuisibles monades » de se répandre sur d'autres hommes.

Le ciel, sans doute fléchi de ses douleurs, voulut qu'un jour, comme nous écoutions la messe en Saint-Jean-de-Latran, il trompât ma surveillance pour décharger son ventre dans la chaise percée qui servait autrefois à s'assurer du genre des papes !

La liste serait longue de ses inconséquences, & je ne voudrais point ternir en quelques lignes l'image d'un être qui avait tempéré toute sa vie par son savoir & la mesure de ses actions la gloire dont il jouissait. Je ne puis toutefois garder le silence sur cette fantaisie que je veux encore rapporter, à cause des soupçons qu'elle éveilla dans mon esprit. Une après-midi que je m'étais attardé au réfectoire plus que de coutume, je découvris mon maître dans une position qui faillit me faire tomber à la renverse : nu comme un ver, il avait agglutiné sur son corps toutes les plumes d'un cygne empaillé, lequel gisait près de lui, pitoyable & démembré. À genoux sur le sol, il contemplait une figure hélicoïdale réalisée à l'aide d'une cordelette enroulée sur elle-même ; & par crainte de te perdre, lecteur, en d'abstraites explications, je reproduis ici le dessin de ce labyrinthe. Dessin dans lequel les cercles représentent les moitiés d'oranges que mon maître avait placées en certains endroits...

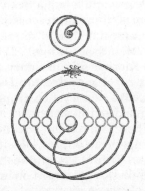

Posée dans le chemin que ménageait la corde, la puce captive traînait sa chaîne avec précaution...

Quoique ayant remarqué tout cela en un instant, je dois avouer n'y avoir guère prêté attention, tant j'étais fasciné par le déguisement ridicule de Kircher. Comme je m'approchais, je l'entendis qui parlait à voix basse à cette bestiole...

— Car c'est ainsi que tout l'univers part d'un point de lumière unique, avant d'y retourner un jour, selon les détours de cette spirale merveilleuse...

Mon maître s'exprimait correctement ! Peu s'en fallut que je me jetasse sur lui pour l'embrasser.

— L'âme du monde est ainsi faite, mon ami... continuait Kircher, s'adressant à lui-même. Voici que j'ai revêtu mon habit d'ange des dimanches, afin de préparer ce retour comme il convient. Car la terre est là-bas plus proche de l'origine... Et je te guide, mon âme, par ces chemins tortueux, vers le seul abri qui fût jamais, vers ce berceau autour duquel veillent les anges de la maison. Répandue dans les veines du monde, une intelligence en fait mouvoir la masse entière & la mêle au grand tout : j'en distingue déjà la lueur ineffable. Courage, mon âme, le but est proche. Joie, joie, joie !

Sur ces entrefaites, le père Ampringer fit irruption dans la pièce ; & comme je me trouvais un peu en retrait de la porte, il me fut impossible de le prévenir. Apercevant mon maître, il se précipita vers lui en invoquant Dieu & ses saints... Le charme était rompu : je vis Kircher se renfrogner distinctement, puis commencer à geindre tandis que le père Ampringer l'aidait à se relever en m'appelant à la rescousse. Je feignis d'arriver seulement à cet instant.

— Quel malheur, mon Dieu, quel malheur ! répétait le père Ampringer. Allons, père Schott, aidez-moi à le laver... Toutes ces plumes, Dieu me pardonne ! Mais qu'est-ce qui a bien pu lui passer par la tête ? ! Que la vieillesse est cruelle... Notre bon père est retombé en enfance ; il faudra veiller sur lui mieux que nous ne l'avons su faire jusqu'à présent...

Le père Ampringer avait osé exprimer à haute voix ce qui se murmurait tout bas dans le collège depuis quelques semaines ; mais je me refusai à accepter cette évidence, surtout après la scène dont je venais d'être témoin. Kircher pouvait encore parler ! Son intelligence était intacte, même s'il s'échinait, pour d'obscures raisons, à faire accroire le contraire...

Il nous fallut quelques heures pour rendre mon maître présentable, mais rien au monde ne l'eût contraint à laisser couper ses cheveux ou ses ongles, & quoique propre après nos soins, il restait encore méconnaissable. Dès que nous fûmes seuls à nouveau, j'écrivis ces quelques mots sur une feuille de papier : « Je suis avec vous, mon très Révérend Père, & je saurai garder votre secret. Mais, pour l'amour de Dieu, parlez ! Parlez-moi encore comme vous le faisiez tantôt à cet insecte... » Après l'avoir lu, Kircher froissa le papier de ses mains tremblantes & me regarda avec une grande tristesse.

— Sais pas dire... Caspar... Sais pas dire...

Il avait l'air désolé de qui a véritablement essayé, mais en vain, d'exaucer votre souhait. Et comme il s'était remis à jouer avec sa puce, indifférent à ma présence, je m'abîmai dans un désespoir que la prière fut longtemps sans parvenir à soulager.

Le soir même de ce funeste 18 septembre, je me confessai au père Ramón de ce que j'avais observé chez mon maître & lui fis part de mes doutes sur la réalité de son état.

— Je voudrais n'être point dans le vrai, me répondit-il doucement, mais il faut hélas détruire vos espérances car elles ne sont pas fondées. Ce genre de rémissions, j'ai pu l'observer chez d'autres malades, ne sont qu'apparentes ; loin d'annoncer un éventuel rétablissement, elles signalent au contraire une aggravation de la maladie & sont, en vérité, comme le chant du cygne du patient. Le terme est imminent, mon père. Faites-vous à cette idée, vous n'en prierez que mieux pour l'âme de notre ami...

La suite des événements donna raison au père Ramón. Kircher ne prononça plus une seule parole, hormis ces blaisements absurdes ou entravés qui m'affligèrent jusqu'à la fin. Mais si la voix, comme l'affirme Aristote, est un luxe sans lequel la vie est possible, combien navrante fut celle de mon maître durant ces derniers mois ! C'était désormais un vieillard égrotant & négligé qui flottait dans ses habits ; emmaigri affreusement, cheveux à la pendarde, il passait ses journées à compter l'infanterie de poux qui arpentait ses chausses. Quoique toujours avenant, il rebutait les gens par la saleté repoussante qu'il portait sur lui comme un second vêtement. Je ne l'en aimais pas moins, sachant qu'il n'était plus responsable de ses actes, mais il m'en coûtait plus que je ne puis l'exprimer de suivre jour après jour la dégradation de son corps & de son esprit.

Et le jour vint, plus vite que je ne m'y attendais, où mon maître s'alita pour ne plus se relever. Le onze novembre de cette même année 1680, il fut pris d'une telle faiblesse que ses jambes refusèrent de le porter. Ses boyaux s'étant rétrécis & ne pouvant plus faire leur fonction, il fut plus de sept jours sans manger ; une fièvre brûlante suivit cette grande diète. Je reconnus qu'il allait mourir.

S'étant trouvé plus mal le jour de Séverin, vingt-septième de novembre, mon maître reçut tous les sacrements avec une piété exemplaire. Et je ne doute pas qu'il s'estimât heureux d'associer sa mort à celle de ce saint ermite.

Sur le soir, Kircher entra en agonie, & quoique préparés depuis plusieurs mois à cette fin inéluctable, les pères Ramón, Ampringer & moi-même versâmes des pleurs à son chevet. Vers la onzième heure de la nuit, alors même que je n'espérais plus le voir ouvrir les yeux, mon maître tourna son regard vers moi pour m'adresser la parole une dernière fois.

— Caspar, la bascule ? demanda-t-il.

Prenant sa main dans la mienne, je hochai la tête pour le rassurer : je n'avais cessé d'obéir à ses ordres, la machine était à l'équilibre.

Ce fut alors qu'il esquissa un sourire, ferma les yeux & s'éteignit. La terre l'avait porté soixante dix-huit ans, dix mois & vingt-sept jours… À cette même seconde, conformément à ses pronostics, nous entendîmes tinter le grelot qui signalait toute variation de la balance ! Au grand étonnement des personnes présentes dans la chambre, il fut constaté que l'âme de Kircher pesait exactement un demi-scrupule.

Je fus affligé plus encore que je n'aurais cru de la mort de mon maître. Quoique la vie lui fût à charge & qu'il ne la traînât plus qu'avec peine & avec douleur, cette perte me laissa inconsolable. Son esprit, sa piété, sa sagesse qui le faisaient regarder de tous ceux qui avaient l'avantage de le connaître étaient les principales raisons qui vous le faisaient aimer. Et jamais homme n'a mieux mérité l'admiration de ses contemporains ; car c'était un Antique digne de vénération, & qui portait honneur à la science. Mais en l'état où il était, lui souhaiter une plus longue vie eût été faire des vœux contre lui. Son esprit n'avait jamais baissé, & depuis quelque temps seulement, il cessait d'agir par le délaissement des sens qui lui manquaient peu à peu ; de sorte que n'ayant plus de part aux choses de ce monde, il fallut qu'il allât dans l'autre pour y obtenir le salut & le repos éternel de son âme.

Les obsèques de Kircher furent magnifiques ; transporté en grande pompe à l'église du Gesù, son corps fut accompagné par la foule innombrable de tous ceux qui l'avaient aimé ou admiré. Réunis dans une même affliction, il y avait là des moines de la Trinité des monts, des Dominicains, des prêtres & religieux de tous ordres ; des évêques, des cardinaux, des princes, & jusqu'à la reine Christine de Suède que ce deuil semblait affecter au plus haut point. Mais l'hommage auquel mon maître fut sans doute le plus sensible, il le reçut de cette cohorte d'étudiants qui suivit son cortège : venus des collèges allemands, écossais, français... tous ceux qui avaient un jour suivi la classe de Kircher saluèrent en pleurant ce magister qu'ils avaient surnommé « le maître des cent arts » ! Chanté par la totalité des jésuites du Collège Romain, l'office des morts fut admirable de recueillement. Il fut continué par les *Leçons de ténèbres* de Couperin, musique dont la beauté ne pouvait mieux convenir à l'homme qui avait toute sa vie fustigé l'ombre pour célébrer plus haut la gloire de la lumière...

Ma longue tâche se termine ici, avec la fin de celui à qui elle fut dédiée. Selon les vœux de Kircher, son cœur est enterré aux pieds de la Vierge, à la Mentorella. J'ai aujourd'hui l'âge de mon maître, & les maux dont je suis accablé me laissent espérer de le rejoindre bientôt. Alors je t'en prie, lecteur, joins aux miennes tes prières afin que Dieu m'accorde enfin cette grâce, & médite quelquefois sur celle que mon maître bien-aimé ne craignit point d'écrire un jour avec son propre sang :

Ô Grande & Admirable Mère de Dieu ! Ô Marie, Vierge Immaculée ! Moi, ton très indigne servant, prosterné devant ta face, en mémoire des bienfaits que tu m'as procurés dès mon âge le plus tendre, je m'offre à toi tout entier, Douce Mère, j'offre ma vie, mon corps, mon âme, toutes mes actions & toute mon œuvre. Du fond de mon cœur, j'exprime mes vœux les plus intimes devant ton autel, à l'endroit même où pour la première fois tu m'as inspiré miraculeusement la restauration de ce saint lieu consacré à Toi & à saint Eustache ; & pour que les générations à venir sachent que, aussi nombreuses soient les doctrines que j'ai acquises jusqu'ici & quoi que j'aie pu écrire de bon, cela ne fut pas tant par mon étude & mon travail, Pieuse Mère, que par le don de ta grâce singulière, & guidé miséricordieusement par la lumière de la Sagesse éternelle. Et ce que je dis avec mon sang pour rendre compte de Ton action, suspendant ma plume, je le lègue à tous par testament, Jésus, Marie, Joseph, comme mon seul bien véritable.

Moi, ton pauvre & humble & indigne servant, Athanase Kircher, je prie pour que Tu exauces mes vœux, Jésus, Marie. Amen.

Pour la plus grande gloire de Dieu.

MATO GROSSO | *L'une des espèces est mortelle, l'autre dangereuse et la troisième totalement inoffensive...*

Elaine ne parvint pas à savoir combien d'heures s'étaient écoulées depuis cette vision qui l'avait anéantie. Elle reprit conscience d'elle-même et du monde au centre de la clairière, debout, près des cendres visqueuses du foyer. Il faisait jour, elle avait faim, la jungle autour d'elle gloussait comme une volière de zoo. Là où il y avait eu quelque chose, il n'y avait plus rien. L'humus était jonché de tout le bric-à-brac de la tribu : nattes, calebasses, faisceaux de plumes et de flèches qui s'effaçaient déjà, se ralliaient tête basse aux couleurs de la forêt. De longues colonnes de fourmis sillonnaient le campement, légions romaines hérissées d'enseignes et de trophées. Juchée sur une feuille, une grenouille à tête rouge narguait ces multitudes.

Elaine marcha jusqu'au bord du précipice ; une nuée de vautours noircissait la cime des arbres, mais vus d'en haut, ils ressemblaient à des mouches occupées à la minutieuse délectation d'une charogne.

Mauro, Petersen, toute la tribu des Indiens gisaient quelque part au-dessous d'elle... Nul n'avait pu survivre à une pareille chute. Elle se retrouvait seule au sommet de cette montagne ignorée du monde. Comme Robinson sur son île, songea-t-elle en déplorant confusément le caractère malvenu, presque frivole, de cette remarque. L'esprit naufragé, titubant encore au plus près de la démence, Elaine se demandait pour quelle raison obscure elle n'était pas devenue folle.

Les borborygmes de son estomac l'éloignèrent de la falaise. Le pas mal assuré, elle erra dans le campement à la recherche de nourriture. La première chose qui parvint à capter son attention fut le walkman de Mauro ; il était resté dans la pochette de plastique transparent sous laquelle le jeune homme l'abritait, les rares fois où il s'en séparait. Elle aperçut ensuite ses vêtements et ceux de Petersen, abandonnés en tas sur le sol détrempé. Pourquoi avaient-ils accepté la poudre du chaman ? Des images lui revenaient, par bribes colorées de rouge. Ils avaient hurlé en tombant, preuve qu'ils s'étaient rendu compte à l'ultime seconde. Et tous les autres, mon Dieu, toutes ces femmes et leurs enfants... Toutes ces plumes qui battaient l'air désespérément...

Elaine reprit conscience un peu plus tard, ahurie de se découvrir avec une boîte de haricots entre les mains. Je disjoncte, se dit-elle avec frayeur. Il y avait des plages de temps durant lesquelles son corps continuait à vivre et à bouger en dehors de sa perception... Le contenu de la boîte de conserve l'écœurait, mais elle s'efforça d'en avaler quelques bouchées. Son regard vaguait sur la clairière, effleurant des traces insignifiantes, ripant sur elles sans les voir. Un filet de salive suintait sur son menton. Bras ballants, elle fixa l'objet informe qu'un serpent aux anneaux rouges et noirs, cernés d'un fin liseré blanc, épousait lentement de ses méandres. *Il y a trois sortes de serpent corail*, se souvint-elle avec flegme, *tous trois extrêmement semblables quant à leurs couleurs et à leurs caractéristiques ; l'une des espèces est mortelle, l'autre dangereuse et la troisième totalement inoffensive : quelle fut la première à apparaître dans l'ordre de l'évolution ?* Cette question lui avait été posée autrefois, lors d'un examen portant sur le mimétisme animal. Elle n'avait pas trouvé la réponse, mais le corrigé de son professeur lui revint avec clarté :

— Vous êtes un oiseau friand de reptiles, avait-il dit, et vous essayez de manger le premier des trois serpents. Que se passe-t-il ? Vous mourez sur le coup sans comprendre ce qui vous est arrivé, et sans avoir le temps d'avertir vos congénères du danger. Ce qui a pour effet, à plus ou moins long terme, d'éliminer l'espèce oiseau-prédateur-de-reptiles de la nature. Même chose avec le troisième : vous mangez le serpent, et comme rien ne se passe, vous en déduisez que les serpents corail sont tout ce qu'il y a de comestible. D'où la disparition de votre propre espèce, lorsque ces mêmes reptiles finissent par devenir toxiques. Si vous vous faites mordre par le second serpent, celui qui est venimeux mais non mortel, vous souffrez durant un certain temps, puis vous vous empressez de transmettre l'information : manger un serpent annelé de couleur rouge et noire est très dangereux, mieux vaut éviter tous les serpents qui ressemblent de près ou de loin à cette description. C'est donc ce serpent-là qui a été le premier à apparaître. Nécessairement. Dédaigné par les oiseaux, ses ennemis potentiels, notre serpent corail peut alors développer d'autres formes plus efficaces pour sa propre chasse, jusqu'à aboutir à la Rolls du genre, celui dont la morsure ne pardonne pas. Quant au troisième, sans doute le plus malin, c'est un animal dont l'espèce n'a rien à voir avec les précédentes, mais qui se pare des couleurs du serpent corail pour obtenir à moindres frais la même tranquillité... Cela dit, avait-il ajouté non sans ironie, la résistance naturelle au venin que manifestent certains prédateurs de reptiles, dont plusieurs oiseaux, pose un problème passionnant qui reste entier jusqu'à ce jour...

Elaine se demanda lequel de ces trois serpents était en train de ruisseler devant ses yeux. Lorsqu'il eut disparu, elle revit le chaman déposer à ses pieds un étrange ballot, juste avant que l'épouvante ne se mît à filer sa toile. L'esprit vide, elle s'en approcha, puis, du bout des doigts, défit son enveloppe de fibres végétales. Malgré les boursouflures verdâtres qui déformaient sa couverture de vieux cuir, elle reconnut qu'il s'agissait d'un livre ; un in-folio qu'elle s'empressa d'extraire de sa gangue et d'entrouvrir à la page de titre. La réponse lui vint de ce geste irréfléchi : *Athanasii Kircherii è Soc. Jesu Arca Noe, in Tres Libros Digesta...*

L'Arche de Noé ! Le chaman avait eu entre les mains l'un des ouvrages favoris d'Eléazard... Elle s'étonna moins d'un tel concours de circonstances que de voir surgir son mari dans l'angle mort du chaos, comme pour l'assister, l'encourager de loin à se ressaisir. Ce livre affirmait sa présence auprès d'elle et, d'une façon tout aussi mystérieuse, justifiait sa marotte pour Athanase Kircher. Une magie louche en émanait, une tension démesurée. Elaine feuilleta les pages humides et constellées de rousseurs. À la suite de *L'Arche de Noé*, on avait relié toutes les illustrations tirées de *L'Art de la Lumière et de l'Ombre* et du *Monde Souterrain* ; sur plusieurs pages de garde, des notes manuscrites formaient un embryon de dictionnaire, un lexique plutôt, comme en constituaient les missionnaires qui abordaient une peuplade inconnue. Que ce lexique établît des correspondances entre le latin et la langue des indigènes, qu'il fût rédigé à la plume, le style même de sa calligraphie, tout indiquait que l'ouvrage de Kircher avait appartenu à l'un des premiers Occidentaux chargés d'explorer le Nouveau Monde. Joignant à ces indices les circonstances de sa propre rencontre avec les Indiens, Elaine crut reconstituer l'histoire avec quelque degré de vraisemblance. Un homme, probablement un ecclésiastique, s'enfonçait un jour dans la jungle avec le maigre bagage de tout candidat au martyre : une Bible, une petite verroterie de perles et de miroirs, et l'un de ces manuels copieusement illustrés où Kircher démontrait mieux que quiconque la suprématie de la religion chrétienne. Certains jésuites, lui avait dit Eléazard, s'asseyaient simplement au plus profond de la forêt, et jouaient de la flûte ou même du violon, jusqu'à ce que les Indiens se manifestent. Orphées modernes, ils guettaient les âmes, alternant la musique et la prière... À force de persévérance, le père qui avait réussi à demeurer en vie s'installait dans une tribu et commençait l'apprentissage de sa langue. Les plantes, les arbres, les animaux, il fallait montrer du doigt les créatures terrestres sur le livre de Kircher, les nommer une à une avec une infinie patience. Cela fait, on pouvait aborder alors les matières surnaturelles, défricher la mythologie de ces sauvages et entreprendre leur conversion. Quelques tours de passe-passe, beaucoup de diplomatie, et le père faisait d'un chaman – trop content de s'en tirer à si bon compte – son allié et son disciple. Le missionnaire parlait ou croyait parler la langue de ses ouailles, il avait réussi à baptiser les enfants et même à adapter quelques cantiques ; quant au chaman, il savait par cœur des tirades entières de latin et baragouinait la langue de son précepteur d'une façon qui donnait cours aux plus grandes espérances... Et puis les privations, la malaria ou quelque sordide vengeance mettait un terme à l'entreprise du bon père. La tribu reprenait son existence primitive. Auréolé de nouveaux pouvoirs, le chaman s'emparait des livres et continuait dans la voie qui avait si bien réussi à son confrère étranger. Il répétait inlassablement les phrases latines si difficilement apprises, expliquait à tous qu'un prophète était venu, mais qu'un autre reviendrait, qu'il serait barbu comme sur la gravure représentant Kircher au début du livre, et que celui-là les guiderait vers quelque paradis. Le chaman mourait à son tour, après avoir transmis à son fils l'ensemble de ses connaissances, et tout continuait ainsi durant plus de quatre cents ans. À chaque transfert du message originel, quelque chose se perdait, quelque chose s'inventait, si bien que ces gens en étaient venus à adorer Kircher lui-même : *Qüyririche*, disait la correspondance dans le lexique... En apercevant Dietlev, les Indiens l'avaient identifié sans mal au messie des mythes originels. Même les fossiles avaient joué leur rôle dans cet incroyable malentendu ; plusieurs d'entre eux étaient représentés dans le livre, les nouveaux venus en transportaient dans leurs bagages, la montagne en recélait une grande quantité... Autant de signes que le chaman avait liés, d'une façon ou d'une autre, pour confirmer dans son esprit l'imminence de la fin des temps...

Malgré son énormité, cette explication était la seule à organiser l'horreur de façon logique. Une méprise, une abominable méprise millénariste qui avait coûté la vie à tout un peuple... Elaine souffrit de ne pouvoir partager cette soudaine illumination avec quelqu'un. La Bible s'était sans doute égarée, mais le livre ouvert sur ses genoux – l'*aracanóa* du chaman ! – avait symbolisé le sacré pour des générations d'hommes, jusqu'à conduire vers l'abîme leurs descendants... Eléazard et Moéma en auraient bondi au plafond ! Le pauvre Dietlev aussi, d'ailleurs ; mais lui se serait sans doute moins intéressé à ces fossiles vivants qu'à ceux rapportés par le vieil homme de son séjour dans la montagne.

Elaine sortit à nouveau d'elle-même pour s'apercevoir qu'elle avait grimpé jusqu'au point culminant de l'inselberg. Le livre n'était plus là ; il avait dû rester quelque part derrière elle. Malgré sa surprise et l'angoisse de ces trous noirs où son esprit se recroquevillait de plus en plus souvent, elle fut heureuse d'émerger à l'air libre. Autour d'elle, la crête rocheuse n'était qu'un éboulis d'empreintes pétrifiées. Tribrachidium ? archéocyathes ? parvancorina ? sa mémoire hésitait à mettre un nom sur les pierres qui s'écoulaient en cascade de cette source médusée : un creuset d'algues et d'invertébrés unique au monde, une flaque de temps, de ce temps initial où la Terre n'était dans toute son étendue qu'un Océan tragique et dépeuplé. Sur ce haut-fond, six cents millions d'années auparavant, la mer avait ourdi le miracle de la vie. Un lien ininterrompu l'unissait à ces êtres aveugles et démunis, l'associait à leur destin de glyphes primordiaux. Dans l'œil du cyclone, au cœur même du tournoiement qui soulevait sous elle les eaux noires de la forêt, Elaine sut qu'elle allait enfin pouvoir se reposer. Eléazard, Moéma... elle les retrouvait tous deux, ici et maintenant, pour avoir fait vers eux cette si longue route. Miroir solaire réfléchissant le vertige de l'univers, elle perçut un instant l'absolue cohérence de tout ce qui existe. Ce non-lieu, ce centre immobile autour duquel s'enroulait la frêle coquille du vivant, voici qu'elle l'éprouvait, qu'elle occupait le moindre intervalle de son espace. Libérée de l'espoir, souriante, elle se sentait comme une arche désertée.

Carnets d'Eléazard.

POIDS DE L'ÂME. D'Euclides, toujours aussi glacial : « Du vent, seulement du vent... L'air contenu dans nos poumons a aussi un poids, figurez-vous. Votre

Kircher a pesé son dernier soupir ; c'est pousser l'introspection un peu loin, vous ne croyez pas ? »

NOVALIS dresse un *Catalogue raisonné des opérations dont l'homme dispose de façon permanente* : il cite la salive, l'urine, les émissions de semence, le fait de mettre le doigt dans sa bouche pour vomir, de retenir son souffle, de changer de position, de fermer les yeux, etc. Au passage, il se demande s'il n'y aurait pas d'utilisation possible des excréments. Marcel Duchamp y ajoutera l'excès de pression sur un bouton électrique, la poussée des cheveux, des poils et des ongles, les sursauts de peur ou d'étonnement, le rire, le bâillement, l'éternuement, les tics, les regards durs, l'évanouissement, et suggérera lui aussi un *transformateur destiné à utiliser* [toutes] *ces petites énergies gaspillées.*

SIX GRAMMES d'âme...

JE NE SAIS PAS ce qui motive cette impression qu'Athanase Kircher fait partie désormais de ma famille. Il pourrait être assis, là, tout à côté de moi, la toque de traviole, appliqué à ventiler ses jambes en agitant les pans de sa soutane. Quelqu'un de familier, avec des éclairs de génie par-ci, par-là, mais très banal la plupart du temps. Un rêveur bon vivant, un frère, un ami...

VENDREDI, 10 HEURES du matin : lettre de Malbois.

Mon cher Eléazard

Excuse-moi de répondre si tardivement à tes questions. La tâche n'était pas facile, tout cela m'a quand même demandé pas mal de travail, même si le résultat, j'en ai peur, risque fort de te déplaire...

J'ai d'abord recherché les passages qui te semblaient douteux dans les ouvrages de Mersenne, de La Mothe

Le Vayer et des quelques autres dont tu te rappelais les titres. Ta méfiance était fondée : il y a bien des similitudes troublantes, parfois plus, sans qu'on puisse dire pour autant qui plagiait qui ; tu sais que cette pratique était commune à l'époque, elle ne prêtait guère à conséquence. Je ne te donne pas les détails de ces investigations, ils te seraient inutiles. Tu vas comprendre pourquoi : lorsque je suis passé à la deuxième question de ta liste, celle concernant les dates de Caspar Schott, c'est tout l'édifice qui a vacillé. 1608-1666 ! (confirmé à plusieurs sources différentes). Puisque le vertueux Caspar avait disparu quatorze ans avant son maître, il devenait évident que toute la partie du texte consacrée à la biographie de Kircher après cette date était apocryphe. Restait la possibilité qu'une autre personne ayant vécu ces dernières années auprès de Kircher ait continué le travail de Schott avec assez d'habileté pour imiter son « style »...

Du coup, j'ai porté une attention plus grande à certains aspects qui m'avaient titillé pendant ma première lecture : telle qu'elle est décrite par Schott, la villa Palagonia n'a existé qu'au XVIIIe siècle – entre 1750 et 1760. Quant au Désert de Retz, même s'il est notoirement inspiré des paysages miniatures de Kircher, il date carrément de 1785 !

À ce point de mon enquête, non seulement plus une seule ligne du manuscrit ne pouvait être de la main de C. Schott, mais le tout avait été écrit au mieux à partir de 1780, soit cent ans après la mort de Kircher...

Cette étape, tu l'imagines, avait jeté le doute sur tout le reste, si bien que je me suis mis à relever méthodiquement les éléments qui me semblaient suspects. Il y avait pas mal de petites choses (j'ai même identifié une maxime de Chamfort !), presque toutes invérifiables, et je m'apprêtais à te transmettre en l'état mes conclusions, lorsque j'ai relu l'affreux poème de von Spee. Même en tenant compte qu'il s'agit d'une traduction du latin – et que la poésie du XVIIe n'est pas vraiment

ma tasse de thé – ces vers me sont apparus comme
singulièrement anachroniques et dénués de sens. Par
hasard, ou peut-être par contagion avec les jeux de
langage auxquels se livre Kircher, je me suis mis à
considérer « l'Idolâtre » comme un texte crypté. La
solution (une sorte d'acrostiche plutôt alambiqué) est
venue assez rapidement, je dois dire. Je te laisse la sur-
prise, mais il est clair qu'on s'est foutu de toi dans les
grandes largeurs. J'espère seulement que tu n'étais pas
trop avancé dans ton boulot...

Prends la chose avec humour, si c'est possible, et
tiens-moi au courant : à supposer que tu parviennes à
savoir qui c'est, j'aimerais bien rencontrer le coupable
avant que tu ne l'étrangles...

À un de ces jours,
C. Malbois.

13 HEURES. Je prends la chose plutôt froidement,
mais pas avec humour... Impossible de joindre
Werner à Berlin.

19 HEURES. Marché droit devant moi toute l'après-
midi. L'amour-propre, bien entendu... Passé un premier mouvement d'irritation pour avoir travaillé inutilement à ces notes, je suis surtout mortifié de ne
pas avoir découvert moi-même le canular.

LE PROBLÈME n'est pas de savoir si un tel a vraiment
dit ce qu'on lui fait dire, mais de juger si on a réussi
à le lui faire dire d'une façon cohérente. La vérité
n'est-elle pas ce qui finit par nous convenir assez
pour que nous l'acceptions en tant que telle ? Le
cas limite de la satisfaction, disait W. V. Quine.
Celui – Werner ou un autre – qui a produit cette
imposture s'en approche bien plus que ce à quoi
j'aurais pu prétendre...

DESCENDRE LE FLEUVE jusqu'à Montevideo, revenir à Lautréamont (à Voltaire ?) comme les tortues marines retournent pondre sur la plage où elles sont nées.

« EN UN MOT, concluait Kircher à la fin de son travail sur les anamorphoses, *il n'existe pas de monstre sous la forme duquel tu ne peux pas te voir avec un miroir de cette sorte combinant des surfaces planes et courbes.* »

QUI A PU se gâcher la vie à fabriquer un tel miroir déformant ? Était-ce dans l'espoir de me duper ou pour aboutir précisément à ce qui s'est produit ? Je ne parviens pas à croire que ce document ait été constitué à mon intention, je suis sûr aussi qu'il ne m'a pas été confié par hasard. Werner a été manipulé, il était sans doute de bonne foi en me soumettant le manuscrit. Cela dit, la paternité de ce texte n'a guère d'importance, la seule question est celle-ci : qui m'aime assez pour m'avoir si violemment secoué les puces ? Malbois ?
Il y avait une chance sur un million pour qu'il repère cet acrostiche...

« LA BIOLUMINESCENCE se produit lorsqu'une substance connue sous le nom de Luciférine (du latin *lucifer*, « qui porte la lumière ») se combine avec l'oxygène en présence d'un enzyme appelé luciférase. Il existe une réaction chimique qui libère de l'énergie sous forme de lumière. » (D. L. Allen.) Littérature, le nom de la lumière !

LA SOLUTION, PEUT-ÊTRE... Ni ombre, ni lumière, ni clair-obscur : la mise à l'étoilement. Lucioles, phosphènes vivants et aléatoires au sein de la nuit même.

SUR UN GNOMON aperçu par Léon Bloy, cette maxime :
« Il est plus tard que tu ne crois. »

ALCÂNTARA | *Êtes-vous sûr de vouloir manger des moules ?*

En fin de compte, songeait Eléazard, n'était-il pas raisonnable de penser que toute biographie d'Athanase Kircher, à l'image du personnage lui-même, ne pouvait être qu'une supercherie ? La part de fiction contenue dans les prétendus écrits de Caspar Schott traduisait plus fidèlement que n'importe quelle étude scientifique l'obstination poignante et maladive que nous mettions à romancer notre existence. Le message, s'il y en avait un, se résumait à cela : que le reflet l'emportait toujours sur l'objet reflété, que l'anamorphose surpassait en puissance de vérité ce qu'elle avait à première vue distordu et métamorphosé. Son but ultime n'était-il pas d'unir le réel et la fiction en une réalité nouvelle, en un relief stéréoscopique ?

Eléazard quitta son traitement de texte et cliqua sur l'icône du gestionnaire de fichiers. Dans le dossier « Archives », il sélectionna le dossier contenant l'ensemble de ses notes, puis demanda leur supression.

« Êtes-vous sûr de vouloir supprimer "Kircher. doc" ? Oui. Non. »

Le doigt crispé sur le bouton gauche de la souris, Eléazard hésita un moment devant la soudaine fatalité de cette exhortation à la prudence. Il n'existait aucune copie de son travail, tout serait irrémédiablement perdu. *Oublie Kircher*, lui avait dit Loredana... Et il entendait maintenant : Occupe-toi de ta fille, méfie-toi du retour, des retours comme de la peste...

Occupe-toi de vivre ! Son cœur s'était mis à battre plus vite. Êtes-vous sûr de vouloir manger des moules ? De souhaiter à ce point les délices de l'amnésie ? Haussant les épaules, avec la prémonition que rien ne lui serait ensuite épargné, Eléazard répondit « oui » à la question posée. Le pointeur se transforma aussitôt en pendule de mort, un cadran vide qu'une seule aiguille brassait à toute vitesse. Effaçant cylindre après cylindre des informations qui lui étaient parfaitement indifférentes, le disque dur enregistra son choix avec une suite de légers hoquets. À la fin du processus, une nouvelle fenêtre remplaça la précédente :

« Voulez-vous effacer un autre fichier ? Oui. Non. »

Hypnotisé par l'écran, Eléazard s'était remis à manier ses balles de ping-pong. Et elles tournaient gravement, ces petites planètes sans regard. Laiteuses, exorbitées.

FORTALEZA, PLAGE DU FUTUR | *Bri-gi-te Bardot, Bardooo !*

Nelson avait enfilé son T-shirt électoral par-dessus son maillot d'avant-centre, il transpirait tout autant de chaleur que d'angoisse. Depuis deux heures qu'il attendait sur le côté de la tribune, cent bonnes raisons l'avaient fait renoncer à son acte, cent autres l'avaient au contraire encouragé. Assourdi par la proximité des enceintes, il se laissait aller à une rêverie douloureuse et impatiente. Sa position en retrait limitait son champ de vision aux lignes obliques des planches de l'estrade et à l'infinie verticale du rivage. Très loin, posée sur l'horizon, une barre de nuages dessinait les contours bleutés d'une côte inconnue, d'un monde à découvrir.

Comme il le faisait chaque fois qu'un morceau de musique prenait fin, l'agent électoral vint essayer le micro et entretenir le suspense. Talkie-walkie à la ceinture, il se lança dans une interminable logorrhée où revenaient les noms de Barbosa Junior et de Moreira : ils étaient annoncés, ils arrivaient ! Pendant son allocution, ses subordonnés se relayèrent pour jeter des T-shirts par dizaines sur la foule. Dans la mêlée qui suivit, les abords de l'estrade se teintèrent de blanc.

Plusieurs sirènes couvrirent soudain le vacarme de la plage. Tout en haut de la butte, trois limousines noires encadrées par des cars de police s'arrêtaient à l'aplomb de la tribune. Une nuée de policiers armés fusa hors des véhicules pour prendre position le long de la pente et protéger la sortie des officiels. Masqués par leurs gardes du corps, les deux gouverneurs commencèrent leur descente sur la dune, filmés en permanence par une petite équipe de télévision. En bas, les haut-parleurs se mirent à diffuser l'hymne national, frappant d'une raideur muette ceux qui pouvaient l'entendre.

L'esprit de Nelson s'était engourdi. Ses lèvres reprenaient à mi-voix les paroles de l'hymne. Pour empêcher la tremblote de sa main droite, il empoigna la crosse du pistolet sous son maillot, s'efforçant de matérialiser l'image de Lampião. Il était au bord de l'évanouissement.

Guillerets, à l'aise dans leurs légers costumes couleur crème, Barbosa Junior et Moreira jouaient à ceux-là que le service d'ordre empêche d'épouser la foule. Plus ils approchaient de la tribune, plus ils feignaient de forcer les rangs de policiers pour serrer une main tendue ou embrasser la joue crasseuse d'un enfant. Dès que Nelson put distinguer Moreira, il ne le quitta plus des yeux. Le gouverneur semblait vieilli par rapport au visage des photos, mais c'était bien l'homme qu'il haïssait depuis des années :

le meurtrier de son père, l'ordure qui avait volé la Willis de l'oncle Zé...

Nelson libéra le cran de sûreté de son revolver. Un grand silence s'était fait autour de lui ; il n'entendait ni la recrudescence de la musique, ni l'agent électoral qui chauffait la foule à son micro. Plus près, se répétait-il de façon obsessionnelle, il faut attendre qu'il soit vraiment tout près...

Parvenus au bas de l'escalier, les deux hommes redevinrent invisibles à Nelson. Ils s'étaient arrêtés une dernière fois pour simuler devant les caméras l'amour du peuple qui inciterait une certaine frange d'électeurs à voter pour eux. Aucun d'entre ces gueux ne mettrait jamais un bulletin dans l'urne, mais les âmes charitables qui regardaient le journal télévisé seraient sensibles, ils le savaient d'expérience, à cette parodie.

L'un des cameramen grimpa sur la tribune, suivi d'un preneur de son. L'agent électoral lui fit signe de se reculer un peu, de manière à pouvoir prendre Nelson dans le champ. Habitué aux stratagèmes de la communication, Oswald comprit l'astuce et se plaça en conséquence. Le soleil était dans son dos, la prise serait parfaite.

Nelson ne vit rien de ce manège. Tétanisé par la répétition mentale d'un seul geste, il observait le bout de ciel où devait apparaître l'homme qu'il voulait assassiner.

Les policiers se disposèrent tout autour de l'estrade, et tandis que les gardes du corps bloquaient l'accès à la tribune, les deux gouverneurs s'engagèrent sur l'escalier. Barbosa Junior fut le premier à se présenter. Un coup d'œil au cameraman lui fit deviner ce qu'on attendait de lui, si bien qu'il se dirigea vers Nelson avec un naturel insoupçonnable.

Derrière son objectif, Oswald cadra aussitôt la scène, fléchissant sur ses genoux pour ne pas manquer le premier contact. L'infirme avait l'air terrorisé, il mit quelques secondes avant de tendre la main gauche au gouverneur. Et en plus il était paralysé d'un bras ! C'était bon, ça, très bon... Barbosa lui murmura une parole de réconfort et s'éloigna vers le micro. OK, la deuxième caméra venait de prendre le relais. Zoom sur le gouverneur du Maranhão ; visage relâché, favoris triomphants, José Moreira da Rocha avançait à son tour vers le jeune mutilé. Puis soudain son sourire tomba, sa bouche s'ouvrit bizarrement. D'instinct, Oswald fit varier la distance focale et aperçut le gosse, l'arme tendue à bout de bras, puis le mouvement d'une main qui rejoignait la crosse pour mieux l'assujettir. Incapable d'en croire ses yeux, il releva la tête de son viseur et se jeta à plat ventre.

Les détonations, de rapides coups d'horloge sonnant six heures, enrayèrent brusquement la course de l'oncle Zé. Dans les secondes qui suivirent, il enregistra les hurlements de la foule et la vague de panique refluant vers lui. Deux brèves rafales de pistolet-mitrailleur le remirent en route vers la tribune. Il l'a fait... songea-t-il en avançant, l'air ahuri.

Réactivée, la sono diffusa la dernière samba à la mode :

> Bri-gi-te Bardot
> Bar-dooo !
> Bri-gi-te Beijo
> Bei-jooo !

La colère blanchissait les lèvres de l'oncle Zé, une fureur inhumaine, et qui enflait à proportion de cette absurdité sous laquelle se dissimule ordinairement la criminelle sottise des hommes.

Table

La rentrée littéraire des Éditions J'ai lu

JANVIER 2010

LA MÉLANCOLIE DES FAST FOODS
Jean-Marc Parisis

LÀ OÙ LES TIGRES SONT CHEZ EUX
Prix Médicis 2008
Jean-Marie Blas de Roblès

LA PRIÈRE
Jean-Marc Roberts

L'ESSENCE N DE L'AMOUR
Mehdi Belhaj Kacem

AVIS DE TEMPÊTE
Susan Fletcher

DÉJÀ PARUS

UN CHÂTEAU EN FORÊT
Norman Mailer

ET MON CŒUR TRANSPARENT
Prix France Culture/Télérama 2008
Véronique Ovaldé

LE BAL DES MURÈNES
Nina Bouraoui

ENTERREMENT DE VIE DE GARÇON
Christian Authier

Une littérature qui sait faire rimer plaisir et exigence.

9117

Composition
NORD COMPO

Achevé d'imprimer en Espagne
par ROSES
le 7 novembre 2009.

Dépôt légal novembre 2009.
EAN 9782290017104

ÉDITIONS J'AI LU
87, quai Panhard-et-Levassor, 75013 Paris

Diffusion France et étranger : Flammarion